KB148111

魯迅

루쉰전집

4

**루쉰전집 4권** 화개집/화개집속편

초판1쇄 펴냄 2014년 2월 15일
초판2쇄 펴냄 2021년 4월 2일

**지은이** 루쉰
**옮긴이** 루쉰전집번역위원회(이주노, 박자영)
**펴낸이** 유재건
**펴낸곳** 그린비
**주소** 서울시 마포구 와우산로 180, 4층
**대표전화** 02-702-2717 | **팩스** 02-703-0272
**홈페이지** www.greenbee.co.kr
**원고투고 및 문의** editor@greenbee.co.kr

**주간** 임유진 | **편집** 홍민기, 신효섭, 구세주, 송예진 | **디자인** 권희원 | **마케팅** 유하나
**물류유통** 유재영, 한동훈 | **경영관리** 유수진


책값은 뒤표지에 있습니다. 잘못 만들어진 책은 구입처에서 바꿔 드립니다.
ISBN 978-89-7682-229-1 04820 978-89-7682-222-2(세트)

---

1926년 1월 13일 베이징여자사범대학에서 교사, 학생들과 함께 찍은 사진(부분 확대).

국공합작과 북벌을 통해 정권을 바꾸고 새로운 중국을 건설하고자 한 쑨원(孫文)은 허망하게도 1925년 3월 12일 병사하고 만다. 이후 장제스(蔣介石)가 후계자가 되어 국민혁명군 총사령관으로서 북벌을 계승하였다. 그러나 그가 속한 국민당 우파는 국공합작에 적극적이던 국민당 좌파와 분열하면서 국공합작은 위기에 처하게 되었다. 사진은 1924년 6월 황푸군관학교 개교식 때의 쑨원(앞)과 장제스.

1925년 5월 30일 상하이의 일본인 면사공장에서 임금 지급 거부 및 일방적 해고에 항의하던 노동자 시위대에게 영국 경찰들이 총을 쏴 수십 명의 사상자가 발생하였다. 이 5·30사건은 반제국주의 투쟁이 전국적으로 확대되는 계기가 되었다. 그림은 중국인의 목을 조르고 있는 군벌과 서양 제국주의자를 풍자하고 있다.

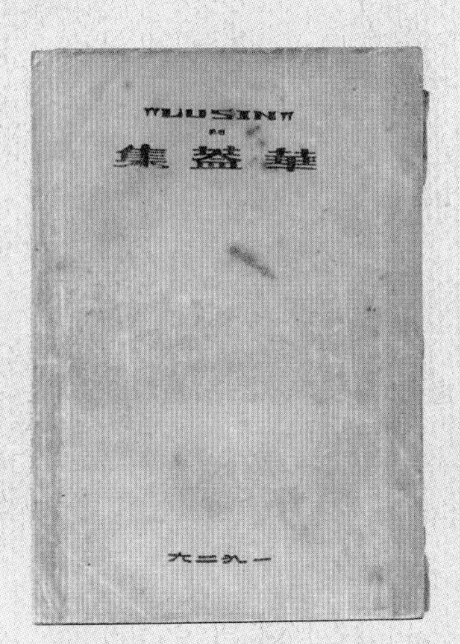


1926년 6월에 출판된 『화개집』(華蓋集). 이 문집은 루쉰이 1925년에 쓴 잡문 31편을 수록하고 있다.

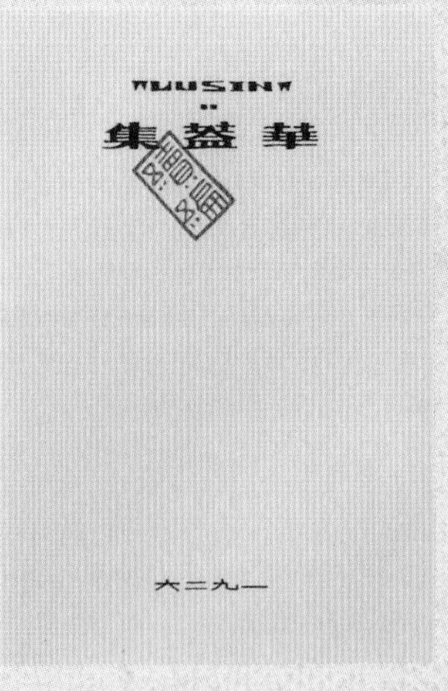


1927년 5월에 출판된 『화개집속편』(華蓋集續編). 이 문집은 루쉰이 1926년에 쓴 잡문 32편과 1927년에 쓴 1편을 수록하고 있다.

3·18참사 당시 희생당한 루쉰의 제자 류허전(왼쪽 사진 뒷줄 가운데)과 베이징여사대 학생회 간부들. 1926년 3월 베이징 각계 시민은 일본제국주의의 침략 행위에 반대하여 3월 18일 톈안먼에서 항의집회를 연 다음 돤치루이 집정부에 청원하러 갔으나, 국무원 문 앞에서 돤치루이는 시위대에 발포 및 사살을 명령하여 47명이 죽고 150여 명이 다쳤다. 오른쪽 사진은 이날 시위의 선봉에 섰던 류허전과 양더췬을 기념하며 세운 비.

샤먼대학(厦門大學) 전경. 루쉰과 쉬광핑은 1926년 8월 26일 백색테러의 광풍을 피해 베이징을 탈출하여, 쉬광핑은 광저우에, 루쉰은 샤먼에 도착하였다. 루쉰은 이곳에서 4개월간 머물렀는데, 그동안 『아침 꽃 저녁에 줍다』에 수록되는 자전적 산문과 잡문을 쓰고 강의와 사무를 담당하는 등 분망한 시간을 보냈다.

루쉰은 네덜란드의 반 에덴(Frederik van Eeden)의 장편동화 『작은 요하네스』(De Kleine Johannes)를 치서우산(齊壽山)과 함께 번역하여 1928년 1월에 출판했다.

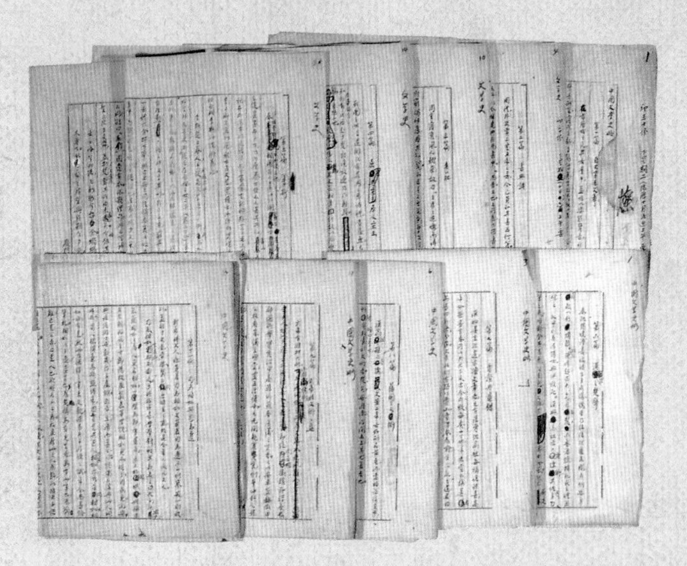

루쉰이 샤먼대학에 머물 때 집필했던 중국문학사 원고.

1926년 11월 17일 샤먼대학 교직원들과 함께 찍은 사진. 넷째줄 맨오른쪽이 루쉰.

# 루쉰 전집

4

화개집 華蓋集
화개집속편 華蓋集續編

루쉰전집번역위원회 옮김

gB 그린비

| 일러두기 |

1 이 책은 중국에서 출판된 『魯迅全集』 1981년판과 2005년판(이상 北京: 人民文学出版社) 등을 참조하여 번역한 한국어판 『루쉰전집』이다.

2 각 글 말미에 있는 주석은 기존의 국내외 연구성과를 두루 참조하여 옮긴이가 작성한 것이다.

3 단행본·전집·정기간행물·장편소설 등에는 겹낫표(『 』)를, 논문·기사·단편·영화·연극·공연·회화 등에는 낫표(「 」)를 사용했다.

4 외국의 인명이나 지명, 작품명은 〈국립국어원〉에서 펴낸 '외래어 표기법'에 근거해 표기했다. 단, 중국의 인명은 신해혁명(1911년) 때 생존 여부를 기준으로 현대인과 과거인으로 구분하여 현대인은 중국어음으로, 과거인은 한자음으로 표기했으며, 중국의 지명은 구분을 두지 않고 중국어음으로 표기하는 것을 원칙으로 했다.

# 『루쉰전집』을 발간하며

루쉰을 읽는다. 이 말에는 단순한 독서를 넘어서는 어떤 실존적 울림이 담겨 있다. 그래서 루쉰을 읽는다는 말은 루쉰에 직면直面한다는 말의 동의어가 되기도 한다. 그런데 루쉰에 직면한다는 말은 대체 어떤 입장과 태도를 일컫는 것일까?

2007년 어느 날, 불혹을 넘고 지천명을 넘은 십여 명의 연구자들이 이런 물음을 품고 모였다. 더러 루쉰을 팔기도 하고 더러 루쉰을 빙자하기도 하며 루쉰이라는 이름을 끝내 놓지 못하고 있던 이들이었다. 이 자리에서 누군가가 이런 말을 던졌다. 『루쉰전집』조차 우리말로 번역해 내지 못한다면 많이 부끄러울 것 같다고. 그 고백은 낮고 어두웠지만 깊고 뜨거운 공감을 얻었다. 그렇게 이 지난한 작업이 시작되었다.

혹자는 말한다. 왜 아직도 루쉰이냐고. 이에 대해 우리는 이렇게 대답할 수밖에 없다. 아직도 루쉰이라고. 그렇다면 왜 루쉰일까? 왜 루쉰이어야 할까?

루쉰은 이미 인류의 고전이다. 그 없이 중국의 5·4를 논할 수 없고 중국 현대혁명사와 문학사와 학술사를 논할 수 없다. 그는 사회주의혁명 30년 동안 누구도 건드릴 수 없는 성역으로 존재했으나 동시에 사회주의 이데올로기의 금구를 타파하는 데에 돌파구가 되었다. 그의 삶과 정신 역정은 그가 남긴 문집처럼 단순하지만은 않다. 근대이행기의 암흑과 민족적 절망은 그를 끊임없이 신新과 구舊의 갈등 속에 있게 했고, 동서 문명충돌의 격랑은 서양에 대한 지향과 배척의 사이에서 그를 배회하게 했다. 뿐만 아니라 1930년대 좌와 우의 극한적 대립은 만년의 루쉰에게 선택을 강요했으며 그는 자신의 현실적 선택과 이상 사이에서 끝없이 방황했다. 그는 평생 철저한 경계인으로 살았고 모순이 동거하는 '사이주체'間主體로 살았다. 고통과 긴장으로 점철되는 이런 입장과 태도를 그는 특유의 유연함으로 끝까지 견지하고 고수했다.

한 루쉰 연구자는 루쉰 정신을 '반항', '탐색', '희생'으로 요약했다. 루쉰의 반항은 도저한 회의懷疑와 부정否定의 정신에 기초했고, 그 탐색은 두려움 없는 모험정신과 지칠 줄 모르는 창조정신에서 비롯되었다. 또한 그의 희생정신은 사회의 약자에 대한 순수하고 여린 연민과 양심에서 가능했다.

이 모든 정신의 가장 깊은 바닥에는 세계와 삶을 통찰한 각자覺者의 지혜와 존재하는 모든 것들에 대한 허무 그리고 사랑이 있었다. 그에게 허무는 세상을 새롭게 읽는 힘의 원천이자 난세를 돌파해 갈 수 있는 동력이었다. 그래서 그는 굽힐 줄 모르는 '강골'强骨로, '필사적으로 싸우며'(쩡자挣扎) 살아갈 수 있었다. 그랬기에 '철로 된 출구 없는 방'에서 외칠 수 있었고 사면에서 다가오는 절망과 '무물의 진'無物之陣에 반항할 수 있었다. 그는 자신을 둘러싼 모든 것과 대결했다. 이러한 '필사적인 싸움'의 근저에 는 생명과 평등을 향한 인본주의적 신념과 평민의식이 자리하고 있다. 이것이 혁명인으로서 루쉰의 삶이다.

우리에게 몇 가지 『루쉰선집』은 있었지만 제대로 된 『루쉰전집』 번역본은 없었다. 만시지탄의 감이 없지 않지만 이제 루쉰의 모든 글을 우리말로 빚어 세상에 내놓는다. 게으르고 더딘 걸음이었지만 이것이 그간의 직무유기에 대한 우리 나름의 답변이 될 수 있기를 희망해 본다.

번역저본은 중국 런민문학출판사에서 출판된 1981년판 『루쉰전집』과 2005년판 『루쉰전집』 등을 참조했고, 주석은 지금까지의 국내외 연구 성과를 두루 참조하여 번역자가 책임해설했다. 전집 원본의 각 문집별로 번역자를 결정했고 문집별 역자가 책임번역을 했다. 이 과정에서 몇 년 동안 매월 한 차례 모여 번역의 난제에 대해 토론을 벌였고 상대방의 문체에 대한 비판과 조율의 과정을 거쳤다. 그러므로 원칙상으로는 문집별 역자의 책임번역이지만 내용상으론 모든 위원들의 의견이 문집마다 스며들어 있다.

루쉰 정신의 결기와 날카로운 풍자, 여유로운 해학과 웃음, 섬세한 미학적 성취를 최대한 충실히 옮기기 위해 노력했지만 많이 부족하리라 생각한다. 독자 제현의 비판과 질정으로 더 나은 번역본을 기대한다. 작업에 임하는 순간순간 우리 역자들 모두 루쉰의 빛과 어둠 속에서 절망하고 행복했다.

2010년 11월 1일

한국 루쉰전집번역위원회

**| 루쉰전집 전체 구성 |**

- 1권 _ 무덤(墳) | 열풍(熱風)
- 2권 _ 외침(吶喊) | 방황(彷徨)
- 3권 _ 들풀(野草) | 아침 꽃 저녁에 줍다(朝花夕拾) | 새로 쓴 옛날이야기(故事新編)
- 4권 _ 화개집(華蓋集) | 화개집속편(華蓋集續編)
- 5권 _ 이이집(而已集) | 삼한집(三閑集)
- 6권 _ 이심집(二心集) | 남강북조집(南腔北調集)
- 7권 _ 거짓자유서(僞自由書) | 풍월이야기(准風月談) | 꽃테문학(花邊文學)
- 8권 _ 차개정잡문(且介亭雜文) | 차개정잡문 2집 | 차개정잡문 말편
- 9권 _ 집외집(集外集) | 집외집습유(集外集拾遺)
- 10권 _ 집외집습유보편(集外集拾遺補編)

- 11권 _ 중국소설사략(中國小說史略) | 한문학사강요(漢文學史綱要)
- 12권 _ 고적서발집(古籍序跋集) | 역문서발집(譯文序跋集)
- 13권 _ 먼 곳에서 온 편지(兩地書) | 서신 1
- 14권 _ 서신 2
- 15권 _ 서신 3
- 16권 _ 서신 4
- 17권 _ 일기 1
- 18권 _ 일기 2
- 19권 _ 일기 3
- 20권 _ 부집

| 루쉰전집 4권 · 목차 |

## • 화개집속편(華蓋集續編)



### 1926년

**화개집속편의 속편**

# 화개집 華蓋集

『화개집』(華蓋集)은 루쉰이 1925년에 쓴 잡문 31편을 수록하고 있다. 1926년 6월 베이징 베이신서국(北新書局)에서 처음 출판되었다. 작가 생전에 모두 아홉 차례 출판되었다.

# 제기[1]

세밑의 깊은 밤, 한 해 동안 쓴 잡감을 정리했다. 『열풍』熱風에 실린, 꼬박 4년간 쓴 것보다 훨씬 많다. 생각은 대부분 그대로이지만, 태도는 솔직하지 않고 표현도 늘 에둘렀으며 의론 또한 자주 몇 가지 자질구레한 일에 매달린지라, 견식이 넓은 식자들의 비웃음을 사기에 딱 좋다. 그렇다고 무슨 뾰족한 수가 있겠는가? 내가 올해 공교롭게도 이런 자질구레한 일들을 만난 데다가, 자질구레한 일에 매달리는 버릇이 있으니 말이다.

내가 알기로, 위대한 인물은 삼세[2]를 꿰뚫어보고 일체를 관조할 수 있으며, 대고뇌를 겪고 대환희를 맛보며 대자비를 베풀 수 있다. 하지만 나는 또한 알고 있다. 이렇게 하려면 깊은 산속으로 들어가 고목 아래에 앉아, 고요히 관찰하고 말없이 생각에 잠겨 천안통[3]을 얻지 않으면 안 된다는 것을. 인간 세상으로부터 멀어지면 멀어질수록 인간 세상을 더욱 깊이, 더욱 넓게 알게 되며, 그리하여 하시는 말씀마다 더욱 고상하고 더욱 위대해져, 마침내 천인사[4]가 되셨음을.

나는 어렸을 적에 하늘을 나는 꿈을 꾸곤 했지만, 지금까지도 땅 위에 있으면서 사소한 상처조차 제때 치유하지 못하고 있다. 그러니 어찌 마음과 뜻이 탁 트여, '정인군자'[5]처럼 공평타당하고 공명정대한 주장을 펼 겨를이 있겠는가? 마치 물에 젖은 작은 벌처럼 진흙 위에서 이리저리 기어다닐 뿐이니, 감히 양옥집에 사는 통달한 이[6]와는 도저히 비교가 되지 않는다. 하지만 양옥집에 사는 통달한 이로서는 도저히 이해할 수 없는, 나름의 슬픔과 노여움이 있는 법이다.

이 병통病痛의 뿌리는 내가 인간 세상에 살고 또 보통 사람이기에, '화개운'[7]을 만날 수 있다는 점이다.

나는 평생 점치는 것을 배운 적이 없지만, 노인들의 말에 따르면 누구나 '화개운'을 만날 때가 있다고 한다. 이 '화개'를 그들은 대개 '확개'鑊蓋라고 잘못 말하고 있는데, 이제 바로잡아야겠다. 그래서 이 운은 스님에게는 좋은 운이다. 머리에 화개가 있음은 물론 성불하여 종파의 창시가 될 징조이다. 그렇지만 세속의 사람이라면 그렇지 않다. 화개가 위에 있으면 앞을 가리는지라 장애에 부닥치는 수밖에 없다.

올해 잡감에 손을 댔을 때, 나는 두 번의 장애에 부닥쳤다. 한번은 「글자를 곱씹다」 때문이었고, 다른 한번은 「청년필독서」 때문이었다. 이름을 밝히거나 밝히지 않은 호걸풍의 선비들에게 받은 매도의 편지가 한 묶음이나 되며, 지금도 서가에 처박혀 있다. 이후에도 느닷없이 이른바 학자, 문사文士, 정인正人, 군자 등과 맞닥뜨렸다. 들리는 이야기로는, 모두들 공정한 말과 공평한 이치를 입에 담으며 '당동벌이'[8]를 몹시 마땅찮게 여긴다고 한다. 그러나 안타깝게도 나는 그들과 너무나 달랐다. 그래서 그들에게 몇 차례 공격을 받기도 했다.——하지만 이건 물론 '공리'[9] 때문이며, 내가 말하는 '당동벌이'와는 다르다. 이렇게 해서 지금까지도 여전히 끝을 맺지 못했으니, '내년을 기다릴 수'밖에 없다.

내게 이런 단평을 짓지 말라고 권한 사람도 있다. 그 호의를 나는 매우 고맙게 여기고 있으며, 창작의 소중함을 모르는 바도 결코 아니다. 그러나 이런 것을 지어야 할 때라면, 아마 아무래도 이런 것을 지어야 할 것이다. 만약 예술의 궁전에 이렇게 번거로운 금령禁令이 있다면, 차라리 들어가지 않는 게 낫다고 나는 생각한다. 사막 위에 선 채 바람에 휘날리는 모래와 구르는 돌을 바라보면서, 기쁘면 크게 웃고, 슬프면 크게 울부짖고, 화가 나면 마구 욕하고, 설사 모래와 자갈에 온몸이 거칠어지고 머리가 깨져 피가 흐르며, 때로 자신의 엉킨 피를 어루만지면서 꽃무늬인 양 여길지라도, 중국의 문사들을 좇아 셰익스피어를 모시고[10] 버터 바른 빵을 먹는 재미만 못하리라는 법은 없을 것이다.

그러나 나의 시야가 협소한 점이 아쉬울 따름이다. 중국에서만도 이 한 해 동안 일어난 큰 사건이 매우 많았다고 할 수 있다. 그런데도 나는 아무 느낌도 없는 듯이 아예 언급하지도 않은 적이 종종 있었다. 나는 일찍이 중국의 젊은이들이 떨쳐 일어나 중국의 사회, 문명에 대해 거리낌 없이 비판하기를 바랐다. 그래서 발언할 터전으로서 『망위안주간』[11]을 펴냈지만, 안타깝게도 발언하는 이는 매우 드물었다. 다른 간행물에서는 대부분 반항자에 대해 공격을 퍼부었다. 이로 말미암아 정말이지 나는 생각한다는 게 두려워졌다.

지금은 한 해의 마지막 깊은 밤, 이 밤도 깊어 거의 끝나간다. 나의 생명, 적어도 생명의 일부는 이미 이 무료하기 짝이 없는 것들을 적는 데에 쓰여졌다. 하지만 내가 얻은 것은 내 자신의 영혼의 황량함과 거칠음뿐이다. 하지만 나는 결코 이것들을 겁내지도, 덮어 두고 싶지도 않으며, 게다가 정말이지 조금은 이것들을 아끼고 있다. 이건 내가 모래바람 속에서 엎치락뒤치락 살아온 흔적이기 때문이다. 스스로도 모래바람 속에서 엎치락뒤치락 살고 있다고 여기는 이라면 이 말의 뜻을 알 수 있을 것이다.

『열풍』을 엮을 때에는 빠뜨린 것 외에도 여러 편을 잘라 냈었다. 이번에는 조금 달리하여, 한때의 잡감 부류의 것들은 거의 모두 여기에 수록했다.

1925년 12월 31일 밤,

녹림서옥[12] 동쪽 벽 아래에서 적다

주)

1) 원제는 「題記」, 1926년 1월 25일 반월간 『망위안』(莽原) 제2기에 발표되었다.
2) 위대한 인물은 불교의 창시자인 석가모니를 가리킨다. 삼세(三世)란 전세(前世)와 현세(現世), 내세(來世)를 가리킨다.
3) 천안통(天眼通)은 불교에서 말하는 육통(六通) 가운데 하나로서, 무엇이든 볼 수 있는 신통력을 가리킨다.
4) 천인사(天人師)는 하늘과 사람의 스승을 의미하며, 석가모니를 가리킨다.
5) 정인군자(正人君子)는 본래 품행이 단정하고 사욕이 없는 사람을 의미한다. 그러나 여기에서는 현대평론파(現代評論派)의 후스(胡適), 천시잉(陳西瀅), 왕스제(王世杰) 등을 가리키며, 단정하고 엄숙함을 가장하는 이들을 풍자하고 있다. 이들은 1925년 베이징 여자사범대학에서 일어난 소요사태에서 베이양(北洋)정부와 장스자오(章士釗)를 옹호하면서, 루쉰과 진보적인 교사 및 학생들을 공격했다. 이들은 베이징의 둥지샹(東吉祥) 골목에 살고 있었기 때문에 당시 친정부적인 『대동완바오』(大同晚報)로부터 '둥지샹파의 정인군자'라 일컬어졌다.
6) '통달한 이'(通人)는 본래 고금에 널리 통달하고 학식이 깊은 사람을 의미한다. 여기에서는 천시잉 등의 부류를 가리킨다. 베이양정부의 교육총장이던 장스자오는 자신이 주편하던 주간 『갑인』(甲寅)의 제1권 제2호에 「고동잡기」(孤桐雜記)라는 글을 발표하여 천시잉을 이렇게 평가했다. "『현대평론』에 시잉이라 이름을 밝힌 기자가 있는데, 우시(無錫) 출신의 천위안(陳源)의 필명이다. 천군은 본래 자가 통보(通伯)이다. 오늘날의 통품(通品)임에 틀림없다."

7) 화개(華蓋)는 별의 명칭으로서 제왕의 별자리, 혹은 제왕의 수레 덮개를 의미한다. 예전에는 운명이 화개성을 범하면 운이 좋지 않다고 믿었다.

8) 당동벌이(黨同伐異)는 자신의 견해와 같은 사람과는 패거리를 짓고, 견해가 다른 사람은 공격한다는 뜻이다. 이 말은 『후한서』(後漢書)의 「당고전서」(黨錮傳序)에서 "무제 이후 유학을 숭상하여 …… 마침내 석거각(石渠閣)에서 나뉘어 다투던 논쟁과, 견해가 같은 사람과는 패거리를 짓고 견해가 다른 사람은 공격하는 주장이 나타나게 되었다"(自武帝以後, 崇尚儒學, …… 至有石渠分爭之論, 黨同伐異之說)라는 글귀에서 비롯되었다. 천시잉은 『현대평론』 제3권 제53기(1925년 12월 12일)의 「한담」에서 이 말로 다음과 같이 루쉰을 공격했다. "중국인에게는 옳고 그름이라는 게 없다. …… 견해가 같은 무리라면 뭐든지 좋고, 견해가 다른 무리라면 뭐든지 나쁘다."

9) 베이징여자사범대학교의 소요사태 당시, 천시잉 등은 '공리유지회'(公理維持會)를 조직하여 '공리'라는 명분으로, 대학을 해산한 장스자오의 주장을 지지하고 대학을 회복하려는 학생들의 주장에 반대했다. 이 문집의 「'공리'의 속임수」를 참고하시오.

10) 문사(文士)들은 천시잉, 쉬즈모(徐志摩) 등을 가리킨다. 이들은 일찍이 영국에서 유학했으며, 셰익스피어를 연구했다는 사실을 늘 자랑으로 여겼다. 쉬즈모는 1925년 10월 26일자 『천바오 부간』(晨報副刊)에 발표한 「햄릿과 유학생」(漢姆雷德與留學生)이란 글에서, 중국인이 연출한 셰익스피어 희극을 천시잉, 딩시린(丁西林)과 함께 감상하면서 느꼈던 소감을 다음과 같이 밝혔다. "우리는 대영국에 갔던 적이 있다. 셰익스피어는 영국인이다. 그는 영어로 글을 쓴다. 우리는 영어를 할 줄 알고, 학교에서 그의 희곡을 연구했다. …… 영국 유학생이 모처럼 기분 좋을 때 자신의 셰익스피어론을 말하는 건 낯을 세우고 생색을 낼 수 있는 일이다. 외국에 간 적도 없고 원문을 제대로 읽을 줄도 모르는 여러분은 물론 참견할 자격이 없다. 여러분은 귀 기울여 열심히 들을 뿐이다. …… 우리가 없으면 안 된다는 것을 믿겠는가?" 천시잉은 10월 21일자 『천바오 부간』에 발표한 「거문고를 듣다」(聽琴)라는 글에서 "셰익스피어를 좋아하지 않는다면, 당신은 멍청이다"라고 말했다.

11) 『망위안주간』(莽原週刊)은 루쉰이 편집한 문예간행물로서, 1925년 4월 24일 베이징에서 창간되어 같은 해 11월 27일 32기까지 발행되었다. 이 잡지에 실린 글들은 대부분 문명비평과 사회비평의 성격을 띠고 있으며, 구사회와 구문화에 대한 비판적 의식을 담고 있다.

12) 전한(前漢) 말 왕광(王匡), 왕봉(王鳳) 등은 녹림산(綠林山)에서 기의를 일으켜 스스로 '녹림병'이라 일컬었다. 이후 '녹림'은 산속에 모여 관청에 맞서거나 재물을 약탈하는 사람들을 가리키게 되었다. 1925년 베이징여자사범대학의 소요사태 당시 베이양정부의 교육계 및 현대평론파는 학생들을 지지하는 루쉰과 일부 교사들을 '토비'(土匪), '학비'(學匪)라 매도했다. 이 때문에 루쉰은 자신의 서재를 '녹림서옥'이라 일컬었다.

1925년

# 글자를 곱씹다(1~2)[1]

## 1.

전통사상의 속박에서 벗어나 남녀평등을 주장하는 남자는 굳이 부드럽고 아리따운 글자로 외국 여인의 성씨를 번역하기를 좋아한다. 이를테면 초두草頭나 계집 여女변, 실 사絲변 등을 덧붙이는 것이다. 그래서 '스다이얼'思黛兒 아니면 '쉐린나'雪琳娜이다.[2] 서양은 우리와 아득히 멀지만, 성씨에 남녀의 구별이 없음은——슬라브민족이 어미에 약간의 구별이 있다는 점을 제외하고——중국과 마찬가지이다. 그래서 우리 저우周씨 집안의 아가씨에게 처우綢라는 성을 주지 않고, 천陳씨 댁 부인에게 천蔯이라는 성을 주지 않는다. 그렇다면 어빙歐文[3] 아가씨는 어빙嫗紋으로 고쳐쓸 필요가 없고, 톨스토이托爾斯泰[4] 부인 역시 각별히 신경을 써서 특별히 톨스토이妥爾絲苔라고 쓸 필요가 없다.

전통사상의 속박에서 벗어나 세계문학을 소개하는 문인은 굳이 외국인에게 중국의 성을 붙이기를 좋아한다. 고골(Gogol)의 성은 궈郭이고, 와

일드(Wilde)의 성은 왕王이며, 단눈치오(D'Annunzio)의 성은 돤段이고, 홀츠(Holz)의 성은 허何이며, 고리키(Gorky)의 성은 가오高이고, 골즈워디(Galsworthy)의 성 역시 가오高이다. 만약 골즈워디가 고리키를 언급한다면, 아마 '우리 집안 리키(rky)'[5]라고 부를 것이다. 『백가성』[6]이라는 책이 지금까지도 이렇게 위력이 있을 줄은 정말 꿈에도 생각지 못했다.

1월 8일

## 2.

예전에 우리가 화학을 배울 때 책에서 쇠 금金변과 쇠 금변이 아닌, 수많은 기괴한 글자를 보곤 했다. 이것은 원소의 명칭인데, 편방은 '금속' 혹은 '비금속'을 나타내는 것이고, 다른 쪽은 대개 음역音譯이라고 한다. 그렇지만 실鉩, 식鎴, 석錫, 착錯, 석矽 등[7]은 화학 선생님조차도 설명하는 데 애를 먹은지라 꼭 이렇게 덧붙이곤 했다. "이번 것은 숙실熟悉의 실悉이다. 이번 것은 휴식休息의 식息이다. 이번 것은 흔히 보는 석錫이다." 학생들은 기호를 기억하기 위해, 따로 라틴어 글자를 암기해야만 했다. 이제 점차 유기화학을 번역하기 시작했으니, 이런 괴상한 글자는 더욱 많아지고 더욱 어려워질 것이며, 상점의 계산대 앞에 붙은 '황금만냥'黃金萬兩을 한데 합쳐 놓은 기괴한 글자처럼 몇 개의 글자를 한데 합쳐 놓을 것이다.[8] 중국의 화학가들은 대부분 새로운 창힐[9]의 역할을 겸하여 행할 수 있을 것이다. 만약 원문을 사용하여 글자를 만드는 수고를 아낀다면, 틀림없이 본업인 화학에 훨씬 더 큰 성과가 있으리라 나는 생각한다. 중국인의 총명함이 백

인종보다 결코 뒤지지 않기 때문이다.

베이징에는 각양각색의 멋진 지명이 흔히 눈에 띈다. 벽재辟才 골목, 내자부乃玆府, 승상丞相 골목, 협자묘協資廟, 고의백高義伯 골목, 귀인관貴人關 등[10]이 그것이다. 그렇지만 내막을 파헤쳐 보니, 원래는 벽시劈柴 골목, 내자부奶子府, 승장繩匠 골목, 갈자묘蝎子廟, 구미파狗尾巴 골목, 귀문관鬼門關[11]이라고 한다. 글자의 겉모습은 바뀌었지만, 품고 있는 뜻은 여전히 예와 다름없다. 나는 몹시 실망스러웠다. 그렇지 않으면, 노예奴隷라는 두 글자를 '노리'弩理나 '노례'努禮[12]로 바꾸라고 부추겨, 사람들이 더 이상 아무 근심 없이 영원히 마음 놓고 졸 수 있게 만들 수 있었을 것이다. 그러나 마침 근심하는 이는 아무도 없는 듯, 타다닥 탁 폭죽 소리 요란한 채 모두들 재신財神에게 지내는 제사를 마치고 있다.

2월 10일

주)

1) 원제는 「咬文嚼字」, 각각 1925년 1월 11일과 2월 12일에 베이징의 『징바오 부간』(京報副刊)에 발표했다. 이 글의 첫번째 절이 발표되자 곧바로 랴오중첸(廖仲潛), 첸위안(潛源) 등의 반대에 부딪혔다. 루쉰은 「곱씹은 나머지」(咬嚼之餘), 「곱씹어 '맛이 없는' 것만은 아니다」(咬嚼未始'乏味')의 두 편을 지어 반박했다.
2) '스다이얼'(思黛兒)의 '대'(黛)는 여성이 화장할 때 사용하는 눈썹먹이다. '쉐린나'(雪琳娜)의 '림'(琳)은 구슬 옥(玉)변을, '나'(娜)는 계집 여(女)변을 사용하고 있다. 이처럼 여성과 관계된 사물이나 부수를 덧붙임으로써 여성의 이름임을 암시한다.
3) 어빙(歐文)은 영국인이나 미국인에게 흔한 성씨인 'Irving'이다.
4) 톨스토이(托爾斯泰)는 러시아인에게 흔한 성씨인 'Tolstoi'이다.
5) 예전에는 성이 같은 친족들을 늘 '우리 집안 아무개'로 일컬었으며, 명사의 덕을 보아 자신을 높이기 위해 성이 같기만 하면 '우리 집안 아무개'로 일컫기도 했다.

6) 『백가성』(百家姓)은 예전에 학숙에서 글자를 익힐 때 사용하던 교본이다. 송나라 초에 편찬되었으며, 성씨를 4언으로 엮어 낭송하기에 편하도록 만들었다.

7) 실(鍅; 중국어음으로는 '시'), 식(鎴; 시), 석(錫; 시), 착(錯; 춰), 석(矽; 시) 등은 화학 원소의 옛 역명(譯名)으로, 각각 세슘(Cs), 스트론튬(Sr), 주석(Sn), 세륨(Ce), 규소(Si)를 가리킨다.

8) '황금만냥'(黃金萬兩)을 한데 합쳐 만든 글자는 '𧵊'이다.

9) 창힐(倉頡 혹은 蒼頡)은 황제(黃帝) 때의 사관(史官)으로서, 새와 짐승의 발자국을 본떠 최초로 한자를 창조한 사람으로 알려져 있다.

10) 벽재(辟才)는 재능 있는 이를 불러들여 관직을 내리는 것을 의미하며, 내자(乃玆)는 이제 번성하고 있음을 의미한다. 협자(協資)는 함께 힘을 모아 도움을 의미하며, 고의백(高義伯)은 덕행이 높은 분을 의미한다. 이들 명칭은 모두 밝고 고상한 의미를 지니고 있다.

11) 벽시(劈柴)는 땔나무를 쪼갬을, 내자(奶子)는 소나 말, 양 등의 젖을, 승장(繩匠)은 질기고 튼튼한 끈을 만드는 장인을, 갈자(蝎子)는 독충인 전갈을, 구미파(狗尾巴)는 개의 꼬리를, 귀문관(鬼門關)은 생사의 경계를 가르는 험준한 관문을 각각 의미한다. 이들 명칭은 모두 위험하거나 비천한 뜻을 내포하고 있다.

12) '노예'(奴隸)의 중국어 발음은 누리(núlì)이고 '노리'(弩理)와 '노례'(努禮)는 모두 누리(nǔlǐ)로서, 성조만 다를 뿐 발음은 거의 같다. '노리'의 '노'(弩)는 어떤 장치를 이용하여 화살이나 돌을 쏠 수 있는 큰 활을 의미하거나 '힘쓰다'를 의미한다는 점에서, '노리'는 '커다란 이치' 혹은 '도리에 힘쓰다'를 의미한다. '노례'는 '예의에 힘쓰다'를 의미한다.

# 청년필독서[1]
## —『징바오 부간』[2]의 설문에 답하여

<table>
<tr><td>청년<br>필독서</td><td>여태껏 관심을 가진 적이 없어서 지금 말할 수 없다.</td></tr>
<tr><td>부주附注</td><td>하지만 이 기회에 내 자신의 경험을 간략히 말하여 몇몇 독자들에게 참고로 제공하고자 한다.—<br>나는 중국 책을 볼 때면, 늘 마음이 차분히 가라앉아 실제의 삶과 유리된 듯한 느낌을 받는다. 외국—인도를 제외하고—책을 읽을 때면, 흔히 인생과 마주하여 무언가 하고 싶은 생각이 든다.<br>중국 책에도 세상에 뛰어들라고 사람들에게 권하는 말이 들어 있기는 해도, 대부분 비쩍 마른 주검의 낙관이다. 반면 외국 책은 설사 퇴폐적이고 염세적일지라도, 살아 있는 사람의 퇴폐와 염세이다.<br>나는 중국 책은 적게 보거나—혹은 아예 보지 말아야 하며, 외국 책은 많이 보아야 한다고 생각한다.<br>중국 책을 적게 보면, 그 결과는 글을 짓지 못할 따름이다. 그러나 지금의 젊은이들에게 가장 중요한 것은 '실천'行이지 '말'言이 아니다. 오직 살아 있는 사람이기만 하다면, 글을 짓지 못한다는 게 뭐 그리 대수로운 일이겠는가!<br>(2월 10일)</td></tr>
</table>

주)

1) 원제는 「青年必讀書」, 1925년 2월 21일 『징바오 부간』(京報副刊)에 발표했다.

2) 『징바오 부간』은 『징바오』(京報)의 부간으로서, 쑨푸위안(孫伏園)의 편집에 의해 1924년 12월에 창간되었다. 『징바오』는 사오퍄오핑(邵飄萍)이 창간한 신문으로서, 1918년 10월에 베이징에서 창간되었으며, 이듬해 8월에 돤치루이(段祺瑞)에 의해 강제 폐간되었다가 1920년 9월에 복간되었지만, 1926년 4월 장쭤린(張作霖)에 의해 폐간되었다.

# 문득 생각나는 것(1~4)[1)]

## 1.

『내경』[2)]을 지은 이가 도대체 누구인지 모르겠다. 사람의 근육을 들여다본 것은 틀림없는데, 그저 살갗을 벗기고서 대충 훑어보기만 했을 뿐 상세히 고찰하지는 않은 듯하다. 그렇기에 제멋대로 싸잡아 모든 근육은 손가락과 발가락에서 발원한다고 말했으리라. 송대의 『세원록』[3)]에서는 사람의 뼈를 언급하면서 남녀에 따라 뼈의 개수가 다르다고까지 했으니, 옛 검시관의 말 역시 엉터리가 적지 않다. 그러나 오늘에 이르기까지도 전자는 여전히 의료인의 경전이요, 후자는 검시의 나침반이다. 이것은 천하의 기이한 일 가운데 하나라 할 수 있다.

치통이 중국에서는 어떤 사람에게서 비롯되었는지 알 수 없다. 옛사람들은 건장했다고 전해지니, 요순堯舜시대에 꼭 있었다고는 할 수 없다. 이제 치통이 이천 년 전에 비롯되었다고 가정해 보자. 나는 어렸을 적에 치통을 앓은 적이 있다. 여러 가지 처방을 써 보았는데, 세신[4)]만 약간 효험이 있었다. 그러나 그것도 일시적인 마취에 지나지 않았으며, 증세에 맞는 약은 아니었다. 이를 뽑는 이른바 '이골산'[5]은 꿈같은 이야기일 뿐 실제로 존재하지는 않는다. 서양식의 치과의사가 와서야 이 문제는 근본적으로 해결되었다. 그러나 중국인의 손에서 손으로 전해지면, 번번이 씌우고 때우는 것만 배울 뿐, 썩은 것을 없애고 균을 죽여야 한다는 것은 까맣게 잊어버리는지라, 또다시 차츰 믿을 수 없게 된다. 이가 아픈 지 이천 년이 되었건만, 건성건성 좋은 방법을 생각해 내지 않으며, 남들이 생각해 냈더라도 제대로 배우려 들지 않는다. 이것은 아마도 천하의 기이한 일 가운데 둘이라 할 수 있으리라.

캉康 성인[6]은 무릎 꿇어 절하자고 주장하면서, "그러지 않으면 무릎을 어디에 쓴단 말인가?"[7]라고 여겼다. 걸을 때의 다리 동작은 물론 똑똑히 보기가 쉽지 않지만, 의자에 앉아 있을 때 무릎이 구부러짐을 망각했으니, 성인께서 격물[8]에 소홀한 것이라 아니 할 수 없다. 몸 가운데에서 목이 가장 가늘기에 옛사람들은 이곳을 도끼로 내리쳤고, 엉덩이살이 가장 살지기에 옛사람들은 여기를 매로 쳤다. 이들의 격물은 캉 성인보다 정교했으니, 후세 사람들이 차마 버리지 못한 채 아끼는 것은 실로 그럴만한 까닭이 있는 것이다. 그래서 외진 현에서는 아직도 곤장으로 볼기를 치고 있으며, 작년에 베이징의 계엄 때에는 참수형이 부활했던 것이다. 비록 국수國粹를 영원토록 지속하려는 것이겠지만, 이 또한 천하의 기이한 일 가운데 셋이라 하지 않을 수 없다.

1월 15일

## 2.

『고민의 상징』[9]의 교정쇄를 교열하다가 몇 가지 자질구레한 일이 생각났다.

책의 형식에 대해 나는 일종의 편견을 지니고 있는데, 책의 첫머리와 각 제목의 앞뒤에 여백을 남겨 두기를 좋아한다. 그래서 인쇄에 넘길 때면 꼭 분명하게 내 뜻을 밝힌다. 그러나 조판하여 보내온 책은 대개 편篇과 편 사이를 딱 붙여 놓아, 내 뜻대로 되어 있지 않다. 다른 책을 살펴보아도 마찬가지이며, 대부분 줄과 줄 사이가 달라붙어 있다.

비교적 괜찮은 중국 책과 서양 책은 책마다 앞뒤에 한두 장의 여백지를 두고 있고, 위아래의 여백도 널찍하다. 그런데 최근에 중국에서 인쇄된 새 책은 대개 여백지가 없고 위아래의 여백도 좁다. 약간의 의견이나 다른 뭔가를 적고 싶어도 그럴 만한 공간이 없다. 책을 펼치면 까만 글자가 빽빽하고 촘촘히 책을 가득 메우고 있다. 게다가 코에 훅 끼치는 기름 냄새는 짓누르고 옹색한 듯한 느낌을 안겨 주어, '독서의 즐거움'을 가시게 할 뿐만 아니라, 인생에 '여유'가 없고 '여지가 남아 있지 않다'는 생각이 들게 한다.

어쩌면 이런 것을 질박함이라 여길지도 모르겠다. 그러나 질박함은 시작의 '초라함'이니, 정력精力은 넘치고 물력物力을 아까워하지 않는 것이다. 그런데 지금의 것은 초라함으로 되돌아갔으되, 질박함의 정신을 이미 잃어버려 황폐하고 타락한 것이라 할 수밖에 없다. 즉 흔히 이야기하는 '형편껏 그럭저럭'[10]이라는 것이다. 이처럼 '여지가 남아 있지 않은' 분위기에 둘러싸여서는 사람들의 정신도 아마 쪼그라들고 말 것이다.

학술문예를 쉽게 설명하는 외국의 책은 한담이나 우스개를 간간이 끼워넣어 글에 활기를 북돋우는지라, 독자들은 각별히 흥미를 느끼고 쉬이 지루해지지 않는다. 그러나 중국의 일부 번역서들은 이런 것을 삭제한 채, 어렵기 짝이 없는 강의투의 말만 남겨 놓아 교과서처럼 만들어 버린다. 이는 마치 꽃꽂이를 하는 사람이 가지와 잎은 죄다 없애 버리고 오직 꽃송이만 남겨 놓는 꼴이다. 꽃꽂이야 물론 했지만, 꽃가지의 생기는 깡그리 사라져 버린다. 사람들이 여유 있는 마음을 잃어버리거나, 자기도 모르게 여지가 남아 있지 않은 마음을 가득 품게 된다면, 이 민족의 장래는 아마 암담해질 것이다. 위에서 서술한 두 가지는 물론 터럭보다 더 사소한 일이겠지만, 필경 시대정신을 드러내는 실마리이므로 다른 것들도 유추해 볼 수 있을 것이다. 이를테면 요즘 기물이 경박하고 조잡한 것(세간에서는 쓰기 편하다고 잘못 생각하고 있다), 건축에서 노력과 자재를 덜 들이는 것, 일처리를 대충 얼버무리는 것, '겉모습의 아름다움'도 바라지 않고 '내구성'도 강구하지 않는 것, 이 모두는 똑같은 병에서 비롯된 것이다. 이로써 더욱 커다란 일을 유추해도 좋으리라고 나는 생각한다.

1월 17일

## 3.

나의 신경이 약간 혼란스러워졌는지도 모르겠다. 그렇지 않다면, 정말 두려운 일이다.

나는 이른바 중화민국이 오랫동안 존재한 적이 없었던 듯한 느낌이 든다.

나는 혁명 이전에 내가 노예였는데, 혁명 이후 얼마 지나지 않아 노예들의 속임수에 넘어가 그들의 노예가 되었다고 생각한다.

나는 수많은 민국 국민이 민국의 적이라고 생각한다.

나는 수많은 민국 국민에게 독일이나 프랑스에 거주하는 유태인들처럼 마음속에 또 하나의 국가가 있다고 생각한다.

나는 수많은 열사의 피가 사람들에게 짓밟혀 사라졌지만, 이 또한 고의는 아니라고 생각한다.

나는 무엇이든 새로이 하지 않으면 안 된다고 생각한다.

만 걸음을 물러서서 말해 보자. 나는 누군가 민국의 건국사를 제대로 써서 젊은이들에게 보여 주기를 바란다. 왜냐하면 민국의 유래가, 겨우 14년밖에 되지 않았는데, 어느덧 전해지지 않는다고 느끼기 때문이다!

2월 12일

## 4.

이전에 24사[11]는 '살육서'요 '한 사람만의 족보'에 지나지 않는다[12]는 유의 이야기를 들었는데, 참으로 옳다고 여겼다. 나중에 직접 보고서야 깨닫게 되었다. 그렇지 않다는 것을.

역사에는 중국의 영혼이 씌어져 있고 장래의 운명이 밝혀져 있다. 다만 너무 두텁게 발라 꾸미고 쓸데없는 말이 너무 많은지라 내막을 쉬이 살피기가 어려울 따름이다. 마치 빽빽한 나뭇잎을 뚫고 이끼 위에 비치는 달빛이 점점이 부서진 모습만 보이는 것처럼. 그렇지만 야사野史와 잡기雜記

를 보면 훨씬 이해하기 쉽다. 그들은 어쨌든 사관史官의 티를 낼 필요는 없었을 테니까.

진한대야 지금의 상황과 차이가 너무 크니 언급하지 않겠다. 원대 사람들의 저작은 드물기 짝이 없다. 당송대의 잡사류雜事類는 현재 많이 남아 있다. 오대, 남송, 명말의 사정을 기록한 것을 지금의 상황과 비교해 보면, 얼마나 비슷한지 놀라지 않을 수 없다. 마치 시간의 흐름이 유독 우리 중국과는 아무 관계가 없는 듯하다. 현재의 중화민국은 여전히 오대요, 송말이요, 명말이다.

명말을 현재와 비교해 보면, 중국의 상황은 아직도 훨씬 더 부패하고 남루하며 흉포하고 잔학해질 수 있으니, 지금은 아직 정점에 이르렀다고 할 수 없다. 그러나 명말의 부패와 남루 역시 정점에 이른 것은 아니었다. 이자성과 장헌충[13]이 소란을 일으켰기 때문이다. 그들의 흉포와 잔학 역시 정점에 이른 것은 아니었다. 만주족 병사들이 쳐들어왔기 때문이다.

설마 국민성이라는 것이 참으로 이토록 고치기 어렵단 말인가? 만약 그렇다면 장래의 운명을 대충 짐작할 수 있을 터, 익숙한 말로 하자면, "옛날에 그런 일이 이미 있었지"古已有之.

영리한 사람은 참으로 영리하다. 그래서 결코 옛사람을 비난하거나 옛 관례를 흔들지 않는다. 옛사람이 했던 일은 뭐든지 오늘날 사람들도 행할 수 있다. 그리고 옛사람을 변호하는 것이 곧 자신을 변호하는 것이다. 하물며 우리는 신주神州 중화의 후예이니, 어찌 감히 "선조의 발자취를 이어 가"[14]지 않겠는가?

다행히 어느 누구도 국민성은 결코 고칠 수 없는 것이라고 단정적으로 말하지는 않는다. 이 '알 수 없음'不可知 속에서, 비록 전례 없는——즉 그런 상황이 이제껏 없었던——멸망의 공포가 있을지라도 전례 없는 소생의 희망을 품을 수 있으니, 이것이 어쩌면 개혁가들에게 약간의 위안이 될 수도 있으리라.

그러나 이 약간의 위안도 낡은 문명을 자랑하는 부류의 붓 위에 지워져 버릴 것이고, 새로운 문명을 무고하는 부류의 입 위에 빠져 죽을 것이며, 새로운 문명을 가장하는 부류의 언동 속에 소멸되고 말 것이다. 비슷한 선례 역시 "옛날에 이미 있었"으니까.

사실 이런 사람들은 똑같은 부류로서, 영리한 사람들이다. 이들은 중국이 끝장난다 해도 자신의 정신은 고통스럽지 않으리라는 것을 잘 알고 있다. 왜냐하면 상황에 맞추어 태도를 바꿀 수 있기 때문이다. 만약 믿기지 않는다면, 청조의 한인漢人이 무공을 찬미한 글을 보기 바란다. 입만 벙긋하면 '대병'大兵입네, '아군'我軍입네 떠드는데, 여러분은 이 대병과 아군에게 패한 자가 바로 한인이라는 것을 짐작이나 할 수 있겠는가? 여러분은 한인이 병사를 이끌고서 야만적이고 부패한 다른 어느 민족을 섬멸했다고 여길 것이다.

그러나 이런 부류의 인간은 영원히 승리할 것이고, 아마 앞으로도 영원히 존재할 것이다. 중국에서 오직 그들만이 생존에 가장 적합하며, 그들이 생존해 있는 한 중국은 영원히 지금까지의 운명을 반복하지 않을 수 없을 것이다.

"땅은 넓고 물산은 풍부하며, 인구는 많다." 그런데 설마 이 많고 좋은 재료로 만날 윤회의 놀이만 연출할 수밖에 없단 말인가?

2월 16일

주)

1) 원제는「忽然想到」, 1925년 1월 17일, 20일, 2월 14일, 20일에『징바오 부간』에 발표했다. 첫번째 글을 발표하면서 작자는「부기」에서 다음과 같이 밝혔다. "나는 일개 강사로, 교수에 가깝기는 하지만, 장전야(江震亞) 씨의 주장에 따르면 서명을 하지 말아야 할 듯하다. 그렇지만 나는 몇 가지 가명을 사용하여 글을 발표했는데, 그후 내가 책임을 회피하고 있다고 힐난한 이가 있었다. 그래서 이번에는 공격적인 태도를 띠고 있는지라, 마침내 서명하기로 했다. 그런데 서명을 한다고 해도 진짜 이름이 아니다. 그렇더라도 진짜 이름에 가까운지라, 강사라는 마각을 드러낼 병폐가 있다. 아무리 생각해 보아도 이대로 하는 수밖에 없다. 아울러 분규를 피하기 위해 한마디 밝히겠다. 내가 가리키는 중국의 옛사람(古人)과 지금 사람(今人)은 일부이며, 다른 수많은 뛰어난 옛사람과 지금 사람은 이 속에 포함되어 있지 않다! 그러나 이렇게 말하면, 나의 잡감은 아주 무료한 것이 되어 버린다. 이것저것 고려하다 보면, 이처럼 자신을 무가치하게 변모시킬 수 있다." 이 글에서의 "서명을 하지 말아야 한다"는 말은 1925년 1월 15일자『징바오 부간』에 장전야의 서명으로 실린「학자의 말은 틀림이 없는가?」(學者說話不會錯?)라는 글을 겨누어 입장을 밝힌 것이다. 장전야는 이 글에서 이렇게 주장했다. "'학자의 말은 틀림이 없다'라고 믿는 것은 평론계가 지녀서는 안 되는 태도이다. 이러한 병폐를 없애기 위해서는 글을 발표할 때 서명을 하지 않는 것이 좋다고 생각한다." 그에 따르면, "중요한 문제가 발생했을 때, 누군가의 편에 서서 그를 위해 변론할 수밖에 없는 경우가 늘 있"으며, 게다가 그 누군가는 "대학교수이니 그의 말은 틀림이 없고", 다른 아무개는 "학생이니 그의 말이 틀렸다"고 여긴다는 것이다.
2)『내경』(內經)은『황제내경』(黃帝內經)을 가리키며, 중국에서 현존하는 가장 오래된 의학서적이다. 대략 전국(戰國)·진한(秦漢) 무렵에 의학가들이 고대 및 당시의 의학 자료를 모아 편찬한 것이다. 이 서적은「소문」(素問)과「영추」(靈樞)의 두 부분으로 나뉘어 있으며, 모두 18권이다. "근육은 손가락과 발가락에서 발원한다"는 견해는「영추·경근(經筋)」제13에 실려 있다.
3)『세원록』(洗冤錄)은 송대의 송자(宋慈)가 지었으며 모두 5권으로, 비교적 완정한 법의학 전문서이다. "남녀의 뼈의 개수가 다르다"는 견해는「험골」(驗骨)에 실려 있다.
4) 세신(細辛)은 다년생 초본식물로, 한의학에서는 풀 전체를 약에 집어넣는다. 성질은 따뜻하고 맛은 매우며, 진통효과를 지니고 있다.
5) 이골산(離骨散)은 옥잠화(玉簪花) 뿌리를 깨끗이 씻어 말려 빻은 것이다. 이 붉은색의 분말을 치근(齒根)에 바르면 이가 빠진다고 한다.
6) 캉 성인(康聖人)은 캉유웨이(康有爲, 1858~1927)를 가리킨다. 광둥(廣東) 난하이(南海) 사람으로, 자는 광샤(廣厦)이고 호는 창쑤(長素)이며, 청말 유신운동의 지도자로서 1898년 량치차오(梁啓超), 탄쓰퉁(譚嗣同) 등과 함께 무술변법(戊戌變法)을 주도했다. 이 변

법유신이 실패한 후, 군주입헌을 주장하면서 보황당(保皇黨)을 조직하여 쑨원(孫文)이 이끌던 혁명파에 반대했으며, 신해혁명 후에는 청조로의 복귀와 황제의 복벽을 주장했다. 량치차오는 『캉유웨이전』(康有爲傳)에서 "어렸을 적에 성현의 학문에 뜻을 두었는데, 마을의 속인들은 그를 비웃어 우스개로 '성인위'(聖人爲)라고 불렀다. 그가 입만 벙긋하면 '성인, 성인' 했기 때문이다"라고 밝혔다. 루쉰이 이 글에서 캉유웨이를 굳이 '캉 성인'이라 일컬은 것은 풍자적인 뜻을 담고 있다고 할 수 있다.

7) "그러지 않으면 무릎을 어디에 쓴단 말인가?"라는 말은 캉유웨이가 공자 숭배를 고취하는 전보문에 자주 쓰던 말이다. 이를테면 그는 「공자에게 제사 지내고 무릎 꿇어 절하는 예를 행할 것을 전국에 호소함」(請飭全國祀孔仍行跪拜禮)에서 "중국민들은 하늘에 절하지도 않고 공자에 절하지도 않으니, 무릎을 두었다가 무얼 할 것인가?"라고 했다. 또한 「공교를 국교로 삼는 것은 천의에 부합한다」(以孔教爲國教配天儀)에서도 "중국인들은 하늘을 공경하지도, 교주를 공경하지도 않은 채, 이 무릎을 남겨 으스대고 있는데, 도대체 무얼 하려는 것인지 모르겠다"라고 했다.

8) 격물(格物)은 사물의 원리를 궁구함을 의미한다. 『예기』(禮記)의 「대학」(大學)에서는 "앎에 이름은 사물의 원리를 궁구함에 있으니, 사물의 원리를 궁구한 후에 앎이 이른다"(致知在格物, 格物而後知至)고 했다.

9) 『고민의 상징』(苦悶の象徵, 1924)은 일본의 구리야가와 하쿠손(厨川白村, 1880~1923)이 지은 문예논문집이다. 루쉰은 이 책을 중국어로 번역하여 1924년 11월 베이징의 신조사(新潮社)에서 출간했다.

10) 원문은 '因陋就簡'이다. 이 말은 본래 '원래의 간루(簡陋)를 좇아 개선하려고 하지 않음'을 의미한다. 이후 원래의 변변치 못한 조건이나 형편에 맞추어 일을 처리함을 의미하게 되었다.

11) 24사(二十四史)는 청대 건륭(乾隆) 때에 '정사'(正史)로서 정한, 『사기』(史記)로부터 『명사』(明史)에 이르기까지 24부의 역사서를 가리킨다.

12) '살육서'의 원문은 상작서(相斫書)이며, 서로 간의 살육을 기록한 책이라는 의미이다. 이 말은 『삼국지』(三國志) 「위서」(魏書) 권13의 주석에서 비롯되었다. '한 사람만의 족보'란 제왕의 한 성씨의 가계를 기록한 책이라는 의미이다. 이 말은 량치차오가 「중국사계혁명안」(中國史界革命案)이라는 글에서 "24사는 역사가 아니라, 24개 성씨의 족보일 따름이다"라고 밝힌 데에서 비롯되었다.

13) 이자성(李自成, 1606~1645)은 산시(陝西) 미즈(米脂) 출신의 명말 농민반란군 지도자이다. 그는 숭정(崇禎) 2년(1629) 반란에 참가하여 고영상(高迎祥) 휘하에서 대장이 되었으며, 고영상이 전사한 뒤에는 틈왕(闖王)이라 일컬어졌다. 숭정 17년(1644) 1월, 시안(西安)에 대순국(大順國)을 세우고 연호를 영창(永昌)이라 정했으며, 3월에는 베이징을 공격하여 입성했다. 후에 만주족 군대의 지원을 받은 명나라 장수 오삼계(吳三桂)

에게 패한 끝에, 이듬해 후베이(湖北) 퉁산현(通山縣)에서 살해되었다.

장헌충(張獻忠, 1606~1646)은 산시(陝西) 옌안(延安) 출신으로, 이자성과 어깨를 나란히 했던 농민반란군 지도자이다. 숭정 3년(1630)에 반란에 참여한 그는 1644년 쓰촨(四川)을 장악하여 청두(成都)에 대서국(大西國)을 세우고 연호를 대순(大順)이라 정했다. 한때 개혁을 실행하여 세력을 확장했으나, 청나라 순치(順治) 3년(1646)에 피살되었다.

14) 원문은 '繩其祖武'이다. 이 말은 『시경』의 「대아(大雅) · 하무(下武)」의 "밝도다 후세인이여, 선조의 발자취를 이어 가리라"(昭玆來許, 繩其祖武)에서 비롯되었다.

# 통신[1)]

1.

쉬성[2)] 선생께

그제 『맹진』[3)] 제1기를 받았습니다. 선생께서 부치셨거나 혹은 쉬안보[4)] 선생께서 부치셨으리라 생각합니다. 어느 분이 부치셨든 고맙기 그지없습니다. 이번 잡지에 시정市政을 논한 이야기가 있는데, 이로 인해 상관없는 일이 문득 떠올랐습니다. 저는 지금 어느 조그마한 골목 안에 살고 있습니다. 이곳에는 이른바 쓰레기차가 있는데, 매월 몇 푼씩을 받고서 석탄재 따위를 실어 내고 있습니다. 실어 내서 어떻게 할까요? 길거리에 쌓아 두다 보니, 이 거리는 날마다 높아집니다. 몇 채의 낡은 가옥은 절반만이 거리 위로 드러나 있는 채, 다른 가옥의 미래를 예고하고 있습니다. 저는 무슨 까닭인지는 모르지만, 이런 집을 보노라면 마치 중국인의 역사가 보이는 듯합니다.

　　이름은 잊었습니다만, 예컨대 명나라 말기의 어느 유민遺民이 자신의 서재 이름을 '활매암'活埋庵[5]이라 지었습니다. 누군들 상상이나 했겠습니까만, 지금의 베이징 사람들은 '활매암'을 짓고 있으며, 더구나 스스로 건축비를 내야 합니다. 신문지상의 논단을 보니, '반개혁'의 분위기가 농후하기 그지없습니다. '선대의 전통'이니 '선례', '국수' 등을 수레 가득 실어와 길 위에 쌓은 채 모든 사람들을 깡그리 생매장하려 하고 있습니다. "주절주절 말을 그치지 않는 것"[6]이 아마도 처방이 되겠지요. 그렇지만 제가 보는 바로는 일부 사람들──심지어 젊은이들──의 논조는 그야말로 '무술정변' 시절 개혁에 반대하던 자의 논조와 똑같습니다. 생각해 보십시오. 27년이나 지났는데도 여전히 이 모양이니, 어찌 두렵지 않겠습니까! 아마 국민이 이러하다면 결코 좋은 정부[7]를 갖지 못할 것입니다. 좋은 정부라 하더라도 쉽게 무너지고 말 것입니다. 훌륭한 의원 또한 있을 수 없을 것입니다. 지금 의원을 욕하는 사람들이 흔히 있습니다. 그들이 뇌물을 받고 지조도 없으며, 권세가에게 빌붙어 사리사욕을 꾀한다고 말합니다. 하지만 대다수의 국민들이 바로 이렇지 않습니까? 이러한 부류의 의원들은 사실 국민의 대표임에 틀림없습니다.

현재의 방법으로는 우선 몇 년 전 『신청년』에서 이미 말했던 '사상혁명'[8]을 이용하지 않으면 안 된다고 저는 생각합니다. 아직도 이 말을 되풀이하노라니 서글프기 짝이 없지만, 이것 외에는 뾰족한 수가 없다고 생각합니다. 게다가 여전히 '사상혁명'의 전사를 준비하고 있지만, 목전의 사회와는 아무 관련이 없습니다. 전사가 길러지면 다시 승부를 가리겠지요. 저의 이러한 세상물정 모르는 막연한 의견은 제가 느끼기에도 한탄스럽습니다만, 제가 『맹진』에 바라는 것도 결국은 '사상혁명'입니다.

3월 12일, 루쉰

루쉰 선생께

"27년이나 지났는데도 여전히 이 모양"이라는 선생의 말씀은 참으로 '두렵기' 짝이 없는 일입니다. 인류의 사상에는 본래 일종의 타성이라는 것이 있으며, 우리 중국인의 타성은 더욱 깊습니다. 타성이 나타나는 형식은 여러 가지입니다만, 가장 흔한 것 중에 첫째는 운명을 하늘에 맡기는 것이고, 둘째는 중용입니다. 운명을 하늘에 맡기는 것과 중용의 분위기를 타파하지 못한다면, 우리나라 사람들의 사상은 진보할 희망이 영영 없습니다.

선생께서는 "말을 하고 글을 쓰는 것은 모두 실패자의 상징처럼 보입니다. 운명과 악전고투를 벌이고 있는 사람은 이런 일을 돌아볼 겨를이 없습니다"[9]라고 말씀하셨는데, 참으로 가슴 아프기 그지없는 말입니다. 그러나 저는 다른 관점에서 봅니다. 그래도 말을 하고 글을 쓰는 사람이 많이 있다는 건, 인심이 완전히 죽은 것이 아니라는 증거라고 생각합니다. 그러나 여기에서 분명히 밝혀 둘 점이 있습니다. 차가운 비웃음이든 뜨거운 욕설이든 반드시 불평의 외침이어야만, 인심이 완전히 죽은 것이 아님을 입증한다는 것입니다. 만약 그렇지 않다면, 바꿔 말해 글 속에 '느낌표'(!)를 많이 사용하지 않는다면, 말하고 쓴 것이 아무리 듣기 좋아도, 인심은 이미 완전히 죽은 것입니다. 나라가 망하는가의 여부는 오히려 부차적인 문제입니다.

'사상혁명'은 참으로 현재 가장 중요한 일입니다. 그러나 저는 『위쓰』語絲, 『현대평론』現代評論과 우리의 『맹진』이 합친다 해도 이러한 사명을 짊어질 수 없으리라 생각합니다. 저에게는 두 가지 희망이 있습니다. 첫번째 희망은 모두가 한데 모여 문학사상을 전문적으로 다루는 월간을 발행하는 것입니다. 수록하는 내용은 수준이 지나치게 높을 필요는 없으며, 파괴적인 내용이 6~7할을 차지하고, 새로운 것을 소개하는 내용이 3~4할을 차지하도록 합니다. 이렇게 하면 대학 혹은 중고등학교 학생들은 틈날 때의 좋은 벗을 갖게 되고, 사상의 진보에 있어서도 커다란 도움이 될 것입니다. 제가 오늘 후스胡適 선생께 몇 마디 말씀을 드렸더니, 선생께서는 우리가 지금 월간을 발행하는 것은 대단히 어려우며, 아마 매달 8만 자를 내는 건 그래도 가능하겠지만, 11~12만 자를 내려고 한다면 그건 거의 불가능하다고 말씀하시더군요. 선생께 말씀드립니다만, 11만 자라야 낸다는 데에 굳이 얽매일 필요가 있을까요? 7~8만 자가 있으면 7~8만 자를 내고, 설사 조금 적더라도 안 될 것은 없습니다. 요컨대 있는 것이 없는 것보다 훨씬 낫다는 거지요. 이것이 저의 첫번째 희망입니다. 두번째로는 소규모의 통속적인 신문이 있었으면 합니다. 지금의 『제일소보』[10]가 바로 그런 부류입니다. 이 신문을 저는 겨우 두세 기밖에 보지 못했으니, 물론 비평할 길이 없지만, 우리의 인상은 이렇습니다. 첫째, 편폭이 너무 작아서 적어도 절반은 더 늘려야 쓸 만할 것입니다. 둘째, 이런 소규모 신문은 민중과 초등학교 학생을 위한 읽을거리라는 점을 똑똑히 기억해야 합니다. 그러므로 사상은 대단히 새로울지라도, 글은 아주 이해하기 쉽게 써야 합니다. 전문용어와 새로운 명사는 죄다 피할 수 있는 한 피해야 합니다. 『제일소보』는 이 점에 대해 그다지 신경 쓰지 않은 듯합니다. 이런 괜찮은 소규모의 통속 신문이 저의 두번째 희망입니다. 횡설수설 쓰다 보니 전혀 두서가 없습니다. 선생의 생각은 어떠신지요?

3월 16일, 쉬빙창

2.

쉬성 선생께

보내주신 편지는 진즉 보았습니다만, 자질구레한 일이 너무 많았던지라 이제야 답신을 드릴 수 있게 되었습니다.

문학사상을 전문적으로 다루는 월간이 있다면, 아주 좋은 일임에 틀림없습니다. 자수의 많고 적음이야 문제될 게 없습니다. 가장 어려운 점은 집필자입니다. 만약 전과 다름없는 몇몇 사람이 집필한다면, 결과는 아무래도 규모가 커진 모 주간지나 혹은 합본한 주간지 따위가 되어 버릴 것입니다. 하물며 집필자가 늘어나면, 내용이 어느 정도 일치되기를 바라기 때문에 서로 영합하는 구석이 있을 수밖에 없고, 좋은 게 좋은 것이라면서 우물쭈물 처리하는 것으로 변하기 십상이니 무료해질 게 너무 뻔합니다. 현재의 각종 소규모 주간지는 비록 양은 적고 힘은 미약하지만, 소집단 혹은 홀몸의 백병전을 벌이면서 어둠 속에서 때로 비수의 번뜩임을 내비침으로써 같은 부류에게 누군가가 여전히 낡고 견고한 보루를 습격하고 있음을 알려 주고 있습니다. 그리하여 광대하지만 회색인 군용軍容을 보여주는 것보다 오히려 회심의 미소를 짓게 만들지도 모릅니다. 지금 저는 오히려 이러한 소규모 간행물이 늘어나기를 바랄 뿐입니다. 향하는 목표가 대동소이하기만 하다면 장차 자연스럽게 연합전선을 형성할 터이니, 효력 또한 작지 않을 것입니다. 그러나 목하 제가 알지 못하는 새로운 작가가 나타나 준다면, 그야 물론 논의를 달리해야겠지요.

소규모의 통속적인 신문 또한 물론 중요합니다. 하지만 이 일은 얼핏 보기에는 쉬운 듯하지만, 실행하기는 대단히 어렵습니다. 『제일소보』를

『군강보』[11] 부류와 비교해 보기만 해도, 사실 민의와 너무나 동떨어져 있으며, 아무 성과 없이 실패하리라는 것은 의심할 여지가 없음을 금방 알 수 있습니다. 민중은 황제가 어디 계신지, 태비太妃는 안녕하신지[12]를 궁금하게 여깁니다. 그렇지만 『제일소보』는 그들에게 '상식'을 이야기하고 있으니, 어찌 어긋나지 않겠습니까? 교직에 오래 있다 보면 일반 사회와 유리되어, 아무리 열성적이더라도 일을 하면 꼭 실패하고 맙니다. 만약 기어이 해야 한다면, 학자의 양심을 간직하면서 거간꾼의 수단을 지니고 있어야 할 텐데, 이런 인재가 교원 가운데에 틀림없이 있으리라고는 볼 수 없을 것입니다. 제 생각에는, 지금은 어쩔 수 없으니 지식계급——사실 중국에는 러시아에서 일컫는 바의 지식계급은 없습니다. 이에 대해 이야기하자면 말이 너무 길어지니 잠시 일반적인 의견을 좇아 이렇게 말해 둡시다——의 측면에서 먼저 대책을 마련한 다음, 민중은 장래에 이야기하기로 하지요. 게다가 민중은 구구한 문자로 개혁할 수 있는 것 또한 아님을, 역사는 우리에게 알려 주고 있습니다. 청나라 병사가 쳐들어와 전족을 금하고 변발을 드리우도록[13] 했지요. 전자의 일은 문자로만 알렸기에 지금까지도 여전히 풀어 주지 못하고 있으며, 후자의 일은 다른 방법을 사용했기에 지금까지도 여전히 늘어뜨리고 있습니다.

다만 재학 중인 젊은이들의 견지에서 볼 때, 볼 만한 서적과 신문이 참으로 너무 적습니다. 저는 적어도 이해하기 쉽고 재미있는 통속적인 과학잡지도 있어야 한다고 생각합니다. 안타깝게도 현재 중국의 과학자들은 그다지 글을 쓰지 않습니다. 쓴 글이 있어도 수준이 지나치게 높고 깊어 무미건조하기 짝이 없습니다. 요즘에는 브렘(Brehm)[14]의 동물의 생활이나 파브르(Fabre)[15]의 곤충기처럼, 재미있으면서도 삽화가 많은 것을 원합니다. 그러나 이런 책은 대형 출판사가 떠맡지 않으면 찍어 낼 수 없습니다. 글을 쓰는 데 있어서, 저는 과학자들이 눈높이를 낮추고 문예 관련 서적을 좀더 보려고 하기만 하면 충분하다고 생각합니다.

3~4년 전에 어느 사조가 사태를 적잖이 악화시켰지요.[16] 학자들은 대부분 연구실로 조용히 들어가라고 권했으며, 문인들은 예술의 궁전으로 옮겨 가는 게 낫다고 말했지요. 지금까지 모두들 나오는 일이 별로 없으니, 그쪽 사정이 어떤지 알 길이 없습니다. 이는 비록 스스로 원한 일이지만, 그 대다수는 신사상을 좇음에도 '낡은 수법'의 계략에 말려든 것입니다. 저는 최근에야 이런 음모를 알아차렸습니다. 바로 '청년필독서' 사건 이래로 찬성하는 편지와 비웃고 욕하는 편지를 아주 많이 받았던 일입니다. 찬성하는 이들은 아주 솔직담백하며 치켜세우는 법이 없습니다. 만약 첫머리에서 저를 무슨 '학자'니 '문학가'라 일컫는 사람이라면, 그 다음에서는 틀림없이 욕설을 퍼붓습니다. 저는 그제야 깨달았습니다. 이게 그들이 공공연히 쳐놓은 교묘한 계략이자 정신의 족쇄라는 걸 말입니다. 일부러 당신을 '남과는 다르다'고 정해 놓고서는 다시 이것을 빌려 당신의 언동을 속박함으로써, 그들의 낡은 생활에 대해 당신이 미칠 위험성을 없애 버리는 거지요. 그런데 뜻밖에도 많은 사람들이 스스로 무슨 실室이나 궁宮에 갇혀 지내니, 어찌 안타깝지 않겠습니까! 이런 존호尊號를 팽개쳐 버리고서 태도를 일변하여 무뢰한이 되어 서로 욕하고 때리기만 한다면(여론이야 학자는 마땅히 예의 바르게 강의해야 한다고 여깁니다만), 세상의 기풍은 날로 나아지고 월간지도 나오게 될 것입니다.

선생께서는 편지에서 이렇게 말씀하셨습니다. "타성이 나타나는 형식은 여러 가지이지만, 가장 흔한 것 중 첫째는 운명을 하늘에 맡기는 것이고, 둘째는 중용이다"라고요. 저는 이 두 가지 태도의 뿌리는 아마 타성의 탓으로만 돌릴 수는 없으며, 사실은 비겁이라고 생각합니다. 강자를 만나면 반항할 엄두는 내지 못한 채 '중용'이라는 말로 분식하여 잠시 스스로를 위로합니다. 그래서 중국인들은 권력을 갖게 되어 남들이 자신을 어찌할 수 없거나, 혹은 '다수'가 자신의 '호신부'가 된다는 것을 목도했을 때, 대개는 영락없이 폭군처럼 흉포하고 방자해져 일처리는 전혀 중용이지 않습니다. '중용'을 입에 달고 다닐 즈음은, 진즉 세력을 잃어 일찌감치 '중용'이지 않으면 안 되는 때가 된 것입니다. 완패에 이르면 다시 '운명'이란 말을 화두로 삼아, 노예가 될지라도 태연자약하지만, 어디에 가더라도 성인의 도에 어긋나는 일이 없습니다. 이러한 현상들은 참으로 외적이 있든 없든, 중국인을 패망케 할 수 있습니다. 이런 것들을 바로잡으려면, 우선 갖가지 결점을 폭로하여 저 그럴듯한 가면을 찢어 버리는 수밖에 없습니다.

3월 29일, 루쉰

루쉰 선생께

선생께서는 "연구실로 조용히 들어간다"느니 "예술의 궁전으로 옮겨 간다"는 따위의 말이 죄다 '계략의 일종'임을 알아차리셨는데, 이건 정말 중요한 발견입니다. 선생께 말씀드립니다만, 전 최근 gentleman을 자처하는 사람을 만나면 두렵기 짝이 없습니다. 첸쉬안퉁錢玄同 선생께서 gentleman을 빈정댄 이야기(『위쓰』 제20기를 보십시오)를 보니, 마치 무더울 때에 아이스크림 한 판을 먹는 것처럼 얼마나 통쾌했는지 모릅니다.

요컨대 이런 글자들은 죄다 계략의 일종이니, 모두들 경계하여 그들의 속임수에 당하지 말아야 할 것입니다.

제 생각에, 통속적인 과학잡지는 결코 쉬운 일이 아닌 듯합니다. 하지만 저는 이 문제에 대해 전혀 생각해 본 적이 없으니, 잠시 아무 말씀도 드릴 수가 없군요.

저는 소규모의 통속적인 신문에 대해 드릴 말씀이 많습니다만, 지면의 제약으로 인해 말씀드리지 않겠습니다. 다음 호에 짤막한 글 한 편을 써 이 일을 전적으로 논해 보겠습니다. 그때에 선생께서 가르침을 주시기를 부탁드립니다.

3월 31일, 쉬빙창

주)

1) 원제는 「通訊」, 1925년 3월 20일, 4월 3일 베이징의 『맹진』(猛進) 주간 제3기와 제5기에 발표했다.
2) 쉬성(旭生)은 쉬빙창(徐炳昶, 1888~1976)으로, 자가 쉬성(旭生), 필명은 쉬성(虛生)이다. 그는 허난(河南) 탕허(唐河) 사람이며, 일찍이 프랑스에서 유학했다. 당시 베이징대학 철학과 교수로 재직하고 있었으며, 『맹진』 주간의 주편이었다.
3) 『맹진』(猛進)은 정치적 성격이 짙은 시사주간이다. 1925년 3월 6일 베이징에서 창간되었으며, 1926년 3월 19일 제53기로 종간되었다.
4) 쉬안보(玄伯)는 리쭝퉁(李宗侗, 1895~1974)으로, 자가 쉬안보이다. 허베이(河北) 가오양(高陽) 사람이며, 일찍이 프랑스에서 유학했다. 당시 베이징대학 불문과 교수로 재직하고 있었다. 그는 『맹진』 주간 제27기부터 편집을 담당했다.
5) 활매(活埋)는 산 채로 파묻음을 의미한다.
6) 원문은 '強聒不舍'이며, 남이 들으려 하지 않아도 주절주절 말이 그치지 않음을 의미한다. 이 말은 『장자』 「천하」(天下)의 "비록 온 천하 사람들이 받아들이지 않아도, 주절주절 말을 그치지 않았다"(雖天下不取, 強聒而不舍者也)에서 비롯되었다.
7) 좋은 정부(好的政府)는 1922년 5월 후스, 차이위안페이(蔡元培) 등 15명의 베이징대학

교수들이 「우리의 정치 주장」(我們的政治主張)에서 제기한 것이다. 이 글에 따르면, 훌륭한 사람(好人)은 청고(淸高)함을 내세워 중국의 분열을 수수방관하고 있는데, 이들 훌륭한 사람이 분투정신을 지니고서 정치운동에 뛰어들어야 중국의 문제를 해결할 수 있다. 이를 위한 구체적인 실천방안으로서 '좋은 정부'(好政府)를 구성할 것을 제안하고, 정치 개혁을 위한 세 가지 기본 원칙, 즉 '헌정(憲政)의 정부', '공개적인 정부', '계획 있는 정부'를 제기했다. 『이심집』(二心集)에 실린 「습관과 개혁」(習慣與改革)의 주5)를 참고하시오.

8) 『신청년』(新青年)은 5·4시기에 발행되었던 종합 월간지이다. 1915년 9월 상하이에서 『청년잡지』(青年雜志)라는 이름으로 창간되었다가, 1916년에 『신청년』으로 개칭하고 베이징에서 발행되었다. '사상혁명'(思想革命)은 『신청년』에서 구도덕과 구문학을 반대하고 신도덕과 신문학을 제창했던 문화운동이다.

9) 루쉰의 이 말에 대해서는 이 문집의 「후기」를 참고하시오.

10) 『제일소보』(第一小報)는 베이징에서 발행된 소규모 신문이다. 1925년 2월 20일에 창간되었으며, 창간호부터 일어판 『상식기초』(常識基礎)라는 책을 번역·연재했다.

11) 『군강보』(群强報)는 베이징에서 발행된 소규모 신문이다. 1912년에 창간되었으며, 시사 뉴스를 중시하지 않고 대부분 심심풀이 글을 실었다.

12) 1912년 난징(南京)의 임시정부가 수립된 후, 청조의 황제 푸이(溥儀)는 2월 1일 퇴위한다. 당시 황실을 우대하겠다는 약정에 따라 고궁(故宮)에 남아 있지만, 1924년 11월 펑위샹(馮玉祥)에 의해 궁궐에서 쫓겨났다. 여기에서는 푸이 등이 쫓겨난 후 그들의 운명에 대해 궁금해하던 사람들이 있었음을 의미한다.

13) 청나라 순치 2년(1645), 강희(康熙) 원년(1662)과 3년에 청 정부는 잇달아 전족 금지에 관한 조서를 내렸으나 제대로 집행되지 않았으며, 강희 7년(1668)에 금지를 해제하고 말았다. 또한 1644년 청나라 병사가 산하이관(山海關)에 들어와 베이징에 수도를 정한 후, 머리를 깎고 변발을 늘어뜨리도록 명령을 내렸으나, 각지의 한족의 반대에 부딪힌 데다 정세가 어지러웠기에 중지하고 말았다. 이듬해 5월 난징을 점령한 후 다시 삭발령을 내려, 포고한 지 열흘 안에 "삭발을 하여 이에 따르는 자는 우리나라의 백성이지만, 주저하는 자는 명을 어기는 외적처럼 여기"며, 만약 "이미 정한 지방의 인민 가운데 명나라의 제도를 간직하여 본조(本朝)의 제도를 따르지 않는 자는 가차 없이 죽이겠노라!"고 했다. 그럼에도 불구하고 수많은 사람들이 삭발과 변발을 거부하여 목숨을 잃었다.

14) 브렘(Alfred Edmund Brehm, 1829~1884)은 독일의 동물학자이다. 대표적인 저서로는 『동물의 생활』(*Brehms Tierleben*)이 있다.

15) 파브르(Jean Henri Fabre, 1823~1915)는 프랑스의 곤충학자이다. 대표적인 저서로는 『파브르의 곤충기』(*Fabre's Souvenirs entomologiques*)가 있다.

16) 1922년을 전후하여 사상계와 문예계에 나타났던 상황을 가리킨다. 『신청년』이 분화한 후, 1922년에 『노력주보』(努力周報)를 창간한 후스는 이 주보의 부간인 「독서잡지」(讀書雜志)에서, 젊은이들에게 "조용히 연구실에 들어가", "우리나라의 고전을 정리하자"고 주장했다. 이와 함께 일부 사람들은 '순문예'를 제창하여 작가들에게 '예술의 궁(宮)'을 고수하라고 주장했다.

# 논변의 혼령[1]

20년 전에 암시장에 갔다가 '귀화부'鬼畵符[2]라는 부적 한 장을 샀다. 조잡하기 짝이 없는 한 뭉치에 지나지 않았지만, 벽에 붙여 놓고 살펴보니 수시로 갖가지 문자가 눈에 띄는데, 처세를 위한 소중한 교훈이자 입신을 위한 귀중한 잠언이었다. 올해 또다시 암시장에 갔다가 부적을 한 장 샀는데, 역시 '귀화부'였다. 그런데 붙여 놓고 살펴보니, 이전의 것 그대로인 채 보태거나 고친 게 아무것도 보이지 않았다. 오늘밤에 발견한 큰 제목은 '논변의 혼령'인데, 다음과 같은 설명이 붙어 있었다. "조상 대대로 전해 오는 노년, 중년, 청년의 '로직'[3] 점술, 멸양滅洋의 필승 묘법, 태상로군은 율령과 칙령에 따라 서두르라." 오늘 삼가 몇 대목을 가려 뽑아 기록하여 동호인들에게 공개한다.—

> 서양 노예는 서양말을 할 줄 안다. 그대가 서양책 읽기를 주장한다면, 그대는 곧 서양 노예이며, 인격이 파산했노라! 인격이 파산한 서양 노예가 숭배하는 서양책이라면, 그 가치를 알 수 있겠도다! 그러나 내가 서양글

을 읽는 것은 학교의 교과과정이기 때문이요, 정부의 법령이기 때문이니, 이를 반대하는 것은 곧 정부를 반대하는 것이다. 아비도, 임금도 없는 무정부당은 누구라도 이를 쳐죽일 수 있다.

그대는 중국이 나쁘다고 말한다. 그대는 외국인인가? 왜 외국으로 가지 않는가? 애석하게도 외국인은 그대를 얕본다…….

그대는 갑甲에게 종기가 생겼다고 한다. 갑은 중국인이므로, 그대는 곧 중국인에게 종기가 생겼다고 말하는 셈이다. 기왕 중국인에게 종기가 생겼다면, 그대는 중국인이니 그대에게도 종기가 생긴다. 그대에게도 종기가 생긴다면, 그대는 갑과 마찬가지이다. 그런데 그대는 갑에게만 종기가 생겼다고 말한다면, 결국 자신을 아는 명철함을 지니고 있지 않은 것이니, 그대의 말에 무슨 가치가 있겠는가? 만일 그대에게 종기가 생기지 않는다면, 그것은 거짓말이다. 매국노는 거짓말을 해대는 자이니, 그러므로 그대는 매국노이다. 나는 매국노를 욕하므로, 나는 애국자이다. 애국자의 말은 매우 가치가 높으므로, 나의 말은 옳다. 나의 말이 옳은 바에야, 그대는 틀림없이 매국노이다!

자유결혼은 너무나 과격하다. 사실 나 역시 결코 완고한 사람이 아니며, 중국에서 여학교를 제창한 이는 그래도 내가 첫번째이다. 하지만 그들은 지나치게 극단으로 치달았다. 극단으로 치달면 망국의 화가 있으리니, 그러므로 나는 화가 나서 "남녀가 주고받을 때에는 직접 하지 않는다"[4]고 굳이 말하는 것이다. 하물며 범사에 과격해서는 안 된다. 과격파는 모두 공처주의共妻主義[5]를 주장한다. 을乙이 자유결혼을 찬성한다면, 공처주의를 주장하는 게 아닌가? 기왕 공처주의를 주장하는 바에야, 먼저 그의 아내를 데려와 우리가 '공유'하도록 해야 마땅하다.

병丙이 혁명을 이야기하는 것은 이익을 도모하기 위함이다. 이익을 도모하기 위함이 아니라면, 무엇 때문에 혁명을 이야기하겠는가? 나는 그가 3,791상자 반의 현금을 집으로 들여가는 것을 내 눈으로 직접 보았다. 그대가 그렇지 않다면서 나를 반대하는가? 그렇다면 그대는 그와 같은 패거리이다. 같으면 패거리를 짓고 다르면 공격하는 풍조가 지금 극심하니, 서구화를 제창한 자는 그 허물을 면할 수 없으리라!

정丁이 생명을 희생했던 것은 시끌벅적 온통 아수라장이 되어 버려 더 이상 살아갈 수 없었기 때문이다. 이제 터무니없이 그를 지사志士라 일컫는데, 여러분은 절대로 그런 어리석은 짓을 하지 말라. 하물며 중국이 더 나빠진 게 아니지 않는가?

무戊가 어떻게 영웅이라 할 수 있는가? 듣자 하니 폭죽 소리에도 그는 깜짝 놀란다고 한다. 폭죽 소리를 두려워하는데, 총소리, 대포 소리를 들을 수 있을까? 총소리, 대포 소리를 두려워하는데, 전쟁이 터지면 달아나려 하지 않을까? 전쟁이 터지면 달아날 사람이 오히려 영웅이라 일컬어지니, 그래서 중국은 엉망진창인 것이다.

그대는 스스로 '인간'이라고 여기고 있지만, 나는 그렇지 않다고 생각한다. 나는 짐승이고, 이제 나는 그대를 아버지라 부른다. 짐승의 아버지인 이상, 그대는 당연히 짐승인 것이다.

"감탄부호를 사용하지 말라. 이것은 나라를 망하게 할 수 있다."[6] 그러나 내가 사용하는 몇 개는 예외이다.

중용中庸 부인이 붓을 들어 정신문명의 정수를 취하여 명철보신明哲保身하고 대길대리大吉大利한 격언 두 구절을 지었다.

"중학을 체로 삼고 서학을 용으로 삼는다."[7]

"금인을 깔보지 않고, 고인 또한 아낀다."[8]

주)

1) 원제는 「論辯的魂靈」, 1925년 3월 9일 베이징의 『위쓰』 주간 제17기에 발표했다.

2) 부(符)는 도사(道士)가 붉은 붓이나 검은 붓으로 종이나 베에 그린, 글자와 비슷한 도형으로서, 미신을 숭상하는 사람들은 이 부적을 지니면 '악귀를 쫓아내고 혼을 불러오'고 '병을 치유하고 목숨을 연장'할 수 있게 한다고 믿는다. 이렇게 제멋대로 그려 낸 부적이 귀화부(鬼畵符)이다.

3) 원문은 '邏輯'이며, 'logic'의 음역이다.

4) 원문은 '男女授受不親'이다. 이 말은 『맹자』 「이루상」(離婁上)의 "남녀는 주고받을 때에 직접 하지 않는 것이 예이다"라는 데에서 비롯되었다.

5) 공산주의(共産主義)가 모든 생산수단을 사회가 공유하는 형태임에 비유하여, 공처주의(共妻主義)는 아내를 사회의 모든 구성원이 공유한다는 의미로 쓰이고 있다.

6) 1924년 4월에 발간된 『심리』(心理) 제3권 제2호에는 당시 베이징사범대학의 장야오샹(張耀翔) 교수가 쓴 「신시인의 정서」(新詩人的情緒)라는 글이 실렸다. 이 글에서는 당시 출판된 신시집 속의 감탄부호(!)에 대해 통계를 냈는데, 이 부호는 "축소하면 수많은 세균처럼 보이고, 확대하면 몇 줄의 탄환처럼 보이"는데, 소극과 비관, 염세 등의 정서의 표현이니, 따라서 감탄부호를 많이 사용하는 백화시(白話詩)는 '망국지음'(亡國之音)이라고 주장했다.

7) 원문은 '中學爲體西學爲用'이다. 이는 청나라 말 양무파(洋務派) 대신인 장지동(張之洞)이 『권학편』(勸學篇)에서 제기했던 주장이다. 중학(中學)은 '심신을 다스리는' 삼강오상(三綱五常)의 가르침을 가리키고, 서학(西學)은 '세상사에 대처하는' 서구의 기술을 가리킨다.

8) 원문은 '不薄今人愛古人'이다. 이 구절은 두보(杜甫)의 「장난삼아 여섯 수의 절구를 짓다」(戱爲六絶句)의 다섯번째 수에 보인다. 두보는 당시 사람들이 옛사람의 '청려한 시구'(淸詞麗句)를 아끼는 것을 깔보지 않는다고 말한다(청나라 구조오仇兆鰲의 『두시상주』杜詩詳注에 따름). 여기에서는 요즘 사람이나 옛사람에 대해 똑같이 대한다는 의미로 쓰였다.

# 희생의 계책[1)]

## —'귀화부' 실경실경장失敬失敬章 제13

"아이구, 이런 몰라봤습니다! 알고 보니 우린 동지이군요. 전 처음에 당신이 거지인 줄 알고 마음속으로 이렇게 생각했지요. '늙지도 않고 장애도 없는 멀쩡한 사내가, 왜 일도 하지 않고 공부도 하지 않지?' 그래서 '현자를 나무라는'[2)] 표정을 드러내지 않을 수 없었던 거지요. 화내지는 마세요. 우린 마음이 너무 솔직해서 탈이지요. 아무것도 감추지를 못하니까요. 하하! 그러나 동지, 당신은 너무……."

"아하! 당신은 무엇이든 다 희생했군요? 정말 존경스럽습니다! 제가 가장 탄복하는 건 뭐든 희생하는 겁니다. 동포를 위해, 조국을 위해. 제가 줄곧 하려고 했던 일이 바로 이런 일입니다. 제 겉모습이 호사스럽다고 보진 마세요. 각지로 선전하러 다니느라 그런 겁니다. 사회는 여전히 세력과 이익을 좇고 있는데, 만약 당신처럼 해진 바지만 걸치고 있다면 누가 당신을 믿겠어요? 그래서 저는 잘 차려입을 수밖에 없답니다. 남들이 이러쿵저러쿵 말이 많더라도, 전 떳떳합니다. 마치 '우임금도 벌거숭이 나라에 들어가면 벌거숭이로 돌아다니'[3)]듯, 사회를 개량하려면 그렇게 하지 않을 수 없습니다. 남들이 우리의 깊은 뜻을 어찌 이해하겠습니까? 하지만 벗이여, 그대는 어찌하여 숨이 끊어질 듯 이 지경에 이르렀습니까?"

"오호! 벌써 아흐레 동안 밥을 먹지 못했다구요?! 정말이지 청렴하기 그지없구려! 전 탄복하지 않을 수 없습니다. 보아 하니 버티지 못할지도 모르겠지만,—그대는 틀림없이 역사에 이름을 남길 것이니, 축하해 마지않습니다! 지금 '서구화'니 '미국화'니 따위의 사설邪說이 횡행하고, 사람의 눈에는 오직 물질만 보일 뿐, 당신과 같은 모범적인 인물은 부족하지요. 둘러보세요, 뜻밖에 최고학부의 교원들조차 가르치면서 돈을 요구하고 있어요.[4] 그들은 물질만 알 뿐, 물질에 중독되어 있습니다. 모처럼 그대 노형께서 솔선수범하여 그들에게 모범을 보여 주시니, 틀림없이 세도인심世道人心에 도움이 될 것입니다. 생각해 보세요, 지금도 교육보급인가 뭔가를 떠들어 대고 있지 않습니까? 교육이 보급되려면 많은 교원이 필요합니다. 만약 모두들 그들처럼 밥을 먹어야겠다고 한다면, 사방의 교외에 보루堡壘를 많이 세워야 할 이때에, 그 많은 밥을 어디에서 가져옵니까? 당신의 이러한 청렴함은 탁한 세상에 둘도 없는 버팀목[5]입니다. 참으로 존경스럽습니다. 존경스러워요. 그대는 공부를 했나요? 만일 공부를 했다면, 제가 대학을 하나 설립하려고 하는데, 그대를 교무장教務長으로 모시겠습니다. 사실 '사서'四書만 읽었어도 괜찮아요. 게다가 이런 품성이라면 이미 '많은 학인'[6]들의 모범이 되기에 충분합니다."

"안 된다고요? 기력이 없다고요? 애석하기 짝이 없군요! 사회를 위해 희생하면서도 건강은 스스로 챙겨야 한다는 걸 알겠군요. 건강에 대해 너무 무관심했군요. 제 피둥피둥한 얼굴이 호강한 덕분이라고 여기진 마십시오. 사실 전 오로지 건강에 힘쓰고 있으며, 특히 도움이 된 것은 정신수양입니다. '군자는 도를 근심하지, 가난을 근심하지 않는다'[7]고 하니까요. 하지만 동지여, 그대가 무엇이든 몽땅 희생했다는 건 어쨌든 대단히 탄복할 만한 일입니다만, 애석하게도 남아 있는 바지 하나가 장래 역사에 옥의 티가 될지도 모르겠군요……."

"아아, 그렇지요. 저도 잘 알고 있습니다. 그대가 말하지 않아도 잘 압니다. 그대가 물론 이 바지조차도 원하지 않는다는 것을. 그대가 어찌 이렇게 불철저할 리가 있겠습니까? 그야 물론 희생할 기회가 없었을 따름이지요. 저는 지금껏 일체의 희생을 가장 찬성했고, '남의 아름다움이 이루어지게 하는'[8] 일을 커다란 기쁨으로 여겨 왔습니다. 하물며 우린 동지이니, 완전한 방법 한 가지를 알려 드리는 게 당연하겠지요. 왜냐하면 사람에게 가장 중요한 것은 '만년의 절조'인데, 자칫하면 지금까지의 공로가 수포로 돌아가 버리니까요!"

"딱 좋은 기회가 있습니다. 저희 집 어린 계집종이 마침 바지가 없거든요……. 벗이여, 나를 그런 눈으로 보지 마세요. 난 인신매매라면 앞장서서 반대하는 사람입니다. 이건 가장 비인도적인 일이지요. 하지만 이 계집애는 가뭄이 크게 들었을 때 맡아 둔 애인데, 그때 내가 싫다고 한다면, 걔 부모는 딸을 기원에 팔아 버렸을 것입니다. 생각해 보세요, 얼마나 불쌍합니까? 제가 아이를 맡은 것은 인도를 고려한 것이랍니다. 하물며 이건 인신매매라 할 수도 없어요. 전 걔 부모에게 몇 푼을 주었지요. 걔 부모는 자기의 딸을 제 집에 맡겨 놓은 겁니다. 전 애초에 걔를 제 딸처럼, 아니 그야말로 자매, 한 핏줄처럼 대해 주고 싶었어요. 안타깝게도 제 아내가 구식인지라 말이 통하지 않았습니다. 그대는 구식 여인이 고집을 부리면 정말이지 뾰족한 수가 없다는 걸 잘 알고 있을 겁니다. 저는 현재 다른 방법을 강구하고 있는 중입니다만…….”

“하지만 그 계집애는 벌써 오랫동안 바지가 없었습니다. 이재민의 딸이라니까요. 전 그대가 틀림없이 도와주리라 생각합니다. 우린 ‘빈민의 벗’이지요. 게다가 그대는 이 일을 마치고 나면, 시작과 끝 모두가 완전해지는 겁니다. 장담하거니와, 앞으로 하늘 높이 치솟은 그대의 동상 앞에, 모든 빈민들이 다들 허리 굽혀 경의를 표할 겁니다…….”

“맞아요, 그대가 틀림없이 그러리란 걸 알고 있었어요. 그대가 말하지 않아도 전 알고 있습니다. 하지만 지금 당장 벗지는 마세요. 들고 갈 수가 없잖아요? 저의 이런 차림새로 손에 해진 바지를 들고 가면, 남들이 보고 이상하게 여길 것이고, 우리의 희생주의 선전에도 지장을 줄 겁니다. 지금의 사회는 너무나 뒤죽박죽이어서 ── 생각해 보세요, 교원들도 밥을 먹어야겠다고 하는 판이니 ── 우리의 이 순결한 정신을 어찌 이해할 수 있겠어요? 틀림없이 오해할 겁니다. 오해를 사게 되면, 사회는 더욱 사리사욕을 꾀하게 될 것이고, 그대가 해온 일도 ‘무익할 뿐만 아니라 해를 끼칠’[9] 것입니다, 벗이여.”

“그대는 억지로라도 몇 걸음 걸을 수 있나요? 그럴 수 없다구요? 이거 참 난처하군요.── 그렇다면 기어갈 수는 있어야 할 텐데? 아주 좋아요! 그렇다면 기어가세요. 기어갈 수 있을 때 얼른 기어가세요. 절대로 ‘다 된 죽에 코 풀기’[10]여서는 안 됩니다. 그러나 발끝으로 기고, 무릎에는 너무 힘을 주지 마세요. 바지가 모래자갈에 쓸리면 더 해져서, 불쌍한 이재민의 딸이 실질적인 혜택을 받을 수 없을뿐더러, 그대의 정신마저도 헛수고가 될 테니까요. 미리 벗어 버리는 것도 옳지 않습니다. 첫째는 보기에 너무 민망하고, 둘째는 순경이 간섭할까 두려우니, 그대로 입은 채 기어가는 게 나아요. 벗이여, 우린 모르는 사이도 아닌데, 그대를 속이려 들겠습니까? 제 집은 여기에서 멀지 않아요. 동쪽으로 가다가 북쪽으로 돌아들어 남쪽으로 향하면, 길 북쪽에 두 그루의 커다란 회나무가 있는, 붉은 칠을 한 대문이 보이는데, 바로 그 집이에요. 그대는 기어 도착하자마자, 바지를 벗어 문지기에게 '이건 나으리께서 내게 전해 달라고 한 것인데, 마님께 건네주시오'라고 말하십시오. 그대는 문지기를 보자마자 얼른 말해야 합니다. 그렇지 않으면 그대를 거지로 여겨 두들겨 팰지도 모릅니다. 아아, 최근에 거지들이 너무 많아졌어요. 이런 자들은 일도 하지 않고 공부도 하지 않으면서, 그저 구걸할 줄만 알지요. 그래서 제 문지기는 호되게 두들겨 패는 방법을 빌려 이런 자들에게 교훈을 주지요. 걸식을 하면 호되게 두들겨 맞으니, 일하고 공부하는 게 낫다고요……."

"가시려고요? 좋아요, 좋아! 하지만 절대 잊지 마세요. 건네주고 나서는 곧바로 기어 떠나야 하며, 제 집 안에 머물러서는 안 된다는 걸. 그대는 벌써 아흐레 동안 아무것도 먹지 않았으니, 만에 하나 무슨 사고라도 나서 나를 여러 가지로 골치 아프게 한다면, 나는 귀중한 시간을 줄이는 바람에 사회를 위해 봉사할 수 없게 됩니다. 우린 모르는 사이도 아니니, 그대 역시 자신의 동지를 골치 아프게 만들고 싶지는 않으리라 생각합니다. 제 이 말도 그냥 해보는 말입니다."

"어서 가세요! 좋아요, 가세요! 원래 저 역시 인력거 한 대를 불러 그대를 태워 보낼 수도 있습니다. 하지만 소나 말을 대신하여 사람이 사람을 끄는 건, 그대가 틀림없이 찬성하지 않으리라 믿습니다. 이건 얼마나 비인도적입니까! 전 갑니다. 어서 출발하세요. 이렇게 축 늘어져 있지 말고, 기어가세요! 벗이여! 나의 동지여, 어서 기어가세요, 동쪽으로!……"

주)

1) 원제는 「犧牲謨」, 1925년 3월 16일 『위쓰』 주간 제18기에 발표했다. 모(謨)는 『상서』(尙書)의 「대우모」(大禹謨), 「고요모」(皐陶謨) 등의 편명에서처럼 계책, 계략을 의미한다.
2) 원문은 '責備賢者'이다. 이 말은 『신당서』(新唐書) 「태종본기」(太宗本紀)의 "『춘추』의 법도는 늘 현자에게 갖추라고 나무라는 것이다"(春秋之法, 常責備於賢者)에서 비롯되었다. 이 말은 완전무결함을 구하여 꾸짖음을 의미한다.
3) 원문은 '禹入裸國亦裸而游'이다. 이 말은 『여씨춘추』(呂氏春秋) 「신대람」(愼大覽)의 "우임금이 벌거숭이 나라에 가서 벌거숭이로 들어가 옷을 입은 채 나왔다"(禹之裸國, 裸入衣出)라는 기록과, 『전국책』(戰國策) 「조책」(趙策)의 "우임금은 웃통을 벗은 채 벌거숭이 나라에 들어갔다"(禹袒入裸國)라는 기록에서 비롯되었다. 여기에서는 세속을 좇을 필요성을 설명하고 있다.
4) 당시 발생했던 봉급요구사건을 가리킨다. 베이양군벌이 통치하던 시기에, 교원들은 봉급이 지급되지 않는 바람에 생활을 유지하기 어려워지자, 연대하여 당국에 밀린 봉급을 지불해 줄 것을 요구했다. 그러나 당시 교원들이 봉급을 요구하는 행위를 청렴하지 않다고 비판하는 이들도 있었다.
5) 원문은 '中流砥柱'이다. 지주(砥柱)는 허난 삼문협(三門峽)의 동쪽에 있는 기둥 모양의 바위섬이며, 황허의 급류 속에 우뚝 솟아 있다. 이 말은 『안자춘추』(晏子春秋) 「내편간하」(內篇諫下)의 "내가 일찍이 국왕과 함께 황허를 건널 때 커다란 자라 한 마리가 왼쪽의 곁마를 입에 물고서 지주산의 급류 속으로 끌고 들어갔다"(吾嘗從君濟於河, 黿銜左驂, 以入砥柱之中流)에서 비롯되었다. 이 말은 어려운 환경 속에서도 든든한 기둥 역할을 할 수 있는 굳건한 사람을 의미한다.
6) 원문은 '莘莘學子'이다. 이 말은 진대(晉代) 반니(潘尼)의 『석존송』(釋奠頌)에 실린 "많고 많은 공경의 자식들, 많고 많은 학생들"(莘莘胄子, 祁祁學生)에서 비롯되었다. 이 말은 당시 장스자오 등의 글에 흔히 보인다.
7) 원문은 '君子憂道不憂貧'이다. 이 말은 『논어』 「위령공」(衛靈公)의 "군자는 도를 위해 일을 꾀하며, 먹기 위해 일을 꾀하지 않는다. …… 군자는 도를 근심할 뿐, 가난을 근심하지 않는다"(君子謀道不謀食, …… 君子憂道不憂貧)에서 비롯되었다.
8) 원문은 '成人之美'이다. 이 말은 『논어』 「안연」(顔淵)의 "군자는 남의 아름다움이 이루어지게 해준다"(君子成人之美)에서 비롯되었다.
9) 원문은 '非徒無益而又害之'이다. 이 말은 『맹자』 「공손추상」(公孫丑上)에서 비롯되었으며, 원래 어린 싹을 뽑아 올려 자라도록 돕는 일을 가리킨다.
10) 원문은 '功虧一簣'이다. 이 말은 『상서』 「여오」(旅獒)의 "산을 아홉 길로 쌓는데, 한 삼태기의 흙이 부족하여 업적이 일그러졌다"(爲山九仞, 功虧一簣)에서 비롯되었다.

# 전사와 파리[1]

쇼펜하우어(Schopenhauer)는 이렇게 말한 적이 있다. "사람의 위대함을 평가할 때, 정신적인 크기와 체격적인 크기는 그 법칙이 전혀 상반된다. 후자는 거리가 멀면 멀수록 작아지고, 전자는 오히려 커진다"라고.

가까우면 더욱 작아지고, 게다가 결점과 상처는 더욱 잘 보인다. 바로 이 때문에 그는 우리들과 마찬가지로 신도 아니요, 요괴도 아니요, 괴수도 아니다. 그는 평범한 사람이며, 그저 그런 정도에 지나지 않는다. 그러나 바로 그렇기에, 그는 위대한 사람이다.

전사戰士가 전사戰死했을 때, 파리들이 제일 먼저 발견하는 것은 그의 결점과 상처 자국이다. 파리들은 빨고 앵앵거리면서 의기양양해하며, 죽은 전사보다 더욱 영웅적이라 여긴다. 그러나 전사는 이미 전사하여, 더 이상 그들을 휘저어 내쫓지 못한다. 그리하여 파리들은 더욱 앵앵거리면서, 불후不朽의 소리라고 스스로 여긴다. 왜냐하면 그들의 완전함은 전사보다 훨씬 더 위에 있기 때문이다.

확실히 어느 누구도 파리들의 결점과 상처를 발견한 적이 없다.

그러나 결점을 지닌 전사는 어쨌든 전사이고, 완미完美한 파리 역시 어쨌든 파리에 지나지 않는다.

꺼져라, 파리들이여! 비록 날개가 자라나 앵앵거릴 수 있지만, 끝내 전사를 넘어서지는 못할 것이다. 너희 이 벌레들아!

3월 21일

주)

1) 원제는 「戰士和蒼蠅」, 1925년 3월 24일 베이징의 『징바오』 부간인 「민중문예주간」(民衆文藝週刊) 제14호에 발표했다. 이 글은 쑨원(孫文)이 서거한 지 아흐레째에 씌어졌다. 루쉰은 같은 해 4월 3일에 『징바오』 부간에 발표한 「이건 이런 뜻」(這是這麼一個意思)이란 글에서 이렇게 밝혔다. "이른바 전사란 중산(中山) 선생과 민국 원년 전후에 순국했으나 노예들에게 비웃음당하고 짓밟힌 선열을 가리킨다. 파리는 물론 노예들을 가리킨다." 『집외집습유』(集外集拾遺) 참조.

# 여름 벌레 셋[1)]

여름이 가까워지니, 세 가지 벌레, 벼룩·모기·파리가 생겨날 것이다.

가령 누군가가 내게 이 셋 가운데 무얼 가장 좋아하는지를 물으면서, 하나는 꼭 좋아해야 한다고, '청년필독서'처럼 백지 답안을 내서는 안 된다고 말했다고 치자. 그렇다면 나는 벼룩이라고 대답하는 수밖에 없다.

벼룩이 피를 빨아먹는 건 가증스럽기는 하지만, 아무 소리 없이 딱 한 입이니, 얼마나 시원하고 산뜻한가. 모기는 그렇지 않다. 침을 살갗에 푹 찔러넣는 것은 물론 조금이나마 철저한 면이 있지만, 찌르기 전에 앵앵거리며 한바탕 법석을 부리기에 밉살스러운 느낌이 든다. 만약 앵앵거리는 소리가 사람의 피로 자신의 허기를 채워야 할 이유를 설명하는 것이라면 더욱 밉살스러울 텐데, 다행히 나는 알아듣지 못한다.

야생의 참새와 사슴은 일단 사람의 손에 잡히면, 한시도 쉬지 않고 도망칠 궁리만 한다. 사실 산속에서야 위에는 매가 있고 아래에는 호랑이와 늑대가 있으니, 어찌 사람의 손에 있는 것보다 안전하겠는가? 그런데 애당초 인류 쪽으로 도망쳐 오지 않고, 이젠 오히려 매와 호랑이, 늑대 쪽으로 달아나려 하는 것은 무엇 때문인가? 어쩌면 매와 호랑이, 늑대와 그들의 관계는 벼룩과 우리의 관계와 같을지 모른다. 배가 고파지면 잡아다가 한 입에 냉큼 먹어치우지, 결코 도리를 따지거나 허황한 말을 늘어놓지 않는다. 잡아먹히는 쪽도 잡아먹히기 전에, 먼저 자신이 잡아먹히는 게 마땅하고 마음속으로 기꺼이 받아들이며, 죽어도 딴마음을 품지 않겠다고 맹세할 필요가 없다. 인류 역시 앵앵거리는 데에 자못 뛰어나다. 그렇기에 해로움 가운데에서 덜한 것을 취하여, 참새와 사슴은 더할 나위 없이 날래게 인류를 피한다. 참으로 총명하기 그지없다.

파리는 한참 동안 앵앵거리다가 내려앉더라도 약간의 기름땀을 핥을 뿐이다. 만약 상처 자국이나 부스럼이 있다면, 물론 더욱 큰 이익을 볼 것이다. 아무리 훌륭하고 멋지며 깨끗한 물건일지라도, 언제나 꼭 약간의 파리똥을 갈겨 놓기를 좋아한다. 그렇지만 기름땀을 살짝 핥고 더러움을 약간 더해 놓을 뿐이고, 마비된 사람들에게는 살갗을 찢는 고통도 없는지라, 파리를 내버려 둔다. 중국인은 파리가 병균을 전염시킬 수 있다는 걸 아직 잘 모르고 있어서, 파리잡기운동이 아마 흥성하지 않은 듯하다. 이들의 운명은 장구할 것이고, 더욱 번식할 것이다.

그러나 파리는 훌륭하고 멋지며 깨끗한 물건 위에 파리똥을 갈겨 놓은 후, 흐뭇해하며 되돌아와 이 물건의 불결함을 비웃지는 않는 듯하다. 어쨌든 약간의 도덕은 그래도 지니고 있는 셈이다.

고금의 군자는 매번 사람을 금수라고 꾸짖지만, 벌레일망정 본보기로 삼을 만한 점도 많다는 것을 모르고 있다.

주)

1) 원제는 「夏三虫」, 1925년 4월 7일 『징바오』 부간인 「민중문예주간」 제16호에 발표했다.

# 문득 생각나는 것 (5~6)[1)]

## 5.

나는 약간 일찍 태어났기에, 캉유웨이 등이 '공거상서'[2)]를 할 무렵 이미 나이가 제법 들어 있었다. 정변이 난 후, 집안의 이른바 어르신이란 분들이 내게 이렇게 훈계했다. "캉유웨이는 황제의 지위를 찬탈하려 했어. 그래서 이름을 유웨이有爲라 한 거야. 유有란 부해져 천하를 갖는다는 것이고, 웨이爲란 귀해져 천자가 된다[3)]는 것이지. 법도에서 벗어난 일을 꾀한 게 아니라면 뭐겠어?" 나는, '정말 그렇군. 가증스럽기 짝이 없군!'이라고 생각했다.

어르신들의 훈계는 내게 이처럼 강력했다. 그래서 나 역시 선비 집안의 가정교육을 아주 잘 따랐다. 숨을 죽이고 머리를 숙인 채 눈곱만큼도 감히 경거망동하지 않았다. 두 눈을 내리깔고 황천을 보았으니, 하늘을 쳐다보면 오만해지기 때문이었다. 얼굴 가득 죽을상을 지었으니, 말하고 웃으면 방자해지기 때문이었다. 나는 물론 이렇게 해야 지당하다고 여겼다.

그러나 때로 마음속에 약간의 반항이 일기도 했다. 마음속의 반항이 그 당시에는 범죄라고 여길 정도는 아니었으니, 마음을 처벌하는 규율이 지금처럼 엄하지는 않았던 듯하다.

그러나 이 마음속 반항 역시 어른들이 나쁜 쪽으로 인도한 것이었다. 왜냐하면 어른들은 늘 마음껏 큰소리로 말하고 웃으면서도, 아이들에게만 금지했기 때문이다. 백성들이 진시황의 호화로움을 보았을 때, 말썽꾸러기 항우는 "저 자리를 내가 대신 차지해야지!"라고 말했지만, 못난이 유방은 "대장부라면 저 정도는 돼야지 않겠어?"라고 말했다. 나는 못난이 축에 든다. 왜냐하면 그들이 마음껏 말하고 웃는 게 부러워 어서 어른이 되었으면 하고 바랐기 때문이다.—이밖에도 다른 원인이 있었지만.

'대장부라면 저 정도는 돼야지'라는 생각은 내게 있어서 더 이상 죽을상을 짓고 싶지 않다는 것일 뿐, 그 욕망도 결코 그다지 크지는 않았다.

이제 기쁘게도 나는 이미 어른이 되었다. 아무리 괴이쩍은 '논리'를 들이대더라도 이건 아무도 부인할 수 없는 사실이다. 나는 이리하여 죽을상을 팽개치고서 마음 놓고 말하고 웃기 시작했다. 그런데 뜻밖에도 즉각 점잖은 분들의 저지를 받았다. 그들에게 '실망'을 안겨 주었다는 것이다. 나는 물론 잘 알고 있다. 예전이 노인들의 세상이라면, 이제는 젊은이들의 세상이 되었음을. 그러나 세상을 다스리는 사람들이 달라졌더라도, 말하고 웃는 것을 금지하는 건 마찬가지라는 걸 미처 헤아리지 못했다. 그렇다면 나는 여전히 계속 죽을상을 지어야 하며, '죽고 나서야 그만두게 될 터'이니, 어찌 마음 아프지 않으랴!

나는 그래서 또 너무 늦게 태어난 게 원망스러웠다. 어른들이 마음껏 말하고 웃는 것을 허용했던 그 시대에 딱 맞게, 어찌하여 20년만 더 일찍 태어나지 못했단 말인가? 참으로 '시대를 잘못 태어나',[4] 저주스러운 때에 저주스러운 곳에서 살고 있다.

존 밀[5]은 "전제專制는 사람들을 냉소적으로 만든다"라고 말했다. 그렇지만 우리들은 천하태평이며, 냉소조차도 없다. 내 생각에, 폭군의 전제는 사람들을 냉소적으로 만들지만, 어리석은 백성의 전제는 사람들에게 죽을상을 짓게 만든다. 모두들 점점 죽어가는데, 자신만은 도를 지킴에 효험이 있고, 이렇게 해야 점잖은 산 사람에 차츰 가까워진다고 여긴다.

세상에 그래도 진정 살아가려는 사람이 있다면, 우선 용감하게 말하고, 웃고, 울고, 화내고, 욕하고, 때리면서, 이 저주스러운 곳에서 저주스러운 시대를 물리치지 않으면 안 되리라!

4월 14일

## 6.

외국의 고고학자들이 줄지어 찾아오고 있다.

오래전 일이지만, 중국의 학자들도 일찍부터 "옛것을 보존하자! 보존하자! 보존하자!"고 입을 모아 외쳐 왔다.

그러나 혁신하지 못하는 인종은 옛것을 보존할 수도 없다.

그래서 외국의 고고학자들[6]이 줄지어 찾아오고 있는 것이다.

장성長城은 오래도록 폐물이 되어 있고, 약수弱水[7]도 이상 속의 것에 지나지 않은 듯하다. 늙어빠진 국민은 뻣뻣하게 굳은 전통 속에 파묻혀 변혁할 엄두조차 내지 못한 채, 기진맥진 쇠약해져 있는데도 서로 잡아먹으려 으르렁거린다. 이리하여 외부의 신예부대가 손쉽게 들어오니, 참으로

"지금만 그런 게 아니라, 옛날부터 그래 왔다네"[8]이다. 그들의 역사는 물론 우리만큼 오래되지 않았다.

그러나 우리의 옛것도 보존하기 어렵다. 왜냐하면 땅이 진즉 위험에 빠져 안전하지 않기 때문이다. 땅이 남에게 넘어가 버리면, '국보'國寶가 아무리 많은들 진열할 곳이 없으리라.

그런데 옛것 보존가들은 혁신을 통박하고 옛 물건의 보존에 열을 올린다. 콜로타이프판[9]으로 송대 판본의 서적을 인쇄하여 각 부마다 수십 수백 위안의 가격을 매긴다. "열반! 열반! 열반이로고!" 불교가 한나라 때부터 이미 중국에 들어왔으니, 그 얼마나 고색창연하겠는가! 고서古書와 금석金石을 사 모으면 옛것을 연구하는 애국적 인사가 되고, 그것을 대충 고증하고 서둘러 목록을 찍어 내면 학자나 명사名士로 승격된다. 그런데 외국인이 구한 골동품들은 명사의 고상한 옷소매 속에서 맑은 기풍과 함께 흘러나온 것들이다. 그렇지 않다면, 구이안歸安의 육陸씨의 벽송皕宋,[10] 웨이현濰縣의 진陳씨의 열 개의 종[11]을 그 자손들이 대대로 지킬 수 있었을까?

지금 외국의 고고학자들이 줄지어 찾아오고 있다.

그들은 생활하는 데 여유가 있기에 옛것을 연구한다. 하지만 옛것을 연구하는 거야 괜찮아도, 옛것의 보존과 한패가 된다면 이것은 훨씬 두려운 일이다. 일부 외국인들은 중국이 언제까지나 거대한 골동품으로서 자기들에게 감상거리를 제공해 주기를 몹시 바라고 있다. 이는 가증스러운 일이기는 해도, 기이한 일은 아니다. 왜냐하면 그들은 결국 외국인이니까. 그런데 중국에는 자신만으로는 부족하다 싶었는지 젊은이, 어린아이들까지 거느리고서, 거대한 골동품이 되어 그들에게 감상거리를 제공하려는 자가 있다. 정말이지 어떻게 되어먹은 심보인지 알 수 없는 노릇이다.

중국은 경서 읽기를 폐지했건만, 교회 학교에서는 여전히 썩은 유학자를 선생으로 모셔 학생들에게 '사서'四書를 가르치고 있지 않은가? 민국은 무릎 꿇어 절하는 것을 폐지했건만, 유태 학교[12]에서는 굳이 유로[13]를 선생으로 모셔 학생들에게 머리를 조아려 생신을 축하하라고 하지 않는가? 외국인들이 창간하여 중국인에게 보여 주는 신문은 5·4 이래의 조그마한 개혁마저도 극도로 반대하고 있지 않은가? 그리고 외국의 총주필 휘하의 중국의 소小주필들은 도학道學을 숭배하고 국수를 보존하고 있다!

그러나 어찌되었든 혁신하지 않으면 생존 또한 어려운 터에, 하물며 옛것을 보존함에랴. 지금의 상황이야말로 확실한 증거이니, 옛것 보존가의 만언서萬言書보다 훨씬 강력할 것이다.

목하 우리에게 가장 시급한 일은, 첫째는 생존하는 것이고, 둘째는 배불리 먹고 따뜻이 입는 것이며, 셋째는 발전하는 것이다. 이러한 앞길을 가로막는 자가 있다면, 옛것이든 지금의 것이든, 사람이든 귀신이든, 『삼분』과 『오전』[14]이든, 백송과 천원[15]이든, 천구와 하도[16]이든, 금인金人이든 옥불玉佛이든, 대대로 비전되어 온 환약이든 가루약이든, 비법으로 만든 고약이든 단약이든, 모조리 짓밟아 버려야 한다.

옛것 보존가들은 아마 고서를 읽었을 터이니, "임회林回가 천금의 구슬을 버리고서 갓난아이를 업은 채 달아난"[17] 일을 금수와 같은 행위라고 말하지는 못할 것이다. 그렇다면 갓난아이를 버리고 천금의 구슬을 품는 일은 무엇일까?

4월 18일

주)

1) 원제는「忽然想到」, 1925년 4월 18일, 22일『징바오 부간』에 발표했다.
2) 한대(漢代)에는 베이징으로 시험 치러 가는 이들을 공공기관의 수레에 태워 보냈는데, 이후 베이징으로 회시(會試)를 치러 온 거인(擧人)을 공거(公車)라 일컬었다. 1894년 청일전쟁에서 패한 청 정부는 1895년 일본과 마관조약(馬關條約)을 체결했다. 당시 캉유웨이(康有爲)는 회시를 치르기 위해 베이징에 있었는데, 각 성의 거인 1,300여 명을 모아 연명으로 광서제(光緒帝)에게 상소를 올려 '조약의 거부, 천도, 변법'을 요구했다. 이를 공거상서(公車上書)라 일컫는다.
3) 원문은 '有者, 富有天下, 爲者, 貴爲天子'이다. 이 말은『순자』(荀子)「영욕」(榮辱)의 "무릇 귀해져 천자가 되고, 부해져 천하를 갖는 것은, 인정이 똑같이 바라는 바이다"(夫貴爲天子, 富有天下, 是人情之所同欲也)에 보인다.
4) 원문은 '我生不辰'이다. 이 말은『시경』「대아·상유(桑柔)」의 "시대를 잘못 태어났으니, 하늘의 노여우심을 당하는도다"(我生不辰, 逢天僤怒)에서 비롯되었다.
5) 존 밀(John S. Mill, 1806~1873)은 영국의 철학자이자 경제학자이다. 대표적인 저서로는『논리학체계』(*A System of Logic*),『자유론』(*On Liberty*) 등이 있다.
6) 고고학의 미명 아래 중국에 와서 문물을 약탈해 갔던 이들을 가리킨다. 이를테면 프랑스의 그레나르(Fernand Grenard)는 1892년 허톈(和闐; 지금의 신장新疆 허톈和田)에서 산스크리트어 불경의 잔본(殘本)과 토용(土俑) 등을 도굴했다. 영국의 스타인(Sir Mark A. Stein)은 1901년에 허톈에서 한대(漢代)와 진대(晉代)의 목간을 도굴하고, 1907년과 1914년에는 잇달아 둔황(敦煌)의 천불동(千佛洞)에서 대량의 고대 사본(寫本) 및 그림, 자수 등의 예술품을 훔쳐 냈다. 또한 프랑스의 펠리오(Paul Pelliot) 역시 1908년 천불동에서 다량의 당송대(唐宋代) 문물을 훔쳐 냈다. 루쉰이 이 글을 쓸 무렵, 이들 문화재 약탈자들이 줄지어 찾아오고 있었다. 예컨대 미국의 워너(Langdon Warner)는 1924년에 특수제작한 고무접착포를 이용하여 벽화 26폭을 훔쳐 냈으며, 이듬해에는 하버드대학 여행단이라는 단체를 조직하여 대량의 고무접착포 등을 이용하여 다시 한번 천불동에서 도굴을 계획했지만, 둔황 주민들의 반대와 저지에 부딪혀 뜻을 이루지 못했다.
7) 중국의 고서 중에는 약수(弱水)에 관한 신화와 전설이 매우 많다. 이를테면『해내십주기』(海內十洲記)에 따르면, 곤륜산에는 약수가 주위를 빙 두르고 있는데, 약수는 기러기 털도 뜨지 않아 도저히 건널 수 없다고 한다.
8) 원문은 '匪今斯今, 振古如玆'이다.『시경』의「주송(周頌)·재삼(載芟)」에서 비롯되었다.
9) 콜로타이프(collotype)는 평판인쇄의 일종으로, 두꺼운 유리판에 젤라틴(gelatine)을 칠하고, 그 위에 다시 감광제를 섞은 젤라틴을 칠한 후 약물처리하여 지방성 잉크로 인쇄하는 방식이다.
10) 육(陸)씨는 육심원(陸心源, 1834~1894)을 가리킨다. 그는 저장 구이안(歸安; 지금의 우

싱吳興) 사람으로, 자는 강보(剛父)이고 호는 존재(存齋)이다. 장서가인 그는 송대 판본 서적 약 200종을 소장했으며, 소장한 곳을 벽송루(皕宋樓)라 일컬었다. 그가 죽은 후에 그의 장서들은 모두 아들인 류수판(陸樹藩, 1868~1926)에 의해 1907년 일본인 이와사키 란시쓰(岩崎蘭室)에게 팔렸다.

11) 진(陳)씨는 진개기(陳介祺, 1813~1884)를 가리킨다. 그는 산둥 웨이현(濰縣; 지금의 웨이팡濰坊) 사람으로, 자는 수경(壽卿)이고 호는 보재(簠齋)이다. 고문물 수장가인 그는 고대의 악기인 종 10개를 소장했으며, 이로 인해 서재를 십종산방(十鐘山房)이라 일컬었다. 이 종들은 1917년 일본의 재벌인 스미토모(住友) 가문에 팔렸다.

12) 유태 학교는 영국 국적의 유태계 상인인 하둔(哈同, Silas Aaron Hardoon)이 1915년 상하이에 설립한 창성명지대학(倉聖明智大學) 및 부속 중·소학교를 가리킨다. 하둔은 왕궈웨이(王國維) 등을 교원으로 발탁하여 학생에게 경서를 강독하고 옛 예절을 가르치도록 했다. 매년 음력 3월 28일, 이른바 창힐(倉頡)의 생일에는 학생들이 창힐에게 머리를 조아려 축수하도록 했다.

13) 유로(遺老)는 왕조가 바뀌더라도 여전히 이전의 왕조에 충성을 바치는 노인을 의미한다. 이 글에서는 청조가 망했음에도 여전히 청조에 충성을 다하는 노인을 가리킨다.

14) 『삼분』(三墳)과 『오전』(五典)은 모두 전설 속의, 중국에서 가장 오래된 서적이다. 그러나 실제로 어느 책을 가리키는지는 알 수 없다.

15) 백송(百宋)은 청대의 장서가인 황비열(黃丕烈, 1763~1825)의 장서를 가리킨다. 황비열은 장쑤(江蘇) 우현(吳縣) 사람으로, 송대 판본의 서적 백여 부를 소장하였기에, 자신의 서재를 '백송일전'(百宋一廛)이라 일컬었다. 천원(千元)은 청대의 장서가인 오건(吳騫, 1733~1813)의 장서를 가리킨다. 오건은 저장 하이닝(海寧) 사람으로, 원대 판본의 서적 천 부를 소장하였기에, 자신의 서재를 '천원십가'(千元十駕)라 일컬었다.

16) 전설에 따르면, 천구(天球)는 옛날의 융저우(雍州; 지금의 산시陝西·간쑤甘肅 일대)에서 생산되던 아름다운 옥이며, 하도(河圖)는 복희(伏羲) 때에 용마(龍馬)가 황허에서 지고 나온 그림이다.

17) 이 말은 다음의 『장자』의 「산목」(山木)에 나온다. "임회가 천금의 구슬을 버리고서 갓난아이를 업은 채 달아났다. 어떤 이가 '값으로 따져도 아이가 덜 나가고, 거추장스러운 것으로 보아도 아이가 더 무거워 귀찮을 터인데, 천금이나 나가는 구슬을 버리고 아이를 업고 갔으니, 어째서 그랬소?'라고 물었다. 임회는 '구슬은 나와 이익으로 맺어진 것이지만, 아이는 하늘에 의해 맺어진 것이오'라고 대답했다."(林回棄千金之璧, 負赤子而趨. 或曰: '爲其布與? 赤子之布寡矣! 爲其累與? 赤子之累多矣! 棄千金之璧, 負赤子而趨, 何也?' 林回曰: '彼以利合, 此以天屬也.')

# 잡감[1)]

인간은 눈물이 있기에 동물보다 진화했다. 그러나 이렇게 눈물이 있다는 것은 곧 진화하지 않았다는 것이다. 이는 마치 맹장만 있기에 조류보다는 진화했지만, 어쨌든 맹장이 남아 있기에 결국 진화했다고는 볼 수 없는 것과 마찬가지이다. 이들은 쓸모없는 군더더기일 뿐만 아니라 사람들을 의미 없는 멸망에 이르게 하기도 한다.

요즘 사람들은 눈물을 답례의 선물로 주기도 하며, 게다가 눈물을 최상의 선물로 여기고 있다. 왜냐하면 그는 눈물 외에는 아무것도 가진 게 없기 때문이다. 눈물이 없는 사람은 피를 답례의 선물로 주지만, 또한 저마다 다른 사람의 피는 거절한다.

사람들은 대체로 사랑하는 이가 눈물을 흘리는 것을 바라지 않는다. 그러나 죽음을 맞이하는 순간 사랑하는 이가 그대를 위해 흘리는 눈물마저 마다할까? 눈물이 없는 사람은 어느 때이든 사랑하는 이가 눈물을 흘리는 것을 바라지 않으며, 또한 피조차 원치 않는다. 그는 그를 위한 흐느낌과 멸망이라면 일체를 거절한다.

사람들은 '사람도, 귀신도 모르는' 곳에서 죽임을 당하는 것보다 만인이 보는 앞에서 죽임을 당하는 것을 더 기뻐한다. 관중 속 누군가의 눈물을 받을지도 모른다고 망상할 수 있기 때문이다. 그러나 눈물이 없는 사람이라면 어느 곳에서 죽임을 당하든 다를 바가 없다.

눈물이 없는 사람을 죽이면 틀림없이 피조차 보이지 않을 것이다. 사랑하는 이는 그가 살해당하는 참혹함을 느끼지 못하며, 원수 역시 끝내 그를 죽이는 즐거움을 얻지 못한다. 이것은 그의 보은이자 복수이다.

적의 칼날에 죽는 것은 슬퍼할 만한 일이 아니다. 어디에서 왔는지 알 수 없는 암기暗器에 죽는 것이 오히려 슬프다. 그러나 가장 슬픈 것은 자애로운 어머니나 사랑하는 이가 잘못 넣은 독약, 전우가 마구 갈겨 댄 유탄, 전혀 악의 없는 병균의 침입, 제 자신이 만들어 낸 것이 아닌 사형에 의해 죽는 것이다.

지난날을 앙모하는 자, 지난날로 돌아가라! 세상을 벗어나고 싶은 자, 어서 세상을 벗어나라! 하늘에 오르고 싶은 자, 얼른 하늘로 올라가라! 영혼이 육체를 떠나려 하는 자, 서둘러 떠나라! 현재의 지상에는 현재에 집착하고 지상에 집착하는 사람들이 살아야 한다.

그러나 현세를 혐오하는 사람들이 여전히 살고 있다. 이들은 모두 현세의 원수이며, 이들이 하루라도 더 존재하면, 현세는 그 하루만큼 더 구원받을 수 없다.

이전에도 현세에 살기를 바랐으나 그럴 수 없었던 사람들이 있었다. 그들은 침묵하고 신음하고 탄식하고 흐느껴 울고 애걸했다. 그러나 여전히 현세에 살기를 바라지만 그러지 못한다. 그들은 분노를 까맣게 잊어버렸기 때문이다.

용감한 자는 분노하면 칼날을 뽑아 들어 더 강한 자를 겨눈다. 비겁한 자는 분노하면 칼날을 뽑아 들어 더 약한 자를 겨눈다. 구제할 길이 없는 민족 중에는 틀림없이 아이들에게만 눈을 부라리는 영웅들이 많이 있을 것이다. 이런 겁쟁이들!

아이들은 눈 부라림 속에서 자라나, 다시 다른 아이들에게 눈을 부라린다. 그리고 그들은 평생 분노 속에서 지내 왔다고 생각한다. 분노는 단지 이러한 것에 지나지 않으므로, 그들은 평생 분노할 것이다. 나아가 2세, 3세, 4세, 그리고 말세에 이르도록 분노할 것이다.

무엇을 사랑하든 — 그것이 밥이건, 이성異性이건, 나라이건, 민족이건, 인류이건 — 독사처럼 칭칭 동여매고 원귀처럼 찰싹 달라붙어 24시간 내내 그칠 때가 없는 자만이 희망이 있다. 그러나 너무 피곤하다고 느낄 때에는 잠시 쉬어도 괜찮다. 하지만 쉬고 난 후에는 다시 한번 해야지. 두 번, 세 번……. 혈서, 장정章程, 청원, 강의, 울기, 전보, 회의, 만련,[2] 신경쇠약, 이런 건 죄다 소용이 없다.

혈서가 벌어 올 수 있는 것은 무엇인가? 그것은 그대의 혈서 한 장에 불과하며, 더구나 결코 아름답지도 않다. 신경쇠약이라면, 사실 자신에게 병이 난 것이니, 더 이상 보배로 여기지 말라. 나의 경애하고도 밉살스러운 벗이여!

우리는 신음과 탄식, 흐느낌, 애걸을 들어도 놀랄 필요가 없다. 독하고 매운 침묵을 보면, 주의를 기울이지 않으면 안 된다. 무엇인가 독사처럼 주검의 숲속을 꿈틀꿈틀 기어다니고 원귀처럼 어둠 속을 내달리는 게 보이면, 주의를 기울이지 않으면 안 된다. 이것은 '참된 분노'가 곧 다가오리라는 것을 예고하고 있다. 그때가 되면, 지난날을 앙모하는 자는 지난날로 돌아가고, 세상을 벗어나고 싶은 자는 세상을 벗어나며, 하늘에 오르고 싶은 자는 하늘로 오르고, 영혼이 육체를 떠나려는 자는 떠나야 한다!……

5월 5일

주)

1) 원제는 「雜感」, 1925년 5월 8일 베이징의 『망위안』 주간 제3기에 발표했다.
2) 만련(挽聯)은 죽은 자를 애도할 때 그의 생전의 공덕을 찬양하여 내거는 글로, 대구로 이루어져 있다.

# 베이징 통신[1]

온루, 페이량[2] 두 형에게

어제 『위바오』[3] 두 부를 받고서 몹시 기뻤습니다. 특히 그 『부간』을 보고서 말입니다. 그 발랄한 생기가 참으로 예전에 기대했던 것 이상이었기 때문이지요. 생각해 보십시오. 아주 오랜 역사를 지닌 중주[4]에서 젊은이들의 목소리가 전해져, 마치 이 낡은 나라가 장차 부활하리라 예고하는 듯하니, 이 얼마나 기쁜 일입니까?

만약 제게 힘이 있다면, 물론 허난의 젊은이들에게 기여하는 바가 있기를 원합니다. 하지만 저는 불행히도 마음은 하고 싶어도 힘이 미치지 못합니다. 제 자신도 갈림길에 — 혹은 좀더 희망적으로 말한다면 네거리 어귀에 서 있기 때문입니다. 갈림길에 서 있다면 거의 발을 내딛기도 어렵습니다만, 네거리 어귀에 서 있다면 갈 수 있는 길이 많지요. 제 자신은 아무것도 두려울 게 없습니다. 생명은 제 자신의 것이기에, 제 스스로 걸어갈 만하다고 여기는 길을 향해 뚜벅뚜벅 걸어가면 그만입니다. 설사 앞쪽에 깊은 못이 있고, 가시덤불이 있고, 불구덩이가 있을지라도 제 스스로 책임을 질 것입니다. 그러나 젊은이들에게 말하기는 어렵습니다. 눈먼 사람이 눈먼 말을 타고서 위험한 길로 끌어들인다면, 저는 틀림없이 수많은 사람들의 목숨을 모살한 죄를 짓게 될 것입니다.

그래서 저는 끝내 젊은이들에게 내가 걷는 길을 함께 가자고 권하고 싶지는 않습니다. 우리는 나이와 처지가 다르며, 사상의 귀착점 또한 아마 일치하지 않을 겁니다. 그러나 만약 젊은이들이 어떤 목표를 향해 나아가야 하느냐고 굳이 묻는다면, 남을 위해 마련해 놓은 이야기를 해줄 수 있을 뿐입니다. 그것은 첫째는 생존하는 것이요, 둘째는 배불리 먹고 따뜻이 입는 것이요, 셋째는 발전하는 것입니다. 이 세 가지를 방해하는 자가 있다면, 그 자가 누구이든 그에게 반항하고 그를 박멸해야 합니다!

하지만 오해를 사지 않도록 몇 마디를 덧붙여야겠습니다. 제가 말하는 생존이란 결코 구차한 삶이 아니며, 배불리 먹고 따뜻이 입는 것이란 결코 사치가 아니며, 발전 또한 방종이 아닙니다.

중국은 예로부터 생존을 대단히 중시해 왔습니다. "명을 아는 자는 금방이라도 무너져 내릴 담 아래에 서지 않는다"[5]느니, "귀한 집 자식은 앉아도 처마 아래에 앉지 않는다"[6]느니, "신체발부는 부모에게 받은 것이니 감히 훼손해서는 안 된다"[7]느니 했지요. 심지어 아들이 아편을 피우기를 바라는 부모도 있었는데, 아편을 피우면 밖에 나가 가산을 탕진할 염려는 없다는 겁니다. 그러나 이런 가정은 가산 또한 결코 오래가지는 못합니다. 왜냐하면 구차한 삶이기 때문입니다. 구차한 삶은 더 이상 살아갈 수 없는 지경에 이르는 첫걸음입니다. 그래서 나중에는 더 이상 살아갈 수 없게 됩니다. 생존을 도모하지만 너무 비겁하면, 결국 죽음에 이르고 맙니다. 중국의 옛 교훈 가운데에는 구차한 삶을 가르치는 격언이 이처럼 많았건만, 공교롭게도 중국인은 많이 죽었고, 외족의 침입도 많았으니, 결과는 정반대가 되었습니다. 우리가 옛 교훈을 내팽개치는 것은 한시도 늦출 수 없는 일임을 알 수 있지요. 이건 참으로 어찌할 수 없는 일입니다. 우린 살아야 하며, 또한 구차한 삶이 아니어야 하기 때문입니다.

중국인은 갖가지 구차한 삶의 이상향을 생각했습니다만, 안타깝게도 끝내 실현하지 못했습니다. 그러나 나는 그들을 위해 발견한 것이 있습니다. 여러분도 아마 아시겠지만, 베이징의 제1 감옥입니다. 이 감옥은 쉬안우문宣武門 너머의 빈터에 있으니 이웃집에 불이 날까 걱정할 게 없고, 매일 두 끼를 주니 얼거나 굶주릴 염려가 없고, 규칙적인 생활을 하니 몸이 상할 리 없고, 구조가 튼튼하니 무너질 리 없고, 간수들이 지키고 있으니 죄를 또 저지를 리 없고, 강도가 약탈하러 들어올 리 없습니다. 이 안에서 지내면 얼마나 안전하겠습니까? 참으로 "귀한 집 자식은 앉아도 처마 아래에 앉지 않는다"는 거지요. 그런데 부족한 것이 한 가지 있으니, 그것은 자유입니다.

옛 교훈이 가르치는 건 바로 이러한 생활법인데, 사람들을 꼼짝달싹 못하게 하는 겁니다. 꼼짝하지 않으면 잘못을 저지르는 일이 적어질 건 당연합니다. 그러나 살아 있지 않은 바위나 진흙모래는 잘못이 훨씬 적지 않겠습니까? 인류는 향상하기 위해, 즉 발전하기 위해 활동하지 않으면 안 됩니다. 활동하다가 약간의 잘못을 저지르는 건 대수롭지 않다고 생각합니다. 오직 산 게 산 것이 아니고 죽은 게 죽은 것이 아닌 구차한 삶이야말로 완전히 잘못된 것입니다. 삶이란 간판을 내걸고 있지만, 사실은 사람을 죽음의 길로 이끄니까요!

우리는 반드시 젊은이들을 감옥에서 이끌어 내야 한다고 생각합니다. 도중에 위험이야 물론 겪겠지요. 하지만 이건 삶을 도모하는 과정에서 생기는 우연한 위험이기에 피할 길이 없습니다. 피하고 싶다면, 저 옛사람이 희구했던 제1 감옥식의 생활을 하지 않으면 안 됩니다. 그렇지만 정말로 제1 감옥에 갇혀 있던 죄수들은 하루빨리 풀려나길 바랐습니다. 비록 바깥이 감옥보다 결코 안전하지 않더라도 말입니다.

베이징은 날씨가 따뜻해졌습니다. 우리집 뜨락에는 라일락 몇 그루가 심어져 있는데, 살아났습니다. 유엽매榆葉梅도 두 그루 있는데, 지금까지 싹을 틔우지 않고 있으니, 죽었는지 살았는지 모르겠습니다.

어제 작은 소동[8]이 일어나 많은 학생들이 다쳤습니다. 죽은 사람도 있다고 들었습니다만, 확실한지 어떤지는 모르겠습니다. 사실 그들이 집회를 열도록 내버려 두었더라면, 집회를 여는 정도로 끝났을 겁니다. 그런데 강력한 탄압을 가하는 바람에 집회 이상의 일이 터져 버린 겁니다. 러시아혁명이 바로 이런 경로에서 출발한 게 아닙니까?

밤이 깊었으니 이만 붓을 놓겠습니다. 나중에 다시 이야기하지요.

5월 8일 밤, 루쉰

주)

1) 원제는 「北京通信」, 1925년 5월 14일 카이펑(開封)의 『위바오(豫報) 부간』에 발표했다.
2) 온루(蘊儒)는 루쉰이 베이징세계어전문학교에서 교편을 잡았을 때의 학생인 루치(呂琦)를 가리킨다. 그는 허난(河南) 사람으로, 온루는 그의 자이다. 페이량(培良)은 광풍사(狂飆社)의 주요 성원인 상페이량(向培良)을 가리킨다. 그는 후난(湖南) 첸양(黔陽) 사람

으로, 당시 『망위안』 주간에 자주 기고했으며, 훗날 난징(南京)에서 『청춘월간』(青春月刊)을 주편했다.

3) 『위바오』(豫報)는 허난 카이펑(開封)에서 발간되던 신문으로, 1925년 5월 4일 창간되었다. 이 신문에는 『위바오 부간』이 딸려 있었는데, 상웨(尙鉞), 차오징화(曹靖華), 쉬위눠(徐玉諾), 장무한(張目寒) 등이 주로 기고했으며, 루쉰 역시 오래도록 기고했다.

4) 상고시대에 중국은 구주(九州)로 나뉘어 있었는데, 허난(河南)은 고대의 위저우(豫州) 지방으로, 구주의 중앙에 자리하고 있었기에 중주(中州)라 일컬었다.

5) 원문은 '知命者不立乎巖墻之下'이다. 이 말은 『맹자』 「진심상」(盡心上)에서 비롯되었다.

6) 원문은 '千金之子坐不垂堂'이다. 이 말은 『사기』 「원앙전」(袁盎傳)에서 비롯되었다.

7) 원문은 '身體髮膚受之父母不敢毁傷'이다. 이 말은 『효경』(孝經) 「개종명의장」(開宗明義章)에서 비롯되었다.

8) 1915년 5월 7일 일본제국주의가 위안스카이(袁世凱)에게 '21개조'의 승인을 요구했던 국치일을 기념하여, 베이징 학생들은 1925년 5월 7일 톈안먼 광장에서 집회를 거행하기로 했다. 베이양정부는 각 학교에 훈령을 내려 동맹휴업을 하지 못하도록 하는 한편, 당일 오전 경찰을 파견하여 학생들이 교문 밖으로 진출하지 못하도록 저지했다. 교문에서 경찰의 저지망을 뚫고 톈안먼으로 진출한 시위대는 톈안먼 일대에서 무장경찰과 보안대와 충돌하여 많은 부상자가 발생했다.

# 스승[1]

요즘 젊은이에 대한 담론이 크게 유행하고 있어서 걸핏하면 젊은이를 입에 올리고 있다. 그러나 젊은이라고 어찌 똑같이 논할 수 있겠는가? 깨어 있는 젊은이도 있고, 잠들어 있는 젊은이도 있고, 잠이 덜 깨어 멍한 젊은이도 있고, 누워 있는 젊은이도 있고, 놀고 있는 젊은이도 있으며, 이밖에도 많다. 물론 전진하려는 젊은이도 있다.

전진하려는 젊은이들은 대개 스승을 구하고 싶어 한다. 하지만 감히 말하건대, 그들은 아마 영원히 구하지 못할 것이다. 구하지 못하는 것이 오히려 행운이다. 스스로를 아는 이는 불민하다면서 사양하는데, 스스로 자부하는 이는 과연 진정 길을 알고 있을까? 스스로 길을 안다고 여기는 이들은 대개 '이립'而立의 나이를 넘겨, 완연히 회색적이고 늙은 티가 역력하여 원만할 따름임에도, 스스로는 길을 안다고 잘못 여기고 있다. 만약 진정 길을 안다면, 스스로가 일찌감치 자신의 목표를 향해 나아갔을 터이니, 어찌 스승 노릇이나 하고 있겠는가? 불법佛法을 떠드는 스님이나 선약仙藥을 파는 도사는 장차 백골과 '한통속'[2]이 될 터인데, 사람들이 그들에게 성불成佛의 대법을 듣고 승천昇天의 비법을 듣겠다니, 어찌 가소롭지 않겠는가!

하지만 나는 이들을 모조리 죽여 버리자는 것이 결코 아니다. 그들과 기분 내키는 대로 이야기를 나누는 거야 괜찮다. 말을 하는 자는 말을 할 수 있을 뿐이고, 붓을 놀리는 자는 붓을 놀릴 수 있을 뿐이다. 다른 사람이 만약 그에게 권법을 하기 바란다면, 그걸 바라는 사람 자신이 틀린 것이다. 그가 만약 권법을 할 수 있다면, 진즉 권법을 했을 것이다. 그러나 그 때에는 다른 사람이 아마 또 그에게 공중제비 넘기를 바랄 것이다.

일부 젊은이들 역시 깨달은 듯하다. 『징바오 부간』에서 청년필독서에 대해 널리 설문조사를 했을 때, 누군가 불만을 터뜨리더니 마침내 "믿을 건 자기밖에 없어!"라고 말했던 일이 기억난다. 나는 이제 과감하게 한마디를 바꾸어, 약간 살풍경하지만 "자신도 반드시 믿을 게 못 된다"고 말하고 싶다.

우리 모두 기억력이 썩 좋지 않다. 이건 이상할 게 없다. 인생에는 고통스러운 일이 너무나 많다. 중국에서는 더욱 그렇다. 기억력이 좋은 사람은 대개 무거운 고통에 짓눌려 죽고 말 것이다. 오직 기억력이 나쁜 사람만이 적자생존하고, 흔연스레 살아갈 수도 있다. 하지만 우리는 끝내 조금이나마 기억이 남아 있는지라, 회상에 잠겨 "오늘이 옳고 어제는 그르다"느니, "겉과 속이 다르다"느니, "오늘의 나와 어제의 내가 싸운다"[3)]느니 이러쿵저러쿵 떠들어 댄다. 우리는 배고파 죽을 지경일 때 아무도 없는 곳에서 남의 밥을 발견한 적도 없고, 궁핍하여 죽을 지경일 때 아무도 없는 곳에서 남의 돈을 발견한 적도 없으며, 성욕이 한창 왕성할 때 이성을, 게다가 아주 어여쁜 이성을 만난 적도 없다. 흰소리는 너무 일찍 쳐서는 안 된다고 나는 생각한다. 그렇지 않으면 만약 기억이 남아 있을 경우, 장차 생각이 날 때 부끄러워 얼굴이 붉어질지도 모른다.

어쩌면 자신이 그다지 믿을 만하지 않다는 점을 알고 있는 사람이 오히려 믿음직하다.

젊은이가 황금 글자의 간판을 내걸고 있는 스승을 꼭 구해야 할 필요가 있을까? 차라리 벗을 구해 힘을 합쳐, 생존할 수 있을 만한 방향을 향하여 함께 나아가는 게 나을 것이다. 그대들은 생명력이 충만하니, 깊은 숲을 만나면 평평한 땅으로 일굴 수 있고, 넓은 들판을 만나면 나무를 심을 수 있으며, 사막을 만나면 우물을 팔 수 있다. 가시덤불로 길이 막힌 낡은 길을 물어 무엇하며, 탁하고 독한 기운으로 가득 찬 똥 같은 스승을 구해 무엇하랴!

5월 11일

주)

1) 원제는 「導師」, 1925년 5월 15일 『망위안』 주간 제4기에 발표했다.
2) 원문은 '一丘之貉'이다. '한 언덕에 사는 담비'라는 뜻으로서, 한통속이어서 구별하기 어려움을 의미한다.
3) 원문은 '今日之我與昨日之我戰'이다. 이 말은 량치차오가 『청대학술개론』(清代學術概論, 1921년 출판)에서 "(나는) 아낌없이 오늘의 나로써 지난날의 나를 꾸짖는다"(不惜以今日之我, 難昔日之我)라고 한 데에서 비롯되었다.

# 만리장성[1)]

위대한 만리장성이여!

이 공사는 지도 위에 조그마한 모습으로밖에 남아 있지 않지만, 세계적으로 조금이라도 지식이 있는 사람이라면 대부분 알고 있을 것이다.

사실 이제껏 헛되이 수많은 노동자들을 일하다 죽게 만들었을 뿐, 오랑캐를 막아 냈던 적이 있었던가? 이제는 낡은 자취에 지나지 않지만, 금방 소멸되지는 않을 것이며, 어쩌면 그것을 보존해야 할 것이다.

나는 늘 주위에 만리장성이 둘러싸고 있다고 느낀다. 이 만리장성의 구성재료는 예전부터 있어 온 낡은 벽돌과 보수하기 위해 보탠 새 벽돌이다. 두 가지 것이 한데 연합하여 성벽을 이룬 채, 사람들을 포위하고 있다.

언제나 만리장성에 새 벽돌을 보태지 않을까?

이 위대하고 저주스러운 만리장성이여!

5월 11일

주)______

1) 원제는 「長城」, 1925년 5월 15일 『망위안』 주간 제4기에 발표했다.

# 문득 생각나는 것 (7~9)[1)]

## 7.

아마 신문배달부가 너무나 바쁜 탓이었겠지만, 어제는 신문이 보이지 않더니 오늘에야 함께 배달되었다. 그런데 기이하게도 본지에서 두 군데가 조그맣게 잘려 나가 있었다. 다행히 부간은 온전했다. 그 윗면에는 우저武者 군의 「온순함」溫良이란 글[2)]이 있는데, 내게 지난 일을 떠오르게 해주었다. 기억건대 확실히 이러한 사탕 바른 독가시를 나의 학생들에게 선사했던 적이 있다. 이제 우저 군도 한길에서 두 가지 물건, 즉 맹수와 양을 발견했던 것이다. 그러나 이건 일부분을 발견한 것에 지나지 않는다고 생각한다. 왜냐하면 한길 위의 물건은 그렇게 간단하지 않아서, 한마디를 덧붙이지 않으면 안 되기 때문이다. 그것은 맹수 같은 양, 양 같은 맹수이다.

그들은 양인 동시에 맹수이다. 그러나 자기보다 사나운 맹수를 만날 때에는 양의 모습을 드러내고, 자기보다 약한 양을 만날 때에는 맹수의 모습을 드러낸다. 이 때문에 우저 군은 별개의 것이라 오해한 것이다.

기억나는 일이 또 있다. 최초의 5·4운동 이후 군경들은 아주 친절하게도 개머리판만으로 손에 쇠토막 하나 들지 않은 교사와 학생을 마구 두들겨팼다. 위풍당당함이 마치 철기병이 모판 위를 치달리는 듯했다. 학생들은 놀라 소리 지르면서 피해 달아났다. 마치 호랑이와 이리를 만난 양떼와 같았다. 그러나 학생들이 큰 무리를 지어 그들의 적을 습격했을 때, 어린아이를 만나더라도 밀어뜨리고 여러 차례 곤두박질쳐 버리지 않았던가? 학교에서는 적의 자식에게 욕설을 퍼부어[3] 집으로 돌아가지 않을 수 없게 만들지 않았던가? 이것이 일족을 몰살하던 고대 폭군의 생각과 뭐가 다르단 말인가!

기억나는 일이 또 있다. 중국의 여인은 얼마나 압제를 당했던지, 때로는 그야말로 양만도 못한 존재였다. 이제는 양놈의 학설 덕분에 조금이나마 해방된 듯하다. 그러나 그녀[4]는 위엄을 부릴 만한 지위, 이를테면 교장 나부랭이가 되자마자, "옷소매를 걷어붙이고 손바닥을 비비는" 경호원 같은 사내들을 고용하여, 무력이라고는 터럭만큼도 없는 동성同性의 학생들을 을러대지 않았던가? 바깥에서 다른 학생시위가 일어난 때를 틈타 일부 여우와 개 같은 무리와 함께 여세를 몰아 자신의 뜻에 맞지 않은 학생들을 제적시키지 않았던가?[5] '남존여비'의 사회에서 성장한 몇몇 남자들은, 이때 밥그릇의 화신인 이성異性 앞에서 꼬리를 흔들면서 그야말로 양만도 못했다. 양은 참으로 약하지만 그래도 이 정도는 아니라는 것을, 나는 감히 나의 경애하는 양들에게 보증한다.

하지만 황금세계가 도래하기 전에, 사람들은 아마 어쩔 수 없이 이 두 가지 성질을 동시에 품을 것이다. 다만 나타날 때의 상황이 어떤지를 보면, 용감한지 아니면 비겁한지의 차이가 분명해질 것이다. 안타깝게도 중국인은 양에게는 맹수의 모습을 드러내고, 맹수에게는 양의 모습을 드러내는지라, 설사 맹수의 모습을 드러내고 있을지라도 여전히 비겁한 국민이다. 이렇게 나가다가는 틀림없이 끝장나고 말 것이다.

생각건대, 중국이 구원을 받으려면 무언가를 보태 넣을 필요가 없다. 젊은이들이 예로부터 전해져 온 이 두 가지 성질의 사용법을 뒤집어 사용하기만 하면 충분하다. 즉 상대가 맹수와 같을 때에는 맹수처럼 되고, 양과 같을 때에는 양처럼 되라!

그렇게 되면, 어떤 마귀라도 자신의 지옥으로 돌아갈 수밖에 없을 것이다.

5월 10일

## 8.

5월 12일자 『징바오』의 '현미경'[6]에 이런 대목이 있다.—

> 어느 책상물림이 모 신문에 실린, 교육총장 '장스딩'章士釘의 5·7상신서[7]를 보더니 정색하여 말했다. "이름 글자가 이렇게 괴벽하다니, 성인의 무리는 아니도다. 어찌 고문의 도를 지키는 우리 같은 자일 수 있으랴!"

이로 인해, 백화문에서뿐만 아니라 문언문에서조차 거의 쓰이지 않는 중국의 몇몇 글자가 생각났다. 그중 하나가 여기에서 '딩'釘으로 잘못 인쇄된 '자오'釗자이고, 또 하나는 '간'淦자인데, 이 글자들은 아마 사람의 이름에만 흔적이 남아 있을 것이다. 내 가까이에 『설문해자』說文解字가 없으니, '자오'자의 해석은 전혀 기억하지 못하지만, '간'자는 '배 밑바닥에 물이 새다'라는 의미인 듯하다. 우리가 지금 배에 물이 샌다는 것을 기술하고자 할 때, 아무리 예스런 글을 사용하더라도 대개 '간이'淦矣라고 하지는 않을 것이다. 그래서 장궈간張國淦, 손가감孫嘉淦 혹은 신간현新淦縣[8]의 뉴스를 찍어 내는 일 외에는, 이 활자는 완전히 폐물이다.

자오釗자의 경우, 딩釘자로 바뀌어 버린 일은 그래도 가벼운 웃음거리에 지나지 않는다. 듣자 하니, 이런 일로 인해 해를 입은 사람이 있다. 차오쿤[9]이 총통을 지낼 때(당시에는 이렇게 쓰는 것만으로도 죄를 짓는 것이었다), 리다자오李大釗[10] 선생을 처벌하고자 국무회의 석상에서 어느 각료가 이렇게 말했다. "그의 이름만 보아도 본분을 지키는 사람이 아님을 알 수 있습니다. 좋은 이름도 많은데 하필이면 리다젠李大劍이라 했을까?!" 이렇게 하여 처분이 확정되었다. 이 '다젠'大劍 선생은 이미 이름만으로도 '대도왕오'[11]와 같은 부류임을 스스로 입증했기 때문이다.

내가 N의 학당[12]에 재학할 때, 이 '자오'자로 인해 몇 차례 곤욕을 치렀다. 물론 나 자신이 '본분을 지키지' 않았기 때문이다. 새 직원 한 명이 학교에 부임했는데, 몹시 기세등등하고 학자연하면서 거만하기 짝이 없었다. 그런데 안타깝게도 그는 불행히 '선자오'沈釗라는 학생을 만나 재수 없는 일을 당하고 말았다. 그가 그 학생을 '선댜오'沈鈞라고 불러 자신의 무식함을 드러냈기 때문이다. 그래서 우리는 그를 만나기만 하면 비웃을 요량으로 '선댜오'라고 불렀으며, 비웃다가 욕하기까지 했다. 이틀 동안 나와 십여 명의 학생들은 번갈아 작은 경고 둘, 큰 경고 둘을 받았으며, 작은 경고를 한 번 더 받으면 제적당할 판이었다. 그러나 우리 학교에서는 제적이 대단한 일이 아니었다. 관서에서는 군령軍令만 있으면 학생의 목도

칠 수 있었던 것이다. 그런 곳에서 교장 노릇을 하니, 얼마나 위엄 있겠는가.──하지만 당시의 명칭은 '총판'總辦이라 일컬었으며, 자격 또한 반드시 후보도[13]여야 했다.

만약 그 당시에도 지금처럼 고압적인 수단만을 사용했다면, 우린 아마 진즉 '처형'당했을 것이며, 나 역시 '문득 생각나는 것' 또한 있을 수 없을 것이다. 어찌된 일인지 나는 요즘 '옛날을 그리워하는' 경향이 많아졌다. 이를테면 이번처럼 글자 하나로 인해, 유로遺老처럼 '옛날을 회고'하는 어조를 드러내게 되었다.

5월 13일

## 9.

누군가 했던 말이 기억난다. 추억에 자주 잠기는 사람들은 싹수가 없으니, 지난 일에 미련을 두어 용맹스러운 진취성을 지니리라 기대하기 어렵기 때문이다. 하지만 추억은 매우 즐거운 일이라고 말하기도 한다. 전자의 말은 누가 했는지 잊어버렸고, 후자의 말은 아마 아나톨 프랑스(A. France)[14]인 듯한데,──누군들 어떠랴. 하지만 이들의 말은 모두 일리가 있어, 정리하고 연구하자면 틀림없이 많은 시간을 들여야 할 것이다. 그러나 이런 일은 죄다 학자들에게 맡기자. 나는 이런 고상한 일에 끼어들고 싶지 않다. 아무 성과도 남기기 전에 '천수를 누리고 안방에서 죽게'[15] 될까 두렵다(정말로 천수를 누릴지, 안방에서 죽을지는 물론 자신이 없지만, 이 순간에는 좀더 멋지게 써도 무방하리라). 나는 문예를 연구하는 술자리를 사절할 수 있고, 학생을 제적하는 회식 자리를 멀리 피할 수는 있어도, 염라대왕의 초청장은, 아무리 거드름을 피울지라도 끝내 '삼가 사양'할 길이 없을 듯하다. 그래, 지금은 지난날에 미련을 두지 말고, 장래를 멀리 내다보자. 그렇더라도 싹수가 없기는 마찬가지이다. 제기랄, 그냥 써 내려가자.—

붓을 들지 않는 것은 자신의 신분을 지키기 위함이라는 걸,[16] 나는 최근에야 깨달았다. 하지만 붓을 드는 99%가 자신을 변호하기 위함이라는 건, 진즉 알고 있었다. 적어도 나 자신은 그러했다. 그래서 지금 쓰려는 것 역시 자신을 위한 편지에 지나지 않는다.

FD군에게

1년인가 2년 전에 당신이 보낸 편지를 받은 일이 기억납니다. 내가 「아Q정전」에서 하찮은 아Q를 붙잡으려고 기관총을 사용했다고 쓴 건 너무 터무니없다고 지적했지요. 나는 당시 당신에게 답장을 하지 못했습니다. 첫째는 당신의 편지에 주소가 적혀 있지 않았고, 둘째는 아Q가 이미 붙잡힌 터라 더 이상 당신을 떠들썩한 구경거리에 초대하여 함께 증명할 수 없게 되었기 때문입니다.

그러나 며칠 전 나는 신문을 보다가 문득 당신이 기억났습니다. 신문에는 대충 이런 의미의 기사가 실려 있었습니다. 학생들이 집정부에 청원하러 갔는데, 사전에 이미 알고 있던 집정부가 동문에 군대를 증원하고 서문에 두 대의 기관총을 설치한 바람에, 학생들은 들어가지 못한 채 끝내 성과 없이 흩어졌다는 겁니다. 당신이 만약 베이징에 있다면, 아무리 멀더라도—멀수록 더욱 좋지요—구경가 보십시오. 만일 정말로 두 대가 있다면, 난 '당당하게 말할' 수 있게 됩니다.

학생들의 시위와 청원은 그 유래가 오래되었습니다. 그들은 모두 '점잖고 예의 발라'[17] 폭탄이나 권총은커녕, 구절강편과 삼첨량인도[18]조차 갖고 있지 않으니, 하물며 장팔사모와 청룡엄월도[19]야 말할 나위가 있겠습니까? 기껏해야 '가슴에 품은 편지 한 장'뿐입니다. 그래서 지금껏 소란을 피워 본 역사가 없습니다. 지금은, 하지만, 이미 기관총을 걸어 놓았으며, 게다가 두 대나 있습니다!

그렇지만 아Q의 사건은 훨씬 심각합니다. 그는 확실히 시내로 가서 물건을 훔친 적이 있으며, 웨이좡[20]에서도 분명히 강도사건이 일어났지요. 그 당시는 또한 민국 원년이라 관리들의 일처리도 물론 지금보다 훨씬 기괴했습니다. 선생! 생각해 보십시오. 13년 전의 일입니다. 그때의 일이라면, 설사 「아Q정전」에 한 여단의 혼성부대와 여덟 문의 과산포[21]를 덧붙인다 해도, '지나치게 과장된 말'은 아닐 거라고 저는 생각합니다.

선생께서는 평범한 눈길로 중국을 바라보지 말기 바랍니다. 인도에서 돌아온 제 친구의 말에 따르면, 그곳은 정말 기괴하여 갠지스강변을 갈 때마다, 붙잡혀 죽임을 당해 하늘에 제사 지내는 희생물이 되지 않을까 염려했다고 합니다. 나는 중국에서도 이와 비슷한 두려움을 느낍니다. 흔히 로맨틱(romantic)하게 여겨지는 일이 중국에서는 평범한 일입니다. 기관총을 토곡사[22] 밖에 설치하지 않으면, 어디에 설치할까요?

1925년 5월 14일

루쉰 올림

주)______

1) 원제는 「忽然想到」, 1925년 5월 12, 18, 19일 『징바오 부간』에 발표했다.
2) 이 글은 1925년 5월 9일 『징바오 부간』에 발표되었다. 이 글 속에는 다음과 같은 글귀가 있다. "루쉰 선생은 교실에서 우리들이 온순하다고 지적했다. 이처럼 겉에 꿀을 바른 듯이 형용한 어휘를 우리는 물론 마음 놓고 받아들일 수 있었으며, 게다가 어쩌면 단맛을 맛볼 수도 있었다." "그러나 갑자기 의외의 일이 일어났다. …… 나의 마음이 가시에 찔려 상처를 입었던 것이다!" "나의 이미지 속에 있던, 그 사랑스러운 온순한 모습이 차츰 모호해지고, 그 꿀, 겉을 싸고 있던 그것이 이미 녹아 버려, 치명적으로 그 안에 함유되어 있던 독을 맛보았던 것이다!" 또한 이렇게 말하기도 했다. "길 위에서 나는 오고가는 이 오래된 나라의 인민을 맞이하면서, 그들의 얼굴에서, 복식에서, 동작에서, 그리고 그들의 모든 것으로부터 두 가지, 즉 맹수와 양, 짓밟는 자와 노예를 발견했다." 이 문집의 「후기」를 참고하시오.
3) 「후기」에 따르면, "몇 년 전에 '매국노'로 일컬어지던 자의 자제가 급우들에게 호되게 욕을 먹은 일"을 가리킨다.
4) 베이징여자사범대학에 교장으로 새로 부임한 양인위(楊蔭楡)를 가리킨다.
5) 이 일은 1924년 가을부터 이듬해에 걸쳐 베이징여자사범대학에서 일어난 소요사태를 가리킨다. 1924년 가을 베이징여자사범대학의 학생들은 교장인 양인위에 반대하는 시위를 벌였다. 1925년 1월 학생 대표는 교육부에 찾아가 양인위 교장이 취임한 이래 일어난 갖가지 비정상적 행태를 비판하면서, 그녀의 교장 취임을 철회해 줄 것을 요구했다. 같은 해 4월 사법총장 겸 교육총장인 장스자오는 '학풍 정돈'을 내세워 양인위에 대한 지지를 표명했다. 양인위는 5월 7일 교외의 명사를 초청하여 강연회를 개최함으로써, 교장의 지위를 공고히 하고자 했다. 당일 오전에 강연회가 열릴 때 그녀가 강연회 연단에 오르자, 학생들은 야유를 퍼부어 그녀를 물러가게 했다. 오후에 그녀는 시안(西安)호텔에 몇 명의 교원을 소집하여 학생들에 대한 대처 방안을 논의했으며, 9일 평의회의 이름으로 학생자치회 임원 6명을 제적시켰다. 루쉰은 당시 이 학교의 강사로 재직 중이었는데, 평소 양인위의 행위에 대해 잘 알고 있던 터라, 학생들의 입장을 지지하고 있었다. 위에 언급한 "옷소매를 걷어붙이고 손바닥을 비빈다"(捋袖擦掌)는 말은, 학생 6명을 제적한 양인위의 처분에 대해 학생자치회가 평의회에 보낸 서한 가운데에 보인다. 5월 7일 강연회에서 충돌이 일어난 상황에 대해, 서한은 이렇게 밝히고 있다. 즉 당시 양인위가 "교장이란 명의로 막무가내로 의장으로서 단상에 오르자, 자치회 임원들의 간곡한 권유를 뿌리친 셈인지라 곧바로 학생들의 공분을 불러일으켜 잠시 충돌하는 일이 발생했다." 양인위는 즉시 "'경찰을 부르라'고 소리쳤으며, 동시에 총무장인 우항(吳沆)은 옷소매를 걷어붙이고 손바닥을 비비면서 학생들에게 주먹맛을 실컷 보일 태세였다."

6) '현미경'(顯微鏡)은 당시 『징바오』의 고정 칼럼으로, 짧고 경쾌한 글을 게재했다.
7) 1925년 5월 7일 '5·7국치'를 기념하던 베이징의 학생들은 군경의 진압을 당한 뒤, 항의하러 장스자오(章士釗)의 저택으로 몰려갔다가 경찰과 충돌했다. '5·7상신서'는 장스자오가 이 일에 대해 돤치루이에게 올린 상신서이다.
8) 장궈간(張國淦, 1876~1959)은 후베이 푸치(蒲圻) 사람으로, 베이양정부 국무원 비서장, 교육총장 등을 역임했다. 손가감(孫嘉淦, 1683~1753)은 산시(山西) 싱현(興縣) 사람으로, 강희 연간에 벼슬에 나갔으며, 건륭 연간에 이부상서 등을 역임했다. 신간현(新淦縣)은 장시(江西)의 옛 현의 이름으로, 지금의 신간현(新干縣)이다.
9) 차오쿤(曹錕, 1862~1938)은 톈진(天津) 사람으로 자는 중산(仲珊)이며 베이양군벌 즈리계(直隸系)의 우두머리 중 한 명이다. 1923년 10월 중화민국 총통으로 선임되었다가, 1924년 11월 펑톈계(奉天系) 군벌인 장쭤린(張作霖)과의 전쟁에서 패해 물러났다.
10) 리다자오(李大釗, 1889~1927)는 허베이(河北) 러팅(樂亭) 사람으로, 자는 서우창(守常)이며, 맑스레닌주의를 중국에 최초로 전파한, 중국공산당 창시자 중 한 사람이다. 베이징대학 교수 겸 도서관 주임, 『신청년』 편집을 역임했다. 그는 5·4운동을 이끌었으며, 쑨원(孫文)을 도와 '연소(聯蘇)·연공(聯共)·부조공농(扶助農工)'의 3대 정책을 확정하여 국민당을 개조했다. 공산당을 창당한 후 북방지역에서 당의 업무를 담당하면서, 베이양군벌에 반대하는 투쟁을 이끌었다. 1926년 12월 펑톈계 군벌 장쭤린에 의해 지명수배되었다가, 1927년 4월 6일에 체포되어 28일에 처형당했다.
11) 대도 왕오(大刀 王五)는 왕정의(王正誼, 1854~1900)를 가리킨다. 그는 허베이 창저우(滄州) 사람으로, 자는 자빈(子斌)이다. 청말 베이징에 원순표국(源順鏢局)을 설립한 표객(鏢客)이며, 화물의 운송이나 요인의 안전을 책임지는, 지금의 보디가드나 경호원으로 이름을 날렸다. 훗날 8국연합군에게 살해당했다.
12) N은 난징(南京)을 가리킨다. 루쉰은 1898년 여름부터 1902년 초까지 난징의 강남수사학당(江南水師學堂)과 강남육사학당(江南陸師學堂) 부설 광무철로학당(礦務鐵路學堂)에서 수학했다.
13) 후보도(候補道)는 후보 도원(道員)을 가리킨다. 도원은 청대의 관직으로, 성(省) 이하, 부주(府州) 이상의 행정구역 직무를 총괄하는 도원, 그리고 한 성의 특정한 직무를 전담하는 도원으로 나뉜다. 또한 청대의 관제에서는, 직함만 있을 뿐 실제 직무를 배당받지 못한 중하급 관원은 이부(吏部)에서의 추첨에 따라 어느 부나 성으로 파견되어 임용을 기다리는데, 이를 후보라 일컬었다.
14) 아나톨 프랑스(Anatole France, 1844~1924)는 프랑스의 소설가이자 비평가이며, 1921년에 노벨문학상을 받았다. 대표작으로는 『실베스트르 보나르의 죄』(*Le Crime de Sylvestre Bonnard*, 1881) 『타이스』(*Thaïs*, 1890), 『붉은 백합』(*Le Lys rouge*, 1894) 등이 있다.

15) 원문은 '壽終正寢'이다. 횡사나 객사, 요절하지 않고, 나이 들어 집 안에서 편안히 죽음을 맞는다는 뜻이다.

16) 이 말은 천시잉이 1925년 5월 15일자 『징바오 부간』에 발표한, 편집자 쑨푸위안(孫伏園)에게 보낸 편지에서 비롯되었다. 즉 "한 달 전에 『징바오 부간』에 몇 개의 극평이 실렸는데, 그 가운데 딩시린과 관련된 것은 모두 사실에 부합되지 않습니다. …… 딩시린은 자신의 신분을 낮추면서까지 논쟁하고 싶지 않아 물론 상대하지 않고 내버려 둔 것입니다."

17) 원문은 '郁郁乎文哉'이다. 이 말은 『논어』「팔일」(八佾)의 "주나라는 하와 은 두 나라의 문물을 본떠 찬란한 문화를 이룩했다"(周監於二代, 郁郁乎文哉)는 데에서 비롯되었다. 이 말은 이 글에서 점잖고 예의바름을 의미하고 있다.

18) 구절강편(九節鋼鞭)은 아홉 마디로 자유자재로 꺾이는 강철제 무기이다. 삼첨량인도(三尖兩刃刀)는 끝이 세 갈래로 나뉘어 있고 양쪽에 날이 선 칼을 가리킨다.

19) 장팔사모(丈八蛇矛)는 한 길 여덟 치 길이의 긴 창을 가리키고, 청룡엄월도(青龍掩月刀)는 칼의 몸체의 너비가 넓고, 칼의 손잡이에 청룡이 장식되어 있는 칼을 가리킨다.

20) 웨이좡(未莊)은 「아Q정전」에서 공간적 배경으로 나오는 마을이다.

21) 과산포(過山炮)는 산포(山炮)라 하며, 산지의 작전에 흔히 사용되는 일종의 경형 유탄포(榴彈炮)이다. 포신은 짧은 편이고 탄도는 만곡형이며, 사정거리는 짧다. 중량이 가벼워 운반하기에 편리하다.

22) 토곡사(土穀祠)는 토지묘(土地廟)라고도 하며, 원래 토지신에게 제사를 지내 오곡의 풍성한 수확을 기원하는 곳이다. 이 글에서는 「아Q정전」에서 아Q가 거주하던 웨이좡의 사당 이름이다.

# '벽에 부딪힌' 뒤[1]

나는 평소에 늘 젊은 학생들에게 이렇게 말하곤 한다. 옛사람이 말하는 "가난하고 근심스러워야 글을 짓는다"[2]는 말은 그다지 믿을 만하지 않다고. 가난이 극도에 이르고 근심스러워 죽을 지경인 사람에게, 어찌 한가한 기분과 여유가 있어 글을 짓겠는가? 우리는 이제껏 굶어 죽어가는 후보候補가 계곡 가에서 시를 읊조리는 걸 본 적이 없다. 볼기 맞는 죄수가 지르는 것은 멱따는 듯한 비명일 뿐, 결코 붉은색과 흰색이 짝을 이룬 변체문[3]으로 고통을 호소할 리 없다. 그래서 먹을 갈고 붓을 문 채 깊은 생각에 잠겨 "신발이 구멍 나 있고, 뒤꿈치가 터져 있다"[4] 따위의 말을 할 때에는, 아마 진즉 발에 비단 양말이 신겨져 있을 것이다. "굶주림이 찾아와 나를 내몬다"[5]고 소리 높여 읊었던 도연명은 그때 어쩌면 이미 술기운이 도도했을지도 모른다. 바야흐로 고통스러울 때에는 고통을 입에 담지 못하는 법이다. 불교의 극고지옥極苦地獄에 있는 망자의 넋도 울부짖는 일이 없다!

중국은 아마 결코 지옥이 아닐 것이다. 그렇지만 '경계는 마음이 만들어 내'는 법. 내 눈앞에는 늘 겹겹이 쌓인 먹구름이 가득 차 있고, 그 속에 옛 귀신, 새 귀신, 떠도는 혼, 우수아방, 축생, 화생, 대규환, 무규환[6] 등이 있다. 나는 듣거나 보는 것을 도무지 견딜 수 없다. 나는 듣지도 보지도 않은 척 스스로를 속여, 어쨌든 지옥에서 빠져나온 셈이거니 여긴다.

문 두드리는 소리에 나는 다시 현실세계로 되돌아왔다. 다시 학교 일이다. 나는 왜 교원이 되려고 했던고?! 생각에 잠긴 채 걸어 나가 문을 열었다. 아니나 다를까 편지봉투에는 맨 먼저 시뻘건 글씨 한 줄이 눈에 들어왔다. 국립베이징여자사범대학.

나는 원래 이 학교가 두려웠다. 문을 들어서자마자 음산한 분위기를 느꼈기 때문인데, 왜 그런지 알지 못했다. 그저 늘 나 자신의 착각이겠거니 여겼다. 나중에 양인위楊蔭楡 교장의 「전 학생에게 알림」[7]이라는 글에서, "학교는 가정과 같음을 알아야 한다. 웃어른인 자가 가족을 사랑하지 않는 이치란 결단코 없으며, 나이 어린 자 역시 마땅히 웃어른의 마음을 체득해야 한다"는 말을 보고서야 문득 깨달았다. 알고 보니, 나는 학교에서 가르치고 있지만, 양씨 집안의 가정교사와 다름없었다. 이 음산한 분위기는 바로 '냉대를 당하는'[8] 데에서 비롯되었던 것이다. 그러나 내게 한 가지 병폐가 있으니, 스스로도 자업자득의 근원이 아닐까 생각하는데, 그건 바로 간혹 골똘히 따져 보는 것이다. 그래서 문득 깨달은 뒤에 곧바로 다시 의문을 품었다. 이 가족 구성원 ― 교장과 학생 ― 의 관계가 어떤 것일까? 모녀간일까, 아니면 고부간일까?

생각하고 또 생각해 보았지만, 어떤 결론도 나지 않았다. 다행히 이 교장은 선언을 낸 적이 많았다. 그래서 끝내 그녀의 「과격 학생에 대한 소감」[9]이란 글에서 정확한 해답을 찾아냈다. 즉 "이 무리와 집안싸움을 벌여 맞서고 있다"고 했으니, 그녀가 시어머니임은 의심할 여지가 없다.

이제 나는 주저없이 '고부간의 집안싸움'[10]이라는 이 고전의 문구를 이용할 수 있게 되었다. 하지만 고부간의 다툼이 가정교사와 무슨 상관이 있단 말인가? 어쨌든 학교이기에 아무래도 늘 편지가 오기 마련인데, 시어머니 것도 있고 며느리 것도 있다. 나의 신경은 굳세지 않은 편인지라, 문 두드리는 소리를 듣기만 해도 교원이 된 걸 후회하는 것은 이 때문이며, 게다가 후회할 만한 이유도 분명코 있다.

올해 1년 동안 그녀들의 가정사는 전혀 끝나지 않았다. 며느리들은 시어머니의 교장 노릇을 존경하지 않았고, 시어머니는 일을 그만두려 하지 않았다. 여기가 그녀의 가정이니, 어찌 손을 떼려 하겠는가? 이상할 게 없는 일이다. 게다가 손을 떼려 하지 않을뿐더러, '5·7' 즈음을 틈타 무슨 호텔에 사람들을 초청하여 식사를 한 후 여섯 명의 학생자치회 임원들을 제적시켰으며, 아울러 "학교는 가정과 같다는 것을 알아야 한다"는 대단한 의론을 발표했던 것이다.

이번 편지는 꺼내 읽어 보니 며느리들의 자치회에서 보낸 것이었는데, 내용은 대략 이러했다.

> 열흘여 동안 학교 업무가 정지되어, 갖가지 안건이 처리를 기다리고 있습니다. 만약 오랫동안 이렇게 지연된다면, 수백 명의 젊은이의 시간을 헛되이 버릴 뿐만 아니라, 학교 업무의 앞날 역시 하루도 지탱하기 어려울 정도로 위태해집니다.……

그다음은 교원들이 회의를 열어 운영에 나서 달라는 의미의 이야기였으며, 정한 시간은 당일 오후 4시로 되어 있었다.

"잠시 가 보자." 나는 생각했다.

이 역시 나의 못된 버릇으로, 스스로도 자업자득의 근원이 아닐까 생각한다. 무슨 일이든 중국에서는 절대로 함부로 가 '보'아서는 안 된다는 것을 뻔히 알지만, 끝내 고치지 못하기에 '버릇'이라 말한 것이다. 하지만 어쨌든 세상물정을 제법 알게 되었는지라, 나는 생각해 본 뒤 곧바로 이렇게 마음먹었다. 4시면 너무 일러 도착해 봐야 틀림없이 아무도 없을 테니, 4시 반에 가자.

4시 반에 음산한 교문을 들어서서, 교원 휴게실로 들어갔다. 전혀 뜻밖이었다! 졸고 있는 듯한 직원 한 명 외에도, 벌써 두 명의 교원이 앉아 있었다. 한 사람은 몇 차례 만난 적이 있었다. 다른 한 사람은 알지 못하는 사람인데, 성이 왕汪인지 왕王인지 똑똑히 듣지는 못했다.—사실 굳이 알아들어야 할 필요도 없었다.

나도 그들과 한자리에 앉았다.

"선생님의 의견으로는 이 일이 어떻다고 생각합니까?" 잘 알지 못하는 교원이 인사를 나눈 후, 나의 눈을 쳐다보면서 물었다.

"그건 여러 방면에서 말할 수 있습니다만……. 제 개인의 의견을 묻는 건가요? 제 개인의 의견이라면 양 선생님의 방법에 반대합니다……."

제기랄! 내 말이 끝나기도 전에, 그는 기민하고 약삭빠른 머리를 옆으로 한 번 흔들어 다 들을 필요도 없다는 태도를 보였다. 하지만 이건 물론 나의 주관일 뿐이다. 그에게는 어쩌면 원래 머리를 이리저리 흔드는 못된 버릇이 있을지도 모른다.

"학생을 제적시키는 처벌은 너무 지나칩니다. 그러지 않았더라면 쉽게 해결할……." 나는 이어 말하려고 했다.

"음음." 그는 참을 수 없다는 듯 고개를 끄덕였다.

나는 입을 다문 채 불을 붙여 담배를 피웠다.

"이 일에 대해 냉정해지는 게 좋습니다……." 어찌된 일인지 그는 자신의 '냉정해지자'는 학설을 떠들어 대기 시작했다.

"음음. 두고봅시다." 이번에는 내가 참을 수 없다는 듯 고개를 끄덕이다가, 끝내 한마디를 더하고 말았다.

고개를 끄덕이고 나자, 자리 앞쪽에 있는 인쇄물 한 장이 얼핏 눈에 들어왔다. 훑어보니 모골이 송연해졌다. 글의 내용은 대략 이러했다.

> …… 학생자치회라는 명의만으로 강사와 교원을 지휘하여 교무유지토론회를 소집하고, …… 본교는 원래 교육부 규정을 준수하고 있으며, 이러한 학제도 없고 또한 이러한 조처도 없어 근본적으로 성립할 수 없습니다. …… 아울러 소요사태 이래로 …… 정당한 방법을 강구하고, 진행해야 할 기타 학교 업무 또한 있는지라, 대회의 의결을 거치지 않으면 안 됩니다. 이에 (이번 달 21일) 오후 7시에 본교는 주임과 전임교원 평의회 회원 전원을 타이핑후太平湖호텔로 특별히 모셔 긴급교무회의를 개최하여, 갖가지 중요한 문제를 해결하기로 결정했습니다. 꼭 왕림해 주시기를 간절히 바랍니다!

서명은 내가 위험하다고 여기고 있는 '국립베이징여자사범대학'으로 되어 있는데, 아래에는 '아룀'啓이라는 글자도 있었다. 나는 그제서야 오지 말았어야 했으며, 타이핑후호텔에도 '왕림'할 필요가 없음을 깨달았다. 나는 '겸임교원'에 지나지 않기 때문이었다. 그렇지만 교장은 왜 학생들의 집회를 제지하지도 않고 사전에 부인하지도 않으면서, 나에게는 이 '아룀'을 보러 학교로 나오라고 했던 걸까? 나는 화가 치밀어 묻고 싶었다. 하지만 눈을 들어 사방을 살펴보아도 두 명의 교원과 한 명의 직원, 그리고 사방의 벽돌담에 달려 있는 문과 창문만 있을 뿐, 답변을 책임질 생물체는 아무도 없었다. '국립베이징여자사범학교'는 '아룀' 수는 있지만, 답변해 줄 수는 없는 것이다. 오직 말없이 음산하게 사방의 담벽만이 사람을 에워싼 채 험악한 낯빛을 드러내고 있을 뿐이었다.

나는 고통스러움을 느꼈지만, 그 까닭을 알 수 없었다.

그런데 학생 두 명이 회의를 열어 달라고 요청하러 왔다. 시어머니는 끝내 얼굴을 내밀지 않았다. 우리는 회의장으로 들어갔다. 이때 나를 포함해 벌써 다섯 명이었다. 나중에 일고여덟 명이 잇달아 도착했다. 이리하여 회의가 열렸다.

'나이 어린 자'는 마치 그다지 '웃어른의 마음을 체득'하지 못한 듯, 여러 가지 괴로움을 호소했다. 그렇지만 우리에게 무슨 권리가 있어 '집안'일에 간여한단 말인가? 하물며 타이핑후호텔에서도 '갖가지 중요한 문제를 해결'하려고 하는 바에야! 그러나 나도 내가 학교에 온 이유를 몇 마디 밝히고, 오늘 선뜻 나서지 못한 채 발뺌하려는 태도에 대해 학교 당국에 해명을 요구했다. 그러나 사방을 둘러보아도 며느리들과 가정교사, 벽돌담에 달려 있는 문과 창문만 있을 뿐, 답변을 책임질 생물체는 아무도 없었다!

나는 고통스러움을 느꼈지만, 그 까닭을 알 수 없었다.

이때 내가 알지 못하는 교원이 학생들과 이야기를 나누고 있었다. 나 역시 자세히 듣지는 않았다. 그러나 그의 말 가운데 "자네들은 일을 하면서 벽에 부딪혀서는 안 되네"라는 한마디가 들렸다. 학생들의 말 가운데에는 "양 선생님이 바로 벽입니다"라는 한마디가 들렸다. 마치 한 줄기 빛이 보이는 듯, 나는 즉시 내 고통의 까닭을 깨달았다.

벽에 부딪힌다, 벽에 부딪힌다! 나는 양씨 집의 벽에 부딪혔던 거야!

이때 학생들을 바라보니, 마치 한 때의 민며느리 같았다…….

이런 회의는 으레 그렇듯이 별 성과가 없었다. 대담하다고 자처하는 몇몇 인물이 시어머니에 대해 완곡한 비판을 슬쩍 가한 뒤, 곧바로 모두 흩어졌다. 내가 집으로 돌아와 창가에 앉았을 때, 하늘빛은 이미 황혼에 가까웠다. 음산한 기색은 차츰 물러갔다. 벽에 부딪힌다는 학설을 떠올리자, 뜻밖에도 미소가 감돌았다.

중국은 곳곳이 벽이다. 그러나 '귀신이 둘러친 담'[11]처럼 형체가 없어서 언제라도 '부딪힐' 수 있다. 이 담을 둘러칠 수 있는 자, 부딪히더라도 고통을 느끼지 않을 수 있는 자, 이들이 승리자이다.— 그러나 이 시각 타이핑후호텔의 연회는 진즉 파장에 이르러, 모두들 벌써 아이스크림을 먹고서 그곳에서 '냉정해졌을' 것이다…….

이리하여 나의 눈에 마치 보이는 듯했다. 여기저기에 이미 간장 국물로 얼룩진 새하얀 탁자보가. 탁자를 둘러싸고서 아이스크림을 핥아 먹는 수많은 남녀가. 중국의 역대 대다수의 며느리들이 절조를 굳게 지킨 시어머니에게 짓밟혔듯이, 암담한 운명이 결정된 수많은 며느리들이.

나는 담배를 한 개비, 그리고도 또 한 개비 피웠다. 눈앞이 훤해지고 호텔 안의 전등 불빛이 환상인 양 떠올랐다. 그러더니 교육가들이 술잔 사이로 학생들을 모해하는 모습이 보이고, 살인자들이 미소를 지은 후 백성들을 도륙하는 모습이 보이고, 주검이 더러운 흙 속에서 춤추는 모습이 보이고, 오물이 풍금에 가득 뿌려지는 모습이 보였다. 나는 그것을 그림으로 그리고 싶었지만, 끝내 선 한 줄도 긋지 못했다. 내가 왜 교원이 되려 했던고? 스스로도 나 자신이 모멸스러웠다. 그런데 즈팡[12]이 나를 찾아왔다.

한담을 나누던 중, 그도 느닷없이 감개를 터뜨렸다.

"중국은 뭐든 암흑이에요. 아무런 가망이 없어요. 일이 없을 때에는 알아차릴 수가 없지요. 교원이나 학생이나 후끈후끈 달아올라 정말 학교다워 보입니다. 하지만 일이 터지면, 교원도 보이지 않고, 학생도 천천히 숨어 버리지요. 결국 바보 같은 몇 사람만 남아 사람들을 대신해 희생되면, 그것으로 끝이지요. 며칠이 지나면 다시 원래의 학교로 되돌아갑니다. 숨었던 사람들도 나타나고, 보이지 않던 사람도 얼굴을 드러내 '지구는 둥글다'느니 '파리는 전염병의 매개체'라느니, 다시 한번 학생이든 교원이든 후끈후끈 달아오릅니다……."

나처럼 늘 '벽에 부딪힐' 일이 없을 것만 같은 젊은 학생의 눈으로 보아도, 중국은 이렇게 암흑이란 말인가? 그러나 그들은 미약한 신음만 냈을 뿐인데도, 신음하자마자 살육당하고 말았다!

5월 21일 밤

주)

1) 원제는 「"碰壁"之後」, 1925년 6월 1일 『위쓰』 주간 제29기에 발표했다.
2) 원문은 '窮愁著書'이다. 이 말은 『사기』 「우경전」(虞卿傳)의 "우경은 곤궁과 근심에 처하지 않으면 글을 지어 후세에 자신을 드러내지 않았다"(虞卿非窮愁亦不能著書以自見於後世)에 보인다. 우경(虞卿)은 전국시대 조(趙)나라의 상경(上卿)이다.
3) 변체문(騈體文)은 중국 고대의 문체의 일종으로, 남북조시대에 성행했다. 4자와 6자가 대구를 이루며, 성률의 조화, 표현의 화려함을 중시한다.

4) 원문은 '履穿踵決'이다. 이 말은 『장자』 「산목」(山木)의 "옷이 해지고 신발에 구멍이 나다"(衣弊履穿)와 『장자』 「양왕」(讓王)의 "증자가 위나라에 살았을 때 …… 10년간 옷 한 벌 해 입지 못했는데 …… 신을 신으려 해도 뒤꿈치가 터져 있었다"(曾子居衛……十年不制衣……納屨而踵決)에 보인다.

5) 원문은 '饑來驅我去'이다. 이 말은 도연명(陶淵明)의 「걸식」(乞食), "굶주림이 찾아와 나를 내모는데, 어디로 가야 할지 모르겠네"(饑來驅我去, 不知竟何之)라는 시구에 보인다.

6) 우수아방(牛首阿旁)은 소의 머리와 소의 발의 형상을 한 지옥의 귀졸(鬼卒)을 가리킨다. 축생(畜生)은 중생이 각자의 업(業)에 의해 가는 여섯 세계, 즉 육도(六道)의 하나로서, 생전의 악행에 의해 사후에 축생으로 환생하여 괴로움을 받는 세계이다. 화생(化生)은 생물이 생기는 네 가지 형태, 즉 사생(四生)의 하나로서, 의탁하는 곳 없이 업에 의해 홀연히 생겨난 것을 가리킨다. 대규환(大叫喚)과 무규환(無叫喚)은 지옥에 있는 망자의 혼을 가리킨다. 이들은 모두 불교 용어이다.

7) 원문은 「致全體學生公啓」이며, 1925년 5월 11일자 『천바오』(晨報)에 실렸다. 이 글은 베이징여자사범대학의 소요사태가 한창이던 5월 9일 학생자치회 임원 6명을 제적시킨 후 이튿날 발표한 글인데, 이 가운데에 다음과 같은 내용이 실려 있다. "최근 불행히도 소수 학생이 소요를 일으켜 학칙을 어긴 채 교외로 나가기에 이르렀다. 처음에 거듭 참고 견뎠던 것은 유연하게 대처하여 만전을 기하기 위함에 다름 아니었다. 그러나 오늘에 이르기까지 소요가 계속되어 절망적인 상태로 되었으니, 이는 어쩔 수 없이 취하는 조처이다. 학교는 가정과 같음을 알아야 한다. 웃어른인 자가 가족을 사랑하지 않는 이치란 결단코 없으며, 나이 어린 자 역시 마땅히 웃어른의 마음을 체득해야 한다."

8) 원문은 '冷板凳'이다. 이 말은 원래 마을의 사숙(私塾) 선생에 대한 조롱의 의미로서, 청대 범인(范寅)이 『월언』(越諺)에서 "사숙의 선생을 희롱하여 '차가운 판자 걸상에 앉는다'고 말한다"(謔塾師曰: '坐冷板凳')라고 한 데에서 비롯되었다. 흔히 한직에 있거나 할 일이 없는 처지를 비유하며, 남에게 냉대를 당함을 가리킨다.

9) 원문은 「對於暴烈學生之感言」이다. 이 글은 양인위가 학생자치회 임원 6명을 제적시킨 후 학교를 떠나 호텔로 자리를 옮겨 발표한 글로서, 1925년 5월 20일자 『천바오』에 실렸다. 이 글에는 다음과 같은 내용이 실려 있다. "저 도리에 전혀 닿지 않는 잡언(雜言), 질투와 배척의 글과 말에 대해, 이 무리와 집안싸움을 벌여 맞서고 있는데, 증오의 말을 한껏 내뱉지만, 나 자신은 이를 너무 각박하게 대해서는 안 되리라. …… 꿈에 나라를 멸망시키고자 음모를 꾀하는 자들이 자주 보이니, 마음에 하늘이 무너질까 염려스럽다. 그러나 인도가 하루라도 존속하는 한, 공리는 백년토록 계속되리라."

10) 원문은 '婦姑勃谿'이다. 이 말은 『장자』 「외물」(外物)의 "집 안에 빈 공간이 없으면 며느리와 시어머니가 다투게 된다"(室無空虛, 則婦姑勃谿)에서 비롯되었다.

11) 원문은 '鬼打墻'이다. 밤에 길을 가다 보면 제자리에서 빙글빙글 맴돌면서 갈 길을 찾

지 못하는 때가 있는데, 예전에는 귀신이 보이지 않는 벽으로 가로막은 탓에 그렇다고 여겼다.

12) 즈팡(織芳)은 징유린(荊有麟, 1903~1951)을 가리키며, 산시(山西) 이스(猗氏) 사람으로, 즈팡은 그의 필명이다. 그는 베이징세계어전문학교에서 루쉰의 강의를 들은 적이 있으며, 당시 『망위안』의 편집업무를 담당하고 있었다. 1927년 이후 국민당 군정부문에서 일했으며, 특무조직인 '중통'(中統)에 가입했다.

# 결코 한담이 아니다[1]

무릇 일이란 크건 작건 자신과 조금이라도 관련이 있으면 각별히 경각심이 들지 않을 수 없다. 예를 들면 이번 여자사범대학의 소요사태는 내가 그곳에서 수업 한 시간을 맡고 있는지라, 역시 충격을 느끼고 몇 마디 감개를 토로했는데, 그것이 5월 12일자 『징바오 부간』에 실렸다. 물론 스스로도 '모난 돌이 정 맞는다'[2]라는 옛 가르침을 어겼음을 잘 알고 있다. 그러나 난 그저 이런 인간이니 결코 양다리 걸치기나 음험한 짓으로 남의 존경을 사고 싶지는 않다. 사나흘 뒤에 문득 『현대평론』 15기를 받고서 약간 기이한 느낌이 들었다. 이번 호는 새로 찍어 낸 것인데, 첫 페이지의 목차가 가지런했다(초판에는 글자가 들쑥날쑥한 곳이 있었다). 적어도 재판임을 입증하고 있었던 것이다. 이번 호는 왜 특별히 많이 팔리고 많이 증정되는 거지? 내용이 달라진 거라도 있는 걸까? 라는 생각이 들었다. 초판을 펼쳐 대조해 보니 똑같았다. 그런데 마지막 페이지의 진청金城은행의 광고가 사라지고 없었다. 이 때문에 「여사대의 학생시위」[3]라는 글이 떡하니 드러나 보였다. 나 역시 이 일을 논한 사람이 아닌가? 당연히 읽어 보지 않을 수 없었다. 알고 보니 양인위 교장을 찬성하는 글로서, 나의 논조와는 정반대였다. 글쓴이는 '어느 여성 독자'였다.

중국은 원래 장난이 매우 많은 곳이다. 최근에는 무슨 '친신琴心은 여사인가 아닌가'의 문제[4]로 떠들썩하기도 했다. 그리하여 불현듯 머리에 어떤 생각이 떠올랐다. 무슨 음모를 꾀하고 무슨 수작을 부리는 걸까? 하지만 나는 곧바로 그 생각을 지워 버렸다. 다른 생각이 떠올랐기 때문이다. 스스로 몰래 도발하고 선동하는 데에 뛰어나면서도, 남의 분명하고도 솔직한 언동을 보기만 하면, 곧잘 그가 도발하고 선동하며, 어느 당黨 어느 계系라고 거꾸로 물어뜯던 최근의 몇몇 사람이 생각났던 것이다. 이건 마치 서방질하는 여인의 남편이 세상 사람들 모두가 자기와 마찬가지로 오쟁이를 졌다고 말하고 싶고, 그렇게 해야 직성이 풀리는 것과 같다. 이렇게 생각하는 건 비열하다. 내가 공연한 걱정을 하는 것이리라. 사람들이 아무려니 치마로 군기軍旗를 삼기야 하려고. 나는 곧바로 나의 생각을 접었다.

이후에도 소요사태는 질질 끌면서 확대되었다. 이리하여 교원 일곱 명의 선언이 발표되어 5월 27일자의 『징바오』에 실렸고, 나도 그 가운데의 한 명이었다.

이번에는 반향이 대단히 빨랐다. 30일에 발행된(사실은 29일에 이미 발매되었다) 『현대평론』에 시잉西瀅 선생은 「한담」의 첫 단락에서 각별히 논평을 했다. 그러나 그에 따르면, 선언은 "「한담」을 막 인쇄에 넘기려 할 때"에야 신문에서 보았으므로, 전반부는 소요사태만 논할 뿐, 선언과는 무관하다고 했다. 뒤이어 다시 세 개의 단락을 지었는데, 아마 선언을 본 후일 것이며, 그제서야 글을 쓰려는 생각이 샘물처럼 용솟음쳤을 것이다. 그렇다면 「한담」을 인쇄에 넘겨야 하는 시간은 아마 틀림없이 꽤나 늦추어졌으리라. 그렇지만 나중에 쓴 것을 앞쪽에 옮겨 놓았을지도 모를 일이다. 그렇다면, 이것이 중요한 '한담'임을 알 수 있다.

「한담」에서는 "이전에 여사대의 소요사태에는 베이징교육계에서 가장 큰 세력을 차지하고 있는 어느 본적에 어느 계파인 사람이 암암리에 선동하고 있다는 말을 자주 들어 왔지만, 우리는 믿지 않았다"고 말했다. 그리하여 그는 선언 가운데의 "가장 정채로운 몇 구절"을 따와 방점을 찍어 "결국은 편파적"이라고 평했다. 아울러 "뜬소문이 더욱 심하게 퍼지고 있"기 때문에 "안타깝게" 느끼지만, "그래도 우리가 평소 존경해 마지않는 사람이 암암리에 소요사태를 들쑤시리라고는 믿지 않는다"고 말했다. 이런 말들은 확실히 기발한 식견이라는 느낌이 든다. 예를 들면, '뜬소문'은 본래 짐승 같은 자들의 무기요 음험한 자들의 수단이니, 참으로 믿을 것이 못 된다. 또 한 가지 예로, 본적을 따져 보면 설사 공평한 척할지라도 남의 의심을 사기 쉬우니 아무래도 '믿지 않는 편'이 나으리라. 그렇지 않으면 본적이 같은 사람은 같은 종이에 선언하기가 꺼려질 게 틀림없으며, 어느 본적의 다른 사람 역시 남몰래 본적이 같은 사람을 도와주기에[5] 불편할 테니. 이런 '뜬소문'과 '그렇다더라'는 물론 개소리로 여기는 수밖에 없다!

하지만 시잉 선생은 "결국은 편파적"이기에 마침내 "안타깝다"고 탄식하면서 여전히 "뜬소문"을 들먹이고 있다. 이야말로 "안타까운" 일이다. 청조清朝의 벼슬아치들은 재판을 할 때 흔히 양측 모두에게 곤장 500대를 내리고 사건을 종결지었다. 이렇게 하면 "편파적"이라는 혐의는 없어졌겠지만, 끝내 멍텅구리 신세를 면치 못한다. 만약 누군가 그래도 시비를 가릴 줄 아는 마음을 지니고 있다면, 차라리 곧이곧대로 말하는 편이 나을 것이다. 그렇지 않으면 대충 얼버무릴지라도, 눈썰미가 있는 사람은 그가 은근히 어느 한쪽에 "편파적"이라는 걸 알아차릴 것이니, 자신의 음험함과 비열함을 드러낼 뿐이다. 선언 속에서 "떨어져 있는 듯도 하고 붙어 있는 듯도 하여, 흑백을 뒤섞을 혐의가 있다"고 한 것은 바로 이런 무리의 수법을 묘사하려 했던 듯하다. 게다가 이른바 "소요사태를 들쑤신다"는 "뜬소문"은 아마도 몰래 숨은 채 여간해선 얼굴을 드러내지 않는 이런 자들이 꾸며 낸 것일 테지만, 물론 나 역시 "상세한 사실을 조사하지 않았으니 잘 알지 못한다". 안타까운 일은 시잉 선생이 말로는 "그래도 믿지 않는다"고 하면서도 우리를 "안타깝게" 여기고 있다는 점이다. 뜬소문이 사람들을 쉽게 현혹함을 알기에 충분하며, 그걸 무기로 사용하는 사람이 늘 있어 왔다는 건 조금도 이상할 게 없다. 그러나 나로서는 이 「한담」을 읽고서야, 시잉 선생네들이 알고 보니 "항상" 이런 뜬소문을 들어 왔으며, 그것이 내가 간혹 들었던 것과는 사뭇 다르다는 것을 알게 되었다. 뜬소문도 갖가지여서, 어떤 종류의 뜬소문은 어떤 종류의 귀로 쏙쏙 들어가 어떤 종류의 붓 아래에 쓰여지는 것임을 알 수 있다.

그런데 「한담」의 전반부에서, 즉 시잉 선생이 신문에서 아직 교원 일곱 명의 선언을 보기 전에, 벌써 학교를 "냄새 나는 측간"에 비유하고, "누구나 청소할 의무가 있다"고 주장했다.[6] 왜 그랬을까? 하나는 신문에서 두 가지 상반된 광고가 발견되었기 때문이고, 둘은 학생들이 교문을 지키고 있었기 때문이며, 셋은 "교장이 학교에서 회의를 열 수 없어서 근처의 호텔을 빌려 교원을 소집하여 회의를 열지 않을 수 없었다는 기이한 소문"이 있었기 때문이다. 하지만 여기에서 서술한 "냄새 나는 측간"의 정황은 아무래도 약간 수정하지 않으면 안 된다. 층차가 다소 뒤바뀌었기 때문이다. 선언의 기술에 따르면, "호텔에서 회의를 연 것"은 "교문을 지키기"

전인데, 아마 시잉 선생은 "가장 정채롭"지는 않다고 여겨 인용하지 않았거나, 혹은 이미 다 썼는지라 인용할 겨를이 없었으리라. 이제 빠뜨린 몇 마디를 보완함과 아울러, 방점을 찍어 흉내내 보기로 하자.—

> …… 5월 7일 교내에서 강연할 때, 학생들이 교장 양인위에게 퇴장하라고 권고한 후, 양선생은 교원 몇몇을 호텔에 소집하여 연회를 베풀고, 곧이어 평의회 명의로 학생자치회 임원 여섯 명을 제적시킨다고 공표했다. 이로 말미암아 전교가 시끄러워져 양선생의 교장직을 단호히 거부하는 사태가 일어났다.……

「한담」 속의 내용은 이 사실과 뒤바뀌어 있다. 신경이 과민한 사람이 보기에는 어쩌면 "편파적"인 표현으로 여길 수도 있다. 그러나 내가 여기에서 증거를 들이대려는 것은 결코 아니다. 다만 에피소드를 기술하려는 것뿐이다. 사실 "편파적"이라는 말은 내가 골라 사용하기에는 썩 떳떳하지 못한지라 남이 보기에 거슬리겠지만, 만약 다른 글자를 사용한다면 의미가 크게 달라져 버릴 것이다. 하물며 스스로 공평하다고 여기는 비평가일지라도 "편파적"인 데에서 벗어날 수 없으니, 가령 교장과 본적이 같거나 친한 벗 혹은 의형제이거나 술자리를 함께한 적이 있다면, 자기도 모르게 어쩔 수 없이 "편파적"이기 마련이다. 이 또한 인지상정인지라 크게 탓할 일은 아니지만, 당당하게 이야기할 때에도 그건 드러나게 마련이다. 그렇더라도 대수롭지 않으니, 국외자가 그 수많은 내막을 어찌 알 수 있겠는가. 대세에 지장이 없을 것이다.

그러나 학교가 "냄새 나는 측간"으로 변한 것은 어쨌든 "호텔에 교원을 소집한" 뒤의 일이다. 취하도록 술을 마시고 배불리 밥을 먹으면, 측간이 필요해지는 것은 당연하다. 시잉 선생은 "교육 당국"이 청소해 주기를 바랐지만, 나는 청소하기 전에 먼저 호텔을 봉쇄해야 한다고 생각한다. 그렇지 않으면 취하고 배부른 뒤에는 꼭 똥을 누어야 하니, 측간은 영원히 필요할 텐데, 어떻게 말끔히 청소하겠는가? 게다가 아직 청소하기도 전에 벌써 "뜬소문"이 돌지 않는가? 뜬소문의 힘은 똥도 빛나게 하고, 구더기도 성스러운 것으로 만들 수 있으니, 청소부가 어찌 손을 댈 수 있겠는가? 지금 청소부가 있는지의 여부는 잠시 접어 두기로 하자.

"절대로 더 이상 얼렁뚱땅 넘어가서는 안 된다"고 했는데, 이야말로 단호하기 그지없는 방법이다. 꼭 그렇게 해야만 한다. 그러나 세상에는 단호한 방법이야 있지만, 책임지려 드는 선언은 몹시 보기 드물다. 대다수는 스스로 흑막 속에 숨은 채 모른다는 말만 되뇌고, 폭군을 위해 뛰어다니면서도 국외자인 양 자처하며, 뱃속 가득 음흉한 생각을 품고 있으면서도 공정한 웃음 띤 얼굴을 가장하고, 누군가 자신이 관찰한 바의 옳고 그름을 분명하게 말하면 "뜬소문"이라는 말로 무책임한 무기를 삼는다. 구더기로 가득 찬 이런 "냄새 나는 측간"은 말끔히 청소하기도 어렵다. "교육계의 면모"를 깡그리 망가뜨리는 추태는 지금도, 그리고 앞으로도 많을 것이다!

5월 30일

주)

1) 원제는 「幷非閑話」, 1925년 6월 1일 『징바오 부간』에 발표했다.
2) 원문은 '和光同塵'이다. 『노자』(老子)에 "빛을 감추고 세속과 어울리다"(和其光, 同其塵)라는 글귀가 있다.

3) 원문은 「女師大的學潮」이다. 이 글은 '어느 여성 독자'가 『현대평론』에 보낸 편지로 제1권 15기(1925년 3월 21일)에 실렸다. 주요 내용은 양인위를 내쫓자는 여사대 학생들의 "선언서에 열거된 양씨의 죄명은 대개 죄명으로서 성립할 수 없는 것이다", "또한 이번 소요사태의 발생과 확대에 관해서는, 학교 안팎에 다른 인물이 지도하고 있다", "여사대는 중국 유일의 여자대학이며, 양씨 또한 대학 교장을 담당할 수 있는 유일한 중국 여자이다", "그녀가 교육 당국 혹은 기타 어느 방면의 배척과 공격을 받도록 내버려 두어야 할까? 우리 여자가 스스로 그녀를 박해하는 일에 도움을 주어야 할까?"라는 것이다.

4) 1925년 1월 베이징여사대의 새해맞이 연회에서 베이징대 학생인 어우양란(歐陽蘭)이 지은 단막극 「아버지의 돌아오심」(父親的歸來)을 공연했다. 그 내용은 일본의 기쿠치 간(菊池寬)의 작품을 그대로 베낀 것이었다. 『징바오 부간』에서 이러한 사실을 지적하자 어우양란 본인이 답문을 보내온 외에 '친신'(琴心)이라는 여사대 학생이 글을 써서 그를 변호했다. 얼마 후 누군가가 어우양란이 지은 「S누이에게 부침」이라는 시의 「날개 달린 애정」(有翅的情愛)이 궈모뤄(郭沫若)가 번역한 셸리(P. B. Shelley)의 시를 베꼈다고 폭로하자, '친신'과 또 다른 '쉐원(雪紋) 여사'가 잇달아 몇 편의 글을 써서 그를 변호했다. 그러나 사실 '친신' 여사는 어우양란의 여자 친구인 샤쉐원(夏雪紋; 당시 여사대에 재학 중이었던 S누이)의 별명이었으며, '친신'과 '쉐원 여사'로 서명된 글은 모두 어우양란이 지은 것이었다. 어우양란의 작품으로 1924년 5월 장미사(薔薇社)에서 출판된 시집 『나이팅게일』(夜鶯)이 있는데, 이 안에 「S누이에게 부침」이라는 시가 있다.

5) 천시잉은 양인위를 도와주었는데, 두 사람 모두 장쑤성 우시(無錫) 사람이다.

6) 천시잉이 여사대를 '냄새 나는 측간'에 비유한 의론의 원문은 다음과 같다. "여사대의 소요사태는 결국 학생이 옳은가 아니면 그른가, 교장을 반대하는 이들은 소수인가 아니면 다수인가, 우리들은 상세한 사실을 조사하지 않은 터라 알 길이 없다. 우리는 다만 이번의 소요가 너무나 꼴사납다고 느낄 따름이다. 같은 과의 학생이 상반되는 성명서를 동시에 내는 일도 이미 나타났다. 교문을 지키던 학생들이 천천히 운행하던 자동차를 학장이 귀교했다고 오인하여 떼 지어 둘러쌌다는 웃음거리도 곳곳에 전해지고 있다. 교장이 학교에서 회의를 열 수 없어서 근처의 호텔을 빌려 교원을 소집하여 회의를 열지 않을 수 없었다는 기이한 소문도 신문에 보이고 있다. 학교의 추태는 모조리 드러났고, 교육계의 면모 역시 깡그리 망가지고 말았다. 이러한 때에 이르러, 참으로 방관하던 사람들도 더 이상 이 사태를 내버려 두어서는 안 된다. 마치 냄새 나는 측간과 같으니, 누구에게나 청소할 의무가 있다. 이제 학생들에게 과격한 짓을 하지 말라고 타이르거나, 혹은 양 교장에게 사직하라고 권하는 것은 측간을 꾸미느라 회칠하는 것과 다름없으며, 결코 근본적으로 문제를 해결할 수 없다. 우리는 교육 당국이 이번 소요사태의 내용을 철저히 조사해야 하며,…… 절대로 더 이상 얼렁뚱땅 임시방편으로 넘어가서는 안 되며, 그렇게 해서는 앞으로 정돈하려고 해도 방법이 없어져 버릴 것이라 생각한다."

# 나의 '본적'과 '계파'[1]

나는 사람들에게 중국 책을 적게 읽어라—아예 읽지 말아라—고 권했다가 어느 낯선 젊은 선생에게서 중국을 떠나라는 편지를 받은 적이 있지만,[2] 나는 끝내 떠나지 않았다. 게다가 난 어쨌든 중국인으로서 중국 책을 읽었으며, 따라서 처세의 묘법이라면 제법 잘 알고 있는 편이다. 예컨대, 만약 문자깨나 들었노라 유세를 부리고 싶으면 "복사꽃 붉고 버들개지 푸르다"라고 말하면 되는데, 이런 일은 누구나 진즉부터 공인했던 것이기에 어느 누구도 틀렸다고 말하지 않을 것이다. 만약 역사를 논한다면 공명孔明을 몇 마디 칭찬하고 진회秦檜[3]를 한바탕 욕하면 되는데, 이들의 잘잘못이야 이미 정해진 터이니 그대로 본떠 진술하면 불의의 변이 있을 턱이 전혀 없다. 하물며 진회 패거리들이 이젠 한 사람도 남아 있지 않으니, 터럭만큼의 위험도 없음을 보증할 수 있다. 최근의 일이라면, 언급하지 않는 게 좋다. 그렇지 않으면 당신의 본적마저도 당신을 '존경한다'는 데에서 '안타깝다'는 데로 변하게 될지 모른다.[4]

기억하건대, 송조宋朝는 남쪽 사람이 재상이 되는 걸 허용하지 않았다. 이것은 그들 '제왕의 조상이 만든 제도'인데, 아쉽게도 끝까지 지키지 는 못했다.[5] '어느 본적' 사람은 말을 해서는 안 된다는 것은 내가 최근에 새로 발견한 것이다. 역시 여사대의 소요사태였는데, 몇 마디 말을 했던 것이다. 하지만 나는 먼저 밝혀 두고 싶다. 처세의 묘법이라면 제법 잘 알고 있다고 자처하면서, 왜 또 나서서 말하려는 걸까? 그건 내가 청말의 동란을 목격했던 사람으로, 태평성세에 자라지 못했기 때문에, 설사 수양을 조금 쌓았더라도 때에 따라서는 입을 열지 않을 수 없기 때문이다. 점잖게 말한다면, 대단히 '분수에 만족하지' 않기 때문이다. 이리하여 나는 말을 하게 되었다. 그런데 뜻밖에도 천시잉 선생은 진즉부터 어떤 '뜬소문'을 자주 들어 왔다는 것이다. 그것은 대략 "여사대의 소요사태에는 베이징 교육계에서 가장 큰 세력을 차지하고 있는 어느 본적의 어느 계파 사람이 암암리에 선동하고 있다"는 것이다. 이번에 내가 입을 열자마자 공교롭게도 '암암리'가 '공공연함'으로 바뀌어, 자주 뜬소문을 들어 왔던 시잉 선생을 대신 '안타깝게' 만들고 말았다. 그는 충후한 마음을 지니고 있기에 "물론 우리가 평소 존경해 마지않는 사람이 암암리에 소요사태를 들쑤시리라고는 여전히 믿지 않지"만, '뜬소문'이 "더욱 심각하게 유포되고 있"음을 어찌하랴. 이러니 남의 '의심'을 사지 않을 수 있겠는가? 물론 이상할 게 하나도 없다.

나는 분명코 하나의 '본적'을 지니고 있다. 누구나 '본적'을 지니고 있으니, 이 또한 기이할 게 없다. 그렇지만 내가 무슨 '계'系인가? 스스로 생각해 보았지만, '연구계'[6]도 아니고 '교통계'[7]도 아니다. 정말 어찌된 영문인지 모르겠다. 좀더 정밀하게 조사하고 꼼꼼히 따져 보는 수밖에 없다. 마침내 알게 되었다. 이제 그것을 여기에 써 보련다. 나를 혹적[8]의 정객으로 여기는 '뜬소문'이 다시는 생기지 않기를 바라는 마음으로.

어느 나라 아무개[9]의 부탁에 따라, 나는 마침 나 자신의 이력을 적었다. 그 첫 구절에서 "나는 1881년 저장浙江성 사오싱紹興부 성내의 저우周씨 집안에 태어났다"고 적었으니, 여기에서 나의 '본적'을 밝힌 셈이다. 그러나 '안타까운' 처지에 이른 후부터, 나는 끄트머리에 이렇게 한 마디를 덧붙였다. "최근 몇 년간 나는 베이징대학, 사범대학, 여자사범대학의 국문계 강사를 겸임했다"고. 이게 아마 나의 '계파'일 것이다. 난 정말이지 내가 이런 '계파'가 되리라고는 생각지도 못했다.

내가 늘 문자를 '꼼꼼히 따지려' 한다는 것은 틀림없다. 그렇지만, '소요사태를 들쑤신다'[10]는, 글자의 표면적 의미도 통하지 않는 이 음모에 대해서는, 도대체 어떤 수작인지 나는 아직껏 알지 못한다. 어찌하여 뜬소문이 퍼지기만 하면 나는 입을 다물어야 하며, 그렇지 않으면 곧장 혐의를 받아 나와 전혀 상관도 없는 인물, 이를테면 시잉 선생과 같은 자까지 나서서 나를 위해 '안타까워'할까? 그렇다면, 만약 내가 권력에 빌붙고 있다는 뜬소문이 퍼지면 스스로 방안에 꼼짝없이 갇혀 지내야 하고, 만약 내가 황제가 되려 한다는 뜬소문이 퍼지면 서둘러 노예임을 자처해야 할 것이다. 그러나 옛사람은 확실히 이렇게 했으며, "빈 구멍에는 바람이 새어 들고, 오동나무 열매에는 둥지가 있기 마련"[11]이라는 밉살스러운 격언을 남기기도 했다. 안타깝게도 나는 남의 뒤꽁무니를 따라다니는 짓은 참지 못하는지라, 부득불 누구든 까닭 없이 내게 보내 준 '존경'을 우선 삼가 되돌려 줄 수밖에 없다.

사실 오늘날 '존경'을 보시하고 냉큼 받아들이는 사람들은 죄다 옛사람들의 속임수에 걸려들었다. 우리의 무능한 옛사람들은 수천 년간이나 생각한 끝에 남을 부리는 기발한 방법을 얻었는데, 그건 억누를 수 있는 자는 억누르고, 그렇지 않으면 떠받드는 것이다. 그런데 떠받드는 것 역시 억누르는 수단의 일종으로서, 네가 이래야지 만약 그렇지 않으면 너를 내동댕이칠 것이라는 뜻을 넌지시 내비치는 것이다. 남의 존경을 바라는 가련한 사람은 그저 묵묵히 앉아 지내지만, 간혹 "이로움이 있으면 해로움도 있는 법!", "저것도 하나의 도리, 이것도 하나의 도리로다!",[12] "오오, 훌륭하도다!"라고 목소리를 가다듬어 내뱉는다. 듣는 이들도 "오오, 옳소이다!"라고 찬탄을 금치 못한다. 이렇게 서로 맞장구치면서 스스로는 멋지다고 여긴다.

이로부터 이 방법은 팔면봉八面鋒[13]이 되어 수많은 무능력자와 백치를 죽였지만, 이들은 성현의 의관을 입은 채 관에 들어갔다. 불쌍하게도 이들은 자신을 옳다 그르다 평가한 사람들의 가치를 너무 높게 잡은 바람에, 자신의 원래 가치마저도 함께 잃어버렸다는 것을 끝내 알지 못한다.

인류는 진화하는 것이며, 현재의 인심은 물론 옛사람보다 고결하다. 하지만 '존경'이 미친 해독은 뜬소문에 못지않으니, 특히 누군가가 허장성세를 부려 이걸 퍼뜨릴 때 무능력자와 백치를 황공케 하기에는 더욱 충분하다. 나에게는 본래 존경받을 만한 점도 없거니와, 남의 존경을 받고 싶지도 않다. 이리해야 남의 뜻대로 되지 않을 때 남에게 내동댕이쳐지지 않을 테니까. 더욱 분명히 말해 두자. 내가 증오하는 것은 너무 많다. 나 자신도 증오를 받아야 한다. 이렇게 해야 인간 세상에 살아 있다는 느낌이 든다. 만약 받은 것이 상반된 보시라면, 그건 내게 도리어 조롱이 되니, 나 자신에 대해 더 큰 모멸을 가하게 만든다. 만약 얻은 것이 횡설수설 무엇인지 알 수 없는 것이라면, 금방이라도 토할 것만 같은 구역질을 느끼게 한다. 그렇지만 어쨌든 '뜬소문'은 끝내 나의 입을 틀어막지는 못할 것이다…….

6월 2일 새벽

주)______

1) 원제는「我的'籍'和'系'」, 1925년 6월 5일『망위안』주간 제7기에 발표했다.
2) 1925년 3월 5일 '샤쭈이'(瞎嘴)라는 서명으로 루쉰에게 온 편지를 가리킨다. 이 편지는 루쉰의「청년필독서」에 대해 다음과 같이 비난하고 있다. "나의 간절한 바람은 이러하다. 첫째, 루쉰 선생은 '지금의 젊은이들에게 가장 중요한 것은 '실천'(行)이지 '말'(言)이 아니'라고 느꼈는데, 감히 청하거니와 우리처럼 가련한 젊은이의 우두머리가 되어 먼저 외국으로 (가족을 데리고) 떠나시오. 그 다음에는 내가 깃발을 흔들면서 응원의 함성을 지르는 병졸이 되겠소. 둘째, 루쉰 선생이 외국으로 떠난 후, 우리 모두 틀림없이 곧바로 떠나겠소."(방점은 원래의 편지에 따름)
3) 공명(孔明)은 삼국시대 당시 촉한(蜀漢)의 승상을 역임한 정치가이자 군사가인 제갈량(諸葛亮, 181~234)을 가리킨다. 진회(秦檜, 1090~1155)는 남송(南宋)의 재상을 역임한 정치가로서, 금나라와의 화의(和議)를 주장했으며, 금나라에 저항했던 명장 악비(岳飛)를 모함하여 살해한 주모자로 비판받아 왔다.
4) '존경한다'(尊敬)와 '안타깝다'(可惜)는 베이징여자사범대학의 소요사태에 대해 천시잉이 발표한「한담」에 나오는 말이다. 이 문집의「결코 한담이 아니다」를 참고하시오.
5) 송조가 남쪽 사람을 재상으로 등용함을 허용하지 않았다는 점에 대해, 작자 미상의 송대의 필기소설『도산청화』(道山淸話)에서는 다음과 같이 기술하고 있다. "태조 조광윤(趙匡胤)이 남쪽 사람을 재상으로 등용하지 말라고 이야기했던 것은 실록과 역사서에 실려 있다. 도곡(陶谷)의『개기만년록』(開基萬年錄),『개보사보』(開寶史譜)에는 매우 상세히 기록되어 있는데, 태조가 '남쪽 사람은 우리의 이 당(堂)에 앉아서는 안 된다'고 친히 써서 정사당(政事堂) 위의 바위에 새겼다고 밝히고 있다. 이러한 '제왕의 조상이 만든 제도'는 진종(眞宗) 천희(天禧) 원년(1017)에 왕흠약(王欽若; 장시江西 신위新喩 사람)이 재상에 등용된 후 깨지고 말았다."
6) 1916년 위안스카이가 세상을 떠난 후, 리위안훙(黎元洪)은 베이양정부의 총통을 승계하여 국회를 회복했으며, 돤치루이는 국무총리로서 실권을 장악했다. 두 사람이 권력투쟁을 벌일 때, 진보당(進步黨)을 이끌었던 량치차오와 탕화룽(湯化龍)은 9월에 '헌법

연구회'(憲法硏究會)를 조직하여 돤치루이를 지지했는데, 이들 정파는 '연구계'(硏究系)라 일컬어졌다.

7) 1913년 위안스카이의 비서장 겸 교통(交通)은행 총리인 량스이(梁士詒)는 위안스카이의 명령에 따라 '공민당'(公民黨)을 조직했다. 공민당은 위안스카이의 총통 선출과 제제(帝制) 부활에 앞장섰는데, 이 정파는 '교통계'(交通系)라 일컬어졌다.

8) 흑적(黑籍)은 아편중독자라는 의미를 지니고 있다. 여기에서는 사악하고 음험한 본적이라는 의미로 쓰였다.

9) 바실리예프(Б. А. Васильев, ?~1937)를 가리키며, 중국 이름은 왕시리(王希禮)이다. 그는 「아Q정전」을 러시아어로 최초로 번역했으며, 당시 허난의 국민군 제2군 러시아고문단 일원이었다. 루쉰은 그의 역본을 위해 「서문」과 「저자자서전략」(著者自敍傳略)을 썼으며, 이 글은 훗날 『집외집』(集外集)에 수록되었다.

10) '꼼꼼히 따지다'와 '들쑤시다'의 원문은 모두 '挑剔'이다. '挑剔'은 '들쑤시다'의 의미 외에, 미세한 차이를 꼼꼼히 지적하거나 꼬치꼬치 따지는 것을 의미한다.

11) 원문은 '空穴來風, 桐乳來巢'이며, 『문선』(文選)에 실린 송옥(宋玉)의 「풍부」(風賦)에 이선(李善)이 『장자』를 인용하여 가한 주석에서 비롯되었다. 진대(晉代)의 사마표(司馬彪)의 설명에 따르면, "문에 구멍이 나서 비게 되면 바람이 쉽게 드나든다. 오동나무 열매는 젖 모양으로 잎사귀에 붙어 자라는데, 잎사귀가 키와 비슷해 새들이 그 안에 둥지를 틀기 좋아한다."(門戶孔空, 風善從之; 桐子似乳, 著其葉而生, 其葉似箕, 鳥喜巢其中也) 이 말은 우리 속담의 '아니 땐 굴뚝에 연기 날까'와 마찬가지로, 뜬소문이 퍼지는 것은 그럴 만한 이유가 있다는 뜻이다.

12) 원문은 '彼亦一是非, 此亦一是非'이며, 『장자』의 「제물론」(齊物論)에서 비롯되었다.

13) 팔면봉(八面鋒)은 어디에 갖다 붙여도 그럴듯하고 어느 쪽으로 해석해도 괜찮은 말, 혹은 더할 나위 없이 날카로움을 의미한다.

# 글자를 곱씹다(3)[1]

3.

세상에 "학교는 가정과 같음을 알아야 한다"는 기막힌 주장이 생겨난 이후, 나는 놀랍고도 기이한 느낌이 들어 이 가정이라는 조직을 조사해 보고 싶었다. 나중에 다행히 「과격 학생에 대한 국립베이징여자사범대학교 교장 양인위의 소감」 가운데에서 "이 무리와 집안싸움을 벌여 서로 맞서고 있다"[2]는 말을 발견하고서야 약간의 실마리를 찾았다. 즉 교장과 학생의 관계는 '고부'관계와 '같다'는 것이었다. 그래서 이 추론에 근거하여, 교원은 모두 양씨 댁에 섞여 모인 가정교사라고 여겼으며, 이 결론을 『위쓰』에 발표했던 것이다.[3] '안타깝도다'! 어제 우연히 『천바오』에서 "해당 대학의 철학교육과 교원 겸 주임대리인 왕마오주[4]가 그쪽의 의견서를 본보에 투고했다"는 말을 삼가 읽고서야 내가 또 틀렸다는 걸 깨닫게 되었다. 원래는 형제였는데, 지금은 "서로 들볶기가 더욱 심하"니, 마치 조조의 아들 조비와 조식의 꼴[5]이라는 것이다.

다만 양해해 주기 바라지만, 나는 인용한 원문에 방점을 찍지 않았다. 방점을 찍고 싶지 않았을 뿐이지, 결코 문장이 나빠서가 아니다.

고증학자의 견해에 따르면, 조식의 「칠보시」는 가짜라고 한다.[6] 그렇더라도 별로 큰 상관은 없을 터, 잠시 이 시를 본뜬 시 한 수를 지어 콩깍지의 억울함을 대신 풀어 주련다.

콩 삶으려 콩깍지로 불을 때니, 콩깍지는 솥 아래에서 흐느끼누나——

나는 타고 너는 익어, 교권을 잘도 세우누나![7]

6월 5일

주)

1) 원제는 「咬文嚼字」, 1925년 6월 7일 『징바오 부간』에 발표했다.

2) 집안싸움의 원문은 '발계'(勃谿)이다. 이 말은 원래 『장자』 「외물」의 "집 안에 빈 공간이 없으면 며느리와 시어머니가 다투게 된다"(室無空虛, 則姑婦勃谿)라는 구절에서 비롯되었다.

3) 이 글이 바로 이 문집에 수록된 「'벽에 부딪힌' 뒤」('碰壁'之後)이다.

4) 왕마오주(汪懋祖, 1891~1949)는 장쑤성 우현(吳縣) 출신이다. 그는 미국에서 유학했으며, 이 당시 베이징여사대 철학교육과 교수 겸 주임대리를 맡고 있었다. 양인위가 평의원을 시안(西安)호텔의 연회에 초대했을 때, 그 역시 참석했다. 그는 1925년 6월 2일자 『천바오』에 실린, '전국교육계'에 보내는 의견서 가운데에서 다음과 같이 말했다. "양 교장의 사람됨은 자못 강건한 기풍을 지니고 있으며, 힘써 여성계를 위해 한 줄기 빛을 쟁취하고자 하며, 무릇 정의가 있는 곳이라면 물불을 가리지 않는다. 지금 양씨를 반대하는 이들이 더욱 서로 들볶는데, 나는 의견조정의 계책이 다한지라 감히 다시는 보잘것없는 의견을 개진하지 않겠다."

5) 조비(曹丕)와 조식(曹植)은 각각 삼국시대 위(魏)나라 조조(曹操)의 둘째와 셋째 아들이

다. 조비는 건안(建安) 25년(220)에 한(漢)의 헌제(獻帝)를 폐위시키고 위의 문제(文帝)로 등극했다. 한 어머니에게서 태어난 두 사람 모두 문학을 애호하였으며, 문학적 재능을 발휘하여 이른바 건안문학(建安文學)을 이끌었다. 『세설신어』(世說新語)에 따르면, 조식의 뛰어난 문학적 재질을 시샘했던 조비는 조식에게 일곱 걸음을 걷는 동안에 시를 짓지 못하면 벌을 내리겠다고 했는데, 조식은 일곱 걸음을 걷기도 전에 시를 지어 냈다고 한다. 이 시가 바로 「칠보시」(七步詩)이다.

6) 명대의 풍유눌(馮惟訥)은 「칠보시」를 『고시기』(古詩紀)에 수록하면서 "본집에는 실려 있지 않다"는 주석을 덧붙였다. 청대의 정안(丁晏)의 『조집전평』(曹集詮評)에서도 이 시에 관하여 "『시기』(詩紀)에서 '본집에는 실려 있지 않다'고 했는데, 견강부회라 여겼기 때문일 것이다"라고 밝혔다.

7) 이 시의 원문은 다음과 같다. "煮豆燃豆萁, 萁在釜下泣—我燼你熟了, 正好辦教席!" 이에 반해 「칠보시」의 원문은 다음과 같다. "콩 삶으려 콩깍지를 태우니, 콩은 솥 안에서 흐느끼네. 본디 같은 뿌리에서 났건만, 서로 볶아 댐이 어찌 이다지도 급한가."(煮豆燃豆萁, 豆在釜中泣. 本是同根生, 相煎何太急)

# 문득 생각나는 것 (10~11)[1)]

## 10.

누구든지 '무고誣告를 해명'할 위치에 서게 되면, 결백이 밝혀지든 그렇지 않든, 그것만으로 이미 굴욕이다. 하물며 실제로 커다란 피해를 입은 후인데도 무고를 해명해야만 함에랴.

우리의 시민이 상하이 조계의 영국 순경에게 맞아 죽었는데,[2)] 우리는 반격은커녕 희생자의 죄명을 씻어 내기에 급급했다.[3)] 고작 우린 결코 '적화되지' 않았다, 다른 나라의 선동을 받은 일이 없으니까라고 말하거나, 우린 결코 '폭도'가 아니다, 무기도 가지지 않은 채 맨주먹이었으니까라고 말한다. 중국인들이 만약 정말로 중국을 적화시키고 정말로 중국에서 폭동을 일으킨다 해도, 왜 영국 순경이 사형에 처하도록 내버려 두어야 하는지 이해할 수 없다. 기억하건대, 신생 그리스인들도 무기를 사용하여 국내의 터키인에게 대항했지만[4)] 결코 폭도로 일컬어지지 않았으며, 러시아는 분명코 적화된 지 여러 해 되었어도 다른 나라에게 발포당하는 징벌을 받지 않았다. 그런데 중국인만은 시민이 피살된 뒤에도 여전히 벌벌 떨면서 무고를 해명하고, 억울하다는 듯 눈을 동그랗게 뜬 채 세계를 향해 정의를 요청한다.

사실 이 이유는 매우 알기 쉬운데, 바로 우린 폭도도 아니고 적화되지도 않았기 때문이다.

따라서 우리는 억울하다고 느끼고, 거짓 문명의 파산이라 부르짖는다. 그러나 문명은 지금껏 이러했으며, 이제서야 가면을 벗게 된 것이 결코 아니다. 다만 이러한 피해를 이전에는 다른 민족이 받았기에 우리가 몰랐기 때문이든지, 아니면 우리도 원래 이미 여러 차례 받았지만 이젠 벌써 까맣게 잊어버렸기 때문이리라. 정의와 무력이 한 몸으로 합쳐진 문명은 세계적으로 출현한 적이 없다. 그 싹은 어쩌면 오로지 몇몇 선구자와 몇몇 피압박민족의 머릿속에만 있을지 모른다. 하지만 스스로 힘을 지니게 되었을 때, 그것은 흔히 둘로 분리되고 만다.

그렇지만 영국에는 어쨌거나 참된 문명인이 존재한다. 오늘 우리는 각국의 무당파無黨派 지식계급 노동자로 조직된 국제노동자후원회가 중국에 지대한 동정을 나타낸 「중국 국민에게 드리는 선언」[5]을 보았다. 이름을 올린 사람 중에 영국인으로는 버나드 쇼(Bernard Shaw)[6]가 있다. 세계문학에 관심을 지닌 중국인이라면 대부분 그의 이름을 알 것이다. 프랑스인으로는 바르뷔스(Henri Barbusse)[7]가 있다. 중국에서도 그의 작품이 번역된 적이 있다. 바르뷔스의 어머니는 영국인이다. 이로 인해 그 역시 실천의 자질이 풍부하여, 프랑스 작가가 흔히 지니고 있는 향락적인 분위기가 그의 작품에는 전혀 없다고 말하는 이도 있다. 이제 두 사람 모두 나서서 중국을 위해 분노하고 있다. 그래서 나는 영국인의 품성에 우리가 본받을 만한 점이 그래도 많다고 생각한다—물론 순경 우두머리, 상인, 그리고 학생들의 시위를 보면서 옥상에서 박수를 치면서 조소하는 여자들은 제외하고.

나는 우리가 "적을 벗처럼 사랑하는" 사람이 되지 않으면 안 된다고 말하는 것이 결코 아니다. 다만 우리가 현재 누가 적인지 전혀 깨닫지 못하고 있다는 것을 밝히고자 할 따름이다. 최근의 글 가운데에서 "적을 똑똑히 알자"라는 말도 간혹 있지만, 이건 글을 쓰다가 과격해진 병폐이다. 만약 적이 있다면, 우리는 진즉 칼을 뽑아 들고 일어나 "피는 피로 갚으라"고 요구했어야 했다. 그런데 지금 우리가 요구하는 것은 무엇인가? 무고를 해명한 뒤 약간의 가벼운 보상을 얻으려 할 뿐이다. 이 방법에는 10여 조항[8]이 있다고 하지만, 요컨대 그저 "서로 왕래하지 않는다"는 것뿐으로, '관계없는 사람'이 되고 말 따름이다. 원래부터 아주 친한 벗일지라도, 아마 이 정도에 지나지 않을 것이다.

그러나 사실대로 말하자면, 이러하다. 즉 정의와 실력이 아직 한 몸으로 합쳐지지 않았는데도 우리가 그저 정의만을 붙들고 있기 때문에, 우리 눈에는 온통 벗으로만 보이는 것이다. 설사 그가 제멋대로 살육을 저지를지라도.

만약 우리가 영원토록 정의에만 매달려 있다면, 영원토록 무고의 해명에 힘쓰고, 평생 하는 일 없이 바쁘지 않으면 안 된다. 요 며칠 전단이 벽에 붙어 있는데, 사람들에게 『순톈시보』[9]를 보지 말라고 하는 듯하다. 나는 이제껏 이 신문을 별로 본 적이 없다. 그러나 이는 결코 '배외' 때문이 아니라, 이 신문의 호오好惡가 매번 나와 사뭇 달랐기 때문이다. 그렇지만 간혹 확실한 경우가 있으니, 중국인 스스로가 말하기 꺼리는 이야기를 신기도 한다. 아마 2, 3년 전 어떤 애국운동이 한창일 즈음이었을 텐데, 우연히 이 신문의 사설[10]을 보았다. 이 글의 대의는 이러하다. 한 나라가 쇠퇴할 즈음에는 반드시 의견이 다른 두 종류의 사람이 나타난다. 하나는 민기론자民氣論者로서 국민의 기개를 중시하고, 다른 하나는 민력론자民力論者로서 오로지 국민의 실력을 중시한다. 전자가 많으면 나라는 끝내 점차 쇠약해지고, 후자가 많으면 장차 강해진다는 것이다. 나는 이것이 매우 옳은 말이며, 우리가 늘 기억해야 할 말이라고 생각했다.

안타깝게도 중국은 역대로 민기론자만 많았는데, 지금도 역시 마찬가지이다. 만약 이대로 고치지 않는다면, "한 번 북을 쳐서 기운을 북돋지만, 두번째 북을 치고서는 쇠약해지고, 세번째 북을 치고서는 힘이 빠져"[11] 장차 무고를 해명할 정력조차 없어지고 말 것이다. 그러므로 어쩔 수 없이 맨손으로 민기民氣를 고무할 때에는 동시에 국민의 실력을 증진할 방법을 특히 강구하지 않으면 안 되며, 영원히 이렇게 해나가지 않으면 안 된다.

이 때문에 중국의 젊은이가 짊어진 짐의 무게는 다른 나라의 젊은이의 몇 배나 될 것이다. 왜냐하면 우리의 옛사람들이 정신력을 대개 심오하고 아득하며 평온하고 원활한 데에 써 버리고 어렵고 절실한 일은 남겨둔 바람에, 후세 사람이 보완하느라 한 사람이 두세 명, 네댓 명, 열 명, 백 명의 몫의 일을 하도록 만들었기 때문이다. 이제 바로 시련의 때에 이르렀다. 상대 또한 굳세고 강한 영국인으로, 남의 산의 훌륭한 돌이니, 이것을 빌려 잘 연마해도 좋으리라. 지금 각성한 젊은이의 평균 연령이 스무 살이라 가정하고, 또 중국인이 쉬이 노쇠한다는 점을 감안하여 가정하더라도, 적어도 30년간은 함께 항거하고 개혁하며 분투할 수 있다. 이것으로도 모자란다면, 다시 한 세대, 두 세대…… 해나가자. 이러한 숫자는 개인으로서 본다면 두려운 일이겠지만, 이게 두렵다면 구제할 약이 없으며, 멸망을 달가워하는 수밖에 없다. 민족의 역사에서 이것은 극히 짧은 시기에 지나지 않는다. 사실 이것 말고 더 빠른 지름길은 없다. 우리는 더 이상 머뭇거려서는 안 된다. 오직 자신을 단련하고 스스로 생존을 도모하며, 누구에게도 악의를 품지 않고 지속적으로 해나갈 따름이다.

그러나 이 운동의 지속을 깨뜨릴 수 있는 위기는 현재 세 가지가 있다. 하나는 밤낮으로 표면적인 선전에만 힘을 쏟은 채 다른 일은 무시하고 팽개치는 것이다. 다른 하나는 동료에 대해 지나치게 조급히 굴면서 조금만 맞지 않으면 나라의 적이니 양놈의 노예니 호통치는 것이다. 또 다른 하나는 수많은 약삭빠른 자들이 기회를 역이용하여 자신의 눈앞의 이익을 챙기려는 것이다.

6월 11일

## 11.

1. 급한 나머지 말을 가리지 않는다

'급한 나머지 말을 가리지 않는' 병폐의 근원은 생각할 여유가 없다는 점이 아니라, 여유가 있을 때에 생각하지 않는다는 점이다.

상하이의 영국 순경 우두머리가 시민을 학살한 후, 우리는 몹시 놀라고 분노하여 "거짓 문명인의 진면목이 드러났다!"고 크게 떠들어 댔다. 그렇다면 이전에는 그들에게 어느 정도의 참 문명이 있다고 여기고 있었음을 알 수 있다. 하지만 중국의 유총有銃계급[12]이 평민을 불 지르고 약탈하며 도살했던 일은 지금껏 항의하는 사람이 별로 없다. 혹시 손을 댄 자가 '국산품'이니 학살조차도 환영한다는 걸까, 그렇지 않으면 우리는 원래 진짜 야만인이니 우리 손으로 자기 가족 몇 사람쯤이야 죽여도 이상할 것 없다는 걸까?

가족끼리 서로 죽이는 것과 이민족에게 죽임을 당하는 것은 물론 다르다. 예를 들어 누군가가 자기 손으로 자신의 뺨을 때리면 마음이 가라앉고 분이 풀리겠지만, 남에게 얻어맞으면 몹시 화가 치민다. 그러나 어떤 사람이 스스로 뺨을 때릴 정도로 무기력하다면, 남에게 얻어맞아도 어쩔 도리가 없다. 만약 세상에 '때린다'는 사실이 사라지지 않는 한.

분명코 우리는 약간의 당혹스러움을 느끼게 되었다. 기독교를 반대하는 외침[13]의 여운이 채 가시지 않았는데도, 많은 이들이 어느덧 상하이 사건에 대한 선교사의 공증[14]에 감복하고 있으며, 게다가 로마 교황에게 괴로움을 하소연하러 가는 이들도 있다. 피를 흘리자마자, 풍조가 이렇듯 뒤바뀔 수 있다.

2. 일치하여 외적에 대처하다

갑 "여보시오, 을씨! 아니 당신은 왜 내가 허둥대는 틈을 타서 내 물건을 가져가시오?"

을 "우린 일치하여 외적에 대처해야 합니다! 이토록 위급한 때에 당신은 자기 물건만 걱정된단 말이오? 이런 망국노!"

3. 동포여, 동포여!

나의 죄를 자백하련다. 이번에 강제로 할당받은 것 외에, 나는 따로 극히 적은 몇 푼을 기부했다. 그러나 본심은 이로써 나라를 구하자는 것이 아니라, 그 성실한 학생들이 열심히 뛰어다니는 걸 보고 감동하여 그들을 거절하기가 겸연쩍었기 때문이었다.

학생들은 연설할 때마다 곧잘 "동포여, 동포여!……"라고 말한다. 하지만 그대들의 '동포'가 어떤 '동포'인지, '동포'들의 마음이 어떤지 그대들은 알고나 있는가?

모를 것이다. 즉 나의 마음을 내 스스로 말하기 전에는 모금하는 이들은 아마 모를 것이다.

나의 이웃에 사는 몇몇 초등학생들은 늘 몇 장의 종이쪽지에 유치한 선전문구를 써서 그들의 가녀린 팔로 전신주 혹은 담벼락에 붙였다. 이튿날이 되면 대부분 찢겨져 있었다. 누구의 소행인지는 모르지만, 꼭 영국인이나 일본인일 것이라고는 할 수 없다.

"동포여, 동포여!……" 학생들은 말한다.

감히 말하거니와, 중국인 가운데에는 저 진실한 젊은이들을 적대시하는 눈빛이 영국인이나 일본인보다 훨씬 더 흉악한 자도 있다. '외국상품불매운동'에 앙갚음하려는 자가 외국인뿐이겠는가!

중국이 좋아지게 하려면 다른 일을 하지 않으면 안 된다.

이번에 베이징에서 연설과 모금이 행해진 후, 학생들이 사회 각계각층 사람들과 접할 기회가 아주 많아졌다. 나는 각 방면의 일에 조금이나마 관심을 지닌 사람들이 자기가 본 것, 받은 것, 느낀 점을 모두 써내어, 좋은 일, 나쁜 일, 그럴듯한 일, 쪽팔린 일, 부끄러운 일, 슬픈 일 등을 죄다 발표해서, 모든 이들에게 우리의 '동포'가 도대체 어떤 '동포'인지 보여 주기를 바란다.

이것이 분명해져야 다른 일을 계획할 수 있다.

아울러, 감추거나 꾸밀 필요도 없다. 설사 발견한 것이 동포라 여길 만한 것이 아닐지라도, 처음부터 다시 만들어 낼 수 있다. 설사 발견한 점이 깜깜한 어둠에 지나지 않을지라도 어둠에 맞서 싸울 수 있다.

게다가 감추거나 꾸밀 필요가 없어졌다. 우리가 우리를 아는 것보다 외국인들이 우리를 훨씬 더 똑똑히 잘 알고 있으니. 아주 손쉬운 예를 하나 들자면, 중국인 자신이 펴낸 『베이징지남』北京指南보다도, 일본인이 지은 『베이징』北京이 더 정확하다!

4. 단지와 졸도

손가락을 자르기도 하고, 현장에서 졸도하기도 했다.[15]

단지斷指는 극히 작은 부분의 자살이고, 졸도는 극히 짧은 순간의 사망이다. 나는 이런 교육이 보급되지 않기를, 앞으로는 더 이상 이러한 현상이 없기를 바란다.

5. 문학가는 무슨 쓸모가 있는가?

상하이사건이 발생한 이후 '미친 듯이 외치고' 나서는 문학가가 한 사람도 없었다. 그래서 어떤 사람이 의문을 품고서 이렇게 말했다. "문학가는 도대체 무슨 쓸모가 있는가?"[16]

이제 삼가 답하련다. 문학가는 이른바 몇 마디 시문詩文으로 알랑거리는 외에는 전혀 쓸모가 없다.

현재 중국의 문학가라는 이들은 달리 논하겠지만, 설사 참된 문학대가라 하더라도 '시문대전'詩文大全처럼, 하나의 제목마다 반드시 한 편의 글을 짓고, 한 가지 안건마다 반드시 한 번씩 미친 듯이 외치는 것은 아니다. 그는 아무도 소리치지 않을 때 크게 외치기도 하고, 온갖 소리로 떠들썩할 때 침묵할 수도 있다. 레오나르도 다 빈치(Leonardo da Vinci)는 대단히 예민한 사람이지만, 사람이 죽음을 맞이할 때의 공포와 고민의 표정을 연구하기 위해 목 베는 장면을 구경했다. 중국의 문학가들은 물론 미친 듯이 외치지 않지만, 그렇다고 이처럼 냉정하지도 않다. 하물며 「피꽃이 분분하고」血花繽紛라는 시 한 수[17]가 진즉 발표되지 않았는가? 이것이 '미친 듯한 외침'인지 아닌지에 대해서는 아직 평가가 내려지지 않았지만.

문학가도 아마 미친 듯이 외쳐야 할지 모른다. 지금까지의 예를 살펴보면, 일을 한 사람은 글을 지은 사람만큼 유명해지지 않는 법이다. 그러므로 상하이와 한커우漢口의 희생자[18] 이름은 금세 까맣게 잊혀지더라도, 시문은 흔히 훨씬 오래도록 남아 어쩌면 남을 감동시키고 후세 사람을 깨우칠지도 모른다.

이것이야말로 문학가의 쓸모이다. 피의 희생자는, 만약 쓸모를 따진다면, 어쩌면 문학가가 되느니만 못할지도 모른다.

6. '민중 속으로'

그러나 수많은 젊은이들은 돌아가려고 한다.

최근의 언론에서 본다면, 구舊가정은 마치 젊은이를 씹어 삼키는 무시무시한 요괴인 듯하지만, 사실은 그래도 사랑스러운 곳으로, 어느 무엇보다도 흡인하는 힘이 넘친다. 어렸을 적에 낚시를 하고 놀던 곳이야 물론 그립기 그지없을 터, 하물며 대도시와 떨어진 시골에서 반년 넘게 더 나은 삶을 위해 애써 온 피로를 잠시나마 풀 수 있음에랴.

더욱이 하물며 이 또한 '민중 속으로'[19]라고 간주할 수 있음에랴.

그러나 이로써 알 수 있으리라. 우리의 '민중 속'이 어떤지, 젊은이들이 홀로 민중 속으로 들어갔을 때 자신의 역량과 심정이 베이징에서 함께 이 구호를 부르짖을 때와 비교하여 어떤지를.

이 경험을 똑똑히 기억해 두었다가 훗날 민중 속에서 나와 베이징에서 함께 이 구호를 부르짖을 때 돌이켜 보면, 자신이 진실을 말하는지 거짓을 말하는지 알게 될 것이다.

그렇게 한다면, 아마 몇몇 사람들은 침묵하고, 침묵한 채 고통스러워할 것이다. 그러나 새로운 생명은 이 고통스러운 침묵 속에서 싹을 틔울 것이다.

### 7. 영혼의 단두대

요 몇 년간 해마다, 여름은 대체로 유충계급이 싸움질하는 계절이자,[20] 젊은 영혼의 단두대이기도 했다.

여름방학이 되면 졸업생들은 모두 흩어지고, 입학생들은 아직 들어오지 않은 데다, 재학생들도 대부분 고향으로 돌아간다. 이리하여 각종 동맹이 잠시 헤어지고, 이리하여 함성이 잦아들고, 이리하여 운동이 까라지고, 이리하여 간행물이 중단된다. 뜨겁고 커다란 칼날이 하늘에서 내려와 신경중추를 느닷없이 싹둑 잘라 버려 이 수도를 홀연 해골로 만들어 버린 듯하다. 여우귀신만 주검 위를 오가며 유유히 자신이 일체를 점령했다는 커다란 깃발을 치켜든다.

가을 하늘 높고 기운 상쾌해지는 계절이 되면, 젊은이들이 다시 모여

든다. 그러나 적잖은 이들이 이미 신진대사를 이루고 있다. 그들은 아직껏 경험한 적 없는 수도[21]의, 사람을 건망증에 빠지게 하는 분위기 속에서 다시금 새로운 삶을 시작한다. 막 졸업한 사람들이 작년 가을에 시작했던 새로운 삶과 똑같은 삶을.

이리하여 모든 골동품과 폐물이 사람들에게 영원한 신선함을 느끼게 해준다. 물론 주위가 진보하는지 퇴보하는지 깨닫지 못하고, 물론 만나는 것이 귀신인지 사람인지 분간하지 못한다. 불행하게도 사변이 또 일어나더라도, 그저 이런 세상 속, 이런 사람 사이에서 여전히 "동포여, 동포여" 외치는 수밖에 없다.

8. 여전히 가진 게 아무것도 없다

중국의 정신문명은 일찌감치 총포에 파괴되어 버렸으며, 수많은 경험을 거쳐, 가지고 있는 것이라곤 여전히 아무것도 없다는 것이 이미 증명되었다. "가진 게 아무것도 없다"라는 말을 꺼린다면, 물론 잠시 스스로 위안할 수는 있을 것이다. 만약 좀더 듣기 좋게 늘어놓는다면, 추운 날 난로를 달구듯 사람을 기분 좋게 꾸벅꾸벅 졸게 할 수 있다. 그러나 그 보답은 영영 치료할 약도 없고, 일체의 희생은 죄다 헛수고가 되고 말 것이다. 왜냐하면 모두가 꾸벅꾸벅 졸고 있을 때, 여우귀신은 희생을 먹어 치워 더욱 살이 찔 테니.

아마 사람은 앞으로 잘 기억하여 사방을 살피고 팔방에 귀 기울여, 자신을 속이고 남을 속이는 예전의 모든 희망의 이야기일랑 깡그리 쓸어 버리고, 누구의 것이든 자신을 속이고 남을 속이는 가면일랑 깡그리 찢어 버리고, 누구의 것이든 자신을 속이고 남을 속이는 수단일랑 깡그리 배척하지 않으면 안 된다. 요컨대 중화의 전통적인 약삭빠른 재주일랑 모조리 내던져 버리고서, 자존심을 굽힌 채, 우리에게 총질하는 양놈을 배우지 않으면 안 된다. 그래야 새로운 희망의 싹이 돋기를 바랄 수 있다.

6월 18일

주)

1) 원제는 「忽然想到」, 두 차례에 걸쳐 1925년 6월 16일자 「민중문예주간」(民衆文藝週刊) 제24호 및 6월 23일자 『민중주간』(民衆週刊; 「민중문예주간」을 개칭) 제25호에 나누어 발표했다.
2) 1925년 5월 30일에 일어난 참사를 가리킨다. 1925년 5월 14일 일본인이 경영하는 상하이의 내외(內外)면방적공장의 노동자들은 자본가 측의 부당한 노동자 해고에 항의하기 위해 파업을 벌였다. 이튿날 이 공장의 일본 국적의 직원이 노동자 구정훙(顧正紅; 공산당원)을 사살하고 십여 명의 노동자에게 부상을 입혀 상하이 각계각층의 공분을 불러일으켰다. 30일 상하이 학생 이천여 명이 조계에서 시위를 벌여 노동자를 지원하고 조계의 회수를 부르짖자, 공공 조계의 순경은 백여 명을 체포했다. 곧바로 만여 명의 군중이 영국 조계인 난징루(南京路)의 경찰서 앞에서 체포된 이들의 석방을 요구하고 '제국주의 타도' 등의 구호를 외치자, 영국 순경이 총을 발포하여 수십 명의 사상자를 냈다.
3) 『징바오』의 주필인 사오전칭(邵振青; 사오퍄오핑邵飄萍)이 5·30참사에 관해 쓴 글을 가리킨다. 그는 1925년 6월 5일 『징바오』의 칼럼인 '평단'(評壇)에 발표한 「우리나라 사람이 한결같이 분개하는 상황 아래에서 영국과 일본의 양국 정부는 중국을 분할하려 한다는 혐의를 받지 않도록 하기 바란다」라는 글에서 이렇게 말했다. 영국과 일본의 제국주의는 "갖가지 선전정책을 이용하여, 중국 국민이 이미 러시아와 마찬가지로 적화되고 있으며, 영국과 일본이 만약 협력하여 중국을 압박하지 않으면 머잖아 중국이 적화된 후에는 미국 또한 크게 영향을 받으리라고 여기고 있다. …… 그러나 중국은 적화되지 않았으며, 이른바 적화설은 오로지 영국과 일본의 허위 정책에 속할 따름이다. …… 이번 상하이의 참극은 세계의 거짓 문명의 파산 선고이지, 중국의 단순한 외교문제가 아니다." 그는 또한 같은 날 같은 신문에 발표한 「외국의 신사폭도」라는 글에서 이렇게 말했다. "'폭동학생'이란 명사는 참으로 우습기 그지없다고 할 수 있다. 외국의 신사들

에게 묻노니, 학생들이 권총을 갖고 있었던가? 기관총을 지니고 있었던가? 폭동으로 인해 외국의 신사 몇 사람이 살해되었던가? 아니, 전혀 그렇지 않다. 많이 죽은 것은 학생이며, 이건 결코 학생들의 자살이 아니다."

4) 이는 그리스의 독립운동을 가리킨다. 15세기 말부터 오스만튀르크의 통치하에 있던 그리스는 1821년 3월 오스만튀르크에 대한 반란을 일으켰으며, 이듬해 1월 그리스의 독립을 선포했다. 이후 수년간의 오랜 투쟁을 거쳐 1829년 런던회의를 통해 마침내 독립을 국제적으로 승인받았다.

5) 이 선언은 1925년 6월 6일 국제노동자후원회가 베를린으로부터 5·30참사를 위해 중국 국민에게 보내온 선언을 가리킨다. 이 선언에서는 다음과 같이 밝히고 있다. "국제노동자후원회의 500만 회원은 모두 손과 머리를 쓰는 백인종 노동자이며, 우리는 전체 회원을 대표하여 백인종과 황인종의 자본제국주의의 강도들이 평화로운 중국 학생과 노동자들을 학살한 이번 일에 대해 여러분과 함께 일치하여 항쟁할 것이다. 우리는 …… 중국 인민을 약탈하는—이 또한 바로 우리를 약탈하는 것과도 다름없는—저들 무리와는 아무 관련이 없다. 저들은 국외에서 여러분의 민족을 속이고 업신여기며, 국내에서도 우리의 계급을 억압하고자 한다. 우리가 함께 저들과 맞서 싸워야만 우리를 지킬 수 있다. …… 여러분의 적이 바로 우리의 적이고, 여러분의 전쟁이 곧 우리의 전쟁이며, 여러분의 장래의 승리가 바로 우리의 승리이다." 이 글의 끄트머리에 서명한 이들 가운데에 영국의 버나드 쇼와 프랑스의 바르뷔스가 있는데, 이들은 모두 이 후원회의 중앙위원회 위원이다.

6) 버나드 쇼(George Bernard Shaw, 1856~1950)는 영국의 극작가이자 비평가이다. 청년 시절에는 개량주의 정치조직인 페이비언 소사이어티(Fabian Society)에서 활동했다. 제1차 세계대전 때는 제국주의 전쟁을 비난하였고, 10월혁명에 공감을 표시하며 1931년 소련을 방문했다. 『워런 부인의 직업』(*Mrs. Warren's Profession*, 1893), 『피그말리온』(*Pygmalion*, 1912~13) 등의 극본을 썼으며, 작품 대부분은 자본주의 사회의 허위와 죄악을 폭로하고 있다.

7) 앙리 바르뷔스(Henri Barbusse, 1873~1935)는 프랑스의 저널리스트이자 작가이다. 제1차 세계대전 이후 반전 및 반파쇼 투쟁에 앞장섰던 그는 소련의 볼셰비키혁명을 지지하고, 1923년에는 프랑스공산당에 가입했다. 그의 주요 작품으로는 『전선』(*Le Feu*, 1916), 『광명』(*Clarté*, 1919), 『스탈린전』(*Staline: Un monde nouveau vu à travers un homme*, 1936) 등이 있다.

8) 상하이공상학연합회(上海工商學聯合會)에서 제기한 담판 조건을 가리킨다. 5·30참사 후, 이 연합회는 6월 8일 선언을 발표하여, 담판의 선결조건 4조항 및 정식조건 13조항을 제기했다. 이 안에는 노동자의 노동조합 결성 및 파업의 자유, 영사재판권의 철폐, 상하이에 주둔한 영국과 일본의 해륙군의 철수 등의 조항이 포함되어 있다. 이후 이 대

외교섭을 책임지던 총상회 회장인 위차칭(虞洽卿) 등은, 이 가운데의 몇몇 주요 조항을 변경하여 13조항의 양보안을 만들어 냈다.

9) 『순톈시보』(順天時報)는 일본인 나카지마 요시오(中島美雄)가 1901년 10월에 베이징에서 창간한 중국어 신문이다. 처음의 명칭은 『옌징시보』(燕京時報)이며, 1930년 3월에 정간되었다.

10) 이 사설은 「애국의 두 설과 애국의 두 파」(愛國的兩說與愛國的兩派)를 가리킨다. 뤼순(旅順)과 다롄(大連)의 조차기간이 만료될 즈음인 1923년 1월, 베이징대학의 학생들은 국회에 뤼순과 다롄을 회수하도록 청원했다. 여론의 압력을 받은 베이양정부는 3월 10일 일본제국주의에 뤼순과 다롄의 회수 및 21개조의 폐지를 요구했다. 3월 14일 일본제국주의가 이 요구를 거절하자, 전국의 대도시에서 대규모 반일애국운동이 일어났다. 4월 4일 『순톈시보』는 이 사설을 게재하여 다음과 같이 주장했다. "무릇 한 나라가 중흥할 즈음에는 예에 따라 민력충실론(民力充實論)과 국권신장론(國權伸張論)의 두 파가 생겨난다. 중국의 현상에 대해 논해 보아도 역시 분명히 이 두 설이 있음을 알 수 있다. …… 국권론자는 늘 대개 감정에 지배받는다. …… 민력론자는 대체로 이지의 두뇌를 지니고 있다. …… 그러므로 국권론자는 광범한 애국심에 호소할 수 있다. 민력론자는 반드시 다수 사람에게 환영받지 못한다. 이리하여 국권론을 소리 높여 제창하기는 쉬워도, 민력론을 주장하기는 대단히 어렵다."

11) 원문은 '再而衰, 三而竭'이다. 이 구절은 『좌전』 '장공(莊公) 10년'에 춘추시대의 노(魯)나라의 무장 조귀(曹劌)가 제(齊)나라와 전쟁을 벌이던 중에 했던 "무릇 전쟁은 용기입니다. 한 번 북을 쳐서 기운을 북돋지만, 응전하지 않으면 두번째 북을 치고서는 쇠약해지고, 세번째 북을 치고서는 힘이 빠집니다"(夫戰, 勇氣也: 一鼓作氣, 再而衰, 三而竭)라는 말에서 비롯되었다.

12) 재산을 많이 소유한 계급을 유산계급이라 하듯이, 총이라는 폭력적 권력을 가진 계급을 유총(有銃)계급이라 빗대어 일컫고 있다.

13) 1922년 초, 세계기독교학생동맹은 베이징에서 제11차 대회를 열기로 결정했다. 이에 불만을 품은 일부 지식인들은 상하이, 베이징 등지에서 잇달아 '비(非)기독교학생연맹'과 '비(非)기독교대동맹'을 결성하여 저지하고자 했다. 1925년 4월 3일자의 『징바오』에는 베이징 비기독교대동맹의 선언이 실렸는데, 이 동맹의 종지는 '기독교 및 중국에서의 일체의 침략활동에 반대'하는 것이라고 설명했다. 이 동맹은 4월 15일에 『과학과 종교』(科學與宗教) 반월간(『징바오』의 임시증간)을 창간했는데, 당시 기독교 반대운동을 확산하는 데 커다란 영향을 끼쳤다.

14) 5·30참사 후 중국에 와 있던 일부 외국 선교사들이 선언을 발표하여, 중국 학생의 애국투쟁에 동정을 나타냈던 일을 가리킨다.

15) 1925년 6월 10일에 베이징 시민이 5·30참사로 인해 톈안먼에서 집회를 가졌는데, 당

시의 신문 보도에 따르면 참가자 가운데 격분한 나머지 연설하다가 날카로운 칼로 손가락을 잘라 혈서를 쓴 이도 있고, 현장에서 졸도한 이도 있었다.

16) 『징바오』 부간의 하나인 「부녀주간」(婦女週刊) 제27호(1925년 6월 17일)에 완란(畹蘭)이 쓴 「문학가는 도대체 무슨 쓸모가 있는가?」(文學家究竟有什麼用處)라는 글이 실렸다. 이 글은 다음과 같이 주장하고 있다. "정말 기이한 일이지만, 상하이사건이 일어난 후 이처럼 중대한 자극을 받았음에도, 나서서 미친 듯이 외치는 문학가가 어째서 한 명도 보이지 않는가? …… 그리하여 나의 물음은 제기된다. '문학가는 도대체 무슨 쓸모가 있는가?'" 완란은 당시 베이징대학 학생인 어우양란(歐陽蘭)이다.

17) 이 시는 베이징대학의 학생인 어우양란이 『맹진』 주간 제15기(1925년 6월 12일)에 발표했다. '상하이사건의 희생자를 애도하며'라는 부제를 달았다.

18) 5·30참사가 발생한 후, 한커우의 대중들은 6월 13일 대회를 열어 영국과 일본의 제국주의적 만행에 항의할 예정이었다. 그러나 당시 후베이 독군(督軍) 샤오야오난(蕭耀南)은 11일 학생회를 해산하고 학생 4명을 총살했으며, 노동자 역시 영국 해군육전대의 사격을 받아 다수의 사상자를 냈다.

19) '민중 속으로'는 1870년을 전후하여 러시아의 진보적 젊은이들이 민중의 계몽을 위해 대거 농촌에 뛰어들 때의 구호인 '브나로드'(Хождение в народ)를 가리킨다. 중국에서는 5·4운동 이후, 특히 5·30운동이 고조되었을 때 이 구호가 지식인 사이에서 크게 유행했다.

20) 1916년 6월 위안스카이(袁世凱)가 사망한 후 베이양(北洋)군벌은 내부의 파벌과 투쟁으로 혼미를 거듭하였다. 1920년을 전후하여 베이양군벌은 세 파벌, 즉 베이징을 거점으로 한 우페이푸(吳佩孚)의 즈리파(直隷派; 즈계), 톈진을 거점으로 한 돤치루이(段祺瑞)의 안후이파(安徽派; 환계), 그리고 펑톈을 거점을 한 장쭤린(張作霖)의 펑톈파(奉天派; 펑계)로 나뉘어 패권을 위해 이합집산을 거듭하였다. 여기에서 일컫는 '여름의 싸움질'이란 1920년 7월에 즈리파와 안후이파가 벌인 즈환전쟁, 1922년 5월에 즈리파와 펑톈파가 벌인 제1차 즈펑전쟁, 그리고 1924년 9월에 일어난 제2차 즈펑전쟁 등을 가리킨다.

21) 원문은 '首善之區'이며, 수도를 가리킨다. 이 말은 『한서』 「유림전」(儒林傳)의 "그러므로 교화를 행할 때, 천하의 모범을 세우는 것은 수도로부터 시작한다"(故敎化之行也, 建首善, 自京師始)에서 비롯되었다.

# 여백 메우기[1]

## 1.

'공리의 승리' 기념비[2]가, 프랑스 파리의 공원에 세워진 거야 어떤지 모르겠지만, 중국 베이징의 중앙공원에 세워지는 건 정말이지 약간은 희한한 일이다——그렇지만 이건 지금의 이야기이다. 당시에는 시민과 학생들 역시 행진하면서 환호했다.

우리가 그 당시 전승국의 대열에 들어갔던 것은 많은 노동자들을 보냈던 덕분이다. 사람들도 유럽 전쟁터에서의 노동자들의 공적을 늘 자랑스러워했다. 지금은 들먹이는 사람도 별로 없고, 전승 또한 잊혀졌으며, 게다가 실제로는 전쟁에 패한 것이었다.[3]

지금의 강약의 구분은 물론 총포의 유무에 달려 있지만, 특히 총포를 손에 쥔 자에 달려 있다. 만약 그 나라 국민이 비겁하다면 설사 총포를 지니고 있더라도 총포를 갖지 않은 자만을 살육할 수 있을 뿐이고, 만약 적도 총포를 갖고 있다면 승패는 전혀 알 수가 없다. 이때에야 참된 강약이 드러나게 된다.

우리는 활과 화살을 스스로 만들 수 있었지만, 금나라에 패했고, 원나라에 패했으며, 청나라에 패했다. 기억건대 송나라 사람의 어느 잡문에 길거리의 해학이 기록되어 있는데, 금나라 사람과 송나라 사람의 물건을 비교하는 것이었다. 이를테면 금나라 사람에게는 화살이 있는데, 송나라에는 무엇이 있는지 묻는다. 그러자 "갑옷이 있소"라고 대답한다. 다시 금나라에는 넷째 태자[4]가 있는데, 송나라에는 누가 있는지 묻는다. 그러자 "악소보[5]가 있소"라고 대답한다. 마지막으로 금나라 사람에게는 낭아봉狼牙棒(사람의 머리를 치는 무기)이 있는데, 송나라에는 무엇이 있는지 묻는다. 그러자 "마루뼈가 있소!"라고 대답한다.[6]

송나라 이래로 우리에게는 끝내 마루뼈만 있을 뿐이다. 그런데 이제 '민기'民氣라는 걸 또 발견해 냈으니, 더욱 심오하고 아득해졌다.

그러나 실력에 바탕을 두지 않은 민기란, 결국 본래 가지고 있기에 남에게 빌릴 까닭이 없는 마루뼈를 자랑으로 여길 수밖에 없는 것이다. 말하자면 자포자기를 승리로 간주하는 것이다. 나도 최근에 '마음에 하늘이 무너질까 하는 염려'[7]를 느끼고 있는데, 중국이 더욱 복고하지 않을까 두렵다. 수박 반쪽 모양의 구식 모자, 장삼, 앞쪽 중간에 두 개의 볼록한 장식이 있는 베신, 두 손을 맞잡은 채 허리를 공손히 굽히는 인사, 붉은색 명함, 물담뱃대 등이 어쩌면 애국의 표징이 될지도 모른다. 왜냐하면 이것들은 죄다 별로 힘들이지 않고서도 꺼낼 수 있으니, 마루뼈와 크게 다르지 않은 것들이기 때문이다. (다만 붉은색 명함만은 '적화'의 혐의를 피하기 위해 사용하지 않을지도 모르겠다.)

그렇지만 나는 중국인이 완고하다고 말하려는 것은 결코 아니다. 아편과 트럼프는 배척의 대상에 들지 않을 것이라고 나는 믿기 때문이다. 하물며 애국지사께서 진즉 말씀하셨지 않은가? 마작이 이미 서양에서 성행하여 우리 대신 복수해 주었노라고.

애국지사들은 또 말한다. 중국인은 평화를 애호한다고. 그러나 나는 도무지 이해할 수 없다. 평화를 애호한다면서 왜 국내에서는 해마다 전쟁을 벌이는지. 어쩌면 이 말은 이렇게 수정되어야 할지도 모른다. 중국인은 외국인에 대해서는 평화를 애호한다고.

우리가 스스로를 자세히 살핀다면, 더 이상 거짓말을 하지 않는 때가 틀림없이 올 것이다. 더 이상 스스로를 속이지 않고 남을 속이지 않는 때가 되면, 이야말로 희망의 싹이 보일 때가 된 것이다.

나는 힘이 없음을 자인하는 것이 평화를 애호한다고 자랑하는 것보다 훨씬 부끄러운 일이라고 여기지는 않는다.

6월 23일

## 2.

예전에 '사인'士人이나 '상류인'上流人으로 자처하던 이들은 이제 '평민'으로 바꿔 불러도 좋으리라. 실제로도 많은 사람들이 이미 이렇게 하고 있다. 그때는 그때이고, 지금은 지금이라고. 청조에서는 수재秀才 시험을 치르거나 감생[8] 지위를 사들여야만 했지만, 이제는 학교에 들어가는 수밖에 없다. '평민'이라는 이 칭호 또한 이제는 날로 유행되고, 지위 역시 높아졌기에, 평민으로 자처하여도 아마 남들로부터 예전의 '상류인'을 대하는 만큼의 존경을 받을 수 있을 것이다. 세태가 변할지라도, 옛 지위는 잃을 리 없다. 만약 이러한 평민을 만나면, 반드시 그를 치켜세우든가, 적어도 고개를 끄덕이고 두 손을 맞잡은 채 웃음을 띠면서 '예, 예' 고분거리지 않으면 안 된다. 마치 예전의 하류인이 귀인을 대하듯이 말이다. 그렇지 않으면, '오만방자하다'느니 '귀족적'이라는 죄명을 얻게 될 것이다. 왜냐하면 그는 이미 평민이 되었으니까. 평민을 만났는데 각별히 경의를 표하지 않는다면, 교만한 게 아니고 뭐겠는가?

청나라 말년에 사회에서는 대체로 혁명당을 뱀이나 전갈처럼 싫어했다. 그러나 난징南京정부가 들어서자, 멋진 신사紳士와 상인들은 혁명당처럼 보이는 사람을 만나면 친근하게 이렇게 말하곤 했다. "우린 본래 모두 '초두'草頭[9]이니, 동료입죠."

서석린[10]이 은명을 찔러 죽인 후, 혁명당원들이 대거 체포되었다. 타오청장[11]도 그 가운데 한 명이었는데, 그의 죄상은 "『중국권력사』中國權力史를 짓고, 일본의 최면술을 배웠다"는 것이었다(최면술을 배운 일이 왜 죄가 되는지 도무지 이해할 수 없다). 이 바람에 집에 있던 그의 부친조차 혹독한 고통을 치렀지만 혁명이 고조되어서야 '어르신'이라 높이 불려지고, '손주님'께 중매를 서겠다는 사람도 나타났다. 안타깝게도 타오청장은 얼마 지나지 않아 누군가에게 암살당했는데, 그의 위패를 사당에 모실 때 향을 들고 조문한 신사와 상인이 5, 6백 명이나 되었다. 이런 상황은 위안스카이가 2차 혁명[12]을 진압하고 나서야 시들해졌다.

누가 중국인들은 뜯어고치는 것에 능하지 않다고 말했던가? 새로운 사물이 들어올 때마다 처음에는 배척하지만, 믿을 만하다 싶으면 응당 뜯어고칠 것이다. 하지만 결코 새로운 사물에 맞추어 자신을 변화시키는 것이 아니라, 새로운 사물을 자신에 맞추어 변화시킬 따름이다.

불교가 처음 들어왔을 때에는 몹시 배척받았지만, 이학理學 선생들이 선禪을 이야기하고 스님이 시를 짓게 되자 '삼교동원'三教同源[13]의 기운이 무르익었다. 듣자 하니 현재 오선사悟善社 안에 모셔진 위패는 벌써 공자, 노자, 석가모니, 예수, 마호메트 등 다섯이나 있다.

중국의 관례에 따르면, 자신과 다른 자를 배척할 때 흔히 상대에게 별명 ― 혹은 작호綽號라고도 한다 ― 을 붙인다. 이 또한 명청 이래 소송 대리인의 상투적인 수단이었다. 예컨대 장삼張三이나 이사李四를 고소할 경우 성명만을 말하면 너무나 평범하기에, 지금은 '육비태세 장삼'六臂太歲張三이라든가 '백액호 이사'白額虎 李四라고 한다.[14] 이렇게 하면 현관縣官은 미리 소행을 캐묻지 않아도, 별명만 보고서도 이 자들을 악당이라고 여기게 된다.

달은 한쪽 면만 태양을 마주하고 있기에,[15] 다른 한 면은 영원히 볼 수 없다. 중국 문명을 찬미하는 사람들도 오직 밝은 면만을 남에게 보여 주고 어두운 면은 감추어 버린다. 예를 들어 가족, 친척과 벗을 언급할 때, 책에서는 여러 가지 보기 좋은 형용사, 즉 자慈니 애愛니 제悌니…… 등을 붙이고, 또 여러 가지 보기 좋은 옛 규범, 즉 오세동당五世同堂이니 예문禮門이니 의종義宗이니[16]…… 등을 사용하고 있다. 그러나 별명은 살아 있는 사람의 마음속에, 사람에게 알려지지 않은 책 속에 감추어져 있다. 가장 간단한 소송교과서인 『소조유필』[17] 속에는 관용적으로 쓰이던 허다한 악칭惡稱이 실려 있다. 이제 여기에 약간을 베껴, 직접 짓는 수고를 덜기로 하자.—

친척에 관한 부류

얼친孼親　효친梟親　수친獸親　악친鰐親　호친虎親　왜친歪親

윗사람에 관한 부류

악백鰐伯　호백虎伯(숙叔도 마찬가지)　얼형孼兄　독형毒兄　호형虎兄

아랫사람에 관한 부류

패남悖男　악질惡侄　얼질孼侄　패손悖孫　호손虎孫　효생梟甥

얼생孼甥　패첩悖妾　발식潑媳　효제梟弟　악서惡婿　흉노凶奴

이 가운데 부모는 포함되어 있지 않은데, 부모는 관습상 고소할 수 없다. 왜냐하면 역대 왕조는 대개 '효로써 천하를 다스렸기'[18] 때문이다.

이러한 수단 역시 소송대리인만의 것이 아니었다. 민국 원년에 장타이옌[19]은 베이징에서 의론을 왕성하게 펼치면서 조금도 거리낌 없이 인물을 평했다. 그러자 늘 악평을 받았던 무리는 그에게 '장 미치광이'라는 별명을 붙여 주었다. 사람이 미치광이인 바에야, 그의 의론은 당연히 미치광이 말이요 하등의 가치가 없는 말이었지만, 그가 발언할 때마다 여전히 그들의 신문에 실었다. 그런데 제목이 특이했으니, 「장 미치광이 크게 발작하다」라는 식이었다. 그가 한번은 그들의 반대파를 매도했다. 그러자 어떻게 되었을까? 이튿날 신문에 실렸을 때, 제목은 「장 미치광이 뜻밖에도 미치지 않았다」였다.

예전에 『귀곡자』[20]를 보고서, 그 속의 모략도 별로 기발한 것이 없다고 느꼈다. 다만 「비겸」飛箝 가운데에서 "목에 칼을 씌워 세로로도 움직일 수 있고 가로로도 움직일 수 있으며,…… 잡아당겨 되돌릴 수도 있고 뒤집을 수도 있다. 비록 뒤집히더라도 원상으로 회복될 수 있으니, 절도를 잃지 않는다"고 했다. 이 단락 속의 "비록 뒤집히더라도 원상으로 회복될 수 있다"는 구절은 어쩐지 으스스하다. 하지만 이런 수단을 우리는 사회에서 자주 만날 수 있다.

『귀곡자』는 물론 위서僞書이며, 결코 소진과 장의의 스승[21]이 지은 것이 아니다. 그렇지만 작자는 결코 '소인'小人이 아니며, 오히려 성실한 사람이다. 송나라의 내곡[22]은 진즉 이렇게 말했다. "「패합」과 「비겸」[23]은 오늘날의 상식이며, 『귀곡자』를 읽지 않은 사람이라도 모두 자연히 이에 부합되도록 한다." 오늘날 흔히 쓰이고 있는지라 기이할 게 없음에도, 작자는 약간이나마 그것을 알게 되자 붓을 들어 책에 적어 비결로 여겼으니, 그의 품성이 순박하고, 수단뿐만 아니라 마음속의 교활함 또한 결코 대단치 않음을 엿볼 수 있다. 만약 엄청난 부자라면, 10위안짜리 지폐를 거울 뒷면에 끼워 넣고서 보물이라 여기겠는가?

귀곡자는 따라서 결국 음모가가 아니다. 그렇지 않다면, 그는 틀림없이 약간 모호하게 말했을 것이다. 혹은 자신은 말하지 않고, 남이 말하도록 꾀어 냈을 것이다. 혹은 남을 꾀어 낼 필요도 없이, 자신이 영원토록 대단한 양 으스댔을 것이다. 이 마지막 묘수는, 알고 있는 자는 말하지 않고 책에도 씌어 있지 않으니, 나도 모르겠다. 내가 알고 있다면, 등불 아래에서 『망위안』이나 편집하고 「여백 메우기」 따위의 글이나 쓰고 있지는 않을 것이다.

그러나 갖가지 사소한 종횡의 술책들을 우리는 늘 겪거나 목도하고 있다. 여름에 느닷없이 갑과 을이 다투더니, 갑자기 갑과 을이 친해져 함께 병을 친다. 그러더니 홀연 갑과 병이 서로 합쳐 다시 을을 치더니, 문득 갑과 병이 또 다투기 시작한다. 이 모든 게 바로 이 '뒤집힘'과 '원상회복'의 작용이다. 수백 위안의 돈을 들여 술을 한 차례 사면, 수많은 사람들이 금방 색깔을 바꾸는데, 이 역시 이러한 놀음이다. 하지만 정말로 내곡이 말하는 식으로 말한다면, 지금의 사람들은 이미 "하늘이 내려 준 것이지, 사람의 힘으로 되는 게 아닌"[24] 것이다. 만일 『귀곡자』를 보아야만 그럴 수 있다면, 문법책을 들고 가서 외국인과 담소를 나누는 것처럼 틀림없이 벽에 부딪히고 말 것이다.

7월 1일

## 3.

5·30참사가 발생한 지 어느덧 40여 일이 되었지만, 베이징의 상황은 5월 29일과 다름이 없다. 총명한 비평가께서는 아마도 예의 '5분간의 열정'[25] 설을 내놓으시겠지. 비록 그렇더라도 예외는 있는 법이니, 탕얼허[26] 선생의 대문을 "북을 치듯이 족히 15분이나 두드렸다"고 한다(6월 23일자 『천바오』를 보라). 일부 학생들도 진즉 깨달은 듯, 늘 이 '5분간의 열정'설로써 스스로를 경계한 것이다.

그런데 중국의 노老선생들 — 스무 살 안팎의 노선생들도 포함하여 — 은 어찌된 영문인지 늘 모순된 견해를 지니고 있다. 곧 여자와 아이를 지나치게 낮게 봄과 동시에, 또한 지나치게 높게 본다. 아녀자와 아이는 무대에 올라서는 안 된다. 그렇지만 한편으로는 재녀才女를 숭배하고 신동神童을 떠받들며, 심지어 이것을 이용하여 세도 있는 친척을 사귀어 그 연줄로 자신도 벼락출세를 하려고 한다. 목란의 종군이나 아버지를 구한 제영의 이야기[27] 따위는 더욱 흥미진진하게 떠들어 댐으로써, 자신이 패기 없는 얼간이임을 확실히 보여 준다. 학생에 대해서도 마찬가지여서, '나랏일은 말하지 말라'고 하면서도, 학생들에게만 외적을 물리치라고 요구하고, 물리치지 못하면 학생들은 쓸모가 없다고 비웃는다.

교육이 널리 보급된 나라에서라면, 국민의 9할이 학생이다. 그러나 중국에서 학생은 물론 아직 특별한 부류이다. 특별한 부류이긴 하지만, 결국 '머리 묶은 애송이'[28]이기에, 당연하게도 삼두육비三頭六臂의 신통력을 지니고 있을 리가 만무하다. 그들이 할 수 있는 일이라야 고작 연설, 시위, 선전 정도로, 불꽃처럼 민중의 마음에 불을 붙이고 그들의 불길이 타오르게 함으로써 나라의 정세에 약간의 전기를 마련하려는 것뿐이다. 만약 민중이 가연성을 지니고 있지 않다면, 불꽃은 단지 자신을 불태울 수 있을 뿐이니, 마치 한길에서 종이로 만든 사람과 말, 가마를 태우면 잠시 몇몇 사람을 끌어모으는 구경거리가 되겠지만, 끝내 아무 상관이 없는지라 그 떠들썩함도 기껏해야 '문을 두드리는' 정도의 시간밖에 지속되지 않는다. 아무도 꿈쩍하지 않는데, 설마 '애송이'들이 정말로 직접 총을 쏘고, 대포를 만들고, 군함을 제조하고, 비행기를 만들고, 외적의 장수를 사로잡고, 외국을 평정할 수 있단 말인가? 그러므로 '5분간의 열정'은 중국의 풍토병이지, 학생병이 아니다. 이것은 이미 학생의 치욕이 아니라, 온 국민의 치욕이 되었다. 활력과 생기가 넘치는 다른 나라에서라면, 현상이 틀림없이 이 지경에 이르지는 않았을 것이다. 외국인을 나무라 보아야 아무 도움이 되지 않는다. 자기 나라의 냉랭한 민중, 유권자, 수수방관자 모두가 사후에 비웃으니, 참으로 후안무치하고 우둔하기 그지없다!

그러나 달리 꿍꿍이를 지닌 총명한 사람들은 차치하더라도, 성실한 대학생들 역시 커다란 잘못을 저지르고 있다고 나는 생각한다. 그것은 방관자들이 바라거나 냉소하듯, 처음부터 대단한 신통력을 지니고서 제 뜻대로 성공하리라고 너무나 쉽게 여긴다는 점이다. 환상이 너무 높이 날아오르면, 현실 위에 떨어질 때 그 상처가 유난히 깊고 심한 법이다. 힘을 너무 갑작스럽게 쓰면, 쉴 때 몸을 움직이기 어려운 법이다. 일반적으로 볼 때, 어쩌면 자신이 지니고 있는 것이 '인력'人力에 지나지 않음을 아는 게 바람직하니, 이렇게 하는 게 오히려 확실하고 믿음직할 것이다.

지금, 공부하는 것부터 '이성 친구와 사랑을 속삭이는 것'까지 죄다 일부 뜻있는 이들에게 매도당하고 있다. 그러나 남을 너무 심하게 꾸짖는 것 역시 '5분간의 열정'이라는 병폐의 근원이라고 나는 생각한다. 예를 들어 어느 구호 ── 이를테면 영국과 일본의 제품을 사지 않는다 ── 를 골라 실행하려고 할 경우, 마시지도 먹지도 않은 채 이레 동안 실행하거나, 혹은 통곡하고 눈물을 줄줄 흘리면서 한 달간 실행하느니, 차라리 공부도 하면서 실행도 5년간 하거나, 혹은 연극도 구경하면서 실행도 10년간 하거나, 혹은 이성 친구도 사귀면서 실행도 50년간 하거나, 혹은 사랑도 속삭이면서 실행도 100년간 하는 편이 더 낫다. 기억건대, 한비자는 경마의 요체를 가르친 적이 있는데, 그 하나는 "꼴찌를 부끄러워하지 않는다"[29]는 것이었다. 설령 느리더라도 쉬지 않고 달린다면, 뒤처지고 실패할지라도 틀림없이 자신이 지향하는 목표에 이를 수 있다.

7월 8일

주)______

1) 원제는 「補白」, 1925년 6월 26일 『망위안』 주간 제10기, 7월 3일 제11기, 7월 10일 제12기에 나누어 발표했다.
2) 1918년 제1차 세계대전이 끝난 후 영국과 프랑스를 비롯한 연합국은 독일과 오스트리아 등의 동맹국을 무찌른 것을 '정의가 강권에 맞서 싸워 승리한 것'이라 선전했으며, 전승국들은 모두 기념비를 세웠다. 1917년 8월 연합국에 참가한 중국의 베이양정부 역시 베이징의 중앙공원(지금의 중산中山공원)에 '공리의 승리'(公理戰勝)라는 기념비를 세웠다. 이 기념비의 명칭은 1953년에 '평화의 보위'(保衛和平)로 바뀌었다.
3) 제1차 세계대전이 동맹국의 패배로 종결된 후인 1919년 1월 파리강화회의가 개최되었다. 이 회의에서 영국, 프랑스, 미국 등은 중국의 주권과 전승국으로서의 지위를 무시한 채 일본제국주의가 전쟁 전의 독일이 산둥에서 차지한 특권을 계승하도록 결정했다. '실제로는 전쟁에 패한 것'이라는 말은 파리강화회의에서 중국의 주권이 침해받은 것을 가리킨다.
4) 넷째 태자(四太子)는 금나라의 명장인 완안종필(完顔宗弼, ?~1148)을 가리킨다. 그는 태조인 완안아골타(完顔阿骨打)의 넷째아들로서, 본명은 알철(斡啜) 혹은 올출(兀朮)이다. 송나라와 맞서 싸워 혁혁한 공을 세운 그는 악비(岳飛)의 고사에 자주 등장하여 중국 민간에 널리 알려지게 되었다.
5) 악소보(岳少保)는 금나라의 침략에 맞서 싸운 송나라의 명장 악비(岳飛, 1103~1142)를 가리킨다. 그는 남하하는 금나라 군대와 맞서 싸워 혁혁한 전공을 세웠지만, 당시 금나라와의 화평을 주장하던 재상 진회(秦檜)의 모함에 의해 모반죄로 처형되었다. 그는 중국 역사상 뛰어난 군사가이자 민족 영웅으로 칭송받아 왔다.
6) 이와 관련된 우스개는 송나라 장지보(張知甫)의 『가서』(可書)에 보인다. "금나라 사람이 중국에 침입한 이래 오로지 몽둥이로 사람의 머리를 쳐 죽였다. 소흥(紹興) 연간에 어느 예인이 잡극을 지어 이렇게 말했다. '저 금나라 사람들에게 이기려면 우리 중국에도 하나하나 대적할 만한 것이 있어야 된다. 이를테면 금나라에 니안한(점한粘罕; 금나라 군대의 우두머리 완안종한完顔宗翰)이 있다면, 우리나라에는 한소보(韓少保; 남송의 명장 한세충韓世忠)가 있고, 금나라에 유엽창(柳葉槍; 버들잎처럼 가늘고 긴 창)이 있다면, 우리나라에는 봉황궁(鳳凰弓; 훌륭한 활)이 있으며, 금나라에 착자전(鑿子箭; 화살촉이 끌처럼 생긴 화살)이 있다면, 우리나라에는 쇄자갑(鎖子甲; 정교하게 얽어 만든 갑옷)이 있고, 금나라에 고봉(敲棒; 긴 몽둥이)이 있다면, 우리나라에는 천령개(天靈蓋; 마루뼈)가 있다.' 그러자 사람들이 모두 웃었다."
7) 원문은 '心上有杞天之慮'이다. 이는 양인위의 「과격 학생에 대한 소감」(對於暴烈學生之感言)에 실려 있다. 이 문집의 「'벽에 부딪힌' 뒤」 및 이 글의 주 9)를 참고하시오.
8) 감생(監生)은 명청대에 국자감(國子監)에서 공부하거나 공부할 자격을 갖춘 이를 가리

킨다. 청대에는 부호의 자제들이 재물을 바치고 감생의 자격을 취득하기도 했는데, 국자감에서 반드시 공부하지 않아도 되었다.

9) 초두(草頭)는 일종의 은어로서, 혁(革)과 초(草)의 첫머리가 흡사하기에 당시 사람들은 혁명당을 '초두'라 일컬었다. 여기에서 일컫는 혁명당은 흥중회(興中會), 광복회(光復會), 동맹회(同盟會) 및 기타 반청혁명조직을 가리킨다.

10) 서석린(徐錫麟, 1873~1907)은 저장 사오싱(紹興) 사람으로, 자는 백손(伯蓀)이며, 청말의 혁명단체인 광복회의 주요 성원이다. 1907년 추근(秋瑾)과 함께 봉기를 주모한 그는 7월 6일 안후이성(安徽省) 순경처회판(巡警處會辦) 겸 순경학당(巡警學堂) 감독의 신분으로 위장하여, 졸업식이 거행되는 틈을 타 안후이성 순무(巡撫)인 은명(恩銘)을 찔러 죽인 뒤, 학생들을 이끌고 군계국(軍械局)을 점령했으나, 탄약이 떨어지는 바람에 체포되어 당일 처형되었다.

11) 타오청장(陶成章, 1878~1912)은 저장 사오싱 사람으로, 자는 시다오(希道)이고 호는 환칭(煥卿) 혹은 콰이지산인(會稽山人)이며, 광복회 우두머리 중 한 사람이다. 1912년 1월 14일 호군도독(滬軍都督) 천치메이(陳其美)가 파견한 장제스(蔣介石)에게 상하이 광자의원(廣慈醫院)에서 암살당했다. 저서로는 『중국민족권력부침사』(中國民族權力消長史), 『절안기략』(浙案紀略) 및 『최면술 강의』(催眠術講義) 등이 있다.

12) 2차 혁명은 1913년 7월 쑨원(孫文)이 위안스카이를 토벌하기 위해 일으켰다가 실패로 끝난 혁명을 가리킨다. 1911년의 신해혁명과 구분하기 위해 이를 2차 혁명이라 일컫는다.

13) 삼교(三教)는 유가·불가·도가를 가리킨다. 동한(東漢) 이후 삼교는 대항하고 충돌하는 가운데 상호 침투되었다. 송대에 이르러 정호(程顥)·정이(程頤)·주희(朱熹) 등의 이학가들은 불가와 도가의 사상을 흡수하여 삼교 사상의 조화를 이루었다. 여기에서의 "'삼교동원'의 기운이 무르익었다"는 말은 바로 이러한 조화 현상을 가리킨다.

14) 육비(六臂) 혹은 삼두육비(三頭六臂)는 신통력을 지닌 비범한 인물을 비유한다. 태세(太歲)는 목성(木星)을 가리키며, 이를 침범하면 불길하다고 한다. 이런 의미에서 육비태세(六臂太歲)는 비범한 능력을 지니고 있으나, 불길한 재앙을 가져다주는 인물을 가리킨다고 볼 수 있다. 또한 백액호(白額虎)는 백성을 괴롭히는 맹호를 의미한다. 남조송(宋)나라의 유의경(劉義慶)이 지은 『세설신어』(世說新語)의 「자신」(自新)에는 "의흥에는 물속에 교룡이 있고, 산속에 백액호가 있다"(義興水中有蛟, 山中有白額虎)라는 말이 있다.

15) 과학적으로 본다면, 달의 한쪽 면만을 보는 곳은 태양이 아니라 지구이다.

16) 오세동당(五世同堂)은 다섯 세대가 동거하고 있음을 의미하며, 예문(禮門)과 의종(義宗)은 예(禮)와 의(義)를 굳게 지켜 온 가문과 종족을 의미한다. 이들은 모두 봉건사회에서 숭앙받는 것이었다.

17) 『소조유필』(蕭曹遺筆)은 청대의 죽림랑수(竹林浪叟)가 모은 책(전 4권)으로, 소송대리인이 소장(訴狀)을 작성하기 위해 참고하던 책의 일종이다. 한(漢)나라의 소하(蕭何)와 조참(曹參)의 저서라 가탁하고 있다.

18) 원문은 '以孝治天下'이다. 이 말은 『효경』「효치장」(孝治章)의 "옛날의 성왕은 효로써 천하를 다스린다. …… 만국의 환심을 사서 그 선왕을 섬긴다"(昔者明王以孝治天下 …… 得萬國之歡心, 以事其先王)에서 비롯되었다.

19) 장타이옌(章太炎, 1869~1936)은 저장 위항(余杭) 사람으로, 이름은 빙린(炳麟), 자는 메이수(枚叔), 호는 타이옌이며, 청말 혁명가이자 학자이다. 그는 반청 혁명활동을 고취하고 실천했기 때문에 미치광이로 매도되었다. 신해혁명 이후 위안스카이 등의 군벌 통치에 반대하는 글을 발표하여, '장 미치광이'라는 비방을 받았다.

20) 『귀곡자』(鬼谷子)는 전국(戰國)시대의 귀곡자(鬼谷子)가 지은 책(전 3권)으로 전해지지만, 사실은 후인의 위탁이다.

21) 소진(蘇秦)과 장의(張儀)는 전국시대의 종횡가(縱橫家)이다. 소진은 여섯 나라가 연합하여 진(秦)나라에 맞서야 한다는 합종책(合縱策)을 주장한 반면, 장의는 여섯 나라가 진나라와 동맹을 맺어야 한다는 연횡책(連橫策)을 주장했다. 『사기』(史記)의 「소진열전」(蘇秦列傳)과 「장의열전」(張儀列傳)에 따르면, 두 사람 모두 귀곡자에게 가르침을 받았다고 한다.

22) 『전당문』(全唐文) 권811의 「내곡」(來鵠) 항목에 따르면, "곡(鵠)은 예장(豫章) 사람으로 함통(咸通 ; 당나라 의종懿宗의 연호) 연간에 진사 시험을 치렀으나 합격하지 못했다"고 한다.

23) 「패합」(捭闔)과 「비겸」(飛箝)은 모두 『귀곡자』의 편명이다. 패합의 '패'는 '열다'를, '합'은 '닫다'를 의미하며, 「패합」은 일의 진행이나 관직의 진퇴 등에 있어서 형세를 읽고서 주도적으로 판단해야 함을 밝히고 있다. 비겸의 '비'는 '띄우다, 칭찬하다'를, '겸'은 '묶다, 붙잡다'를 의미하며, 「비겸」은 상대방을 칭찬하거나 비판함으로써 설득하는 역량을 밝히고 있다.

24) 원문은 '是乃天授, 非人力也'이다. 이것은 『사기』의 「회음후전」(淮陰侯傳)에서 한신(韓信)이 유방(劉邦)에게 말한, "폐하는 이른바 하늘이 내려주셨지, 사람의 힘으로 된 게 아닙니다"(且陛下所謂天授, 非人力也)라는 구절에서 비롯되었다.

25) 량치차오는 1925년 5월 7일자 『천바오』(晨報)의 '국치를 잊지 말라'(勿忘國恥)라는 칼럼에 발표한 「10회째의 '5·7'」이란 글 가운데에서 이렇게 말했다. "나는 대중의 분노를 살 말을 두려움 없이 말하련다. '국치 기념'이라는 이 명사는 '의화단식'의 애국 심리에 의지하여 존재할 뿐이다! 의화단식의 애국의 본질이 좋은지 어떤지는 별개의 문제이다. 그러나 그것의 효용은 당연히 '5분간의 열정'에 의지하여 표출된 것이다. 이러한 비이성적 충동이 지속성을 지닐 수 있으리라고 나는 절대로 믿지 않는다."

26) 탕얼허(湯爾和, 1878~1940)는 저장 항현(杭縣; 지금의 위항余杭) 사람으로, 이름은 유(㮃)이고 자는 얼허이다. 일본에서 유학하여 의학을 전공한 그는 베이양정부의 교육총장, 내무총장, 재정총장 등을 역임했으며, 중일전쟁기에는 일본이 베이징에 세운 괴뢰정부인 중화민국임시정부의 의정위원장 및 교육총장을 역임했다. 저서로는 『생물학정의』(生物學精義), 『근세부인과학』(近世婦人科學), 『진단학』(診斷學) 등이 있다. 그는 5·30참사에 대해 『천바오』의 칼럼 '시론'(時論)에 「선도하지 않은 충고」(不善導的忠告)라는 글에서 다음과 같이 말했다. "그제 어느 학교에서 무도회의 명의로 모금하러 왔다. 우리 집의 고용인이 그 학생에게 기부한 횟수가 너무 많아서 집에 돈이 없다고 말했다. 그러자 학생은 '당신네 주인은 무슨 장관을 지냈던 사람인데도 돈이 없단 말이냐?'고 말하면서, 대문을 북을 치듯이 15분이나 오래도록 두드렸다. 거듭 간청해서야 발끈 화를 내면서 돌아갔다."

27) 목란(木蘭)의 종군 이야기는 남북조 시기의 서사시인 「목란시」(木蘭詩)에 보인다. 남자로 분장한 목란이 아버지를 대신하여 종군한 끝에 큰 공을 세우고서 고향에 돌아온다는 내용이다. 아버지를 구한 제영(緹縈)의 이야기는 『사기』의 「창공전」(倉公傳)에 보인다. 제영은 한나라 순우의(淳于意)의 어린 딸인데, 아버지가 죄를 짓자 문제(文帝)에게 글을 올려 아버지의 죄를 갚기 위해 관비가 되겠다고 청했다.

28) 1925년 장스자오는 '5·7국치일'을 기념하려는 학생활동을 금지하려다가 반대에 부딪히자, 돤치루이에게 제출한 사직서에서 이렇게 밝혔다. "머리 묶은 애송이가 수백 수천 명씩 떼를 지어 본인의 장관직의 진퇴를 조건으로 내세우기에 이르렀습니다." '머리를 묶는 것'은 고대에 학령기에 이른 사내아이의 머리를 묶고 상투를 트는 일을 가리킨다. 장스자오의 '머리 묶은 애송이'라는 말은 경멸의 의미를 담고 있다.

29) 원문은 '不恥最後'이다. 『한비자』(韓非子) 가운데에는 이 말이 없으며, 『회남자』(淮南子)의 「전언훈」(詮言訓)에 다음과 같은 유사한 기록이 있다. "말달리기를 경주하는 자는 선두에 서기를 욕심내지 않으며, 꼴찌가 되는 것을 두려워하지 않는다. 완급을 손에 맞추고 마음의 다스림을 말에 맞추면, 반드시 선두에 서지는 못할지라도 말은 틀림없이 온 힘을 다할 것이다."(馳者不貪最先, 不恐獨後. 緩急調乎手, 御心調乎馬, 雖不能必先哉, 馬力必盡矣)

# KS군에게 답함[1]

KS형

당신의 정성스러운 위로에 감사드립니다. 그러나 당신이 분개한 두 가지와 몇 가지 결론에 대해, 저의 생각은 다릅니다. 이제 제 의견을 간략히 말씀드리겠습니다—

첫째, 장스자오가 저를 면직시켰지만,[2] 저는 당신처럼 의아하게 여기지 않습니다. 대학에 대한 그의 수단에 대해서도 저는 당신처럼 의아하게 여기지 않습니다. 왜냐하면 나는 본래 장스자오가 지금보다 더 훌륭한 일을 해낼 수 있으리라고 기대하지 않았기 때문입니다. 우리는 역사를 보고서 과거에 의지하여 미래를 미루어 알 수 있습니다. 한 사람의 지난 경력을 보고서도 똑같은 효과를 거둘 수 있습니다. 당신은 아무 근거 없는 미신을 갖고서, 장스자오를 학자나 지식계급의 지도자로 간주하고 있습니다. 그래서 그의 행위에서 실망을 느끼고 불만을 갖는 것입니다. 사실 자승자박인 셈이지요. 그 사람은 본래 그렇게 할 수밖에 없으니, 더 훌륭하리라는 기대를 갖는다는 건 당신 자신의 잘못입니다.

저의 흥미를 불러일으키는 것은 오히려, 지금껏 학자나 교수라 일컬어지던 사람들이 뜻밖에도 차츰 횡설수설 무슨 '정쟁'이니 '당'이니 미적지근한 말을 하면서, 마치 하느님인 양 현상 너머로 초연한 채 대단히 공평한 척한다는 점입니다. 누구나 아는 사실이지만, 이 세상에는 다리를 벌리고 올라타고서도 두 다리를 땅에 디딘 채 좌우 어느 쪽으로도 넘어지지 않는, 그렇게 낮은 담은 결코 없습니다. 그러므로 설사 횡설수설하더라도 자신의 영혼을 사방팔방으로 훤히 뚫린 한길에 효수하여, 원래 극력 감추고 싶었던 추태를 내걸게 되는 법입니다. 추태 자체는, 제가 생각하기에 그다지 부끄러운 일이 아닙니다. 추태인데도 공정이란 껍질을 뒤집어쓰고 있는 것이야말로 구역질나는 일입니다. 하지만 끝내 저의 흥미를 불러일으키는 일은, 공정이란 껍질을 뒤집어쓴 추태인데도 스스로 장부帳簿를 작성하여 발표한 일입니다. 세상에는 아직 광명이 남아 있는 모양입니다. 그렇기에 아무리 잔꾀를 부려 보아도, 결국은 속일 수 없습니다.

둘째, 당신이 이토록 『갑인』 주간[3]을 주목하는 것 역시 저에게는 도통 이해가 가지 않습니다. 『갑인』이 막 출판되었을 때, 저는 아마 장스자오가 당송팔대가의 문장 수십 편을 숙독했을 뿐이려니 여겼습니다. 그렇기에 통째로 모방하기는 했어도 그런대로 산뜻해 보였습니다. 그런데 이번에 보니 오히려 크게 퇴보해 버렸습니다. 내용은 차치하고, 문장만 논하여도 이전보다 훨씬 의미가 통하지 않으며, 성어成語조차도 제대로 사용하지 못하고 있습니다. 이를테면 '매하유황'[4]이 그 일례입니다.

특히 일을 그르친 것은 그가 나중에 몇 편의 변문[5]을 읽은 모양인데, 제대로 곰삭히지도 못한 채 허겁지겁 짜깁기했다는 점입니다. 이 바람에

흙탕물에 모래와 자갈이 뒤섞인 듯, 글이 뒤죽박죽 난잡해지고 말았습니다. 예컨대 그의 「베이징여자사범대학의 폐교에 관한 상신서」[6] 가운데에서 "생각건대 자식은 집집마다 있으되 진실로 가슴 졸이며 다스리니 사람마다 이를 기뻐하는데, 역시 이런 도리가 없도다"라고 했습니다. 옆에 빽빽하게 방점을 찍은 것을 보면, 제 딴에는 아주 마음에 든 글귀였던 모양입니다. 하지만 하식[7]의 「제강이 취중에 진공자를 꾸짖는 부賦」[8] 가운데의 "공자께서는 진정 풍채 좋기로 세상의 으뜸이기는 해도, 다정다감한 젊은이인지라 줏대 없어 남들 하자는 대로 할 수밖에 없을 터이니, 어찌 일을 이룰 수 있겠습니까?"와 비교해 보면, 자구와 성조가 얼마나 조잡한지 금방 알 수 있습니다. 하식은 장스자오보다 훨씬 고명한데도 이제껏 작가의 축에 들지도 못했으니, 장스자오의 글솜씨로 어디에서 목숨을 부지하겠습니까? 더구나 앞에 공문을 실은 데 이어 통신을 실었으니, 내용은 비록 자기선전을 위한 반半관보이나, 형식은 오히려 공보와 서간의 뒤범벅이 되고 말았습니다. 우리 중국에 문자가 생겨난 이래, 참으로 이처럼 우스꽝스러운 체식體式의 저작은 있었던 적이 없습니다. 이런 것의 용도는 오직 한 가지밖에 없습니다. 바로 사회의 어두운 구석에, 이제야말로 힘 있는 자에게 빌붙어 모습을 드러낼 때가 되었다고 여기고서 횡설수설 입을 놀리는 회색의 인간들이 있음을 이로써 엿볼 수 있다는 점입니다. 이밖의 다른 용도에 대해서는 진실로 지금껏 생각나는 게 없습니다. 만약 이게 복고운동의 대표라고 한다면, 그저 복고파의 애처로움을 드러내 보일 뿐이며, 이를 부고로 삼아 문언문의 숨이 끊어졌음을 공포하는 것에 지나지 않을 따름입니다.

그러므로 설령 정말로 당신이 말한 대로 문언과 백화의 논쟁이 일어난다고 하더라도, 그것은 논쟁의 종결이지 논쟁의 시작은 아니라고 생각합니다. 왜냐하면 『갑인』은 적수라 일컫기에는 역부족이며, 전투라고 이를 만한 것도 없기 때문입니다. 만일 시작하려고 한다면, 그들에게 옛 학문에 좀더 정통하고 고문에 좀더 뛰어난 인물이 있어야만 대치의 임무를 감당할 수 있을 것입니다. 다만 지금처럼 매주 한 번씩 공문서나 쓸데없는 이야기 무더기를 찍어내 본들, 종이가 아무리 희고 방점이 아무리 많을지언정 아무 쓸모가 없습니다.

8월 20일, 루쉰

주)

1) 원제는 「答KS君」, 1925년 8월 28일 『망위안』 주간 제19기에 발표했다.
2) 장스자오(章士釗, 1881~1973)는 후난 산화(善化; 지금은 창사長沙에 속함) 사람으로, 자는 싱옌(行嚴)이고, 필명은 구퉁(孤桐)이다. 신해혁명 이전에는 반청(反淸)활동에 참여한 적도 있으며, 민국 이후에는 베이징대학 교수, 광둥군정부 비서장 등을 역임했다. 그는 1924년부터 1926년까지 된치루이 정부의 사법총장 겸 교육총장을 지내는 한편, 『갑인』 주간을 창간하여 존공독경(尊孔讀經)을 제창하고 신문화운동을 반대했다. 1925년 베이징여사대에서 소요사태가 일어난 후, 학생활동을 탄압하고 여사대를 해산한 장스자오의 조치에 대해 루쉰이 반대하자, 장스자오는 8월 12일 된치루이에게 루쉰의 교육부 첨사의 직무를 파면해 줄 것을 요청하고, 이튿날 이를 공표했다. 8월 22일 루쉰은 평정원(平政院; 당시 행정소송을 주관하던 법원 조직)에 장스자오를 고소한 끝에 승소하여 1926년 1월 17일 복직되었다.
3) 『갑인』 주간은 장스자오가 편집을 주관하던 잡지이다. 그는 1914년 5월 일본 도쿄에서 『갑인』 월간을 발행하다가, 2년 후 제10기로 정간했다. 『갑인』 주간은 그가 교육총장을 맡은 후인 1925년 7월 베이징에서 출판했으며, 1927년 2월에 정간하기까지 45기를 출간했다. 문언문의 사용을 고집했던 이 잡지는 공문이나 통신 등을 게재했기에, 루쉰은 "자기선전을 위한 반(半)관보"라 일컬었다.
4) 매하유황(每下愈況)은 『장자』의 「지북유」(知北游)에 나오는 글귀이다. 장타이옌(章太炎)

이 『신방언』(新方言)의 「석사」(釋詞)에서 "유황(愈況)은 더욱 심하다는 뜻이다"라고 풀이한 바에 따르면, 이 글귀는 "아래로 내려갈수록 더욱 심해진다"는 뜻이다. 장스자오는 『갑인』 주간 제1권 제3호(1925년 8월 1일)에 실린 「고동잡기」(孤桐雜記)에서 이 성어를 '매황유하'(每況愈下)로 잘못 사용하였다.

5) 변문(變文)은 당나라 때에 홍성했던 강창(講唱)문학의 일종으로, 운문과 산문을 섞어 사용했다. 내용은 불경 고사가 중심을 이루었으나, 후에 차츰 역사 고사와 민간전설도 포함되었다. 변문의 주요 작품으로는 둔황(敦煌)의 석실에서 발견된 「대목건련명간구모변문」(大目乾蓮冥間救母變文)과 「오자서변문」(伍子胥變文) 등을 들 수 있다.

6) 글의 원제는 「停辦北京女子師範大學呈文」이다. 이 상신문은 『갑인』 주간 제1권 제4호(1925년 8월 8일)에 실렸으며, 글의 일부에 방점을 찍어 놓았다.

7) 하식(何栻, 1816~1872)은 장쑤 장인(江陰) 사람으로, 자는 염방(廉昉), 호는 회암(悔庵)이다. 청나라 도광(道光) 연간에 벼슬길에 올라 길안부(吉安府) 지부(知府)를 역임했다. 저서로는 『회여암시고』(悔余庵詩稿), 『회여암문고』(悔余庵文庫) 등이 있다.

8) 글의 원제는 「齊姜醉遣晉公子賦」이며, 『회여암문고』 2권에 실려 있다. 이와 관련된 이야기는 『춘추좌씨전』의 '장공(莊公) 28년' 및 '희공(僖公) 4년', 『열녀전』(烈女傳)의 「현명전」(賢明傳), 『사기』의 「진세가」(晉世家) 등에 실려 있다. 춘추시대에 훗날 진(晉)나라의 문공(文公)이 되는 공자 중이(重耳)는, 계모인 여희(驪姬)가 태자 신생(新生)을 참소하여 자신의 아들을 태자로 내세우려 하자, 제(齊)나라로 망명했다. 제나라의 환공(桓公)은 자신의 딸인 제강(齊姜)을 주어 그의 아내로 삼게 했는데, 공자는 안락한 삶에 빠져 제나라를 떠나려 하지 않았다. 이러한 때 제강은 종자들이 공자를 진나라로 데려가려 한다는 소식을 듣고서, 공자에게 진나라로 돌아가라고 권유했다. 그렇지만 공자가 떠나려 하지 않자, 제강은 종자들과 모의하여 공자를 술에 취하게 한 뒤 수레에 싣고 떠나보냈다. 진나라로 돌아간 공자는 마침내 회공(懷公)을 죽이고 왕위에 올라 천하의 패자가 되었으니, 이가 바로 문공이다.

# '벽에 부딪힌' 나머지[1]

여사대사건이 베이징에서는 제법 문제가 되는 모양이다. '대형 잡지'라 일컬어지는 『현대평론』現代評論과 같은 곳에서도 뜻밖에 여러 차례 '논평'을 하는 걸 보니. 내가 기억하고 있는 바로도, 우선 '어느 여성 독자'의 편지 한 통[2]이 있는데, 무명의 보잘것없는 여졸女卒이라 말할 거리는 못 된다. 이후에 두 명의 작자의 '논평'이 이어졌는데, 천시잉 씨는 「한담」 중에서 '냄새 나는 측간'이라 평했으며, 리중쿠이李仲揆 씨의 「여사대에서의 연극 구경의 경험」에서는 극장에 비유했다.[3] 나는 똑같은 사람인데도 보는 눈이 이렇게 다르다는 사실에 깜짝 놀랐다. 하지만 어쨌든 똑같은 사람이기에 의견이 합치되는 점이 없지는 않으니, 곧 두 사람 모두 학교를 학교로 여기지 않는다는 점이다. 이런 점에는 "학교는 가정과 같다"는 양인위 여사의 말,[4] 그리고 "부형父兄의 가르침을 앞세운다"는 돤치루이 정권의 말[5]도 포함할 수 있다.

천시잉 씨는 "오래되어 어느덧 하루가 아닌"[6] 「한담」 작가이며, 그 명성이야 신문 광고에서 일찍이 익히 보아 왔지만, 아마도 고명한 사람이기 때문인지 간혹 자신의 뜻에 맞지 않은 일을 만나면 단숨에 해치우듯 똥을 내갈기는데, 세상에는 구더기도 정말 너무 많다. 리중쿠이 씨라는 인물에 대해서는 「여사대 소요사태 기사紀事」[7]에서야 대명大名을 알게 되었는데, 8월 1일 양인위 여사를 옹위하고서 학내로 쳐들어온 세 용사 중 한 사람이다. 이제 보니 그도 달인達人임을 깨달았다. 평범한 사람들에게는 소요사태로 여겨지는 일이 그의 눈에는 '연극 구경'과 다름없으니, 이 얼마나 유유자적한가.

글에 따르면, 이 리중쿠이 씨는 양 여사와 "두 번밖에 만난 적이 없"는데도 전화로 초대를 받아 "한때 이름을 떨쳤던 문명신희文明新戲"를 구경하러 갔으며, 다행히도 리씨에게는 자전거가 있었으니 망정이지, 그렇지 않았다면 자동차로 모셨을 것이다. 나는 정말 박복한 것이 한스럽다. 지금까지 먹은 나이가 많다면 많다고 할 수 있을 정도인데도, 낯모르는 여사에게 '연극 구경'에 초대받은 적이 한 번도 없으니 말이다. 여사대의 사건에 관해 몇 마디 말을 했다가, 게다가 한두 시간 수업이나 하는 강사에 지나지 않은 탓에 '벽에 부딪힌 뒤' 가오런산 씨가 『천바오』에 발표한 위대한 의론[8]을 삼가 듣게 되었다. 정말이지 세상에는 참으로 각양각색의 운수와 각양각색의 입과 각양각색의 눈이 있다.

뒤이은 것이 또 시잉 씨의 「한담」[9]이다. "지금 일부 신문의 편폭은 거의 모두 여사대의 소요사태로 도배되고 있다. 지금 애국운동에 뛰어든 젊은이들의 대부분의 시간 역시 거의 모두 여사대의 소요사태에 빼앗기고 있다. …… 여사대의 소요사태는 참으로 대단한 사건이며, 참으로 대단한 의의를 지니고 있다." 마지막에는 그래도 자못 익살스럽게 이렇게 결론을 내리고 있다. "외국인들은 중국인이 남존여비에 젖어 있다고 말하지만, 내가 보기에는 그렇게 여겨지지 않는다."

내가 보기에도 반드시 "그렇게 여길" 필요는 없다. 사람들에게는 각양각색의 눈이 있듯이, 각양각색의 생각과 수단이 있다. 외국인은 모든 여성을 존중한다는 말도, 만약 가시 돋힌 말을 즐겨하던 사람의 말이라면, 아마 그 말의 의도가 어느 여성에게 있다고 여길지도 모른다. 그렇지만 일부 여성을 모멸하는 일 또한 때로는 그 의도가 어느 여성에게 있다고 여길 수도 있다. 완고하기 그지없는 프로이트(S. Freud) 씨가 '정신분석'을 선전한 후, 수많은 정인군자正人君子의 외투는 갈기갈기 찢겨지고 말았다. 그러나 정인군자의 외투를 찢어 버렸다고 하더라도, 그가 틀림없이 '소인'小人이라고는 할 수 없다. 외투 속에 파고든 채 본모습은 드러내고 있지 않다고 스스로 여기는 축만 아니라면.

내가 보기에도 반드시 "그렇게 여길" 필요는 없다. 중국인은 "성인으로서 시의時宜에 따른다"[10]는 말씀의 신도인 데다, 하물며 20세기에 살고 있는지라 중화의 도리도 있고 서양의 도리도 있어서, 어느 것을 경시하든 중시하든 모두 뜻대로 하건만 도리에 어긋나는 일이 한 가지도 없음에랴. 남자를 중시하고 여자를 경시하든, 여자를 중시하고 남자를 경시하든, 한 여성을 위해 모든 여성을 중시하거나 혹은 일부 여성을 경시하든, 한 남자를 위해 일부 여성이나 남성을 경시하든, 다 괜찮다……. 안타까운 일은, 시잉 씨가 이 내막을 간파한 후 벙어리나 중성을 제외하고 모두 프로이트 씨가 파놓은 함정 속으로 떨어지고 말았다는 점이다.

스스로 떨어진 거야 자업자득이라지만, 가증스러운 것은 초연한 듯이 지내던 국외자마저 끌어들였다는 점이다. 예컨대 여사대 ― 미안하지만 또 여사대이다——의 소요사태는 일부 사람들이 보기에 본래 언급할 가치도 없는 일이었다. 그러나 끝내 수많은 귀중한 것, 이를테면 "신문의 편폭"과 "젊은이의 시간" 따위를 앗아 갔기에, 『현대평론』의 '편폭'과 시잉 씨의 시간조차도 끌려들어 조금이나마 빼앗기고 말았다. 특히 그 죄가 극에 달한 것은 '남존여비'나 여존남비 따위의 특급 비밀을 어겼다는 점이다. 만약 시잉 씨가 맨 먼저 이것을 생각해 내고 제기하지 않았더라면, 아마 모호한 채로 지나쳐 버렸을 것이다.

내가 보기에, 오스트리아의 학자는 참으로 과격한 데가 있다. 프로이트는 그중 한 사람이다. 그의 정신분석은 일률적으로 누구든지 초인간적인 하느님의 지위에 올라서지 못하게 했다. 그리고 저 요절한 오토 바이닝거(Otto Weininger)[11]도 있다. 그는 여자라면 교장이든, 학생이든, 동향이든, 친척이든, 애인이든, 자신의 아내이든, 아내의 동향이든 가리지 않고, 자신의 어머니에게조차 욕을 퍼부었다. 이는 참으로, 프로이트의 학설과 마찬가지로, 사람들이 이용하기 어렵게 만들었다. 우리의 교수 혹은 학자들께는 무언가 이것을 바로잡을 방안이 있는지 모르겠다. 그렇지만 나는 먼저 기쁜 소식을 전하고 싶다. 바이닝거는 진즉 권총으로 자살했다. 이는 류바이자오劉百昭가 경호원을 거느리고서 여사대——미안하지만 또 여사대이다——의 "계집애"[12]들을 두들겨 패준 일만큼이나 "통쾌"한 일이니, 바이닝거의 말이야 신경쓰지 않아도 좋으리라.

또 한 가지 기쁜 소식이 있다. "계집애"들이 두들겨 맞아 쫓겨난 후, 장쑹녠 씨는 '러셀이 믿고 있는 바'를 인용하여[13] "세상사람들의 어리석음으로 말미암아 허다한 문제들은 결국 무력으로 해결할 수밖에 없다!"(『징바오 부간』 250호)고 말했다. 아울러 양인위 여사, 장스자오 총장 등의 부류가 말하는 바에 따르면, 소란을 피우는 "계집애"들은 극소수라고 하니, 중국에 총명한 이가 아직은 많이 있음을 알 수 있다. 그렇다면 크게 낙관하여도 좋으리라.

불현듯 나 자신의 일을 이야기하고 싶어졌다.

나는 올해 벌써 두 차례나 '학자'로 봉해졌는데, 발표되자마자 곧바로 취소되었다. 첫번째는, 내가 중국의 젊은이들은 외국 책을 더 많이 보아야 하며, 중국 책은 적게 보거나 혹은 아예 보지 말아야 한다고 주장했을 때, 평소 학자라 일컫던 루쉰이 이래서는 안 되는데, 이제 이 지경에 이르렀다면 결코 학자가 아닐뿐더러 서양 노예일 혐의가 있다고 여긴 어느 학자가 있었다. 두번째는, 이번에 첨사[14]에서 면직된 후, 내가 『망위안』에 KS군에게 답하는 편지를 발표하여 장스자오의 됨됨이와 글을 논했을 때, '보잘것없는 첨사' 자리를 잃었다고 장스자오를 반대하고 있으니, 확실히 도량이 좁고 '학자다운 태도'가 결여되어 있으며, 나아가 '학자다운 태도'가 결여되어 있을 뿐만 아니라 '인격이 비열'한 혐의마저 있다고 말한 어느 논객이 있었다.

사실 '학자다운 태도'가 없다면 학자가 아니다. 하지만 억지로 나를 학자로 꾸며 냈던 사람이 많이 있다. 언제 학자라는 이름을 붙여 주고 언제 그렇게 정했는지 나 자신조차도 도통 알지 못한다. 그들이 신문에서 나를 학자라고 말해서야 나도 내가 원래 학자였구나 깨달았을 때에는, 벌써 나의 죄상을 까발리더니 이어 곧바로 그럴듯한 이 명칭을 앗아가 버렸던 것이다. 비록 세번째의 구실로 삼기 위해 틀림없이 다시 회복시켜 주겠지만.

내 생각으로는, 첨사僉事——문사文士와 시인詩人은 흔히 첨사簽事로 잘못 쓰는데, 이제 공문서에 근거하여 바로잡는다——라는 이 관직도 결코 '보잘것없는' 것이 아니다. 내가 면직된 후 꽤 많은 사람들이 후임 자리를 꿰차려고 온갖 꾀를 부렸던 일만 보아도 알 수 있다. 이야말로 확실한 증거이다. 어떤 이들은 그 정도야 대수롭지 않은 자리라고 여기는데, 아마 본인들은 지금 "입 밖에 내지 못하네"[15]라는 시문 몇 마디를 지은 것에 지나지 않을 터이니, 저도 모르게 '곗술로 생색내는' 꼴이 되었을 것이다. 왜냐하면 사람의 장래란 예측할 수 없는 것이니까. 그렇지만 부끄럽게도 나는 아직 "신의 죄 죽어 마땅하오니, 천왕은 성명하시나이다"[16]식의 이상적인 노예는 아니다. 그렇기에 끝내 "뜻대로 되지" 못하여, 벌써 평정원[17]에 장스자오에 대한 소송을 제기했다.

소송을 제기한 후 KS군에게 답하는 편지에서 장스자오를 한 차례 언급했을 뿐이지만, 벌써 '인격이 비루하다'는 말을 듣게 되었다. 그런데 다른 어느 논객은 오히려, 꾸짖을 만큼 대단한 일이 아니며, 따라서 루쉰 따윈 언급할 만한 인물이 아니라고 말했다. 내가 겪은 일은 참으로 조금은 별스러워, '벽에 부딪히는' 따위의 사건이 일어날 때마다, 평소 나를 옹호해 주던 사람은 대체로 내가 어떻게든 대충 얼버무리거나, 심지어 잠시 그럭저럭 목숨을 부지하기를 바란다. 반면 평소 나를 증오하던 사람은 늘 내가 완벽한 사람이 되어, 설사 적수가 비열한 뜬소문과 음모를 쓰더라도 마땅히 옷깃을 바로 하고서 단정히 앉은 채 터럭만큼도 노여워하지 않고 묵묵히 괴로움을 견뎌 내거나, 혹은 삿대질하고 이러쿵저러쿵 논쟁하다가 피를 내뿜고 죽기를 바란다. 왜일까? 물론 오로지 나의 인격이 깎이지 않도록 배려해 주기 때문이겠지.

이만하면 충분하다. 내가 사실 언제 '벽에 부딪혔던' 적이 있었던가? 기껏해야 '귀신이 둘러친 담'鬼打墻을 만났을 뿐이지.

9월 15일

주)

1) 원제는 「'碰壁'之余」, 1925년 9월 21일 『위쓰』 주간 제45기에 발표했다.
2) 이 문집의 「결코 한담이 아니다」의 주 3)을 참고하시오.
3) 리중쿠이(李仲揆, 1889~1971)는 후베이 황강(黃岡) 사람으로, 자는 푸성(福生)이며, 쓰광(四光)이라 개명했다. 영국에서 유학한 지질학자로서, 당시 베이징대학 교수로 재직하고 있었다. 그는 『현대평론』 제2권 제37기(1925년 8월 22일)에 「베이징여사대에서의 연극 구경의 경험」(在北京女師大觀劇的經驗)이라는 글을 발표했는데, 이 글에서 다음과 같이 밝혔다. "어느 날 저녁(1925년 7월 31일) 이미 학생들에게 쫓겨난 양인위 씨가 전화를 걸어 왔다. 그녀는 대략 이렇게 말했다. '여사대 문제는 이제 해결할 수 있을 겁니다. 내일 아침 친구 몇 명이 학교로 참관하러 오는데, 당신도 꼭 와 주십시오. …… 제가 자동차를 준비해 당신을 모시러 가겠습니다.' 나는 그때 양씨와는 두 번밖에 만난 적이 없다는 생각이 들었다. …… 그러고서 또 양씨의 말이 사실이라면, 한때 이름을 떨쳤던 문명신희(文明新戲)가 아마 최후의 일막을 공연할지도 모른다는 생각이 들었다. 이런 기회는 두 번 다시 오지 않을 터, 베이징의 어르신들의 방법을 배워 약간의 경험이나마 얻지 않을 까닭이 있겠는가? 그래서 나는 얼른 양씨에게 그러겠노라고 대답하면서, 베이징의 자동차는 자전거를 타고 다니는 우리와는 철천지원수이니, 굳이 차를 보내실 필요가 없다고 사양했다."
4) 이 문집의 「'벽에 부딪힌' 뒤」의 주 7)을 참고하시오.
5) 돤치루이는 1925년 8월 25일에 공포한 '학풍 정돈령'(整頓學風令) 가운데에서 이렇게 밝혔다. "최근 학풍이 평온하지 않아 여러 차례 사달이 났다. 일부 직분을 망각한 교원과 수업을 빼먹고 말썽을 일으키는 학생들이 결탁하여 학교의 기율을 파괴하고 있다. …… 만약 일부러 소요사태를 조장하고 법령을 멸시하는 일이 있다면, 조금도 용서하지 않으리라. …… 현 정권은 감히 부형의 가르침을 앞세워 관대하다는 명성을 꾀하지 않으며, 법에 따라 일을 처리하여 조금도 관대하지 않을 것이다." '부형의 가르침을 앞세운다'(先父兄之教)는 한나라 사마상여(司馬相如)의 「유파촉격」(諭巴蜀檄)의 다음과 같은 글귀에서 비롯되었다. "부형이 제때에 가르치지 않고, 자제들이 가르침을 신중히 따

르지 않으면, 염치를 모르게 되고, 풍속이 도타워지지 않는다. 그런 사람들이 형벌을 받고 죽임을 당하는 것 또한 마땅하지 아니한가!"(父兄之敎不先, 子弟之率不謹, 寡廉鮮恥, 而俗不長厚也; 其被刑戮, 不亦宜乎!)

6) 원문은 '久已夫非一日矣'이다. 이 말은 청나라 양장거(梁章巨)의 『제의총화』(制義叢話) 24권의 "오래되었도다, 수천 수백 년이나 되어 이미 하루가 아니도다"(久矣夫千百年來已非一日矣)라는 글귀에서 비롯되었다. 이 글귀는 양장거가 쓸데없는 중복을 일삼는 팔고문(八股文)의 폐단으로 든 예문이다.

7) 「여사대 소요사태 기사」(女師風潮紀事)는 『부녀주간』(婦女週刊) 제36, 37기(1925년 8월 19일, 26일)에 실린 「女師大風潮紀事」를 가리키며, 글쓴이는 완위(晩愚)이다. 이 글은 8월 1일의 일을 다음과 같이 언급하고 있다. "8월 1일 아침 온 학교에 갑자기 무장군경이 가득 배치되어, 각 교실을 봉쇄하고 전화선을 끊었으며 취사를 못 하게 하고 교통을 차단했다. 학생들은 서로 얼굴을 마주보면서 얼굴빛이 달라졌다. 이어 양씨는 경호원과 사당(私黨)을 이끌고서 …… 사납게 학내로 들어오더니, 곧바로 네 반의 학생들을 해산한다는 포고를 붙였다."

8) 가오런산(高仁山, 1894~1928)은 장쑤 장인 사람으로, 일본과 미국에서 유학했으며, 당시 베이징대학 교육과의 교수로 재직하고 있었다. 그는 1925년 5월 31일자 『천바오』 '시론'(時論)란에 발표한 「아무도 거들떠보지 않는 여사대」라는 글에서 다음과 같이 밝혔다. "가장 기괴한 점은 여사대의 전임 및 주임 교수는 모두들 어디로 갔다는 것인가? 학교가 이 지경으로 소란스러운데, 모두들 유지할 방법을 강구하러 나서지 않는 까닭이 무엇인가? 전임 및 주임 교수 여러분이 학생들과 함께 학교를 유지할 방법을 의논하는 것이 가장 좋다고 생각한다. 한 시간이나 두 시간 가르치는 겸임교원이 여러분 자신의 대학의 일을 간섭하게 해서는 안 된다."

9) 천시잉의 이 「한담」은 『현대평론』 제2권 제38기(1925년 8월 29일)에 발표되었다. 그는 우선 5·30참사와 사몐(沙面)참사가 아직 해결되지 않았음을 언급하고 나서, "소련이 까닭 없이 수많은 중국인을 체포하여 캄캄한 감옥 속에 가두었"지만 "반항"하는 사람이 아무도 없다는 뜬소문을 퍼뜨린 다음, 곧바로 '여사대의 소요사태'를 언급하면서 루쉰이 인용한 글을 서술하고 있다.

10) 원문은 '聖之時者也'이다. 이 말은 『맹자』 「만장하」(萬章下)의 "공자는 성인으로서 시의에 따랐다"(孔子, 聖之時者也)라는 글귀에서 비롯되었다.

11) 오토 바이닝거(Otto Weininger, 1880~1903)는 오스트리아의 철학자이다. 그는 1903년에 출판한 『성(性)과 성격』(*Geschlecht und Charakter*)에서 여성의 지위가 남성보다 열등함을 증명하려 했다.

12) 류바이자오(劉百昭, 1893~?)는 후난 우강(武岡) 사람으로, 자는 커팅(可亭)이다. 독일에서 유학했으며, 당시 교육부 전문교육사(專門敎育司) 사장 겸 베이징예술전문학교 교

장으로 재직하고 있었다. 1925년 8월 6일 장스자오가 국무회의에서 여사대의 폐교를 제청하자, 곧바로 통과되어 10일 교육부의 명령에 따라 집행되었다. 이 소식을 들은 학생들은 회의를 열어 반대하기로 결의한 한편, 교원 9명과 학생 12명으로 이루어진 교무유지회를 조직하여 교무를 담당하기로 하여 8월 10일 정식으로 설립했다. 8월 17일 장스자오는 다시 여사대의 터에 달리 '여자대학'을 설립하기로 결정하고, 19일 류바이자오를 파견하여 준비활동을 하도록 했다. 그는 대학에 도착하자마자 곧바로 교무유지회의 활동을 금지하고, 22일에는 경호원과 하녀를 고용하여 학생들을 구타하여 내쫓고서 학생들을 바오쯔가(報子街)의 보습과중학(補習科中學)에 감금했다.
"계집애"(毛丫頭)라는 말은 1925년 8월 24일자 『징바오』에 실린, 우즈후이(吳稚暉)의 「『대동완바오』에 답함」(答大同晩報)이라는 글의 말미에 보이는데, 다음과 같다. "말은 여기에서 마치기로 하자. 나는 국가 존망이 경각에 달린 이때 천지를 경영하지 않으면 안 될 터, 단지 몇몇 계집애의 신상을 경영하는 일은 하고 싶지 않다." 천시잉은 8월 29일자 『현대평론』 제38기에 실린 「한담」 가운데에서, 장스자오는 "자칫 2, 30명의 '계집애'를 제대로 처리하지 못할 뻔했다"고 말했다.

13) 장쑹녠(張崧年, 1893~1986)은 허난 셴현(獻縣) 사람으로, 당시 교육부의 편역원(編譯員)으로 재직하고 있었다. 그는 1925년 8월 26일자의 『징바오 부간』에 여사대 문제와 관련된 통신에서 다음과 같이 밝혔다. "이것이, 러셀이 믿고 있듯이, 세상 사람들의 어리석음으로 말미암아 허다한 문제들은 결국 무력으로 해결할 수밖에 없다고 내게 날이 갈수록 확신케 만드는 이유인 것이다." 러셀(Bertrand Russell, 1872~1970)은 영국의 철학자로서, 1920년 10월에 중국을 방문하여 강연했다.

14) 첨사(僉事)는 중화민국 초기 중앙의 각 부서에 있던 직위로서, 부장(部長), 차장(次長), 참사(參事)의 아래에 위치해 있다. 이 당시 루쉰은 교육부의 첨사를 겸직하고 있었다.

15) 원문은 '說不出'이다. 이것은 작자가 당시 남의 작품을 제멋대로 비하하지만 정작 자신의 창작수준은 별 볼 일 없는 문인을 풍자한 말이다. 『집외집』의 「입 밖에 내지 못하네」(說不出)를 참고하시오.

16) 원문은 '臣罪當誅兮天王聖明'이며, 당나라 한유(韓愈)의 「구유조(拘幽操)—문왕유리작(文王羑里作)」에 있는 글귀이다. 『사기』 「주본기」(周本紀)에 따르면, "숭후(崇侯) 호(虎)는 서백(西伯; 즉 주 문왕)을 은(殷)의 주왕(紂王)에게 참소하여 '서백은 선행을 쌓고 덕행을 거듭하였기에 제후의 마음이 모두 그에게 향해 있으니, 제왕께 이롭지 않을 것입니다'라고 말했다. 주왕은 이에 서백을 유리에 가두었다." 「구유조」는 한유가 문왕의 어투를 모방하여 지은 시이다.

17) 평정원(平政院)은 베이양정부의 관서 명칭으로서, 1914년에 총통의 직속기관으로 설치되었다. 관리의 위법행위를 심리하고 탄핵하는 기구이다.

# 결코 한담이 아니다(2)[1]

지금껏 중국인은 대국大國 사람답게 넓은 도량을 지니고 있다고 들어 왔지만, 지금 보니 꼭 그렇지도 않다. 그러나 말은 곱게 해야 하는 법이니, 그렇다면 청정淸淨을 좋아하고 기개가 있다고 해두자. 그래서 언제나 자신이 제일이고 유일하기를 바라며, 다른 것이 공존하는 걸 보고 싶어 하지 않는다. 백화白話를 수년간 계속하자, 고문古文을 짓는 사람들이 싫어했다. 신시新詩를 조금 짓자, 고시古詩를 읊는 사람들이 미워했다. 소시小詩를 몇 수 짓자, 장시長詩를 짓는 사람들이 화를 냈다. 정기간행물을 몇 종 발행하자, 다른 정기간행물을 간행하는 사람들조차 나서서 저주했다. 너무 많네, 너무 형편없네, 장차 도태당할 재료가 될 뿐이네라고.

중국의 일부 지역에서는 아직도 '계집아이를 물에 던져 죽이고' 있다. 계집아이는 장차 아무짝에도 쓸모가 없다고 예상하고 있기 때문이다. 애석하게도 이 일을 하는 사람들은 뛰어난 안목을 지니고 있지 않다. 그러지 말고 사내아이에게 그 방법을 시행한다면, 그저 식량만 축낼 줄 아는 수많은 폐물들을 줄일 수 있을 것이다.

그러나 남의 '도태'를 칭송하는 사람들도 우선 자기반성부터 하여 어떤 불멸의 것이 자신의 내면에 있는지 살펴보지 않으면 안 된다. 그런 것이 없다면 설사 자살하지는 않더라도 적어도 자신의 뺨을 몇 대라도 후려쳐야만 한다. 하지만 사람이란 언제나 자신만은 옳다고 여기는 법이다. 이 또한 도태를 피할 수 있는 방법의 하나일지도 모른다. 전해 오는 이야기에 따르면, 예전에 어떤 사람이 줄곧 "만물은 자신이 원하는 바를 얻지 못한다"[2)]라는 말을 신조로 삼고서, 평생 단 하나의 커다란 소원만 품고 살았다. 그 소원은 중국인이 죄다 죽고 자신과 여자 한 명, 그리고 음식을 파는 사람 한 명만 살아남았으면 좋겠다는 것이었다. 그 사람이 어찌되었는지 지금 알지 못하고, 그의 소식도 오랫동안 듣지 못했지만, 감감무소식인 까닭은 아마 중국인이 죄다 죽지는 않았기 때문이리라.

듣자 하니, 장신하이[3)] 선생은 미국 병사 두 명이 중국인 인력거꾼과 순경을 구타하는 것을 목격했다고 한다. 그러자 3, 40명, 나중에는 100여 명의 사람들이 그들을 뒤따르면서 "쳐라! 쳐라!"고 외쳤다. 그런데 미국 병사는 끝내 무사히 둥자오민샹[4)]의 어귀로 들어서더니 고개를 돌려 "씩 웃으면서 고함쳤다. '와 봐, 오라구!' 그런데 기이하게도 치라고 외치던 100여 명의 사람들이 2분이 채 안 되어 금세 모습을 감추어 버렸다!"

시잉 씨는 이때 「한담」에서 이렇게 나무랐다. "쳐라! 쳐라! 싸우자! 싸우자! 이 따위 중국인들, 퉷!"

이 따위 중국인들은 정말로 '퉷!' 소리를 들어야 마땅하다. 그들은 왜 치지 않았을까? 쳤다면 아마 또 누군가는 '권비'[5)]라고 말했을지 모른다. 그렇지만 거기 사람들은 많은 걸 꺼려 끝내 치지 않았으니, '겁을 집어먹은 것'은 의심할 여지가 없다. 그들이 가지고 있었던 것은 주먹이 아닌가?

그렇지만 그들은 미국 병사가 둥자오민샹에 들어간 후 멀리서 침을 내뱉었을지도 모를 일이다. 『현대평론』에는 기록이 없지만, 혹 '겁을 집어먹었을'지 몰라도 '비열'한 정도에까지 이르지는 않았으리라.

그렇지만 미국 병사는 결국 둥자오민샹에 들어갔다. 아무 상처도 입지 않은 채. 그리고 씩 웃으면서 "와 봐, 오라구!"라고 고함쳤다. 그래도 당신들은 두렵지 않은가? 당신들은 "쳐라! 쳐라! 싸우자! 싸우자!"라고 외칠 용기가 있는가? 이 100여 명의 중국인들은 두들겨 맞아도 찍소리도 내지 말아야 한다는 걸 증명하고 있다!

"이 따위 중국인들, 퉷! 퉷!!"

더욱 비관적인 것은, 정말이지 「한담」에서 말한 대로 지금 "뜬소문을 지어낸 자의 비열하고 그악스럽기가 장빙린章炳麟보다 훨씬 심하"며, 게다가 "익명으로 신문지상에 몰래 화살 한두 발을 쏠" 수 있을 뿐이라는 점이다. 더구나 만약 "당신이 군중의 전제專制에 억압받고 있는 자를 대신하여 몇 마디 공평한 말을 했다면, 당신은 그 자와 '밀접한 관계'를 맺고 있거나, 그게 아니라면 그 혹은 그녀에게 술과 밥을 얻어먹은 것이다. 이런 사회에서 하나의 신문 잡지가 이해를 따지지 않은 채 오로지 시비만을 논한다면, 당연히 여기저기서 비방이 터져 나오고 뜬소문이 벌떼처럼 일어나지 않을 수 없다."[6] 이것은 최근의 실정임이 확실하다. 예컨대 여사대의 소요사태의 경우, 시잉 씨는 우리에 관한 '뜬소문'을 들었다지만, 어떤 '뜬소문'인지, "비열하고 그악스럽기가 장빙린보다 훨씬 심한" 어느 몇몇 사람이 지어냈는지, 나는 끝내 알지 못한다. 아울러 여학생의 죄상은 진즉 장스자오의 상신서[7]에 드러나 있는데, 근거로 삼은 '뜬소문'이 "비열하고 그악스러워" 짐승만도 못한 어느 몇몇 사람이 지어냈는지도 알지 못한다. 그렇지만 학생들이 두들겨 맞고서 쫓겨난 그 시각에, 어떤 사람은 술자리에서 의기양양해 있었다.— 그러나 이것도 물론 '뜬소문'이다.

그러나 나는 '뜬소문'을 그다지 기이하게 여기지도 않는다. 지어내고 싶다면 마음대로 지어내라지. 다행히도 중국은 아직 '군중의 전제' 시기에 이르지 않았으니, 설사 수십 명이 있더라도 '권세 없는 자'[8]가 경찰 무리를 부르고 여자 건달들을 고용하여 두들겨 패기만 하면 금세 흩어져 버릴 터이다. 그러니 내가 굳이 나서서 '억압받고 있는 자'를 위해 무슨 '공평한 말' 따위를 할 필요가 있겠는가? 설사 말을 하더라도 사람들이 죄다 믿어주지도 않을 것이다. "이런 사회에서"는 "공평한 말"도 자칫 "그 혹은 그녀의 술과 밥"으로 채워질 수밖에 없기 때문이다. 하지만 일이 지나가고 상황이 바뀌면, '술과 밥'은 이미 소화되고 흡수되어 오직 아무 상관없는 '공평한 말'만 남게 될 것이다. 술과 밥까지 효력을 잃게 된다면, 중국은 좀 더 밝아지리라 나는 생각한다.

그러나 이 또한 기이하게 여길 것이 못 된다. 하느님이 아닌 바에야 어찌 세상 밖에서 초연히 정말로 공평한 비평을 내릴 수 있겠는가? 사람들이 스스로 '공평'하다고 여길 때에는, 이미 술기운이 도도해져 있는 것이다. 세간에서는 '같으면 한 패가 되고 다르면 내친다'黨同伐異는 것을 그르다고 여기지만, '다르면 한 패가 되고 같으면 내치'는 일은 어느 누구도 하지 않을 것이다. 지금 미치광이 외에는, 누군가가 입을 맞추려 한다면, 그녀의 뺨을 후려치는 사람은 아마 없을 것이다.

9월 19일

주)

1) 원제는 「幷非閑話(二)」, 1925년 9월 25일 『맹진』 주간 제30기에 발표했다.
2) 원문은 '萬物不得其所'이다.
3) 장신하이(張歆海, 1898~1972)는 저장 하이옌(海鹽) 사람으로, 워싱턴회의 중국대표단의 수행원을 역임했으며, 당시 칭화(淸華)대학의 영문과 교수로 재직하고 있었다. 미국 병사가 중국인 인력거꾼과 순경을 구타한 일은 『현대평론』 제2권 제38기(1925년 8월 29일)에 게재된 천시잉의 「한담」에 나와 있다. 이 글에는 장신하이의 이야기를 인용한 외에, 5·30애국운동을 모욕한 언론도 실려 있다.
4) 둥자오민샹(東交民巷)은 베이징시 둥청구(東城區)에 위치한 골목으로, 서쪽으로 톈안먼광장에서 동쪽으로 충원문(崇文門) 안의 대로에 이르기까지 약 3km에 달한다. 1860년 제2차 아편전쟁 이후, 이곳에 서구 제국주의 열강의 외교공관이 들어서기 시작했다. 1900년 의화단(義和團)운동 이후 각국의 대사관, 영사관이 들어서면서 사관가(使館街, Legation Street)로 일컬어졌다.
5) 권비(拳匪)는 의화단(義和團)을 얕잡아 부르는 명칭이다. 천시잉은 『현대평론』 제2권 제29기(1925년 6월 27일)의 「한담」에서 5·30운동과 애국대중에 대해 이렇게 밝혔다. "나는 전쟁을 벌이자고 소리 높여 외치는 데에 찬성하지 않는다. …… 우리는 도리에 입각하여 끝까지 싸워도 괜찮다." "중국의 수많은 사람들은 경자년 이래 외국인을 듣기만 해도 골치가 아프고, 외국인을 보기만 해도 부들부들 떤다. 이는 권비의 맹목적인 난폭함과 마찬가지로 온당치 않다."
6) 이 인용문은 천시잉이 『현대평론』 제2권 제40기(1925년 9월 12일)에 발표한 「한담」에 나온다. 천시잉은 자신이 뜬소문을 유포했다는 것을 감추기 위해, 남이 뜬소문을 유포했다고 중상하면서 다음과 같이 밝혔다. "우즈후이(吳稚暉) 선생처럼 인격이 고결하신 분조차도 장빙린에게 청나라 조정에 밀고했다는 중상을 받았으니, 우 선생만 못한 다른 사람이 모욕을 당하는 거야 물론 더더욱 어쩔 수 없다. 하물며 뜬소문을 유포하는 자의 비열하고 그악스럽기가 장빙린보다 훨씬 심한데, 장빙린은 그래도 뜬소문을 유포한 책임을 질 만한 용기라도 가지고 있지만, 그들은 어둠 속에서 남몰래 남을 해코지하는 수단을 사용할 뿐이며, 기껏해야 익명으로 신문지상에 몰래 화살 한두 발을 쏠 뿐이다." 반면 장스자오와 양인위가 여사대의 교원과 학생의 언론을 억압한 점에 대해서는, 자신이 "군중의 전제에 억압받고 있는 자를 대신하여 몇 마디 공평한 말을 했다"고 밝혔다. 이 문집의 「결코 한담이 아니다」를 참고하시오.
7) 「베이징여자사범대학의 폐교에 관한 상신서」(停辦北京女子師範大學呈文)를 가리킨다. 이 글 가운데에서 장스자오는 다음과 같이 여학교의 죄상을 밝히고 있다. "제지하는 것도 받아들이지 않고 자신을 잊는 거동을 멋대로 하며, 남학생을 불러 한데 모으고 윗사람을 멸시한다. 가족조차 간 곳을 알지 못하고, 건달은 뒤따르면서 소동을 피운다. ……

성실한 자는 지킬 바를 죄다 잃어버리고, 교활한 자는 조금도 거리낌이 없다. 학교의 규율은 크게 어지러워지고, 예교는 온통 황폐해졌다. 오늘날 우리나라 여자교육의 비탄할 만한 점이다."

8) '권세 없는 자'는 장스자오를 가리킨다. 1925년 9월 초 베이징대학 평의회가 교육부로부터의 이탈 선언을 둘러싸고 토론을 벌일 때, 어떤 사람은 이로 인해 교육부가 대학 경비의 지출을 중지하지 않을까 염려하고, 어떤 사람은 직접 재정부에서 받아오면 된다고 여겼다. 천시잉은 이 일에 대해 『현대평론』 제2권 제40기(1925년 9월 12일)의 「한담」에서 다음과 같이 밝혔다. "한 명의 권세 없는 '부끄러움을 모르는 정객'을 부정하고, 권세를 가진 대여섯 명의, 마찬가지로 부끄러움을 모르는 정객(재정부 총장 등을 가리킴)의 비위를 맞추려 알랑거리는 것은 얼마나 부끄러운 일인가?"

# 민국 14년의 '경서를 읽자'[1)]

장스자오章士釗가 경서를 읽자고 주장[2)]한 이래, 논단에는 또다시 몇 가지 의론이 일어났는데, 이를테면 경서는 읽을 필요가 없다느니, 경서를 읽는 것은 차를 뒤로 모는 것이라는 따위였다. 나는 이러한 논의가 다 부질없다고 생각한다. 왜냐하면 민국 14년[3)]의 '경서를 읽자'는 것은, 민국 전 4년, 민국 4년, 혹은 장래의 민국 24년과 마찬가지로, 이를 주장하는 사람의 뜻이 대체로 반대하는 사람이 상상하는 만큼 대단한 일이 아니기 때문이다.

공자의 존중, 유교의 숭앙, 경전의 연구, 복고는 그 유래가 이미 매우 오래되었다. 황제와 대신들은 지금껏 그 일단을 취하여 "효로써 천하를 다스리"거나 "충으로써 천하를 가르쳤"으며, 또한 "정절로써 천하를 고무하"기도 했다. 그런데 24사[4)]가 눈앞에 있지 아니한가? 그 속에 얼마나 많은 효자, 충신, 절부節婦와 열녀烈女가 있는가? 물론 어쩌면 너무 많아서 역사책에 다 싣지 못했을지도 모른다. 그렇다면 자기 고장의 인물만을 자랑하고 있는 부지府志나 현지縣志와 같은 책[5)]을 펼쳐 보라. 말해 두거니와, 안타깝게도 남자 효자와 충신은 많지 않지만, 절부와 열녀의 명부名簿만은 대개 두꺼운 책으로 한 권부터 몇 권에 이르고 있다. 공자를 따르는 교도들은 도대체 어디까지 읽었는지 정말 알 수 없지만, 실천에 옮길 수 있었던 이는 오히려 글자를 깨치지 못한 아녀자들이었다. 게다가 유럽전쟁[6] 때 참전한 것에 대해 우리는 늘 자랑스럽게 여기고 있지 않은가? 하지만 『논어』로 독일 병사를 감화시킨 적이 있으며, 『역경』의 주술로 잠수정을 침몰시킨 적이 있는가? 유자儒者들이 업적으로 끌어내 놓은 것은 오히려 대개 낫 놓고 기역자도 모르는 중국 노동자들이었다!

그러므로 중국을 좋게 만들기 위해서는 어쩌면 글자를 깨치지 않는 게 나을지도 모른다. 글자를 아는 순간, 경서를 읽는 것과 다름없는 병근을 갖게 될 터이니. "없는 틈을 타 찾아간다"거나 "국경을 나설 때에는 예물을 가져갔다"[7]라는 아주 교묘한 재주는 경서에 다 나와 있으며, 나도 읽어 잘 알고 있다. 다만 어리석기 그지없는 우둔한 소와 같은 몇몇 사람만이 진정 성심성의껏 경서를 읽자고 주장할 것이다. 게다가 이런 자들과는 토론할 가치도 없다. 이들은 무슨 경서니 옛것이니 떠들어 대지만, 실은 부질없는 허풍에 지나지 않는다. 경서는 안회顔回, 자사子思, 맹가孟軻, 주희朱熹, 진회秦檜(그는 장원으로 급제했다), 왕수인, 쉬스창, 차오쿤[8] 가운데 누구처럼 읽어야 하는지, 옛것은 청(이른바 본조[9]), 원, 금, 당, 한, 우禹, 탕湯, 문왕, 무왕, 주공,[10] 무회씨, 갈천씨[11] 가운데 어느 시대까지 되돌아가야 하는지를 이들에게 물어보라. 이들에게는 사실 어떤 정견定見도 없다. 안회에서 차오쿤에 이르기까지 그들의 사람 됨됨이가 어떠한지도, '본조'에서 갈천씨에 이르기까지 각각의 상황이 어떠한지도 이들은 제대로 알지 못한다. 마치 쓰레기 더미를 잃어버린 파리떼가 어쩔 수 없이 앵앵거리는 것과 진배없다. 게다가 경서를 읽자고 성심성의껏 주장하는 우둔한 소와 같은 자인지라, 권세에 빌붙거나 약삭빠르거나 알랑거리는 수단이 없다는 게 확실하니, 절대로 득세할 리가 없다. 이런 자의 주장이라면, 물론 어떤 효과도 거두지 못할 것이다.

현재 자신의 주장으로써 조금이나마 의론을 불러일으킬 수 있는 이는 대체로 높으신 분들이다. 높으신 분들은 결코 우둔한 소가 아니다. 그렇지 않다면 그들은 진즉 들창 아래에 엎드려 있거나 밭에서 늙어 죽었을 것이다. 지금은 바야흐로 '인심이 예전 같지 않은' 시대가 아닌가? 그렇기에 그들이 득세하게 된 방도를 확연히 알 수 있다. 그들의 주장은 기실 우둔한 소와 같은 자처럼 참된 주장이 결코 아니며, 이른바 다른 꿍꿍이를 지니고 있다. 반대하는 자들은, 경서를 읽으면 나라를 구할 수 있다[12]는 그의 믿음을 진정이라 여기지만, 그건 그야말로 "천 리만큼이나 어긋나 있다"![13]

나는 늘 지금의 높으신 분들은 모두 총명한 사람이라 믿는다. 바꾸어 말해, 성실했다면 절대로 득세하지 못했을 것이다. 내걸고 있는 간판이 부처의 학문이든 공자의 도이든 아무 관계가 없다. 요컨대 경서는 이미 읽었던 터라 약간의 재주를 터득했던 것이다. 이 재주는 공이孔二 선생의 스승인 노담의 대저작에 씌어져 있으며,[14] 이후의 서적에서도 어느 때고 찾아볼 수 있다. 그러므로 그들은 글자를 깨치지 못한 절부나 열녀, 중국 노동자들보다 총명하며, 심지어 진정으로 경서를 읽으려는 우둔한 소 같은 이들보다 훨씬 총명하다. 왜인가? "배우되 뛰어나면 벼슬을 하기"[15] 때문이다. 만일 '배우'되 '뛰어나'지 못하면 우둔한 소로 세상을 마칠 터이고, 경서를 읽자는 그의 주장도 세상에 알려지지 않을 것이다.

공자는 "성인으로서 시의時宜에 따르"는 자가 아니었던가? 하물며 '그를 따르는 무리들'이야 일러 무엇하겠는가? 이제 '경서를 읽자'고 주장하는 시대가 되었다. 무측천武則天이 황제가 되었을 때, 누가 감히 '남존여비'를 입에 담았겠는가? 다수주의[16]가 지금은 비록 과격파라 일컬어지지만, 레닌의 치하에서라면 공산共產이 갈천씨와 똑같다고 틀림없이 고증해 낼 것이다. 그렇지만 다행히도 현재 영국과 일본의 역량이 아직은 약하지 않기에, 러시아와 친하기를 주장하는 이는 루블에 양심을 팔아먹은 자[17]가 되고 만다.

나는 경서를 읽는 무리들의 양심이 어떠한지 볼 수는 없다. 하지만 그들은 대체로 총명한 사람이며, 이 총명함은 경서 읽기와 고문에서 얻어진 것이리라 생각한다. 일찍이 문명을 이루었다가 나중에 몽고인과 만주인의 왕림을 떠받들었던 우리나라에는 옛 책이 참으로 너무나 많아, 우둔한 소 같은 자가 아니라면 조금만 읽어도 어떻게 하면 얼렁뚱땅 넘어가고, 구차하게 생명을 부지하며, 알랑거리고 권세를 부리며 사리사욕을 채우면서도, 대의大義를 빌려 미명美名을 도둑질할 수 있는지 금방 알 수 있다. 한 걸음 더 나아가면, 중국인이 건망증이 심하다는 것을 깨달을 수 있다. 아무리 말과 행동이 일치하지 않아도, 이름과 실질이 부합되지 않아도, 앞과 뒤가 모순되어도, 거짓말을 일삼고 뜬소문을 지어낼지라도, 공명과 사리를 위해서라면 수단방법을 가리지 않더라도, 전혀 관계없다. 잠시 시간이 흐르면 언제 그랬냐는 듯 까맣게 잊어버린다. 도를 지키는 듯한 글을 약간 남겨 두기만 하면, 장래에도 여전히 '정인군자'라 여겨질 것이다. 하물며 장래에 '정인군자'라는 칭호가 사라진다 한들, 현재의 실리에 무슨 손해가 되겠는가?

경서를 읽자고 주장하는 부류의 사람들은, 경서를 읽어 보았자 나라를 구할 수 없다는 것을 뻔히 알고 있으며, 사람들이 경서를 읽고서 자기들처럼 되기를 바라지도 않는다. 그러나 약간의 잔재주를 부려 사람들을 우둔한 소로 만들어 버리는 경우가 있는데, '경서를 읽자'는 것은 이러한 잔재주를 부리려고 우연히 이용한 도구에 지나지 않는다. 항의하고 있는 여러분이 만약 이러한 점을 깨닫지 못한 채 고지식하게 도리를 따지고 이해利害를 논하려 한다면, 나는 더 이상 예의를 차리지 않고, 경서를 읽자고 성심성의껏 주장하는 우둔한 소와 같은 부류에 여러분을 집어넣을 것이다.

이렇게 내용이 제목에 어울리지 않는 이야기로써 '엄숙한' 주장을 풀이했으니, 불경스럽다는 혐의가 있다는 건 나도 알고 있다. 그러나 나는 나의 이야기를 자신한다. 나 역시 '경서 읽기'에서 얻어 온 것이기 때문이다. 나는 13경[18]을 거의 다 읽었다.

노쇠한 국가에서는 대체로 이러한 현상이 나타나기 마련이다. 이는 마치 사람의 몸과 마찬가지로, 나이를 먹으면 노폐물이 더욱 많이 쌓이고 조직 사이에는 광물질이 침전되어 조직을 경화시켜 쉬이 멸망에 이르게 한다. 한편으로는, 원래 인체를 기르고 보호하던 유주세포游走細胞(Wanderzelle)가 차츰 성질이 변하여 자기만 돌보다가, 조직 사이에 조그마한 틈새가 있기만 하면 뚫고 들어가 각 조직을 잠식하고 조직을 손상시켜 쉬이 멸망에 이르게 한다. 러시아의 유명한 의학자 메치니코프(Elias Metschnikov)[19]는 특별히 이것에 대작세포大嚼細胞(Fresserzelle)라는 명칭을 따로 붙여 주었다. 그의 견해에 따르면, 이 세포들을 박멸해야만 인체는 노쇠를 면할 수 있으며, 이들을 박멸하려면 매일 일종의 산성제酸性劑를 복용하지 않으면 안 된다고 한다. 그 자신은 그렇게 하고 있다.

오래된 나라의 멸망은, 바로 대부분의 조직이 너무나 많은 낡은 습관에 길들여져 경화되는 바람에, 새로운 환경에 적응할 만큼 더 이상 전환하지 못하기 때문이다. 일부 분자들은 또한 너무 많은 나쁜 경험에 길들여져 총명해지고, 그리하여 성질이 변하여, 경화된 사회에서는 함부로 행동해도 괜찮다는 것을 알고 있다. 단순히 함부로 행동하는 자라면 논의해 볼 만하지만, 일부러 함부로 행동하는 자라면 더불어 이치를 따질 필요가 없다. 유일한 치료법은 달리 약을, 산성제이든 아니면 아예 강산제强酸劑이든, 처방하는 것이다.

무심결에 마지막에 또 러시아 사람 한 명을 언급하고 말았다. 아마 내가 루블을 받았으리라 의심하는 사람이 있을지도 모르겠다. 이제 정중히 밝혀 둔다. 나는 루블 한 장도 받지 않았음을. 러시아가 적화되기 전에 그는 자신이 실험하고 있던 약의 효험 여부의 문제와 상관없는 급성 병으로 이미 죽었으니까.

11월 18일

주)

1) 원제는 「十四年的'讀經'」, 1925년 11월 27일 『맹진』 주간 제39기에 발표했다.
2) 1925년 11월 2일 장스자오가 주관한 교육부 부무회의에서, 소학교는 초급 4학년부터 매주 한 시간씩 경서를 읽기 시작하여 고급 소학년 졸업 때까지 계속하기로 의결했다.
3) 민국 14년은 1925년을 가리킨다.
4) 24사(史)는 이전에 정사(正史)라 일컬어지던 24부의 기전체(紀傳體) 역사서를 가리킨다. 즉 『사기』(史記)·『한서』(漢書)·『후한서』(後漢書)·『삼국지』(三國志)·『진서』(晉書)·『송서』(宋書)·『남제서』(南齊書)·『양서』(梁書)·『진서』(陳書)·『위서』(魏書)·『북제서』(北齊書)·『주서』(周書)·『수서』(隋書)·『남사』(南史)·『북사』(北史)·『구당서』(舊唐書)·『신당서』(新唐書)·『오대사』(五代史)·『신오대사』(新五代史)·『송사』(宋史)·『요사』(遼史)·『금사』(金史)·『원사』(元史)·『명사』(明史) 등이다.

5) 부지(府志)나 현지(縣志)는 한 부(府)나 현(縣)의 역사 연혁 및 그 정치, 경제, 지리, 문화, 풍속, 인물 등을 기록한 책이다.

6) 1914년부터 1918년에 걸쳐 일어난 제1차 세계대전을 가리킨다. 베이양정부는 1917년 8월 14일에 영국, 프랑스 등의 연합국에 가담하여 독일과 오스트리아에 선전포고를 했다.

7) 원문은 각각 '감망왕배'(瞰亡往拜)와 '출강재질'(出疆載質)이다. 전자는 『논어』「양화」(陽貨)의 "공자께서 양화가 집에 없는 때를 틈타 방문하였다"(孔子時其亡也而往拜之)라는 글귀에서 비롯되었으며, 후자는 『맹자』「등문공하」(滕文公下)의 "공자께서 국경을 나설 때에는 반드시 예물을 가지고 간 것은 무엇 때문입니까?"(出疆必載質何也)라는 글귀에서 비롯되었다.

8) 왕수인(王守仁, 1472~1529)은 명나라의 이학가이고, 쉬스창(徐世昌, 1855~1939)은 청말의 고위관료이며, 차오쿤(曹錕, 1862~1938)은 베이양의 즈리계 군벌이다. 쉬스창과 차오쿤은 모두 베이양정부의 총통을 역임했다.

9) 신해혁명 이후 일반 유로(遺老)들은 이전의 청나라를 본조(本朝)라 일컬었다.

10) 문왕(文王)은 상(商)나라 말기 주족(周族)의 우두머리이며, 주(周)나라 때에 문왕이라 받들었다. 무왕(武王)은 주나라 최초의 군주이다. 주공(周公)은 무왕의 동생으로, 무왕이 죽은 후 그의 어린 아들 성왕(成王)을 보좌하여 주나라 통치의 기반을 다졌다.

11) 무회씨(無懷氏)와 갈천씨(葛天氏)는 모두 전설 속 상고시대의 제왕으로서, 이상적인 정치를 행하여 태평성세를 이루었다고 한다.

12) 경서를 읽으면 나라를 구할 수 있다는 것은 장스자오 등이 주장한 논조이다. 『갑인』 주간 제1권 제9호(1925년 9월 12일)에는 '독경구국'(讀經救國)에 관한 장스자오와 쑨스정(孫師鄭)의 통신이 발표되었다. 쑨스정은 "나의 졸저 '독경구국론'은 선생의 정견과 일치하는 점이 많습니다"라고 밝혔으며, 장스자오는 "독경구국론을 대충 읽어 보았는데, 제재의 선택이 매우 적절하며, 덧붙여진 설명 또한 있어야 할 것은 모두 갖추고 있습니다. 요즘 세상에 이런 글을 보리라고는 전혀 생각지 못했습니다"라고 칭찬을 아끼지 않았다.

13) 원문은 '謬以千里'로서, 『한서』「사마천전」(司馬遷傳)의 "(처음에는) 털끝만큼 차이가 나지만, (나중에는) 천 리만큼 어긋나 있다"(差以毫厘, 謬以千里)라는 글귀에서 비롯되었다.

14) 공자의 이름은 구(丘)이고 자는 중니(仲尼)인데, 공자가 항렬의 둘째임을 보여 주기에 공이(孔二)라 한 것이다. 『공자가어』(孔子家語)의 「본성해」(本姓解)에 따르면, 공자에게는 맹피(孟皮)라는 형이 있다. 노담(老聃)은 노자(老子)이다. 공자가 일찍이 그에게 예에 대해 물었던 적이 있기에, 그를 공자의 스승이라 일컫기도 한다. '대저작'은 도가의 주요 경전인 『도덕경』(道德經)을 가리킨다. 이 책의 36장에는 "장차 거두어들이고자

하면 반드시 베풀어야 하고, 장차 약화시키고자 한다면 반드시 강하게 해주어야 하고, 장차 무너뜨리고자 한다면 반드시 일으켜 세워야 하고, 장차 빼앗고자 한다면 반드시 주어야 한다"(將欲歙之, 必固張之; 將欲弱之, 必固强之; 將欲廢之, 必固興之; 將欲奪之, 必固與之)는 글귀가 있는데, 이에 대해 노자가 권모술수를 숭앙했다고 여기는 이도 있다.

15) 원문은 '學而優則仕'이며, 『논어』「자장」(子張)의 "벼슬을 하면서도 넉넉하면 배우고, 배우면서도 넉넉하면 벼슬을 한다"(仕而優則學, 學而優則仕)라는 글귀에서 비롯되었다. 송나라의 주희(朱熹)는 "넉넉함은 여력이 있음이다"(優, 有餘力也)라고 풀이했다.

16) 다수주의(多數主義)는 러시아 볼셰비즘을 가리킨다. 볼셰비키는 러시아 사회민주노동당의 한 분파로서, 1903년 제2차 전당대회에서 직업혁명가만이 당원이 될 수 있다는 레닌의 주장을 추종했다. 이들은 당 중앙위원회와 기관지 『이스크라』(Искра) 편집진의 다수를 차지하여 '볼셰비키'라 일컬어졌으며, 소수파인 반대파는 '멘셰비키'라 일컬어졌다. 볼셰비키는 1917년 10월혁명 이후 정치권력의 헤게모니를 장악했다.

17) 당시의 일부 신문잡지에는 이러한 유의 글이 자주 발표되었다. 이를테면 1925년 10월 8일자의 『천바오 부간』에 실린 「소련은 도대체 우리의 벗인가 아닌가?」라는 글에서는 다음과 같이 서술했다. "제국주의 국가는 단지 우리의 재산을 빨아들이고 우리의 수족을 얽어맬 뿐이지만, 소련은 우리의 양심을 매수하고 우리의 영혼을 썩어 문드러지게 한다."

18) 13경(經)은 13부의 유가경전으로서, 『시』(詩)·『서』(書)·『역』(易)·『주례』(周禮)·『예기』(禮記)·『의례』(儀禮)·『공양전』(公羊傳)·『곡량전』(穀梁傳)·『좌전』(左傳)·『효경』(孝經)·『논어』(論語)·『이아』(爾雅)·『맹자』(孟子)를 가리킨다.

19) 메치니코프(Élie Metchnikoff, Илья Ильич Мечников, 1845~1916)는 러시아의 생물학자이며, 면역학 창시자 가운데 한 사람이다. 1908년 동물의 체내에서 세균을 비롯한 이물체를 삼키는 아메바와 같은 세포를 발견한 공로로 독일의 파울 에를리히(Paul Ehrlich)와 함께 노벨생리·의학상을 공동수상했다. 저서로는 『염증의 비교병리학』(*The Comparative Pathology of Inflammation*), 『전염병에서의 면역』(*Immunity in Infectious Diseases*), 『인간의 본성에 대한 연구』(*Etudes sur la nature humaine*) 등이 있다.

# 평심조롱[1)]

갑甲 A-a-a-ch![2)]

을乙 당신, 외국으로 이사하시오! 가족을 데리고![3)] 당신이 황제黃帝의 자손이오? 중국말에 감탄사가 얼마나 많은데, 무엇 때문에 외국어로 말하는 거요? 소생은 두렵지 않으니 감히 말하겠소만, 외국으로 이사하시오!

병丙 저 자는 중국을 욕하고, 중국인을 냉소하고, 어느 나라를 위해 간접적으로 우리 중국의 결점을 선전하고 있소. 저 자의 사촌의 조카의 아내는 그 나라 사람이라오.

정丁 중국말에도 그런 감탄사가 있을 터, 저절로 외친 소리일 뿐이오. 하지만 이건 자신이 죽은 시체나 다름없다는 것을 증명하고 있소! 지금은 표현주의 수법을 이용하지 않으면 안 되오. 표현주의적으로 외치지 않는 한, 어떤 소리도 소리라 할 수 없소. 이 'A-a-a'는 그래도 나은 편이지만, 저 'ch'는 운치가 없어요—물론 내 말이 틀릴 수도 있지만, 적어도 오늘만큼은 내 말이 틀림없다고 믿습니다.

무戊 그렇다면 '오'嗟라고 말해야지요. 이렇게 '인력거꾼이나 장사치들'[4)]

의 말을 사용하는 건, 자신의 신분을 비천하게 만드는 겁니다. 하물며 지금은 경서를 읽자고 하는 때이니…….

기己 허튼 소리! '아'唉라고 해도 괜찮아요. 하지만 밉살스럽게도 저 자가 여러 번 말하여 '아'를 '독점'하는 바람에 우리가 말할 여지가 없어져 버렸어요.

경庚 '아'라고 하셨소? 난 그런 걸 들은 일이 없소. 왜 그렇지? 아아噫嘻, 마嗎와 니呢의 장애를 받았도다.[5)]

신辛 그렇지요! 그래서 나는 평소 문언을 주장하는 겁니다.

임壬 오호라嗟夫! 내가 전에 백화를 사용한 건 아마 제정신이 아니었기 때문일 겁니다. 지금은 후회하고 있습니다.

계癸 저 자가 '피'呸라고 했나요? 그렇다면 인격이 이미 파산한 거예요! 전 원래 저 자를 깔보고 있었습니다. 저 자가 날 깔보듯이. 이제 경庚 선생에게 몇 마디 반박을 당했다고 '피'라고 했지요. 이게 인격 파산이 아니고 뭐겠습니까? 전 경 선생의 견해에 결코 찬성하지 않으며, 그를 비판한 적도 있습니다. 그렇지만 저 자가 경 선생에게 '피'라고 말할 자격이나 있나요. 난 공정한 말만 하는 사람이에요.

자子 하지만 저 자는 '에이'嗳라고 말했는걸요.

축丑 당신은 저 자와 한 패로구먼! 그렇지 않다면 왜 저 자를 위해 변호하는 거요? 우린 젊은이요. 우리에게는 생트집 잡기를 좋아하는 성미가 있어요. 저 자가 '피'라고 했는지 '에이'라고 했는지 물론 우린 듣지 못했소. 하지만 설사 저 자가 정말 '에이'라고 했더라도, 그게 어찌 계癸군의 비판의 가치를 훼손하겠소. 그런데 당신이 저 자와 한 패인 이상, 당신도 인격 파산자요!

인寅 아니, 이런 심한 욕설을. 하는 말마다 욕설을 퍼붓는 건 비평이라 할 수 없지요. 젠틀맨(Gentleman)은 절대로 그렇지 않아요. 비평할 때 전혀 욕해서는 안 된다는 것도 물론 아닙니다. 그 사람의 잘못을 제대로 따져, 그에 상응하는 욕을 해야 합니다만, 마치 서당 선생님이 학생의 손바닥을 때리듯이 공평해야지요. 남을 욕하면, 물론 앙갚음을 당할지도 모릅니다. 그렇지만 우린 그 정도야 두려워하지 않는 담력도 가져야지요. 비평이란 본래 '정신의 모험'이니까요![6]

묘卯 희미한 녹색의 사내임에 틀림없구먼! 왕구마마王九媽媽의 우뚝 솟은 작은 핸드백, 두견은 '안돼, 오빠'라고 우지짖네. '아이, 아하' 탄식을 자아내는 남루한 남가새는 마치 난폭한 말馬. 이런 말투가 매끄럽게 미끄러지면, 다홍빛의 딱딱한 평론은 죄다 뒈지는 수밖에.[7]

진辰 그런 일은 아니지요. 저 자는 외국인의 음성을 훔쳐 와 번역하고 있는 거예요. 이봐, 당신은 왜 창작하지 않는 거야?

사巳 그렇다면 저 자는 죄를 범하고 있군! 따져 보면 사전에는 'Ach'만 있을 뿐, 'A-a-a-ch' 따윈 없어요. 저 자가 이런 날조를 하리라곤 전혀 생각지 못했어요. 그래서 하는 말인데, 여러분들 모두 사전 한 권씩을 사서[8] 서재에 들어앉아 읽으세요. 그러면 이런 녀석에게 속아 넘어가는 일이 없을 겁니다.

오午 저 자는 더 이상 말하지 못할 겁니다. 저 자의 말은 유산流産되었어요.[9]

미未 오늘의 젊은이는 어찌 그리 유산됨이 많은가. 주제를 모르고 성급하게 나서기 때문이 아니겠는가? 그러하노니 삼가 오늘의 젊은이들에게 권하오. 분수에 만족하여 본분을 지키고, 절대로 나서지 말기를. 이렇게 하면 유산을 면할 수 있을 것이고…….

신申 오늘의 젊은이는 어찌 그리 오역이 많은가. 아무래도 사전을 사지 않기 때문이 아니겠소? 또한…….

유酉 이거야 정말이지 '아'唉라는 탄식이 절로 나올 만큼 엉망이네요! 중국이 이토록 '세상 기풍이 날로 나빠지'는 건 바로 저 자가 '아'라고 탄식했기 때문입니다. 하지만 여러분이 여기 계시니 말씀드려도 무방하겠습니다만, 30년 전에는 저도 '아'라고 탄식한 적이 있습니다. 저도 목석은 아닙니다. 전 정말로 기풍의 첨단을 열었던 겁니다.[10] 나중에 그 유폐가 너무나 심각하다고 느꼈기에, 입을 다물고 그 일을 꺼내지 않았을뿐더러 몹시 미워하여 철저히 끊어 버렸지요. 게다가 올해 들어서 경서를 읽어야 나라를 구할 수 있다는 걸 깊이 깨달았으며, 아울러 백화문은 마땅히 폐지해야 한다고 확신합니다. 그렇다고 중국은 옛것을 고수해야 한다는 말은 결코 아닙니다…….

술戌 저도 올해 들어, 경서를 읽어야 나라를 구할 수 있다고 굳게 믿고 있습니다…….

해亥 아울러 백화문은 폐지해야 마땅하다고 굳게 믿습니다…….

11월 18일

주)

1) 원제는 「評心雕龍」, 1925년 11월 27일 『망위안』 주간 제32기에 발표했다. 조룡(雕龍)이란 말은 『사기』 「맹자순경열전」(孟子荀卿列傳)의 '용을 아로새기는 듯 문장을 꾸미는 추석'(雕龍奭)이라는 글귀에서 비롯되었다. 남조의 송나라 배인(裴駰)이 집해(集解)하면서 인용한 유향(劉向)의 『별록』(別錄)에서는, "추석(騶奭)은 추연(騶衍)의 문장을 익혔는데,

꾸밈이 용 무늬를 아로새기는 듯하였기에, '조룡'이라 일컬었다"(騶奭修衍之文, 飾若雕鏤龍文, 故曰'雕龍')고 했다. 이 글의 제목은 남조의 양(梁)나라 유협(劉勰)이 지은 문학이론서인 『문심조룡』(文心雕龍)을 빗대어 사용했는데, 당시 문화계 일부 인사들의 언론을 풍자하기 위함이었다.

2) A-a-a-ch는 독일어 감탄사인 Ach이다.

3) 이 문집의 「나의 '본적'과 '계파'」의 주2)를 참고하시오.

4) 1919년 3월 린수(林紓)는 차이위안페이(蔡元培)에게 보낸 공개서한에서 백화문을 다음과 같이 공격했다. "만약 고서를 죄다 폐하고 토어(土語)를 문자로 상용한다면, 서울의 인력거꾼과 두유 장수들이 사용하는 언어에는 모두 문법이 갖추어져 있는 게 되고, …… 이에 근거하면 베이징과 톈진의 장사치가 모두 교수로 임용될 수 있을 것이다." (1919년 3월 18일자 『공언보』公言報 참조)

5) 장스자오는 『갑인』 주간 제1권 제2호(1925년 7월 25일)에 발표된 「고동잡기」(孤桐雜記)에서 다음과 같이 밝혔다. "천시잉 씨는 …… 요즘 한창 유행하고 있는 백화문을 즐겨 쓰는데, 우리 글의 풍취를 잃고 말았다. …… 여러 차례 빼어난 글이 있어도, 나는 물리친 채 읽지 않으며, 읽더라도 끝까지 읽지는 않는다. 그것은 곧 싱글벙글 웃고 있는(원문은 嘻嘻) 마(嗎), 니(呢) 등이 장애가 되기 때문이다."
   희(噫)는 슬픔이나 놀람을 나타내는 감탄사로서 문언에서 쓰이며, 희(嘻)는 놀람을 나타내는 감탄사로서 문언과 백화에서 두루 쓰인다. '마'(嗎)는 현대중국어에서 의문을 나타내는 어기조사로 쓰이고, '니'(呢)는 현대중국어에서 의문이나 동작의 진행, 상태의 지속을 나타내는 어기조사로 쓰인다. 장스자오의 원문에 쓰인 '희희'(嘻嘻)가 싱글벙글 웃고 있는 모습을 형용한다면, 루쉰이 바꾸어 놓은 '희희'(噫嘻)는 놀람의 감탄을 드러내고 있다. 이렇게 루쉰은 장스자오의 원문의 글자를 바꿈으로써 백화를 경멸했던 장스자오의 태도를 비틀어 풍자하고 있다.

6) 비평과 욕설에 관한 부분은 『현대평론』 제1권 제2기(1924년 12월 20일)에 실린 시린(西林)의 「비평과 욕설」(批評與罵人)을 염두에 두고 씌어졌으리라 본다. 이 글에는 다음과 같은 내용이 있다. "비평할 때에는, 비록 남을 욕할 수야 있을지라도, 욕하는 것은 비평이 아니다. 두 대의 인력거가 부딪치자 인력거꾼이 고개를 돌려 서로 한마디도 지지 않고 입씨름을 벌인다. 이건 남을 욕하는 것이지, 비평이 아니다. …… 나는 누군가 남을 함부로 욕하고, 그리하여 자신의 체면을 깎는 일에는 결코 찬성하지 않는다." "비평을 할 때 남을 욕하는 거야 어쩔 수 없는 일이다. …… 우리 모두는 '의미가 통하지 않는다'느니 '쓸데없는 헛소리'라느니 '종이와 필묵을 낭비한다'느니, 이렇게 말하는 것은 남을 욕하는 것이라 인정하지 않을 수 없다. 그렇지만 이에 상응하는 상황 하에서는 이러한 말들이 매우 합당한 비평임을 인정하지 않을 수 없다." "최근 신문지상에는 프랑스의 대문호인 프랑스(Anatole France)가 제기한, 비평은 '영혼의 모험'이라는 말이 자주

인용되고 있다. '영혼'이고 '모험'인 바에야, 무슨 제한을 받을 수 있단 말인가?" 프랑스 작가인 프랑스는 자신의 문예비평집인 『문예생활』에서 문예비평은 '걸작 중에서의 영혼의 모험'이라는 말을 했다.

7) 이 부분은 쉬즈모의 글을 흉내 낸 글이다. 『집외집』의 「'음악'?」을 참고하시오.

8) 후스는 『현대평론』 제1권 제21기(1925년 5월 2일)에 발표된 「호설 1」(胡說一)에서 "최근 번역가들이 저지른 오류도 확실히 적지 않다"고 밝힌 적이 있다('胡說'은 '후스의 말' 혹은 '허튼소리'의 이중적인 의미를 지니고 있다). 그는 왕퉁자오(王統照)가 미국 시인 롱펠로(Henry Wadsworth Longfellow, 1807~1882)의 장시 「카스텔 퀴예의 눈먼 소녀」(*The Blind Girl of Castèl-Cuillè*)를 번역하면서 사전을 찾지 않는 바람에 "오역을 날조"하고 "의미가 전혀 통하지 않는다"고 비판했다. 아울러 다음과 같이 덧붙였다. "나는 늘 나의 번역반 학생들에게 '여러분은 학교에 일 년을 덜 올망정, 반드시 돈을 아껴 좋은 사전을 사시오. 사전이야말로 여러분의 참된 선생이며, 평생 여러분과 함께 할 것이오'라고 말한다."

9) 당시 일부 사람들은 젊은 작가가 충분히 성숙하지 못한 작품을 발표하는 것을 '유산'(流産)이라 꼬집었다. 『현대평론』 제2권 제30기(1925년 7월 4일)에 장사오위안(江紹原)의 「누렁이와 젊은 작자」(黃狗與靑年作者)가 실렸는데, 신문잡지의 편집자가 선택할 안목도 없이 오로지 원고만 요구하고 있기에, 젊은 작자들이 "매일 선천적으로 충실치 못한 조산아들을 생산해 내고 있다"고 기술했다. 뒤이어 쉬즈모 등도 글을 써서 이에 호응했다. 이 해 10월 5월 쉬즈모가 주편하던 『천바오 부간』에 시뤄(奚若)의 「부간의 재앙」(副刊殃)이라는 글이 실렸는데, 이 글에서는 젊은 작가들이 "부간을 빌려 이름을 파는 장소로 삼고 있으니, 참으로 한심하다"고 비난했다. 이러한 논조에 대한 루쉰의 비판은 이 문집에 실린 「이것과 저것」의 4절을 참고하시오.

10) 1925년 장스자오는 자신이 주편하던 『갑인』 주간을 통해 백화문에 격렬하게 반대했다. 후스는 『국어』(國語) 주간 제12기(1925년 8월 30일)에 발표한 「장씨는 또 배신했다」(老章又反叛了)라는 글에서, 장스자오 역시 일찍이 백화시를 지은 적이 있어 "이러한 기풍을 열었던 사람이기도 하다"고 밝혔다. 이에 대해 장스자오는 즉각 『갑인』 주간 제1권 제8호(1925년 9월 5일)에 「스즈에게 답함」(答適之; '스즈'는 후스의 자)을 발표하여 다음과 같이 밝혔다. "20년 전, 나의 벗 린사오취안(林少泉)이 이 길(백화를 쓰는 것을 가리킴)을 즐겨 이야기해 주었다. 나도 시험 삼아 지어 보았는데, 시원치 않았다. 10년 전에 또 지어 보았는데, 여전히 시원치 않았다. 5년 전에 다시 지어 보았는데, 더욱 시원치 않았다. 난 이로부터 붓을 꺾었다."

# 이것과 저것[1]

## 1. 경서 읽기와 역사 읽기

어느 높으신 분이 경서를 읽어야 한다고 말하자,[2] 별 볼 일 없는 사람들까지 덩달아 경서를 읽어야 한다고 떠들어 대고 있다. 어찌 '읽'기만 할 따름이겠는가? 듣자 하니 '나라를 구할' 수도 있단다. "배우고 때로 익히니, 이 또한 기쁘지 아니한가?"[3] 그러니 아마 틀림없이 그럴지도 모른다. 그러나 갑오전쟁[4]은 패하고 말았다──유독 '갑오전쟁'만을 거론하는 건 무엇 때문인가? 그 당시는 아직 학교를 열거나 경서 읽기를 폐지[5]하기 이전이었기 때문이다.

공부를 시작한 지 얼마 되지 않은 친구들은 이젠 머리를 싸매고 선장본을 훑얼거릴 필요가 없다고 생각한다. 글을 읽은 지 오래되어 옛 책에 인이 박였다면, 차라리 역사책, 특히 송나라와 명나라의 역사, 게다가 야사野史를 읽거나, 아니면 잡설雜說을 보는 게 낫다.

지금 중국과 서양의 학자들은 '흠정사고전서'[6]라는 이름을 듣기만 해도, 넋이 나가고 무릎마디가 나른해지는 듯할 것이다. 사실인즉, 책의 원형이 변하고 오자가 늘어났으며, 심지어 문장조차 제멋대로 빠지고 고쳐져 있다. 가장 비근한 예가 『임랑비실총서』[7]에 수록된 두 종류의 『모정객화』[8]이다. 하나는 송나라 본이고, 다른 하나는 사고본四庫本인데, 이 두 종류를 비교해 보면 금방 알 수 있다. '관에서 펴내고'官修 더욱이 '황제의 명을 받아 만든'欽定 정사正史도 마찬가지여서, 본기本紀니 열전列傳이니 '역사서라 으스대'고 있지만, 그 속의 내용은 감히 아무것도 말하지 못하고 있다. 듣기로는 글자와 행간에 포폄褒貶이 포함되어 있다고는 하지만, 어느 누가 그 수수께끼와 같은 것을 풀어낼 만큼 많은 식견을 가지고 있겠는가? 지금도 "평생의 사적을 국사관에 명하여 전기를 짓게 한다"는 말이 있던데, 아무래도 그만두는 게 좋겠다.

야사와 잡사에도 물론 잘못 전해지고 은원恩怨이 섞인 게 있기 마련이지만, 지난 일을 살피는 데에는 훨씬 명확하다. 왜냐하면 이것들은 어쨌든 정사만큼 허장성세를 부리지 않기 때문이다. 송나라의 일을 보려면, 『삼조북맹회편』[9]은 이미 골동품이 된지라 너무 비싸고, 새로 찍어 낸 『송인설부총서』[10]가 그래도 헐한 편이다. 명나라의 일일 경우, 『야획편』[11]이 원래는 뛰어나지만, 역시 골동품인지라 한 부마다 수십 위안씩이나 한다. 쉽게 손에 넣을 수 있는 것은 『명계남북략』,[12] 『명계패사회편』,[13] 그리고 최근에 모아 찍어 낸 『통사』[14] 등이다.

역사서는 본래 지난날의 묵은 치부장이기에 급진적인 용사와는 아무 상관이 없다. 그러나 전에도 말했듯이, 흥얼거리는 옛 책에 아무래도 정을 뗄 수 없다면 뒤적여 보아도 좋다. 그리하여 우리의 현재 상황이 그때와 얼마나 흡사한지, 현재의 가당찮은 거동과 어리석은 사상이 그때에도 이미 있었으며, 게다가 뭐든지 엉망으로 만들어 버렸음을 알게 될 것이다.

중앙中央공원에 가 보면, 손녀를 데리고 노는 할머니를 흔히 볼 수 있을 것이다. 이 할머니의 모습이 그 아기의 장래를 예시하고 있다. 그러므로 자기 아내의 훗날의 모습을 알고 싶은 사람은 장모를 보면 된다. 물론 다르다면 다른 점도 있겠지만, 어쨌든 크게 다르지는 않을 것이다. 우리가 치부장을 살펴보는 용도는 바로 이것이다.

그러나 나의 말은, 예로부터 그러하여 이젠 도무지 해볼 만한 일이 없으니, 사람들에게 '지난날'에 대한 경외심을 불러일으켜, 그것이 이미 우리의 운명을 결정지었다고 여기도록 하는 것이 결코 아니다. Le Bon[15] 씨는 죽은 사람의 힘이 산 사람보다 더 세다고 말했는데, 참으로 일리 있는 말이다. 그러나 인류는 어쨌든 진화하고 있다. 또한 장스자오 총장의 말에 따르면, 미국의 어느 지역에서는 이미 진화론에 대해 이야기하는 것을 금지시켰다고 한다.[16] 이에 나는 깜짝 놀랐다. 하지만 금지할 테면 얼마든지 해보라지, 진화는 어쨌든 이루어지기 마련이니.

요컨대, 역사서를 읽으면 중국의 개혁을 늦추어서는 안 된다는 것을 더욱 절실하게 깨닫게 될 것이다. 국민성일지라도 개혁해야 할 것은 개혁해야 한다. 그렇지 않으면, 잡사雜史와 잡설雜說에 씌어 있는 것이 바로 앞선 수레의 바퀴자국이다. 개혁이 이루어진다면, 손녀가 틀림없이 할머니를 닮으리라 두려워할 필요가 없다. 이를테면 할머니의 발은 삼각형[17]이라 걷기에 불편하여도, 꼬마 아가씨의 발은 타고난 그대로의 발이기에 뛰어다닐 수 있으며, 장모는 천연두를 앓아 얼굴에 흉이 있을지라도, 부인은 우두를 접종받았기에 살결이 뽀얗고 부드러울 것이다. 이것만으로도 차이는 엄청나다.

12월 8일

## 2. 받들어 올리는 것과 파내는 것

중국 사람들은 자기를 불안케 할 조짐이 있는 인물을 만나면, 지금껏 두 가지 방법을 사용해 왔다. 그것은 곧 그 사람을 억누르거나, 아니면 받들어 올리는 것이다.

억누르기는 낡은 습관과 도덕을 이용하거나 관官의 힘에 의지한다. 그래서 고독한 정신의 전사戰士는 민중을 위해 싸우지만, 자주 이런 '소행'에 의해 파멸되고 만다. 이렇게 되어서야 그들은 마음을 놓는다. 억누를 수 없을 때에는 받들어 올린다. 드높이 받들어 주고 배불리 먹여 주면, 자기에게 조금이나마 해가 없을 터이니 마음을 놓을 수 있다고 여긴다.

영리한 사람들은 물론 이익을 꾀하고자 받들어 올릴 수도 있다. 이를테면 부자를 받들어 올리거나, 연극배우를 받들어 올리거나, 총장을 받들어 올리는 따위이다. 그러나 일반 상스러운 사람——즉 '경서를 읽은' 적이 없는 사람의 경우, 받들어 올리는 행위의 '동기'는 대개 해를 면하려는 것뿐이다. 제사를 받드는 신을 놓고 보더라도, 대체로 흉악한 것이다. 화신火神, 역신疫神은 말할 것도 없고, 재신財神조차도 뱀이나 고슴도치처럼 사람을 놀라게 하는 짐승이다. 관음보살은 그래도 사랑스러운 편이지만, 이건 인도에서 수입한 것이니 우리의 '국수'國粹가 아니다. 요컨대 받들어 올려지는 것들은 열에 아홉이 좋은 게 아니다.

열에 아홉이 좋은 게 아닌 이상, 받들어 올려진 후의 결과는 물론 받들어 올린 자의 바람과는 전연 상반된다. 그들을 불안하게 할 뿐만 아니라, 더욱 커다란 불안에 빠뜨릴 수도 있다. 왜냐하면 사람의 마음이란 본래 쉽게 만족시킬 수 없기 때문이다. 그렇지만 사람들은 지금도 깨닫지 못한 채 여전히 받들어 올리는 것을 일시적 안일을 꾀하는 길이라 여긴다.

우스운 이야기를 담은 책 한 권이 기억난다. 제목은 잊어버렸지만, 아마 『소림광기』[18]일 텐데, 이런 이야기가 있다. 어느 지현知縣이 생신을 맞았다. 그가 자년생子年生 쥐띠인지라 속관들이 돈을 모아 금쥐를 주조하여 축하 예물로 삼았다. 지현은 그걸 받은 후 달리 기회를 만들어 사람들에게 말했다. 내년이 마침 공교롭게도 안사람의 회갑인데, 자기보다 한 살이 어려 소띠라고. 사실 사람들이 애당초 금쥐를 선물로 바치지 않았더라면, 그는 결코 금송아지를 생각지도 않았을 것이다. 일단 선물을 보내고 나니, 그만두기가 곤란해지고 말았다. 금송아지를 바칠 힘이 없는 것은 둘째 치고, 설사 선물로 바치더라도 그의 첩이 코끼리띠일 수도 있다. 코끼리는 십이 지지地支에 포함되지 않으니 사리에 맞지 않은 듯하지만, 이건 내가 지현을 대신하여 생각해 낸 방법일 뿐, 지현에게는 물론 우리가 예측할 수 없는 심오한 묘법이 달리 있을 것이다.

민국 원년의 혁명 시기에 나는 S시에 있었는데, 어느 도독이 왔다.[19] 그는 녹림綠林대학 출신으로 '경서를 읽은' 적이 없었지만(?) 그래도 그런대로 전체적인 판세를 살피고 여론에 귀를 기울이는 편이었다. 그러나 신사紳士로부터 서민에 이르기까지 조상 대대로 전해져 온 '받들어 올리는' 방법으로 떼를 지어 그를 받들어 올렸다. 이 사람이 찾아뵙고 저 사람이 치켜세우며, 오늘은 옷감을 보내고 내일은 상어지느러미를 바쳐 받들어 올렸다. 그러자 그는 자신도 어찌된 까닭인 줄 잊어버린 채, 결국에는 차츰 옛 관료처럼 변하여 백성을 쥐어짜게 되었다.

가장 기이한 점은 북방의 몇몇 성의 물길이 받들어 올려져 지붕보다 훨씬 높아졌다는 것이다. 애초에는 물론 강이 무너지는 것을 막기 위해 흙을 조금 쌓아 올렸겠지만, 전혀 뜻밖에도 쌓을수록 높아져 일단 무너지면 그 재해는 훨씬 심각할 것이다. 그래서 '둑을 긴급 복구'한다느니 '둑을 보호'한다느니 '둑의 붕괴를 엄격히 방비'한다느니, 호들갑을 떨어 대면서 모두들 고생한다. 애초에 강물이 범람했을 적에 둑을 높이지 않고 바닥을 파냈다면, 결코 이 지경에 이르지는 않았으리라고 나는 생각한다.

금송아지를 탐내는 자에게는 금쥐는커녕 죽은 쥐라도 주지 말아야 한다. 그렇게 하면 이런 자들은 생일잔치도 차리지 않을 것이다. 생일 축하를 더는 것만으로도 이미 대단히 기분 좋은 일이다.

중국인이 고생을 사서 하는 근원은 받들어 올리는 데에 있지만, "스스로 복을 구하는"[20] 길은 파내는 데에 있다. 사실 노력의 양은 엇비슷하지만, 타성에 깊이 젖어 있는 사람이 보기에는 그래도 받들어 올리는 게 힘이 덜 든다고 여긴다.

12월 10일

### 3. 앞장서기와 꼴찌

『한비자』韓非子에 따르면, 경마의 요체는 "앞장서지 않고, 꼴찌를 부끄러워하지 않는 것"[21]이다. 이것은 우리 같은 문외한이 보기에도 일리 있다는 생각이 든다. 왜냐하면 처음부터 죽자 살자 내달린다면, 말은 금방 지치고 말기 때문이다. 그러나 이 첫마디는 경마에만 적용될 뿐인데, 불행히도 중국인은 이 말을 처세의 보감으로 떠받들고 있다.

중국인은 "싸움에 앞장서지 않고" "화를 먼저 당하려 하지 않"을뿐더러, 심지어 "복을 먼저 받으려고도 하지 않는다".[22] 그렇기에 무슨 일이나 개혁하기가 쉽지 않다. 선구자나 선봉장은 대체로 누구나 하기를 꺼린다. 그러나 인성이 어찌 참으로 도가에서 말하듯 물욕이 없을 수 있겠는가? 얻고 싶은 것이 오히려 많은 법. 직접 얻어 낼 용기가 없는 이상, 음모와 술수를 쓰는 수밖에 없다. 이리하여 사람들은 날로 비겁함을 드러내어, "앞장서지 않"음은 물론 "꼴찌를 부끄러워하지 않"을 용기도 없다. 그래서 아무리 커다란 무리를 이루고 있을지라도 조금이라도 위기가 보이면, "새와 짐승처럼 뿔뿔이 흩어져" 버린다. 만약 몇몇 사람이 물러서지 않다가 해를 당하면, 공론가들은 이구동성으로 멍청이라고 불러 댄다. "끈기 있게 끝까지 해내 가는"[23] 사람들에 대해서도 마찬가지이다.

나는 가끔 어쩌다가 학교 운동회를 구경하러 간다. 운동회의 경쟁은 본래 두 적국이 전쟁을 벌이듯 원한을 품고 있는 게 아닌데도, 경쟁으로 인해 욕을 퍼붓고, 혹은 다투기도 한다. 그러나 이런 일들은 별도로 치자. 달리기를 겨룰 때, 대개 가장 빨리 달리는 서너 명이 결승점에 들어오면, 나머지 선수들은 기운이 빠져, 몇몇은 예정된 바퀴 수를 완주할 엄두를 내지 못한 채 도중에 구경꾼의 무리 속으로 들어가 버리거나, 아니면 거짓으로 넘어져 적십자대의 들것에 실려 나가기도 한다. 비록 뒤처졌지만 끝까지 달리는 경우도 간혹 있지만, 끝까지 달린 사람은 사람들에게 비웃음을 당한다. 아마 그가 똑똑하지 못해 "꼴찌를 부끄러워하지 않"기 때문이리라.

그래서 중국에는 이제껏 실패한 영웅, 끈기 있는 반항, 홀몸으로 치열한 전투를 벌인 무인, 반역자를 위로하는 조문객 등이 거의 없다. 승리의 조짐이 보이면 우르르 몰려들고, 패배의 조짐이 보이면 뿔뿔이 달아난다. 무기가 우리보다 정교하고 예리한 서구인들, 무기가 반드시 우리보다

정교하고 예리하다고는 볼 수 없는 흉노와 몽고, 만주 사람들이 마치 무인지경에 들어오듯 쳐들어왔다. '토붕와해'[24]라는 이 네 글자는, 중국인에게 자신을 아는 명석함이 있었음을 잘 나타내 주고 있다.

"꼴찌를 부끄러워하지 않는" 사람들이 많은 민족은 어떤 일에서나 절대로 단숨에 '토붕와해'되지 않을 것이다. 나는 운동회를 구경할 때마다 늘 이런 생각에 잠기곤 한다. 우승자는 물론 존경할 만하다. 그렇지만 뒤처졌더라도 멈추지 않고 끝까지 달린 선수, 그리고 이런 선수를 보고서도 숙연히 비웃지 않는 관객이야말로 중국의 장래의 대들보라고.

#### 4. 유산(流産)과 단종(斷種)

최근 젊은이들의 창작에 대해 느닷없이 '유산'이라는 나쁜 시호諡號가 내려지더니, 떠들썩하게 이에 호응하는 이들이 많아졌다. 나는 지금 믿는다. 이 말을 발명한 사람은 어떤 악의도 없이, 우연히 그렇게 말했을 뿐이며, 호응하는 이들도 그럴 만한 사정이 있어서일 거라고. 세상사란 본래 대개 이런 법이다.

중국인들은 왜 옛 상황에 대해서는 차분하고 온화하면서도, 비교적 새로운 기운에 대해서는 이토록 이맛살을 찌푸리며 못마땅해하는지, 왜 기성의 형세에 대해서는 두루뭉술 넘어가면서도, 갓 일어나는 일에 대해서는 이다지도 완전무결을 요구하는지, 나는 유독 이해할 수 없다.

지식이 고매하고 시야가 원대한 선생님들께서 우리를 인도하고 있다. 태어날 아이가 성현이나 호걸, 천재가 아니라면 낳지 말라고. 써내는 작품이 불후의 명작이 아니라면 쓰지 말라고. 개혁하는 일이 단숨에 극락

세계로 변모시키거나, 아니면 적어도 나(?)에게 더 많은 이익을 주는 게 아니라면 절대로 꼼짝하지 말라고!……

그렇다면 그는 보수파인가? 들리는 말로는 전혀 그렇지 않다고 한다. 그는 그야말로 혁명가이다. 오직 그만이 공평하고 정당하고 온건하고 원만하며, 전혀 폐단이 없는 개혁법을 갖고 있다. 현재 연구실에서 연구를 진행하고 있다——다만 아직 연구가 끝나지 않았을 따름이다.

언제 연구가 끝날까? 대답은 이렇다. 아직 확실치 않다고.

아이가 막 걸음마를 배울 때의 첫걸음은, 어른이 보기에는 유치하고 위험하며 서툴고, 그야말로 우스꽝스럽다. 그러나 아무리 어리석은 아낙일지라도 간절한 희망의 마음을 담아 아이가 내딛는 첫걸음을 바라보지, 그의 걸음걸이가 유치하여 높으신 분의 길에 방해가 될까 봐 아이를 '못살게 굴어 죽이'지는 않을 것이며, 아이를 침대 위에 감금하고서, 펄쩍펄쩍 뛰어다닐 수 있을 때까지 누워 연구케 하고서야 바닥에 내려서도록 하지는 않을 것이다. 왜냐하면 아낙은 이렇게 하면 설령 백 살을 먹더라도 여전히 걷지 못하리라는 것을 알고 있기 때문이다.

예로부터 이러했지만, 이른바 독서인讀書人은 후배에 대해 오직 적나라한, 혹은 겉모습만 바꾼 속박만을 이용했다. 최근에는 약간 점잖아져서 누군가 두각을 나타내면, 대개 학자나 문인들이 "잠깐, 게 앉으시오"라고 가로막는다. 이어 조사입네, 연구입네, 퇴고입네, 수양입네,…… 도리를 늘어놓는데, 결국은 그 자리에서 늙어 죽는다. 그렇지 않으면 '소란을 피운다'는 칭호를 얻게 된다. 나도 지금의 젊은이들처럼, 이미 죽었거나 아직 살아 있는 스승들께 가야 할 길을 여쭌 적이 있었다. 그들은 모두 동쪽으로, 혹은 서쪽으로, 혹은 남쪽으로, 혹은 북쪽으로 가서는 안 된다고 말씀하셨다. 그러나 반드시 동쪽으로, 혹은 서쪽으로, 혹은 남쪽으로, 혹은 북쪽으로 가야 한다고는 말씀하지 않으셨다. 나는 마침내 그분들의 마음 깊숙이 감추어진 것을 발견했다. 그것은 단 한 가지 '가지 말라'는 것뿐이었다.

앉은 채로 평안을 기다리고 전진을 기다리는 것, 이게 가능하다면 물론 얼마나 좋으랴. 하지만 염려스러운 점은 늙어 죽어도 기다리는 것이 끝내 오지 않는다는 것이다. 낳지도 않고 유산하지도 않으면서 똑똑한 아이[25]를 기다릴 수 있다면, 그거야 물론 아주 기쁜 일이다. 그러나 염려스러운 점은 끝내 아무것도 없으리라는 것이다.

출중한 아이를 낳지 못할 바에야 단종하는 것이 낫다고 생각한다면, 할 말이 없다. 그러나 우리가 영원토록 인류의 발자국 소리를 들으려 한다면, 아무튼 유산이 아무것도 생산하지 않는 것보다 훨씬 희망적이라 생각한다. 왜냐하면 유산은 생산할 수 있음을 명명백백히 증명하고 있기 때문이다.

12월 20일

주)________

1) 원제는 「這個與那個」, 1925년 12월 10일, 12일, 22일 세 차례에 걸쳐 『국민신보 부간』(國民新報副刊)에 발표했다.
2) 어느 높으신 분은 장스자오를 가리킨다. 이 문집의 「민국 14년의 '경서를 읽자'」의 주 12)를 참고하시오.
3) 원문은 "學而時習之, 不亦說乎?"이며, 『논어』 「학이」(學而)의 첫머리에 실려 있다.
4) 갑오전쟁은 1894년에 일어난 청일전쟁을 가리킨다. 이 전쟁에서 중국은 양무운동의 한계를 드러내면서 패하여 시모노세키조약(下關條約)을 체결했다.

5) 청일전쟁에서 패배한 청나라 정부는 다소 개량주의적인 방법을 취했다. 무술변법(1898) 시기에 광서제(光緖帝)는 7월 6일 조서를 내려 중학교와 소학교를 널리 설립하고 서원(書院)을 학당(學堂)으로 고치도록 했으며, 6월 20일에는 과거시험에서 팔고문을 폐지하고 "전에 사서의 문장을 이용했던 것은 일률적으로 책론(策論)을 시험치도록" 바꾸었다. 무술변법이 실패한 후, 1902년에 「흠정학당장정」(欽定學堂章程)을 반포하여 학당의 설립을 개시했으며, 1905년에는 과거제도를 중단함으로써 경서 읽기가 폐지되었다.

6) 청나라 건륭(乾隆) 38년(1773)에 사고전서관을 설립하여, 관신(館臣)들로 하여금 궁중에 소장되어 있거나 민간에서 바친 서적을 선정, 초록케 했다. 10년에 걸쳐 선정, 초록된 3,503종의 서적은 경(經)·사(史)·자(子)·집(集)의 4부로 나누었는데, 이것이 곧 흠정사고전서(欽定四庫全書)이다. 사고전서의 초록은 문헌의 보존과 정리에 일정 정도 기여했지만, 청나라 정부의 문화 통제의 구체적인 조치의 하나이기도 했는데, '어긋난다'고 인정되는 책은 '몽땅 없애 버리'거나 '일부 없애 버리'고 내용을 뜯어고침으로써, 훗날 근거를 찾을 수 없게 되었다.

7) 『임랑비실총서』(琳琅秘室叢書)는 청나라 때에 호정(胡珽)이 교열한 책으로서, 도합 5집에 36종이다. 주로 일화·설부(說部)·불교와 도교(釋道) 등의 내용을 담고 있다.

8) 『모정객화』(茅亭客話)는 송나라 때에 황휴복(黃休復)이 지은 책으로서, 도합 10권이다. 오대(五代)로부터 송나라 진종(眞宗, 약 10세기)에 이르기까지의 촉중(蜀中)의 잡사를 기록하고 있다.

9) 『삼조북맹회편』(三朝北盟滙編)은 송나라 때 서몽신(徐夢莘)이 편찬한 책으로서, 도합 250권이다. 송나라 휘종(徽宗) 정화(政和) 7년(1117)부터 고종(高宗) 소흥(紹興) 31년(1161)에 이르기까지 송나라와 금나라의 전쟁과 화친에 관한 역사자료를 담고 있다.

10) 『송인설부총서』(宋人說部叢書)는 상우인서관(商務印書館)에서 펴낸 '송인설부서'(宋人說部書 ; 모두 필기소설임)를 가리킨다. 샤징관(夏敬觀)이 교열·편찬했으며, 모두 20여 종이 편찬되었다.

11) 『야획편』(野獲編), 즉 『만력야획편』(萬曆野獲編)은 명나라 때 심덕부(沈德符)가 지은 책으로서, 본권 30권과 보유 4권으로 이루어져 있다. 명나라의 개국으로부터 신종(神宗) 만력(萬曆) 연간에 이르기까지의 전장제도와 민간고사를 기록하고 있다.

12) 『명계남북략』(明季南北略)은 『명계남략』(明季南略)과 『명계북략』(明季北略)을 가리키며, 청나라 때 계륙기(計六奇)가 펴냈다. 『북략』은 모두 24권으로, 만력 44년(1616)부터 숭정(崇禎) 17년(1644)까지의 일을 기록하고 있고, 『남략』은 모두 18권으로, 『북략』에 뒤이어 청나라 강희(康熙) 원년(1662)에 남명(南明)의 영력제(永曆帝) 피살까지를 기록하고 있다.

13) 『명계패사회편』(明季稗史滙編)은 청나라 때에 유운거사(留雲居士)가 편집한 책으로서,

도합 27권이며, 패사(稗史) 16종을 수록하고 있다. 각 권에는 명나라 말기의 유사(遺事)가 기록되어 있다.

14) 『통사』(痛史)는 낙천거사(樂天居士)가 펴낸 책으로서, 도합 3집이다. 신해혁명 후 상하이 상우인서관에서 묶어 출판했는데, 명나라 말기와 청나라 초기의 야사 20여 종을 수록했다.

15) 르봉(Gustave Le Bon, 1841~1931)은 프랑스의 의사이자 사회심리학자이다. 그는 『민족 진화의 심리학적 법칙』(*Les Lois psychologiques de l'évolution des peuples*)이라는 책에서 다음과 같이 주장했다. "종족의 진의를 이해하기 위해서는 동시에 과거와 미래에까지 펼쳐야 한다. 죽은 자는 산 자에 비하면 무한히 훨씬 더 많고 훨씬 더 강력하다."(장궁뱌오張公表 번역, 상우인서관 출판) 『열풍』 「수감록 38」의 주 8)(『루쉰전집』 제1권 455쪽)을 참고하시오.

16) 미국에서 진화론을 금지함에 관하여, 장스자오는 『갑인』 주간 제1권 제17호(1925년 11월 7일)에 실린 「'훈'자의 뜻을 다시 풀이함」(再疏解輯義)이라는 글에서 다음과 같이 밝혔다. "테네시(Tennessee)주는 기독교 신앙이 돈독한 곳이다. 이전에 주 헌법에 따라, 모든 학교의 교과서는 성경과 배치되는 이치를 금지한다고 명문으로 규정했다. 이 주에 데이튼(Dayton)시가 있는데, 이 시의 소학교 교사인 스콥스(John Thomas Scopes)는 학생들에게 진화론을 가르쳤다. 몹시 노한 주 정부는, 그가 교리를 어겼을 뿐만 아니라 주의 헌법을 어겼다는 죄명으로 그를 체포하여, 재판관에게 그의 죄를 묻게 했다." 그후 "그가 문인임을 감안하여 벌금 100위안에 처했다."

17) 삼각형은 전족(纏足)을 의미한다.

18) 명나라 때 풍몽룡(馮夢龍)은 『광소부』(廣笑府) 13권을 편찬했다. 이 책이 청나라에 이르러 금지되자 책방에서는 『소림광기』(笑林廣記)로 개편했다. 모두 12권이며, 편자의 필명은 유희주인(游戲主人)이다. 금쥐에 관한 이야기는 이 책의 1권(『광소부』의 2권)에 실려 있다.

19) 민국 원년의 혁명은 신해혁명을, S시는 사오싱(紹興)을, 도독(都督)은 왕진파(王金發, 1882~1915)를 각각 가리킨다. 왕진파는 저장 성현(嵊縣) 사람이며, 일본에서 유학하여 광복회(光復會)에 가입했다. 신해혁명 이후 사오싱 군정분부(軍政分府) 도독을 역임했으며, 후에 저장성 도독 주루이(朱瑞)에게 살해되었다. 『아침 꽃 저녁에 줍다』에 실린 「판아이눙」(范愛農) 및 관련 주석을 참고하시오. 왕진파는 저장성 동부의 홍문회당(洪門會堂)의 평양당(平陽黨)을 지도한 적이 있었는데, 그 무리가 만 명에 달했다고 한다. 그래서 루쉰은 그를 '녹림대학 출신'이라 일컬은 것이다.

20) 원문은 '自求多福'이다. 이 말은 『시경』 「대아 · 문왕」의 "길이 말씀이 하늘의 뜻에 부합케 하여 스스로 다복함을 구하라"(永言配命, 自求多福)라는 글귀에서 비롯되었다.

21) 원문은 '不爲最先, 不恥最後'이다. 이 문집의 「여백 메우기」의 주 29)를 참고하시오.

22) 원문은 '不爲戎首, 不爲禍始, 不爲福先'이다. 『예기』의 「단궁」(檀弓)에서는 "싸움에 앞장서지 않으면, 이 또한 좋지 아니한가?"(不爲戎首, 不亦善乎?)라고 했으며, 『장자』의 「각의」(刻意)에 "복을 먼저 받으려 하지 않고 화를 먼저 당하려 하지 않는다. 외물에 느껴진 다음에야 반응하고, 닥친 다음에야 움직이며, 어쩔 수 없는 다음에야 일어선다"(不爲福先, 不爲禍始; 感而後應, 迫而後動, 不得已而後起)라고 했다.

23) 원문은 '鍥而不舍'이다. 이 말은 『순자』 「권학」(勸學)의 "끈기 있게 새기다 보면, 금석에도 새길 수 있다"(鍥而不舍, 金石可鏤)라는 글귀에서 비롯되었다.

24) 토붕와해(土崩瓦解)는 와르르 한꺼번에 무너진다는 의미이다.

25) 원문은 '寧馨兒'이다. 이 말은 『진서』(晉書) 「왕연전」(王衍傳)의 "어느 할멈이 이런 아이를 낳았는고"(何物老嫗, 生寧馨兒)라는 글귀에서 비롯되었다. '寧馨兒'의 '寧'은 '이러한'을 의미하고, '馨'은 어조사이다.

# 결코 한담이 아니다(3)[1)]

시잉 선생이 이번에는 얼굴에 의분을 드러냈다. 『현대평론』 48기의 「한담」에서, 출판업자가 제멋대로 작품을 골라 찍어 내는 바람에 물질상의 손해를 입은 작자들을 위해 불평을 털어놓은 것이다. 더욱이 나의 이름도 작자의 대열에 끼워 주었으니, 황송하기 그지없다. 식사 후에 내 나름의 소감을 조금 적기로 했다. 붓을 든 '동기'라면, 그건 아마 '불순'한 것일 게다.[2)] 어렸을 적 고향에서 지냈던 일이 기억난다. 신사들이 약간은 기만적인, 하지만 제 딴에는 은혜라는 걸 하층인에게 베풀어 주었는데, 하층인이 별로 고마워하지 않을 때면 '배은망덕한 놈!'이라고 야단을 쳤다. 나의 할아버지는 글공부를 하셨으니 어쨌든 선비라 할 수 있다. 그런데 불행히도 나부터는 어찌된 일인지 하층의 기질을 갖게 되어, 은혜는 물론 조문조차 받기가 썩 내키지 않았다. 솔직히 말해, 난 늘 그런 것들이 거짓이 아닐까 의심했다. 이런 의심이 아마 '배은망덕함'의 근원일 것이며, 써내는 것을 '불순'하게 만들고 있으리라.

　시퍼런 칼날이 앞에서 번뜩이고 뜨거운 불길이 뒤에서 타오를지라도, 책상에 달라붙어 글을 쓰지 않으면 안 되는 '창작의 충동'[3]을 내가 언제 가져 본 적이 있었던가. 이러한 충동이 순결하고 고상하며 소중하다는 것을 잘 알고 있지만, 내게 없는 데야 어찌하랴. 며칠 전 아침, 어느 친구가 나를 째려보았다. 얼굴이 화끈 달아오르고 마음에 영 꺼림칙한 느낌이 들어, 자못 무슨 충동이 생길 것만 같았다. 하지만 나중에 늦가을의 찬바람을 쏘이자, 달아올랐던 얼굴은 원래대로 식어 버렸다—창작은 없어졌다. 이미 출판된 나의 글들은 쥐어짜 낸 것이다. 이 '쥐어짜다'라는 글자는 소젖을 쥐어짠다고 할 때의 '쥐어짜다'이다. 이 '소젖을 쥐어짜다'라는 건 오직 '쥐어짜다'라는 글자를 설명하기 위한 것이지, 일부러 나의 작품을 우유에 비겨서 유리병 속에 담아 '예술의 궁전' 따위로 들여보내 주길 바라는 건 결코 아니다. 요즘 갑자기 유행하고 있는 논조를 사용하여, 젊은 이들이 미숙한 작품을 서둘러 발표하는 것을 '유산'이라 일컫는다면, 나의 작품은 '낙태'이다. 어쩌면 아예 태胎가 아니라, 살쾡이가 태자 노릇을 한[4] 건지도 모른다. 그래서 글을 쓰고 나면 그만이었다. 죽이 되든 밥이 되든. 출판업자가 아무리 훔쳐 가고, 문인이 뭐라고 지껄이든, 더 이상 마음을 졸이지 않았다. 그러나 내가 믿고 있는 사람이 보고 싶어 하고 훌륭하다고 칭찬하면, 기쁘기 한이 없었다. 나중에 묶어서 찍어 내기도 했는데, 솔직히 말해 돈 몇 푼을 벌기 위해서였다.

그렇다면, 내가 글을 쓸 때에 경건한 마음이 없었던가? 대답하자면, 있었을 것이다. 설령 젠체하며 뻐길 마음은 없었을지라도, 결코 일부러 번지르르하게 나불거리지는 않았다. 쥐어짜이면서도 싱글벙글 웃는 얼굴로 유희삼매[5]할 수 있겠는가? 그럴 수 있다면, 그건 그야말로 신선이리라. 나는 여순양[6] 조사祖師의 문하에 귀의한 적이 없다.

그러나 글을 쓰고 난 뒤에는, 명예를 그다지 소중히 여기지 않으며, 이른바 '못나도 제 자식'이라는 생각은 지니고 있지 않다. 앞에서 밝혔듯이, 그때는 이미 "죽이 되든 밥이 되든, 쓰고 나면 그만"이기 때문이다. 이런 무료한 뒷일에 어느 누가 신경이나 써 주겠는가? 그래서 어느 선집자가 자신의 위대한 안목으로 나의 작품을 골라 찍어 낸다 해도, 나는 예전처럼 조금도 상관하지 않는다. 사실 상관하려야 상관할 길도 없다. 이전에 번역서의 인세를 남을 대신하여 수령한 적이 있었는데, 책이 다 팔렸다는 소식을 듣고서 출판사에 돈을 달라고 했더니, 이런 내용의 회신이 왔다. 이전의 책임자는 이미 사직하고 집으로 돌아갔으니, 그에게 달라고 하시오. 우린 전혀 모르오. 이 출판사는 상하이에 있었는데, 기차를 타고 가서 출판사에 눌러앉아 돈을 독촉하거나, 아니면 소송을 제기할 수 있겠는가? 하지만 나는 이런 선집에 대해 내심 '마뜩잖은' 점이 몇 가지 있다. 하나는 원본의 오자인데, 보기만 해도 금방 오자임을 알 수 있음에도 고치지 않는다는 점이다. 둘째는 그들이 무슨 주의입네, 무슨 뜻이네 등등[7] 몇 마디 거창한 의론을 내세우는데, 내가 보기에는 대개 터무니없다는 점이다. 물론 비평은 '정신의 모험'이며, 비평가의 정신은 언제나 작가보다 한 발 앞선다. 그러나 그들이 일컫는 주검 위에서 나는 맥박 소리를 똑똑히 듣는다. 이거야 정말 아무리 말해 보았자 일치되는 일이 없을 것이다. 이밖에는 크게 원망할 일이 없다.

이건 동방문명식의 넓은 도량인 듯하지만, 사실은 내가 글을 팔아 살아가지 않기 때문이리라. 중국에서는 장수를 축원하는 변문駢文의 가격이 흔히 편당 백 냥이나 하지만, 백화는 값이 나가지 않는다. 번역은? 듣자 하니, 이건 창작할 능력은 없고 남이 창작하는 건 눈꼴시어 못 보는, 못된 심보를 가진 자들이나 제창하는 것이라 하니, 앞으로 문단이 진보하면 물론 한 푼의 값어치도 되지 않을 것이다. 내가 쓴 글은 처음에는 여러 가지 장애에 부딪혔지만, 지금의 시가는 일천 자 당 1위안에서 2, 3위안 정도이다. 하지만 이렇게 좋은 단골은 별로 없는 편이며, 늘 어쩔 도리 없이 어디에서 비롯된 것인지 알 수 없는 의무에 시달리고 있다. 어떤 이들은 내가 이런 원고료나 인세로 집도 짓고 쌀도 살 뿐만 아니라, 그 돈으로 담배도 피우고 사탕도 먹는다고 생각한다. 그 경비가 다른 데에서 속여 빼앗아 온 것임을 전혀 알지 못한다. 먼저 험상궂은 얼굴로 출판사 사장을 을러댄 다음에 그와 협상을 벌이는 일엔 난 정말이지 젬병이다. 내 생각에, 중국에서 가장 값나가지 않는 것은 노동자의 체력이고, 그 다음은 우리의 글이란 것이며, 가장 값나가는 것은 영리함뿐이다. 만약 곧이곧대로 글을 팔아 살아가려고 한다면, 내 경험에 비추어 보아 이리저리 팔아도 회수하는 데 적어도 한 달, 길면 일 년 남짓 걸릴 터이다. 그러니 금액이 도착했을 때, 작가는 이미 굶어 죽었을뿐더러, 여름철이라면 근육마저도 썩어 문드러졌을 터이니, 밥으로 채울 배가 어디 남아 있겠는가.

그래서 나는 다른 방도로 생계를 도모하고 있으니, 이른바 글의 경우에는 쥐어짜지 않으면 짓지 않는다. 쥐어짜야 글이 나오니, '인스피레이션'[8]이네, '창작의 감흥'이네 하는 고상한 부류와는 그다지 관계가 없다는 걸 금방 알 수 있을 것이다. 다른 방도로 생계를 도모할 필요가 없이 정신을 한데 모은다면, '인스피레이션' 따위가 생겨 제법 위대한 작품을 생산할 수 있을 것이며, 적어도 껍질을 벗긴 살쾡이를 내놓지 않아도 될 것이다. 그렇다고 해서 반드시 이렇지는 않다. 삼가촌三家村의 동홍冬烘 선생[9]은 일년 내내 아침부터 밤까지 마을 아이들을 가르치면서, "때로 정치활동을 생각하는 일"이 털끝만큼도 없을 뿐만 아니라, 전혀 "갖가지 무료한 일을 하지"[10] 않지만, 그렇다고 그들이 『교육학개론』이나 '고두강장'[11]의 초고를 명산에 감추어 둔 것 같지도 않다. 맑스의 『자본론』, 도스토예프스키의 『죄와 벌』 등이 모카 커피를 마시고 이집트 궐련을 피운 후에 씌어진 것은 아니다. 장스자오 총장 휘하에 있는 "재주를 타고난 몇몇" 편역관[12] 인원, 그리고 관료에게서 보조금을 받고 은행으로부터 광고비를 받는 '대형 잡지'[13]의 기고자들만이, 일을 꾸며 성사시키고 달게 자고 배불리 먹은 뒤에, 세 달간 글자를 매만지고 반 년간 글을 다듬어 장차 특출나게 심오하고 빼어날 작품을 지어낼 것이다. 요컨대 나라면, 배부르고 교제가 줄어들면 마음이 평안해져, 문을 닫아걸고 아무것도 쓰지 않을 것이다. 설사 쓴다 할지라도, 그건 아마 미지근한 말이나 이래도 그만 저래도 그만인 주장, 곧 이른바 절충안이나 지당한 말씀에 지나지 않을 터이니, 쓰지 않은 거나 마찬가지일 따름이다.

그러므로 상하이의 출판업자 나부랭이가 모기로 변해 내 피를 약간 빨아먹는 건 물론 의심할 여지없이 내게 물질적인 손해를 안겨 줄 것이다. 그러나 나는 별로 원망하지 않는다. 그들이 모기라는 걸, 나도 잘 알고 있고 남들도 잘 알고 있기 때문이다. 내 평생에 나에게 커다란 손해를 안겨 준 것은 출판업자나, 군대나 비적, 더욱이 기치선명한 소인이 아니라, 이른바 '뜬소문'이었다. 올해만 해도 "학생 소요를 선동했다"느니 "교장이 될 음모를 꾸몄다"느니 "앞니가 빠졌다"[14]느니 하는 말들이 퍼졌다. 한번은, 지금 나의 저작권이 손실을 입었다면서 불평을 품고 있는 시잉 선생조차 뜬소문을 믿고서 『현대평론』(제25기)의 예의 그 「한담」에 발표했으니, 그 효력을 가히 짐작할 수 있다. 예를 들면 여학생 한 명에게는, 비열하고 음험한 문인학사 몇몇이 품행에 대해 암암리에 퍼뜨리는 헛소문을 듣느니, 차라리 토비에게 붉은 목도리 하나—물질—를 빼앗기는 게 나을 것이다. 그런데 이런 '뜬소문'을 지어낸 자는 한 사람인가, 아니면 여러 사람인가? 성은 무엇이고 이름은 무엇인가? 나는 끝내 알아낼 수 없었다. 나중에는 그럴 겨를도 없어서 더 이상 조사하지 않았지만, 기술의 편의를 위해 이런 자들을 통틀어 짐승이라 일컫기로 했다.

비록 분류는 했지만, 불행하게도 이 짐승들은 사람들 사이에 섞여 있고 똑같이 사람 얼굴을 하고 있어서, 실제로는 여전히 분간할 길이 없다. 그래서 나는 의심이 많아져 남의 말을 좀체 곧이들으려 하지 않는다. 또한 할 말도 없기에, 그다지 글을 쓰고 싶지도 않다. 때로는 심지어 정말로 얼굴에 의분을 드러낸 공정한 말조차 기괴하고 진기하게 느껴졌다. 그리하여 하층인의 기질인 '배은망덕함'이 마침내 형성되고 말았으니, 어쩌면 끝내 불치병이 되어 버릴지도 모르겠다.

차분히 생각해 보면, 이른바 '선집가'라는 부류의 인물은, 명나라 말기의 팔고문 선집가[15]를 쉬이 연상시키기에 듣기 거북하지만, 지금은 오히려 그런 사람이 몇 명쯤 있어야 한다. 최근 2, 3년 사이에 제법 이름난 작가의 작품보다 뛰어난 무명작가의 작품이 어찌 없었겠는가만, 아무도 거들떠보지 않은 채 될 대로 되라고 내버려 두었던 것이다. 작년에 나는 DF 선생[16]에게 이런 제안을 한 적이 있다. 각지의 각종 정기간행물을 두루 수집하고 세심히 평가하여 몇 권의 소설집으로 엮어 세상에 소개하는 사람이 누군가 꼭 있어야 한다. 단 이미 작품집을 낸 사람의 작품은 일체 싣지 말고 "두 번 절하여 대문 밖으로 모시자"는 것이었다. 그러나 이 이야기도 끝내 공염불이 되고 말았다. 당시 최종적인 결정이 나지 않은 데다, 나중에 모두들 흩어져 버렸기 때문이다. 나 또한 이 일을 하지 못했다. 나는 편파적이기 때문이었다. 옳고 그름을 가릴 때, 나는 늘 나와 친숙한 사람이 옳다는 생각이 들고, 작품을 읽으면 나와 견해가 다른 사람의 수완은 그리 대단치 않다는 느낌이 든다. 나의 마음속에는 '공평'이란 게 없는 듯하며, 남들에게서도 본 적이 없다. 하지만 어딘가에는 아마 있으리라 생각한다. 이 때문에 나는 감히 두 가지, 즉 법관과 비평가가 되겠다는 생각은 감히 하지 않는다.

지금 전문적인 선집가가 아직 없는 터이니, 비평가가 이 일을 해도 좋으리라. 비평가의 직무는 나쁜 풀을 베어 낼 뿐만 아니라, 아름다운 꽃—아름다운 꽃의 싹에 물을 대 주기도 해야 하기 때문이다. 예를 들어, 국화가 아름다운 꽃이라면, 국화의 원종原種은 노란색의 자잘한 들국화에 지나지 않은데, 속칭 '만천성'滿天星이 바로 그것이다. 그러나 정말로 문단에 제법 뛰어난 작품이 없어서인지는 모르겠지만, 아마 비평가가 되면 안목이 아주 높아져서 그런지, 젊은 작가들을 들이받고 냉소하고 말살하는 것만 보았을 뿐, 부축하고 고무하는 뜻이 담긴 비평은 좀처럼 보지 못했다. 이른바 '문사'文士이면서 또 비평가인 듯한 부류가 있는데, 오로지 한 사람만의 어전 시종이 되어, 톨스토이니 여자 톨스토이니 엉뚱한 말만 늘어놓으면서 한 사람만을 위한 바람막이 노릇을 하고 있다. 더 심한 경우에는 한 사람을 남몰래 비호하면서 다른 사람을 중상하기도 한다. 이때 이름과 증거는 시원스레 밝히지 않은 채 슬쩍 빗대는 어투를 사용함으로써, 당사자는 자신을 말하고 있다는 것을 알아차리지 못하게 하며, 달리 구두 선전을 이용하여 필묵으로 언급하지 못한 것을 보충함으로써, 남들이 그 당사자를 의심하도록 만든다. 글에 대해서만이 아니라, 여성들의 명예까지도 이런 짐승 같은 방법으로 훼손하는 것을 올해에 보았다. 옛사람들은 늘 '도깨비장난'이라고 말해 왔지만, 사실 세상 어디에 도깨비가 있었겠는가. 여기에서 가리키는 것은 이런 자의 짓거리에 지나지 않으리라. 이런 자는 물론 말할 나위 없거니와, 시종 노릇만 하는 자 역시 일언반구 평하고 고를 자격이 없다. 왜냐하면 평하고 고르는 작업은, 하는 사람이 편파적이지 않다고 여기지만 사실 편파적이어도 괜찮고, 공평하다고 여기지만 사실 공평하지 않아도 괜찮지만, 그 사이에 '다른 꿍꿍이'가 있어서는 절대로 안 되기 때문이다.

출판업자도 다른 상인들과 마찬가지로 이익만을 꾀한다. 그가 출판을 하거나 의론을 펴는 '동기'가 '불순하다'는 것은 누구나 알고 있기에, 결코 대학교수와 동등하게 바라보지는 않는다. 그렇지만 그들은 이익을 꾀하는 일 외에, 반드시 다른 속셈을 가지고 있는 것은 아니다. 바로 이로 인해 나는 오히려 마음이 놓인다. 물론 이제껏 더욱 기묘하고 음험한 암전暗箭을 맞아 보지 않은 복 많은 사람이라면, 이것만으로도 고통을 느낄 것이다.

이 또한 한 편의 작품이라 할 수 있으리라. 하지만 역시 쥐어짜 낸 것이며, 화롯가에 둘러앉아 차를 끓이는 중의 한담이 결코 아니다. 마지막으로 앞으로 되돌아가 이것을 제목으로 달았다. 사실을 기록했을 뿐이다.

11월 22일

주)______

1) 원제는 「幷非閑話(三)」, 1925년 12월 7일 『위쓰』 주간 제56기에 발표했다.
2) 판권과 창작 동기의 문제에 관하여, 천시잉은 『현대평론』 제2권 제48기(1925년 11월 7일)의 「한담」에서 다음과 같이 밝혔다. "어떤 자는 아주 교묘하게 남의 판권을 훔치고 있다. …… 루쉰, 위다푸(郁達夫), 예사오쥔(葉紹鈞), 뤄화성(落華生) 등의 여러 선생들은 모두 자신이 출판한 창작집을 지니고 있는데, 이제 소설선이란 이름으로 거기에 수록된 소설의 일부 혹은 전부를 표절한 자가 있다. 이렇게 되면 자신들의 책의 판로는 커다란 영향을 받는 게 당연하다." "한 가지 예술품의 산생에는, 순수한 창조충동뿐만 아니라, 늘 다른 동기도 섞여 있는 게 아닐까? 다른 불순한 동기가 섞여 있어야 하는 게 아닐까? …… 그러나 동서고금의 각종 문예미술품을 살펴보면, 이들의 산생의 동기가 대체로 혼잡하다고 말하지 않을 수 없다."
3) 천시잉은 『현대평론』 제2권 제48기의 「한담」에서 다음과 같이 밝혔다. "그들은 때로 창작의 충동이 일어났을 때, 일을 하지 않고는 밥도 먹지 않고 잠도 자지 않지만, 때로는 빈둥빈둥 충동이 지나쳐 가도록 내버려 두기도 한다." "창작에 들어서면, 진정한 예술가는 모든 것을 망각해 버린다. 그는 자신의 심령 속의 가장 아름답고 가장 진실한 것을 창조하며, 절대로 자신의 기준을 낮추어 일반 독자의 심리에 영합하려 하지 않는다."
4) 이것은 『송사』(宋史)의 「이신비전」(李宸妃傳)에 실려 있는, 인종(仁宗; 조정趙禎)의 생모 이신비가 아들을 인정하지 못한 고사에서 유래한 전설이다. 청나라 때 석옥곤(石玉崑)이 지어낸 공안(公案)소설 『삼협오의』(三俠五義)에는 다음과 같은 이야기가 실려 있다. 송나라 진종(眞宗)은 아들이 없었는데, 유비(劉妃)와 이비(李妃) 두 사람이 임신했다. 유비는 황후 자리를 차지하기 위해 태감(太監)과 짜고서, 이비가 아들을 낳자 껍질을 벗긴 살쾡이로 아이를 바꿔침으로써 이비를 모함했다.
5) 유희삼매(游戲三昧)는 불교 용어로서, 여기에서는 근심걱정 없이 태연하게 노닒을 의미한다.
6) 여순양(呂純陽, 798~?)은 여동빈(呂洞賓)이며, 이름은 암(岩)이고 호는 순양자(純陽子)이다. 전하는 이야기에 따르면, 당나라 말 경조(京兆; 지금의 산시陝西 창안長安) 사람이며, 종남산(終南山)에 은거했다고 한다. 민간전설에서는 그가 훗날 득도하여 신선이 되었다고 한다. 그가 인간 세상에 내려와 노닐었던 이야기로는 민간에서 널리 유전되고 있는 '악양루에서 세 번 취하다'(三醉岳陽樓)나 '백모란을 세 번 희롱하다'(三戲白牡丹) 등이 있다.
7) 당시 일부 출판업자들은 제멋대로 작품선을 출판하여 이익을 도모했는데, 편집과 교열이 엉망이었을 뿐만 아니라 터무니없는 평론을 덧붙이기도 했다. 이를테면 1922년 루장윈치(魯莊云奇)가 편집하여 소설연구사(小說研究社)에서 펴낸 『소설연감』(小說年鑒)에는 루쉰의 「토끼와 고양이」, 「오리의 희극」 등을 수록했는데, 「토끼와 고양이」는 '진

화론의 축도(縮圖)'라고 평론했다. 이 소설이 『천바오 부간』에 발표되었을 당시의 오자를 그대로 두었을 뿐만 아니라, "나는 그렇지 않다고 말했다"를 "나를 그렇지 않다고 말했다"라고 하는 등, 오자를 새로이 만들어 내기도 했다.

8) 영어로는 'inspiration'이다.

9) 삼가촌(三家村)은 외딴 시골마을을 의미하며, 동홍(冬烘) 선생은 사고방식이 진부하고 고루한 이를 풍자적으로 가리킨다. 오대(五代)의 왕정보(王定保)가 펴낸 『당척언』(唐摭言)의 「오방」(誤放)에는 다음과 같은 이야기가 기술되어 있다. 당나라 정훈(鄭薰)이 과거시험의 주임을 맡았는데, 안표(顔標)를 안진경(顔眞卿)의 후손으로 착각하여 그를 장원으로 선발하고 말았다. 당시 어떤 이가 "주임 시험관의 머리는 너무나 고루해, 안표를 안진경으로 잘못 보고 말았네"(主司頭腦太冬烘, 錯認顔標作魯公)라는 시를 지어 조롱했다.

10) 이 인용문들은 천시잉이 『현대평론』 제2권 제48기에 발표한 「한담」에 실려 있다. 즉 "학생을 가르치는 일로 밥벌이를 하면서 때로 정치활동을 생각하는 사람은 훌륭한 교원이 될 수 없으며, 정치활동으로 밥벌이를 하면서 몇 시간씩 학생을 가르치는 사람 역시 훌륭한 교원이 될 수 없다. …… 재주를 타고났으며 평생 저술하기를 원하는 벗들이 갖가지 무료한 일을 하고 있는 모습을 볼 때마다, 나는 저술계의 손실을 탄식하지 않을 수 없다."

11) 경서의 본문 윗부분에 꽤 널찍한 공백을 두어 해설문을 적어 넣는데, 이러한 해설문을 고두강장(高頭講章)이라 한다. 나중에는 이와 같은 격식을 갖춘 경서를 고두강장이라 일컫게 되었다.

12) 장스자오가 1925년 10월에 창립한 국립편역관(國立編譯館)을 가리킨다.

13) 이 '대형 잡지'는 『현대평론』을 가리킨다. 『맹진』 주간 제31기(1925년 10월 2일) 웨이린(蔚麟)이란 필명으로 발표된 통신에서는 다음과 같이 밝혔다. "『현대평론』은 돤치루이와 장스자오에게 몇천 위안을 받았기에, 남의 신세를 지면 심한 말을 못하는 법인지라, 돤치루이와 장스자오의 못된 짓에 대해 한마디도 입을 열지 못한다." 또한 『현대평론』은 제1권 제16기(1925년 3월 28일)부터 매 기마다 뒤표지에 진청(金城)은행의 광고를 실었다.

14) 1925년 10월 26일 돤치루이 정부는 영국, 미국, 프랑스 등 12개국을 초청해 베이징에서 '관세특별회의'를 개최하여, 여러 제국주의 국가와 새로운 관세협정을 맺고자 했다. 베이징의 각 학교와 단체의 5만여 명이 당일 톈안먼에서 집회를 열어 관세의 자주를 주장했다. 집회에 참가한 군중은 무장경찰에게 구타당하여 10여 명이 부상을 입고 수 명이 체포되었다. 이튿날 『사회일보』(社會日報) 등에서는 "저우수런(周樹人; 베이징대 교원)은 이를 다쳐 앞니 두 대가 부러졌다"고 사실에 맞지 않는 소식을 실었다. 『무덤』(墳)의 「수염에서 이까지의 이야기」(從胡鬚說到牙齒)를 참고하시오.

15) 명나라 때에는 팔고문으로 관리를 선발했기에, 팔고문을 골라 펴내는 선집가들이 많이 있었다. 이들이 펴낸 팔고문 선본에는 대체로 케케묵은 글들이 실려 있다.

16) DF 선생은 위다푸(郁達夫, 1896~1945)를 가리킨다. 위다푸는 저장 푸양(富陽) 사람으로서, 창조사(創造社)의 성원으로 활약했다. 1927년 1월 30일 베이징의 『세계일보 부간』(世界日報副刊)의 편집자에게 보내는 편지 가운데에서 다음과 같이 서술했다. "서너 해 전 내가 베이징에 있을 때, 루쉰 선생과 여러 차례 이야기를 나누었습니다. 몇 사람이 한데 모여 새로 출판된 소형 간행물을 들춰서 괜찮은 작품이 있으면 골라내어 사람들에게 소개해 주자. 그러면 아직 이름이 알려지지 않은 젊은 작가들이 다소나마 위안을 얻고 창작에 힘쓸 수 있을 거라는 이야기였지요. 나중에 일이 있어 베이징을 떠나는 바람에, 이 논의는 그만 물거품이 되고 말았습니다."

# 내가 본 베이징대학[1]

베이징대학 학생회에서 긴급히 요청하였기에, 이 대학의 27주년 기념에 대해 몇 마디 해야겠다.

어느 교수[2]의 고명한 주장에 따르면, "한두 시간 가르치는 강사"는 학교 일에 간여할 자격이 없다고 하는데, 내가 바로 한 시간을 가르치는 강사이다. 그러나 이 주장에 전혀 개의치 않더라도 용서하기 바란다—용서치 않는다면, 그거야 할 수 없지 뭐. 그런 일까지 어디 신경 쓰겠는가?

나는 이제껏 베이징대학 교원으로만 자처하지는 않았다. 다른 몇몇 학교와도 관계가 있었기 때문이다. 그런데 어찌된 영문인지—아마 기막힌 속셈이 있겠지만, 올해 느닷없이 제법 많은 사람들이 나를 베이다파北大派라고 지목한다. 베이징대학에 정말로 특별한 파가 있는지 알 수 없지만, 베이다파로 자처하기로 했다. 베이다파요? 그래, 베이다파다! 어쩔 테냐?

그렇지만 뜬소문가 여러분, 나의 뜻을 오해하여, 내가 어떻다고 소문을 내면 내가 당신네들 소문대로 한다고 여기지 마시오. 나의 방법도 결코 일률적이지는 않소. 예컨대 지난번의 시위 때, 신문에서는 내 앞니 두 대가 부러졌다고 소문을 냈지만, 나는 굳이 군경을 보내 주어 내 앞니를 부러뜨려 달라고 경찰청에 신고하진 않겠소. 내가 뜬소문대로 행하는 건, 오직 자신이 원하는 것만으로 제한된 것이오.

난 베이징대학 역시 결코 나쁘지 않다고 생각한다. 만약 정말로 파라는 게 있다면, 이 파에 들어가는 것도 괜찮다. 이유는 다음과 같다.

27주년이 되었다 하니, 이 대학의 싹은 물론 이전의 청淸에서 틔웠을 텐데, 나는 민국 초기의 상황에 대해서는 잘 알지 못한다. 다만 최근 7, 8년 간의 사실에 근거해 살펴보면, 첫째, 베이징대학은 늘 새롭고 개혁적인 운동의 선봉이 되어 중국을 보다 나은 향상의 길로 나아가도록 했다. 비록 수많은 암전暗箭을 맞고 수많은 뜬소문을 뒤집어썼으며, 교수와 학생 역시 해마다 조금씩 바뀌었지만, 그 향상의 정신은 여전히 시종일관되어 해이해지지 않았다. 물론 간혹 말머리를 돌리려는 이도 없진 않았지만, 이 또한 대세에 영향을 주지는 않았다. '만인이 한마음'이란 말은 원래 책에나 나오는 허울 좋은 말에 지나지 않는 법이다.

둘째, 베이징대학은 늘, 설사 자기 혼자뿐일지라도, 암흑세력에 맞서 싸워 왔다. 장스자오가 '학풍 정돈'[3]이란 간판을 내세워 "스승이 되겠다"고 하고, 또 금관金款[4]을 배분한 이래, 베이징대학은 평윈이에게 했던 대로 그를 대우했다.[5] 이제 장스자오는 아직 어둠 속에 몸을 숨긴 채 총장 노릇을 하고 있지만,[6] 그의 본색은 이미 드러나고 말았다. 반면 베이징대학의 품격 또한 더욱 분명해졌다. 당시 물론 회색을 드러낸 부분도 있으나, 대세에 영향을 주지 않았음은 첫째에서 말한 바와 마찬가지이다.

나는 하느님처럼 공과功過를 결산할 능력을 지니고 있는 공정론자公

正論者는 아니다. 내가 느낀 바에만 근거하여 말한다면, 베이징대학은 어쨌든 여전히 살아 있고, 더구나 여전히 성장하고 있는 대학이다. 무릇 살아 있고 성장하고 있는 것에는 늘 희망찬 앞길이 있는 법이다.

오늘 생각나는 것은 이 정도이다. 그렇지만 베이징대학이 28주년을 맞아, 여전히 장스자오와 같은 자들에게 모살謀殺[7]되지 않는다면, 분명코 또 기념호를 낼 터인데, 미리 밝혀 두거니와, 나는 이 이상 덧붙일 게 아무것도 없다. 첫째는, 제목을 받아 글을 쓴다는 게 너무나 힘들고, 둘째는, 말해 보아야 어차피 이런 이야기일 테니까.

12월 13일

주)

1) 원제는 「我觀北大」, 1925년 12월 17일 『베이다학생회주간』(北大學生會週刊) 창간호에 발표했다.
2) 가오런산(高人山)을 가리킨다. 이 문집에 실린 「'벽에 부딪힌' 나머지」의 주8)을 참고하시오.
3) 1925년 8월 장스자오가 기초한 '학풍 정돈'(整頓學風)의 명령은 돤치루이에 의해 공표되었다. 이 문집의 「'벽에 부딪힌' 나머지」의 주5)를 참고하시오.
4) 제1차 세계대전 후 프랑스는 프랑의 가치가 하락하자, 프랑스에 대한 의화단사건 배상금을 금 프랑으로 지불해 줄 것을 중국에 요구했다. 1925년 봄 돤치루이 정부는 각계의 반대를 무릅쓰고서 프랑스 측의 무리한 요구를 받아들여, 배상금의 저당으로서의 중국 염세(鹽稅) 가운데에서 프랑스에 대한 부채액을 지불한 뒤, 그 나머지 금액 1,000여만 위안을 회수했다. 이 금액을 금관(金款)이라 일컫는다. 이 돈의 대부분은 베이양정부의 군사 및 정치경비로 충당되었으며, 이 중 150만 위안을 교육경비로 사용했다. 당시 일부 사립대학은 이 돈을 배분해 줄 것을 요구했는데, 장스자오는 8개 국립대학의 부채 청산에 사용해야 한다고 주장했다. '금관의 배분'은 바로 이 일을 가리킨다.
5) 펑윈이(彭允彝, 1878~1943)는 후난 샹탄(湘潭) 사람으로, 자는 징런(靜仁)이다. 그가 1923년 베이양정부의 교육총장을 맡았을 때, 베이징대학 학생들은 그의 임용을 반대

하여 교육부와의 관계를 단절했으며, 펑원위는 같은 해 9월에 사직했다. 1925년 8월 베이징대학교는 장스자오의 "사상이 진부하고 행위가 비열하다"고 하여 교육총장 임용을 반대한다고 선언하고서 다시 교육부와의 관계를 단절했다. 여기에서 말하는 "펑원이에게 했던 대로 그를 대우했다"는 바로 이러한 사실을 가리키고 있다.

6) 1925년 11월 28일 베이징시 군중들은 관세의 자주를 요구하여 시위를 벌이면서, "돤치루이를 축출하자", "주선(朱深)과 장스자오를 타도하자" 등의 구호를 외쳤다. 장스자오는 즉시 톈진으로 몰래 도망쳤는데, 『갑인』 주간 제1권 제21호(1925년 12월 5일)에서 "다행히 하늘의 도움으로 국면이 갑자기 바뀌어, 부패관료들은 이미 자연도태되었다"고 공언했다. 사실 당시 돤치루이는 아직 하야하지 않았으며, 장스자오 역시 여전히 몰래 업무를 관장하고 있다가, 12월 31일에야 면직되었다.

7) 장스자오는 이 당시 거듭 베이징대학에 압력을 가했다. 이를테면 베이징대학이 교육부와 단절한 후, 『갑인』 주간에서는 곧바로 베이징대학을 해체하자는 여론을 조성하여 위협했다. 1925년 9월 5일, 돤치루이 정부의 내각회의에서는 베이징대학의 경비 지급을 중지하기로 결정했다.

# 자질구레한 이야기[1)]

만약 자기 혼자만의 일이라면, 다 괜찮다. 오늘의 내가 어제의 나와 싸우든, 오늘은 이렇게 말하고 내일은 저렇게 말하든. 그러나 그건 자신의 머릿속에서 생각하고, 자신의 집안에서 말하는 게 좋다. 아니면 연인에게 이야기해도 괜찮다. 아무튼 그녀는 "어머"라고 탄복을 나타내겠지만, 이 일을 알아차릴 제3자는 없을 테니. 그런데 만약 진중하지 못한 채 계속 발표하면서, '지도자'나 '정인군자'로 자처하고 그것을 '사상'이나 '공론'이라 일컫는다면, 많은 성실한 사람들이 재앙을 면키 어려울 것이다. 물론 신묘한 변신을 이룬다면, 이야말로 오히려 학자와 문인들의 진보의 신속함을 보여 주기에 충분할 것이다. 하물며 문단은 원래 "오직 주州의 관리는 불火을 놓아도 괜찮지만, 백성들은 등燈을 밝혀서는 안 되는"[2)] 곳이니, 불행히도 평범한 이로 태어나면 천재를 위해 조금은 희생하는 게 다해야 할 의무이다. 누가 그대더러 연구나 창작을 못 하게 했나? 고생하는 것도 싸지, 싸!

그렇지만 이건 천재 혹은 천재의 노예가 말하는 고상한 말씀이다. 평범한 사람의 입장에서 본다면, 아무래도 이 견해는 도리에는 맞지만 인정에는 어긋난다는 느낌이 들지 않을 수 없다. 왜냐하면 "땅강아지와 개미라도 목숨 귀한 줄 안다"[3]는 말씀도 훌륭한 옛 가르침이기 때문이다. 그래서 평범한 사람일지라도 며칠이라도 더 살고 싶어 하고 조금이라도 더 즐거워지고 싶은 것이다. 유감스럽게도, 쓸데없는 일에 참견하기 좋아하는 것은 고생의 근원이다. 집 안에 틀어박혀 지내면 좋을 텐데, 기어코 나와서 지도자를 찾고 공정한 의견을 들으려 한다. 학자와 문인들은 바야흐로 하루에 천 번씩 바뀌듯이 진보하고 있는데, 수많은 사람들이 그의 뒤를 따르고 있다. 그는 작은 굽이를 돌지만, 그대는 큰 굽이를 돈다. 그는 원심 안에서 돌지만, 그대는 원주 위에서 돌아야만 한다. 흐르는 땀이 등을 적시건만, 끝내 무슨 까닭인지 알지 못한다. 이건 물론 거북점을 쳐본 후에도 알지 못하는 것이다.

무슨 일이든 하라, 하라, 하라! 이는 물론 명언이다. 하지만 정말로 권총을 사들인 바보가 있다면, 반드시 이전의 잘못을 깊이 뉘우치고, 나아가 나라를 구하려면 먼저 학문을 닦지 않으면 안 된다는 것을 깨닫지 않으면 안 된다.[4] 이 또한 물론 명언이다. 무슨 말이 더 필요하랴, 깨우침을 받들어 연구실에 틀어박히는 수밖에. 어느 날 그대는 새로운 혜성을 발견[5]하거나, 유흠이 유향의 아들이 아니란 걸[6] 알아낸다. 연구실을 뛰쳐나온 그대가 나라를 구하려 하지만, 선구자는 '황학黃鶴처럼 종적이 묘연'[7]하다. 그리하여 이리저리 찾다 보면, 아마 극장 안에서 발견할지도 모른다. 그대는 다시는 저 "작은 나으리, 으응! 아, 아이이!"[8]라는 노래를 깔보아서는 안 된다. 이건 예술이니까. 듣자 하니 "인류는 이지적 동물일 뿐만 아니라" 반드시 "여러 방면에서 충분히 발달한 사람이라야 완전한 사람이라

할 수 있다"고 하니, 학자가 극장에 있는 거야 "감정 방면에서 갖가지 아름다움을 추구"하는 것이다.[9] '머리 묶은 애송이'[10]가 선생으로 변해 연구실에서 뛰쳐나오면, 구국의 자격이야 조금 갖추고 있을지 모르지만, 뜻밖에도 정신 면에서는 아직 충분히 발달하지 못한 기형물이니, 참으로 가련하고 가련하다.

그렇다면 곧장 밤 연극을 구경하면서 갖가지 아름다움을 추구해 보면 어떨까? 누가 알겠는가. 어쩌면 학자들은 진즉 극장을 나왔으며, 학설 역시 그에 따라 진보(흔히 변화라고 하지만, 그렇지 않다)했을지도 모른다.

쇼펜하우어 선생은 염세로써 한때 이름을 날렸는데, 최근 중국의 신사분들은 유독 그의 「부인론」[11]만을 알아주고 있다. 여성을 매도하는 그의 말은 틀림없이 신사들의 구미에 맞겠지만, 다른 이야기들 가운데에는 우리에게 적당치 않은 점이 많이 있다. 예컨대 「독서와 서적」이라는 글에서는 이렇게 말하고 있다. "우리가 책을 읽고 있는 때는, 남이 우리를 대신하여 생각하고 있는 것이다. 우리는 이 사람의 마음의 과정을 되풀이하고 있을 따름이다. …… 그러나 본질적으로 말한다면, 책을 읽을 때 우리의 뇌는 이미 자신이 활동하는 터전이 아니다. 이곳은 남의 사상의 싸움터가 되어 버렸다." 그러나 우리의 학자와 문인들은 이러한 싸움터 ― 아직 노련하지 않은 젊은이의 뇌수를 필요로 하고 있다. 그렇다고 이 위에서 다른 강적과 싸우는 게 아니라, 오늘의 내가 어제의 나와 싸우고, '도의'의 손으로 '공리'의 뺨을 후려치는 ― 조금 속되게 말하면 스스로 자신의 뺨을 때리는 것이다. 이런 싸움터가 된 자가 어떻게 된 일인지 어찌 알 수 있겠는가?

이 달 들어 어찌된 영문인지, 몇몇 학자와 문인 혹은 비평가들이 얼이 빠져 정신이 없다. 지난달 말에야 엄마 뱃속에서 나왔는지, 민국 14년 12월 이전의 일은 전혀 모르고 있는 듯하다. 여사대 학생들이 점령당했던 자기네 학교로 돌아가자마자, 누군가는 이 일을 예로 들면서, 비적인 장씨나 이씨가 "1, 2백 명의 학생을 보내 2, 3천 명의 학생이 재학 중인 베이징대학을 점거"[12]케 할 수 있다고 말했다. 만약 그렇게 된다면, 베이징대학 학생들은 틀림없이 벌떼처럼 일어나 여사대를 박살 냄으로써, 비적인 장씨나 이씨가 예로 들지 못하게 하여 모교의 안전을 확보할 것이다. 하지만 기억건대, 베이징대학은 이제 막 27주년 기념을 거행했지만, 그 창립의 역사는 장스자오가 장차 비적인 장씨나 이씨에게 이끌릴 2백 명의 학생을 끌어낸 후, 베이징대학으로 고쳐 세우고 3천 명의 학생을 모집하여 세상 사람들의 눈과 귀를 속인 게 결코 아니다. 이런 억지 비교가 그야말로 젊은이들의 뇌 속을 뒹굴고 있다. 여름이라면 '소요를 들쑤신다'고 일컬어도 괜찮으리라. 그러나 비평계 역시, 천재와 문단의 관계와 마찬가지로, 때로는 "오직 주州의 관리는 불을 놓아도 괜찮지만, 백성들은 등을 밝혀서는 안 되는" 법인지도 모른다.

학자와 문인들은 이러한 특권, 즉 달마다, 시시로 자신과 싸우는—즉 스스로 자기 뺨을 때리는 특권을 갖는 게 좋다. 평범한 사람이야 눈치채지 못하겠지만, 정상적인 사람이 고작 '한담'조차도 제대로 쓸 줄 모르냐고 오해하지 않도록 말이다.

12월 22일

주)______

1) 원제는 「碎話」, 1926년 1월 8일 『맹진』 주간 제44기에 발표했다.
2) 송나라 육유(陸游)의 『노학암필기』(老學庵筆記) 5권에는 다음과 같은 내용이 실려 있다. "전등(田登)이 군의 장관이 되자 자기 이름인 등(登) 자를 피하게 했다. 이를 어기는 자에게는 반드시 노하여, 이졸 가운데 매질을 당하거나 볼기를 맞는 이가 많았다. 이리하여 온 고을에서는 등(燈)을 화(火)라 불렀다. 정월 대보름날 등을 내걸 때 사람들은 고을의 치소에 들어와 구경 다니도록 허락받았지만, 관원들은 다음과 같이 방을 써서 저자에 내걸었다. '이 고을에서는 전례에 따라 사흘간 불을 놓는다.'(本州依例放火三日)"
3) 원문은 '螻蟻尙且貪生'이며, 옛 속담이다. 원나라 때 마치원(馬致遠)의 『천신비』(薦神碑) 3절에, "땅강아지와 개미도 목숨 귀한 줄 아는데, 사람이 어찌 목숨을 아까워하지 않으랴"라는 글귀가 있다.
4) 이 명언은 모두 후스가 한 말이다. 그는 『신청년』 제9권 제2호(1921년 6월)의 「4열사 무덤위의 무자비(無字碑)의 노래」(四烈士塚上的沒字碑歌)라는 시에서 "폭탄! 폭탄! 폭탄!"과 "하라! 하라! 하라!"를 노래했다. 그러나 5·30운동 후에는 『현대평론』 제2권 제39기(1925년 9월 5일)에 발표한 「애국운동과 학문 추구」(愛國運動與求學)라는 글에서, 나라를 구하기 위해서는 반드시 먼저 학문을 추구해야 함을 역설했는데, 구국은 "단시간에 해결할 수 있는 것이 아니"며, "진정한 구국의 준비"는 학문 추구에 있다고 주장했다.
5) 후스는 1919년 8월 16일에 지은 「국고학을 논함」(論國故學)에서 "글자 하나의 옛 뜻을 밝히거나 항성(恒星) 하나를 발견하는 것, 모두 위대한 업적이다"라고 밝힌 적이 있다.
6) 유향(劉向, B.C. 77~B.C. 6)과 유흠(劉歆, B.C. 50~A.D. 23) 부자는 한나라의 학자이다. "유흠은 유향의 아들이 아니다"라는 말은 아무 근거도 없이 마구 판단을 내리는, 당시의 일부 고증학자를 풍자하고 있다.
7) 원문은 '杳如黃鶴'이다. 남조 양나라의 임방(任昉)이 펴낸 『술이기』(述異記)에는 학을 타고서 오고간 선인(仙人)의 이야기가 실려 있다. 당나라 최호(崔顥)는 「황학루」(黃鶴樓)라는 시에서 "황학은 한 번 떠나 돌아오지 않고, 흰 구름은 천년을 유유히 떠 있네"(黃鶴一去不復返, 白雲千載空悠悠)라고 노래했다.
8) 이 대목은 경극(京劇) 「삼랑, 아들을 가르치다」(三娘敎子)에서 늙은 하인 설보(薛保)가 부르는 노랫말이다. '작은 나으리'(小東人)는 설의(薛倚)를 가리킨다.
9) 이 대목은 천시잉이 한 말이다. 그는 『현대평론』 제1권 제25기(1925년 5월 30일)의 「한담」에서 다음과 같이 밝혔다. "인류는 이지적 동물일 뿐 아니라, 체격 방면에서는 힘세고 튼튼하기를 추구하고, 사회 방면에서는 동정을 추구하고, 감정 방면에서는 갖가지 아름다움을 추구한다. 여러 방면에서 충분히 발달한 사람이라야 완전한 인간이라 할 수 있다."
10) 이 문집의 「여백 메우기」의 주 28)을 참고하시오.

11) 「부인론」은 여성에 관해 쇼펜하우어가 쓴 글이며, 중국에서는 장웨이츠(張慰慈)가 중국어로 번역하여 「부녀론」이란 제목으로 『천바오 부간』에 1925년 10월 14일과 15일 이틀에 걸쳐 게재했다. 번역문 앞에 쉬즈모의 평문인 「쇼펜하우어와 그의 '부녀론'」이 실려 있다.

12) 여사대 학생들은 1925년 8월 19일 장스자오, 류바이자오가 고용한 사람들에게 두들겨맞고 학교에서 끌려나간 후, 22일 쭝마오 골목에 방을 얻어 수업을 했다. 원래의 학교 터에는 장스자오가 여자대학을 따로 세웠다. 11월 말 장스자오가 톈진으로 피신하자, 여사대 학생들은 곧바로 원래의 학교로 돌아왔다. 이때 천시잉은 『현대평론』 제3권 제54기(1925년 12월 19일)에 발표한 「한담」에서 다음과 같이 밝혔다. "여대에는 350명의 학생이 있고, 여사대에는 40여 명의 학생이 있다. 분립하든 합병하든, 학생 수가 여덟 배나 많은 여대는 커다란 교사(校舍)를 여사대에게 넘겨줄 이유가 전혀 없다." 그는 여사대 학생들이 복교하여 여대의 교사를 "폭력으로 점거"했다고 비난했으며, 또한 다음과 같이 밝혔다. "만약 어느 날 비적인 장씨나 이씨가 베이징을 점령한 다음, 1, 2백 명의 학생을 보내 2, 3천 명의 학생이 있는 베이징대학을 점거하고서, 이건 너희 교육계가 발명한 방법을 본받았을 따름이라고 말한다면, 당신들은 어떻게 말하겠는가?"

# '공리'의 속임수[1]

작년 봄 베이징여자사범대학에서 교장 양인위를 반대하는 사건이 벌어진 이래, 그 교장이 타이핑후호텔[2]에 손님을 초대한 후 제멋대로 학생자치회 임원 여섯 명을 제명한 일이 있었고, 경찰과 경호원들을 학내로 벌떼처럼 난입시킨 일이 있었고, 교육총장 장스자오가 다시 나타나더니[3] 끝내 불법적으로 학교를 해산한 일이 있었고, 사장司長 류바이자오가 여자 건달들을 고용해 학생들을 구타하여 학교 밖으로 끌어내고서 보습소의 빈 방에 연금한 일이 있었고, 허둥지둥 여자대학의 간판을 내걸어 세상 사람들의 눈과 귀를 속인 일이 있었고, 후둔푸[4]가 그 와중에 여대 교장이란 밥그릇을 챙겨 장스자오를 도와 세상 사람을 속인 일이 있었다. 여사대의 수많은 교직원들—특별히 밝혀 두거니와, 결코 전체는 아니다!—은 본래 장스자오와 양인위의 조치를 대단히 잘못되었다고 생각하며, 또한 학생들이 무고하게 죽임을 당하고 까닭 없이 학업이 끊기게 되었음을 가슴 아파했다. 그리하여 교무유지회[5]의 조직은 점점 공고해졌다. 나는 처음에는 이 학교의 일개 강사였지만, 어둡고 잔혹한 상황을 목격한 적이 많았다. 후에는 교무유지회의 위원으로서, 여사대가 쭝마오 골목에 교실을 빌린 후에도, 장스자오가 온갖 수단으로 압박했던 고통 또한 대부분 직접 겪었다. 장스자오의 기세가 하늘을 찌를 듯할 때, 나는 이곳 수도[6]를 둘러보면서 이른바 '공리'와 '도의' 따위를 찾아보기도 했지만, 찾아내지는 못했다. 그리고 지금 느닷없이 나타난 '교육계 명사'라는 자들도, 당시에는 쥐 죽은 듯 조용했으며, 심지어 낯간지럽기 그지없는 상신서[7]를 바쳐 공덕을 칭송하기도 했다. 그러나 이 점에 대해서는, 장씨가 군인과 경찰을 시켜 마구 두들겨패던 위엄이 두려워서인지, 아니면 금관金款의 이익의 할당[8]에 눈이 멀어서인지, 그렇지 않으면 정말로 그가 '공리'나 '도의' 따위의 구체적인 화신이라고 여기는 것인지, 나도 물론 판단할 수가 없다. 그렇지만 장씨가 도주하고 여사대가 복교한 이후, '공리'라는 것 따위를, 나는 문득 여자대학이 힐영관擷英館에 '베이징 교육계 명사 및 여대생의 가장家長'을 초청한 연회석상에서 간접적으로 찾아냈다.

12월 26일자의 『베이징완바오』北京晚報에 따르면, 몇몇 '명사'들은 14일 저녁 6시에 그 힐영관 서양요리점에서 모임을 가졌다고 한다. 식사에 초대하거나 초대받은 사람이 중국에서 하루에 몇 명이나 될지 알지 못하며, 본래 나와는 하등 관계가 없다. 그렇기는 해도 양인위 역시 타이핑후 호텔에서 자주 사람을 초대하여 연회를 열었던 옛일을 나는 떠올렸다. 그러나 나의 주의를 끌었던 것은, 이 회식에서 '교육계 공리유지회'[9]가 탄생했고, 이 유지회가 다시 '국립여자대학후원회'로 변모했으며, 이 후원회가 다시 '국립 각 대학교 교직원 연석회의에 보내는 서한'을 발표했다는 점이다. 그런데 기세등등하게 이 서한에서는 "폭도에게 동조하고 스스로 인격을 실추한 해당 대학의 교직원에 대해서는, 즉시 승냥이와 호랑이의 먹이로 내던질 수는 없다 하더라도, 자리에서 내쫓아 동료로 받아들여서는 안 된다"고 밝혔다고 한다. 그들이 일컫는 '폭도'란 아마 류바이자오가 말하는 '토비'[10]일 텐데, 관료와 명사의 말투가 하나같이 똑같다. 국외자가 보기에 가소롭기 그지없을 따름이다. 그러나 나는 여사대 유지회원 가운데 한 사람이자 여사대의 교원으로서, 인격에 관련된 사항이라면 당연히 항의할 권리가 있다. 어찌 항의할 뿐이겠는가? "호랑이에게 내던져라", "자리에서 쫓아내라" 등, '명사'의 기세등등한 모양이 끝내 이 지경에 이르렀으니, 욕설로 되갚는다 해도 지나치지는 않으리라. 그러나 굳이 그렇게까지 할 필요는 없다. 이 '명사'들이 어떤 작자들인지 보기만 하면 될 테니까. 신문과 서한에 명단이 나와 있다.

완리밍萬里鳴은 타이핑후호텔의 주인이고, 둥쯔허董子鶴 무리는 내가 잘 알지 못한다. 이들을 제외하면, 타오창산은 농대農大의 교무장教務長으로, 교육총장 겸 농대 학장인 장스자오의 대리인이다. 스즈취안은 법대 교무장이고, 차량자오는 사대 교무장이다. 리순칭과 왕퉁링은 사대 교수이고, 샤오유메이는 예전의 여사대, 지금의 여자대학의 교원이며, 젠화펀蹇華芬은 예전의 여사대, 지금의 여자대학의 학생이다. 마인추는 베이징대학의 강사이자 중국은행의 뭐라더라, 아마 '총사고'總司庫인 듯한데 명목은 정확히 기억나지 않는다. 옌수탕, 바이펑페이, 천위안陳源 즉 「한담」의 작자인 천시잉, 딩셰린丁燮林 즉 「나나니벌 한 마리」一只馬蜂를 지은 시린西林, 저우겅성 즉 저우란, 피쭝스, 가오이한,[11] 리중쿠이,—즉 리쓰광李四光은 양인위가 자동차로 자신을 '연극 구경'에 모시려 했다는 작품을 『현대평론』에 실었던 인물[12]이다—이들은 모두 베이징대학 교수인데, 대부분 원래 둥지샹東吉祥 골목에 살고 있었고, 대개 이전에 베이징대학이 장스자오로부터 독립하는 것에 반대했던 인물이다. 그래서 장스자오의 서슬이 시퍼렇던 때에는, 무슨 '공리'회를 개최한 적도 없었건만 『대동완바오』는 이들을 '둥지샹파의 정인군자'[13]라 일컬었다. 하지만 이들의 주소는 올해 새로 찍어 낸 『베이징대학 교원록』에는 아주 모호하게 되어 있다. 내가 의거한 것은 민국 11년의 것이다.

일본인이 중국인의 말투를 흉내 내어 발행한 『순톈시보』[14]는 여자대학에 동조한다는 뜻을 확실히 밝혔다. 그런데 이 신문에 따르면, 많은 이들이, 여사대의 교원은 대부분 베이징대학 교원을 겸하고 있으며, 베이징대학에 부속된 혐의가 있다고 여긴다고 한다. 이토록 많은 사람의 의견을 구했다니 참으로 용하다. 하지만 위에 열거한 명단을 본다면, 이 신문의 관찰은 틀렸다. 여사대에는 지금껏 전임교원이 거의 없었는데, 이건 양인위의 교활한 계략이었다. 이렇게 하면 교장이 권력을 독점할 수 있었기 때문이다. 우리가 입을 열자, 가오런산高仁山은 강사가 교내의 일에 간섭해서는 안 된다고 하여 우리의 입을 틀어막았다.[15] 게다가 여사대는 결코 내부에 베이징대학 교원이 있다고 해서, 정신적으로 베이징대학에 부속되어 있지도 않다. 베이징대학 교수 가운데에는, 학생들이 양인위를 반대했을 때 그녀를 도와 학생들을 몰아냈던 이들이 적지 않다. 예컨대 8월 7일자 『대동완바오』에는 "모 당국은 …… 베이징대학 교수 가운데 둥지샹파의 정인군자와 같은 이들 역시 해산을 주장하고 있다"는 등의 기사가 실렸다. 『순톈시보』의 기자가 만약 몰랐다면야 얼간이라고 하겠지만, 만약 알면서도 일부러 사실을 왜곡했다면, 그건 베이징대학에 대해 악의를 품고 있는 인물을 도발하여 그 악의를 여사대에까지 만연시킨 혐의가 있으니, 그 심보가 비열하다고 할 것이다. 하지만 우리나라의 국내전쟁에서도는 일본의 낭인浪人들이 그 속에 끼어들어 못된 짓을 저지르고 양민을 더욱 도탄에 빠뜨리는 마당에, 하물며 학교 한 곳의 여학생들과 몇몇 교수가 모욕을 당하는 일쯤이야! 이 따위 신문이 함부로 날뛰도록 내버려 두는 우리 국민의 패기 없음이 한심스러울 뿐이다!

베이징대학 교수 왕스제[16]는 힐영관에서 "본인은 베이징대학의 소수와 여사대가 협력할 것을 주장하는 것이 결코 아니다"라고 연설했는데, 내가 방금 전에 했던 말이 거짓이 아님을 증명하고 있다. 아울러 "베이징대학의 학칙에 따르면, 교직원은 다른 기관의 주요한 업무를 겸해서는 안 된다. 그런데 지금 베이징대학 교수가 여사대에서 주임을 겸하고 있는 자가 벌써 다섯 명이나 된다. 이는 위법에 해당하므로 부인해야 마땅하다 운운"했는데, 자못 어폐가 있다. 베이징대학 교수 겸 징스京師도서관 부관장으로서 월급을 적어도 5, 6백 위안이나 받는 리쓰광 역시, 연회석상에 앉아 "공리를 유지"하고 연설도 하지 않았던가? 그렇다면 이를 어찌한단 말인가? 리 교수 겸 부관장의 연설 내용은 신문에 실려 있지 않다. 하지만 아마 그도 왕 교수의 방법에는 찬성하지 않았을 것이다.

베이징대학 교수인 옌수탕은 여대 학생들이 정말 대단하다고 말하면서, "토비와 같은 모습으로 여대를 파괴하려던 자들은 도덕적으로 부정해야 마땅하다"고 말했다. 그런데 여대 교무장인 샤오춘진은 공고를 통해, 여대에서 당일 매복해 있던 이는 사환이지 건달이 아니라고 밝혔다.[17] 옌수탕은 그의 공고조차 보지 않은 채, 한마디로 잘라 말하다가 느닷없이 '도덕'이란 말을 내뱉었던 것이다. 그렇다면 도깨비와 같은 모습으로 여사대를 파괴한 자는 뭐라고 부정해야 마땅할까?

'공리'란 참으로 쉽게 입에 담을 수 있는 게 아니다. 동일한 유지회에서도 서로 모순될 뿐만 아니라, 때로는 '도의'의 손으로 스스로 '공리'의 뺨을 후려치는 지경에 이르고 있다. 천시잉은 이전에 『현대평론』(38기)의 「한담」에서 여사대를 돕는 사람들을 비웃어, "외국인들은 중국인이 남존여비에 젖어 있다고 말하지만, 내가 보기에는 그렇지 않다"고 말했다. 그런데 이제는 무슨 공리회에 서명을 했으니, 성정이나 체질이 약간 바뀐 모양이다. 게다가 이전에 이렇게 개탄했던 적이 있다. "당신이 군중의 전제에 억압받고 있는 자를 대신하여 몇 마디 공평한 말을 했다면, 당신은 그 자와 '밀접한 관계'를 맺고 있거나, 그게 아니라면 그 혹은 그녀에게 술과 밥을 얻어먹은 것이다."(『현대평론』 40기) 그러나 지금의 공리무슨회에서의 발언이나 발표문에서는 말끝마다 다수多數를 들먹인다.[18] 아무래도 주장이 자못 들쑥날쑥한 듯한데, 오직 '밥을 먹다'라는 일만은 처음부터 끝까지 일관되어 있다. 『현대평론』(53기)에서 "모든 비평가는 학리와 사실에 바탕을 두며, 절대로 입에서 나오는 대로 함부로 욕하지 않는다"[19]고 자랑했지만, 자신이 여사대를 '냄새 나는 측간'이라 일컫고, 사람을 "승냥이와 호랑이의 먹이로 내던지라"는 서한의 말미에 천위안陳源이라 서명했던 일은 까맣게 잊고 있다. 천위안은 천시잉이 아닌가? 반년 사이에 몇 명의 인물이 이토록 모순되고 지리멸렬해지다니, 참으로 쓴웃음이 절로 나온다. 하지만 그들은 어쨌든 총명한 이들이기에, 아마 '공리'가 일그러져 있을 뿐만 아니라, 자신들의 '공리유지회'조차도 조금은 일그러져 있다고 느꼈던 모양이다. 그래서 느닷없이 '여자대학후원회'로 바꾸어 버렸다. 이건 틀림없는 말이다. 후원이란 바로 배후에 서서 원조하는 것이니까.

그런데 18일자 『천바오』에 게재된, 그 후원회의 개최에 관한 기사에는 발언자의 이름도 밝히지 않은 채, 한결같이 '아무개'某君라 부르고 있다.

혹시 나중에 자신의 이름에 대해서조차 부끄러움을 느껴, 정말로 "마음속에 부끄러움을 느낀" 걸까? 아니면 사람을 "승냥이와 호랑이의 먹이로 내던진" 후, 허물을 '아무개'에게 떠넘겨, 자신이 책임을 지고 보복을 당하는 일이 없도록 하려는 걸까? 보복이라는 일은 '정인군자'들이 반대하는 일이지만, 후원자가 누구인지 사람들에게 알려지지 않도록 하는 편이 온당하다. 그래서 설사 '도의'를 위한다고 하면서도, 솔직한 태도는 여전히 취하지 않는 것이겠지. 확실하게 나설 경우 '토비와 같은 모습'이나 '폭도'처럼 되어, 오로지 배후에 숨어 암전暗箭을 날리는 총명한 사람의 인격을 잃어버리기 때문이다.

사실 힐영관이나 후원회에 떼 지어 모여든 인마人馬 역시 각지에서 흘러든 잡인雜人에 지나지 않는다. 나와 마찬가지로 베이징에 밥을 빌어먹으러[20] 왔으니, 어찌 "승냥이와 호랑이의 먹이로 내던져졌을" 뿐이겠는가? 이미 "추운 북방에 던져진"[21] 신세가 되었다. 이게 별건가? 사람을 들어 논하자면, 나는 왕퉁링, 리순칭과는 시안에서 고개를 끄덕이며 이야기를 나눈 적이 있기는 하지만, 친구라고 여기지는 않는다. 천위안과는 타고르의 생신을 축하하는 무대 앞에서 슬쩍 손을 잡은 적이 있기는 해도, 진즉부터 별종이라 여기던 터이다. 그러니 어찌 이런 사람들과 자리를 함께 할 뜻이 있겠는가? 하물며 어떤 자식인지도 모르는 잡인들임에랴! 일을 들어 논하자면, 지금의 교육계에는 승냥이와 호랑이 따위는 없지만, 남의 권력을 믿고 못된 짓을 하는[22] 무리들은 꽤 많이 있다. 이건 물론 어쩔 수 없는 일이다. 불행히도 10여 년 사이에 적잖이 보아 왔다. 내가 몇몇 사람들의 입에 발린, 빌어먹을 '공리'에 대해 불경스러운 것은 대체로 이로 말미암은 것이다.

12월 18일

주)______

1) 원제는 「"公理"的把戱」, 1925년 12월 24일 『국민신보 부간』에 발표했다.
2) 타이핑후(太平湖)호텔은 시안(西安)호텔로 바로잡아야 한다. 이 문집의 「후기」를 참고하시오.
3) 1925년 5월 7일, '5·7'국치를 기념하려는 학생들의 애국활동을 금지한 장스자오는 학생들의 반발로 인해 톈진으로 달아나 잠시 피신했다. 6월에 그는 다시 교육부로 돌아왔으며, 8월 19일 무장경찰을 파견하여 여사대를 해산했다.
4) 후둔푸(胡敦復, 1886~1978)는 장쑤 우시 사람이다. 일찍이 미국에서 유학했으며, 1912년 상하이 다퉁(大同)대학을 창립하고 교장을 맡았다. 그는, 다퉁대학은 5·30참사 후에 학생들의 애국운동 참여를 금지한다는 통고를 장스자오가 주관하는 『갑인』 주간에 보내 발표한 적이 있다. 이 통고 가운데 "(학생에게) 배움에 분발하여 나라를 구함은 허용하지만, 배움을 폐하고 신분을 뛰어넘어 나라를 구함은 결코 허용치 않는다"고 했다. 장스자오는 이에 대해 "이 말을 뜻밖에 오늘 듣게 되었다"면서 다퉁대학의 "성적은 공립과 사립 여러 학교 가운데 으뜸"이라고 칭찬했다(1925년 8월 15일 『갑인』 제1권 제5호). 장스자오는 여사대를 해산한 이후, 후둔푸를 여자대학의 교장에 임명했다. 후둔푸는 1925년 9월 교장에 취임하여 12월에 사직했다.
5) 1925년 8월 10일 장스자오는 여사대를 해산하라는 명령을 내렸다. 이에 맞서 교원들과 학생들은 즉시 교무유지회(教務維持會)를 조직하여 학내외의 사무 일체를 담당했는데, 루쉰은 13일 위원으로 추대되었다. 교무유지회는 여사대가 정상을 회복한 후인 1926년 1월 13일 직무를 인계했다.
6) 원문은 '首善之區'이다. 이 문집의 「문득 생각나는 것(10~11)」의 주 21)을 참고하시오.
7) 이 상신서는 여사대의 소요사태 및 베이징대학의 교육부 이탈선언 이후, 베이징의 조양(朝陽), 민국(民國), 중국(中國), 화북(華北), 평민(平民)의 다섯 사립대학이 연명으로 돤치루이 정부에게 보낸 상신서를 가리킨다. 이 글은 돤치루이 정부를 치켜세우고 학생운동을 비난하면서, 교육을 정돈하여 숨은 폐해를 제거할 것을 요구했다. 『갑인』 주간 제1권 제9호(1925년 9월 12일)의 칼럼 「시평」(時評)에서는 "그의 공적은 진실로 우(禹)임금에 못지 않으며, 앞으로 광명엄정한 태도를 유지하기를 바란다"고 칭찬을 아끼지 않았다.
8) 당시 조양, 민국 등의 다섯 사립대학은 대표를 파견하여 돤치루이를 접견하고, 금관(金款)을 할당해 줄 것을 요구했다. 돤치루이 내각회의는 별도로 30여만 위안을 지출하여 이 다섯 대학에 주기로 결정했다. 금관에 대해서는 이 문집의 「내가 본 베이징대학」의 주 4)를 참고하시오.
9) 교육계 공리유지회(公理維持會)는 1925년 12월 14일 천시잉, 왕스제(王世傑), 옌수탕(燕樹棠) 등이 조직했다. 모임의 주지(主旨)는 장스자오가 창립한 여자대학을 성원하고, 여

사대의 부활을 반대하며, 여사대의 학생 및 교육계의 진보적 인사들에게 압박을 가하는 것이었다. 이 모임은 설립한 이튿날 '국립여자대학후원회'로 명칭을 바꾸었으며, 16일에 「베이징의 국립 각 대학교 교직원 연석회의에 보내는 서한」을 발송했는데, 이 서한에서 다음과 같이 밝혔다. "이번 국립여자대학에서는, 12월 1일 어떤 자가 베이징에서의 질서문란을 틈타 폭도를 이끌고서 학내에 난입하여 폭력으로 점거한 채 교직원을 쫓아냈으며, 또한 동 대학의 교무장을 포위·협박하여 다양한 모욕을 가했다. …… 우리 동인은 여사대를 부활시켜야 할지 어떨지, 목적이 어떠해야 할지 등은 별개의 문제이며, 소수자의 이러한 폭력행위는 도덕적으로 엄격히 부정되어야 마땅하다고 생각하며, 또한 이들 폭력을 행사한 자들은 비난·배척하여 학계를 정화해야 마땅하다고 주장한다." 아울러, "이번 여사대의 불법적인 부활에 대해서는, 결코 사실에 타협하여 정식으로 승인해서는 안 되며, 폭도에게 동조하고 스스로 인격을 실추한 동 대학의 교직원에 대해서는, 즉시 승냥이와 호랑이의 먹이로 내던질 수는 없다 하더라도, 자리에서 내쫓아 동료로 받아들여서는 안 된다."

10) 1925년 10월에 류바이자오는 여자대학에서 연설을 할 때, 장스자오에 반대하는 이들을 '토비'(土匪)라 일컬었다.

11) 타오창산(陶昌善, 1879~?)은 저장 자싱(嘉興) 사람으로, 일찍이 일본에서 유학했으며, 이 당시 베이징대학 농학원 교무장을 담당하고 있었다.

스즈취안(石志泉, 1885~1960)은 후베이 샤오간(孝感) 사람으로, 일찍이 일본에서 유학했으며, 이 당시 베이징법정대학 교무장을 담당하고 있었다.

차량자오(查良釗, 1897~1982)는 저장 하이닝(海寧) 사람으로, 일찍이 미국에서 유학했으며, 이 당시 베이징사범대학 교무장을 담당하고 있었다.

리순칭(李順卿, 1894~1969)은 이름이 간천(干臣)이고 자는 순칭(順卿)이며, 산둥(山東) 하이양(海陽) 사람이다. 일찍이 미국에서 유학했으며, 이 당시 베이징사범대학 교수 겸 생물과 주임을 담당하고 있었다.

왕퉁링(王桐齡, 1877~1953)은 허베이(河北) 런추(任丘) 사람으로, 일찍이 일본에서 유학했으며, 이 당시 베이징사범대학 역사과 교수로 재직하고 있었다.

샤오유메이(蕭友梅, 1884~1940)는 광둥(廣東) 중산(中山) 사람으로, 일찍이 일본과 독일에서 유학했으며, 이 당시 베이징여자대학 교수로 재직하고 있었다.

마인추(馬寅初, 1882~1982)는 저장 성현(嵊縣) 사람으로, 일찍이 미국에서 유학했으며, 이 당시 베이징대학 교수 겸 중국은행 발행부 주임을 담당하고 있었다.

옌수탕(燕樹棠, 1892~?)은 허베이 딩현(定縣) 사람으로, 일찍이 미국에서 유학했으며, 이 당시 베이징대학 교수로 재직하고 있었다.

바이펑페이(白鵬飛, 1870~1943)는 광시(廣西) 구이린(桂林) 사람으로, 일찍이 일본에서 유학했으며, 이 당시 베이징대학 법률과 교수로 재직하고 있었다.

딩시린(丁西林, 1893~1974)은 장쑤 타이싱(泰興) 사람으로, 일찍이 영국에서 유학했으며, 이 당시 베이징대학 교수로 재직하고 있었다.

저우겅성(周鯁生, 1889~1971)은 원명이 저우란(周覽)이며, 후난 창사(長沙) 사람이다. 일찍이 영국과 프랑스에서 유학했으며, 이 당시 베이징대학 교수 겸 정치과 주임으로 재직하고 있었다.

피쭝스(皮宗石, 1887~1954)는 후난 창사 사람으로, 일찍이 일본과 영국에서 유학했으며, 이 당시 베이징대학 정치과 교수로 재직하고 있었다.

가오이한(高一涵, 1885~1968)은 안후이(安徽) 류안(六安) 사람으로, 일찍이 일본에서 유학했으며, 이 당시 베이징대학 교수로 재직하고 있었다.

12) 이 문집의 「'벽에 부딪힌' 나머지」의 주3)을 참고하시오.

13) 여사대를 해산한 장스자오의 부당한 행위는 베이징 교육계와 수많은 학생들의 반발을 불러일으켰다. 베이징대학 평의회는 1925년 8월 18일 회의를 소집하여, 교육부와 관계를 단절한다는 의안을 통과시키고 독립을 선포했다. 그러나 이러한 결정에 대해, 후스, 천시잉, 왕스제, 옌수탕 등 17명은, 베이징대학이 "하루속히 정쟁이나 학원소요에서 벗어나 학문의 길로 나아가야 한다"는 것을 구실로 단호히 반대했다. 이들은 평의회에 항의서를 제출하는 한편, 학교 당국에 교무회를 소집하여 평의회와 연석회의를 거행함으로써 이 안건을 재심해 줄 것을 요구했다. 몇 차례의 회의에서, 이들은 '퇴장'함으로써 위협하기도 하고(이를테면 후스 등), 표결권이 없다고 밝히기도 했다(이를테면 왕스제 등). 이들은 끝내 원안을 뒤집어엎지는 못했지만, 정부 당국을 성원했다. 그래서 장스자오는 『갑인』 주간 제1권 제7호(1925년 8월 29일)에 발표한 「설혼」(說輥)이란 글에서, 그들의 행동은 "학술독립의 권위의 중대함을 선양했으니, 참으로 대단한 업적"이라고 찬사를 아끼지 않았으며, 『대동완바오』의 보도 역시 이들을 "둥지샹파의 정인군자"라며 칭찬했다.

14) 『순톈시보』(順天時報)는 일본의 외무성이 베이징에서 출판했던 중국어 신문이다. 처음 명칭은 『옌징시보』(燕京時報)이며, 1901년 10월에 창간되어 1930년에 정간되었다. "중국인의 말투를 모방하여" 중국인에게 읽을거리를 제공한다고 했으나, 실제로는 중국침략을 위한 문화침략의 선봉으로 간주되었다.

15) 이 문집의 「'벽에 부딪힌' 나머지」의 주8)을 참고하시오.

16) 왕스제(王世杰, 1891~1981)는 후베이 충양(崇陽) 사람으로, 영국과 프랑스에서 유학한 적이 있다. 당시 베이징대학 교수로 재직하고 있었으며, 현대평론파의 성원으로 활동했다. 후에 국민당정부의 교육부장 및 외교부장 등을 역임했다.

17) 샤오춘진(蕭純錦)의 공고문은 1925년 12월 3일자 『징바오』(京報)에 실렸다. 여사대는 11월 30일 스푸마(石駙馬) 거리의 원래의 학교로 돌아왔으며, 이튿날 회의를 개최하여 각계 대표에게 경과를 보고했다. 이미 회의장에 와 있던 샤오춘진은 사람을 동원하

여 회의를 혼란에 빠뜨렸다. 그러나 그는 공고문을 통해 다음과 같이 밝혔다. "나는 선의로써 방청하기 위해 자리에 앉아 있었으나, 심한 협박을 받아 교무장 직권의 사표를 쓰도록 강요받았다. 본교의 학생과 직원이 정세가 위급함을 보고서 회의장 밖에서 '폭력을 사용하지 말라'고 외치자, 이들을 건달이라 중상하더니, 얼마 후 전교의 사무실을 하나하나 봉쇄하고서 직원을 내쫓는 바람에, 교무는 즉시 중지되고 말았다." 샤오춘진(1893~1968)은 장시 융신(永新) 사람으로, 일찍이 미국에서 유학했으며, 당시 베이징여자사범대학의 교무장을 맡고 있었다.

18) 다수에 관한 천시잉의 주장은 다음 글인 「이번은 '다수'의 속임수」를 참고하시오.

19) 이것은 천시잉이 『현대평론』의 창간 1주년을 기념하여 쓴 「한담」에 나오는 말로, 『현대평론』 제3권 제53기(1925년 12월 12일)에 보인다.

20) 린쿠이(林騤)는 1925년 2월 1일 『천바오 부간』에 발표한 「베이징농대 학장에게 드리는 공개 서한」에서 다음과 같이 기술했다. "오늘날 교원이 된 사람 가운데, 정말로 교육을 위해 희생하려는 이가 과연 몇 사람이나 될까? 대다수는 교육을 호구지책으로 여기고, 이것을 빌려 밥을 빌어먹을 심산에 지나지 않는다."

21) 원문은 '投畀豺虎'와 '投畀有北'이며, 이 말은 다음의 『시경』 「소아(小雅)·항백(巷伯)」에서 비롯되었다. "저 헐뜯는 자들을 잡아다가 승냥이와 호랑이에게 던져 주리. 승냥이와 호랑이가 먹지 않으면 추운 북방에 던져 주리."(取彼譖人, 投畀豺虎; 豺虎不食, 投畀有北)

22) 원문은 '城狐社鼠'이다. 『진서』(晉書)의 「사곤전」(謝鯤傳)에 따르면, 왕돈(王敦)이 유외(劉隗)를 제거하려 하자, 사곤(謝鯤)이 이렇게 말했다. "유외는 참으로 화(禍)를 처음 일으키는 자이지만, 마치 성벽과 토지묘에 몸을 숨기고 있는 여우와 쥐 같은 자이다."(隗城始禍, 然城狐社鼠也) 따라서 이들을 제거하자니 성과 토지묘를 훼손할까 염려스럽다는 의미이다. 흔히 남의 권세나 세력에 빌붙어 악행을 일삼는 자를 가리킨다.

# 이번은 '다수'의 속임수[1]

『현대평론』 55기의 「한담」의 마지막 단락에는, 여자대학 학생의 선언[2]에 근거하여 다음과 같은 내용이 실려 있다. 즉 여사대 학생은 고작 20명만 남고, 나머지 학생은 모두 여자대학에 입학했는데, 이전에 '어느 신문의 최면'에 걸려 있었음을 깊이 후회한다, 다행히 선언을 보고서야 깨달았으니, 다음과 같은 질문을 하겠다는 것이다. "만약 200명(여사대가 해산되기 전의 숫자라고 한다) 가운데 199명이 여자대학에 입학했다면 어떻게 할까? 만약 200명 모두가 여자대학에 입학했다면 어떻게 할까? 여사대 교무유지회는 신입생 몇 명을 모집해서라도 회복시키려 할까? 유지회는 도대체 누구를 유지하는지, 그들의 목적은 도대체 무엇인지 궁금하지 않을 수 없다."[3]

여름에는 여사대를 유지하지 않더니, 지금은 나서서 '공리'를 유지하고 있는 천위안 교수에게는 물론 이해되지 않을 것이다. 나는 여사대 유지회의 위원 가운데 한 사람이지만, 다른 해결방법도 알고 있다.—

20명 모두 숫자가 많은 쪽으로 달려갔더라면, 유지회는 틀림없이 진즉 장스자오에게 알랑거리고 있을 것이다!

나 역시 "4, 50살이나 먹었으면서 네댓 살짜리 어린아이의 말을 즐겨하고",[4] 게다가 노예의 말을 흉내 내기를 좋아하니, 내가 하는 이야기가 우스울지도 모르겠다. 그렇지만 기왕 입을 연 바에야, 아예 몇 마디 더 말하기로 하자. 만약 200명 가운데 201명이 여자대학에 입학했다면 어떻게 할까? 만약 유지회원도 모두 여자대학에 입학했다면 어떻게 할까? 만약 199명이 여자대학에 입학하고, 나머지 한 명은 유지를 거부한다면 어떻게 할까? ……

이 기묘한 물음에 아마 답할 수 있는 사람은 없을 것이다. 이건 너무나 터무니없는 물음이라, 네댓 살짜리 어린아이라도 이렇지는 않겠지만—어린아이를 깔보아서는 안 된다. 사람은 '어느 신문의 최면'에 걸릴 수도 있지만, 사람에 따라 달라 '아무개'某君는 '어느'某種에만 한정된다. 즉 내 경우에는 『현대평론』이나 '여자대학 학생 ○차 선언'의 최면에는 절대로 걸리지 않는다. 가령 내가 「한담」을 본 후에 스스로 돌이켜 보면서 이렇게 묻는다고 하자. "200명 가운데 199명이 여자대학에 입학했으니 어떡하지? …… 유지회는 도대체 누구를 유지하는 거지? ……" 이렇게 된다면 정말이지 나 자신조차도 기이해져서 곧장 장스자오의 위패[5]를 향해 숙연히 경의를 표할 것이다. 그러나 다행히도 천위안 교수가 근거로 삼고 있는 「여자대학 학생 2차 선언」에서도 아직 20명이 남아 있다고 했으니, 나 역시 '하늘이 무너질까 염려하는 마음'을 품을 필요는 없으리라.

기억건대 '공리'시대(안타깝게도 이 황금시대는 너무나 빨리 사라져 버렸다)에, 여사대를 해산한 이는 장스자오이고, 여자대학은 별도로 설립되었으니, 스푸마 거리의 여사대 캠퍼스는 반환해서는 안 된다고 말하던 이가 있지 않았던가? 물론 그렇게 말할 수도 있다. 그러나 나는 그런 최면에 걸려들지 않는다. 오히려 이런 이치가 만주인이 말하던, "명나라를 망하게 한 것은 틈적[6]이다. 우리 대청大淸의 천하는 틈적에게서 손에 넣은 것이지 명나라에게서 취한 것이 아니다"라는 말보다 훨씬 우습다는 느낌이 든다. 겉보기에 만주인의 말은 그래도 조리가 정연한 편이지만, 순민順民만을 속일 수 있을 뿐, 유민遺民과 역민逆民은 속일 수 없다. 왜냐하면 이들은 그 속사정을 잘 알고 있기 때문이다. 나는 총명하지 않아 본래 남의 말을 잘 믿는 편이지만 끝내 속임을 당하지 않았던 것은, 다행히도 14년 전의 혁명을 목도했고, 게다가 나 자신이 중국인이기 때문이다.

그렇지만 '만약' 여사대 학생 가운데 199명이 여자대학에 입학한다면 어떻게 할까? 사실 '만약' 장스자오가 교육총장을 반년만 더 했거나 그의 주구들이 못된 짓을 했다면, 쭝마오 골목의 학생 "모두가 여자대학에 입학"하지는 않을지라도, 위협을 당해 한 사람밖에 남지 않거나 아니면 한 사람도 남지 않을 수도 있다. 이거야말로 기대하던 바이겠지. 천위안 교수야 어쨌든 '통품'通品[7]이니, 비록 이상일망정 실현될 가능성이 없지는 않다. 그렇다면 어떻게 할까? 유지해야 한다고 나는 생각한다. 그렇다면 "목적은 도대체 무엇이지?" 생각건대, 「한담」의 말을 한마디 빌려 "군중의 전제에 억압받고 있는 자를 대신하여 몇 마디 공평한 말을 하는 것"[8]이라 대답하련다.

안타깝게도 '공리'가 나타났다가 숨었다 하듯이, '소수'의 시가時價 역시 철마다 다르다. 양인위의 시대에는 다수가 소수를 '억압'해서는 안 되었지만, 지금은 소수가 다수에 복종하지 않으면 안 되게 되었다.[9] 당신 말대로 다수는 틀림이 없는가? 그렇지만 러시아의 다수주의[10]는 지금 과

격파라고 불리고 있으며, 대영국, 대일본과 우리 중화민국의 신사분들이 "몹시 싫어하"고 있다. 난 정말 영문을 모르겠다. 어쩌면 '폭민'暴民은 다수일지라도, 예외로 쳐야 하리라.

'만약' 제국주의자가 중국의 대부분을 빼앗아 가고 성 한두 개만 남아 있다면, 어떻게 할까? 다른 게 죄다 강국의 것이 되어 버렸으니, 소수의 땅을 유지해야 하나?! 명나라가 망한 후 땅은 한 뙈기도 남아 있지 않았지만, 바다 너머로 달아나 회복을 도모한 이들이 있었다.[11] 이들은 지금의 '통품'이 보기에 아마 죄다 쓸모없는 사람일 테니, "독일에서 맨손으로 도적 몇 놈과 격투"[12]하여 해외에서 공을 세운 영웅 류바이자오를 파견하여 섬멸해야 마땅할 것이다.

'만약' 정말로 천위안 교수가 말한 대로, 여사대 학생이 20명밖에 남지 않는다면? 그러나 어쨌든 아직 20명이 남아 있다. 이 정도로도 장스자오의 문하에서 몰래 주구 노릇을 하고 있으나 낯가죽이 아주 두껍지는 않은 교수, 문인, 학자들을 부끄러워 죽을 지경으로 만들기에는 충분하다.

12월 28일

주)

1) 원제는「這回是"多數"的把戲」, 1925년 12월 31일 『국민신보 부간』에 발표했다.
2)「여자대학 학생 2차 선언」을 가리키는데, 이 선언은 1925년 12월 24일자 『천바오』에 실렸다. 이 선언에서는 "여사대 학생은 원래 200명이 채 안 되는데, 여자대학에 전입한 학생이 180명이고 …… 여사대의 쭝마오 골목에 남아 있는 학생 숫자는 20명에 지나지 않는다"고 했다.

3) 천시잉은 『현대평론』 제3권 제55기(1925년 12월 26일)의 「한담」에서 이렇게 말했다. "우리는 아무래도 어느 신문(『징바오』를 가리킨다고 여겨짐)의 최면에 걸려 있어서인지, 여자대학의 학생은 대부분 모집한 신입생이고, 여사대의 학생 가운데 여자대학에 전입한 학생은 매우 적다고 여겨 왔다. 오늘 여자대학 학생의 제2차 선언을 보니, 여사대의 옛 학생은 200명이 채 안 되었는데, 그 가운데 180명이 여자대학에 전입하고, 학외의 명사에 의해 유지되는 학생은 '20명에 지나지 않는다'고 한다. …… 그렇다면 여자대학과 여사대의 다툼은 이 180명과 20명의 다툼인 것이다." 이에 뒤이어 인용된 부분이 본문의 '질문'이다.

4) 천시잉은 『현대평론』 제3권 제54기(1925년 12월 19일)의 「한담」에서 "4, 50살이나 먹었으면서 네댓 살짜리 어린아이의 말을 즐겨 하는데, 그거야 물론 각자의 자유이다"라고 기술했다.

5) 당시 장스자오가 교육총장의 직위에서 물러났기 때문에, 위패라는 용어를 사용했다.

6) 틈적(闖賊)은 명나라 말기에 반란을 일으켜 명나라의 멸망을 가져왔던 이자성(李自成)을 가리킨다. 명나라 말기의 유적(流賊) 고영상(高迎祥)이 틈왕(闖王)을 자칭한 이후, 이자성이 그를 뒤이어 틈왕이라 일컬었다.

7) 통품(通品)은 장스자오가 천시잉을 칭찬하여 한 말로서, 고금에 통달하여 박학다식한 이를 가리킨다. 이 문집에 실린 「제기」의 주 6)을 참고하시오.

8) 이 말은 천시잉이 『현대평론』 제2권 제40기(1925년 9월 12일)에 발표한 「한담」에 나온다. 이 문집의 「결코 한담이 아니다(2)」의 주 6)을 참고하시오.

9) 천시잉은 「한담」에서 다수와 소수의 문제를 언급할 때마다, 늘 다수의 의견에 반대하는 태도를 취했다. 예를 들면, 『현대평론』 제2권 제29기(1925년 6월 27일) 5·30참사에 관한 「한담」에서 "나는 지금까지 다수인의 의견이 반드시 옳다고는 믿지 않았다. 다수인의 의견이 자주 틀렸다고 말해도 좋을 것이다"라고 주장했다. 또한 제2권 제40기(1925년 9월 12일)의 「한담」에서 '다수'를 '군중의 전제'라고 말하기도 했다. 그러나 여자대학 학생이 여사대의 원래 캠퍼스에서 물러나기를 거부하여 분쟁이 일어났을 때에는, 소수가 다수에 복종하지 않으면 안 된다고 주장했다.

10) 다수주의(多數主義)는 러시아의 볼셰비즘을 가리킨다. 이 문집의 「민국 14년의 '경서를 읽자'」의 주16)을 참고하시오.

11) 명나라가 망한 후 청나라에 굳게 맞서 싸운 정성공(鄭成功, 1624~1662), 장황언(張煌言, 1620~1664), 주지유(朱之瑜, 1600~1682) 등을 가리킨다.

12) 1925년 8월 19일 류바이자오는 여자대학의 설립을 준비하기 위해 여사대 캠퍼스에 왔다가, 여사대 학생과 충돌을 일으켰다. 그는 당일 장스자오에게 보낸 상신서에서 학생들을 비방하면서 다음과 같이 기술했다. "서너 명의 폭력학생들이 나를 여사대 해산의 주모자라고 분풀이하더니, 곧장 기세를 올려 나를 학교 밖으로 쫓아내려 했다.

남녀는 주고받음에 직접 하지 않는다, 여러분이 이렇게 무례해서는 안 된다고 말했으나, 학생들은 전혀 개의치 않고 여전히 기세를 올렸다. …… 동시에 20여 명의 남자가 다가왔다. …… 각 학교의 상하이사건후원회의 명함을 들고 있었는데, 나에게 응접실로 가서 이야기를 나누자고 했다. …… 몇 명의 남자가 책상을 치면서 큰소리로 욕하고, 금방이라도 폭력을 행사할 기세였다. 나는 정색을 하면서 이렇게 말했다. 나도 약간 무술을 할 줄 안다. 독일에 있을 적에 맨손으로 도적 몇 놈과 격투하여 물리친 적이 있다. 여러분이 만약 무력을 행사한다면, 나도 스스로 지키지 않을 수 없다. 그 남녀들은 무리를 믿고서 여전히 나를 둘러싼 채 때리려 했다."

# 후기

이 책에는 설명을 덧붙이지 않으면 안 되는 곳이 적어도 두 군데 있다.—

첫째, 쉬쉬성徐旭生 선생이 첫번째 답신에서 인용한 말은 ZM군이 『징바오 부간』(14년 3월 8일)에 실은 글[1]에서 비롯되었다. 그때 나는 '청년필독서'에 답하면서 "글을 짓지 못한다는 게 뭐 그리 대수로운 일이냐"고 말했다가 몇몇 젊은이들에게 공격을 당하고 있었다.[2] ZM군은 내가 강의실에서 했던 말을 발표했는데, 아마 내가 말하는 의미를 밝혀 곤경에 처한 나를 구해 줄 생각이었을 것이다. 이제 그것을 아래에 옮겨 써 보겠다.—

> 수많은 명사와 학자가 우리를 위해 지어 준 필독서목을 읽고서 여러 가지 감상이 떠올랐다. 그러나 가장 나의 마음을 뒤흔들었던 것은 루쉰 선생이 덧붙인 말이었다. …… 그 말 몇 마디로 말미암아 그가 이야기했던 우스갯소리가 떠올랐다. 그가 이렇게 말했던 듯하다.
>
> "말을 하고 글을 쓰는 것은 모두 실패자의 상징처럼 보입니다. 운명과 악전고투를 벌이고 있는 사람은 이런 일을 돌아볼 겨를이 없습니다. 정

말로 실력을 갖추고 있는 승리자 역시 대부분 소리를 내지 않습니다. 예컨대 매가 토끼를 잡을 때, 소리를 지르는 것은 토끼이지 매가 아닙니다. 고양이가 쥐를 잡을 때 찍찍 울부짖는 것은 쥐이지 고양이가 아닙니다……. 또 예를 들자면, 초나라 패왕[3]은 패주하는 적을 뒤쫓을 때에는 아무 말도 하지 않았지만, 시인의 얼굴을 하고서 술을 마시고 노래를 부를 때에는 이미 군대가 패하고 기세가 꺾여 죽을 날을 눈앞에 두고 있었습니다. 최근의 예로, 명사 우페이푸[4]의 '저 서산에 올라 저 그 시를 짓노라'라든가, 치셰위안 선생[5]의 '총자루를 내려놓고, 붓자루를 쥔다'라는 것은 더욱 분명한 예일 것입니다."

둘째, 최근 몇 년 사이에 학생이 날뛰고 있다는 이야기를 자주 듣는다. 나이 든 선생뿐만 아니라 이제 막 학교를 나온 하급관리나 교원들도 흔히 이렇게 말한다. 하지만 나는 그렇게 생각하지 않는다. 기억건대, 혁명 이전의 사회는 물론 지금처럼 학생을 증오하지도 않았으며, 학생들도 지금처럼 온순하지 않았다. 태도만 해도 오만하기 그지없어서, 사람들 가운데에 있어도 금방 알아볼 수 있었다. 하지만 지금은 너무나 달라졌다. 대개 두루마기에 긴 소매 차림에, 온화하고 우아한 태도가 마치 옛날의 독서인과 같다. 나 역시 어느 대학의 강의실에서 이걸 언급하고서 말끝에, 사실 지금의 학생은 온순해요, 아니 지나치게 온순하다고 할 수 있어요……라고 덧붙였다. 우저武者 군이 『징바오 부간』(대략 14년 5월 초)에 실린 「온순함」溫良이란 글에서 인용한 것은 바로 내가 당시 했던 이 몇 마디였다. 나는 이로 인해 「문득 생각나는 것」 일곱번째 글을 썼다. 이 글에서 들었던 예의 하나는 몇 년 전에 '매국노'로 일컬어지던 자의 자제가 급우들에게 호되게 욕을 먹은 일이고, 다른 하나는 당시 여자사범대학의 학생들이 동성同性의 교장으로 인해 남자 직원들에게 위협을 당한 일이다. 내가 여사대의 소요사태에 대해 언급한 것은 이번이 처음이었으며, 열흘이 지나 '벽에 부딪히고' 말았다. 다시 열흘이 지나 천위안 교수가 『현대평론』에 '뜬소문'을 발표했다. 반년이 지나 『천바오 부간』(15년 1월 30일)에 발표된, 천위안 교수가 '시철'詩哲 쉬즈모에게 보낸 편지[6]에 따르면, "사실을 날조하여 뜬소문을 퍼뜨린" 자가 오히려 나로 되어 있었다. 참으로 세상사의 변화무상함[7]에 감개를 금할 길이 없도다!

또 한 가지, 나는 「'공리'의 속임수」에서 양인위 여사가 "타이핑후호텔에 손님을 초대한 후 제멋대로 학생자치회 임원 여섯 명을 제명했다"고 말했는데, 그 장소가 틀렸다. 나중에야 당시 손님을 초대한 곳이 시창안가西長安街의 시안호텔이라는 것을 알게 되었다. 5월 21일, 즉 우리가 '벽에 부딪힌' 그날, 장소를 바꾸어 "학교에서 특별히 전체 주임 및 전임교원 평의회 회원 전원을 타이핑후호텔에 초대하여 긴급교무회의를 열고 갖가지 중요 문제를 해결하기로 했"던 것이다. 손님을 초대한 호텔이 어디인지는 중요한 문제와 아무 관계도 없다. 그렇지만 "모든 비평은 학리와 사실에 바탕을 둔다"는 '문사'와 학자의 무리들이 보기에는, 아마 "사실을 날조한" 일이 될 수도 있으며, 나아가 이로써 내가 한 말은 죄다 거짓투성이이며, 심지어 양인위 여사조차도 존재하지 않는 인물인데 내가 가공으로 꾸며 낸 것이라고 증명해 낼 것이다. 이건 내게 아주 좋지 않은 일인지라, 여기에서 서둘러 바로잡으니 '수지상유'收之桑楡[8]하기를 바란다.

1926년 2월 15일 교정을 마치고 적다<br>여전히 녹림서옥의 동쪽 벽 아래에서

주)

1) 쉬쉬성(徐旭生)이 인용한 부분은 "말을 하고 글을 쓰는 것은 모두 실패자의 상징처럼 보입니다. 운명과 악전고투를 벌이고 있는 사람은 이런 일을 돌아볼 겨를이 없습니다"라는 부분을 가리킨다. ZM이 쓴 글의 제목은 「루쉰 선생의 우스갯소리」이다. 『집외집습유보편』의 「통신(쑨푸위안에게 답함復孫伏園)」을 참고하시오. ZM은 당시 베이징사범대학 학생이다.
2) '청년필독서'의 문제에 대해서는 루쉰이 당시 썼던 「"……"에 답함」, 「"기이하도다, 이른바 ……"에 답함」 등의 글(『집외집습유』에 수록되어 있음)을 참고하시오.
3) 초나라 패왕(霸王)은 항우(項羽)를 가리킨다. 『사기』의 「항우본기」(項羽本紀)에 따르면, 항우는 유방(劉邦)에게 해하(垓下)에서 포위당했을 때, "밤에 일어나 장막 안에서 술을 마시고 …… 슬픔에 젖어 노래하면서 다음과 같은 시를 지었다. '힘은 산을 뒤엎고 기세는 세상을 뒤덮을 듯하건만, 시운이 불리하니 추(騅)도 나아가지 않는구나. 추가 나아가지 않으니 어찌하랴. 우(虞)여, 우여, 너를 어찌할꼬.'" 이후 항우는 싸움에 패하여 오강(烏江)까지 밀려났다가 자결하였다.
4) 우페이푸(吳佩孚, 1873~1939)는 산둥 펑라이(蓬萊) 사람으로, 자는 쯔위(子玉)이며, 베이양군벌 즈리파의 우두머리이다. 청나라의 수재(秀才)였던 그는 당시 신문잡지에 늘 시를 지어 발표했다. 그래서 여기에서는 명사라고 일컫고 있는 것이다. 루쉰이 이 글을 발표하기 얼마 전인 1925년 1월, 그는 펑즈전쟁(奉直戰爭)에 패하여 잠시 후베이성 우창현(武昌縣) 서산(西山)의 사당에 숨어 지냈다(1925년 1월 7일자 『징바오』에 따름).
5) 치셰위안(齊燮元, 1879~1946)은 허베이성(河北省) 닝허현(寧河縣 ; 지금의 톈진시) 출신으로, 베이양 즈리파 군벌이며, 청나라의 수재 출신이다. 그는 1925년 1월 안후이파(安徽派) 군벌인 루융샹(盧永祥)과의 전쟁에서 패한 뒤 일본의 벳푸(別府)에서 숨어 지냈다. 그는 이곳에서 기자들에게 다음과 같이 말했다. "뜻밖에 몇 년 사이에 군인생활을 마치게 되었다. 그러나 나는 한편으로 문인이기도 하니, 앞으로 수년의 세월을 저술로 보내기로 한다. 그래서 특히 일본의 산수를 빌려 나의 심정을 토로하겠다."(1925년 2월 4일 『징바오』에 따름)
6) 1926년 1월 30일 『천바오 부간』에 실린 「한담의 한담에 대한 한담이 이끌어 낸 편지 몇 통」의 9 「시잉이 즈모에게」(西瀅致志摩)를 가리킨다. 『화개집속편』의 「편지가 아니다」를 참고하시오. 쉬즈모(徐志摩, 1897~1931)는 저장 닝하이(寧海) 사람으로, 이름은 장쉬(章垿)이고 자는 즈모이다. 구미에서 유학했던 그는 베이징대학 교수를 역임했고, 『천바오 부간』의 편집을 맡았으며, 신월파(新月派) 시인이자 현대평론파의 주요 성원 가운데 한 사람이었다. 1924년 인도의 시인 타고르가 중국에 왔을 때 누군가 타고르를 '시성'(詩聖)이라 일컬었는데, 쉬즈모가 늘 타고르를 모시고 다녔기에 당시 쉬즈모를 '시철'(詩哲)이라 일컬은 이가 있었다.

7) 원문은 '白雲蒼狗'이며, 변화무상, 변화막측을 의미한다. 당나라 두보(杜甫)의 「가탄」(可嘆)이란 시에 "하늘의 뜬구름은 흰 옷과 같더니, 순식간에 변하여 회백색의 개와 같도다"(天上浮雲女白衣, 斯須改變如蒼狗)라는 구절이 있다.

8) 『후한서』(後漢書)의 「풍이전」(馮異傳)에 따르면, 동한(東漢)의 유수(劉秀)는 광무제(光武帝)에 오른 뒤 장군 풍이(馮異)를 파견하여 적미군(赤眉軍)을 평정케 했다. 적미군은 거짓으로 패한 체해 달아나다가 회계(回溪)에서 풍이의 군대를 대파했다. 패잔병을 다시 모은 풍이는 적미군 속에 병사를 침투시켜 안팎으로 협공케 함으로써 효저(崤底)에서 적미군을 대파했다. 광무제는 풍이의 공을 치하하면서 "앞서 실패한 점이 있으나, 나중에 성공을 거두었다"(可謂失之東隅, 收之桑榆)고 했다. 동우(東隅)는 해가 뜨는 곳, 혹은 아침이나 시작을 의미하고, 상유(桑榆)는 해가 지는 곳, 혹은 저녁이나 마지막을 의미한다.

# 화개집속편 華蓋集續編

『화개집속편』(華蓋集續編)은 루쉰이 1926년에 쓴 잡문 32편과 1927년에 쓴 1편을 수록하고 있다. 1927년 5월 베이징 베이신서국(北新書局)에서 처음 출판되었다. 작가 생전에 모두 여섯 차례 출판되었다.

# 소인[1)]

아직 일 년도 채 지나지 않았는데 벌써 작년만큼 많은 잡감을 썼다. 가을이 되자 바닷가에 살다 보니 눈앞에 보이는 건 구름과 물뿐이고 들리는 것도 거의 다 바람과 파도 소리밖에 없어서 사회와 멀리 떨어진 곳에 있는 듯한 느낌이다. 환경이 달라지지 않는 한 쓸데없는 소리를 할 일이 올해는 더 이상 있을 것 같지 않다. 등불 아래에서 별달리 할 일이 없어서 묵은 원고를 모아서 엮기 시작했다. 그러다가 내 잡감의 독자들에게 읽게 할 요량으로 인쇄에 부칠 준비까지 하게 됐다.

지금까지와 마찬가지로 여기에서도 우주의 심오한 의미나 인생의 진리 같은 것을 이야기하고 있지는 않다. 다만 내가 겪고 생각하고 이야기하고 싶은 것을 묵혔다가 이것이 아무리 깊이가 없고 극단적이더라도 가끔 붓을 들어 써 내려갔을 뿐이다. 좀 과장해서 말하자면 슬프고 기쁠 때의 울음과 노래 같은 것이다. 당시에도 이 글을 빌려 분을 풀고 감정을 토로한 것에 불과한데 지금 와서 누군가와 이른바 공리와 정의를 다툴 생각은 하나도 없다. 물론 당신이 이렇게 해야 한다는데 굳이 내가 다르게 하겠다고 한 적은 있었다. 일부러 명령에 따르지 않거나 이마를 조아리지 않겠다고 한 적은 있었다. 고상하고 장엄한 가면을 일부러 쓱 벗겨 본 적도 있었다. 그렇지만 이를 제외한다면 대단한 행동이랄 것은 없다. 명실상부하게 '잡감'일 따름이다.

1월부터 쓴 글 가운데 한 편[2]을 제외하고는 거의 다 실었다. 그 글이 빠진 이유는, 많은 사람을 거론했는데 모두에게 동의를 구하지도 않았고 그러기도 쉽지 않아서 내 마음대로 발표할 수 없었기 때문이다.

책 이름은? 해는 바뀌었지만 상황이 달라진 것이 없어서 여전히 『화개집』이라고 붙였다. 그렇지만 어쨌든 해가 바뀌긴 바뀌었으니까 할 수 없이 '속편'이라는 두 글자를 덧붙인다.

1926년 10월 14일, 샤먼에서 루쉰 쓰다

주)

1) 원제는 「小引」, 이 글은 1926년 11월 16일 주간 『위쓰』(語絲) 제104기에 실렸다.
2) 「50명을 하나하나 들추어내다」(大衍發微)를 가리킨다. 나중에 『이이집』(而已集) 부록에 수록했다.

1926년

# 참견과 학문, 회색 등을 같이 논함[1]

## 1.

올해부터 천위안(곧 시잉)[2] 교수가 남의 일에 참견하지 않기로 했다고 한다. 이 예언은 『현대평론』 56호의 「한담」에 나와 있다.[3] 송구스럽게도 나는 이 호를 받들어 읽지 못하여 자세한 사정을 알지 못한다. 정말이라고 한다면 관례적인 말인 '애석하다'[4] 말고 사실 나 자신의 어리바리함에 도리어 더 크게 놀랐다. 나이를 이렇게 많이 먹어도 양력 12월 31일과 1월 1일 사이에 사람에게 이렇게 큰 변화가 일어날 수 있다는 사실을 까맣게 몰랐으니 말이다. 최근에 나는 한 해가 끝나는 것에 대해 많이 둔해져서 아무런 느낌이 없다. 사실 느끼려고 들면 그 느낌을 감당할 수도 없었을 것이다. 모두가 오색기[5]를 내걸고 큰 거리에 몇 채의 알록달록한 패방牌坊을 세워 놓고 중간에 '보천동경'普天同慶이라는 네 글자를 써 놓아야지 설을 쇠는 것이고, 모두 문을 닫고 문에 신상神像을 붙여서 폭죽을 타닥타닥 터뜨려야지 설을 쇠는 것이라 한다. 만약 설을 쇠면서 언행이 바뀌는 것이라면 끊임없이 바뀌다가 한 바퀴 돌아 제자리로 돌아오는 결과를 낳을지도 모르겠다. 그래서 신경이 둔한 것이 뒤처진다는 감은 있지만 폐단이 있으면 이점도 있는 법, 오히려 소소한 덕을 볼 수도 있다.

그런데 내가 아무리 생각해도 이해할 수 없는 일이 있는데, 바로 천하에 쓸데없는 일이란 게 있고 어떤 사람이 쓸데없는 일에 참견하는 일이 있다는 것이 그것이다. 나는 세상에 이른바 쓸데없는 일이란 없으며 어떤 사람이 나서서 참견하는 것은 모두 그 사람과 얼마간 관련이 있다고 생각한다. 인류를 사랑하는 일만 하더라도 그 자신이 사람이기 때문이다. 만약 화성火星에서 장용張龍과 조호趙虎[6]가 싸우는 것을 우리가 알고서 수완을 발휘하여 술자리를 만들어[7] 장용에 찬성하거나 조호에 반대한다면 당연히 쓸데없는 일에 참견한 것이라 할 수 있다. 그러나 화성에서 일어난 일을 '알' 수 있을 정도라면, 최소한 연락할 수 있고 관계도 가까워지기 시작한 것이므로 쓸데없는 일이라고 할 수 없다. 연락할 수 있다면 장래에 오갈 수 있고 그들이 종래에 우리 머리 꼭대기 위에 와서 싸울 수도 있기 때문이다. 우리 지구의 일이라면 어디서 일어나든 모두 우리와 상관있다. 그런데 참견을 하지 않는 것은 모르는 일이거나 상관하지 못해서이지 절대로 '쓸데없어서'인 것은 아니다. 예를 들어 영국에 있는 류첸자오라는 자가 아일랜드 하녀를 고용하여 런던의 여학생을 끌어내 쫓아냈다고 하자.[8] 우리에게 쓸데없는 일인 것 같아 보이지만 사실 그렇지 않다. 이것도 우리가 있는 곳까지 영향을 미칠 수 있다. 유학생은 아주 많이 있지 않은가? 그들은 적당한 용처가 있기만 하면 사례로 인용할 것이다. 문학에서 셰익스피어니 세르반테스니 라인쉬를 인용하는 것처럼.[9] (잘못됐다, 이는 틀렸다. 라인쉬는 중국 주재 미국 대사로 문학가가 아니다. 무슨 문예학술을 논의하는 논문에서 그의 이름을 본 적이 있어서 그의 이름도 잘못 거론한 것 같다. 여기에서 수정하니 독자들의 양해를 바란다.)

설사 동물이라 할지라도 어떻게 우리와 관계가 없겠는가. 파리 다리에 콜레라균이 하나, 모기 타액에 학질균이 둘 있다면 이것이 누구의 핏속으로 뚫고 들어갈지 모를 일이다. '이웃집 고양이가 새끼 낳는 것'[10]까지 간섭한다면 이 일을 우스갯소리로 여길 사람이 많겠지만 사실 자기와 상관이 많이 있다. 우리 집 마당의 예를 들어 보자. 요즘 고양이 네 마리가 자주 싸워서 시끄러운데 이들 마나님 중 하나가 새끼를 네 마리 더 낳는다면 삼사 개월 뒤 나는 여덟 마리 고양이가 소란을 피우는 소리를 들어야 한다. 그렇다면 심사는 지금보다 갑절로 더 혼란스러울 것이다.

그리하여 나에게 편견이 하나 생겼다. 세상에 이른바 쓸데없는 일이란 존재하지 않고 여러 차례 참견할 여력과 정신이 없기 때문에 그중 일부만 골라서 참견하는 수밖에 없다는 생각이다. 왜 유독 이것만 잡고 늘어지는가? 당연히 자기와 제일 많이 관련 있기 때문이다. 크게는 같은 인류이거나 동류, 동지이기 때문이요 작게는 동학, 친척, 동향으로 최소한 뭔가 신세를 진 적이 있는 사이이기 때문이다. 스스로 이를 잘 의식하지 못하고 있거나 사실은 알고 있으면서 일부러 모르는 척하고 있겠지만.

그런데 천위안 교수는 정작 지난해 쓸데없는 일에 참견한 적이 있었다고 말했다. 위에서 내가 말한 것이 틀리지 않다면 그는 분명히 초인이다. 그런데 올해 세상사에 대해 따지지 않겠다고 하니 애석하기가 그지없도다. 이 사람이 참견하지 않으면, '백성들은 어찌되겠는가?'이다.[11] 다행히 음력 설날이 또 다가온다. 섣달 그믐날의 해亥시가 지나면 다시 뜻을 바꾸기를 바랄지도 모르겠다.

## 2.

어제 낮에 사탄[12]에서 귀가했을 때 다치[13] 군이 방문했었다는 것을 알게 됐다. 이는 정말 기쁜 소식이었다. 왜냐하면 나는 그가 입원한 줄 알았는데 이것으로 아니라는 것이 판명됐기 때문이었다. 더 기쁜 일은 그가『현대평론 증간호』까지 선물로 남기고 갔다는 점이었다. 표지에 그려진 길고 가는 초 한 자루 그림만 일견해도 이것이 광명의 이미지라는 것을 알 수 있다. 더구나 다수의 유명 학자의 저작이 실려 있고 게다가 천위안 교수의「학문의 도구」做學文的工具까지 실려 있는 마당에랴. 이것은 정론正論이다. 적어도「한담」의 수준은 가뿐히 능가한다. 최소한 나에게는「한담」의 수준을 뛰어넘었는데 그 이유는 나에게 적잖은 것을 줬기 때문이다.

나는 이 글을 읽고서 난츠쯔의 '정치학회 도서관'이 지난해 "시국관계로 대출이 세 배에서 일곱 배까지 증가했"지만 그의 '집안사람 한성'[14]은 오히려 "'평소에는 향을 안 사르다가 급하면 부처 다리라도 껴안는다'라는 글월로 현재 학술계의 대체적인 상황을 형용"했다는 사실까지 알게 됐다. 이는 내가 가진 상당수의 오해를 교정했다. 앞에서 내가 말한 대로 지금 유학생은 널려 있지만, 그들 대부분은 외국의 세든 집에서 문을 꼭 닫고 소고기를 삶아 먹으며 지내는 건 아닌지 늘 의심스러웠었다. 실제로 도쿄에서 이런 경우를 본 적도 있었다. 소고기를 삶아 먹는 것은 중국에서도 가능한데 뭐하려고 머나먼 외국까지 왔을까, 라고 그 당시에 생각했었다. 외국에서 목축을 신경 쓰고 고기 속 기생충도 적을 수 있지만 어디 고기든 푹 삶았기 때문에 기생충이 많아도 상관없는 것이다. 따라서 귀국한 학자가 첫 두 해는 양복을 입다가 나중에 가죽 도포를 입으면서 고개를 빳빳이

들고 다니는 것을 보면 이 자가 외국에서 소고기를 몇 년 동안 삶아 먹은 인물은 아닐까 의심스러웠던 것이다. 뿐만 아니라 어떤 일이 생기면 '부처 다리'라도 기꺼이 껴안을 사람은 아닐까 싶었다. 그러나 이제 그렇지 않다는 것을 알겠다. 최소한 '구미에서 유학하고 돌아온 사람'은 그렇지 않은 것이다. 그러나 중국의 도서관에 책이 너무 적다는 점은 아쉽다. 그래서 베이징의 "30여 개 대학을 합쳐도 — 국립과 사립을 막론하고 — 우리 개인이 소장하고 있는 도서보다 적다" 운운하고 있다. 이 '우리' 가운데 첫 번째로 손꼽히는 이가 '푸이 선생의 교사 좡스둔 선생'[15]이고 둘째는 아마 '구퉁 선생' 곧 장스자오[16]이다. 왜냐하면 독일 베를린에 있을 때 천위안 교수는 그의 방 두 칸의 "거의 모든 책장과 탁자, 침대와 바닥이 사회주의와 관련된 독일어 책" 투성이인 것을 목격했기 때문이다.[17] 지금은 훨씬 더 많을 것이라고 생각된다. 나는 이 일이 정말 부럽고 탄복스럽다. 내가 유학할 때 관비는 매달 36위안이었는데 식비, 학비와 옷값을 빼면 남는 것이 거의 없었던 기억이 난다. 몇 년을 이렇게 지내고 나니 가지고 있는 책 전부로 벽 하나도 제대로 가릴 수 없었다. 게다가 잡서들이었고 '사회주의에 관한 독일어 책'처럼 전문서 중의 전문서류는 없었다.

그런데 민중이 이 '구퉁 선생'의 '누추한 집'을 '재차 훼손'하면서 '그들 부부의 장서가 모두 사라진 것 같다'고 하니 정말 아쉽다. 그 당시 수십 대의 수레가 각지로 뿔뿔이 흩어져서 끌고 가는 장면을 상상해 보면 내가 보러 가지 못한 것이 정말 아쉽다. 대단한 장관이었을 것이다.

그리하여 '정인군자'가 '폭민'에게 깊은 증오심과 통렬한 절망감을 가지게 된 데에는 다 이유가 있는 것이다. 가령 이번에 '사라진' '구퉁 선생' 부부의 장서와 같이 중국에 손실을 가한 것은 30여 개소 국립 및 사립대학의 도서관을 파괴한 것보다 더 윗길이기 때문이다. 이것과 비교해 보면 류바이자오 사장 집에 숨겨 둔 공금 팔천 위안을 잃어버린 일[18]은 사소한 일인 셈이다. 다만 우리에게 유감인 것은 하필이면 장스자오와 류바이자오가 이렇게 많이 갖고 있었다는 점이요, 또 이렇게 갖고 있던 것을 전부 다 강탈당했다는 점이다.

어린 시절 세사에 노련한 어르신이 나에게 경고한 바가 있었다. 하찮은 행상이나 노점상을 곤란하게 하지 마라. 자기가 넘어져 놓고 너에게 뒤집어씌울 수 있다. 그러면 시비를 분명히 가릴 수도 없고 끝도 없이 배상해야 된다. 이 말이 지금까지 내게 영향을 미치고 있는 것 같다. 새해에 불의 신 사당火神廟[19]의 묘회에 놀러 갔을 때 나는 옥기 노점상 가까이로 비집고 들어갈 용기가 나지 않았던 것이다. 그가 내놓은 것이라고는 소소한 물건 몇 개밖에 없었는데도 말이다. 잘못 건드려 떨어뜨리거나 한두 개 깨뜨리자마자 바로 보물로 변신하여 평생 갚아도 다 못 갚고 박물관 하나를 파괴한 것보다 더 많은 죗값이 매겨질까 봐 심히 걱정이 되었던 것이다. 이뿐만 아니라 사람들이 많이 모인 시끄러운 곳에도 잘 가지 않았다. 지난번 시위 때 '앞니가 부러졌다'[20]는 '소문'이 있었지만 사실은 집에 드러누워서 아무 탈 없기를 빌고 있었다. 그런데 두 칸의 집에 있던 '사회주의에 관한 독일어 책'과 이것이 '구퉁 선생' 댁에서 잇달아 뿔뿔이 흩어지는 장관도 이 때문에 '아슬아슬하게 놓쳐 버렸다'. 이는 정말로 이른바 '이로운 점이 있으면 폐단도 있다'이다. 둘 다 가질 수는 없는 것이다.

지금 양서를 많이 소장하고 있는 것으로 개인은 좡스둔 선생을 손꼽고 공공기관으로는 '정치학회 도서관'을 추천할 수 있다. 다만 하나는 외국인이고 다른 하나는 미국 공사 라인쉬가 극력 제창한 것에 힘입었다는 점이 아쉽다.[21] '베이징 국립도서관'은 확장할 계획이라고 하니 더없이 좋은 일이다.[22] 그렇지만 경비는 여전히 미국이 되돌려 주는 배상금에 의지하는 데다가 매달 2천여 위안, 일년 경비도 3만 위안에 불과하다고 한다. 미국이 주는 배상금을 쓰는 것도 보통 일이 아니다. 첫째, 관장은 중서中西에 통달하고 세계적으로 유명한 학자여야 했다. 이에 해당하는 이는 당연히 량치차오 선생밖에 없다. 그렇지만 그도 서학에는 그다지 통달하지 못하여 베이징대학 교수인 리쓰광李四光 선생을 부관장으로 배정하여 두 사람을 합쳐서 중서를 통달한 완전한 사람 하나를 만들었다. 그런데 두 사람 월급으로 매달 1천여 위안이 나가므로 앞으로도 서적을 많이 구입할 수 없을 것 같다. 이것도 이른바 '이로운 점이 있으면 폐단도 있다'이노라. 생각이 여기에 미치면 우리는 '구퉁 선생'이 혼자 힘으로 장만한 몇 채의 좋은 책이 참혹하게 사라진 일이 아쉽다고 통감하지 않을 수 없다.

요컨대, 최근 몇 년 사이에 비교적 괜찮은 '학문의 도구'란 있을 수 없다는 것이다. 학자가 열심히 학문을 닦으려면 자기 돈으로 책을 살 수밖에 없는데 문제는 또 돈이 없다는 것이다. '구퉁 선생'은 오히려 이 생각이 들어서 관련 글을 발표한 적이 있다고 하지만 자리에서 물러났으니 정말 애석하다.[23] 학자들이 별달리 특별한 방법이 있었겠는가, 당연히 "그들이 '한담'을 늘어놓는 것 말고 다른 할 일이 없는 것도 이상하지 않다". 비록 베이징의 30여 개 대학조차 그들 '개인 장서 분량'에 한참 미치지 못한다고 하지만. 왜인가? 학문을 하는 것은 쉽지 않은 일이며 "아주 작은 주제도 수십 수백 종의 책을 참고해야 할지도 모르며", '구퉁 선생'의 장서조차도 사용하기에 충분한 것이 아닐 수도 있다는 사실을 알아야 한다. 천위안 교수는 하나의 예를 들었다. "'사서'四書의 예를 들어 보면", "한, 송, 명, 청대 유가의 많은 주석과 이론을 연구하지 않으면 '사서'의 진정한 의미를 깨닫기 어렵다. 아주 짧은 '사서' 한 부를 상세하게 연구하려 해도 수천 수백 종의 참고서를 사용해야 한다."

이것으로 "학문의 길은 안개 자욱한 너른 바다 같다"는 것을 알 수 있다. 그 "아주 짧은 '사서' 한 부를 나도 읽어 봤지만" 한대 사람이 쓴 '사서'에 대한 주석이나 이론에 대해서는 듣도 보도 못했다. 천위안 교수가 "풍아를 그렇게 많이 제창한 봉번 대신"[24] 중 하나라고 추앙하며 칭찬했던 장지동張之洞 선생은 '머리 묶은 애송이'[25]들에게 읽히려고 쓴 『서목답문』書目答問에서 "'사서'는 남송 이후의 이름이다"라고 말한 바 있다. 나는 그의 말을 신뢰했는데 나중에 『한서예문지』와 『수서경적지』류의 책을 살펴봐도 '오경'이나 '육경', '칠경', '육예'만 나와 있을 뿐 '사서'는 없었다. 이런 사정이니 한대 사람이 지은 주석이나 이론은 더 말할 것도 없다. 그러나 내가 참고한 것은 당연히 통상적인 책에 불과하며 베이징대학 도서관에 있는 것이어서 과문하여 아직 모르는 것일 수도 있다. 그렇지만 그냥 이렇게 정리하고 말겠다. 왜냐하면 '껴안'으려고 해도 안을 '부처 다리'조차 없기 때문이다. 이 점에서 생각해 보면 '부처 다리를 껴안'을 수 있고 기꺼이 '부처 다리를 안'은 이는 그래도 복 받은 사람이요 진정한 학자라 할 수 있다. 그의 '집안사람 한성'이 개탄하면서 말한 것은 아마도 '『춘추』가 무리하게 현자를 질책한다'는 뜻이리라.

### 마치며

글을 계속 쓸 흥이 더 이상 나지 않는다. 아쉽지만 여기에서 마무리 지을 수밖에 없다. 어쨌건 『현대평론 증간호』을 한번 훑어보면 휘황찬란하다는 느낌이 든다. 마치 광고에 나열된 작가의 명단을 보는 것 같다. 예를 들어 리중쿠이李仲揆 교수의 「생명에 대한 연구」니, 후스胡適 교수의 「번역시 세 편」이니, 쉬즈모徐志摩 선생의 번역시 한 수니, 시린 씨의 「탄압」이니, 타오멍허 교수가 2025년에 발표할 예정이어서 우리 현손 때나 되어서 전작을 배독할 수 있는 대저작의 일부분 등등.[26] 그런데 읽다 보니 어떻게 된 영문인지 모르겠지만 나의 눈에 보이는 것은 오히려 회색빛이어서 결국은 내던져 버렸다.

지금 초등학생은 칠색판을 잘 갖고 노는데 여기에는 일곱 종류의 색깔이 원판에 칠해져 있다. 정지하면 색깔이 고운데 회전하면 바로 회색으로 바뀐다. 원래는 흰색이어야 하는데 제대로 색칠하지 않아서 회색으로 변하는 것이다. 허다한 저명 학자의 대저작을 모은 대형 간행물도 당연히 다채롭고 신기하지만, 마찬가지로 잘 회전하지 못해서 한 바퀴 뱅그르르 돌면 어쩔 수 없이 회색빛을 드러낸다. 이것이 바로 그 책의 특색인 것 같지만 말이다.

1월 3일

주)________

1) 원제는 「雜論管閑事 · 做學問 · 灰色等」, 1926년 1월 18일 주간 『위쓰』 제62기에 처음 발표되었다.

2) 천위안(陳源)의 필명은 시잉(西瀅). 『화개집』의 「결코 한담이 아니다」(幷非閑話)와 주석을 참고하시오.

3) 천시잉은 『현대평론』 제3권 제56기(1926년 1월 2일)에 발표한 「한담」(閑談)에서 다음과 같이 말했다. "우리의 새해 결심은 이후에 영원히 다른 사람의 일에 참견하지 않는 편

이 낫겠다는 것이다." 그에 따르면 "중국에 남의 일에 참견하는 사람이 너무 적"었기 때문에 그처럼 "다른 사람의 불공평함을 대신 불평"하는 사람이 "숱하게 남의 눈에 거슬리는 일"을 당하고 "어쩔 수 없이 두어 마디 한" 사람이 "자주 화를 입었"다. 이는 1년 전 장스자오(章士釗)와 양인위(楊蔭榆)가 학생을 탄압한 언행을 도와줬던 일에 대한 변명이다.

4) '애석하다'(可惜)는 천시잉이 루쉰 등 일곱 명의 교원이 베이징여자사범대학 사건 선언과 관련되었던 것에 대해 풍자하고 비난하면서 한 말이다. 천시잉은 『현대평론』 제1권 25기(1925년 5월 30일)에 발표한 「한담」에서 다음과 같이 말했다. "이 선언의 말투는 문맥에 따라 골라 썼으며 우리가 보기에 지나치게 한쪽을 편들고 그다지 공평타당하지 않은 감이 있다. 글 속의 가장 뛰어난 구절들을 보면 알 수 있다.…… 정말 애석하다."

5) 오색기(五色旗)는 중화민국이 성립된 이후부터 1927년까지 사용한 중국의 국기이다. 홍색, 황색, 남색, 백색, 흑색 다섯 색이 횡렬로 되어 있다.

6) 포청천의 유명 호위병.

7) 여사대 사건에서 양인위가 다시 연회를 이용하여 교원을 구슬리고 학생을 억압하는 것을 획책한 바 있다. 장스자오가 여사대를 해산하고 여자대학을 따로 세운 뒤 여사대의 일부 교수와 학생은 쭝마오 골목(宗帽胡同)에 집을 빌려서 수업을 했다. 이들은 1925년 11월 30일 원래의 학교 부지로 되돌아가 복교했다. 그러나 12월 14일 여자대학은 또다시 '교육계 명사'를 초청하는 연회를 열어 학생운동을 반대했다. 이 연회에서 천시잉, 왕스제(王世傑), 옌수탕(燕樹棠) 등이 '교육계 공리유지회'(教育界公理維持會 ; 다음 날 '국립여자대학후원회'로 개칭함)를 발족했다.

8) 1925년 8월 장스자오는 여사대 부지에 새로운 여자대학을 설립할 것을 결정하고 19일 전문적인 교육사 사장인 류바이자오(劉百昭)를 파견하여 준비하게 했다. 류바이자오는 22일 군경의 경호 아래 건달과 하녀 등을 고용하여 학생들을 구타하도록 해 학교 밖으로 끌어냈다. 이 구절은 이 사건을 풍자한 것이다.

9) 라인쉬(P. S. Reinsch, 1869~1923)는 1913년부터 1919년까지 재중 미국 공사를 역임했다. 뤄자룬(羅家倫)은 『신조』(新潮) 제1권 제1호(1919년 1월)에 발표한 「금일 중국의 소설계」(今日中國之小說界)에서 라인쉬의 말을 인용하여 "중국인이 번역한 외국 소설에 대한 외국인의 관점"을 논거로 삼아 그가 '미국의 위대한 학자'라고 칭했다. 여기에서 말한 "무슨 문예학술을 논의하는 논문에서 그의 이름을 본 적이 있어서"는 곧 뤄자룬의 논문을 지칭한다.

10) 량치차오가 『중국 역사학계 혁명안』(中國史界革命案)에서 영국의 스펜서의 말을 인용한 것을 가리킨다. "이웃의 고양이가 어제 수컷을 하나 낳은 것이 사실이라고 한다면 사실이다. 그런데 누가 무용한 사실이라는 것을 모르겠는가? 왜 그런가? 다른 일과는 아무런 관련이 없어서 우리 생활상의 행위에는 조금도 영향이 없는 것이다."

11) 『세설신어』(世說新語)의 「배조」(排調)에 나오는 말이다.

12) 사탄(沙灘)은 베이징의 지명이다. 당시 베이징대학 제1원이 소재하던 곳이다. 본문의 다음 단락에 나오는 난츠쯔(南池子)도 베이징의 지명이다.

13) 다치(大琦)는 곧 왕핀칭(王品青, ?~1927)을 가리킨다. 그는 허난 지위안(濟源) 출신으로 베이징대학을 졸업했으며 『위쓰』 필자였다. 베이징 쿵더(孔德) 학교 교원을 역임했다. 본문에서 언급하는 그가 루쉰에게 드렸다는 『현대평론 증간호』는 곧 『현대평론』 '제1주년기념증간호'(1926년 1월 1일)를 말한다.

14) 천한성(陳翰生, 1897~2004)은 장쑤 우시 출신으로 사회학자이다. 당시 베이징대학 교수에 재직 중이었다. 그는 『현대평론』 3권 53기(1925년 12월 12일)에 발표한 「급할 때 부처 다리라도 껴안다」(臨時抱佛脚)에서 베이징의 정치학회 도서관의 장서가 1만 권 이상이며 '회원의 십중팔구는 구미에서 유학하고 귀국한 사람'이라고 밝혔다. 그는 도서관 대출통계표에 근거하여 1925년 '5·30사건과 관세회의 두 건의 시국 문제'가 있었기 때문에 대출 수량이 전해보다 많이 증가했다고 지적했다. 이에 따라 그는 '급할 때 부처 다리라도 껴안는다'라는 속담으로 당시 학술계 대다수 사람들을 평소에 '게으르다'고 묘사했다. 천시잉은 『현대평론』 '제1주년기념증간호'에 발표한 「학문의 도구」에서 천한성의 말을 인용하여 그를 '우리 집안사람 한성'이라고 칭했다.

15) 푸이(溥儀, 1906~1967)는 청말 황제 선통(宣統)이다.

좡스둔(庄士敦, 1874~1938)은 영국인이다. 웨이하이(威海)에서 영국조계지 행정장관을 지냈다. 1919년부터 푸이의 영어 교사로 지내며 오랫동안 푸이와 밀접한 관계를 맺었다. 1924년 봄과 여름 즈음에 진량(金梁), 캉유웨이 등과 복벽을 모의하였고, 그 해 11월 푸이가 궁에서 쫓겨난 후에도 정샤오쉬(鄭孝胥) 등과 함께 푸이를 호송하여 일본대사관으로 도망가게 하였다.

16) 장스자오는 초년 필명이 칭퉁(青桐)이었으나 나중에 추퉁(秋桐)으로 바꾸었다. 1925년 7월 『갑인』(甲寅) 주간을 창간할 때부터는 다시 구퉁(孤桐)으로 필명을 바꾸었다. 천시잉은 글에서 그를 '구퉁 선생'으로 칭했다.

17) 천시잉이 「학문의 도구」에서 한 말이다.

18) 1925년 11월 28일 베이징민중단은 관세자주를 요구하며 시위를 벌일 때 교육부 전문교육사 사장인 류바이자오의 집도 공격했다. 그는 이 기회를 틈타 집에 보관된 예전 공금 8천 위안을 횡령하고 교육부에 공금이 전부 약탈당했다고 거짓 보고를 올렸다.

19) 베이징의 류리창(琉璃廠)에 있다. 이전에 매년 음력 정월 초하루부터 보름까지 묘회기간에 임시로 골동품과 옥기 노점상이 설치되었었다.

20) 『화개집』에 수록된 「결코 한담이 아니다(3)」의 주 14)를 참고하시오.

21) 천시잉이 「학문의 도구」에서 라인쉬를 찬양하며 한 말이다. "만약 그 당시 미국 대사 라인쉬가 정치학회 등을 조직하고 도서관을 세우는 일 등을 극력 제창하지 않았다면

올해의 화제인 두 건의 시국 주제는 말할 것도 없고 20건의 시국 주제가 화제가 되더라도 책을 빌리려고 해도 빌릴 수 없었을 것이다."

22) 1901년 신축조약에서 규정한 '경자배상금' 중에 미국에게 아직 돌려주지 않는 부분을 가리킨다. 미국은 이른바 '자금 보조'라는 명목으로 중국 교육문화사업의 명의로 1908년 첫번째 배상금 중 일부를 중국에 반환했다. 1924년 남은 금액을 전부 반환한다는 결정을 내렸다. 여기에서 말하는 베이징도서관 확충에 사용하는 경비란 곧 두번째 반환금 내에 포함되어 있다.

23) 천시잉은 「학문의 도구」에서 다음과 같이 말했다. "학자가 자신의 학문을 하려면 가장 중요한 것으로, 첫째, 학자는 고정된 수입을 가질 수 있어야 하며 하루 종일 땔감과 쌀 걱정을 하는 정도여서는 곤란하다는 것이다. 둘째, 그들에게 비교적 괜찮은 학문을 하는 도구를 공급하는 것이다. …… 구퉁 선생이 아직 관직에 있을 때 글 두 편을 발표한 적이 있다. 학자에게 고정 수입이 있어야 한다는 사실을 그는 분명히 알고 있었지만 두번째 요구사항에 대해서는 주목하지 못한 듯하다." 이 문집에 실린 「편지가 아니다」를 참고하시오.

24) 천시잉이 「학문의 도구」에서 장지동을 추앙하며 한 말이다. 장지동(張之洞, 1837~1909)은 청말 '양무운동'을 제창한 인물이다.
봉번은 고대 제왕이 제후로 봉하는 제도를 말한다. 봉해진 땅은 번국이라 불렀다. 진시황 이후 역대 왕조에 제후로 봉해진 왕이 있었으나 그 성격은 달랐다. 그렇지만 마찬가지로 봉번이라고 칭했다.

25) 당시 장스자오가 청년학생들을 경멸하며 부른 말이다. 이에 대한 자세한 사정으로 『화개집』「여백 메우기」의 관련 주석을 참고하시오.

26) 루쉰이 언급한 『현대평론』 '제1주년기념증간호'에 실린 관련 글은 다음과 같다. 후스의 「번역시 세 편」은 영국 시인 브라우닝(Robert Browning)의 「아침의 이별」(*Parting at Morning*), 셸리(Percy Bysshe Shelley)의 「~에게」(*To.*____), 하디(Thomas Hardy)의 「달빛 속에서」(*In the Moonlights*)이다. 쉬즈모가 발표한 '번역시 한 수'는 영국 시인 로세티(Dante G. Rossetti)의 「투르의 존」(*John of Tours*)이다.
시린(딩시린丁西林 혹은 딩세린丁燮林, 1893~1974)은 물리학자이자 극작가로 당시 베이징대학 교수였다. 「탄압」(壓迫)은 그가 지은 단막극이다. 타오멍허(陶孟和, 1888~1960)는 톈진 출신의 사회학자이다. 당시 베이징대학 교수였으며 『현대평론』의 주요 필진 중 한 명이었다. 『현대평론』 '증간호'에 실은 「현대교육계의 특색」(現代教育界的特色)의 제목 아래에는 다음과 같은 주가 있다. "이는 2025년이 되어서 — 당시의 상황이 허락한다면 — 발표 가능한 저작 중 몇 절이다."

# 흥미로운 소식[1)]

베이징이 거대한 사막 같다고 말하는데도 청년들은 여전히 이곳으로 모여든다. 노인들도 이곳을 잘 뜨지 않는다. 다른 곳으로 한번 가 보는 이도 있지만 베이징에 무슨 대단한 미련이 남아 있는 듯이 금세 되돌아온다. 염세 시인은 '개탄스럽도다' 하며 인생을 원망하면서도 계속 살아간다. 석가모니 선생을 숭배하는 철학자 쇼펜하우어조차 무슨 병을 치료하는 약을 남몰래 복용하면서 쉽사리 '열반'에 들지 않는다. 속담에 '잘 죽는 것보다 그래도 나쁘게 사는 것이 낫다'는 말이 있는데 이는 물론 속인들의 속된 견해에 불과하다. 그러나 문인과 학자들이 이렇지 않았던 적이 있던가. 다른 점이라고는 한편으로는 언사가 엄숙하고 이치가 정당한 군기軍旗를 늘 소지하고 있고, 또 다른 한편으로는 이치가 더 맞고 언사가 더 엄숙한 빠져나갈 구멍도 하나 마련하고 있다는 점일 뿐이다. 정말이다. 그렇지 않다면 인생은 정말 심심하기 짝이 없고 별달리 할 말도 없을 것이다.

베이징은 이렇게 하루하루 물가가 치솟고 있다. 나의 '사소한 첨사 자리'도 '함부로 주장을 폈다'[2)]는 이유로 장스자오에 의해 면직되었다. 이후

줄곧 안드레예프의 말을 빌리자면 "꽃이 피지 않고 시가 울려 퍼지지 않으며"[3] 물가가 비싸다는 사실만 마주하고 있다. 그런데도 여전히 '함부로 주장을 펼'치니 만회할 방법이 없다. 『천바오』晨報의 부간이 아름답게 칭했던 '한담 선생'의 집안일처럼 누이 하나가 "은방울이 깊은 골짜기에 울리는" 듯한 소리로 "오빠!"라고 부르고 "다시는 글을 써서 남에게 미움을 사지 마세요, 그러실래요?"라고 간청한다면,[4] 나도 이걸 핑계로 말의 방향을 돌려 별장으로 몸을 피해 한대漢代 사람이 쓴 '사서'의 주석이나 이론을 연구할지도 모르겠다. 그런데 애재라, 이렇게 좋은 누이도 없다. "아리따운 누님이 거듭거듭 나를 나무라시며 '곤鯀은 너무 강직해서 몸을 망치더니 결국 우산의 벌판에서 죽고 말았었지' 하셨다." 굴영균[5]에게 있는 아주 흉악한 누이가 있는 행복조차도 누리지 못한다. 그러니 내가 결국 '함부로 주장을 펼'치는 것은 되돌릴 이유를 못 찾아서인지도 모르겠다. 그런데 이러한 관계는 하찮게 생각해서는 안 되는데 장래에 불행한 일을 당할지도 모른다. 죄를 지으면 반드시 인과응보가 따른다는 것을 나는 알고 있기 때문이다.

이야기를 다시 석가모니 선생의 교훈으로 되돌리면 선생은 "인간 세상에 사는 것보다 지옥에 떨어지는 것이 더 낫다"라고 했다. 처신하는 것做人에는 '움직임'作 곧 행동하는 것(=나쁜 짓을 하다)이 있지만 지옥에 떨어지는 것은 '업보'(=응보)만이 있을 따름이다. 따라서 살아 있는 것이 지옥에 떨어지는 원인이며, 지옥에 떨어지는 것은 오히려 지옥에서 빠져나오는 기점인 것이다. 이렇게 말하다 보면 얼마간은 정말 화상이 되고 싶다는 생각이 든다. 그렇지만 이것도 당연히 "뿌리가 있는"[6](이는 '톈진 말'이라고 한다) 큰 인물에게나 해당되는 것이니 나는 이런 종류의 속이는 말을 별로 믿지 않는다. 사막과 같은 베이징성에 사는 것은 무미건조하기 짝이 없지만 어쩌다가 한 번 세상 돌아가는 것을 들여다보면 물가가 비싼 것 빼고는 그래도 다채롭다. 예술을 창조하는 이도 있고 소문을 만드는 이도 있고 낯간지러운 것도 있고 흥미로운 것도 있다. 이 점이 베이징이 베이징인 까닭이고 사람들이 늘 분주하게 모이는 이유일 것이다. 다만 소소한 놀이들만 있을 따름이어서 좀 진지한 친구가 언사가 엄숙하고 이치가 정당한 군기를 세우기 어렵다는 점이 아쉽다.

나는 지옥에 떨어지는 일은 죽고 난 다음의 일이고 현재 생활이 지루한 것이 가장 두렵다고 나는 늘 생각해 왔기 때문에 남의 미움을 사는 일을 종종 겪었다. 가끔 가다가 소소한 놀잇감을 찾아 우스갯소리를 할 때도 있었는데 이것도 바로 남의 눈총을 샀다. 남에게 죄를 지으면 당연히 보복이 뒤따르므로 이를 준비하고 있을 수밖에 없었다. 왜냐하면 소소한 놀잇감을 찾아 우스갯소리를 하는 것에 말이 엄숙하고 이치가 정정당당한 군기를 제대로 꽂을 수 없었기 때문이다. 사실 이곳이라고 해서 왜 국가 대사와 관련된 소식이 없겠는가. "관외關外의 전쟁이 불일不日에 일어날 것이다"라느니 "국군이 일치하여 된치루이를 옹호한다"느니 일부 신문에서 큰 활자로 대문짝만 하게 인쇄하여 사람들의 머리를 어지럽힌 적이 있었다.[7] 그러나 나는 이에 좁쌀만 한 흥미도 없었다. 사람의 시야가 좁으면 약으로도 고치기 힘든 법, 최근에 내가 흥미롭다고 생각한 장면은, 독일에서 맨주먹으로 도둑 몇 명을 해치우고 베이징에서 싼허현三河縣 출신의 하녀 부대를 지휘한 무사 류바이자오 교장이 갑자기 변문을 지은 일을 목격한 것을 꼽을 수 있다. 대략 무武를 버리고 문文에 힘쓰려는 뜻이 생겼으리라. 게다가 "바이자오는 해외에서 유학을 하고 교육부의 예비교원으로 다예多藝의 명예가 다른 사람에 못 미쳐서 부끄러우나 심미의 정서는 쓸 만하다고 자신한다" 하니 이렇게 문무를 겸비한 인재일 줄은 예상치도 못했다. 둘째, 지난해 기꺼이 남의 일에 참견하던 '학자'가 올해 참견하지 않게 된 일이다. 연말에 계산서를 결산하는 방법은 알고 보니 가게 주인의 매상 장부뿐만 아니라 '정인군자'의 행위에도 적용될 수 있는 것이었다. 아니면 '오빠!'를 부르는 소리가 중화민국 14년 12월 31일의 밤 12시에 울리고 있었던 것인지도 모르겠다.

그러나 이러한 흥미도 순식간에 사라지니 자신의 생각이 변화하는 것이 실로 원망스럽다. 경우에 따라서 생각과 행동은 당연히 변해야 하고 한 번 변하면 당연히 변화한 까닭이 있다고 생각한다. 더군다나 세계적으로 국경國慶이야 정말 적지 않고 중서고금의 명사는 더 많아서 그들의 군기가 일찌감치 모두 꼿꼿하게 세워져 있음에랴. 조상은 부지런하고 후손은 즐거운 법이다. 후손은 일을 할 때 공자와 묵적을 끌어다 인용할 수 있고 일을 하지 않을 때에는 노자와 장자가 있으며, 피살될 때는 관용봉關龍逢이요 사람을 죽일 때는 소정묘少正卯이며, 힘이 남아돌 때 다윈과 헉슬리의 책을 읽고 남을 도울 때는 크로포트킨의 『상호부조론』이 있고, 브라우닝 부부는 연애를 논하는 모범에 다름 아니며 쇼펜하우어와 니체는 여자를 저주하는 유명인인 것이다.[8] 이야기의 근본으로 돌아가 양인위나 장스자오가 유태인 드레퓌스에 억지로 비견될 수 있다면 그의 식객은 졸라 등과 같다고 할 수 있다.[9] 이때 불쌍한 졸라는 중국인과 척지게 되었다. 다행히 양인위나 장스자오가 드레퓌스와 같은지 여전히 의문이지만 말이다.

그런데 사정은 그렇게 단순하지 않다. 중국의 나쁜 놈(수준 이하의 문인과 학자깡패와 학자도적 무리[10])은 장래에 크게 고생할 것 같다. 비록 죽은 뒤에도 지옥에 떨어질 것 같지만. 그러나 주도면밀하게 계획하고 멀리 내다보는 사람은 아무래도 이제부터 조심하고 말을 많이 하지 않는 것이 안전할 것이다. 당신은 '한담 선생'이 정말 남의 일에 참견하지 않는다고 생각하는가? 결코 그렇지 않다. "이 나서기 좋아하는 사람들이 예리함을 다 소진하는 날에 우리 한담 선생들은 차분히 '마지막 터치'(The finishing touch)를 한다. 우리는 미소를 지으며 쇠막대기를 갈아 만든 자수침을 들고 우리네 급한 성격이 얼마나 비경제적인 태도인지 풍자한다. 이는 무한한 인내만이 천재의 유일한 증거라는 것을 역으로 말해 준다"라고 그는 말했다 한다(『천바오 부간』 1423).[11])

나중에 난 사람이 이전에 난 사람을 이기는 것은 원래 천하의 범사이지만 타락한 민족은 예외이다. 옷으로 논하자면 나체에서 회음대를 사용하거나 혹은 앞치마를 입었고 나중에 의상과 곤룡포, 면류관이 생겼다. 미래의 우리 천재는 오히려 특이하게 다른 사람들이 앞치마를 두르고 날뛰고 있을 때 자수방에 숨어서 자수를 놓고 있다. 아니, 자수침을 갈고 있는 것이다. 다른 사람의 치마가 모두 낡고 찢어질 때를 기다렸다가 그는 꽃수가 놓인 적삼을 입고 짠 하고 나타난다. 이쯤 되면 모두 '아'라고 말할 수밖에 없다. 성격이 급한 가련한 야만인은 앞치마조차도 다른 걸로 갈아입을 줄 모르니 아닌 게 아니라 정말 예리함이 다 사라진 것 같다. 예리함이 사라진 것은 그래도 괜찮은데 '미소를 지으며' '풍자'하고 있는 '천재'의 얼굴까지 봐야 하다니 이는 정말 영혼에 대한 채찍질인 것이다. 비록 요원한 미래의 일이라고는 하지만.

더 겁나는 일은 2025년이 오면 타오멍허 교수가 저작 한 부를 발표할 것이라는 풍문이다. 내용이 어떠한지는 백 년 뒤의 우리 증손이나 현손들만 알 것이다. 다행히 『현대평론 증간호』에 몇 절이 미리 발표되었는데 우리들은 '대롱으로 표범을 훔쳐보는' 식으로 이 새 책의 큰 틀을 알 수 있었다. 이는 '현대교육계의 특색'을 이야기한 것으로 교원이 '겸직'을 많이 하는 것까지 포함했다. 그는 "나의 논의가 많이 비관적이고 냉혹하며 황당한가? 이것이 사실로 증명된다면 이 비판을 받아들일 수 있기를 나는 진정으로 바란다"라고 말했다. 게다가 이 비판을 우리는 백 년 뒤까지 기다렸다가 받아야 한다. 비록 그때는 뭐가 사실인지 알 수 없을 것 같지만. 책이라 해봤자 아마도 '미소를 짓'는 괜찮은 작품만이 전해질 것이다. 정말 이렇게 된다면 '영웅의 견해는 대략 비슷'하게 되어 후손이 냉혹하다고 생각할 거리도 없을 것이다. 그러나 우리도 추측하기 어렵긴 매한가지이지만 현재의 일로 현재를 논하자면 얼마간은 "공자가 『춘추』를 짓자 난신과 도적들이 두려워했다" 정도의 의미를 띨 것 같다. 사람들이 이같이 성대한 일을 만나지 못한 지 이미 2천 4백 년이 되었다 운운하면서.

요컨대 백 년 이내에는 천위안 교수의 많은(?) 책이 출판될 것이고 백 년 이후에는 타오멍허 교수의 책 한 권이 등장할 것이다. 내용이 어떨지 알 수 없지만 지금 새어 나오는 풍문에 근거하자면 '나서기를 좋아하는 사람'이나 '구성九城을 내달리는' 교수를 풍자한 것 같다.[12)]

나는 자주 인도의 소승불교 방법이 대단한 데 감탄하곤 한다. 소승불교는 지옥설을 수립했고 중과 비구니, 불경을 읊는 늙은 부인의 입을 빌려 널리 퍼뜨렸고 이단으로 겁을 줘서 심지가 굳지 않은 이를 두렵게 만들었다. 이것의 비법은 바로 인과응보에 있다. 인과응보는 현재가 아니라 장래의 백 년 뒤에, 적어도 반드시 예리함이 사라진 뒤에 작용한다. 그때 당신은 몸을 잘 가눌 수도 없으며 다른 사람이 하라는 대로 귀신의 눈물을 흘리면서 생전에 함부로 나섰던 일을 후회하고 있을 수밖에 없다. 게다가 그제서야 이것이야말로 염라대왕의 위대함과 존엄함이라는 것을 인식하게 된다.

이러한 신앙은 미신일지도 모른다. 그러나 미신의 조화로 백성들을 교화하는 것은 "세상의 도를 구제하고 인심을 바로잡는" 일이니 그래도 이익이 없지는 않을 것이다. 게다가 살아 있을 때의 나쁜 놈을 "승냥이와 표범, 호랑이에게 던지지" 못했으니[13] 당연히 죽은 뒤에 필설로 죄상을 폭로하지 않을 수 없다. 공자가 수레 하나와 말 두 필로 각국을 주유하는 것에 싫증 나서 돌아온 뒤 붓을 들어 『춘추』를 쓴 것도 무릇 이러한 뜻이었다.

그러나 시대가 변했다. 지금 와서 이런 낡은 놀음은 극단적으로 진지한 사람밖에 속일 수 없게 되었다고 나는 생각한다. 이런 놀음을 벌이는 사람들 스스로도 믿지 않을 텐데 이른바 나쁜 사람들은 더 말할 것도 없다. 남에게 미움을 사면 인과응보가 뒤따른다는 것은 범상한 일로 특별히 이상하다고 할 수 없다. 가끔 가다 점잖은 말을 좀 하고 예의를 잠시 차리는 것으로 지옥에 떨어지는 것을 면할 수 있겠는가. 이는 상상조차도 할 수 없는 일이다. 우리네 번잡한 세상에 공을 많이 들여 가며 같잖은 신사의 폼을 재고 있을 새가 없다. 해야 하는 일은 그냥 한다. 내년을 기다려 술을 마시는 것보다 차라리 지금 당장 물을 마시는 것이 낫고 21세기를 기다려 시체를 해체하는 것보다 지금 바로 그에게 따귀를 올려붙이는 것이 낫다. 장래의 일에 관해서는 당연히 나중에 난 사람이 하게 마련이다. 이는 현재의 사람 곧 장래에는 이른바 옛날 사람이 될 사람들의 세계가 절대로 아니다. 만약 그때도 여전히 지금과 같은 세상이라면 중국은 곧 망할 것이다!

1월 14일

주)

1) 원제는 「有趣的消息」, 이 글은 1926년 1월 19일 『국민신보 부간』(國民新報副刊)에 발표됐다.
2) '사소한 첨사 자리'. 1912년 8월 교육부 첨사로 임명된 루쉰은 1925년 여사대 학생운동을 지지했다는 이유로 8월에 장스자오에 의해 불법적으로 면직되었는데, 평정원에 이 건으로 그를 고발한 바 있다. 당시 이 일을 빌미로 루쉰이 '사소한 첨사 자리'를 잃었기 때문에 장스자오를 반대하며 '학자의 태도'를 지니고 있지 않다고 공격한 이들이 있었다. '함부로 주장을 폈다'란 장스자오가 평정원 답변서에 루쉰을 비난하며 쓴 말이다.
3) 안드레예프(Леонид Николаевич Андреев, 1871~1919)는 러시아 작가로 10월혁명 이후 국외로 망명했다. "꽃이 피지 않고 시가 울려 퍼지지 않는다"는 그의 소설 『빨간 웃음』(Красный смех, 1904)에 나오는 말이다.
4) 쉬즈모가 1926년 1월 13일 『천바오 부간』에 발표한 「'한담'에서 나온 한담」('閑談'引出來的閑談)에서 천시잉이 『현대평론』 제3권 제57기(1926년 1월 9일)에 발표한 프랑스(Anatole France)의 「한담」을 논의하며 "정말 부럽고 아름다운 글"이라고 칭찬했다. 그리하여 "하느님이 그를 보우하사 이후에 한담만 이야기하고 다시 남의 일에 참견하지 말게 하기를!" 기원했다. 이 글에 다음과 같이 천시잉의 '집안일'에 대해 서술한 바 있다. "'아 오빠(阿哥)', 하루는 그의 누이가 그에게 부탁했다. '다시는 글을 써서 남에게 미움을 사지 말아요, 그러실래요? 나중에 사람들이 우리 집을 불태우러 오면 어떻게 해요?' 한담 선생은 '너는 일찌감치 네 물건을 정리해서 목록표를 만들어서 나에게 다오. 일이 벌어지고 난 다음 우리 아 오빠에게 잘못된 장부를 내놓지 않게 말이다'라고 대답했다."
5) 원문은 '女媭之嬋媛兮'로 굴원(屈原)의 『이소』(離騷)에 나온다. 여수(女媭)는 일반적으로 굴원의 누나를 부르는 칭호라고 여기고 있다. 굴영균(屈靈均)은 곧 굴원(B.C. 340~278)으로 전국시대 초(楚)나라 시인이다.
6) 쉬즈모가 「'한담'에서 나온 한담」에서 천시잉을 칭찬하면서 한 말이다. 이 문집의 「꽃이 없는 장미」에 관련 대목이 나온다.

7) 1926년 1월 9일 돤치루이(段棋瑞)는 즈펑(直奉) 등의 군벌의 압력하에 사직한다는 전보를 보냈다. 국민군은 현 상황을 그대로 유지하기 위한 목적으로 만류를 표명했는데 이때 신문지상에 "국군이 일치하여 돤치루이를 옹호한다"는 기사를 낸 바 있다.

8) 크로포트킨(Пётр Алексеевич Кропоткин, 1842~1889)은 러시아의 아나키스트이다. 브라우닝(Robert Browning)과 브라우닝 부인은 영국 시인으로 브라우닝 부인의 부친의 반대를 무릅쓰고 비밀 결혼을 하여 이탈리아로 떠난 일로 유명하다. 니체와 쇼펜하우어는 모두 여성해방에 반대했다. 이와 관련된 대목은 쇼펜하우어의 「부녀론」과 니체의 『차라투스트라는 이렇게 말했다』에 나온다.

9) 천시잉은 『현대평론』 제3권 제56호(1926년 1월 2일 발간)에 발표한 '남의 일에 참견하지 않겠다'를 선언한 「한담」에서 양인위, 장스자오를 프랑스의 유명한 재판 사건과 관련된 유태계 군관 드레퓌스(Alfred Dreyfus)에 비유하면서 은근히 자신을 졸라(Émile Zola)와 비교했다.

10) 당시 현대평론사는 『현대평론』을 광고하면서 그들이 출판한 작품은 "가치가 없는 책이거나 이해하기 어려운 책, 수준 아래인 책은 하나도 없다"라고 자칭했다. 또 그 당시 현대평론파의 일부 인사는 루쉰 등에게 '학자도적 무리'라는 공격을 했다.

11) 쉬즈모가 「'한담'에서 나온 한담」에서 천시잉을 칭찬하며 한 말이다.

12) 타오멍허는 「현대교육계의 특색」에서 당시 교육계의 특색 중 하나로 '교육의 상업화'를 꼽았다. "하나는 교수를 영업으로 하는 것으로 곧 이른바 겸직이 그것이다."
베이징 구성(九城)은 베이징 전체 성을 가리킨다. 베이징에는 정양(正陽), 충원(崇文), 시즈(西直) 등의 아홉 개 문이 있다.

13) '국립여자대학후원회'는 「베이징의 국립 각 대학교 교직원 연석회의에 보내는 서한」에서 이 말로 학생운동을 지지하는 여사대 교원을 저주했다. 이와 관련하여 『화개집』의 「'공리'의 속임수」를 참조하시오.

# 학계의 삼혼[1]

『징바오 부간』京報副刊을 통하여 『국혼』國魂[2]이라는 정기간행물에 "장스자오도 물론 나쁘지만 장스자오를 반대하는 '학계의 비적'들도 매한가지로 타도해야 한다"는 글이 실렸다는 것을 알게 되었다. 대략적인 뜻이 정말 내가 기억하는 대로인지 모르겠지만 아무래도 상관없다. 이는 나에게 제목 하나를 떠올리게 했을 따름이어서 원문과는 상관없기 때문이다. 중국의 옛말에 원래 사람에게 삼혼이나 육혼, 혹은 칠혼이 있다 하는데 국혼에도 이런 것이 있어야 하지 않을까 하는 생각이 들었다. 그렇다면 이 삼혼 가운데 하나는 '관리의 혼'이고 다른 하나는 '비적의 혼' 같은데 또 다른 하나는 무엇일까? 아주 확실하지는 않지만 아마도 '백성의 혼'이 아닐까. 내 견문이 협소하여 중국 전 사회를 상세하게 아우를 깜냥은 안 되므로 '학계'로 축소하여 논의할 수밖에 없다.

중국인은 관직에 인이 박여 있어서, 한대에는 효와 겸손을 중시하여 아이를 묻고 나무를 새겨 받드는 일이 있었으며,[3] 송대에는 이학을 중시하여 모자를 높게 쓰고 낡은 신을 신었으며, 청대에는 첩괄[4]을 중시하여

'차부'且夫니 '연즉'然則이니 했다. 요컨대 그 영혼은 관리가 되는 데 ―― 관리의 위세를 부리고 관리의 말투를 늘어놓고 관화官話를 쓴다 ―― 있었다. 황제를 받들어 꼭두각시가 되었으므로 관리에게 미움을 사면 바로 황제에게 미움을 사서 이들은 '비적'이라는 아호雅號를 얻었다. 학계에서 관화를 쓰는 것은 지난해부터 시작되었는데 장스자오를 반대하는 이는 모두 '토비', '학계 비적', '학계 깡패'의 칭호를 얻었다. 그러나 누구의 입에서 나왔는지는 여전히 오리무중이어서 '유언비어' 수준을 벗어나지 못했다.

그러나 이것으로 지난해 학계가 얼마나 엉망이었는지를 알 수 있다. 파천황적으로 학계의 비적이 탄생했으니 말이다. 조금 크게 국사國事로 견주어 보자. 태평성세에는 도적이 없다. 온갖 도적이 깃털처럼 많이 나타날 때의 옛 역사를 살펴보라. 그러면 반드시 외척, 환관, 간신, 소인이 국사를 맡고 있다. 관화를 한바탕 사용해 봤자 그 결과는 '오호 애재라'가 나올 따름이다. 이 '오호 애재라'를 읊기 이전에 대부분의 소민小民은 줄지어 도적이 되어 있다. 그래서 나는 "겉으로 보면 토비와 강도인 것 같지만 사실은 농민혁명군이다"(『국민신보 부간』 43)라는 위안쩡 선생의 말을 믿는다.[5] 그렇다면 사회는 발전한 게 아닌가? 그러나 결코 그렇지 않은데 나도 '토비'라는 시호를 받은 이 중 하나이지만 선배들을 위해서 틀린 것을 숨기고 과오를 은폐하고 싶지는 않다. 농민은 정권을 뺏으러 온 게 아니라 위안쩡 선생이 또 말씀하셨듯이 "서넛 열심인 사람에게 황제를 타도하게 내버려 두고 자기는 황제놀이에 취해 있"는 것이다. 그런데 이때 비적이 황제로 칭해지면 유로 이외에 문인, 학자까지 다 달려와 그를 치켜세우고 이번에는 그를 반대하는 자를 비적이라고 부르는 것이다.

그리하여 중국의 국혼에는 대체로 이 두 가지 영혼이 있다. 관리의 혼과 비적의 혼. 결코 우리들 혼을 국혼에 억지로 집어넣어서 교수 및 유명 인사의 혼과 한동아리가 되려고 욕심을 부린 것이 아니라 사실이 이와 같을 뿐이다. 사회의 각양각색의 사람들은 『쌍관고』를 즐겨 읽고 『사걸촌』도 즐겨 읽고[6] 궁벽한 파촉에 안거하는 유현덕이 성공하기를 바라고, 또 집을 부수고 약탈하던 송공명이 올바르게 되기를 바란다.[7] 최소한 관의 은혜를 입을 때는 관료를 흠모하고 관리에게 수탈을 당했을 때는 비적을 동정하는 것이다. 그런데 이것도 인지상정이다. 만약 이러한 반항심조차 없다면 당해도 보복도 못 하는 종이 되지 않겠는가.

그런데 국가 사정이 다르면 국가의 혼도 완전히 다르다. 일본에서 유학할 때 동학들이 나에게 중국에서 가장 이윤이 많이 남는 장사가 무엇인지 물었을 때 나는 '반역'이라고 대답한 기억이 난다. 그들은 이 대답을 정말 해괴하다고 생각했다. 만세萬世 동안 한결같았던 나라에서 황제를 발로 차서 쫓아낼 수 있다니, 이는 부모를 몽둥이로 때려죽일 수 있다는 이야기와 비슷한 소리였다. 일부 신사숙녀가 기꺼이 감탄하는 리징린 선생[8]은 이 의미를 잘 헤아리고 있을 것이다. 만약 신문에서 전하는 것이 거짓이 아니라면 말이다. 오늘자 『징바오』에는 모 외교관과 나눈 담화가 실려 있다. "나는 음력 정월에 당신과 톈진에서 회담을 나눌 수 있을 것으로 예상한다. 만약 톈진 공격이 실패하면 3, 4월 즈음을 기다려서 권토중래할 것으로 계획하고 있다. 다시 실패한다면 잠시 토비가 되어 천천히 병력을 키워서 때를 기다리겠다." 다만 그가 희망한 것이 황제가 되는 것은 아니었는데 그것은 지금이 중화민국이기 때문일 것이다.

이른바 학계란 비교적 새롭게 발생한 계급이어서 낡은 영혼을 얼마간 씻어 낼 수 있다는 희망이 있어야 한다. 그러나 '학계의 관리'學官의 관화와 '학계의 비적'學匪이라는 새로운 명사를 듣다 보면 여전히 낡은 길을 걷고 있는 것 같다. 만약 그렇다면 당연히 타도해야 한다. 이를 타도하는 것이 세번째 국혼인 '백성의 혼'民魂이다. 이전에는 능력을 잘 발휘하지 못해서 한번 난리가 난 다음 스스로 정권을 뺏지는 못하고 다만 "서넛 열심인 사람에게 황제를 타도하게 내버려 두고 자기는 황제놀이에 취해 있"던 백성의 혼 말이다.

오직 백성의 혼만이 보배롭다. 이것이 발전되어야 중국은 진실로 진보할 수 있다. 그러나 학계마저 옛 길로 걸어간다면 이것이 어떻게 잘 발휘될 수 있겠는가. 난장판 속에 관의 이른바 '비적'과 백성의 이른바 비적이 뒤섞여 있다. 그리고 관이 말하는 '백성'과 백성이 말하는 백성이 있다. 또 어떤 관리는 '비적'이라고 생각하지만 사실은 진짜 국민인 경우가 있으며 관은 '백성'이라고 생각하지만 사실은 관아의 하인과 장교의 호위병인 경우도 있다. 그리하여 겉으로는 '백성의 혼'인 것 같지만 여전히 '관혼'을 못 벗어날 때도 있다. 이는 영혼을 감별하는 이가 충분히 주의를 기울여야 하는 일이다.

이야기가 또 다른 곳으로 흘러갔으니 본 주제로 돌아가자. 지난해 장스자오가 '학풍 정돈'이라는 간판을 내걸고[9] 교육부 장관이라는 중임을 맡은 다음, 학계에는 관계의 분위기가 가득 찼다. 그래서 자기에게 순종하는 이를 '통'通[10]이라고 부르고 자신을 거역하는 이를 '비적'이라고 명명했는데 관료적인 말의 기운이 아직까지 사라지지 않고 있다. 그러나 다행히 학계에서는 이 때문에 색깔을 분명히 구분할 수 있게 됐다. 관혼을 대표하는 것은 장스자오가 아니라는 것이다. 왜냐하면 위에 또 "밥맛이 없어진" 집권자가 존재하고 있기 때문이다.[11] 그는 기껏해야 관혼일 따름이며 지금은 톈진에서 "천천히 병력을 길러 시기를 기다리"고 있는 것이다.[12] 나는 『갑인』甲寅을 보지 않아서 무슨 말을 하는지 도통 모르겠다.[13] 관화인지, 비적의 말인지, 백성의 말인지 관아의 하인과 호위병의 말인지를…….

1월 24일

주)

1) 원제는 「學界的三魂」, 1926년 2월 1일 『위쓰』 제64호에 발표됐다.
2) 『국혼』(國魂)은 1925년 10월 국가주의파가 베이징에서 창간한 순간(旬刊)으로 창간 이듬해 1월 주간으로 발간 방식을 변경했다. 이 잡지의 9호(1925년 12월 30일)에 장화(姜華)가 쓴 「학비와 학벌」(學匪與學閥)이 실렸는데 이 글의 주요 내용은 베이징의 학생을 선동하여 마위짜오파(마위짜오馬裕藻는 당시 장스자오와 양인위를 반대하는 여사대 교원 중 하나임)의 이른바 '학비'를 타도해야 한다는 것이었다. 이와 동시에 공정한 척하느라 장스자오에게도 대수롭지 않은 비난을 몇 마디 덧붙였다. 여기에서 『징바오 부간』을 언급한 이유는 1926년 1월 10일 이 신문에서 허쩡량(何曾亮; 곧 저우쭤런周作人)이 장화를 반박하는 글 「국혼의 학비관」(國魂之學匪觀)이 실렸기 때문이다.
3) 『태평어람』(太平御覽) 411권에 유향(劉向)의 「효자도」(孝子圖)에 나온 곽거(郭巨)가 아이를 묻은 이야기를 인용하고 있다. 또 482권에는 간보(干寶)의 『수신기』(搜神記)를 인용하여 정란(丁蘭)이 나무를 새긴 일을 기록하고 있다.
4) 첩괄(帖括)은 원래 과거시험에 나오는 문체 이름이었다. 나중에 과거응시 문장을 첩괄이라고 불렀는데 여기에서는 청대의 팔고문을 가리킨다. '차부'(且夫)와 '연즉'(然則)은 모두 팔고문의 판에 박힌 말이다.
5) 위안쩡(源增)의 성은 구(谷)로 산둥성의 원등(文登) 출신이다. 그는 베이징대학 불문과 학생이었다. 1926년 1월 20일 『국민신보 부간』(國民新報副刊)에 그가 번역한 「제국주의와 제국주의 국가의 노동자계급」(帝國主義與帝國主義國家的工人階級)이 실렸는데 이 인용문은 '역자 후기'에 보인다.
6) 『쌍관고』(雙官誥)는 희곡명이다. 명대 양선지(楊善之)가 지은 전기(傳奇) 『쌍관고』를 가리킨다. 나중에 경극에도 이 연극이 포함되었다. 『사걸촌』(四傑村)은 경극으로 이야기는 청대 무명씨가 쓴 『녹목단』(綠牧丹)에 연원한다.

7) 유현덕(劉玄德, 161~223)은 이름이 비(備)이고 현덕은 자로 탁군(涿郡) 탁현(涿縣) 출신이다. 삼국시대 서촉 지역에서 왕위에 올랐다. 장편소설 『삼국연의』는 그를 주요 인물 중 하나로 삼고 있다. 송공명(宋公明)은 장편소설 『수호전』의 주요 인물인 송강(宋江)이다. 북송 말 산둥 일대의 농민반란 지도자가 송강의 원형이다.

8) 리징린(李景林, 1884~1931)의 자는 팡천(芳岑)으로 허베이 짜오창(棗强) 출신이다. 펑계(奉系) 군벌이며 즈계(直系; 즈리파) 보안사령 겸 직할성장 등을 맡았다. 1925년 겨울, 펑군의 궈쑹링(郭松齡)이 배반하고 장쭤린(張作霖)과 전쟁을 벌이던 중 펑위샹(馮玉祥) 국민군이 이 기회를 틈타 리징린을 공격하여 톈진을 점령했다. 리징린은 조계로 도망가 은신하다가 이후 1926년 1월에 지난(濟南)으로 가서 남은 부대를 수습하여 장쭝창(張宗昌)과 연합하여 즈루(直魯) 연합군을 조성하여 부총사령을 맡아 반격의 기회를 엿봤다. 그와 모 외교관의 담화는 이때 발표되었다.

9) 1925년 8월 25일 돤치루이 정부 내각 회의는 장스자오가 기초한 '학풍 정돈령'을 통과시켰으며 이를 집정부 명령으로 발표했다.

10) 이는 장스자오와 천시잉 등에 대한 풍자이다. 이는 원래 불가의 용어로 육통(六通; 여섯 가지 확대된 '신통')이라는 말로 자주 쓰인다.

11) 돤치루이를 가리킨다. 1925년 5월 베이징 학생이 장스자오가 '5·7' 국치 기념을 금지하자 9일 베이양정부의 임시집정인 돤치루이에게 장스자오를 면직시키라는 요구를 제기했다. 인용문은 장스자오가 11일 돤치루이에게 사직서를 제출할 때 아첨하며 쓴 표현이다.

12) 1925년 11월 28일 베이징 군중은 관세회의 결과를 반대하고 관세자주를 주장하면서 시위를 벌였다. 이때 학생들은 "축출 돤치루이", "주선(朱深)과 장스자오를 죽이자" 등의 구호를 제기했으며 장스자오는 톈진으로 피신했다.

13) 『갑인』(甲寅)은 『갑인』 주간을 가리키는 것으로 장스자오가 주편한 잡지이다. 『갑인』 주간은 장스자오가 교육부 장관이 된 뒤인 1925년 7월 베이징에서 출판되었으며 1927년 2월에 휴간하여 총 45호를 출간했다.

# 고서와 백화[1]

백화를 제창할 때의 일이 기억난다. 수많은 비방과 중상모략을 가했는데도 백화가 무너지지 않자 일부 인사는 말을 바꾸어서 "그럼에도 불구하고 고서를 읽지 않으면 백화를 제대로 쓸 수 없다"고 말했다. 우리는 당연히 이들 고서 보호가의 애타는 마음을 이해하지만 한편으로 조상 대대로 전해 내려온 그 방법에 쓴웃음이 나오지 않을 수 없다. 고서를 좀 읽어 본 사람은 대개 다음과 같이 낡은 수법을 쓸 줄 안다. 새로운 사상은 '이단'이다. 이는 반드시 섬멸되어야 한다. 만약 이 사상이 분투 끝에 독자적으로 자리 잡는다면 이젠 이것이 원래 '성현의 가르침과 같은 뿌리'라는 점을 찾아낸다. 외래의 사물이 '오랑캐로 화하華夏를 변화시키려 하면' 반드시 배척해야 하지만, 이 '오랑캐'가 중화를 차지하여 주인이 되면 알고 봤더니 이 '오랑캐'도 황제의 자손이었다는 것을 고증한다. 이는 보통 사람들의 의중을 뛰어넘는 것이 아닌가? 무엇이든지 우리 '옛'것에 포함되지 않는 것이 없는 것이다!

낡은 수법을 쓰므로 당연히 발전이 없다. 지금까지도 여전히 '수백 권의 책을 독파한 자'가 아니면 좋은 백화문을 짓지 못한다고 말하면서 우즈후이[2] 선생의 예를 끌어들이고 있는 형편이다. 그렇지만 의외로 "낯간지러운 말을 해놓고 재미있다고 생각하고" 흥미진진하다고 쓸 수 있으니 세상은 정말 요지경이다. 사실 우 선생이 "강연체로 글을 쓴 것"이라면 '겉모습'만 해도 어찌 "젖비린내 나는 어린애가 지은 것 같"겠는가. "붓 가는 대로 쓰면 그 즉시 수천 수만 마디 말씀이 되지" 않았던가.[3] 그 가운데 고전古典도 있는데 '젖비린내 나는 어린애'는 당연히 알 수 없고, 게다가 신전新典도 있는데 이는 '머리 묶은 애송이'도 알 수 없는 것이다. 내가 처음 일본 도쿄에 갔던 청대 광서 말년에 이미 이 우즈후이 선생님은 중국대사 차이쥔과 일대 설전을 벌이고 계셨다.[4] 싸움의 역사가 이렇게 길고 들은 것만도 적잖은데 당연히 현재의 '젖비린내 나는 어린애'는 가닿을 수 없는 경지인 것이다. 그리하여 그가 단어를 운용하고 전고를 사용하는 데에는 크고 작은 이야기를 잘 아는 인물만이 일목요연하게 파악할 수 있는 대목이 많았고 청년들은 무엇보다도 문사文辭의 기세가 대단함에 놀랐다. 이는 명사와 학자들이 장점이라고 생각하는 바이리라. 그렇지만 그의 글의 생명은 여기에 있지 않다. 심지어 명사와 학자들이 떠받드는 것과 정반대로 장점을 도드라지게 내세우지 않는 곳에서조차 명사와 학자들이 말하는 장점이라는 것이 드러났다는 데 있었다. 그는 그저 말하고 쓴 것을 개혁 도중의 교량으로 삼았을 뿐이고 심지어 개혁 도중의 교량으로 삼을 생각도 안 했을지 모른다.

무료하고 전망이 없는 인물일수록 오랫동안 장수하고 영원히 죽지 않고 싶어 한다. 자기 사진을 많이 찍는 걸 좋아하는 사람일수록 다른 사람의 마음을 차지하고 싶어 하면서 괴상한 자세를 취한다. 그러나 '무의식'[5] 같은 곳에서 결국 스스로 무료하다고 느낄 것이다. 그래서 아직까지 다 썩지 않은 '옛'것을 한 입 베어 물고 창자 속의 기생충이 되어서 다음 세상에 전해지기를 바랄 수밖에 없다. 아니면 백화문류의 글에 남아 있는 고문투를 찾아내어 역으로 골동품을 대신해 영광을 차지하기도 한다. 그렇지만 '불후의 대업'이 이러한 사정이라면 너무 불쌍하다고 하지 않을 수 없다. 게다가 2925년이 되면[6] '젖비린내 나는 어린애'들까지 『갑인』 같은 것을 읽을 테니 비참한 느낌을 떨칠 수가 없을 것이다. 설사 『갑인』이 "구퉁 선생이 물러난 뒤 …… 마찬가지로 조금씩 생기를 찾아가고 있다"고 하지만.[7]

고서 비판은 누구보다도 고서를 읽어 본 자가 가장 잘 할 수 있다는 것은 확실하다. 그는 병폐를 통찰하고 있기 때문에 '상대방의 창으로 상대방 방패를 공격'할 수 있다. 아편을 흡입하는 폐단은 아편을 마신 사람이 가장 잘 알고 절감하고 있는 것처럼. 그렇다고 '머리 묶은 애송이'에게 아편 끊는 글을 짓게 하려면 수백 냥의 아편을 먼저 마셔 봐야 된다고 말하지는 않을 것이다.

고문은 이미 죽었고 백화문은 아직까지 개혁의 도로에 놓인 다리인 상태이다. 왜냐하면 인류는 여전히 진화하고 있기 때문이다. 아무리 글이라 할지라도 만고불변하는 규칙이 있을 수가 없다. 미국의 모처에서 진화론을 가르치는 것을 금지했다고 하지만[8] 실제로는 아무 효과도 없을 것이다.

1월 25일

주)

1) 원제는 「古書與白話」, 1926년 2월 2일 『국민신보 부간』에 발표됐다.
2) 우즈후이(吳稚暉, 1865~1953)의 이름은 징헝(敬恒)이며 장쑤 우진(武進) 출신이다. 원래 청말 거인이었으며 일본과 영국에서 유학을 한 바 있다. 1905년 동맹회에 참가한 뒤 국민당 중앙감찰위원과 중앙정치회의 위원 등을 지냈다.
3) 여기에 인용된 문장은 장스자오가 『갑인』 주간의 제1권 제27호(1926년 1월 16일)에 발표한 「즈후이 선생에게 다시 답하며」(再答稚暉先生)에 나오는 말이다. "선생은 최근에 강연체로 글을 쓰신다. 붓 가는 대로 쓰면 그 즉시 수천 수만 마디 말씀이 된다. 그 겉모습은 젖비린내 나는 어린아이가 쓴 것과 같다. 그러나 그 정신은 수백 권의 책을 독파한 자가 아니면 말하지 못하는 글자들이다." 천시잉이 『현대평론』 제3권 제59호(1926년 1월 23일)에 실린 「한담」에서 특별히 관련 대목을 인용하며 "매우 재미있다"고 표현하고 또한 우즈후이가 서른 살 무렵 난징서원(南菁書院)에 있을 때 그곳에 있던 책을 "모두 한 번씩 읽어 봤고" "거의 10년 동안 대략 섭렵하고 참고했던 중국 서적이 최소한 보통 사람 서너 명이 일생 동안 볼 선장서 수량에 필적한다"고 말했다. 본문의 "의외로 낯간지러운 말을 해놓고 재미있다고 생각하고 흥미진진하다고 쓸 수 있다"는 말은 천시잉이 한 이 말을 가리킨다.
4) 1902년(청 광서 28년) 여름 자비로 일본에 간 유학생 9명은 세이조학교(成城學校; 사관예비학교에 상당함)에 지원했으나 당시 중국학생 입학 추천권을 갖고 있던 주일 대사 차이쥔(蔡鈞)이 자비유학생이라는 이유로 사관예비학교의 추천 입학을 거절했다. 당시 우즈후이를 포함한 일본 유학생 20여 명이 대사관과 교섭을 벌였으나 차이쥔이 추천 입학을 허락하지 않아서 일어난 논쟁을 가리킨다.
5) 천시잉이 『현대평론』 제3권 제59호(1926년 1월 23일)에 발표한 「한담」에서 우즈후이를 언급할 때 한 말이다. "그 스스로도 말한 적이 있다. '나의 머리는 새롭지만 나의 수단은 오래된 것이다'라고. …… 만약 이 말이 실제 상황을 표현할 수 없다면 우리는 심리학 용어를 써서 그의 의식은 새롭고 무의식은 오래된 것이다라고 말할 수밖에 없다. 곧 의식은 서양의 물질주의자이고 무의식은 오히려 순수 중국의 유가인 것이다."
6) 타오멍허는 "2025년이 되어야 발표할 수 있는" 저작 하나가 있다고 말한 바 있는데 이를 가리킨다. 2925년은 2025년의 오식으로 보인다.
7) 천시잉이 「한담」(『현대평론』 제3권 제59호)에서 장스자오와 그가 주편하는 『갑인』 주간을 옹호하고 루쉰을 치켜세우는 척하면서 빈정댈 때 쓴 말이다. "구퉁 선생이 물러난 뒤 『갑인』은 십 년 전의 정신을 회복하지는 않았지만 조금씩 생기를 찾아가고 있다. 이로써 시사적인 글을 쓰는 사람에게 관직이란 할 만한 것이 못 되거나 최소한 관직을 할 때는 시사를 논하지 않는 것이 좋다는 것을 알 수 있다. 물론 일부 '토비'는 동시에 관료를 지내도 괜찮고 관료를 지내면서 또 동시에 '청년 반항자의 지도자'가 될 수도 있지

만 이건 특별히 타고난 재능을 필요로 하며 모든 사람이 다 할 수 있는 사업은 아닌 것이다. 요컨대 구퉁 선생은 이런 자질을 갖고 있지 않았다. …… 그런데 최근 조금씩 달라지고 있다. 시평과 논문의 유머에 새로운 공기가 불어와 『갑인』을 되살아나게 하고 있다.” 이어서 그는 장스자오가 『갑인』에 발표한 「즈후이 선생에게 다시 답하며」를 이 '생기를 찾아가는' 예로 들었다.

8) 장스자오가 『갑인』 제1권 제17호(1925년 11월 7일)에 발표한 「'훈'자의 뜻을 다시 풀이함」(再疏解輴義)이라는 글에서 쓴 말이다. 장스자오는 1925년 7월 미국 테네시주의 초등학교 교사가 진화론을 가르친 일로 피소된 일에 대한 평가를 빌려서 그 스스로 행한 각종 '시대 역행적인' 언행에 대해 변호했다.

# 자그마한 비유[1)]

내 고향에서는 양고기를 잘 안 먹는다. 고향 전체를 통틀어 봐도 하루에 산양 몇 마리만 도살되는 정도이다. 그러나 베이징은 사람도 많고 상황도 많이 다르다. 양고기 가게만 해도 곳곳에 눈에 띈다. 새하얀 양떼가 거리를 가득 메우며 지나가는 일도 종종 일어난다. 하지만 모두 다 우리 있는 곳에서는 면양이라고 부르는 호양胡羊들이었다. 산양은 잘 볼 수 없는데 베이징에서 산양은 꽤 비싸다고 한다. 산양이 호양보다 똑똑하고 양떼를 멈추고 가게 하며 통솔할 수 있기 때문에 목축업자들이 산양 몇 마리를 기르는 일이 있더라도 호양의 우두머리로 삼지 도살하지는 않는다고 한다.

이런 산양을 나는 딱 한 번 본 적이 있다. 정말 한 무리의 호양 앞에서 가고 있었는데 목에는 지식계급의 휘장인 작은 방울까지 달고 있었다. 이 때를 제외하고 대개는 양치기가 무리를 이끌거나 몰고 갔다. 호양은 빽빽하고 거대한 무리로 긴 줄을 이뤄 유순한 눈길로 양치기의 뒤를 쫓아 바쁘게 앞으로 걸어갔다. 진지하면서도 급박한 이런 장면을 볼 때마다 나는 입을 열어 바보 같은 질문 하나를 던지고 싶은 마음이 일곤 했다.

"어디로 가고 있는 거냐?"

사람들 중에서도 산양과 같은 사람이 있다. 군중을 잘 이끌어서 차분하고 안정되게 그들이 가야 하는 곳까지 바로 닿게 한다. 위안스카이는 이 사정을 좀 알고 있었지만[2] 애석하게도 잘 적용하지 못했다. 아마도 많이 공부하지 않아서 이 오묘한 이치를 운용하는 데 익숙하지 않았기 때문이리라. 나중에 등장한 무인은 더 어리석어서 아무렇게나 때리고 벨 줄만 알아서 귀에 곡소리가 들릴 정도였다. 그 결과 백성을 학살하는 것 이외에도 학문을 경시하고 교육을 황폐하게 만들었다는 악명까지 더해졌다. 그런데 '일을 하나 겪으면 지혜가 하나 늘어나'는 법이고 20세기가 벌써 4분의 1이 지났으므로 목에 작은 방울을 단 똑똑이들은 결국 행운을 만날 것이다. 비록 지금은 아직 겉으로는 작은 좌절에 부딪히고 있는 것처럼 보이겠지만.

이때 사람들, 특히 청년들은 규칙을 지키면서 요란법석을 떨지도 않고 동요하지도 않고 한마음으로 '바른 길'을 향해 전진했다. '어디로 가는 것이냐'라고 묻는 사람만 만나지 않는다면.

군자는 다음과 같이 말할 것 같다. "양은 양일 따름으로 긴 줄을 이뤄 순종하여 걸어가지 않으면 달리 무슨 방도가 있단 말인가? 당신은 돼지를 보지 않았느냐? 끌탕을 치며 도망을 가고 소리 지르고 돌진해도 결국 붙잡혀서 가야 하는 곳으로 가는데 그런 반란은 힘을 헛되게 쓰는 것일 따름이다."

이는 "죽을 때까지도 양처럼 행동해야 피차 힘을 아끼는 것이요, 태평성대할 수 있다"라는 말씀이다.

이 계획은 아주 지당하며 감탄이 절로 나온다. 그러나 그대는 산돼지를 보지 못했는가? 산돼지는 이빨 두 개로 노련한 사냥꾼마저도 물러서지 않을 수 없게 만든다. 이 이빨은 돼지가 돼지 치는 노예가 만든 우리에서 탈출하여 들과 산에서 살기만 하면 금방 자라난다.

Schopenhauer 선생은 신사들을 호저에 비유한 적이 있는데[3] 좀 체통을 잃게 하는 비유인 것 같다. 그러나 특별한 악의를 품고 쓴 것이 아니고 하나의 비유로 끌어온 것에 불과하다. 『*Parerga und Paralipomena*』에는 다음과 같은 뜻의 말이 나온다. "호저 한 떼가 겨울날 모두의 체온을 이용하여 추위를 없애려고 가깝게 모이기 시작했다. 그러나 이들은 바로 따가움을 느껴서 다시 서로 멀리 떨어졌다. 추워서 다시 가까이 다가갔지만 마찬가지로 똑같은 고통을 맛봐야 했다. 그러나 이러한 어려움 속에서 결국 적당한 간격을 발견하여 이 간격에 의해 그들은 평안하게 지낼 수 있었다. 사람들은 사교의 필요로 한곳에 모이지만 각자 싫어하는 성격과 참기 어려운 결함으로 인하여 다시 헤어지기도 한다. 그들이 마지막으로 발견한 거리 — 그들이 한곳에 모일 수 있게 한 중용의 거리가 바로 '예의'와 '상류의 풍습'이다. 이 거리를 지키지 않으면 영국에서는 'Keep your distance!'라고 외친다."

그런데 이렇게 외치는 것도 호저와 호저 사이인 경우에만 효력이 있다. 왜냐하면 그들이 피차 간격을 지키는 것은 아프기 때문이지 외치는 소리 때문이 아니다. 호저들 속에서 다른 것이 있고 가시가 없다면 이들이 어떻게 외치든지 간에 그들은 여전히 가깝게 붙어 있으려 할 것이다. 공자는 "예의는 서민들에게 있지 않다"고 했다. 현재 상황으로 보자면 서민들이 호저에게 접근할 수 없는 게 아니라 호저가 마음대로 서민을 찔러 온기를 취할 수 있는 상황이다. 당연히 상처를 입는다. 그러나 이것도 적당한 거리를 지키지 않아도 되게 너 홀로 가시가 없는 탓으로 돌려질 뿐이다. 공자는 또 "형벌은 사대부에게 내리지 않는다"고 했다.[4] 이러니 사람들이 신사가 되려고 하는 것이 하나도 이상하지 않다.

이런 호저들을 물론 이빨과 뿔 혹은 방망이로 저지할 수는 있다. 하지만 호저 사회가 제정한 '천하다'거나 '무례하다'는 죄명 하나를 어떻게든 짊어질 각오를 해야 한다.

1월 25일

주)

1) 원제는 「一點比喩」, 이 글은 1926년 2월 25일 『망위안』 제4호에 실렸다.
2) 위안스카이가 제제(帝制)로 되돌리려는 음모를 꾸미는 중에 1915년 8월 양두(楊度) 등의 이른바 '육군자'(六君子)에게 주안회(籌安會)란 조직을 만들어 공개적으로 제제를 선전하게 한 일을 가리킨다.
3) 쇼펜하우어(Arthur Schopenhauer)의 『인생론』(*Parerga und Paralipomena*)에 나오는 비유이다. 호저(豪豬)는 쥐목의 호저류에 속하는 포유류를 통틀어 이른다. 위험이 닥치면 바늘을 세워 밤송이처럼 한다.
4) 이 문단에 나오는 공자의 말은 모두 『예기』(禮記)의 「곡례상」(曲禮上)에 나온다.

# 편지가 아니다[1)]

친구 하나가 난데없이 나에게 『천바오 부간』을 한 부 보내왔다. 그는 내가 게을러서 이런 것까지 읽지 않는다는 것을 알고 있기에 이 일은 좀 이상하게 느껴졌다. 그렇지만 특별히 보내 준 이상 그냥 둘 수 없어서 받은 김에 제목을 훑어봤다. 「아래 일련의 편지에 관하여 독자에게 알림」이 눈에 띄었다. 서명은 '즈모'志摩. 하하, 그는 나와 농담을 하려고 보내온 것이구나 하는 생각이 들었다. 빨리 펼쳐 보자 몇 통의 편지가 눈에 띄었다. 여기에서 저기로 보내고 저기에서 여기로 보낸 것인데 몇 줄을 읽어 보고 나서야 '한담 …… 한담' 문제[2)]를 아직까지 논하고 있는 것 같다는 걸 알았다. 이 문제라면 나는 별로 아는 바가 없다. 다만 신조사[3)]에서 천위안 교수 그러니까 시잉 선생이 편지에서[4)] "이제까지" 내가 "사실을 날조하고 '소문'을 유포한 것이 셀 수 없을 정도로 많다"고 쓴 것을 읽은 적이 있을 따름이다. 웃음이 새어 나오는 것을 참을 수 없었다. 사람은 자기 영혼을 토막 내 절일 수 없으므로 괴로워한다. 이 때문에 기억할 수 있고 또 감개무량하거나 익살스러운 감정이 생겨난다. 제일 먼저 떠오른 것은 '소문'이란 것에 기반해 양인위사건 곧 여사대사건을 판결한 이가 바로 이 시잉 선생이란 사실이었다. 그 위대한 문장은 지난해 5월 30일 발간한 『현대평론』에 실렸다. 비록 그는 여전히 믿을 수 없는 일이지만 정말 애석하게도, 나는 '모 지역'某籍에서 나고 자랐으며, '모 학과'某系에서 가르쳤기 때문에 "암중에서 사건을 책동하는"[5] 유類로 나를 분류했다는 것이었다. 독자의 오해를 피하기 위해서 이 자리에서 한마디 밝히겠다. '모 학과' 운운은 아마 국문과를 가리키는 것이지 연구과를 가리키는 것이 아니다. 그때 나는 '소문'이라는 글자에 화를 버럭 내며 바로 잘못을 지적하여 사실을 바로잡은 바 있었다. 비록 "십 년 공부하고 십 년 수양할 생각"[6]을 갖추지 못해서 부끄럽긴 하지만 말이다. 그렇지만 반년 후에 이 '소문'을 내가 유포한 것으로 바뀔 줄은 상상조차 하지 못했다. 자기가 자기 '소문'을 만들어 내다니, 이것은 스스로 구덩이를 파서 스스로를 파묻는 격이다. 똑똑한 사람은 물론이고 바보라도 어리둥절할 이야기이다.

이번에 말하는 '소문'이란 것이 '모 지역 모 학과'에 관한 것이 아니라면, 곧 '소문'을 믿지 않는 천위안 교수에 관한 것이라면, 나는 천위안 교수가 어떻게 날조된 사실과 소문을 사회에 유포하는지 모르겠다. 말을 꺼내자니 부끄럽고 민망하지만 나는 연회에도 안 나가고 사람들과 교류도 별로 없고 활동으로 바쁘지도 않고 무슨 문예학술 사단을 결성하지도 않았다. 정말이지 사실을 날조하고 소문을 유포하는 중심이 되기에 가장 부적합한 사람이다. 단지 필묵을 가지고 노는 일만은 놓지 못했는데 그렇다고 해서 소문을 가지고 일부러 퍼뜨리는 일은 하지 않았다. 물론 가끔 "남의 말을 그대로 믿"은 적은 있었지만 대개는 그다지 중요하지 않은 일이었다. 만약 틀리면 시간이 아무리 많이 흘러도 수정하는 노력을 아끼지 않았다. 예를 들어 왕위안팡汪原放 선생의 "이미 고인이 되었다"[7]고 한 사례를 들 수 있다. 그 사이에 거의 2년이란 시간이 지났었다. 물론 이는 『열풍』을 읽은 독자에게 한 이야기였다.

요 며칠 사이에 나의 '날조……설' 건은 우담바라 꽃처럼 금방 폈다 지는 것과 비슷하게 퍼졌다. 「일련의 편지」의 주요 부분에서는 나를 '홀려' 넣지 않는 은혜를 입은 것 같았지만, 뒤꽁무니에 붙은 「시잉이 즈모에게 보내는 편지」에서는 나에 대해 본격적으로 이야기하고 있었다. 같은 건은 아니었지만 친척 관계이기 때문에 멸족당하거나 필화사건으로 연좌되는 것과 마찬가지이다. 멸족, 연좌 등등에는 얼마간 '형사담당 막료'[8]의 말투가 남아 있다. 이는 사실인데 법가가 이름 하나를 지어 준 것에 불과하다. 이른바 '정인군자'는 이렇게 말해도 괜찮다 하더라도 굳이 이런 말투를 사용하진 않겠지만 말이다. 그밖에 갑이 을에 대한 소문을 먼저 퍼뜨려 놓고 나중에 을이 이 일의 소문을 만들어 냈다고 말하면 '형사담당 막료'의 붓은 단 두 글자로 간단하게 요약한다. "무고." 오호라, 정말 속 시원하게 묘사했다. 그런데 옛말에서 "연못 속의 고기를 살피는 자는 상서롭지 못하다"라는 이야기가 있다. 그래서 '형사담당 막료'는 늘 좋은 결과를 얻지 못했는데 이 일은 이미 알고 있던 바였다.

나에게 『천바오 부간』을 부쳐 준 친구의 의도를 한번 추측해 봤다. 나를 자극하려는 것일까, 풍자하려는 것일까, 알려 주는 것일까, 아니면 나도 몇 마디 말을 하라는 것일까? 답을 알 수가 없다. 좋다. 다행히 지금 글빚을 갚아야 할 때이다. 그러니 이 일로 한바탕 막음하겠다. 가장 쉬운 제목은 「루쉰이 □□에게 보내는 편지」이다. 학리나 사실에 근거한 논문도 아니요 '빙긋' 미소 지을 천재의 풍자도 아니며 다만 개인적인 편지일 따름이니 선뜻 발표할 마음이 나지 않는다.[9] 똥통도 좋고 측간[10]도 괜찮은데 어떻게 말하든 간에 '인간다움'과 무관하다는 건 결정됐다.[11] 만약 그렇지 않으면 다른 부간이 『천바오 부간』에게 곧 내쫓겨서 사라지게 되는 것처럼, 마찬가지로 화가 나고 열이 올라서 다른 사람에게 내몰리게 될 것이다.[12] 천위안 교수가 구토할 것만 계속 비추고 있으니 내가 가진 거울도 정말 원망스러운데, 조자앙[13]—'그가 맞나?'—이 말을 그린 경우를 본다면 당연히 거울에 비친 것은 바로 나 자신일 것이다. 나는 괜찮지만 늘 □□를 위해 생각해야 하는 법이다. 지금 「시잉이 즈모에게 보내는 편지」를 논하고 있지 않은가. 그렇다면 정말 위험한 일인데 왜냐하면 자칫 잘못하면 '진흙탕'에 빠져서, '화난 개'[14]를 만나 '빙긋' 미소 짓는 것도 못 볼 수 있다. 적어도 천위안陳源 두 글자와 관련되면 공리가에게 '모 지역', '모 학과', '모 당', '졸개', '여존남비'[15] 등으로 인식되는 것은 못 면한다. 또 만약 어떤 사람이 그가 문사이고 프랑스라고 말했다면 절대로 '문사' 혹은 '프랑스'라는 글자를 사용해서는 안 된다는 것을 기억해야 한다.[16] 그렇게 하지 않으면—물론 당연히 또 '모 지역' 출신 등등의 혐의를 받게 되는 것이다. 내가 무고한 이를 이처럼 모함할 필요가 어디 있겠는가. 「루쉰이 □□에게 보내는 편지」는 결코 사용하지 않을 계획이다. 그런고로 지금까지 써 내려왔는데도 아직 제목이 없다. 일단 쓰면서 생각해 보자.

나는 이전에 내가 '사실을 날조'하지 않았다고 말했다고 하지 않았던가? 그런데 그 편지에서는 내가 날조했다고 했다. 그는 "양인위 여사와 친척이거나 친구 관계이며 여러 차례 그녀가 연 회식에 참석했다"고 내가 말했다고 했는데 모두 사실과 다르다. 양인위 여사가 식사 초대를 잘 한다는 것은 내가 말한 적 있고 다른 사람도 말한 적이 있으며 뉴스에도 가끔 나온다. 지금 일부 공론가들은 스스로 중립이라고 생각하지만 사실상 한쪽 편을 들고 있으며 혹은 주관자와 친척, 친구, 동학, 동향 등등의 관계를 맺고 있고 심지어 회식 초대에 감사하고 있다는 것까지도 내가 말한 바 있다. 이는 모두 명명백백한 사실 아닌가. 신문사는 봉투를 받고 같이 일하는 중일지라도 상호 비방을 하고 그러면서도 여전히 공론이라고 자처한다. 천 교수가 양 여사와 친척이고 회식 자리를 가졌다는 일에 대해서라면, 이는 천 교수 스스로 연결 지은 것으로 나는 회식자리를 가졌다고 말한 적이 없으며 회식 자리를 안 가졌는지도 보증할 수 없다. 그들이 친척이라고 말한 적이 없으며 그들이 친척인지 아닌지도 보증할 수 없다. 아마 동향 정도일 것이다. '모 지역'만 아니라면 동향도 특별하게 문제될 게 있는가. 사오싱에 '형사담당 막료'가 있다면 사오싱 사람에게는 '형사담당 막료'의 사건이 있는 셈이니, 이는 오로지 사오싱 사람들에게 해당되는 일이다.

일반적인 현상을 뭉뚱그려서 이야기하다가 무의식중에 다른 사람의 상처를 건드릴 때가 있다. 정말 미안한 일이다. 그렇지만 내가 정말로 남의 말을 믿고 공부와 수양에 도합 20년 힘을 쏟았다가 창문 밑에서 늙어 죽거나 혼자 넘어지거나 음모에 빠지지 않는 이상 이런 일도 구제할 길이 없다. 앞에서 그들이 친척이라고 한 말은 내가 한 것이 아니라고 설명했지만 열거한 명사가 너무 많아서 '동향' 두 글자만으로도 충분히 남의 '화를 살' 만했다. 나도 '소문'에서 '모 지역' 출신이라는 글자를 보고 화를 냈는데 이것으로 짐작 가능하기 때문이다.

이에 비춰 본다면 이번에 말한 '발바리'(『망위안』 제1기)[17]도 자기를 지칭했다고 생각하고 어디에선가 화를 내는 사람이 있을 것 같다. 사실 나는 거칠게 이야기했을 뿐이다. 사회에 신과 같은 존재가 있다고 말했고 이 때문에 발바리의 주인인 부자, 환관, 마나님, 아가씨를 여러 번 언급했던 것이다. 원래는 이것으로 내가 일반적인 논의를 하고 있다는 것을 충분히 알 수 있을 것이라고 생각했다. 요즘에 어떤 명사가 환관과 나란히 하려 하겠는가. 그런데도 일부 인사는 여전히 이러한 측면을 주목하지 않고 그 중 하나를 주인으로 삼아서 스스로를 '발바리'로 자처하고 있는 것 같다. 시국 돌아가는 것을 보면 정말 힘들다. 나는 오로지 하느님만 이야기해야 위험을 모면할 수 있는 것 같은데 이건 또 내 전문이 아니다. 그런데 포악한 기운만 남았을지언정 이를 다 발산하게 하는 게 더 나을 수도 있다. '성난 개떼'는 뒤에 있어도 괜찮고 앞에 있어도 상관없다. 화를 마음속에 담아 두면서 붓과 낯으로는 반대로 '빙긋' 미소 짓는 게 제일 보기 좋다는 걸 나도 알고 있다. 그러나 파헤칠 것까지도 없고 조그마한 구멍이 하나만 나도 화가 다 드러나 버린다. 그런데 사실 이것이 바로 진면목이다.

두번째 죄명은 '좀더 최근의 예'이다. 천 교수는 "도서관의 중요성을 범박하게 논"하면서 "구퉁 선생이 관직에서 물러나기 전 발표한 두 편의 글에서 이 측면을 '못 본 듯하다'고 말"했다는 것이다. 그런데 내가 오히려 "구퉁 선생은 이 점까지 생각이 미치어 관련된 글을 발표한 적이 있다고 한다. 그런데 퇴임했으니 정말 아쉽다"라고 조금 고쳤다는 것이다. 여기서 그치지 않고 "당신은 그 소송문서 작성관리[18]의 붓끝을 본 적이 있는가"라고 물어보기까지 했다. '소송문서 작성관리'는 내용을 빠뜨릴 리가 없는데 나는 천 교수가 쓴 원문原文과 다르니 죄가 성립하든지, 아니면 그 '소송문서 작성관리' 깜냥도 못 되는 것이리라. 『현대평론』은 진작 보이지 않아서 전문全文을 검토해 본 적도 없으니 지금 이 말에 근거하여 다음과 같이 삼가 수정한다. "구퉁 선생이 관직에서 물러나기 전 발표한 글에서도 이에 대해 생각하지 않았다 하고 지금은 또 퇴임하여 보완할 방법이 없으므로 정말 아쉽다"로. 이 자리에서 아울러 밝히노니 내 글에서 다른 사람의 원문을 가져올 때는 인용부호를 쓰고 대강의 뜻을 밝힐 때는 '……라고 한다'를 사용하며 '소문'과 같이 들은 이야기를 서술할 때는 '……라고 들었다'를 쓰는데 이는 『천바오』 대장大將님의 문장 범례와 다르다.

세번째 죄명은 내가 "베이징대학 교수 겸 징스京師도서관 부관장으로서 월급을 적어도 5, 6백 위안이나 받는 리쓰광"을 언급한 일과 관련된다. 이미 1년간 휴직 신청을 했으며 휴직 기간 동안 월급을 지급하지 않고 또 부관장의 월급도 250위안에 불과하다고 한다. 따로 『천바오 부간』에 본인이 공개적으로 입장을 표명하기도 했는데 내용은 대동소이하지만 월급이 원래 500위안이었으며 다만 그가 "250위안만을 받았"고 나머지는 "도서관에서 모종의 서적을 구매하도록 기부"했다고 한다. 그밖에도 나에게 숱한 충고를 했는데 정말 감사할 일이다. 다만 '문사'라는 호칭만은 삼가 돌려주고자 하는데[19] 나는 이런 부류의 사람이 아니기 때문이다. 그렇지만 나는 휴직과 사직은 다르고 월급 지급 여부와 상관없이 교수는 여전히 교수라고 생각하는데 이는 '소송문서 작성관리'가 아니더라도 알 수 있는 일이다. 도서관 쪽 월급에 대해서라면 나는 리 교수(혹은 부관장)가 현재 매달 "250위안만 받고 있는" 현금이 미국 쪽 금액이라는 것을 확신한다. 중국이 지불해야 할 절반 금액은 질질 끌며 언제 줄지 정말 모를 일이다. 그러나 체불 월급도 결국 돈이며 겸직하면 대개는 체불되어서 절반의 현금조차도 못 받는 경우가 많지만 이마저도 일찌감치 일부 논객의 핑곗거리가 되어 버렸다. 비록 일찍 기부하지 않는다는 결점이 있긴 하지만.

만약 이 다음에 다달이 지급된다면 학교의 체불 봉급 지불 사례를 보건대 중국 쪽의 절반 금액은 내년 정월 즈음에 나올 수 있고 교육부의 체불 봉급은 민국 17년 정월에야 나올 것으로 보인다. 그때 서적을 구입한다면 나는 반드시 수정하겠다. 내가 그때까지 '관'직에 있기만 하다면 말이다. 왜냐하면 이 사실은 쉽게 알 수 있고 나도 작년 일을 잊어버릴 정도로 형편없는 기억력은 아니라고 자신하기 때문이다. 그렇지만 또다시 장스자오에게 잘린다면 어떻게 된 건지 알 길이 없으니 수정하는 일도 관둘 수밖에 없다. 그렇지만 내가 말한 직함과 액수는 지금까지는 사실이다.

네번째 죄명은……. 천위안 교수는 "됐다. 더 이상 거론하지 않겠다"라고 말했다. 왜 그런가. 아마 "원래 말로 다 표현할 수 없"거나 "필묵 소송에 걸렸을 때 더 많이 쓰고 심한 욕을 더 많이 하고 괴상한 일을 더 많이 날조해 내는 사람이 이기"는 악습을 교정하여 마치 중국 연극에서 네 명의 병졸로 십만 대군을 상징하듯이 세 개의 예로 전반적인 상황을 요약하려는 것인지도 모르겠다. 그러고 나서 종결지을 수 있고 조롱——'정인군자'는 분명 다르게 부를 텐데 나는 그게 뭔지 모르므로 잠시 '하등'인이 쓰는 말을 사용하겠다——할 수 있다. 원문은 '정인군자'의 진면목의 표본으로 삼을 만하다. 그리하여 이를 빼 버리기 아쉬워서 아래에 첨부한다.

> 어떤 사람이 나에게 루쉰 선생에게 부족한 것은 큰 거울이다, 그래서 그의 존용尊容을 영원히 볼 수 없다고 말했다. 나는 그가 말한 것이 틀렸다고 했다. 루쉰 선생이 이러는 것은 그에게 큰 거울이 있기 때문이다. 당신은 조자앙——그가 맞나?——이 말을 그리는 이야기를 들어 본 적이

있는가? 어떤 자세를 그릴 때 그는 거울을 마주하고 바닥에 엎드려 그 자세를 취했다. 루쉰 선생의 글도 마찬가지로 그가 가진 큰 거울에 비춰서 쓴 것이다. 그래서 다른 사람을 욕하는 말 한마디도 그 자신에게 적용되지 않는 것이 없다. 못 믿겠다면 나와 내기를 걸어도 좋다.

이 단락의 의미는 분명하다. 내가 말이라고 쓰면 스스로 말이라는 것이고 개에 대해 쓰면 내가 개라는 것이고 다른 사람의 결점에 대해 말하면 그것이 곧 나 자신의 결점이고 프랑스에 대해 쓰면 내가 프랑스이며 '똥 냄새 나는 측간'에 대해 논하면 내가 똥 냄새 나는 측간이며 다른 사람이 양인위 여사와 동향이다라고 말하면 내가 그녀와 동향이라는 말과 같다는 것이다. 조자앙도 정말 우스운 것이 말을 그리려면 진짜 말을 보면 될 것을 뭐하려고 스스로 짐승의 자세를 취했을까. 그래 봤자 그는 여전히 사람이고 말 종류가 되지 못하는데 자기 능력 밖의 것을 바란 격이다. 그렇지만 조자앙도 마찬가지로 '모 지역 출신'이어서 이 이야기도 일종의 '소문'인지, 아니면 자신이 꾸며 낸 것인지, 아니면 당시의 '정인군자'가 날조한 것인지 모호하다. 이는 그저 근거 없는 이야기로 간주할 수밖에 없다. 만약 천위안 교수처럼 이를 진짜라고 믿는다면 자기도 마찬가지로 그 자세를 취해야 할 것이다. 프랑스法蘭斯에 대해 쓸 때 프法의 자세로 앉고 '구퉁孤桐 선생'에 대해 이야기하면 일어나서 구孤의 자세를 취한다면 그야말로 멋지고 훌륭하도다. 그렇지만 '똥차'를 이야기할 때 마찬가지로 바닥에 엎드려 똥차[20]로 변신하고 '측간'을 이야기할 때 몸을 뒤집어서 변소 흉내를 낸다면 꼴같잖은 무게도 없어질 판국이다. 아무리 뱃속이 이런 것들로 가득 차 있다 하더라도 말이다.

한번은 신문사 기자가 우리에게 '문사'라고 칭하지 않았는가. 루쉰 선생은 이 소리를 듣고 웃다가 이가 빠질 지경이었다. 그렇지만 나중에 모 신문에서 연일 그를 '사상계의 권위자'라고 치켜세웠을 때 그는 웃지 않았다.

그는 글에서 은근슬쩍 화살을 쏘지 않은 적이 없다. 그러나 자기는 늘 다른 사람이 '몰래 화살을 쏘았다'라고 하고 심지어 '몰래 화살을 쏘는 것'은 비열한 행위라는 말까지 한다.

그는 늘 '소문을 퍼뜨리고' '사실을 날조한다'. 위에서 거론한 몇 가지 사례가 대표적이다. 그러나 이번에도 다른 사람이 '소문을 유포하고' '사실을 날조'했다고 욕하고 그렇게 하는 것은 '하수의 짓거리'라고 인정하기까지 한다.

그는 자주 무고한 사람을 비난한다. 만약 그 사람이 화를 내면 그는 그가 '유머'가 없다고 말한다. 그러나 어떤 이가 말 반 토막이라도 건드리면 그는 하늘로 뛰어올라 당신을 만신창이가 되도록 욕하고서도 그만두지 않는다.

이것이 세 개의 예와 조자앙의 이야기에 근거해 도출한 결론이다. 사실 나는 사람들을 '문사'라고 불러도 웃으며, 나를 '사상계의 권위자'[21]라고 불러도 웃는다. 그렇지만 이는 '웃다가 빠진 것'이 아니라 '맞아서 부러진 것'이라 한다. 이것은 다소 그들을 기쁘게 해주었을 것이다. '사상계의 권위자' 운운에 대해서라면 나는 그렇게 불리는 것을 꿈도 꿔 본 적이 없다. '치켜세우는' 이와 생전에 모르는 사이인데 그에게 그렇게 부르지 말라고 말릴 수도 없다. 쌍황雙簧을 연기하는 친구처럼 말 안 해도 마음으로 이해할 수 있는 사이가 아닌 것처럼. 게다가 기다리지 않아도 '문사'가 나서서 이를 매도하는 일이 벌어지니 내가 수고할 필요는 더더욱 없다. 나도 이 칭호를 핑계 삼아 돈을 벌고 팔자를 펼 생각이 없으니 이게 있다 해서 실익을 얻는 것도 없다. 게다가 나는 예전에 청년들을 오도할까 봐 내가 쓴 소설을 교과서에 싣는 데도 반대한 적이 있다. 이는 신문기사에 보도됐던 것으로 기억하지만[22] 원체 상류층 인사들에게 한 말이 아니므로 그들은 당연히 모르겠지. 화살을 몰래 쏘는 일에 대해서라면, 처음에는 안 그러려고 했으며 나중에 몇 방 날린 적이 있긴 하다. 그렇지만 먼저 '소문'으로 '몰래 화살을 쏘'는 천위안 교수 무리에게 "그대도 독 안에 들어가셔서" 이 맛을 보게 해주려고 했던 것일 따름이다. 그렇지만 그들에 대한 것일지라도 분명하게 밝힌 경우가 많았다. 가령 『위쓰』의 「음악」에서 쉬즈모 선생을 겨냥한 것이라고 설명했고 「나의 '본적'과 '계파'」 및 「결코 한담이 아니다」도 시잉 곧 천위안 교수를 조준하여 쓴 것이라고 밝혔다. 이후에도 여전히 화살을 쏠 것이며 화를 자초했다고 후회하지도 않는다. 필명에 대해서라면 지난해부터 한 개의 필명만 사용하고 있는데 곧 천위안 교수가 말한 '루쉰, 곧 교육부 첨사 저우수런'이 그것이다.[23] 그렇지만 지난 하반기에는 '교육부 첨사'라는 다섯 글자를 삭제해야 했는데 왜냐하면 '구퉁 선생'에게 잘렸기 때문이다. 올해는 또다시 '임시 첨사'[24]로 바뀌었는데 아직까지 일하지는 못했지만 곧 일할 준비를 하고 있다. 일하는 목적은 몇 푼 봉급을 농하는 것으로, 우리 조상은 유산도 남기지 않았고 마누라는 지참금도 가져오지 않았으며 글 쓰는 것으로는 돈값어치를 못 해서 이걸로 얼마 동안 입에 풀칠할 수밖에 없기 때문이다. 그리고 소소한 목적이 또 하나 있다. 바로 지난해 나의 면직 사건을 '통쾌'하게 느꼈던 자의 심기를 좀 불편하게 하여서 그가 부아가 나서 귀와 뺨을 긁다가 무심결에 본모습을 드러내게 하는 데 있다. '소문'에 대해서라면 앞서 말했듯이 천위안 교수가 발명한 전매품으로 오직 그만이 많이 들을 수 있다. 나에게는 마음이란 보이지 않는 물건인 데다 집에 틀어박혀 있는 나의 생활이란 "말을…… 날조하는" 중추가 되기에는 불리하다. 남은 것은 '유머' 문제밖에 없는데 나는 이런 말을 한 적도 없고 '유머'를 주장한 적도 없다. 이 두 글자를 같이 써 보는 것도 오늘이 처음일 것이다. 내가 남들에게 하는 것은 '욕'이고 다른 사람이 나에게 하는 것은 '일언반구를 건드리는 일'이라니 정말이지 이로 말미암아 동향의 '형사담당 막료' 생각이 났으며 그것도 '제멋대로'인, 진지하지 못한 장난을 치던 그때가 기억났다. 그러고 보니 어느 곳에서 태어나든 거울은 꼭 있어야 한다. 그러고 나서도 죄명이 하나 더 있다.

그는 자주 다른 사람이 표절하는 것을 비꼰다. 모뤄의 시 몇 수를 베낀 학생에게 이 노선생은 뼈에 사무칠 정도로 속 시원하게 욕을 했으면서 정작 그 자신의 『중국소설사략』은 일본인 시오노야 온塩谷温의 『지나문학개론강화』의 '소설' 부분에 근거했다. 사실 다른 이의 저술을 저본으로 삼는 일은 양해될 수 있는 일이다. 다만 책에서 그렇다고 설명해야 하는데 루쉰 선생은 이를 밝히지 않았다. 당신이 부정한 일을 한 건 언급하지 않겠는데 왜 불쌍한 학생 하나까지 힘들게 괴롭힐까 싶다. 그런데도 그는 있는 힘껏 최대한 사람을 각박하게 대한다. "바늘을 훔치는 자는 주살당하지만 나라를 훔치는 자는 제후가 된다"란 이전부터 존재하던 이치이다.

이 '소문'은 진작 들은 바 있다. 나중에 「한담」에도 나오는데 "한 권을 통째로 표절했다"라고 말했다. 그러나 직접적으로 나라고 지목하지 않았지만 그 당시 사람들의 입을 통해 나의 『중국소설사략』을 지적한 것이라는 소문이 돌았다.[25] 천위안 교수는 이러한 낚시질을 할 만한 위인이라고 생각한다. 그러나 그가 지목도 하지 않았는데 내가 그에게 한바탕 욕지거리를 삼가 돌려 드리면 이는 정말 '그의 일언반구를 건드리'는 일 정도에 그치지 않을 것이다. 그런데 이번에 거론했다. '소인의 마음'으로도 '군자의 의중'을 잘못 짐작하지 않은 것이다. 그러나 죄명은 '저본으로 삼았다'로 바뀌어서 죄가 이전보다 많이 가벼워져서 '일언반구'라고 겸손하게 말했던 '몰래 쏜 화살'촉이 좀 무뎌진 것 같다. 시오노야 온 씨의 책은 확실히 나의 참고서적 중 하나였다. 나의 『중국소설사략』 28편 중 2편은 그의 저작에 근거한 것이고 또 『홍루몽』에 관한 몇 가지 논의와 「가씨 계보도」賈氏系圖 한 장도 이에 의거한 것이지만 대략적인 틀만 비슷할 따름이고 순서와 의견은 모두 다르다. 나머지 26편은 모두 내가 독자적으로 준비한 것인데 그 증거로 그의 서술과 자주 상반되는 논의를 들 수 있다. 가령 현존하는 한대漢人 소설을 그는 진짜라고 봤지만 나는 가짜라고 판단했다. 당대 소설의 분류를 그는 모리 가이난森槐南의 것에 근거했지만 나는 내 방법을 사용했다. 육조 소설을 그는 『한위총서』[26]에 근거했는데 나는 다른 책과 나 자신의 편집본에 의거했다. 이 일에 2년여의 시간을 들인 바 있으며 책 10권의 원고도 여기에 갖고 있다.[27] 당대 소설에 대해서 그는 오류가 가장 많은 『당인설회』에 의거했지만 나는 『태평광기』를 사용했으며[28] 이밖에도 한 권 한 권 찾아봤다……. 그 외에도 분량과 취사선택, 고증의 차이를 일일이 헤아리기 어렵다. 물론 전체적으로야 다르지 않을 수 없는데 가령 그가 한대 뒤에 당대가 있고 당대 뒤에 송대가 있다고 말한 건 나도 그렇게 말했는데 모두 중국의 역사적 사실을 '저본'으로 삼았기 때문이다. 세르반테스의 사실과 '사서'의 출판 연대를 창조해도 무방하겠지만[29] 나는 '새롭게 날조할' 줄 모른다. 그렇지만 나는 창조해서는 안 되는 것 같다는 생각인데 역사는 시나 소설과는 다르기 때문이다. 시와 소설은 천재라면 본 것이 비슷하고 쓴 것도 유사해도 괜찮다고 말하는 사람이 있지만[30] 그래도 독창성이 가장 중요하다고 나는 생각한다. 역사는 사실을 기록한 것으로 당연히 표절하여 책을 쓰면 안 되지만 완전히 다를 필요까지도 없다. 시와 소설은 비슷해도 괜찮으면서 역사는 몇 가지가 근사하면 '표절'이라고 말하는 것은 '정인군자'의 특별 의견으로 이는 '일언반구'로 '루쉰 선생'을 '건드릴' 때에만 적용된다. 다행히 시오노야 온의 책이 이미 중국어로 '번역됐다(?)'고 하니(!) 두 책이 어떻게 다른지, 어떻게 '통째로 표절을 했는지' 아니면 '저본'으로 삼았는지는 조만간(?) 밝혀질 것이다. 그 전에는 천위안 교수조차도 어떻게 된 건지 사정을 잘 모를 것이라고 생각한다. 그 사람이야 다만 들리는 '말을 확인도 않고 그대로 믿은 것'에 불과하기 때문이다. (시오노야 온 교수의 『지나문학개론강화』의 번역서는 올해 여름에 나왔는데 5백여 쪽의 원서를 얇은 책 한 권으로 옮겨서 소설 부분을 내 책과 비교할 수가 없게 됐다. 이를 '편역'이라고 광고하고 있는데[31] 말 쓰임새가 정말이지 아주 근사하다. 10월 13일 부기.)

그러나 '모뤄의 시 몇 수를 베낀 학생'과 관련된 일에 대해서는 몇 마디 해야겠다.[32] '속 시원하게 욕을 했다'는 건 내가 아닌 것 같다. 나는 시에 대해서 도통 관심을 가진 적이 없어서 '모뤄의 시'도 읽은 적이 없다. 이 때문에 다른 사람의 시를 표절했는지는 더더욱 알 수 없다. 천위안 교수의 말은 나쁘게 말하자면 '사실을 날조'하여 의도적으로 다른 사람이 나에게 악감정을 갖도록 부추기고 있으니 그의 본 실력을 제대로 발휘하고 있다고 할 수 있다. 좀 점잖게 말해 볼까. 그 스스로 이 편지를 쓰면서 '열이 올랐다'고 말했는데 분명 열이 너무 높아 현기증이 나서 가장하는 걸 잊어서 불행히도 본모습을 드러내신 것이다. 뿐만 아니라 자기가 기어가고 있기 때문에 내가 '하늘로 펄쩍 뛴다'고 느끼며 자기가 피부를 긁었거나 늘 상처 나 있었던 것을 내게 '욕'먹어서 찢겼다고 생각한다. 그렇지만 내가 일부러 혹은 무의식중에 종이를 바른 신사복의 한 귀퉁이에 부딪혀 이를 찢은 일은 있었을 것이다. 이후에도 이런 일이 안 일어날지 장담하지 못하겠다. 맞은편에서 서로 걷다 보면 비좁아서 스치거나 부딪히게 마련으로 결코 '그래도 그만두려 하지 않'은 것은 아니다.

신사가 날뛰는 추태는 정말 볼만하다. 지금껏 감추고 숨겨 왔기 때문에 한번 추태를 보이면 하등인보다 훨씬 심한 모습을 보인다. 이번의 발설로 천위안 교수는 수화 여사가 소설 삽화를 표절한 사실을 폭로한 글도 내가 썼다고 생각한다는 것을 알게 됐다.[33] 그래서 일찌감치 '대도'라는 두 글자를 '몰래 쏘는 화살'에 걸어서 '사상계의 권위자'를 향해 쐈던 것이다. 이것도 내가 하지 않았다는 것을 누가 알랴. 나는 이런 소설을 읽지 않는다. '비어즐리'의 그림은 좋아하지만 책이 없었는데 '표절' 사건이 일어난 다음에야 자극을 받아 1.7위안의 돈을 들여 『*Art of A. Beardsley*』를 한 권 샀다. 불쌍하신 교수님의 눈에 들어온 것은 내 그림자가 아니오니 펄쩍 뛰어 봤자 잘못 뛴 것이다. 만났다고 하는 '똥차'도 자기 마음이 만들어 낸 것이요, 자기 머릿속에 들어 있는 물건이니 뱉으려는 침을 조용히 삼키는 것이 낫겠다.

지면을 너무 낭비했다. 나는 신열이 날 정도로 귀하게 자라지 않았지만 그래도 서둘러 마무리를 지어야겠다. 그런데 아직까지 대죄명 하나가 더 남아 있다.

> 그 스스로 쓴 자전에 의하면 민국 원년부터 교육부의 관리직을 지냈고 자리를 떠난 적이 없었다고 한다. 그래서 위안스카이가 황제라고 칭할 때 그는 교육부에 있었고 차오쿤이 뇌물로 선출되었을 때 그는 교육부에 있었고[34] '몰염치의 대표인 펑윈이'가 장관을 할 때에도 그는 교육부에 있었다. 심지어 '몰염치의 대표인 장스자오'가 그를 면직한 뒤에도[35] 그는 큰소리로 "첨사라는 관직이 '소소'한 것은 아니"라고 하면서, 누가 누구에게 빌붙어서 그의 자리를 노리고 있다느니 변변치 않은 이가 '누구를 융숭하게 대접'했다느니 이러쿵 저러쿵 말하고 있다. 이게 '반역자 청년들의 지도자'란 말인가?

> 사실 사람이 관직에 있는 것은 그렇게 큰 문제 될 것 없지만 관리가 되어서 이런 얼굴 표정을 짓는다면 다른 사람의 속이 불편할 것이다.

> 지금 또 어떤 사람이 그에게 '토비'라는 명칭을 붙여 줬다. '토비' 좋아하시네.

심혈을 기울여 검토하여 나에게 붙여 준 '토비'라는 악명을 이번에는 갑자기 다시 부인했으니 이것으로 침은 조용히 삼키는 게 낫다는 것을 알 수 있다. 그렇지 않으면 나중에 자기가 핥아먹게 되니까. 그러나 '문사'는 달리 지혜를 갖고 있으니 어찌 나에게 이득을 보게 하겠는가. 당연히 '위안스카이가 황제라고 칭한' 이래의 죄악을 대신하여 '황제라고 칭하고' '뇌물로 선출된' 유類의 일이 내가 교육부에 있을 때 벌어졌으므로 전부 다 나 한 사람의 손으로 저지른 것같이 되었다. 이 일들이 일어난 다음 내가 군사를 이끌고 독립한 적도 확실히 없지만 윈난 봉기를 비웃은 적도 없고 국민군이 실패하기를 바란 적도 없었다.[36] 이는 사실이다. 교육부에 대해서라면 사실 관직에서 떠난 적이 두 번 있었는데 한 번은 장쉰 복벽 때이고 나머지 한 번은 장스자오가 장관을 할 때였다.[37] 앞의 일이야 교수의 한 줌 능력으로 당연히 알 수 없지만 뒤의 일을 잊은 것은 좀 이상하다. 나는 예전부터 '이런 얼굴 표정을 짓고' 있었는데 천위안 교수의 '속이 불편한 것'을 거리끼지 않을 뿐만 아니라 '구퉁 선생'에게도 마찬가지이다. 내 얼굴에서 흥밋거리를 찾아내는 것은 아무 근거도 없는 망상이다. 그러려면 다른 사람의 얼굴을 감상하는 것이 낫다.

이런 유의 오해는 천위안 교수에게만 해당되는 것이 아닌 것 같다. 이렇게 교원은 고상하고 관료는 비열하다고 생각하는 사람들이 종종 있다. 사람들은 정말로 이른바 '자만하여 자신의 처지를 잊'고 '관료, 관료' 하면서 욕을 한다. 정말 슬픈 것은 지금 관료를 욕하는 사람들 중에 외국에서 경력 뻥튀기를 한번 하여서 교원을 지내는 이들이 많다는 것이다.[38] 이른바 '권세가에 빌붙어서 자리를 노리는' 자 역시 이런 부류이다. 그때 내가 "첨사라는 관직이 그렇게 '소소'한 것은 아니다"라고 말한 것은 기회를 틈타서 관리가 되고 싶은 사람들을 향해 한 말로 그들에게 일침을 가하여 잠시 기분이 상쾌해지려 한 것인데 뜻밖에도 천위안 교수의 '뼈에 사무치게' 기억될 것이라고 생각지는 못했다. 또 내가 그에게 '몰래 화살을 쐈다'고 의심했겠다.

내가 관료이기 때문에 고상한 교수와 같은 반열에 비집고 들어가야 한다고 주장하는 것은 아니다. 관료의 고하도 사람에 따라 다른데 가령 이른바 '구퉁 선생'이 관직에 있으면서 『갑인』을 출판했을 때 탄복한 사람이 매우 많았지만 관직에서 물러난 다음에 생기가 더 돌았다고 한다. 그런데 내가 '물러날' 때 쓴 글은 더 생기가 돌지 않았을 뿐만 아니라 천위안 교수의 '훈계'까지 끌어들였고[39] 죄과가 더 무거워져서 화가 '얼굴'까지 미치지 않았는가? 이는 문재文才와 얼굴을 들어 말한 것이다. 다른 측면으로 보자면 관료와 교수는 "같은 언덕에 사는 담비다"라는 탄식이 있는데 이는 바로 돈의 내원來源을 말함이다. 국가행정기관의 사무관이 받는 이른바 봉급과 국립학교의 교수가 받는 이른바 월급은, 동일한 출처인 국고에서 나온 것이 아닌가? 차오쿤 정부 때 국립학교 교원을 지내는 것과 관직에 있는 것 사이에 차이는 없다. 교원 월급을 학교에 기부했다고 더 고상하다고 말하는 것은 아니겠지. 위안스카이가 황제를 참칭하던 시절에는 천위안 교수는 아직 외국의 연구실에 있었을지 모르겠지만 차오쿤이 뇌물로 선출될 즈음에 교수가 됐으니 베이징에 나보다 많이 늦게 와서 운은 나보다 훨씬 더 좋았다고 해야겠다. 차오쿤이 뇌물로 선출됐을 때 그가 교수가 됐고 "몰염치의 대표인 펑윈이가 총장을 할 때" 그가 교수직을 지냈고 "심지어 '몰염치의 대표인 장스자오'가 장관을 할 때" 그는 여전히 교수직에 있었으나 오히려 나는 잘렸다. 심지어 그 "몰염치의 대표인 장스자오"가 장관을 하지 않았을 때조차도 그는 당연히 계속 교수직을 하고 있었다. 귀국한 다음 순풍에 돛을 단 듯 순조로웠고 조그마한 난관에도 부딪히지 않았다. 이는 당연히 괜찮은 얼굴로 '남의 속을 불편'하지 않게 한 까닭이다. 그의 낯을 보면 나 같은 혐오스러운 '팔자 수염'도 없고 '관료의 기색'도 없는 듯하니 얼굴에 대해서라면 나까지도 크게 '불편'해지지 않을뿐더러 오히려 흥미까지 생기는 것 같다. 이런 종류의 얼굴은 살만 조금 더 찐다면 중국에서 쉽게 찾기 어려울 것 같다.

내가 몇 마디 쓸데없는 소리를 하지 않을 수 없는 것은 그가 거울을 마주하고 자세를 취하면서 겉으로 드러내지 않던 소양을 '폭발'했기 때문이다. 그렇지만 그는 바로 다시 이를 덮고 대문을 걸어 잠그고서 "다시는 이런 필묵 재판을 벌이지 않을 것이다"라고 한다. 앞서 가던 향기로운 수레는 이미 멀리 가 버렸으니 나는 문 두드리지 않겠다. 왜냐하면 이때 만나는 이는 대개 하인 몇 명일 따름이기 때문이다. 게다가 '국립베이징여자사범대학 복교 기념회'에 갈 시간이 다 되었으니 이렇게 마무리를 짓도록 하겠다.

2월 1일

주)

1) 원제는 「不是信」, 이 글은 1926년 2월 8일 『위쓰』 제65호에 실렸다.
2) 1926년 천시잉이 『현대평론』 제3권 제56기(1926년 1월 2일)에 「한담」을 발표한 이후에 다음과 같은 일련의 관련 논의들이 연속적으로 신문에 실렸다. 쉬즈모, 「'한담'에서 나온 한담」, 『천바오 부간』, 1926년 1월 13일; 치밍(豈明; 곧 저우쭤런周作人), 「한담의 한담에 대한 한담」(閑話的閑話之閑話), 『천바오 부간』, 1926년 1월 20일; 쉬즈모, 「아래 일련

의 편지에 관하여 독자에게 알림」(關於下面一束通信告讀者們), 『천바오 부간』, 1926년 1월 30일; 천시잉, 「한담의 한담에 대한 한담이 이끌어 낸 편지 몇 통」(閑話的閑話之閑話引出來的幾封信), 『천바오 부간』, 1926년 1월 30일.

3) 신조사(新潮社)는 베이징대학 일부 학생과 교원이 조직한 동인으로 1918년 11월에 구성되었다. 주요 성원으로 푸쓰녠(傅斯年), 저우쭤런(周作人) 등이 있다. 월간지 『신조』(1919년 1월 창간, 1922년 3월 휴간)와 '신조총서' 등을 발간했다. 1927년에 해체됐다.

4) 천시잉이 치밍에게 보낸 두 통의 편지 중 첫번째 편지를 가리킨다. 이 문집에 실린 「학계의 삼혼」의 관련 대목을 참고하시오.

5) 천시잉이 「한담」에서 루쉰 등을 공격하면서 쓴 말.

6) 이 말은 리쓰광이 『천바오 부간』 편집자인 쉬즈모에게 보낸 편지에 나오는 말이다. 자세한 내용은 주 19)를 참고하시오.

7) 루쉰은 1924년 1월 28일 『천바오 부간』에 실은 「'교정'하지 않기를 바란다」(望勿"糾正")에서 "(고서의 표점자인) 왕위안팡 군은 이미 고인이 되었다"라고 썼다. 그러나 나중에 왕위안팡이 살아 있는 것을 알고 1925년 9월 24일에 이 글을 『열풍』에 실을 때 글 말미에 이 사실을 바로잡는 글을 남겼다.

8) 천시잉은 「즈모에게」(致志摩)라는 편지에서 루쉰을 "십여 년 동안 관직을 지낸 형사담당 막료이다"라고 공격했다.

9) '학리와 사실'은 천시잉이 표방하는 말이다. 쉬즈모가 천시잉을 칭찬한 말을 루쉰은 "'빙긋' 미소 지을 천재의 풍자"라는 말로 개괄하여 표현했다.

10) '측간'은 천시잉이 1925년 5월 30일 『현대평론』 제1권 제25호에 발표한 「한담」에서 여사대를 모독하며 이른 말이다.

11) 치밍은 「한담의 한담에 대한 한담」에서 천시잉이 여학생을 모독한 말을 가리키면서 "이른바 숱한 신사들은 인간다움(人氣)이 하나도 없다. 그래서인지 다행히도 태연하게 정인(正人)으로 자처하고 있다"라고 말했다. 천시잉은 바로 「치밍에게」라는 편지를 써서 이를 변명했는데 그 편지 속에도 '인간다움'에 대한 언급이 나온다.

12) 천시잉은 「즈모에게 보내는 편지」의 말미에 이렇게 썼다. "어젯밤 글을 하나 쓴다고 늦게 잤더니 오늘 열이 좀 오른 것 같습니다. 오늘 이 편지를 썼더니 벌써 피곤해졌습니다." 1925년 10월 1일부터 쉬즈모가 『천바오 부간』을 편집하기 시작했다. 그날 그는 「나는 왜 이 잡지를 간행하는가, 나는 어떻게 간행하려고 하는가」(我爲甚麽來辦我想怎麽辦)라는 글을 발표하였는데 글 속에 천시잉이 제일 싫어하는 것이 부간이라는 언급이 나온다. 그렇지만 "부간을 사형시키기보다" 오히려 쉬즈모가 『천바오 부간』을 편집하는 것에 대해서 찬성했는데 그 이유로는 "첫째 다른 부간들을 내쫓아서 사라지게 하고, 둘째 자기 부간을 숨막히게 하여 죽여서 인류는 영원히 부간이라는 재앙에서 벗어날 수 있기 때문이다."

13) 조자앙(趙子昻, 1254~1322)은 저장 우싱(吳興 ; 지금의 후저우湖洲) 출신으로 원대 서화가이다. 말 그림으로 유명하다.

14) 천시잉은「즈모에게 보내는 편지」에서 루쉰을 다음과 같이 공격했다. "그림 이야기를 하다 보니 갑자기 이달 23일『징바오 부간』에 린위탕(林玉堂) 선생이 그린 '루쉰 선생이 발바리를 때리는 그림'이 생각났다. …… 그의 얼굴의 팔자 수염과 머리 위의 가죽 모자에 두꺼운 외투를 걸치고 있는 것이 관료의 정신을 잘 드러냈다고 생각한다. 그렇지만 발바리를 때리는 린 선생의 상상은 좀 모자란 구석이 있다. 나는 루쉰 선생이 뒤에 화난 발바리떼를 배경으로 하고 이를 드러낸 채 진흙탕에 서 있는 그림이 가장 좋다고 생각한다. '개 한 마리가 짖는 그림자에 개 백 마리가 짖는다'라는 말이 있지 않은가?"

15) '여존남비'란 천시잉이『현대평론』제2권 제38호(1925년 8월 29일)에 실은「한담」에서 여사대 분쟁을 언급할 때 한 말이다. "외국인들은 중국인이 남존여비라고 하는데 내가 보기에는 그렇지 않다."

16) 천시잉은『현대평론』제3권 제57, 58호(1926년 1월 9, 16일)에 프랑스(Anatole France)에 대해 논하는「한담」을 연속으로 발표했다. 쉬즈모는 첫번째 글을 본 뒤 1월 13일자『천바오 부간』에「'한담'에서 나온 한담」이란 글을 발표하여 천시잉의 글이 프랑스의 글과 마찬가지로 '우아'하다고 칭찬하고 그가 프랑스를 배우는 것이 이미 '뿌리가 있다'고 평가했다.

17)『무덤』에 수록된「'페어플레이'는 아직 이르다」를 가리킨다.

18) 천시잉은「즈모에게 보내는 편지」에서 루쉰을 '소송문서 작성관리'라고 공격했다.

19) 리쓰광은 1926년 2월 1일『천바오 부간』에 쉬즈모에게 보내는 편지를 발표하여 징스도서관 부관장 월급에 대해서 밝혔다. 이 편지 말미에 다음과 같은 대목이 나온다. "루쉰 선생은 상당히 기대를 거는 당대의 문사라고 들었다. …… 그 스스로 사실을 잘 조사하여서 세상 사람들이 루쉰 선생의 거울이 비춰 낸 것 같은 모습을 하고 있지는 않다는 것을 알았으면 좋겠다. 그때 이 작은 동기가 루쉰 선생에게 십 년 공부하고 십 년 수양할 생각을 갖게 할지도 모르겠다. 그러면 중국에 진정한 문사 하나가 탄생할 것이다."

20) 천시잉이「즈모에게 보내는 편지」에 나오는 말이다. "가령 좁고 긴 골목에서 당신의 수레가 천천히 가는 똥차 뒤에 간다면 코를 막았어도 욕지기가 나오는 걸 막을 수 없다. 그러다가 넓은 곳에 이르면 바로 침을 두어 번 뱉고 공기를 들이마시는 일도 빼먹을 수 없다. 지금 내 상황이 꼭 이렇다."

21) 1925년 8월 초 베이징의『민보』(民報)는『징바오』와『천바오』에 광고를 실어서 이 신문의 '12대 특색'을 선전했는데 그 가운데 하나가 '부간 확장'이었다. 이 광고 문구에 "본보는 8월 5일부터 부간을 한 장 확장하여 학술사상과 문예 등을 전문적으로 싣고

특히 중국 사상계의 권위자 루쉰 선생의 글을 기고받기로 했다"라는 구절이 나온다.

22) 추스(秋士; 곧 쑨푸위안)는 1924년 1월 24일 『천바오 부간』에 「루쉰 선생에 관하여」라는 글을 발표했는데 이 글 속에 관련 내용이 나온다. "루쉰 선생이 『외침』 재판을 늦추고 허락하지 않은 원인은 여러 가지가 있다. 첫째, 몇몇 중학교 교사가 『외침』을 교과서로 삼고 있으며 심지어 고급 소학교 학생에게 읽히는 이도 있다는 이야기를 들었다. 이는 그가 원하지 않는 일이었다. 가장 원하지 않는 상황은 바로 사람들이 아이들에게 「광인일기」를 읽히는 것이었다.…… 그 스스로는 지금 비관적이지만 중학생과 소학생이 자란 뒤의 세상은 '사람을 먹는' 세상은 아닐 것이라고 그는 말했다.…… 그는 『외침』이 그곳의 중학생과 소학생에게 읽힌다는 것을 듣고 난 뒤 『외침』이 보기 싫어졌다고 말했다. 재판을 찍을 필요가 없는 것은 말할 것도 없고 절판할 생각까지 있으며 다시 이런 소설을 쓰고 싶지 않다는 생각마저도 있다고 했다."

23) 천시잉은 「즈모에게 보내는 편지」에서 다음과 같이 말했다. "앞의 몇 통의 편지에서 몇 차례 저우치밍 선생의 영형인 루쉰, 곧 교육부 첨사 저우수런 선생의 이름을 언급했다."

24) 1926년 1월 17일 교육부는 루쉰에게 복직을 명령했는데 교육부가 베이양정부에 비준을 청한 명령이 아직 발표되지 않아서 '임시 첨사'였던 것이다. 뒤의 3월 31일에 국무총리가 교육부에 집행을 '훈령'했다.

25) 천시잉은 1926년 11월 21일 『현대평론』 제2권 제50호에 발표한 「한담」에서 당시 저술계에 '표절'과 '베껴쓰기'가 성행하여 작가를 모독하고 있다고 말했다. 그중에 다음과 같은 말이 나온다. "예를 들어 볼까? 아무래도, 이야기하지 않는 게 나을 것 같다. 나는 감히 '사상계의 권위'에게 죄를 지을 엄두가 나지 않는다." 나중에 그는 「즈모에게 보내는 편지」에서 루쉰의 『중국소설사략』이 일본 시오노야 온(塩谷温)의 『지나문학개론강화』(支那文学概論講話, 大日本雄弁会, 1919)를 표절했다고 분명히 언급한다.

26) 『한위총서』(漢魏叢書)는 명대 하당집(何鏜輯)이 한위육조 시대의 책 백 종을 수록한 것이다. 현재 쓰이고 있는 것은 청대 왕모(王謨)의 판각본 86종이다.

27) 『고소설구침』(古小說鉤沈)을 가리킨다. 이 책은 주대부터 수대까지 산실된 소설 36종을 수록했는데 중국소설사를 연구하는 중요 자료로 꼽힌다.

28) 『당인설회』(唐人說薈)는 소설필기총서로 모두 20권이다. 이 책은 소설이 다수이지만 삭제된 내용과 오류가 많다. 『태평광기』(太平廣記)는 유서(類書)로 모두 500권이다. 송대 이방(李昉) 등이 태평흥국 3년(978)에 편찬했다. 내용은 육조에서 송대 초기까지 소설과 야사가 많으며 인용한 책은 470여 종이다.

29) 천시잉은 1925년 11월 7일 『현대평론』 제2권 제48호에 실은 「한담」에서 관련 에피소드를 소개한 바 있다. "어떤 사람이 스페인을 유람하는데 그의 가이드가 거지 같은 노인을 가리키며 그가 *Don Quixote*를 쓴 Cervantes라고 말했다. 사람들이 듣고 놀라

서 물었다. '세르반테스라구요? 어떻게 스페인 정부는 그를 이렇게 가난하게 놔두나요?' 가이드가 답했다. '만약 정부가 그를 지원했다면 그는 *Don Quixote*와 같은 작품을 못 썼을 겁니다.'" 영국 와츠(H. E. Watts)가 쓴 『세르반테스 평전』 12장에서 스페인인 토레스(M. Torres)가 세르반테스를 만나고 싶어 하는 프랑스인에게 세르반테스가 가난하다고 설명하면서 벌어지는 에피소드를 언급한 바 있다. 그러나 토레스는 프랑스인을 세르반테스에게 데리고 가지 않았다. 세르반테스에 대한 천시잉의 언급은 사실 확인을 하지 않은 것이다.

30) 링수화(凌叔華)의 표절 행각이 밝혀졌을 때 천시잉은 『현대평론』에 실은 「한담」에서 다음과 같이 그녀를 변호한 바 있다. "문학에 대해서 경계는 이렇게 분명히 그어질 수가 없다. 정감들은 인류가 공유하는 것으로 감정이 일정 정도에 이르면 시가 되므로 또한 많은 공통점이 없을 수 없다.…… 설마 누가 누구 것을 표절했다고 말해야지 만족하겠는가? '표절', '베끼기'라는 죄는 문학에서 일반적인 둔재만 압도할 수 있으며 천재적인 작가를 손상시킬 수는 없다.……"

31) 천빈허(陳貧龢)의 발췌번역본을 가리킨다. 1926년 3월 포스(朴社)에서 출판됐다(이후에 쑨량궁孫俍工의 완역본이 카이밍서점開明書店에서 출판되었다).

32) 1925년 초 어우양란(歐陽蘭)이 궈모뤄가 번역한 셸리의 시를 표절한 것이 밝혀진 사건을 가리킨다.

33) 링수화 소설 삽화 표절 사건. 『천바오 부간』은 1925년 10월 1일부터 쉬즈모가 주편을 맡기 시작했는데 표지에 링수화가 그렸다고 속지에서 밝힌 반라의 서양 여성 흑백 초상화를 실었다. 그러나 10월 8일 『징바오 부간』에 충위(重餘)라는 필명으로 실린 「이전에 본 듯한 『천바오 부간』의 표지 그림」에서 이 그림이 영국화가 비어즐리(Aubrey V. Beardsley) 그림을 표절했다고 지적했다. 얼마 안 있어 『현대평론』 제2권 제48호(1925년 11월 7일)에 링수화의 소설 「꽃절」(花之寺)이 실렸는데 11월 14일 『징바오 부간』에 천무(晨牧)라는 필명으로 실린 「소소한 일」(零零碎碎)에 링수화의 「꽃절」을 암시하며 이것이 표절과 관련된다는 발언이 또 실렸다. 천시잉은 이 두 편의 글이 모두 루쉰이 쓴 것이라고 의심한 것이다.

34) 차오쿤(曹錕, 1862~1927)은 베이양군벌 즈계(直系) 지도자 중 하나이다. 1923년 10월 국회의원을 매수하여 뇌물로 중화민국 총통에 피선되었다. 1924년 11월에 펑계(奉系; 펑톈파) 군벌 장쭤린과 전쟁을 벌여 실패한 뒤 퇴직당했다.

35) 펑윈이(彭允彝, 1878~1943)가 1923년 베이양정부 교육부 장관으로 재직할 때 베이징대학은 그를 반대하여 교육부와의 관계를 끊은 적이 있다. '몰염치의 대표'란 당시 베이징대학 교수였던 후스가 그를 비난할 때 썼던 표현이다. 이에 대해서는 1923년 1월 23일에 간행된 주간지 『노력』(努力) 제39호를 참고하시오. 1925년 8월 베이징대학은 장스자오가 교육부 장관으로 임명된 것을 반대하면서 교육부와의 관계를 다시 끊겠

다고 선언했다. 저우쭤런은 1926년 1월 9일 『징바오 부간』에 「팔천 위안」이라는 글을 발표했는데 이 글에서 장스자오를 '몰염치의 대표'라고 칭했다.

36) 윈난(雲南) 봉기는 차이어(蔡鍔) 등이 위안스카이 제제(帝制)를 반대하여 윈난성에서 호국군을 조직하여 1915년 12월 25일 일으킨 봉기이다. 이에 대한 호응이 전국적으로 빠르게 확산되면서 위안스카이가 1916년 3월 22일 제제를 취소하는 결과를 이끌었다.

'국민군'은 당시 펑위샹(馮玉祥)이 통솔하던 군대였다. 펑위샹은 원래 베이양군벌의 즈계에 속했는데 1924년 10월 2차 즈펑 전쟁 중에 펑계와 타협하여 정전을 주장하는 전보를 보낸 후 군대를 이끌고 베이징으로 돌아와서 '베이징정변'을 일으켰다.

37) 장쉰(張勛, 1854~1923)은 베이양군벌 가운데 하나로 안후이성 최고군사장관을 맡았다. 1917년 6월 그는 병사 5천 명을 데리고 쉬저우에서 베이징으로 가 7월 1일 캉유웨이 등과 함께 푸이를 폐위시키고 복벽을 진행했다. 이 사건은 같은 달 12일에 실패로 끝났다. 루쉰은 7월 3일에 교육부의 몇 명 부원과 같이 이 일에 분개하면서 사표를 제출했으나 복벽이 실패로 끝난 뒤인 16일에 부서로 복귀했다.

38) 외국 유학을 한 뒤 몸값이 뛰는 상황을 묘사한 것인데 류반눙(劉半農)은 「천퉁보 선생에게 삼가 답하면서 SSS군과 그 선배들에게도 아울러 답신함」(奉答陳通伯先生兼答SSS君及其前輩, 『위쓰』 64호, 1926년 2월 1일)에서 다음과 같이 말한 바 있다. "우즈후이 선생은 유학생을 유부로 비유할 수 있다고 말한 적이 있다. 서양이라는 큰 프라이팬에 한 번 담그기만 하면 바로 팽창하여 엄청나게 커지는 것이다."

39) 천시잉이 「치밍에게」라는 제목의 두번째 편지에서 루쉰을 지칭하면서 다음과 같이 말했다. "선생들은 자기 그릇이 얼마나 되는지 잴 줄 모르는 데다가 분수를 모르고 경거망동하기 시작했다. 그리하여 선생에게 자그마한 교훈을 하나 알려 드리고자 한다."

# 나는 아직 '그만둘' 수 없다[1)]

1월 30일 『천바오 부간』에 뭔가가 잔뜩 실렸는데 지금 사람들은 이를 '저우씨 공격 특집호'라고 부른다.[2)] 정말 재미있는 놀음으로 오히려 여기에서 신사의 본색을 제대로 엿볼 수 있다. 그런데 어떻게 된 영문인지 모르겠지만 오늘자 『천바오 부간』은 갑자기 이 일을 종결지었는데 늘 하던 대로 통신을 이용했다. 리쓰광 교수가 이야기를 시작하고 '시철'詩哲 쉬즈모가 이어받아서 주거니 받거니 하면서 "그만둬라! 우리는 혼전하는 쌍방에게 그만둬라!고 일갈한다"고 말했다.[3)] 게다가 "본 간행물은 이후에 남을 공격하는 글을 싣지 않음을 밝힌다" 운운까지 덧붙였다.

그들의 무슨 '한담…… 한담' 문제는 원래 나와 좆만 한 상관도 없었다. '그만둬'도 괜찮고 계속해도 괜찮으며 누구를 끌어들이든 상관없고 당연히 제멋대로 연극놀이를 해도 좋았다. 그렇지만 며칠 전에 '영형'令兄 관계라면서 내 '얼굴'까지 공격한 적이 있지 않았던가? 내가 가서 '엉겨 붙어 싸운' 게 아니라 그들이 오히려 나를 끌어들인 것이었다. 아직 내가 뭐라고 입을 떼지도 않았는데 어떻게 다시 갑작스럽게 '그만둬'야 한단 말인가? 신사들이 보기에는 물론 나의 '일언반구'를 '건드린' 것에 불과한 것으로 '하늘을 향해 펄쩍 뛸' 필요까지는 없겠지만 사실 나도 '하늘로 펄쩍 뛰'지는 않았다. 다만 이렇게 하라는 대로 고분고분하게 네가 '그만둬라'고 한다고 나도 '그만둘' 수는 없을 뿐이다.

미안하지만 나는 그 글들을 세심하게 읽을 마음이 없다. '시철'이 말한 요점은 이렇게 떠들어 버리면 대학교수 체통을 잃고 '청년을 지도할 중책을 맡고 있는 선배'의 체면이 깎여서 학생들이 못 믿게 되고 청년들이 질리게 될지도 모른다는 것 같다. 불쌍하고 또 불쌍하도다. 냄새가 나면 서둘러 덮어 버린다. '청년을 지도할 중책을 맡고 있는 선배'가 어쩌면 이렇게 체면 깎일 추태가 많고 알까 봐 두려운 추태가 많단 말인가. 신사복으로 '추태'를 층층이 감싸고 보기 좋은 낯을 지으면 교수고 청년의 스승인가. 중국의 청년은 높은 모자와 가죽 치파오를 필요로 하지 않으며 가식적으로 꾸미는 스승도 필요 없다. 허식이 없는 스승이 필요하다. 만약 그런 사람이 없다면 허식이 적은 스승이어야 한다. 만약 가면을 쓰고 스승을 자처한다면 그 스스로 가면을 벗게 해야 하며 그렇지 않으면 이를 찢어 내야 하며 서로 찢어 버려야 한다. 선혈이 낭자할 정도로 찢어 버리고 꼴같잖은 거드름을 다 부숴 버린 다음 뒷이야기를 할 수 있다. 겨우 반푼어치밖에 안 된다 하더라도 이것이 진짜 가치인 것이다. 추해서 남의 '속을 불편하게' 만들지언정 이것이 진면목이다. 잠깐 열었다가 금방 급하게 비단상자 속으로 넣어 버리면 남들이 보석으로 의심할 수도 있겠지만 똥으로 추측할 수도 있는 것이다. 설령 겉에 프랑스니 버나드 쇼[4]니 등등의 근사한 간판을 잔뜩 붙여 놓아도, 아무런 쓸모가 없다!

리쓰광 교수는 우선 나에게 '십 년 공부에 십 년 수양'할 것을 권면했다. 신사의 말투로 대답하자면 "후의에 감복했습니다"이다. 공부는 해봤는데 10년이 넘었고 수양도 해봤지만 이건 아직 십 년이 되지 못했다. 그렇지만 공부도 제대로 하지 못했고 수양도 제대로 익히지 못했다. 나는 리 교수가 일찍 "승냥이와 호랑이의 먹잇감으로 던져야 하는" 사람 중 하나로 생각됐으니[5] 지금 와서 따스한 말투로 권고하고 "무고한 사람을 연루시키는 지경에 이르렀다"라고 말할 것까지는 없다. 정말로 자신이 '공리'의 화신이어서 이렇게 큰 벌을 받을 이로 나를 판정해 놓고 내가 하늘과 같은 은혜에 머리를 조아리며 감사할 거라고 생각한 것인가? 그리고 리 교수는 나를 "동방문학가의 기운이 아주 충만한 고로…… 밑바닥이 속속들이 드러날 정도로 써야지 흥이 난다"고 했다. 내 의견은 완전히 다르다. 나는 동방, 그것도 중국에서 태어났기 때문에 '중용'과 '적당'이라는 여독이 피부와 뼛속까지 스며들어 있다. 프랑스의 블루아[6]—그는 대신문의 기자를 말 그대로 '구더기'라고 칭한 바 있다—와 비교하자면 '선무당이 큰 무당을 만난' 수준으로 정말이지 백인의 용맹과 독설에는 못 당하는가 싶어서 자괴감이 들 지경이다. 리 교수의 일을 예로 들어 보자. 첫째, 나는 리 교수가 과학자여서 '필묵 재판을 잘 못한다'는 걸 알아서 이러저러하게 소소한 일은 언급하지 않았다. 다만 귀 모임의 벗[7]이 건네준 술 한 잔만은 되돌려 드려야 하기 때문에 그래서 '겸직'의 일을 꺼냈던 것일 뿐이다. 둘째, 겸직과 월급 부분에 대해서는 이미 『위쓰』(65기)에서 답을 했지만[8] '밑바닥이 드러날 정도로 노골적으로 쓰'지는 않았다.

　나의 글이 중국 글 중에서 꽤 신랄한 편이며 말도 가끔 사정없이 한다는 것을 나 스스로도 잘 알고 있다. 그렇지만 사람들이 공리와 정의라는 미명과 정인군자라는 휘호 및 온유돈후한 거짓 얼굴과 소문 및 여론이라는 무기, 알아듣지 못하게 빙빙 둘러 말하는 글을 가지고 어떻게 자신에게 유리하고 사사로이 행하는지를, 그리고 펜도 없고 칼도 없는 약자를 어떻게 숨도 못 쉬게 하는지를 나는 잘 알고 있다. 만약 나에게 이 붓이 없었다면 나도 모욕을 당해도 호소할 데가 없는 사람이 되었을 것이다. 나는 이를 깨달았고 그래서 항상 붓을 사용하고 있다. 특히 기린의 껍데기 아래에 숨어 있는 마각馬脚을 드러내는 데 사용한다. 저 허위에 차 있는 사람들이 갑자기 고통을 느끼고 반성도 하고 수단도 다 떨어져서 거짓 가면을 덜 쓰면, 천위안 교수의 말을 빌리자면, 이것이 '교훈'인 것이다. 진실한 가치가 드러나기만 하면 반푼어치의 가치밖에 되지 않더라도 가볍게 대할 수 없다. 그러나 연기로 속이려 하면 안 될 일이다. 내가 알고 있는 한 당신들에게 대충대충 맞춰서 행동하지 않을 것이다.

'시철'은 천위안 교수를 돕는 취지에서 로맹 롤랑의 말을 인용한 것 같다. 대략적인 뜻은 모든 사람에게 꿍꿍이가 있는데 사람들은 다른 사람 꿍꿍이를 드러낼 줄밖에 모른다는 내용이었다.[9] 자세히 읽어 보지 않아서 맞는지 모르겠지만 만약 비슷하다면 천위안 교수도 꿍꿍이가 있다는 것을 스스로 인정한 것이며, 자연히 리쓰광 교수도 여기에서 예외가 아니다. 전에는 그들 스스로는 꿍꿍이가 없다고 생각했다. 만약 자기도 꿍꿍이속이 있다는 것을 알았다면 '그만두는' 일도 쉽게 처리할 수 있다. 다시는 무게를 잡지 말고 교수라는 당신들의 직함도 잊고 청년을 지도하는 선배 역할도 하지 말며 '공리'라는 당신들의 깃발도 '똥차'에 꽂아 버리고 당신들의 신사 의상도 '똥구린내 나는 측간'으로 던져 버리고 가면을 벗는 것이다. 그리고 실오라기 하나 걸치지 않고 선 채 진심에서 우러나온 말 몇 마디를 하면 된다!

2월 3일

주)______

1) 원제는「我還不能"帶住"」, 이 글은 1926년 2월 7일자『징바오 부간』에 실렸다.
2) 1926년 1월 30일자『천바오 부간』은 전면을 쉬즈모의「아래 일련의 편지에 관하여 독자에게 알림」과 천위안의「한담의 한담에 대한 한담이 이끌어 낸 편지 몇 통」에 할애했다. 그리하여 2월 2일자『징바오 부간』에 양저우추(楊舟初)라는 필명으로「천위안에게 묻는다」(問陳源)라는 글이 실렸는데, 이날의『천바오 부간』을 가리켜 "천위안은 쉬즈모와 함께 저우를 공격하는 특집을 만들었다"라고 칭했다.
3) 이와 관련된 논의로 1926년 2월 3일자『천바오 부간』에「한담을 끝내자, 헛소리를 끝내자!」라는 제목으로 리쓰광과 쉬즈모의 통신을 실었는데 쉬즈모가 이 표현을 관련 글에서 썼다.
4) 천시잉은『현대평론』제1권 제18호(1925년 4월 11일)에 실은「중산 선생의 장례식이 내게 남긴 감상」(中山先生大殯給我的感想)과 제2권 제48호(1925년 11월 7일)에 실은「한담」에서 1921년 여름 런던을 방문했을 때 버나드 쇼를 방문한 일을 언급했다.
5) 이에 대해서는 이 문집에 실린「편지가 아니다」와 관련 주석을 참고하시오.
6) 레옹 블루아(Léon Marie Bloy, 1846~1917)는 19세기 프랑스의 작가이자 평론가, 언론인으로, 자연주의 문학과 세기말의 풍조에 독설을 퍼부었다. 대표작은『절망한 사나이』(*Le Désespéré*, 1887),『가난한 여자』(*La Femme pauvre*, 1897) 등이다.
7) 왕스제(王士桀)를 가리킨다. 그도 '교육계 공리유지회'의 성원이다. 그는 "베이징대학 교수 중 여사대에서 주임을 겸직하고 있는 이가 이미 다섯 명이다"라고 말한 바 있다. 이에 대해서 루쉰은 다음과 같이 지적했다. "베이징대학 교수 겸 징스도서관 부관장으로서 월급을 적어도 5, 6백 위안이나 받는 리쓰광 역시, 연회석상에 앉아 '공리를 유지'하고 연설도 하지 않았던가?"(『화개집』의「'공리'의 속임수」참조)
8) 이 문집에 실린「편지가 아니다」를 지칭한다.
9) 쉬즈모가 1926년 1월 20일에 실은『천바오 부간』의「한담의 한담에 몇 마디 덧붙여 곤경에서 벗어나고자 한다」(再添幾句閑話的閑話乘便妄想解圍)에 관련 대목이 나온다.

# 부엌신을 보내는 날 쓰는 만필[1)]

멀고 가까운 곳에서 들리는 폭죽 소리를 앉아서 듣고 있으니 부엌신 선생들이 잇달아 하늘로 올라가서 옥황상제에게 주인집에 대한 나쁜 이야기를 고하러 가고 있는 중이라는 것을 알겠다. 그러나 그들은 결국 아무 말도 못 했을 것이다. 그렇지 않으면 중국인은 분명 지금보다 더 운이 나빴을 것이다.

부엌신이 승천하는 날,[2)] 거리에서는 감귤 크기의 사탕을 판다. 내 고향에도 이것을 팔았지만 작고 두툼한 밀전병처럼 납작했다. 이것이 이른바 '이에 달라붙는 엿'이다. 본뜻은 부엌신에게 대접하여 이가 달라붙게 만들어 남의 흉을 보거나 옥황상제에게 나쁜 말을 할 수 없게 하려는 것이다. 우리 중국인 생각에 귀신은 산 사람보다 더 고지식해서 귀신에게는 이런 강경 수단을 써도 되는 것 같다. 그렇지만 산 사람에게는 식사 대접 말고 다른 수는 없는 것 같다.

오늘날 군자들은 밥 먹는 것, 특히 식사 대접 받았다고 말하는 것을 꺼린다. 이는 이상하지 않은 것이 확실히 듣기 좋은 이야기는 아니기 때문이다. 다만 베이징에 고급 식당이 그렇게 많고 회식도 그렇게 많은데 설마 모두 다 조개를 먹으면서 풍월을 논하고 "술이 거나하게 취해 귓불이 달아오르자 소리 내어 노래 불렀다"는 건 아니겠지?[3] 다 그렇지는 않다. 확실히 숱한 '공론'公論이 이곳에서 퍼져 나갔다. 다만 공론과 초청장 사이에 실낱같은 실마리도 찾을 수 없어서 논의는 훌륭하며 근사하게 됐다. 그러나 내 견해는 그래도 술자리 뒤의 공론이 정취가 있다고 생각한다. 사람은 목석이 아닐진대 어찌 오로지 이치만을 따질 수 있겠는가. 정면情面에 부딪히면 에둘러 가면 된다. 인간미는 바로 여기에 존재한다. 게다가 중국은 늘 인정과 체면을 중시했다. 정면情面이란 무엇인가. 명대에 어떤 이는 "정면이란 면정面情을 말한다"라고 해석한 적이 있다.[4] 물론 그가 무슨 말을 하고 있는지 모르겠지만 그가 무엇을 말하고 싶은지는 이해할 수 있다. 요즘 같은 세상에서 불편부당한 공론이 있다면 그건 몽상이다. 설사 식사 후의 평론이나 술자리 뒤의 거창한 논의라 할지라도 그냥 듣고 있을 수만은 없지 않은가? 그런데 이를 진정으로 공평한 논의라고 생각한다면 분명 속은 것이다. 그렇지만 이것도 공론가만의 잘못으로 돌릴 수 없다. 식사 초대를 하는 것이 사회에 유행하면서도 초대를 받았다고 말하기를 꺼려해서 사람들을 거짓말하게 만드니 죄를 나눠서 져야 하는 것이 마땅하다.

몇 해 전 '무력으로 간하는 일'兵諫[5]이 있은 다음 총을 가진 계급이 톈진에서 회의 여는 일만 줄창 하고 있을 때 한 청년이 분개하며 나에게 말하던 일이 생각난다. 그들이 무슨 회의를 한답니까? 술자리와 도박판에서 그냥 몇 마디 하고 바로 결정해 버려요. 그는 '공론은 회식자리에서 나오지 않는다는 설'에 속은 사람이어서 계속 분노하지만 그가 생각하는 이상적인 상황은 2925년이 되어야 나타날지 아니면 3925년이 되어야 할지 누가 알겠는가.

그렇지만 회식자리를 중시하지 않는 진지한 사람이 확실히 있기는 하다. 그렇지 않으면 중국은 당연히 더 나빠졌을 것이다. 어떤 회의는 오후 2시부터 시작하여 문제를 토론하고 장정을 검토하고 이것저것 따지고 변화무쌍하게 논의를 진행시킨다. 그러다가 예닐곱 시가 되면 모두 이유 없이 초조해지고 불안해하다가 화를 내면서 논의가 엉켜 가기 시작하고 장정의 행방은 점점 묘연해진다. 비록 처음에는 토론을 끝내고 해산하자고 했지만 결국 소리를 지르면서 뿔뿔이 흩어지고 아무런 결과도 없다. 이는 회식을 경시한 응보인 것이다. 예닐곱 시의 초조함과 불안함은 위장이 자기와 다른 이에게 보내는 경고로 모두 식사가 공리를 논하는 것과 무관하다는 요언妖言을 잘못 믿고 신경도 쓰지 않아서 위장이 당신의 연설도 엉망으로 만들고 선언도——초고조차도 없게 한 것이다.

그렇지만 내가 모든 일에는 무슨 타이핑후호텔 식당이나 힐영번擷英番 레스토랑류에 가서 대연회를 열어야 한다고 말하는 것은 아니다. 나는 그런 식당에 주식股本도 없고 그들을 위해 손님을 끌어올 필요도 없으며 사람들도 다들 돈이 그렇게 많은 것 같지도 않다. 다만 의견 개진과 식사 대접은 지금도 여전히 관련이 있으며 식사 대접은 의견을 내는 데 유리하다고 나는 말하고 있을 따름이다. 이것은 인지상정으로 크게 탓할 것이 못되긴 하지만 말이다.

말 나온 김에 진지하고 열심인 청년들에게 충고 하나를 하고자 한다. 술과 밥이 없는 회의를 열 때는 너무 오래 지속하지 말고 만약 시간이 늦었으면 샤오빙이라도 몇 개 사 와서 먹으면서 다시 이야기하라는 것이다.

이렇게 하는 것이 주린 배를 안고 토론하는 것보다 결과를 얻기도 쉬우며 마무리도 쉽게 지을 수 있다.

이에 달라붙는 엿이라는 강경 수단을 부엌신에게 사용하는 것에 대해서는 나는 상관할 바 아니지만 산 사람에게 사용하는 것은 그다지 좋지 않다고 생각한다. 산 사람이라면 그의 입을 엿으로 붙여 버릴 것이 아니라 그에게 술을 잔뜩 먹여서 스스로 입을 못 열게 하는 것보다 더 기발한 방법은 없다. 사람에 대한 중국인의 수단은 꽤 고명하지만 귀신에 대해서는 늘 뭔가 특별한데 23일 밤에 부엌신을 속이는 것이 일례이다. 그렇지만 말하고 나니 좀 이상한데 부엌신은 의외로 지금까지도 여전히 이를 깨닫지 못하고 있는 것 같다.

도사들이 '삼시신'에게 하는 짓은 더 대단하다.[6] 나는 도사가 되어 본 적이 없어서 자세한 내용은 모르지만 '남들이 하는 말'에 의하면 도사들은 사람 몸에 삼시신이 있으며 어느 날이 되면 사람들이 깊이 잠든 틈을 타서 몰래 승천하여 자신의 죄악을 아뢴다고 여겼다. 이는 인체 자체에 깃든 첩자로 『봉신전연의』[7]에서 늘 말하는 "삼시신이 격노하여 일곱 구멍에서 연기가 났다"는 삼시신이 바로 이것이다. 그렇지만 그를 제지하는 것은 의외로 어렵지 않다고 한다. 그가 승천하는 날이 일정하며 이날만 자지 않으면 그는 승천할 틈이 없어서 죄악을 뱃속에 넣어 두고 내년에 다시 기회를 엿볼 수밖에 없기 때문이다. 이에 달라붙는 엿도 먹지 못했으니 그는 부엌신보다 더 불행하다. 정말 동정할 만하다.

삼시신이 하늘로 올라가지 못하여 죄상은 뱃속에 있고 부엌신은 승천했으나 입안이 엿으로 가득 차서 옥황상제 앞에서 한바탕 웅얼웅얼대다가 다시 내려온다. 인간세계의 일에 대해서 옥황상제는 하나도 알아들을 수 없고 전혀 모르게 되니 당연히 우리의 올해도 예전과 같고 천하는 태평하다.

우리 중국인은 귀신에 대해서도 이런 방법을 갖고 있다.

우리 중국인은 귀신을 두려워하고 믿지만 귀신은 사람보다 더 어리석다고 생각하여 특별한 방법으로 그를 처치한다. 사람에 대해서는 물론 다르지만 마찬가지로 특별한 방법을 써서 다스리고 다만 말하지 않을 뿐이다. 당신이 발설하면 당신은 그를 무시한 것이라는 소리를 듣게 된다. 확실히 자기는 비밀을 꿰뚫어 봤다고 생각했던 것이 때로는 정반대로 얕은 수에 지나지 않을 때도 있는 것 같다.

2월 5일

주)

1) 원제는 「送竈日漫筆」, 1926년 2월 11일 『국민신보 부간』에 실렸다.

2) 부엌신은 조왕신이라고도 한다. 곧 불의 신이다. 옛 풍습에 음력 12월 24일이 부엌신이 승천하는 날이라고 하는데 이날 혹은 이날 하루 전에 부엌신을 보내는 제사를 지낸다. 이를 '부엌신을 보낸다'(送竈)라고 칭한다.

3) 조개를 먹는 구절은 『남사』(南史)의 「왕홍전」(王弘傳)에 나온다. "풍월을 논한다"는 표현은 『양사』(梁史)의 「서면전」(徐勉傳)에, "귓불이 달아오르자 소리 내어 노래 부른다"는 표현은 『한서』(漢書)의 「양운전」(楊惲傳)에 나온다.

4) 명대 숭정 초년에 예부상서 겸 동각대학사를 지낸 주도등(周道登)이 숭정 황제에게 한 말로 죽오(竹隖) 유민이 쓴 『열황소식』(烈皇小識)에 관련 내용이 나온다.

5) 1917년 제1차 세계대전 기간 중에 베이양정부는 참전문제를 두고 총통 리위안훙(黎元洪)과 총리 돤치루이 사이에 의견이 엇갈렸다. 5월 돤치루이가 제출한 대독일 선전안이 국회에 통과되지 않았을 때 총통에게 면직당했다. 그리하여 돤의 지시하에 안후이성장 니쓰충(倪嗣沖)이 독립을 통보했고 펑(奉; 奉天省), 루(魯; 山東省), 민(閩; 福建省), 예(豫; 河南省), 저(浙; 浙江省), 산(陜; 陜西省), 즈(直; 河北省) 지역 등의 성 최고군사장관이 서로

호응했고 안후이성 최고군사장관인 장쉰(張勛)도 '13성 연합'의 명의로 전보를 발송하여 리위안훙에게 퇴위를 요구했다. 그들은 이 행위를 자칭하여 '병간'(兵諫)이라고 불렀다.

6) 삼시신(三尸神)은 도교에서 사람 몸속에서 재앙을 초래하는 '신'을 가리킨다. 경신일(庚申日)이 되면 삼시신은 하늘로 올라가 하느님에게 사람의 죄악을 일일이 고한다는 설이 있다. 그렇지만 사람들은 '경신을 지키'는데 곧 이날 저녁에 밤을 새서 잠을 자지 않으면 피할 수 있다고 한다.

7) 『봉신전연의』는 『봉신연의』(封神演義)를 가리킨다. 명대 허중림(許仲琳)이 쓴 장편소설로 모두 1백 회이다.

# 황제에 대하여[1]

중국인이 귀신에 대처할 때 보면 역귀瘟神나 불의 신火神같이 흉악한 건 받들어 모시고 토지신이나 부엌신같이 좀 어리석은 귀신은 업신여긴다. 황제에 대한 대우도 유사하다. 군주와 백성은 본래 같은 민족으로 난세일 때는 '성공하면 왕이 되고 실패하면 역적이 되'며 평상시에는 이전처럼 한 사람이 황제가 되고 많은 이가 평민이 된다. 양자의 사상은 원래 다를 바가 없다. 그래서 황제와 대신은 '우민정책'을 썼고 백성들도 자체적으로 '우군정책'을 갖고 있다.

이전에 우리 집에 나이 많은 하녀가 하나 있었는데 그녀는 자기가 알고 있고 또 믿고 있는 황제를 다루는 방법을 내게 알려 줬다. 그녀는 이렇게 말했다.

"황제는 정말 무서워요. 그가 용상에 앉아서 기분이 안 좋으면 사람을 죽일 수 있으니 다루기가 쉽지 않아요. 그래서 먹는 음식도 아무것이나 올릴 수 없어요. 만약 요리하기 어려운 것인데 그가 먹고 또 달라고 했는데 단시간에 만들어 내지 못하면—가령 황제가 겨울에 참외를 먹고 싶다고 하거나 가을에 복숭아를 먹고 싶다고 하면 가져오지 못해요—그는 화를 내고 사람을 죽일 거예요. 그렇다고 지금 1년 내내 그에게 시금치를 요리해 준다면 다시 달라고 해도 금방 만들 수 있어요. 그렇지만 시금치, 라고 부르면 그는 또 화를 낼 거예요. 왜냐하면 이건 값싼 음식이거든요. 그래서 사람들은 그에게는 시금치라고 말하지 않고 '붉은 부리의 초록 앵무새'라는 다른 이름을 지어서 불렀대요."

내 고향에서는 1년 내내 시금치가 났는데 뿌리가 붉어서 정말 앵무새의 부리같이 생겼었다.

이렇게 깨치지 못한 여자가 봐도 말할 수 없이 멍청한 황제라면 없어도 될 것 같다. 그렇지만 그녀는 결코 그렇지 않으며 이런 황제라도 있어야 하며 그것도 그가 하자는 대로 마음대로 전횡을 부리게 내버려 둬야 한다는 것이었다. 용처는 황제를 이용해 자기보다 더 강한 다른 사람을 진압하는 데 있는 것 같다. 그리하여 마음대로 사람을 죽이는 것은 필요불가결한 요건이 되었다. 그렇지만 자기가 죽임을 당하더라도 받들어 모셔야 한단 말인가? 그렇다면 이것도 좀 위험한 것 같다. 그래서 할 수 없이 황제를 바보로 훈련시켜 평생 동안 참을성 있게 '붉은 부리의 초록 앵무새'만을 먹게 하는 것이다.

사실 그의 명성과 지위를 이용하는 것은 "천자를 등에 업고 제후에게 명령하는"[2] 것으로 그 나이 많은 우리 집 하녀의 뜻과 방법과 비슷하다. 다만 하나는 그를 허약하게 만들고 다른 하나는 그를 어리석게 하는 것일 뿐이다. 유가에서 '성군'에 의지하여 도를 행하는 것도 이 놀음이다. 그런데 그에 '의지'하려면 그의 권위가 무겁고 지위가 높아야 했다. 또 조종하기 쉬워야 하기 때문에 그는 좀 어리석으면서 말을 잘 들어야 했다.

황제가 자기보다 권위가 높은 이가 없다는 것을 자각하면 일은 어려워진다. "온 세상에 황제의 것이 아닌 것이 없"[3]는 마당에 그가 멋대로 굴면서 "내가 얻은 것을 내가 잃겠다는데 후회할 것이 또 무엇이 있겠는가"[4]라고 말한다. 그러면 성인 무리들도 그에게 '붉은 부리 앵무새'를 먹일 수밖에 없는데 이것이 이른바 '하늘'이라는 것이다. 천자가 일을 행하는 것은 하늘의 뜻을 살펴야 하며 마음대로 할 수 없다고 한다. 그리고 이 '하늘의 뜻'이라는 것은 오직 유학자들만이 알 수 있다.

이렇게 하여 황제가 되려면 그들에게 배움을 청하지 않으면 안 된다는 것이 정해졌다.

그렇지만 자기 분수를 모르는 황제가 또 제멋대로 굴기 시작한다. 당신이 그에게 '하늘'이라고 말하면 그는 "내가 태어난 것이 하늘의 명이지 아니한가"[5]라고 대든다. 하늘의 뜻을 우러러 체득하지 않을 뿐만 아니라 하늘의 뜻을 거스르고 배반하고 "하늘을 쏘려고" 하니[6] 그야말로 국가를 엉망진창으로 만들어 하늘에 기대어 밥을 먹고 사는 성현군자들을 울지도 웃지도 못하게 만든다.

그리하여 그들은 책을 쓰고 학설을 펴서 황제를 한바탕 욕하고 백 년 뒤 곧 죽고 난 뒤 이것이 크게 세상에 유행할 것이라고 예견하며 이것이 대단한 일이라고 스스로 여기는 일 말고는 달리 할 일이 없는 것이다.

그렇지만 그 책들에는 기껏해야 '우민정책'과 '우군정책'이 모두 성공하지 못했다는 것이 기재되어 있을 뿐이었다.

2월 17일

주)______

1) 원제는 「談皇帝」, 1926년 3월 9일 『국민신보 부간』에 실렸다.
2) 이 말은 『삼국지』의 「제갈량전」에 나온다. 제갈량이 융중(隆中)에서 유비에게 조조를 평할 때 한 말이다.
3) 이 표현은 『시경』 '소아'(小雅)의 「북산」(北山)에 나온다.
4) 『양서』(梁書) 「소릉왕륜전」(邵陵王綸傳)에 나온다. 태청(太淸) 3년(549) 후경이 거병하여 양의 수도 건강(建康)을 함락했을 때 양무제(梁武帝)가 탄식하며 한 말이다. 후경(侯景, 503~552)은 북위(北魏)·동위(東魏)·양(梁)의 장군이다. 동위에서 양으로 항복해 온 이후 반란을 일으켜 무제(武帝)를 사로잡았다. 이후 간문제(簡文帝)를 옹립하였다가 폐위했으며 나중에 선양의 형식을 취해 한제(漢帝)가 되었다. 552년 전쟁에서 패해 잡혀 죽었다고 전해진다.
5) 이 말은 『상서』의 「서북감려」(西北戡黎)에 나온다. 상(商)나라의 주왕(紂王)이 탄식하며 한 말이다.
6) 이는 『사기』의 「은본기」(殷本紀)에 나온다. "무을(武乙)은 무도하여 인형을 만들어서 이를 천신(天神)이라 불렀다. 천신과 박(博; 도박성을 띤 놀이의 일종) 놀이를 했는데 사람에게 천신을 대신하여 행동하게 했다. 천신이 지면 모욕했다. 가죽 주머니를 만들어서 이 안을 피로 가득 채워서 하늘을 올려다보며 이를 활로 쏘기도 했는데 이를 '하늘을 쏜다'(射天)라고 불렀다."

# 꽃이 없는 장미[1)]

1.

또 쇼펜하우어 선생의 말이다.

"가시 없는 장미란 없다. 그렇지만 장미 없는 가시는 많다."[2)]

제목을 좀 바꿔서 좀더 아름답게 만들어 보았다.

'꽃이 없는 장미'도 아름다운 걸 좋아할 테니.

2.

지난해 어떻게 된 영문인지 모르겠지만 이 쇼펜하우어 선생이 갑자기 우리나라 신사들의 구미에 맞게 되어서 그의 『여인론』女人論이 입에 오르내리게 되었다. 나도 이래저래 끼고 다니며 몇 번 인용한 적이 있지만 아쉽게도 모두 가시뿐이었고 장미는 잃어버려서 살풍경을 만들었기에 신사들에게 미안하다.

어릴 때 연극을 하나 본 적이 있는데 제목은 잊었다. 한 집에서 결혼식을 하고 있는데 혼을 빼 가는 무상無常귀신이 와서 혼인식 중에 끼어들어 함께 절을 올리고 방에 들어가고 침대에 들어갔는데…… 정말 대단한 살풍경이었다. 내가 한 게 이 정도까지는 아니었기를 바란다.

3.

어떤 사람은 내가 "몰래 화살을 쏘았다"고 한다.[3]

'몰래 화살을 쏘다'에 대한 나의 해석은 그 무리들과 좀 달라서 어떤 사람이 부상을 당했다고 하지만 이 화살이 어디에서 온 것인지 모르는 것을 말한다. 이른바 '소문'도 대체로 이와 비슷하다. 그렇지만 나는 분명히 여기에 서 있다.

그러나 내가 쏘았지만 과녁이 누구인지를 설명하지 않을 때도 있는데 이는 처음에는 '대중들과 같이 포기할' 마음이 없었기 때문이다. 그 과녁에 구멍이 난 것을 자기 혼자만 알고 다시는 낯가죽을 팽팽하게 부풀리지 않기만 하면 나의 일은 끝난 것이기 때문이다.

4.

차이제민 선생[4]이 상하이에 도착하자마자 『천바오』는 궈원사國聞社 전보에 근거하여 정중하게 그의 담화를 발표했을 뿐만 아니라 "여러 해 집중적으로 연구하고 냉철한 눈으로 관찰한 결과, 국민들을 가르치기에 족하며 지식계급의 주의를 끌고 있다"는 논평까지 덧붙였다.

이는 후스즈胡適之 선생의 담화가 아닐지, 그리고 궈원사의 전신부호에 착오가 있는 건 아닌지 아주 의심스럽다.

## 5.

예언자 곧 선각자는 매번 고국에서 받아들여지지 못하고 늘 동시대인에게 박해를 받았는데 대인물이 곧잘 이러했다. 사람들의 공경과 찬탄을 받을 즈음에 그는 죽거나 침묵하거나 사람들 앞에 나타나지 않아야 한다.

요컨대 첫째, 대질하기 어려워야 한다.

만약 공구, 석가모니, 예수 그리스도가 아직 살아 있다면 그 신도는 두렵고 당황스러움을 면치 못할 것이다. 그들의 행위에 대해서 교주 선생이 어떻게 개탄할지 정말 모르기 때문이다.

그래서 살아 있다면 그를 박해하는 수밖에 없다.

위대한 인물이 화석이 되고 사람들은 그를 위인이라고 칭할 때 즈음이면 그는 이미 꼭두각시로 변해 있다.

어떤 부류의 사람이 말하는 위대함과 미미함이란 자신에게 이용 효과가 큰지 작은지를 가리키는 것이다.

## 6.

프랑스의 로맹 롤랑 선생은 올해 만 예순이 되었다. 천바오사는 이를 위해 글을 모집했는데 쉬즈모 선생은 소개글의 뒷부분에서 다음과 같이 감개무량함을 털어놓았다. "……그러나 만약 무슨 타도 제국주의 등등의 유행하는 구호나 분열하고 의심하며 시기하는 현상들을 롤랑 선생에게 보고 하면서 이것이 신중국이라고 말하면 그가 어떻게 느낄지 나는 더 이상 예측할 수 없다."[5](『천바오 부간』 1299호)

그는 먼 곳에 살기 때문에 우리는 당장 대질을 할 길이 없지만 '시철'의 눈으로 보면 롤랑 선생의 의도가 신중국은 제국주의를 환영해야 하는 것이라고 생각하는 것은 아니겠지?

'시철'은 또 시후西湖에 매화를 보러 갔다고 하니 당분간 대질할 방법도 없다. 구산孤山의 오래된 매화가 꽃이 피었는지는 모르겠지만 거기에서도 중국인이 '제국주의 타도하는 것'을 반대하고 있는 건 아닌지?

## 7.

즈모 선생 가라사대, "나는 다른 사람을 칭찬하는 일이 드물다. 그렇지만 시잉이 프랑스의 글을 배우는 것으로 말하자면 '뿌리가 있다'는 뗀진 말을 감당할 수 있을 정도라고 감히 말한다. 게다가 시잉과 같아야지 '학자'라는 명사를 감당할 수 있다고 나는 생각한다."[6](『천바오』 1423호)

시잉 교수 가라사대, "중국의 신문학운동은 바야흐로 싹이 트고 있는데 이에 얼마간 공헌한 사람, 가령 후스즈, 쉬즈모, 궈모뤄, 위다푸, 딩시린, 저우씨 형제 등등은 외국문학을 연구한 적이 있는 사람들이다. 특별히 즈모의 시와 산문은 사상 방면뿐만 아니라 체제 방면에서 이미 중국문학에서 미증유의 스타일을 갖고 있다."[7](『현대』 63호)

베끼기도 귀찮지만 현재 중국의 '뿌리가 있는' '학자'와 '특별'한 사상가이자 문인이 상호 선출된 셈이다.

## 8.

즈모 선생 가라사대, "루쉰 선생의 작품은 말하자면 매우 불경스러워서 나는 배독拜讀한 경우가 많지 않다. 다만 『외침』 속의 소설 두세 편과 최근 몇몇이 그를 중국의 니체라고 높이 쳐준 『열풍』의 몇 쪽만 읽었을 뿐이다. 그의 평소의 소소한 쪼가리들은 내가 설사 읽었다 하더라도 봐도 눈에 들어오지 않았거나 이해되지 않아서 안 읽은 것이나 다름없다."[8](『천바오 부간』 1433호)

시잉 선생 가라사대, "루쉰 선생이 붓을 들었다 하면 사람들에게 죄상을 붙여 모함한다. …… 그렇지만 나는 그의 글을 읽고서는 마땅히 가야 할 곳으로 이를 넣어 버렸고——솔직히 말하자면 나는 그것들이 거기에서 나와서는 안 된다고 생각한다——그래서 지금 가지고 있지 않다."[9](위와 같음)

베끼기 번거롭지만 나는 현재 중국의 '뿌리가 있는' '학자'와 '특별'한 사상가이자 문인에게 짓밟혀 넘어진 셈이다.

## 9.

그렇지만 나는 "외국문학을 연구한 적이 있다"는 영예를 삼가 돌려주고 싶다. '저우씨 형제' 중 하나가 분명 나일 것이다. 내가 뭔가를 연구한 적이 있었던가? 학생 시절에 외국소설과 문학가의 전기를 몇 권 읽은 것으로 '외국문학을 연구한 바 있다'고 할 수 있는가?

해당 교수——내가 '관화'를 쓰는 것을 용서해 주시길——는 내가 그들을 '문사'라고 부르는 것을 비웃었고 '모모 신문이 매일' 나를 '사상계의 권위자라고 치켜세운 것'에는 비웃지 않았다고 말한 적이 있다. 이제는 아니다. 이를 비웃어 줄 뿐만 아니라 타기唾棄하기까지 한다.

## 10.

사실 남에게 욕을 먹으면 복수하고 칭찬받으면 침묵하는 것이 인지상정이다. 애인이 왼쪽 뺨에 키스할 때 아무 소리도 내지 않는다고 이 예를 따라서 원수가 오른쪽 뺨을 깨물어도 가만히 있어야 한다고 누가 말하는가.

내가 이번에 예상 밖으로 시잉 교수가 시상한 들러리 영예를 거부한 것은 '솔직히 말'하자면 정말 부득이한 것이다. 나의 동향 중에 '형사담당 막료'가 있지 않았는가. 그들은 다 알고 있다. 어떤 것들은 그가 당신을 해칠 때 자기가 공정하다는 것을 드러내기 위하여 상관없는 곳에서 당신을 몇 마디 칭찬하고 상이 있으면 벌이 있다는 듯이 다른 사람들이 보기에 사사롭지 않은 것처럼 군다는 것을.

"그만둬라." 또다시 "다른 사람에게 죄상을 붙여 모함"하려 하고 있으니. 이 점만으로 남들에게 "설사 봐도 안 본 것과 다름 없"거나 "읽고서는 마땅히 가야 할 곳으로 넣어 버리게" 하기에 충분하다.

2월 27일

주)

1) 원제는 「無花的薔薇」, 1926년 3월 8일 『위쓰』 제69호에 발표됐다.

2) 여기에서 인용된 쇼펜하우어의 글은 1916년 독일어판 『쇼펜하우어 전집』 6권 『비유, 은유와 알레고리』에 나오는 말이다.

3) 천시잉은 1926년 1월 30일 『천바오 부간』에 발표한 「즈모에게 보내는 편지」에서 루쉰을 공격하며 "그에게는 몰래 화살을 몇 발 쏘아 놓지 않은 글이 없다"고 말했다.

4) 차이제민(蔡孑民, 1868~1940)의 이름은 위안페이(元培)로 저장 사오싱 출신이다. 청 광서 연간에 진사를 지냈으며 한림원 편수를 지내기도 했다. 근대 교육가이다. '5·4' 시기 신문화운동을 찬성하고 지지했다. 1926년 2월 3일 그가 유럽에서 상하이로 돌아온 뒤 국내 신문기자와 나눈 국내 정치와 교육 문제 등에 대한 대화 내용이 실렸는데 골자는 "정치제도에 대해서는 각 성의 연합 자치를 찬성한다. 학생계의 현상에 대해서는 아주 불만스럽다. 현실 문제란 마땅히 해결되어야 하는데 특히 연구에 매진하고 장래를 계획하는 사람이 있어야 한다"라는 것이었다(1926년 2월 5일자 『천바오』). 본문에서 뒤에 나오는 발언은 후스(후스즈)의 주장과 유사하기 때문에 루쉰이 이렇게 표현했는데 이는 차이제민에 대한 완곡한 비판이다.

5) 이 문단은 쉬즈모가 1925년 10월 31일에 『천바오 부간』에 발표한 「로맹 롤랑」에 나온다. 글 속에 인도의 대학교수 칼리다스 나그(Kalidas Nag)가 "프랑스 로맹 롤랑이 내년 환갑을 기념하여 글을 모집하겠다"고 그에게 편지를 썼다는 이야기가 나오며 "로맹 롤랑 선생은 '신중국'에서도 자기 사상의 반향을 아주 많이 기대하고 있다"는 서술이 등장한다.

6) 이 단락은 쉬즈모가 1926년 1월 13일에 『천바오 부간』에 실은 「'한담'에서 나온 한담」에서 인용했다.

7) 이 단락은 천시잉이 『현대평론』 제3권 제63호(1925년 2월 20일)에 발표한 「한담」에서 인용했다.

8) 이 단락은 쉬즈모가 1926년 1월 30일 『천바오 부간』에 실은 「아래 일련의 편지에 관하여 독자에게 알림」에 나온다.

9) 이 단락은 천시잉의 「즈모에게 보내는 편지」에 나온다.

# 꽃이 없는 장미(2)[1]

## 1.

영국 귀족 베이컨[2] 가라사대, "중국 학생은 영자지만 읽을 줄 알고 공자의 가르침을 망각했다. 영국의 적은 제국을 극도로 저주하고 재앙을 즐거워하는 이런 학생들이다……. 중국은 과격한 집단이 가장 많이 활동하는 곳이다……."(1925년 6월 30일자 런던 로이터 통신)

난징통신 이르되, "기독교 청중교회당에서 개최한 초청강연 중에 진링대의 모 신학박사는 공자는 식사하고 잠잘 때 하느님께 기도했으니 예수의 신도라고 말했다. 청중 하나가 무엇을 근거로 그렇게 말하는지 질문하자 박사가 우물쭈물하며 대답을 잘 못했다. 그러자 신도 수명이 갑자기 대문을 잠그고 '질문한 사람은 소련의 루블화에 매수된 자이다'라고 소리쳤다. 그리고 경찰을 불러 그를 체포하게 했다……."(『국민공보』國民公報 3월 11일자)

소련의 신통력은 정말 멀리까지 뻗친다. 숙량흘[3]까지 매수하여 공자를 예수보다 먼저 낳게 했으니 말이다. 그런즉 '공자의 가르침을 망각'하고 '무엇을 근거로 그렇게 말하는지 질문'한 사람이 당연히 루블의 사주를 받았음은 의심할 여지가 없다.

## 2.

시잉 교수 가라사대, "「연합전선」 중에서 나에 대한 소문이 특히 많고 특히 나 혼자 매달 3천 위안을 받을 수 있다는 이야기까지 있다고 한다. 그러나 '소문'은 입으로 전해지고 지면에서는 그다지 눈에 띄지 않는다."[4] (『현대』 65호)

해당 교수는 지난해 다른 사람의 소문만 듣고 이를 지면에 발표한 바 있다. 올해는 오히려 자신에 관한 소문만 들었다고 하면서 또다시 이를 지면에 발표하고 있다. '한 사람이 매달 3천 위안을 받을 수 있다'는 이야기는 정말 황당무계하다. 따라서 자신에 대한 '소문'도 믿을 만하지 못하다는 것을 알 수 있다. 그러다 보니 오히려 다른 사람에 관한 소문이 이치에 맞는 게 많을 것 같다는 생각이 든다.

## 3.

'구퉁 선생'이 관직에서 물러난 다음 그의 『갑인』인지 뭔지가 점점 더 활기를 띠고 있다고 한다. 관직은 할 것이 못 된다는 것을 이것으로 알 수 있다.[5]

그렇지만 그는 다시 임시 집정부 비서장을 맡았으니 『갑인』이 여전히 활기를 띨지 어떨지 모르겠다. 만약 여전히 그렇다면 관직은 그래도 할 만한 것일 게다…….

## 4.

지금 '꽃이 없는 장미' 따위를 쓸 때가 아니다.

비록 쓴 것이 대부분 가시이지만 평화로운 마음도 얼마간 쓰려고 했었는데.

벌써 베이징성에는 대살육이 벌어졌다고 한다.[6] 바로 내가 위의 무료한 글을 쓴 시각에 많은 청년들이 총탄을 맞고 칼날에 찔리고 있었다. 슬프도다, 사람과 사람 사이의 영혼은 서로 통하지 않는구나.

## 5.

중화민국 15년 3월 18일에 돤치루이 정부는 위병을 시켜 보총과 대도를 써서 국무원 문 앞을 포위하고 맨손으로 외교적인 도움을 청원하던 수백여 명의 청년 남녀를 학살했다. 이것으로도 모자라서 명령을 내려 '폭도'라고 모함했다!

이와 같이 잔학하고 흉악한 행위는 금수에게서도 보지 못했을뿐더러 인류에게는 거의 일어나지 않는다. 러시아 황제 니콜라이 2세가 카자크Kazak 병사를 끌어들여 민중을 공격하여 살해한 사건만이 조금 비슷할 뿐이다.[7]

6.

중국은 호랑이와 늑대가 마음대로 뜯어먹게 그냥 놔두고 아무도 상관하지 않는다. 상관하는 것은 다만 몇 명의 청년학생뿐으로 그들은 원래 마음 편히 공부해야 하지만 시국이 그들을 편하지 못하게 뒤흔들었다. 만약 당국의 양심이 조금이라도 남아 있다면 마땅히 스스로 반성하고 자책하여 양심을 좀 발휘해야 할 것이 아닌가?

그러나 그들을 학살하고 말았다!

7.

이런 청년들을 한번 죽이고 끝난다면 학살자도 승리자가 아니라는 것을 알아야 한다.

중국은 애국자의 죽음과 더불어 멸망할 것이다. 학살자는 자금을 쌓아 두고 있기 때문에 꽤 오래 자손을 기르고 가르칠 수 있겠지만 필연적인 결과는 반드시 닥칠 것이다. '자손이 승승장구'[8]해 봤자 뭐가 기쁘겠는가? 죽음은 물론 좀 늦어지겠지만 그들은 살기에 부적합한 불모의 땅에 살게 될 것이요, 가장 깊은 갱도의 광부가 될 것이요, 가장 비천한 생업에 종사하게 될 것이다…….

8.

만약 중국이 아직 사망하지 않았더라도 기왕의 역사적 사실이 우리에게 가르쳐 보여 줬듯이 장래의 일은 학살자의 의중을 상당히 벗어나게 될 것이다.

이는 한 사건의 끝이 아니라 시작이다.

먹으로 쓴 거짓말은 절대로 피로 쓴 사실을 가릴 수 없다.

피의 부채는 반드시 같은 것으로 갚아야 한다. 늦게 갚을수록 이자는 더 많아진다!

## 9.

이상은 모두 헛된 이야기이다. 붓으로 쓰는 건 아무런 소용이 없다!

실탄에 맞아 흘러나온 것은 청년의 피이다. 피는 먹으로 쓴 거짓말로 가릴 수 없고 먹으로 쓴 만가輓歌에 취하지도 않는다. 위세도 피를 억누를 수 없다. 왜냐하면 피는 속일 수 없고 때려서 죽일 수도 없는 것이기 때문이다.

3월 18일,

민국 이래 가장 어두운 날에, 쓰다

주)

1) 원제는 「無花的薔薇之二」. 이 글은 1926년 3월 29일 『위쓰』 제72호에 실렸다.

2) 당시 영국의 인도 내무부 장관이었다. 여기에서 인용한 것은 그가 런던에서 행했던 중앙아시아협회 연설이다.

3) 숙량흘(叔梁紇)은 춘추시대 노(魯)나라 사람으로 공자의 아버지이다.

4) 『현대평론』이 보조금을 받는다는 논의는 주간 『맹진』 제31호(1925년 10월 2일)에 웨이린(蔚麟)이라는 서명으로 실린 통신에 나온 바 있다. "『현대평론』은 돤치루이와 장스자오의 수천 위안의 돈을 받아서, 돈을 받아먹은 사람의 입과 손이 매섭지 못한 탓에 돤치루이와 장스자오가 제멋대로 하는 악행에 대해서 안 된다, 라는 말을 조금도 내뱉지 못하고 있다." 장촨다오(章川島)가 『위쓰』 제68호(1926년 3월 1일)에 쓴 통신에서도 보조금 수령에 대한 언급이 나온다. 천시잉은 『현대평론』 제3권 제65호(1926년 3월 6일)의 「한담」에서 이에 대해 해명한 바 있는데 자신은 "매달 삼천 위안을 수령"한 적이 없으며 그가 "삼백 위안이나 삼십 위안, 삼 위안, 삼 마오, 심지어 동전 세 개라도 수령했다"는 것을 증명하는 사람이 있기만 하면 그는 "다시는 말을 하지 않겠다"라고 말했다. 그러나 『현대평론』이 돤치루이의 보조금을 받은 사실에 대해서는 답변을 회피했다. 여기에 나온 '연합전선'이라는 말은 『망위안』 제20호(1925년 9월 4일)에 메이장(黴江)이 루쉰에게 보내는 편지에 처음 나온다. "저는 오늘 오전에 「연합전선」이라는 글을 쓰기 시작했습니다. 맹진사, 위쓰사, 망위안사 동인과 전국의 저항하는 이들에게 보내는 글로, 글을 쓴 목적은 세 동인과 다른 동지들을 연합하여 간행물 하나를 출간하여 전력을 다하여 우리 계급의 악의 세력들의 대표――하나는 반동파인 장스자오의 『갑인』과 다른 하나는 반동파와 같이 무리지어 나쁜 짓을 하는 『현대평론』――를 맹공격하는 데 있습니다."

5) 이는 천시잉의 말이다. 이에 대해서는 이 문집의 「고서와 백화」를 참고하시오.

6) 3·18참사를 가리킨다. 1926년 3월 펑위샹의 국민군과 장쭤린 등의 펑톈 군벌이 전쟁을 벌일 때 일본은 펑톈군 원조를 핑계로 군함을 출동시켜 국민군과 일본군 사이에 충격이 일어났다. 일본은 돤치루이 정부에 항의하며 영국, 미국 등 8국 연합 명의로 톈진 등지의 군사행동 중지 등을 요구하는 최후통첩을 보냈다. 이에 베이징 각계 시민은 일본제국주의의 중국 주권 침략 행위에 반대하여 3월 18일 톈안먼에서 항의집회를 연 다음 돤치루이 집정부에 청원하러 갔으나, 국무원 문 앞에서 돤치루이는 시위대에 발포 및 사살을 명령하여 47명이 죽고 150여 명이 다쳤다.

7) 1905년 1월 22일 페테르부르크 노동자가 해고 반대와 생활 개선 요구를 하러 가족을 이끌고 겨울궁전에 청원하러 갔으나 러시아 황제 니콜라이 2세는 발포를 명령하여 그 결과 1천여 명이 피살되고 2천여 명이 부상을 입은 사건이다. 이날을 '피의 일요일'이라고 부른다.

8) 원문은 '子孫繩繩'. 『시경』 '대아'의 「억」(抑)에 나오는 구절이다.

# '사지'[1)]

일반인 특히 이민족과 노복, 앞잡이로 오랫동안 유린당한 중국인이 보기에 살인자는 자주 승리자이고, 피살자는 패배자이다. 그리고 눈앞에서 일어나는 사실 또한 확실히 이러하다.

3월 18일 돤 정부가 맨손으로 청원하던 시민과 학생들을 학살한 일은 정말 말문이 막히는 일이다. 이는 그저 우리가 사는 곳이 인간 세상이 아닌 것같이 느껴지게 만들고 있다. 그런데 베이징의 이른바 언론계란 곳도 어쨌든 논평이라는 것을 내놓긴 했다. 비록 종이와 붓, 목구멍의 혀로는 정부 앞에 가득 뿌려졌던 청년들의 뜨거운 피를 몸 안으로 역류시켜서 소생시킬 수 없지만 말이다. 시늉만 내는 외침은 살해됐다는 사실과 함께 점점 잦아들 것이 틀림없다.

그런데 갖가지 논평 가운데 총칼보다 더 무섭고 놀라운 것이 있다고 나는 느꼈다. 몇몇 논객은 학생들이 애초에 자진해서 사지死地에 들어가서[2)] 죽음을 자초하지 말아야 했다고 생각하는 것이다. 맨손으로 청원하는 것이 죽으러 가는 것이고 본국 정부의 문 앞이 사지라면 중국인은 정말로 죽으려 해도 몸 뉠 곳이 하나 없는 것이다. 진심으로 따르며 노예를 자처하고 "평생 동안 원망의 말도 하"[3]지 않는 이상은 말이다. 그렇지만 대다수 중국인의 의견이 도대체 무엇인지 난 아직 모르겠다. 만약 이렇다면 행정부 문 앞뿐만 아니라 전 중국에서 사지가 아닌 곳이 없을 것이다.

사람의 고통을 더불어 느끼기는 어렵다. 공감하기 어렵기 때문에 살인자는 살인을 유일한 요로要路로 여기고 심지어 즐겁다고까지 느낀다. 그렇지만 공감하기 어렵기 때문에 살인자가 과시하는 '죽음의 공포'는 여전히 후대에 두려움을 줄 수 없고 인민들을 영원히 마소로 변화시킬 수 없다. 역사에 기록된 개혁사는 언제나 앞사람이 쓰러지면 뒷사람이 이어 간 것이다. 대부분은 물론 공익에서 비롯됐지만 사람들이 '죽음의 공포'를 아직 경험하지 못한 것, 곧 '죽음의 공포'에 눌리기 어려웠던 것도 이렇게 이어질 수 있는 큰 원인이라고 생각한다.

그렇지만 나는 '청원'하는 일을 이제는 그만둘 수 있기를 간절히 바란다. 이렇게 많은 피를 흘려서 이러한 깨달음과 결심을 얻고 게다가 영원토록 기억한다면 큰 손해를 본 것은 아닌 것 같다.

세계의 진보는 당연히 대부분 피를 흘려서 얻은 것이다. 그러나 이는 피의 양과는 관계없다. 세상에는 피를 많이 흘려도 점차 멸망하게 된 민족의 사례도 있기 때문이다. 바로 이번 일과 같이 이렇게 허다한 생명이 손실됐건만 '자진해서 사지에 들어갔다'는 비판만을 얻은 것처럼. 이는 일부 사람의 속내를 우리에게 보여 준 일로 이로써 중국에 사지가 굉장히 넓다는 것을 알게 되었다.

지금 마침 로맹 롤랑의 『*Le Jeu de L'Amour et de La Mort*』가 내 앞에 있는데[4] 이 책에 다음과 같은 대목이 나온다. 칼은 인류의 진보라는 관점에서 봤을 때 약간의 오점은 무방하며 정말 부득이한 경우 죄악을 좀 저지르는 것도 어쩔 수 없다고 주장하는 사람이다. 그렇지만 그들은 쿠르부아지에를 죽이고 싶지 않았다. 그의 시신의 무게는 만만찮아서 공화국은 그의 시신을 팔로 안고 싶지 않았기 때문이다.

시신의 무게를 느껴서 안고 싶지 않아 하는 민족에게 선열의 '죽음'이란 후손의 '삶'의 유일한 영약이다. 그렇지만 더 이상 시신의 무게를 느끼지 못하는 민족에게 그 '죽음'이란 짓눌려서 같이 소멸하는 것을 의미할 따름이다.

개혁에 뜻을 둔 중국 청년들은 시신의 무게를 알고 있어서 '청원'하는 것이다. 그런데 시신의 무게를 느끼지 못하는 사람들이 있고 더 나아가 '시신의 무게를 아는' 마음까지 도살할지 누가 알았겠는가.

사지는 확실히 목전에 있는 듯하다. 중국을 위해서, 각성한 청년은 죽음을 가볍게 여겨서는 안 된다.

3월 25일

주)______

1) 원제는「"死地"」, 이 글은 1926년 3월 30일『국민신보 부간』에 실렸다.

2) 3·18참사가 발생한 뒤인 3월 20일『천바오』'시론'에 실린 린쉐헝(林學衡)의「청년유혈문제에 대해 전국 국민에게 삼가 알림」(爲青年流血問題敬告全國國民)에서 애국청년을 "의기가 급진적이고 일부러 위험한 곳을 찾아다니며 간사한 자들에게 이용당한다"고 무고하게 칭하고 쉬첸 등이 "수천 명의 고귀한 청년을 사지에 몰아넣으려 하고 있다"고 비난했다. 동시에 이 글은 "공산당파의 제군들이 청년을 고의로 죽여서 이익을 도모하려고 한다"고 공격했다. 3월 22일『천바오』는 또다시 천위안취안(陳淵泉)이 쓴 사설「군중의 영수는 어디에 있는가」(群衆領袖安在)에서 "순결한 백수십 명의 애국청년이 간

접적으로 몇 명의 무리의 손에 죽고 있다"고 말했다.

3) 『논어』의 「헌문」(憲問)편에 나오는 말이다.

4) 『사랑과 죽음의 유희』를 가리킨다. 루쉰이 프랑스어로 쓴 것을 그대로 번역했다. 프랑스혁명을 주제로 한 로맹 롤랑의 연작극 8편(1898~1938) 중 대표작으로 주인공인 쿠르부아지에는 당시 프랑스 최고의 과학자로 손꼽혔던 라부아지에(Antoine Laurent Lavoisier, 1743~1794)를 모델로 했다. 루쉰이 예로 든 것은 연작극의 다음 내용과 관련된다. 국민공회 의원 쿠르부아지에는 로베스피에르가 당통을 체포 및 처형하는 데 반대했기 때문에 공회에서 당통을 처형하는 투표를 했을 때 투표를 하지 않고 도중에 회의장을 나왔다. 그의 친구인 정치위원회 위원 칼이 그의 집에 와서 위원회가 그에게 지명수배자에 대한 태도를 공개적으로 밝히기를 원했다는 사실을 알려 준다. 그러나 그가 이를 거절하자 칼은 그에게 사전에 준비된 가명의 여권 두 개를 건네며 그에게 아내와 함께 도망갈 것을 권한다. 칼은 로베스피에르의 묵인을 받았다는 사실도 알려 준다.

# 비참함과 가소로움[1)]

3월 18일의 참사는 나중에 생각해 보면 분명히 정부가 쳐놓은 그물이었다. 순결한 청년들이 불행히도 여기에 걸려들어 3백여 명이 사상했다. 이 그물을 친 중요한 이유는 모두 '소문'이 효과를 발휘했기 때문이다.

이는 중국의 관례이다. 대부분의 독서인은 마음속에 살기를 품고 있어서 자기와 생각이 다른 자를 죽이는 방도를 늘 마련해 두고 있다. 내 눈으로 본 것만 논해도 음모가가 다른 파를 공격할 때 광서 연간에는 '강당'[2)]이라고 불렀고 선통 연간에는 '혁당'[3)]이라는 말을 썼고 민국 2년 이후에는 '난당'[4)]이라는 말을 썼으며 지금은 당연히 '공산당'이라는 말을 사용하고 있다. 사실 지난해 일부 '정인군자'들이 다른 사람을 '학계의 악당', '학계의 비적'이라고 칭할 때에는 살기가 어려 있었다. '구린 신사'와 '문사' 등과 달리 이런 별명 속 '악당', '비적'이라는 글자에는 죽음으로 향하는 길이 숨어 있기 때문이다. 그렇지만 이것도 어쩌면 '소송문서 작성관리'가 덮어씌우는 누명일지도 모르겠다.

작년에 '학풍 정돈'을 위하여 학풍이 어떻게 불량하며 학계의 비적이 얼마나 나쁜지와 관련된 소문이 대대적으로 유포됐는데 의외로 꽤 효과가 있었다. 올해 또다시 '학풍 정돈'의 취지를 들고 공산당이 어떻게 난동을 부렸으며 어떻게 나쁜지에 대한 소문을 대대적으로 퍼뜨렸는데 또 예상 밖으로 효과가 있었다.[5] 그리하여 청원자가 공산당이라는 설을 만들어 3백여 명을 사상했는데 만약 공산당의 지도자라는 이가 사망자 명단에 들어 있었다면 이 청원이 '폭동'이라는 것을 더 잘 증명했을 것이다.

그러나 아쉽게도 공산당 지도자는 하나도 없었다. 공산당의 짓이 아니었던 것이다. 그럼에도 여전히 이들의 짓이 맞으며 모두 다 도망가 버렸기 때문에 더 증오스럽다고 말한다. 이 청원은 여전히 폭동이며 그 증거로 나무 몽둥이 하나, 권총 두 자루, 석유 세 병이 발견된 것을 든다. 이것이 군중이 가져온 것인지 아닌지는 일단 논외로 하자. 설사 그렇다 하더라도 다치고 죽은 3백여 명이 가져온 무기가 고작 이것밖에 없다면 이 폭동은 얼마나 가련한가!

그러나 다음 날 쉬첸, 리다자오, 리위잉, 이베이지, 구자오슝에 대한 지명수배령이 발표됐다.[6] 그들이 지난해 여자사범대학생이 "남학생을 규합"(장스자오가 여자사범대학을 해산하는 문서에 나온 말)했듯이 몽둥이 하나, 권총 두 자루, 석유 세 병을 가진 군중을 '규합'했다는 것이다. 이러한 군중으로 정부를 전복하려 했으니 3백여 명이 사상당하는 것도 당연하다. 쉬첸 등이 인명을 어린애 장난으로 여겨 이런 지경까지 초래했으니 당연히 살인죄를 져야 한다. 게다가 자기가 현장에 있지도 않았다. 아니면 전부 다 도망갔던 것일까?

이상은 정치적인 일로 나는 사실 잘 모른다. 그러나 다른 측면에서 보자면 이른바 '가차 없이 잡아들이'는 것은 쫓아내는 것과 비슷하다. 이른바 폭도들을 '가차 없이 잡아들이'는 일은 베이징 중파대학 교장 겸 청조 청산위원회[7]의 위원장(리李)과 중어대학中俄大學 총장(쉬徐), 베이징대학 교수(리다자오), 베이징대학 교무장(구顧), 여자사범대학 총장(이易)을 쫓아내는 것에 불과한 것처럼 보인다. 그중 세 명은 러시아 차관위원회[8]의 위원이기도 하다. 모두 아홉 개의 "근사한 빈자리"가 생긴다.[9]

같은 날 50여 명을 추가로 지명 수배했다는 소문이 돌았다. 그러나 그 명단의 일부가 오늘에서야 『징바오』에 실렸다.[10] 이런 종류의 계획은 현재 돤치루이 정부의 비서장 장스자오 같은 치의 머릿속에서 충분히 나올 만하다. 국가 사범이 50여 명으로 늘어났으니 이 또한 중화민국의 장관이다. 게다가 대다수는 교원이다. 만약 일제히 50여 개의 "근사한 빈자리"를 내놓고 베이징을 탈출하여 다른 곳에서 학교를 하나 세운다면 이것도 중화민국의 흥미있는 일이 될 것이다.

그 학교 이름은 '규합' 학교라고 지어야 한다.

3월 26일

주)______

1) 원제는 「可慘與可笑」. 이 글은 1926년 3월 28일 『징바오 부간』에 실렸다.
2) '강당'(康黨)은 청말 캉유웨이(康有爲)의 변법유신(變法維新)에 참여한 사람을 가리킨다.
3) '혁당'(革黨)은 쑨중산이 지도하는, 청조 통치를 전복하는 민주혁명운동에 참여한 사람을 가리키는 말이다.
4) 1913년 쑨중산이 지도했던 위안스카이 토벌 전쟁(2차혁명)이 실패로 끝난 뒤 위안스카이는 국민당을 '난당'(亂黨)으로 부르며 공개적인 활동을 금지시켰다.
5) 1926년 3월 6일 서북 변방의 독판 장즈장(張之江)이 돤치루이와 총리 자더야오(賈德耀)에게 전보를 보내 "학풍이 나날이 그릇되고 있고 사대부의 풍습은 나날이 가벼워지고

있다"며 법을 만들어 통제하고 '학풍을 정돈할 것'을 요청했다. 작년의 '학풍 정돈'은 1925년 8월 25일 돤치루이가 발표한 '학풍 정돈령'을 말한다.

6) 3·18참사 이후 돤치루이 집정부는 쉬첸 등 다섯 명에 대한 지명수배령을 내렸다.
 쉬첸(徐謙, 1871~1940)은 민국 시기 유명 정치가이자 법학자이다. 북벌 시기 국민당 중앙집행위원과 국민정부위원 임시연석회의 주석을 지냈으며 항전 시기 국방위원 참의원과 국민참정회 참정원을 지낸 바 있다.
 리위잉(李煜瀛, 1881~1973)은 교육가이자 고궁박물관 창건인 중 한 명이다. 국민당 4대 원로 중 한 명이었으며 초년에는 프랑스에서 근공검학(勤工儉學)운동을 조직하기도 했었다.
 이베이지(易培基, 1880~1937)는 후난성 후난성립 제1사범학교 교장, 고궁박물관 초대 원장을 역임했다. 일본 유학 시절에 동맹회에 가입하여 우창봉기에 참여했다. 이후 쑨중산의 고문과 베이징여자사범대학 총장, 상하이노동대학 총장 등을 지냈으며 1925년 고궁박물관이 건립됐을 때 이사장 겸 관장을 지냈다.
 구자오숑(顧兆熊, 1888~1972)은 베이징대학 교수를 역임했다.

7) 1924년 11월 펑위샹 국민군이 푸이를 궁 밖으로 쫓아낸 뒤 베이양정부가 청 황실 사후 처리와 고궁문물 접수를 위해 설립한 기구이다.

8) 곧 경자년 러시아배상금반환위원회를 말한다. 1917년 러시아에서 10월혁명이 성공하자 소련 정부는 1919년 7월 25일 「중국인민과 남북정부에 알리는 선언」을 발표하여 러시아제국이 중국에 갖고 있는 일체 특권을 포기한다는 선언을 했는데 여기에는 경자년 배상금 중 아직 갚지 못한 반환금도 포함되어 있다. 1924년 5월 양국은 '중국 러시아 협정'을 맺어서 반환금 용도를 규정했는데 중국 정부가 채무를 상환하는 금액 이외의 나머지 금액은 모두 중국 교육 사업에 쓰기로 하고 중국과 러시아 양국에서 기금위원회를 조직하여 관련 업무를 맡기로 했다. 여기에서 말한 세 명의 위원은 리위잉, 쉬첸, 구자오숑을 가리킨다.

9) 천시잉의 말을 인용한 것이다. 이와 관련하여 천시잉이 1926년 3월 6일 『현대평론』 제3권 제65호에 쓴 「한담」을 참고하시오.

10) 1926년 3월 26일 『징바오』는 다음과 같은 뉴스를 실었다. "이 지명수배령이 체포하려는 무고한 죄인은 50여 명이 된다는 소식이다. 예를 들어 …… 저우수런(곧 루쉰)과 쉬서우창, 마위짜오(馬裕藻) 등이 모두 여기에 포함되어 있다."

# 류허전 군을 기념하며[1]

## 1.

중화민국 15년 3월 25일은 18일 돤치루이 집정부 앞에서 살해당한 류허전, 양더췬[2] 군의 추도회가 국립베이징여자사범대학에서 열린 날이다. 나는 혼자 강당 밖을 배회하다가 청군[3]을 만났는데 그녀가 내게 다가와 물었다. "선생님께선 류허전을 위해 글을 쓰신 적이 있었는지요?" 나는 "없었소"라고 대답했다. 그녀는 나에게 정색을 하며 말했다. "선생님께서 좀 써 보시는 게 좋을 것 같습니다. 류허전은 생전에 선생님의 글을 아주 좋아했습니다."

그건 나도 알고 있다. 내가 편집한 간행물들은 보통 시작은 했으나 끝이 흐지부지한 경우가 많아서 판매량이 늘 부진했다. 그렇지만 생활이 그렇게 어려웠음에도 의연하게 1년 동안 『망위안』을 정기 구독한 이가 그녀였다. 나도 진작 뭔가를 좀 써야겠다는 필요성을 느끼고 있었다. 비록 죽은 이에게는 아무런 도움도 되지 않지만 산 자는 이렇게 할 수밖에 없는 것이다. 내가 '하늘의 영혼'이란 게 진짜 있다고 믿는다면 물론 더 큰 위안을 얻겠지만 지금은 그저 이렇게밖에 할 수 없다.

정말 나는 할 말을 잃었다. 우리가 살고 있는 곳이 인간 세상이 아닌 것 같다는 느낌만 든다. 40여 명 청년들의 피가 우리 주위에 흘러넘쳐서 나는 호흡하고 보고 듣는 것도 힘들 지경인데 무슨 말을 더 할 수 있겠는가. 긴 노래가 통곡을 대신하는 것은 필시 고통이 가라앉은 뒤이다. 그리고 이후에 나온 이른바 학자 문인 몇몇의 음험한 논조는 나를 더 슬프게 했다. 나는 이미 분노의 경계를 넘어섰다. 나는 인간 세상이 아닌 이곳의 짙고 어두운 슬픔과 처량함을 깊이 음미하려 한다. 인간 세상이 아닌 이곳에 내가 드러낼 수 있는 최대의 애통함을 여기에 드러내어서 그들을 기쁘게 하고, 이를 뒤에 죽을 자의 변변치 못한 제물로 삼아 죽은 자의 영전에 바친다.

## 2.

진정한 용사는 참담한 인생을 대담하게 마주하고 뚝뚝 흐르는 선혈을 용감하게 정시한다. 이는 얼마나 애통하고 얼마나 행복한가. 그러나 운명은 종종 평범한 사람을 위해 설계된 법으로 시간이 흘러감에 따라 옛 흔적은 씻겨 사라지고 담홍색 피와 희미한 슬픔만을 남길 뿐이다. 이 담홍색의 피와 희미한 슬픔 속에서 또다시 사람은 잠시 구차하게 생을 이어 가고 이렇게 인간 세상 같으면서 비인간적인 세계는 유지된다. 이런 세상이 언제 끝이 날지 나는 모르겠다!

우리는 여전히 이러한 세상에서 살아간다. 나는 진작 뭔가를 좀 써야겠다는 필요성을 느끼고 있었다. 이미 3월 18일에서 2주일이나 지났고 망각이라는 구세주도 곧 강림할 것이다. 이때 나는 뭔가를 좀 써야 할 필요가 있다.

## 3.

피살된 40여 명의 청년 가운데 류허전 군이 있는데 그는 나의 학생이다. 학생이라고 나는 늘 생각하고 이렇게 이야기했는데 지금은 좀 주저된다. 내가 그녀에게 나의 비애와 존경을 바쳐야 마땅하기 때문이다. 그녀는 '구차하게 지금 살아 있는 나'의 학생이 아니라 중국을 위해 죽은 중국의 청년인 것이다.

그녀의 이름을 내가 처음 본 것은 작년 초여름 양인위 여사가 여자사범대학 총장을 지내면서 여섯 명의 학생자치회 임원을 퇴학시킬 때였다.[4) ] 그중 한 명이 그녀였다. 그렇지만 그때 나는 그녀를 몰랐다. 나중에 아마 류바이자오가 무장한 남녀를 데리고 와서 학생들을 학교 밖으로 강제로 끌어낸 다음이었을 텐데 그때 어떤 이가 한 학생을 가리키며 나에게 "쟤가 류허전이에요"라고 알려 줬다. 그제서야 나는 이름과 얼굴을 연결 지을 수 있었는데 속으로 꽤 의아했다. 주변에 비호세력이 많은 총장에게 굴하지 않고 저항할 수 있는 학생은 어쨌든 사납고 날카로울 것이라고 평소에 생각했는데 그녀는 오히려 늘 미소를 띠고 있었으며 태도도 매우 온화했다. 쭝마오 골목까지 쫓겨 안착하고[5)] 집을 임대해서 수업을 한 다음에 그녀는 나의 강의를 듣기 시작했고 만나는 횟수도 꽤 많아졌지만 마찬가지로 여전히 미소를 잃지 않았고 태도도 매우 온화했다. 학교가 원래 모습을 되찾고[6] 교직원도 해야 할 일을 다 했다고 생각하여 하나 둘 물러날 채비를 할 즈음에 나는 그녀가 모교의 앞날을 걱정하면서 침통해하다가 눈물을 떨어뜨리는 모습을 본 적이 있다. 이후에는 만나지 못한 것 같다. 결국 내 기억 속에 그때가 류허전 군과 영이별하는 날이었다.

4.

18일 아침에야 나는 오전에 군중들이 집정부에 청원하러 간다는 것을 알게 되었다. 그리고 오후에 흉보가 날아들었다. 위병대가 갑자기 총을 쏘아 수백 명이 사상했고 류허전 군도 피살자 명단에 들어 있다는 소식이었다. 그렇지만 나는 이 소문의 진위를 오히려 의심하는 쪽이었다. 나야말로 최대한의 악의로 중국인을 추측하는 것을 거리끼지 않는 사람이었지만 중국인이 이 정도로 비열하고 흉악하며 잔인하리라고는 믿을 수도 없었고 생각하지도 못했다. 게다가 늘 미소를 띠고 상냥한 류허전 군이 어떻게 아무 이유도 없이 집정부 문 앞에서 피투성이가 될 수 있단 말인가.

그렇지만 당일로 이는 사실임이 증명되었다. 그녀의 시신이 이를 증명했다. 그리고 또 한 구, 양더췬 군의 시신이 있었다. 그리고 이것이 살해일 뿐만 아니라 말 그대로 학살임도 증명하고 있었다. 몸에 곤봉에 맞은 상처 자국이 있었기 때문이다.

그러나 된정부는 명령을 내려 그녀들이 '폭도'라고 했다!

그러나 뒤이어 그녀들은 남에게 이용당한 것이라는 소문이 생겼다.

참상은 나를 눈뜨고 못 보게 만들 정도였다. 특히 소문은 차마 귀에 담을 수도 없을 정도였다. 내가 할 말이 어디에 있겠는가? 나는 쇠망하는 민족이 기척도 없이 사라져 가는 연유를 알고 있다. 침묵, 침묵이여! 침묵 속에서 폭발하지 않으면 침묵 속에서 멸망한다.

## 5.

그렇지만 나는 할 말이 아직 남아 있다.

내가 보지는 못했지만 류허전 군 그녀는 그곳에서 흔쾌히 앞으로 나아갔다고 한다. 당연히 청원하는 일일 따름이었고 인간의 마음을 갖고 있는 자라면 아무도 이러한 그물을 쳐 놨을 것이라고 생각지 못한다. 그러나 집정부 앞에서 총탄에 맞았고 그 총탄은 등에서 심장과 폐를 비스듬히 뚫고 들어와 즉사하지 않았을 뿐 이미 치명상을 입은 상태였다. 같이 간 장징수[7] 군이 그녀를 부축하려 했는데 그때 다시 네 발을 맞았다. 그중 하나는 권총이었고 그녀는 그 자리에서 쓰러졌다. 같이 간 양더췬 군도 그녀를 부축하려고 하다가 피격되었는데 총탄이 왼쪽 어깨로 들어와서 오른쪽 흉부의 측면을 통과해서 마찬가지로 바로 거꾸러졌다. 그렇지만 그녀는 앉을 수는 있었는데 병사 하나가 그녀의 두부와 흉부를 두 번 심하게 내려쳐서 결국 죽고 말았다.

미소를 잃지 않던 상냥한 류허전 군은 확실히 죽어 버렸다. 이는 사실이다. 그녀 자신의 시신이 이를 증명하고 있다. 침착하고 용감하며 우애롭던 양더췬 군도 죽어 버렸다. 그녀의 시신이 이를 증명하고 있다. 다만 마찬가지로 침착하고 용감하며 우애롭던 장징수 군은 아직 병원에서 신음 중이다. 세 여성은 문명인이 발명한 탄환의 집중사격 속에서 침착하게 이리저리 움직였으니 이 얼마나 놀라운 위대함인가! 중국군이 부녀와 영아를 도살한 위대한 업적과 팔국 연합군이 학생을 징벌한 무공은 불행히도 이 몇 가닥의 핏자국에 의해 모조리 지워졌다.

그렇지만 중외中外의 살인자는 각자의 얼굴에 피가 묻어 있는지도 모르고 머리를 빳빳이 들고 다닌다.

6.

시간은 계속 흘러가고 거리도 전과 다름없이 태평스럽다. 유한한 몇 개의 생명이란 중국에서는 아무것도 아닌 법이다. 기껏해야 악의 없는 무료한 인간들에게 식사 뒤의 이야깃거리를 제공하거나 악의 있는 무료한 인간들에게 '소문'의 씨를 제공할 따름이다. 이 너머의 심오한 의미란 거의 없다는 생각이다. 왜냐하면 이는 정말 맨손으로 한 청원에 불과하기 때문이다. 피의 전쟁으로 앞으로 나아가는 인류 역사는 석탄이 만들어지는 과정과 흡사하다. 처음에는 많은 양의 목재였으나 결과는 소량의 석탄에 불과하다. 그런데 청원은 여기에도 포함될 수 없으며 하물며 맨손으로 한 것임에야 더 말할 나위가 없다.

그렇지만 핏자국이 생긴 이상 당연히 자기도 모르게 확대되어 갈 것이다. 최소한 친척과 스승, 벗, 배우자의 마음속에 스며들 것이며 시간이 흘러 선홍빛 피가 씻기더라도 희미한 슬픔 속에서 늘 미소를 띠고 온화하던 옛 모습은 영원히 남아 있을 것이다. 도연명은 "친척은 슬픔이 남아 있건만 타인은 이미 노래를 부른다. 죽은 자는 어떻게 말을 하겠는가. 몸은 산에 맡기고 마는 것을"[8]이라고 말한 적이 있다. 만약 이럴 수만 있다면 이것도 충분하다.

## 7.

최대한의 악의로 중국인을 추측하기를 거리끼지 않는 사람이 바로 나라고 앞서 말한 바 있다. 그렇지만 이번 일은 다음과 같은 몇 가지 측면에서 정말 나의 예상을 벗어났다. 하나는 당국자가 이렇게 흉악하고 잔인할 수 있다는 것이며, 다른 하나는 소문을 퍼뜨리는 자가 이렇게까지 비열할 수 있다는 점이며, 나머지 하나는 중국 여성이 어려움에 처해서도 이렇게 침착할 수 있다는 점이다.

중국 여성이 일을 이루어 내는 것을 목도한 것은 지난해부터였다. 소수이긴 했지만 노련하고 능숙하며 흔들림 없는 백절불굴의 기개에 대해서 나는 여러 번 감탄한 바 있었다. 이번에 비 오듯이 쏟아지는 탄환 속에서 서로 돕고 구하고 죽음까지 무릅쓴 일은 중국 여성의 용감하고 의연한 면모가 수천 년 동안 음모와 계략에 의해 억압되었지만 끝내 사라지지 않았다는 것을 증명하기에 충분하다. 이번의 사상이 장래에 갖는 의미를 찾는다면 그 의미는 바로 여기에 있을 것이다.

구차하게 산 자는 담홍색의 피 속에서 희미한 희망을 어렴풋하게 엿볼 수 있었다. 진짜 용사는 더욱 분연하게 앞으로 나아갈 것이다.

아, 나는 더 이상 말이 나오지 않는다. 다만 이것으로 류허전 군을 기념한다!

4월 1일

주)

1) 원제는 「記念劉和珍君」, 이 글은 1926년 4월 12일 『위쓰』 제74호에 실렸다.

2) 류허전(劉和珍, 1904~1926)은 장시 난창(南昌) 출신으로 베이징여자사범대학 영문과 학생이었다. 양더췬(楊德群, 1902~1926)은 후난 상양(湘陽) 출신으로 베이징여자사범대학 국문과 예비반 학생이었다.

3) 청이즈(程毅志)를 가리킨다. 후베이 샤오간(孝感) 출신으로 베이징여자사범대학 교육과 학생이다.

4) 베이징여자사범대학 학생들이 총장 양인위를 반대하는 운동 와중에 양인위는 1925년 5월 7일 '국치기념회'를 개최한다는 구실로 기념회 석상에 올라 주석을 맡았으나 바로 학생들의 야유를 받고 내려왔다. 오후에 양인위는 시안호텔에서 약간의 교원 회식을 열어서 학생들을 박해할 계획을 세웠다. 9일 평의회의 명의로 쉬광핑(許廣平), 류허전, 푸전성(蒲振聲), 장핑장(張平江), 정더인(鄭德音), 장보디(姜伯諦) 등 여섯 명의 학생자치회 임원을 학적에서 제명시켰다.

5) 양인위를 반대하는 여사대 학생들이 학교에서 쫓겨난 후 서성(西城) 쭝마오 골목에 집을 빌려 1925년 9월 21일 임시 학교를 열었다. 당시 루쉰과 일부 교사가 강의를 하여 지지를 표명한 바 있다.

6) 여사대는 1년여의 투쟁을 거쳐서, 사회진보세력의 성원에 힘입어 1925년 11월 30일 복교를 선언하며 쉬안우문(宣武門) 안에 있던 원래의 학교 부지로 되돌아왔다.

7) 장징수(張靜淑, 1902~1978)는 후난 창사 출신으로 베이징여사대 교육과 학생이었다. 부상 후 치료를 받아 다행히 살아났다.

8) 진대(晋代) 시인 도잠(陶潛)의 시 「만가」(輓歌)에 나오는 구절이다.

# 공허한 이야기[1]

## 1.

청원이라면 나는 늘 찬성하지 않았다. 그렇지만 3월 18일의 그와 같은 학살이 있을까 봐 그랬던 것은 절대로 아니다. 내가 늘 '소송문서 작성관리'의 심정으로 우리 중국인을 엿보곤 했지만 그 같은 참사가 일어나리라고는 정말 꿈에서도 생각한 적이 없었다. 나는 다만 그들이 감각이 없고 양심이 없으며 말을 함께 섞을 수 없는 이들이라고 생각했을 따름이다. 그런데 청원을 했을 뿐이고 게다가 맨손으로 한 청원을 이렇게 악독하며 잔인하게 대할 줄은 생각지도 못했다. 이러한 사태를 예측할 수 있는 이들은 오직 돤치루이, 자더야오,[2] 장스자오와 그들 무리밖에 없을 것이다. 마흔일곱 명의 청년 남녀의 생명은 완전히 속임을 당한 것이다. 말 그대로 죽음으로 유인한 것이다.

어떤 것들—나는 이들을 뭐라고 불러야 할지 모르겠다—은 "군중의 지도자가 도의적인 책임을 져야 한다"고 말한다.[3] 이런 것들은 맨손의 군중에게 마땅히 총을 쏴야 하며 집정부 앞은 원래 '사지'이며 사자는 자진해서 그물 속에 뛰어든 것과 같다고 인정하는 것 같다. 군중의 지도자는 원래 돤치루이 등의 무리와 마음이 통하지도 않고 소통한 적도 없었으니 이렇게 음험하고 악랄한 수단을 어떻게 예측할 수 있었겠는가. 이런 악랄한 수단은 인간미가 조금이라도 있는 자라면 절대로 예상할 수 없는 것이다.

만약 군중의 지도자 잘못을 억지로 갖다 붙인다면 다음 두 가지라고 생각한다. 하나는 청원이 여전히 유용하다고 생각한 점이고, 다른 하나는 상대를 너무 좋게 본 것이 그것이다.

## 2.

그렇지만 이상도 마찬가지로 사후의 이야기일 뿐이다. 이런 일이 일어나기 이전에 누구도 이 같은 참극이 벌어질 것이라고 생각지도 못했다. 기껏해야 이전과 마찬가지로 헛수고에 그치고 말 것이라고 생각했다. 식견이 있는 똑똑한 사람만이 청원이란 죽으러 가는 길이라는 것을 인정하고 예측할 수 있었다.

천위안 교수는 「한담」에서 다음과 같이 말했다. "우리가 여성 지사들에게 이다음에 군중 운동에 가담하지 말라고 권고하면 그들은 우리가 그녀들을 경시한다고 말할 것이어서 우리도 감히 쓸데없이 이야기를 하지 않는다. 그렇지만 우리는 미성년인 남녀 학생이 이다음에 다시는 어떤 운동에도 참여하지 않기를 바라지 않을 수 없다."(『현대평론』 68기) 왜 그러한가? 각종 운동에 참여하는 것은 심한 경우 이번처럼 "총탄이 비 오듯 쏟아지는 위험을 감수하고 사상의 고통을 겪"어야 하기 때문이다.

이번에 마흔일곱의 생명을 들여서 겨우 하나의 식견을 얻었다. 본국의 집정부 앞은 '총탄이 비 오듯 쏟아지는' 곳이며 헛되이 죽으러 가려면 성년이 된 뒤에 자원해서 가야 한다는 것이다.

나는 '여성 지사'와 '미성년의 남녀 학생'이 학교운동회에 참가하는 것은 그다지 큰 위험이 있을 것이라고는 생각하지 않는다. '총탄이 비 오듯 쏟아지는' 가운데의 청원에 대해서라면 성년인 남자 지사들이라 하더라도 당장 그만둬야 한다는 것을 분명히 기억해야 한다!

지금 상황이 어떠한지를 둘러보라. 시가 몇 편 많아지고 화제가 약간 늘었을 뿐이다. 몇 명의 유명인이 무슨 당국자란 자와 장지葬地에 대해 교섭하며 대청원이 소청원으로 변했다. 당연히 매장埋葬이 가장 적당한 결말일 테다. 그렇지만 정말 이상한 것은 이 마흔일곱 명의 사자가 마치 늙어서 죽은 뒤 묻힐 곳이 없을까 봐 걱정한 듯이 특별히 정부의 땅을 좀 얻어온 것같이 보인다는 점이다. 완성위안萬生圓이 얼마나 가까우며 사열사[4]의 무덤 앞에 한 글자도 새겨지지 않은 묘비가 세 군데나 있는데, 위안밍위안圓明園처럼 멀고 편벽한 곳이라니.

죽은 자가 산 사람의 마음속에 묻히지 않으면 그것은 정말로 죽어 버린 것이다.

## 3.

개혁은 유혈을 면치 못하지만 유혈이 개혁과 같은 것은 아니다. 피를 쓰는 것은 금전과 같아서 인색해서는 당연히 안 되며 낭비해서도 큰 손실이다.

이번의 희생자에 대해 나는 정말로 많이 가슴 아프다.

이러한 청원은 이것으로 그치는 것이 좋겠다고 생각할 따름이다.

청원은 어느 나라에서도 자주 일어나는 일이지만 그렇다고 다 죽을 일은 아니다. 그렇지만 당신이 '총탄이 비 오듯 쏟아지는' 상황을 없앨 수 없는 한 우리들은 중국은 예외라는 것을 이미 알고 있다. 정식 전술은 상대가 영웅이어야지 적용할 수 있다. 한대 말기는 아무래도 인심이 매우 순박한 시절일 것이다. 내가 소설의 전고를 인용하는 것을 용서해 주시길. 허저는 맨몸으로 전쟁터에 나갔다가 마찬가지로 화살 몇 개에 명중당했다. 그런데 김성탄은 그에게 "누가 너더러 갑옷 없이 나가라고 했는가"라고 비웃었다.[5)]

허다한 화기를 발명한 현재와 같은 시대라면 전쟁은 게릴라전을 활용한다. 이는 생명을 아까워하는 것이 아니라 곧 생명을 헛되이 버리지 않고자 함이다. 전사의 생명은 소중하기 때문이다. 전사가 적은 곳에서 이 생명은 점점 더 귀해진다. 귀하다고 말하는 것은 '집에 소중하게 간직하'는 것이 아니요, 곧 적은 자본으로 이자를 많이 얻는 것이요 최소한 본전치기는 해야 한다. 흐르는 피로 적 하나를 빠뜨려 죽이고 동포의 시체로 구덩이 하나를 메우는 것은 이미 진부한 이야기가 되었다. 최신 전술이라는 관점에서 보자면 이것은 얼마나 큰 손실인가.

이번에 죽은 자가 후대에 남긴 공은 여러 놈의 가면을 찢어 놓았고 예상치도 못했던 그들의 음험한 마음을 드러내 준 것이다. 그리하여 계속 싸우는 이에게 다른 방법을 써서 전투할 것을 가르쳐 준 것이다.

4월 2일

주)______

1) 원제는 「空談」, 이 글은 1926년 4월 10일 『국민신보 부간』에 실렸다.

2) 자더야오(賈德耀, 1880~1940)는 일본 사관학교를 졸업하고 베이양정부 육군총장을 지냈으며 당시 돤치루이 집정부의 국무총리 겸 대리육군총장을 지내고 있었다.

3) 1926년 3월 22일 『천바오』에 천위안취안이 쓴 「군중의 지도자는 어디에 있는가」(群衆領袖安在)라는 제목의 사설에서 쉬첸 등에게 "정부를 규탄한 것 외에도 이른바 '군중의 지도자'의 책임을 묻지 않을 수 없다"라고 중상했다. 또 천시잉은 1926년 3월 27일 『현대평론』 제3권 제68호에 쓴 3·18참사를 논평한 「한담」에서 이 참사의 책임을 그의 '민중 지도자'에게 떠넘기는 기술을 하고 있다.

4) 신해혁명 때 위안스카이에게 폭탄테러를 한 양위창(楊禹昌), 장셴페이(張先培), 황즈멍(黃之萌)과 량비(良弼)를 폭격한 펑자전(彭家珍) 네 사람을 이른다. 그들은 베이징 시즈문(西直門)에서 약 2리 떨어진 완성위안(萬生圓; 곧 현재 베이징동물원)에 합장되어 있는데 장셴페이, 황즈멍, 펑자전 세 명의 묘비에는 아무 글자도 새겨져 있지 않다.
위안밍위안(圓明園)은 베이징 시즈문에서 20여 리 떨어진 교외로 청조 황제가 피서를 가던 지역이며, 1860년 베이징을 침입했던 프랑스와 영국 연합군에 의해 불탔다. 3·18참사 후 희생자 가족은 베이징의 일부 단체 및 학교 대표 40여 명과 27일 연석회의를 열었는데 민국대학 총장 레이인(雷殷)은 그 스스로 묘지 장소로 위안밍위안이 합당하다고 생각하며 이미 비공식적으로 내무부 장관 취잉광(屈映光)과 상의하여 윤허를 받았다는 등의 보고를 했다. 회의는 '3·18희생열사 장례주비처'를 만들어서 각 열사를 위안밍위안에 묻기로 결정했다.

5) 허저(許褚)는 삼국시대 조조 휘하의 명장. '맨몸으로 전쟁터에 나간' 이야기는 소설 『삼국연의』 제59회 '허저가 옷을 벗고 마초와 싸우다'(許褚裸衣鬪馬超)에 나온다.

# 이 같은 '빨갱이 토벌'[1]

베이징과 톈진 사이에 허다한 크고 작은 전쟁에서 부지기수의 사람들이 전사했는데, 이를 '빨갱이 토벌'이라고 했다.[2] 집정부 앞에서의 일제 사격으로 죽은 청원자가 마흔일곱 명이고 부상자가 백여 명이며 '폭도를 이끌었다'고 쉬첸 등의 다섯 명에게 지명수배령이 떨어졌는데, 이것도 '빨갱이 토벌'을 했다고 한다. 펑톈 지역 비행기가 베이징의 하늘에 세 번 출현하고[3] 폭탄을 투하하여 부인 둘이 죽고 누렁이 한 마리가 다쳤는데, 이것도 '빨갱이 토벌'이라고 한다.

베이징과 톈진 사이에서 전사한 병사와 베이징에서 폭탄으로 죽은 두 부인과 다친 누렁이 한 마리가 '빨갱이'인지 아닌지 여부를 아직 '확정 발표'가 없어 비천한 국민은 알 수 없다. 집정부 앞에서 총살당한 마흔일곱 명에 대해서 첫번째 '확정 발표'는 '과실 상해'라고 이미 났다. 수도 지역 검찰청 공문은 또다시 "이번 청원의 목적은 정당하며 부정한 행동도 없었다"고 한다. 그리고 국무원회의도 '우대하여 구제할 계획'이라 한다.[4] 그러면 쉬첸 등이 이끈 '폭도'들은 어디로 가 버렸나? 그들은 부적이 있어서 총과 대포를 피할 수 있었단 말인가?

요컨대 '토벌'은 '토벌'대로 그렇게 됐다고 치자. 그러면, '빨갱이'는 어디에 있단 말인가?

그런데 '빨갱이'가 어디에 있는지는 잠시 논하지 않겠다. 결국 '열사'는 매장되었고 쉬첸들은 도망갔고 러시아 차관위원회의 위원 두 자리가 공석이 되었다. 6일자 『징바오』에서는 "어제 9개 학교 교직원 연석회의 대표들이 법정대학에서 회의를 열었다. 차량차오查良釗 주석이 제일 먼저 전날 러시아 차관위원회의 조직 개편 건으로 교육부 장관 후런위안과 협의한 상황을 보고했다. 다음 모 대표의 발언이 있었는데 요약하자면 정부가 이번에 외무, 교육, 재정 삼부의 사무관으로 위원직을 충당할 계획인데 이에 대해서 동인同人은 절대 반대해야 한다. 이는 이 인원의 인품에 문제가 있어서가 아니라 러시아 차관의 규모가 매우 크고 중국 교육계가 이에 의존하는 바가 크기 때문이다" 운운했다.[5]

뉴스가 또 하나 있는데 제목은 「5개 사립대학도 러시아 차관위원회를 주시한다」이다.

마흔일곱 명의 죽음이 '중국 교육계'에 공헌한 바가 심히 적지 않다. '우대하여 구제할 계획'을 누가 부적절하다고 말하겠는가!?

그러니 이제부터 '중국 교육계'는 더 이상 자기와 의견이 다른 자를 '루블당'이라고 칭하지는 않겠지?

4월 6일

주)

1) 원제는 「如此'討赤'」. 이 글은 1926년 4월 10일 『징바오 부간』에 실렸다.

2) 1926년 봄과 여름 사이에 펑위샹 국민군과 펑계 군벌 리징린 및 장쭝창이 소속된 즈루(直魯) 연합군이 베이징과 톈진에서 전쟁을 벌인 것을 가리킨다. 당시 펑계 군벌은 국민군을 '적화'(赤化)라고 불렀고 그들 스스로가 국민군에 가하는 공격을 '빨갱이 토벌'(討赤)이라고 칭했다.

3) 1926년 4월 국민군은 펑군과 전쟁을 벌이는 기간 동안 베이징에 주둔하고 있었는데 펑군의 비행기가 2일부터 연속해서 사흘 동안 베이징에 와서 폭탄을 투하했다. 펑톈은 랴오닝성의 옛 명칭으로 당시 펑계 군벌 장쭤린이 기반하던 지역이다.

4) 돤치루이 집정부의 국무원은 1926년 3월 20일에 회의를 열어 '우대구제령'을 내렸다.

5) 이 단락은 1926년 4월 5일 『징바오』에 실린 「러시아위원회 개편에 대한 9개 학교의 의견」이라는 뉴스에서 인용했다. 9개 학교는 국립대학인 베이징대학, 공업대학, 농업대학, 의과대학, 법정대학, 베이징사범대학, 베이징여자사범대학, 여자대학, 예술전문학교를 가리킨다.

후런위안(胡仁源, 1883~1942)은 일본에서 유학한 바 있으며 1926년 4월에서 5월까지 교육부 장관을 지냈다.

본문에서 아래의 5개 사립대학은 당시 베이징에 소재했던 차오양(朝陽), 민국, 중국, 평민, 화베이(華北) 대학을 말한다.

# 꽃이 없는 장미(3)[1)]

## 1.

책 인쇄까지도 전쟁의 영향을 받게 되어서 톈진에 적재되어 있는 종이가 베이징으로 운송될 수 없는 상황이다. 그래서 나의 오래된 잡감 모음집인 『화개집』을 인쇄에 넘긴 지 두 달이 되었는데도 조판과 교정이 아직 반밖에 이루어지지 않았다. 그런데 아쉽게도 광고가 미리 나오는 바람에 천위안 교수의 '비판 광고'를 불러들였다.

"내가 루쉰 선생의 인격을 존경하지 않기 때문에 그의 소설이 좋지 않다고 말할 수 없고, 그의 소설에 감탄하기 때문에 그의 나머지 글을 칭찬할 수는 없다. 그의 잡감은 『열풍』 속의 두세 편을 제외하고는 정말 일독할 가치가 없다고 생각한다."(『현대평론』 71호, 「한담」)[2)]

이는 얼마나 공평한가! 알고 보면 나도 '지금이 예전만 못한' 사람이다. 『화개집』의 판매량은 『열풍』과 비교하면 좀 비관적일 것이다. 게다가 내가 쓴 소설이 '인격'과 무관하다니 뜻밖이다. 뉴스 기사와 같이 '비인격'

적인 글도 교수를 '감탄'케 할 수 있다니 중국은 날이 갈수록 기괴해지는 것 같다. 그러니까 "정말 일독할 가치가 없는" 잡감도 계속 존재할 수 있는 것이다.

2.

그 유명한 소설 『*Don Quijote*』를 쓴 M. de Cervantes 선생은 가난하여서 행색이 거지와 같았다고 말하지만 이는 중국 학자에게 퍼져 있는 소문에 지나지 않는다. 세르반테스는 Don Quijote가 유협 소설을 즐겨 읽다가 미쳐서 스스로 협객이 되어 불공평한 세상의 약자를 도와준 것이라고 말했다. Don Quijote의 지인은 책이 나쁜 영향을 미친다는 것을 알고 이웃의 이발사를 청해 검토하게 했고 이발사는 괜찮은 책 몇 권을 골라내고 나머지를 모두 소각했다.

아마 소각했던 것 같은데 기억이 분명하지 않다. 또 몇 종인지도 잊어버렸다. 생각해 보면 뽑힌 '괜찮은 책' 작가들은 당시에 이 소설 속 목록을 보고 낯이 뜨거워지며 쓴웃음이 나지 않았을까 싶다.

중국은 날이 갈수록 기괴한 일이 늘어나는 것 같다. 그렇지만 오호 슬프도다! 우리는 '쓴웃음'조차 얻지 못하는구나.

3.

다른 성에 사는 이가 속달우편을 보내 내가 평안한지 물어 왔다. 그는 베이징의 상황을 잘 몰라서 소문에 속은 것이다.

베이징의 유언비어 소식지는 위안스카이가 황제라고 칭하고 장쉰이 복벽하고 장스자오가 '학풍을 정돈'한 이래 그 체계가 계승되어 달라진 것이 하나도 없다. 물론 지금도 마찬가지이다.

첫 단계는 모 방면에서 모 학교를 봉쇄하여 모모 등을 체포했다고 하는 것이다. 이는 모 학교의 모모에게 보여 줘서 겁을 주려고 만든 소문이다.

두번째 단계는 모 학교가 이미 텅텅 비었고 모모는 이미 도주했다고 하는 것이다. 이는 모 방면에 보여 줘서 선동하려고 만든 소문이다.

그다음 단계는 모 방면은 이미 갑甲 학교를 수색했고 곧 을乙 학교를 수색할 것이라고 하는 것이다. 이는 을 학교를 위협하고 모 방면을 선동하는 것이다.

"평생 동안 양심에 거리끼는 일을 하지 않아 야간에 문을 두드려도 놀라지 않는다." 이와 같이 을 학교는 제 발 저리지 않으니 어떻게 협박을 할 수 있는가? 그렇지만 조급하게 굴지 말고 좀 기다려 보시게. 또 한 수가 있다. 을 학교는 어제 밤새 빨갱이 서적을 완전히 불태웠다고 하는 것이다.

그러면 갑 학교가 이를 정정하여 수색당한 적이 없다고 말하고 을 학교도 정정하여 이런 책을 가진 적이 없다고 하는 것이다.

## 4.

그리하여 도를 수호하는 신문기자와 원만하고 점잖은 대학 총장까지도[3] 류궈六國 호텔에서 지내고 공리를 따지는 거대 신문도 간판을 떼어내고 학교의 접수실도 더 이상 『현대평론』을 팔지 않는다. 크게 "화염이 곤륜산을 태우니 옥석도 같이 탄다"[4]는 분위기이다.

나는 사실 이 정도까지는 아니라고 생각한다. 그러나 소문이라는 놈은 확실히 소문을 만든 자의 본심이 바라는 일인 경우가 많다. 따라서 우리는 소문을 통하여 일부 사람의 사상과 행위를 짐작할 수 있다.

## 5.

중화민국 9년 7월에 즈환전쟁이 일어났다. 8월에 환군이 궤멸됐고 쉬수정 등 아홉 명은 일본대사관으로 피신해 갔다.[5] 여기에 조그마한 볼거리가 있는데 일부 정인군자——지금의 일부 정인군자가 아니다——가 즈파 군인에게 유세하러 가서 개혁론자를 살육할 것을 청한 일이 그것이다. 결국에는 아무런 소득도 없었고 이 일도 곧 사람들의 기억에서 사라졌다. 그렇지만 그 해 8월의 『베이징일보』를 한 번 뒤적여 보면 큰 광고를 하나 만날 수 있다. 광고는 무슨 대영웅이 승리를 얻은 다음에 사설을 일소하고 이단을 주살해야 한다는 등의 고색창연한 명언을 담고 있다.

그 광고에는 서명署名이 있는데 이 자리에서 다시 거명할 필요는 없을 것이다. 그렇지만 현재 암중에 숨어 있는 소문가들과 비교하면 '지금이 예전만 못하다'는 느낌이 들지 않을 수 없다. 백년 전이 지금보다 더 좋았고 천년 전이 백년 전보다 더 낫고 만년 전이 천년 전보다 더 좋았다……는 특히 중국에서는 근거가 있다는 생각이다.

## 6.

신문 한 구석에 파지를 아끼라느니 국학에 주의를 기울여야 한다느니 입

센이 이랬고 로맹 롤랑이 저랬니 등등의, 청년들을 간곡하게 타이르는 훈계가 자주 보인다. 때와 글귀는 매번 다르지만 함의는 정말 비슷하여 귀에 딱지가 앉은 것 같은 느낌이다. 내가 어릴 때 덕망 높은 노인들에게 들어본 훈계와 비슷하다.

이는 '지금이 예전만 못하다'는 말의 반증인 것 같다. 그렇지만 세상일에는 예외가 있으니 위에서 말한 일도 예외로 칠 수 있을 것이다.

5월 6일

주)

1) 원제는 「無花的薔薇之三」, 이 글은 1926년 5월 17일 『위쓰』 제79호에 실렸다.
2) 이 단락은 천시잉이 1926년 4월 17일 『현대평론』에 쓴 「한담」을 인용한 것이다.
3) 이는 청서워(成舍我), 장멍린(蔣夢麟) 등을 가리킨다. 1926년 4월 28일자 상하이 『시사신보』와 같은 해 5월 1일자 광저우 『향도』 주간 151호 보도에 따르면 '적화박멸'을 표방하는 펑군과 즈루 연합군이 베이징에 진격하여 『징바오』 사장 사오퍄오핑(邵飄萍) 등을 죽이는 진압 수단을 쓴 뒤 베이징의 신문계와 학계에는 일대 공황이 일어났다. 이때 『세계일보』의 청서워와 『중미석간』(中美晚報)의 쑹파샹(宋發祥) 및 "점잖다고 부르는 베이징대학 대리총장 장멍린" 등이 은신했다.
4) 『상서』의 「윤정」(胤征)편에 나오는 구절이다.
5) 1920년 7월 베이양군벌 즈계와 환계(皖系; 안후이파) 두 계열 사이에 벌어진 전쟁이다. 전쟁은 7월 중순에 시작하여 얼마 되지 않아서 돤치루이, 쉬수정 등을 우두머리로 하는 환계가 즈계에게 패했다. 베이양정부는 7월 말 돤치루이의 직무를 변직시켰으며 쉬수정, 리쓰하오(李思浩) 등 열 명을 지명수배했다. 리쓰하오를 제외한 나머지 아홉 명은 모두 일본대사관으로 피신했다. 쉬수정(徐樹錚, 1880~1925)은 즈환전쟁 시기 돤치루이의 제일군 참모장을 지냈다.

# 새로운 장미[1)]

## —그렇지만 여전히 꽃은 없다

『위쓰』의 형식이 20절판으로 바뀔 예정이어서 나도 이전 제목을 더 이상 쓰고 싶지 않아서 파격적으로 분발하여 '새로운 장미'라는 제목으로 글을 쓰려 한다.

—이번에는 꽃이 필 것인가?

—아, 아, —그렇지는 않을 거다.

나는 내가 대체로 자기 위주의 사람이라는 것을 진작에 알고 있었다. 내가 이야기하는 논리는 '내가 생각하는' 논리이고 기억하는 정황도 내가 본 정황이다. 1월 전에 앵두꽃과 벽도화가 폈다고 한다. 내가 보지 못했으니 앵두꽃과 벽도화라고 생각하지 않는다.

—그렇지만 이런 것도 존재하는 것이다. —학자들은 이렇게 말할 것이다.

—좋다! 그러면 마음대로 한번 해보시오. —이는 내가 학자들에게 삼가 아뢰는 말이다.

'공리'를 따지는 일부 인사는 내 잡감이 일독할 가치가 없다고 말한다. 그건 분명하다. 사실 그가 내 잡감을 읽었다면 제일 먼저 자기 혼이 나갈 것이다.—만약 혼이란 게 있다면 말이다. 내 말이 만약 '공리'를 따지는 자의 입맛에 맞으면 나도 '공리유지회'의 회원이 되어 있지 않았겠는가? 나도 그처럼 되었거나 나머지 회원처럼 되지 않았겠는가? 내 말이 그들의 말과 같아야 하지 않은가? 많은 사람과 수많은 말이 한 사람과 한 마디 말과 같지 않았겠는가?

공리는 하나밖에 없다. 그런데 이는 벌써 그들이 가져갔다고 하니 나에게는 없는 것이다.

이번에 '베이징 성안의 외국 깃발'이 특히 많았던 것 같은데 이것이 예상 밖으로 학자들의 분노를 샀다. "둥자오민샹東交民巷 경계 바깥에서는 중국인과 외국인을 막론하고 외국 국기를 꽂아서 이를 생명과 재산을 보호하는 호신부로 삼아서는 안 된다."[2]

이는 분명하다. '생명과 재산을 보호하는 호신부'로 우리는 원래 '법률'이란 게 있다.

만약 그래도 안심이 안 된다면 홍만자기[3]라는 더 확실한 깃발을 사용한다. 중국과 외국 사이에 끼어 있으며 '무치함'과 유치有耻함을 초월하는 것으로 확실히 꽤 괜찮은 깃발이다!

청말 이래 "국사를 논하지 말라"는 명이 주루酒樓와 식당에 나붙었는데 지금까지도 변발과 함께 없어지지 않았다. 그리하여 가끔 붓을 든 사람을 괴롭혔다.

그렇지만 이번에는 오히려 흥미로운 것을 목격할 수 있었는데 남이 글로 인해 화를 입기를 바라는 사람이 쓴 글이 그것이었다.

똑똑한 사람은 말투도 나날이 똑똑해진다. 3월 18일에 살해된 학생은 동정할 만한데 이유는 여학생이 가고 싶어서 간 것이 아니라 교직원의 종용에 못 이겨 갔기 때문이라는 것이다.[4] "직간접적으로 소련의 돈을 사용한 사람들"도 정상 참작의 여지가 있다고 말한다. 왜냐하면 "자기는 굶을 수 있어도 마누라와 자식은 굶길 수 없"기 때문이다.[5]

갑을 밀어내면서 을을 함정을 빠뜨리고 사정을 봐주는 척하면서 죄를 확증했다. 특히 그들의 행동과 주장은 일고의 가치도 없다고 생각하는 것이다.

그런데 조자앙의 말 그림은 말 흉내 내는 자기 모습을 거울에 비춰 그린 것이라고 했지.

"마누라와 자식은 굶길 수 없"기 때문에 자연적으로 '산아제한 문제'가 발생할 것이다. 그런데 얼마 전에 마거릿 생어 부인[6]이 중국을 방문했을 때 '뜻있는 일부 인사'는 또 나서서 그녀가 중국인을 멸종시키려 한다고 크게 불평했다.[7]

독신주의는 지금 여전히 많은 사람들이 반대하고 있으며 산아제한도 통하지 않는다. 극빈한 신사에게 목하 최고의 방법은 수작으로 돈 많은 여자를 하나 구해 마누라로 삼는 것만 한 게 없다는 생각이다.

나는 아예 이 자리에서 비결 하나를 전수하노니 입으로는 반드시 '사랑하기' 때문이라고 말해야 한다는 것이 그것이다.

'소련의 금전' 십만 위안이 이번에는 의외로 교육부와 교육계에 분규를 일으켰는데 모두가 다 이를 조금씩 원했기 때문이다.[8]

이것도 어쩌면 '마누라와 자식' 때문일지 모르겠다. 그러나 이 루블은 그 루블과는 다르다. 이는 경자년의 배상금이요, 의화단 권비들이 '청을 도와서 서양을 멸망시키자'고 주장한 것이요, 각국 연합군이 베이징에 입성한 떡고물인 것이다.[9]

그 연도는 기억하기 쉬운데 19세기 말인 1900년이다. 26년 이후 우리는 '간접적'으로 권비의 금전으로 '마누라와 자식'에게 밥을 먹이고 있다. 만약 대사형의 영혼이란 게 있다면 망연자실할 것이 틀림없다.[10]

그리고 각국이 중국에 와서 '문화사업'을 하는 데 쓴 것도 이 돈인 것이다.

5월 23일

주)

1) 원제는 「新的薔薇」, 이 글은 1926년 5월 31일자 『위쓰』 제81호에 실렸다.

2) 『현대평론』 제3권 제74호(1926년 5월 8일)의 시사단평란에 실린 「베이징 성안의 외국 깃발」(北京城內的外國旗)에서 '자오'(召; 옌수탕燕樹棠)라는 필명의 글이 하나 실렸는데 이 글에서 1926년 봄과 여름 사이 국민군과 펑군의 전쟁 기간과 돤치루이 집정부 붕괴 기간 동안 베이징의 '둥자오민샹 경계 바깥'에 외국 깃발을 내건 사람 이야기가 나온다.

3) 홍만자기(紅卍字旗)는 당시 군벌 왕즈샹(王芝祥) 등이 불교자선단체의 명의로 조직한 세계홍만자회(紅卍字會)의 깃발이다.

4) 천시잉은 『현대평론』 제3권 제68호에 실은 3·18참사와 관련된 「한담」에서 희생된 여사대 여학생 양더췬에 대해 다음과 같이 언급했다. "양 여사는 후난 사람으로 …… 평소에는 근면 성실했으며 회의와 운동 등등에 많이 참여하지 않았다. 3월 18일 그녀의 학교에 하루 휴강하며 학생들에게 회의에 참여하라는 게시물 한 장이 붙었다. 양 여사는 그대로 별로 가고 싶지 않아서 가는 도중에 다시 되돌아왔다. 교직원 하나가 그녀에

게 강권하여 그녀는 어쩔 수 없이 갔다. 위병대가 총을 한 발 쐈는데 양 여사도 대중들을 따라 도망갔으나 친구인 모 여사가 부상을 입고 움직일 수 없는 것을 보자 몸을 돌려 그녀를 구호하다가 그녀도 총에 맞았다." 그러나 사실상 당일 여사대는 '학생들에게 회의에 참여하라고 하지' 않았고 학생자치회가 교무처에 1일 휴강을 요청했다.

『현대평론』 제3권 제70호(1926년 4월 10일)에 여사대 학생 레이위(雷楡), 리후이(李慧) 등 다섯 명은 천시잉에게 사실무근을 밝히는 편지를 보내서 양더췬은 평소에 "실제로 각종 애국운동과 기타 부녀운동에 참여했으며" 당일 동학들과 같이 학교를 나서서 "연도(沿道)에 전단을 뿌리며 의협심으로 격앙되어 있었다"며 사실과 부합하지 않는 천시잉의 말에 대해 반박했다.

5) 인용한 말은 천시잉이 당시 문화교육계 진보인사를 중상모략하는 말로 『현대평론』 제3권 제74호에 발표한 '산아제한'을 토론하는 「한담」에 나온다.

6) 마거릿 생어(Margaret Sanger, 1879~1966)는 산아제한운동을 활발히 벌인 미국인 여성운동가이다. 빈민가에서 간호사로 근무하면서 다산과 빈곤이 모자(母子)의 사망률을 높인다고 생각하였다. 그녀의 노력으로 의사가 피임을 지시하는 권리를 인정받게 되고 1953년에는 국제산아제한연맹도 조직되었다. 생어는 1922년 4월 산아제한운동을 홍보하기 위해 중국을 방문한 바 있다.

7) '뜻있는 일부 인사'는 산아제한 선전을 반대하는 사람들을 가리킨다. 1924년 5월 5일 『천바오 부간』에 화이쑤(懷素)라는 필명의 「5천 년의 황제 자손은 이제 절멸하노니」(五千年之黃帝子孫從此絶矣)라는 글이 실렸다. 여기서 안후이성립 제2사범학교 교장인 후진제(胡晋接)의 연설을 인용했다. "최신 조류의 결과는 과연 어떠한가. 나는 이를 계속 검토하자 모골이 송연해지고 덜덜 떨리지 않을 수 없었다. 그 결과는 곧 극단적으로 흉한 상으로 곧 '집이 망하고 종족이 멸망하고 나라가 망한다'이다. 생어 부인의 산아제한 방법과 관련 약품은 이에 의거한다고 생각한다. 이런 신문화가 보급되지 않는 것이 또한 다행스럽다.…… 만약 진정으로 전국에 보급된다면 5천 년 동안 이어져 온 황제의 자손은 이제 멸망할 것이다."

8) 교육부와 교육계가 '소련의 금전' 때문에 갈등을 일으킨 전후 사정은 다음과 같다. 1926년 5월 중순 베이양정부 교육부는 수도의 교육경비난을 이유로 특별히 러시아 반환배상금위원회에 십만 위안을 대여요청하고 이 금액을 예산에 따라서 베이징국립대학, 공립중소학교, 교육부 및 부설기관에 평균적으로 분배할 계획이었다. 그러나 당시 베이징대학 등 국립 9개 대학 교직원은 이런 분배방식에 반대했는데 이들은 이 돈은 베이징 전문학교 이상의 학교에만 쓸 수 있다고 생각했으며 이 때문에 교육부와 갈등이 일었다.

9) 청말 북방에 농민·수공업 노동자와 도시 빈민을 위주로 한 의화단운동이 폭발했다. 그들은 권단(拳壇)을 설립하고 권봉(拳棒) 연습과 기타 미신으로 군중을 조직하였다. 초

기에 '청조를 반대하고 서양을 멸망시키자'(反淸滅洋)를 구호로 내세웠으나 나중에 '청조를 도우고 서양을 멸망시키자'(扶淸滅洋)로 바꾸면서 외국 대사관을 공격하고 교회당을 불태우는 데 이용되었다. 1900년(庚子年) 러시아, 독일, 미국, 영국, 프랑스, 일본, 이탈리아, 오스트리아 등 8국 연합군과 청 정부가 이를 공동으로 진압했다. 이후 8국 연합군은 베이징을 공격하여 점령하고 청 왕조에 1901년 9월 매국적인 '신축조약'에 서명할 것을 강요했으며, 4억 5천만 냥 백은의 거액 배상금을 찾아냈는데 이것이 이른바 '경자반환금'이다. 10월혁명 이후 소련 정부는 '경자반환금' 중에 아직 내지 않은 돈을 돌려준다고 결정했다.

10) 의화단이 권법을 연습할 때 대략 25인이 집단 하나를 구성했으며 매 집단에는 두령 하나가 있었는데 그를 대사형(大師兄)이라고 불렀다.

# 다시 한번 더[1]

지난해 『열풍』을 엮을 때 그래도 신사들이 말하는 '충직하고 온후'한 생각이 남아 있어서인지 몇 편을 뺐었다. 그러나 그중 한 편은 원래 넣고 싶었는데 원고를 잃어버려서 넣을 수 없었다. 그런데 지금 원고를 찾았다. 『열풍』 재판본을 찍을 때 이 글을 넣어 광고를 해서 내 글에 심취해 있는 독자들에게 한 권 더 파는 것도 나에게 이익이 없지 않긴 하다. 그렇지만 관두자. 이는 정말 재미없는 일이다. 다시 한번 싣는 것보다 장래에 나올 세번째 잡감집에 싣는 것도 이를 보충하는 방법 중 하나일 것이다.

이 글은 장스자오 선생에 대한 글이었다.

복숭아 두 개가 독서인 세 명을 죽였다.[2]

장싱옌 선생이 상하이에서 그의 이른바 '신문화'를 비판하면서 '이도二桃가 삼사三士를 죽였다'라는 고문이 좋고 '복숭아 두 개가 독서인 세 명을 죽였다'라는 백화문이 나쁜데 신문화는 "역시 그만둘 수 없는가"라

고 마무리지었다.[3)]

역시 그만둘 수 있는 것이다! "이도가 삼사를 죽이다"는 잘 쓰지 않는 전고가 아니라 구문화의 책에서 자주 보이는 것이다. 그런데 "누가 이를 위해 계략을 꾸밀 수 있었는가? 상국인 제나라 안자이다"라고 했으니까 『안자춘추』를 한번 살펴봐야겠다.[4)]

『안자춘추』는 현재 상하이에 석인본이 있어서 입수하기 쉽다. 이 전고는 해당 석인본의 2권에 나온다. 대략적인 뜻은 다음과 같다. "공손접公孫接, 전개강田開疆, 고야자古冶子가 경공景公을 모시는데 호랑이와 싸우는 용맹으로 경공을 모신다는 소문이 나서 안자가 지나가면서 들렀다. 그런데 세 사람은 일어나지 않았다." 그리하여 안 선생이 무례하다고 여기고 경공에게 그들을 곁에 두지 말아야 한다고 말했다. 그 방법은 경공이 사람을 시켜 복숭아 두 개를 그들에게 보내서 "너희 셋의 공로에 따라서 복숭아를 먹으시오"라고 말하는 것이었다. 아, 그랬더니 일대 소동이 벌어졌다.

> 공손접은 하늘을 우러러 보면서 탄식했다. "안자는 지혜로운 자이다. 공에게 우리의 공을 셈하게 했으니. 복숭아를 받지 않으면 용맹하지 않은 것이다. 선비는 많은데 복숭아는 적으니 어찌 공을 다투어 복숭아를 먹지 않겠는가. 큰 돼지를 잡고 나서 또 호랑이를 잡았으니 이를 연달아 한 공로로 보자면 복숭아를 먹을 자격이 있으며 남과 다르다"라고 하며 복숭아를 쥐고 일어났다.
>
> 전개강은 "내가 병사를 일으켜서 삼군을 퇴각시킨 것이 2회이다. 변경을 개척한 공이라면 복숭아를 먹을 수 있는 자격이 남과 같지 않다"라고 말하며 복숭아를 쥐고 일어났다.

고야자가 말했다. "내가 군주의 뒤를 따라 강을 건넜는데 큰 자라가 수레 왼쪽의 말을 물고 지주[5]의 물 속으로 들어갔다. 이때 나는 어려서 수영을 할 수 없어서 잠수하여서 물을 백 보 거슬러 가고 다시 물의 흐름을 따라 구 리를 쫓아가서 자라를 죽일 수 있었다. 그리고 왼손으로 말의 꼬리를 잡고 오른손으로 자라의 머리를 쥐고 학처럼 솟아올랐다. 나루터 사람들이 모두 하백이라고 말했다. 나를 자라로 비유하면 큰 자라의 우두머리이다. 나와 같은 공이라면 복숭아를 먹을 수 있으며 남들과 같지 않다! 두 사람은 어찌 복숭아를 돌려주지 않는가?"라고 하며 검을 뽑고 일어섰다.

책을 베끼는 일은 정말 싫다. 결론적으로 나중에 두 사람은 공이 고야자만 못한 것을 부끄러워하며 자결했다. 고야자는 자기 혼자 살고 싶지 않아서 그도 자결했다. 그리하여 '이도가 삼사를 죽'이게 되었다.

우리는 이 삼사가 구문화에 심득이 있었는지 알지 못하지만 책에 '용맹으로 소문났다'고 써 있는 이상 그들이 '독서인'이라고 말하기는 어렵다. 만약 「양부음」梁父吟[6]이 "두 도자가 용사 셋을 죽였다"二桃殺三勇士라고 했다면 당연히 더 일목요연하겠지만 아쉽게도 이는 오언시였기 때문에 글자를 더할 수 없어서 "이도가 삼사를 죽였다"二桃殺三士라고 쓸 수밖에 없었다. 그 탓에 장싱옌 선생이 "복숭아 두 개가 독서인 세 명을 죽였다"라고 해석하게 만들었다.

구문화는 정말 해석하기 어렵다. 전고도 당연히 기억하기 어렵다. 그러므로 그 두 개의 오래된 도자도 괴상하게 되는 운명을 면치 못했다. 이 때문에 그 당시 세 명의 독서인이 목숨을 잃었고 지금도 한 명의 독서인이

험한 꼴을 당하고 있다. '또한 그만둘 수 없는 것인가'!

지난해 나는 '매하유황'每下愈況[7] 문제 때문에 공정하다고 자처하는 청년의 훈계를 들은 바 있었다. 그가 나의 '첨사' 자리를 빼앗았기 때문에 내가 신랄하게 그를 조롱한다는 것이었다. 지금 이 자리를 빌려서 나는 이 글이 1923년 9월에 『천바오 부간』에 실렸다는 사실을 특별히 밝히지 않을 수 없다. 그 당시 『천바오 부간』의 편집진은 아직 타고르 선생을 모신 '시철'이 아니었으며 다른 사람을 사지에 몰아넣지도 않았고 자신의 사명을 억눌러 없애지도 않아서 가끔 가다 나 같은 속인의 글도 싣기도 했다.[8] 그리고 나는 나중에 '구퉁 선생'이라고 불리는 이 분과도 '소소한 원한'도 없었던 시절이다.[9] 그 '동기'란 아마 백화라는 유행을 좀 도와주고 싶었을 따름이었으리라.

이렇게 '화가 입에서 시작되는' 시절이라면 나 스스로를 위해 좀더 주도면밀하게 변호해야겠다. 혹자는 이번의 보충도 '물에 빠진 개를 때리는' 혐의가 있으며 '동기'도 매우 '불순'하다고 할 것이다. 그렇지만 결코 그렇지 않다. 물론 얼마 전 스자오 비서장이 뒤에서 계략을 꾸미고 가짜 공으로 사적인 이익을 추구하고 학생들을 모살하며 자기와 생각이 다른 이를 수배할 때, '정인군자'는 거들면서 수배된 이가 도주하는 걸 비웃고 귀가 따갑도록 '구퉁 선생' '구퉁 선생'을 부르던 때와 비교하자면 지금은 적막한 감이 없지 않다. 그렇지만 내가 보기에 그는 아직 물에 빠지지 않았고 조계에서 '안주'하고 있을 따름이다.[10] 베이징은 예전과 마찬가지로 그가 길렀던 것들이 흉악하게 날뛰고 있고 그와 결탁했던 신문사가 시비를 뒤바꾸고 있으며 그가 돌봐 줬던 여학교가 풍파를 일으키고 있다. 여전히 그의 세상인 것이다.

'도자'에 조그마한 타격을 가하는 것을 어찌 '물에 빠진 개를 때리는' 것과 같이 논할 수 있겠는가?!

그런데 왠인지는 모르겠지만 이 '구퉁 선생'님께서 『갑인』에서 변론하면서 이는 하찮은 일에 지나지 않는다고 생각하신다고 했다. 이는 사실이다. 하찮은 일에 불과하다.[11] 조금 틀린들 무슨 상관 있으랴? 설사 안자를 모르고 제나라를 몰라도 중국에는 손해를 끼치지 않는다. 농민 가운데 누가 「양부음」을 알겠는가. 그리고 농업도 마찬가지로 나라를 구할 수 있는 것이다.[12] 그러나 백화를 공격하는 호쾌한 행동도 할 필요가 없는 것이라 하겠다. 백화로 문언을 대체하는 것도 부적절한 데가 좀 있다 하더라도 어쨌든 하찮은 일에 지나지 않는다.

나는 '구퉁 선생'의 문하에서 연구한 바도 없고 책상과 침대, 바닥에 무슨 독일어 서적이 깔려 있는 것을 볼 영광도 누리지 못했지만, 우연히 눈에 띈 그가 발표한 '문언'을 보고 법률도 믿을 만하지 못하며 도덕 및 관습도 한 번 정해지면 불변하는 것이 아니고 문자언어도 반드시 변천한다는 것을 그가 사실은 잘 이해하고 있다는 것을 알게 됐다. 잘 이해하면서 그대로 말하면 개혁가가 된다. 잘 이해하면서도 말하지 않으면 도리어 다른 사람을 기만하는 데 이용하게 되며 그러면 '구퉁 선생' 및 '그 무리'가 된다. 그의 문언보호도 골자는 이 같을 따름이다.

나의 검증이 맞다면 '구퉁 선생'도 「한담」의 이른바 '일부 지사'의 통병痛病에 감염되어서 '마누라와 자식'에게 묶여 있는 것 같다. 이다음에 특별히 독일어 서적 몇 권을 따로 사서 '산아제한'에 대해 연구해야 할 것 같다.

5월 24일

주)______

1) 원제는 「再來一次」, 이 글은 1926년 6월 10일 반월간지인 『망위안』 제11호에 실렸다.
2) 원제는 「兩個桃子殺了三個讀書人」이다. 필자인 장싱옌(章行嚴)은 장스자오이다.
3) 장스자오가 1923년 8월에 상하이의 『신문보』에 발표한 「신문화운동을 평함」(評新文化運動)에 관련 대목이 나온다.
4) 『안자춘추』(晏子春秋)는 작자 미상의 춘추시대 제(齊)나라 대부 안영(晏嬰)의 언행을 기록한 책이다. 여기에 인용된 단락은 2권 「간」(諫) 하편에 나온다.
5) 지주(地柱)는 허난성 싼먼샤(三門峽) 동쪽의 황허 급류에 위치한 산의 이름이다.
6) 중국 문학 장르 중 하나인 악부(樂府)의 곡명이다.
7) 『장자』의 「지북유」(知北遊)편에 나오는 말이다. 『화개집』의 「KS군에게 답함」 참조.
8) 이 글은 1923년 9월 14일자에 쉐즈(雪之)라는 필명으로 『천바오 부간』에 발표됐다. 당시 편집자는 쑨푸위안이었다. 1925년 10월 1일부터 쉬즈모(곧 본문의 '시철'詩哲)가 편집을 맡기 시작했다. "다른 사람을 사지에 몰아넣는다" 등의 말은 쉬즈모가 『천바오 부간』 편집을 맡으면서 발표한 글 「나는 왜 이 잡지를 간행하는가, 나는 어떻게 간행하려고 하는가」에 나오는 말이다. 이에 대해서는 이 문집의 「편지가 아니다」의 관련 대목을 참고하시오.
9) '소소한 원한'은 원래 『사기』에 나오는 말이다. 천시잉은 1926년 4월 10일 『현대평론』 제3권 제70호에 발표한 「양더췬 여사 사건」이라는 글에서 여사대 학생인 레이위 등 다섯 명이 3·18참사 열사인 양더췬과 관련된 허위사실을 밝힌 편지에 답신할 때 루쉰을 암묵적으로 지적하면서 쓴 말이다.
10) 1926년 봄과 여름 사이에 돤치루이 등의 평계 군벌이 국민군에게 공격당할 때 돤치루이는 둥자오민샹(東交民巷)의 외국 대사관 지역으로 도망갔으며 장스자오는 톈진의 조계지로 피신했다.
11) 장스자오는 1925년 9월 12일 『갑인』 제1권 제9호에 그가 쓴 「신문화운동을 평함」을 다시 실으면서 앞에 필자의 주를 달았는데 그중 다음과 같은 대목이 나온다. "베이징의 신문은 자주 글에서 선비와 독서인을 상대적으로 거론하곤 하는데 사실에 부합하지 않는다. 이도의 사란 곧 용사를 말하는 것이지 독서인이 아니다. 이러한 하찮은 일이 설마 모편의 본뜻에 관련되겠는가."
12) 이는 장스자오의 농업구국론을 겨냥하여 쓴 말이다. 장은 다시 '농촌입국'(農村立國)을 선전했는데 가령 『갑인』 제1권 제26호(1926년 1월 9일)에 발표한 「농국변」(農國辨)이 대표적이다.

# 반농을 위해 『하전』의 서문을 쓰고 난 뒤에 쓰다[1]

또 이삼 년 전의 일이다. 우연히 광서 5년(1879)에 출간된 『선바오관 서목속집』申報館書目續集에서 『하전』何典[2] 개요를 읽었는데 다음과 같이 씌어 있었다.

> 『하전』은 10회이다. 책은 지나가는 이過路人가 엮었고 전협이纏夾二 선생이 평했으며 태평객인太平客人이 서문을 썼다. 책 속에는 여러 사람을 끌어들이는데, 산 귀신이라는 자가 있고 궁한 귀신으로 불리는 자가 있으며 산 죽은 자라는 이가 있고 냄새 나는 거지라는 이가 있으며 길가 집 아가씨라고 불리는 이도 있다. 이 이름을 읽다 보면 우스워 입안에 있던 밥을 내뿜을 정도이다. 게다가 기록된 내용을 보면 모두 다 한촌의 속된 이야기이다. 터무니없는 이야기로 망중한을 즐기기에 부족함이 없다. 책 속에서 나오는 말은 귀신의 말이고, 사람은 귀신 이름이다. 사건은 귀신같이 즐거워하고, 익살맞은 표정을 짓고, 귀신불을 낚고, 귀신 연극을 하고 귀신집을 짓는 이야기이다. 속담에 "『하전』에 나온 것인가?"라는

말이 있다. 지금 이후로 속된 이야기로 글을 짓는 이는 "『하전』에 나온 것이다"라고 말하면 된다.

내용이 꽤 특이하여 궁금히 여겼기에 유심히 찾아다니며 구해 봤지만 결국 구하지 못했다. 창웨이쥔이 중고서적 중개상을 많이 알고 있어서 그에게도 책을 찾아 달라는 부탁을 했지만 마찬가지로 책을 구하지 못했다.[3] 그런데 올해 반눙이 나에게 광톈의 사당 장터에서 우연히 이 책을 구했고 구두점을 달아서 곧 출판할 것이라는 소식을 알려 왔다.[4] 이 소식을 듣고 정말 기뻤다. 이후 반눙은 잇달아 교정지를 보내왔을 뿐만 아니라 내가 짧은 서문을 써 줬으면 좋겠다는 이야기를 전해 왔다. 그는 내가 잘해 봐야 짧은 서문만을 쓸 수 있다는 것을 알고 있다. 그래도 나는 여전히 주저했는데 나는 그만 한 능력이 없다고 생각하는 편이었다. 많은 경우에 일을 하는 사람은 이 부문에 특기를 갖고 있으며 또 그래야 잘할 수 있다고 생각한다. 가령 구두점을 찍는 일은 왕위안팡[5]에게 양보해야 하며, 서문을 쓰는 일은 후스즈가 하도록 사양해야 하고, 출판은 야둥도서관에 맡기는 식이다. 류반눙과 리샤오펑[6] 그리고 나는 모두 여기에 끼지 않는다. 그렇지만 나는 몇 마디 쓰기로 마음을 정했다. 왜인가? 그냥 내가 결국 몇 글자 쓰기로 결정했을 뿐이기 때문이다.

아직 착수도 안 했을 때인데 직접 전쟁을 겪으면서 포성과 소문 속에서 마음이 편치 않아 집필할 마음이 생기지 않았다. 뒤이어 또 어떤 문사 무리가 신문지상에 『하전』 광고가 고상하지 않고 대학교수가 이 정도까지 타락한 줄 몰랐다며 반눙을 비난했다는 이야기를 알게 됐다.[7] 이 일은 나를 처연하게 만들었다. 왜냐하면 이 일로 어떤 일이 떠올랐는데 이 일도 마찬가지로 '대학교수가 이 지경까지 타락한 줄 몰랐다'고 생각했기 때문이다. 이 때문에 『하전』을 보기만 해도 고통스러워서 한 마디도 더할 수 없었다.

그렇다. 대학교수는 타락하고 있다. 키가 크든 작든, 피부가 희든 검든 혹은 회색이든 상관없이. 그렇지만 남들이 타락이라고 말하지만 나는 곤궁하다고 말하는 부분이 있다. 내가 말하는 곤궁하다의 발단은 신분을 잃는 것이다. 나는 이전에 「'타마더'에 대하여」[8]라는 글을 써서 사회가 암담하다는 청년 도덕가의 한탄을 들은 적이 있었는데 이제는 신분 이야기까지 꺼낸단 말인가? 그렇지만 여전히 신분에 대해서 좀더 이야기하려 한다. 나는 가면을 쓴 신사들에 대해 '통렬히 절망하며 이들을 깊이 증오'하긴 하지만 '학계의 비적'과 같은 집안은 아니다. 그리고 '정인군자'라는 사람을 만나면 당연히 머리를 과감하게 휘젓겠지만 그렇다고 비뚤어진 사람이나 종과 잘 어울릴 위인도 못된다. 차별 없는 시선으로 보자면 대학교수가 우스운 행동을 하거나 과장되게 광고를 하는 것도 뭐가 이상하겠는가. 말끝마다 '타마더'라고 광고하고 다니더라도 뭐가 이상하겠는가. 그렇지만 말이다—여기에서 그렇지만이라는 말은 꽤 쓸모 있다—나는 19세기에 태어난 사람인 데다 또한 이른바 '구퉁 선생'과 같은 부처에서 몇 년 동안 관직에 있으면서 관리—상등인—기운이 쉽게 가시지 않아서 교수에게 가장 잘 어울리는 곳은 그래도 강단이라고 생각하는 것이다. 또다시 그렇지만 말이다를 써야겠는데, 그렇지만, 반드시 생활하기에 충분한 월급이 있어야 하며 겸직하는 것도 괜찮다. 이 주장에 대해서 지금의 교육계는 한목소리로 찬성할 가능성이 크다. 지난해에 어떤 공리회에서 겸직을 한목소리로 공격하던 공리유지가가 올해는 소리 소문도 없이 겸직하고 있다. 그렇지만 '주요 신문'에서 그 사실을 게재할 리 없고 스스로 떠벌리고 다닐 일은 더더욱 없다.

반눙이 독일과 프랑스에 가서 몇 년 동안 음운 공부를 했지만 그가 쓴 프랑스어 책을 읽을 수 없었고 다만 그 안에 간간이 삽입되어 있는 중국 글자와 높고 낮은 곡선만 알아봤다. 어쨌든 서적으로 나와 있으니 읽고 이해할 사람이 어딘가에는 있을 것이다. 그래서 이런 곡선들을 학생에게 가르치는 게 그래도 그의 본업이라고 나는 생각한다. 그러나 베이징대학이 곧 대길관문大吉關門하게 되자[9] 그의 겸직도 없어졌다. 그렇다면 내가 아무리 대단한 상등인일지라도 그가 책을 인쇄하고 판매하는 것을 반대할 수는 없는 것이다. 기왕 출판하려면 당연히 많이 팔 생각을 하며, 많이 판매하려면 당연히 광고를 해야 하고, 광고를 하려면 당연히 좋은 말을 늘어놓아야 한다. 설마 자기 책을 출간하면서 이 책이 정말 따분하므로 여러분은 읽을 필요가 없다라고 광고에서 말하겠는가? 내 잡감이 일독할 가치도 없다는 광고는 시잉(곧 천위안)이 한 것이다. 이야기 나온 김에 내 광고 하나를 여기에 내어 보자. 천위안이 왜 나를 위해 이런 비판 광고를 했는지는 나의 『화개집』을 한번 들춰 보기만 해도 알 수 있습니다. 고객 여러분, 읽어 보시오! 빨리 읽어 보시오! 권당 다양 6자오角, 베이신서국에서 발행합니다.

이십여 년도 더 지난 일이 생각난다. 혁명에 종사하던 타오환칭은 찢어지게 가난했는데 콰이지會稽 선생이라고 자칭하면서 상하이에서 사람들에게 최면술을 가르쳐 주는 것으로 겨우 먹고살았다.[10] 하루는 그가 나에게 냄새를 맡자마자 바로 잠드는 약이 있는지를 물어 왔다. 나는 그가 시술이 잘 되지 않을 경우를 대비하여 약물의 도움을 받으려 한다는 것을 알아차렸다. 사실 대중들에게 거는 최면술은 성공하기 어려운 법이었다. 그런데 그가 찾는 묘약을 나는 알지 못해서 도와주고 싶었지만 도와줄 수 없었다. 두세 달 뒤 신문에 투서(어쩌면 광고일지도 모르겠다)가 실렸는데 콰이지 선생이 최면술을 모르면서 사람을 속인다는 내용이었다. 청 정부는 이놈들보다 훨씬 더 영민하여 그를 지명수배할 때 "『중국 권력사』 저자, 일본에서 최면술 배움"이라고 대구 한 구절을 붙였다.

『하전』이 곧 출간되므로 짧은 서문을 제출해야 할 시간도 바투 다가왔다. 밤비가 주룩주룩 내리는 와중에 붓을 드니 갑자기 삼 노끈으로 허리띠를 삼았던 곤궁했던 타오환칭 생각이 떠오르고 또 『하전』과 아무런 상관도 없는 생각들이 끼어든다. 그러나 서문을 건네줘야 할 시간이 가까워온다. 써야 할 수밖에 없는 데다가 인쇄에까지 부쳐야 한다. 결코 반농을 '반역자 일당'—지금의 중화민국은 혁명으로 만들어졌지만 허다한 중화민국 국민은 여전히 그때의 혁명자를 반역자 일당이라고 여기는 것이 분명하다—이라고 억지로 갖다 붙이는 것은 아니며 다만 이 시각에 나는 옛일이 기억났고 몇몇 친구가 떠올랐으며 또 여전히 내가 무력하다는 것을 느끼고 있다는 것을 말하고 싶을 뿐이다.

그러나 짧은 서문을 결국에 썼다. 형편없긴 하지만 어쨌거나 일을 하나 끝마쳤다. 뿐만 아니라 그때 들었던 특별한 심정을 써서 지면에 발표까지 하고 있으니 이것도 『하전』을 위한 광고로 삼을 것이다.

5월 25일 밤,<br>동쪽 벽에 부딪치면서, 쓰다

주)______

1) 원제는 「爲半農題記『何典』後, 作」, 이 글은 1926년 6월 7일 『위쓰』 제82호에 실렸다.
2) 장회체소설로 『11재자 귀신이야기 연작』(十一才子鬼話連篇錄)이라는 제목으로도 알려져 있다. 모두 10회로 구성되어 있다. 귀신이야기를 빌려서 사회 인정과 세태를 표현하였으며 풍자와 유머를 구사하고 있다. 간간이 쑤난(蘇南; 쑤저우 등의 장쑤성 남부 지역) 방언을 사용한다. 1878년 상하이 선바오관(申報館)에서 출판했다. 편저자인 '지나가는 이'(過路人)의 본명은 장남장(張南庄)으로 청대 상하이 사람으로 건륭·가경 연간까지 생존했다. 전협이(纏夾二)의 본명은 진득인(陳得仁)이며 청대 창저우(長洲; 지금의 장쑤 우현吳縣) 출신이다. 1926년 6월 류반눙이 이 책에 구두점을 찍어서 새로 인쇄했으며 루쉰은 제기를 쓴 바 있다. 루쉰이 쓴 제기는 본 전집의 『집외집습유』(集外集拾遺)에 수록되어 있다.
3) 창웨이쥔(常維鈞, 1894~1985)의 이름은 후이(惠)이며 허베이 완핑(宛平; 지금은 베이징 관할임) 출신이다. 베이징대학 프랑스문학과를 졸업했으며 베이징대학에서 출간한 주간지 『가요』(歌謠)의 편집진이었다.
4) 광뎬(廣甸)은 베이징의 지명으로 류리창(琉璃廠)에 위치하고 있다. 과거 매년 음력 정월 초하루부터 보름까지 전통적인 묘시(廟市) 기간 동안 임시로 헌책 가판대를 만들어 판매하는 대규모의 장이 열렸다.
5) 왕위안팡(汪原放, 1897~1980)은 안후이 지시(績溪) 출신이다. '5·4' 이후 『수호전』 등의 소설 몇 종에 구두점을 찍어서 상하이 야둥도서관(上海亞東圖書館)에서 출판한 바 있다. 이 소설들의 대부분은 후스(즉 후스즈)가 서문을 썼다.
6) 리샤오펑(李小峰, 1897~1971)은 장쑤 장인(江陰) 출신으로 베이징대학 철학과를 졸업했다. 신조사와 위쓰사에 참여한 바 있으며 이때는 상하이 베이신서국의 책임자 중 한 명이었다.
7) 『위쓰』 제70호에서 제75호까지 실린 광고를 말한다. 앞의 세 호까지는 "방귀 뀌는 헛소리를 하네, 진짜 어찌 이럴 수가 있는가"라는 말만 싣고 『하전』의 책 이름은 언급하지 않았다. 제73호(1926년 4월 5일)부터 광고의 서두에 "우즈후이 선생의 스승의 (『하전』) 출판 예고"라는 말이 나오며 그 속에 우즈후이의 다음과 같은 말을 인용했다. "나는 『하전』의 첫 두 구절을 읽었는데 …… 여기에서부터 양후파(陽湖派) 고문가가 꾸는 미몽을 깨뜨리며 말을 굉장히 자유자재로 한다. …… 책의 첫 두 구절이 바로 '방귀 뀌는 헛소리를 하네, 진짜 어찌 이럴 수가 있는가?'이다. 이런 정신이어야지 언론의 진정한 자유를 얻을 수 있으며 언론의 참 행복을 누릴 수 있다."
8) 루쉰의 잡문집 『무덤』에 실려 있다.
9) 1926년 봄과 여름 동안 돤치루이 정부는 오랫동안 교육 경비를 지급하지 않아서 9개 국립대학이 개학을 하지 못했다. 베이징대학은 3월 15일 교직원평의회를 개회하여 한

달 밀린 월급을 지불하지 않으면 생활을 유지할 수 없어서 개강을 할 수 없다는 결정을 내렸다(1926년 3월 17일자 『징바오』 참조). 나중에 겨우 개강을 하긴 했지만 교원 가운데 휴가 신청자가 하루에 수십 명이 되곤 했다. 곧 교무회의는 종강을 일찍 하기 위해서 6월 1일 이전에 학기말고사를 치른다는 것을 의결했다. 여기에서 말하는 "베이징대학이 곧 대길관문한다"란 이를 가리킨다.

10) 타오환칭(陶焕卿)은 곧 타오청장(陶成章)을 가리킨다.

# 즉흥일기[1)]

## 미리 쓰는 서문

아직 일기를 한 자도 적지 않았는데 서문부터 쓰므로 미리 쓰는 서문이라고 이름 붙였다.

나는 원래 매일 일기를 쓴다. 이는 혼자 읽기 위해서 쓰는 것이다. 세상에 이런 일기를 쓰는 사람이 많을 것이다. 일기를 쓴 사람이 유명인이 되면 사후에 일기도 출간될 수 있다. 읽는 사람도 특별히 흥미로운데 왜냐하면 그가 일기를 쓸 때 「내감편」의 외모편을 쓰듯이 젠체하지 않은 진면목을 볼 수 있기 때문이다.[2)] 나는 이것이 일기의 정통 적자라고 생각한다.

그런데 내 일기는 그렇지 못하다. 적는 것은 서신 왕래와 금전 출납이므로 진면목이라 할 것도 없으며 진위를 가릴 거리는 더더욱 없다. 예를 들면 이렇다. 2월 2일 맑음. A의 편지를 받았다. B가 왔다. 3월 3일 비. C 학교에서 월급 X위안을 받았다. D에게 답신했다. 한 줄이 찼지만 쓸 일이 더 있으면 종이도 좀 아깝기 때문에 그날 일을 전날의 빈칸에 써넣는다.

요컨대 믿을 만하지 못하다. 그러나 나는 B가 온 것이 2월 1일인지 아니면 2월 2일인지 사실 크게 상관하지 않으며 쓰지 않아도 괜찮다고 생각한다. 그리고 기록하지 않을 때도 자주 있다. 내 목적은 답신의 편의를 위해서 누가 편지를 보냈는지를 기록하는 데 있으며 언제 답신했는지 특히 학교 월급을 몇 년 몇 월에 몇 분의 몇을 받았는지 등을 적는 데 있을 뿐이다. 소소한 것들은 잘 기억하지 못하기 때문에 확인하기 편리하게 반드시 장부가 하나 있어야 양쪽이 모호하지 않을 수 있다. 나도 사람들에게 얼마나 많이 돈을 빌려 줬고 장래에 사람들이 돈을 다 갚으면 어느 정도의 부자가 될 건지 알 수 있도록 말이다. 그밖에 다른 야심을 가지고 있지는 않다.

우리 고향의 이자명 선생은 일기를 저술로 삼았는데 위로는 조정의 전장典章에서 가운데로는 학문, 그리고 아래로는 욕하는 것에 이르기까지 모든 것을 일기에 기록했다.[3] 예상대로 벌써 어떤 이가 그 수고手稿를 석인본으로 인쇄했는데 가격이 한 부에 50위안으로 매겨져 있다. 이 가격은 요즘 같은 세월에 학생은 말할 것도 없고 선생도 비싸서 사기 힘들다. 그가 일기를 한 질 묶고 있을 때 이미 사람들은 이를 돌려 가며 베껴 쓰고 있다고 일기에 기록되어 있으니 사실 멀고 먼 '사후'를 기다릴 것까지도 없는 것이다. 이는 일기의 정통은 아닌 것 같지만 입언立言에 뜻이 있고 포폄을 표할 의사가 있으며 남에게 알리고 싶으면서도 또 남이 알까 봐 두려운 사람이라면 따라서 한번 해봐도 괜찮을 것 같다. 백화를 좀 써놓고 백 년 이후에 나올 책에 싣겠다고 말하는 건 어리석고 구리기 그지없다.

이번의 내 일기는 그러한 "큰 기대를 품나니"[4] 류는 아니지만 원래 쓰던 대로의 아주 간단한 일기도 아닌 것으로, 아직 쓰지는 않았지만, 쓰려고 한다. 사오일 전 반눙을 만났는데 『세계일보』의 부간을 편집하게 됐다면서 나도 원고를 좀 써야 한다고 말했다.[5] 그야 물론 가능하다. 그런데 원고는? 이는 확실히 난감한 일이었다. 부간을 읽는 이는 대개 학생인데 모두 다 "배우고 때때로 익히면 또한 기쁘지 아니한가"나 "인심이 옛날만 못하다"를 지어 본 경험자이므로 글을 쓰는 것이 어떤 느낌인지 잘 알고 있을 것이었다. 어떤 사람은 나를 '문학가'라고 지칭하지만 사실은 절대로 그렇지 않다. 그들의 말을 믿지 마시라. 나도 글 쓰는 것을 가장 두려워한다는 것이 바로 그 증거이다.

그렇지만 일단 하겠다고 했으니 어쨌든 방법을 생각해야 했다. 이리저리 궁싯거리다가 보면 가끔 떠오르는 느낌이 있긴 한데 보통 계속 게으름을 피우며 놔두다 보면 잊어버린다는 생각이 들었다. 만약 바로 쓰면 어쩌면 잡감 같은 물건이 나올 수도 있다. 그래서 나는 생각이 떠오르면 바로 써 내려가고 또 바로 투고해서 나의 출근부의 서명으로 삼아야겠다는 마음을 먹었다. 이는 애초부터 제3자에게 보여 줄 계획이므로 진면목이 나오지는 않을 것이다. 최소한 자기에게 불리한 일은 아무래도 숨길 것인데 독자는 우선 이 점을 알아주시기 바란다.

만약 쓰지 못하거나 쓸 수 없다면 바로 그만둔다. 그래서 이 일기가 얼마나 오래갈지 지금으로서는 알 수 없다.

1926년 6월 25일, 동쪽 벽 아래에서 쓰다

6월 25일

맑음

아팠다. 오늘 이 이야기를 쓰려고 하니 좀 쓸데없는 일인 것 같기도

하다. 이는 열흘 전의 일이고 지금은 꽤 좋아지고 있다고 할 수 있기 때문이다. 그러나 여파가 아직 남아 있어서 이것을 '개종명의'[6]장의 첫번째로 삼으려 한다. 조사해 보면 재자가 말씀을 세울 때 늘 3대 고난을 크게 외쳐야 했다. 첫째는 가난함이요 둘째는 병환이며 셋째는 사회가 나를 박해한다는 것이 그것이다. 그 결과는 바로 사랑하는 사람을 잃는 것이다. 전문적인 용어로 이를 실연이라고 한다. 나의 개종명의는 두번째 고난과 비슷한 것 같지만 사실은 전혀 다른데, 왜냐하면 단오절 전날 원고료 몇 푼을 받아서 음식을 사 먹다가 걸린 소화불량이자 위장병이기 때문이다. 내 위장은 팔자가 안 좋은지 늘 먹을 복을 견뎌 내지 못했다. 정말이지 의사를 찾아가고 싶은 마음이 크게 일었다. 한의는 오묘하며 특히 내과에 독보적이라고 하는 사람이 있지만 나는 별로 신뢰하지 않았다. 양의라면 유명한 의사는 진료비가 비싸고 바쁘며 진찰도 부실했다. 이름 없는 의사는 물론 좀 저렴하지만 나는 왠지 찾아가기가 주저되었다. 사정이 이러하니 소인의 위가 살살 아픈 채로 놔둘 수밖에 없었다.

양의가 량치차오의 콩팥을 떼어 낸 이후 비난하는 목소리가 크게 일어나서 콩팥에 대해 잘 모르는 문학가[7]까지 나서서 "정의를 위해 공정한 말을 하고 나섰다". 이와 동시에 '한의 만병통치론'이 흐름을 타고 일어나서 콩팥에 병이 났는데 왜 황기를 먹지 않았나, 병에 걸렸는데 왜 녹용을 안 먹나 등의 논의가 무성했다. 그런 데다가 양의 병원에서는 확실히 시신이 실려 나오곤 했다. 나는 예전에 G선생에게 "병원을 차리려면 나을 가망이 없어 보이는 환자를 절대로 받지 마라. 나아서 퇴원해도 아무도 모르고, 죽어서 실려 나가면 한바탕 소동이 일어난다. 특히 죽은 이가 유명인사면 더더욱 그렇다"라고 충고한 적이 있었다. 이런 말을 한 본뜻은 새로운 의학을 널리 보급할 방도를 찾아보자는 데 있었지만 G선생은 그저 내 양심이 불량하다고만 생각한 것 같다. 이것도 그렇게 생각할 수도 있다. 그럼 그렇게 생각하게 놔둬야지.

그러나 내가 말한 방법을 실행하는 병원이 정말 있는 것 같은데 다만 그들의 본의는 새로운 의학을 행하는 데 있는 것 같진 않다. 본국의 새로운 양의도 대체로 흐리멍덩해서 시작부터 중의와 같은 강호의 사기술을 배워 물을 탄 팅크 이틀분에 8자오, 입을 가시는 묽은 붕산수를 한 병당 1위안에 팔았다. 진단학에 대해서라면 나 같은 문외한은 더더욱 아는 바가 없다. 요컨대 서구 의학은 중국에서 아직 싹트지도 않았는데 이미 썩고 있는 형국이다. 나는 양의만 신뢰했는데 요즘 들어서는 이것도 선뜻 내키지 않는다.

며칠 전 지푸[8]와 이 이야기를 나눴는데 내 병은 아는 사람에게 처방전을 하나 써 달라고만 하면 되는 것으로 박사 따위에게 쓸데없는 돈을 쓸 필요가 없다고 했다. 이튿날 그는 나를 위해 연구 작업 중인 Dr. H를 모셔 왔다.[9] 그가 처방전을 하나 써 줬는데 하나는 당연히 희석한 염산이었고 또 다른 약 두 개가 더 있었는데 이에 대해서는 말할 필요가 없겠다. 내가 가장 감사하는 것은 Sirup Simpel[10]을 넣어서, 달아서 힘들이지 않고 약을 먹을 수 있게 된 점이다. 그런데 약방에 가서 조제하는 것도 문제가 있었다. 왜냐하면 약방도 대강대강 얼버무려서 약방에 없는 약품은 다른 걸로 바꾸거나 빼 버릴 수 있었기 때문이었다. 그 결과 Fraeulein H.[11]에게 부탁하여 멀리 떨어져 있는 비교적 큰 약방에 가게 했다.

이렇게 하고 차비까지 더해도 병원의 약값보다는 4분의 3이 더 쌌다.

위산은 외래의 활력소에 힘입어 강해져서 약 한 병을 다 안 먹었는데도 통증이 멈췄다. 나는 며칠 더 마셔 보기로 했다. 그렇지만 두번째 병은 이상하게도 같은 약방이고 같은 처방인데도 맛이 달랐다. 전날처럼 달콤하지 않았고 시지도 않았다. 내 상태를 살펴봤는데 열도 안 오르고 설태도 두껍지 않았지만 분명히 물약은 어딘가 수상쩍었다. 그렇지만 두 번 먹었는데도 나쁜 곳은 없었다. 다행히 급성이 아니었고 또 심하지 않아서 이전처럼 약을 다 마셨다. 세번째 약을 사러 갈 때는 꼬치꼬치 캐물었다. 그랬더니 설탕을 조금 적게 넣었을지도 모르겠다는 대답이 돌아왔다. 이는 중요한 약품은 문제가 없다는 뜻이었다. 중국은 정말 신기한 것이 설탕을 덜 넣었는데 달지 않을 뿐만 아니라 시지도 않으니 확실히 "국가 사정이 특별하다" 하겠다.[12]

지금 대형 병원이 환자에게 냉담하다고 많이 공격받는다. 이런 병원은 환자를 연구 대상으로 삼는 경우가 있을 것이며 병원의 '고등화인'高等華人이 환자를 하등의 연구 대상으로 삼는 경우도 있는 것 같다. 원치 않으면 개인이 연 병원으로 가는 수밖에 없는데 여기는 진찰비와 약값 모두 굉장히 비싸다. 아는 사람에게 처방을 청해 받아서 약을 사러 가면 또 물약이 처음과 나중이 다를 수가 있다.

이는 사람의 문제이다. 일을 확실하게 하지 않아서 무엇을 하든 의심스럽다. 여단呂端은 큰일은 대강대강 처리하지 않았는데[13] 이 말은 소소한 일은 대강 처리해도 괜찮다는 말이다. 이는 우리 중국인의 아량을 잘 드러내 준다. 그렇지만 나의 위통은 이로 인하여 연장되었다. 우주의 삼라만상 가운데 나의 위통이란 당연히 작은 일에 불과하거나 일로도 칠 수 없는 것이다.

질문 뒤에 산 세번째 물약 맛은 첫번째 병과 같았다. 앞의 수수께끼는 이제 쉽게 풀렸다. 두번째 병에는 약은 하루치를 넣었는데 물은 이틀치를 넣어서 제대로 된 약보다 배로 묽었던 것이다.

약을 먹는 것이 이렇게 실패하고 있는데도 병은 오히려 나아지고 있었다. 병에 대략 차도가 있으니까 H는 내 머리카락을 가지고 공격하며 왜 빨리 이발하러 가지 않느냐고 말했다.

이런 공격은 지겹도록 들어서 하던 대로 '옹졸하게 따지지 않았다'. 그렇지만 또 열심히 일하고 싶지도 않아서 그냥 서랍 속을 정리했다. 폐지를 뒤적이다 보니 그 속에서 쪽지 한 장이 나왔는데 몇 년 전에 베낀 문장이 씌어 있었다. 이걸 보니 이제는 더 이상 필사를 하지 않으니 내가 나날이 게을러졌다는 생각이 들었다. 그때 아마 그 당시 출판한 책 가운데 제멋대로 구두점을 찍은 오류를 비판하는 글을 쓰려고 했던 모양으로 폐지에 기묘한 예가 적혀 있었다. 쓰레기통에 쪽지를 버리다가 좀 아까운 생각이 들어서 몇 구절을 옮겨 적어 '보는 사람마다 칭찬하기' 편하게 바로 발표한다. 나머지 구절은 성냥의 도움을 받아 불태우려 한다.

> 國朝陳錫路黃嬭余話云. 唐傅奕考覈道經衆本. 有項羽妾. 本齊武平午年彭城人. 開項羽妾冢. 得之.(상하이 진보서국 석인본 『다향실총초』, 4권 2쪽)[14]
>
> 國朝歐陽泉點勘記云. 歐陽修醉翁亭. 記讓泉也. 本集及滁洲石刻. 幷同諸選本. 作釀泉. 吳也.(같은 책, 8권 7쪽)[15]
>
> 袁石公典試秦中. 後頗自悔. 其少作詩文. 皆粹然一出於正.(상하이 사림정사 석인본 『서영』, 1권 4쪽)[16]
>
> 考 …… 順治中, 秀水又有一陳忱, …… 著誠齋詩集, 不出戶庭, 錄讀史隨筆, 同姓名錄諸書.(상하이 야둥도서관 배인본 『수호속집양종서』)[17]

고문에 구두점을 찍는 일은 확실히 소소하면서도 어려운 일이어서 어디에 손을 대어야 할지 모를 때가 많다. 나는 작가를 직접 모셔 구두점을 찍게 하더라도 주저할 곳이 많을 것이라는 의심을 한다. 그러나 위에 든 몇 구절은 해답을 찾기가 그렇게 어렵지 않다. 특히 뒤의 두 구절의 의미는 명백하며 구두점을 찍어 놓으니 더 또렷하게 되었다.

6월 26일

맑음

오전에 고향에서 보내온 지예의 편지를 받았다.[18] 내용은 짧았다. 집에 아픈 사람이 있으니까 다른 사람들도 예고 없이 병에 습격당할지도 모른다는 공포에 질려 있다고 했다. 그리고 끝에 몇 마디 느낌을 덧붙였다.

오후에 즈팡이 허난에서 돌아와서 이야기를 나누고 급히 떠나면서 꾸러미 두 개를 내려놓으며 이것은 "네모난 사탕인 팡탕方糖인데 선물로 가져왔으니 드셔 보세요. 별로일지는 모르겠습니다만"이라고 말했다.[19] 즈팡은 이번에 보니 살이 좀 붙었는데 이렇게 바쁜 데다가 방마고자까지 입고 있으니 곧 관직에 오를지도 모르겠다는 생각이 들었다.

꾸러미를 열어 봤는데 '네모'난 것이 아니라 동그랗고 얇은 작은 조각이었는데 황갈색이었다. 하나 먹어 보니 시원하면서도 보들보들한 것이 확실히 괜찮은 물건이었다. 그렇지만 즈팡이 이것을 왜 '팡탕'이라고 불렀는지 모르겠다. 그렇지만 이것도 그가 곧 관리가 될 것이라는 증거로 삼을 수 있겠다.

칭쑹이 이는 허난의 어떤 지역의 특산품이며 곶감 껍질의 흰 분으로 만든 것이라고 알려 줬다.[20] 차가운 속성을 지니고 있어서 입가에 뭔가 났을 때 이것을 바르면 금방 낫는다고 했다. 어쩐지 굉장히 보드랍고 매끄러웠는데 그게 다 대자연의 솜씨로 감 껍질을 여과하여 만들어진 것이었다. 그가 설명해 줬을 때 벌써 반이나 먹어 버렸다는 것이 아쉬울 따름이었다. 나머지를 급하게 챙겨서 나중에 입가에 종기가 났을 때 잘 바를 계획이었다.

그렇지만 밤에 숨겨 뒀던 곶감가루사탕을 반이나 더 먹었다. 입가에 종기가 나는 일은 많지 않으며 지금 신선할 때 먹는 게 낫겠다는 생각이 갑자기 들었기 때문이었다. 한번 먹기 시작하다 보니 무심결에 또 반을 먹어 버렸다.

6월 28일

맑음, 바람이 심함

오전에 약을 살 생각으로 외출했다가 거리에 오색국기가 가득 걸려 있고 도처에 군경이 배치돼 있는 것을 봤다. 평성 골목 중간쯤까지 걸어가다가 군경에게 쫓겨 좁은 골목으로 들어섰다. 잠시 후 큰길에 황토 먼지가 불더니 자동차 한 대가 질주해 지나가는 걸 목격했다. 잠시 후 또 한 대가 지나갔다. 잠시 후 또 한 대, 다시 한 대, 또다시 한 대가 지나갔다……. 차 안에 있는 사람은 잘 보이지 않았지만 금테 두른 모자는 보였다. 차 옆에 병사가 타고 있었는데 일부는 붉은 비단을 두른 청룡도를 차고 있었다. 좁은 골목에 있는 사람 중에는 엄숙하게 경외감을 표하는 사람도 있었다. 조금 지나자 자동차가 오지 않아서 우리는 서서히 골목을 빠져나왔다. 군경도 아무런 소리를 하지 않았다.

시단 패루牌樓 대로까지 빠져나왔는데도 마찬가지로 온 거리에 오색

국기가 걸려 있고 군경이 깔려 있다. 허름한 옷을 입은 아이들은 각자 작은 종이 한 뭉치를 들고 "우워수아이 환영 호외요!"라고 외쳤다.[21] 한 아이가 다가와서 나에게 사라고 했지만 나는 사지 않았다.

쉬안우문 입구에 가까워 오니 온 얼굴이 땀투성이인 황색 제복을 입은 사내 하나가 저쪽에서 걸어오더니 갑자기 '니미럴!'이라고 큰소리쳤다. 사람들이 그를 쳐다봤으나 그는 지나가 버렸고 사람들도 더 이상 쳐다보지 않았다. 쉬안우문 아래를 지나가는데 또 남루한 옷을 입은 사람 하나가 작은 종이 한 뭉치를 들고 있다가 말도 없이 한 장을 나에게 찔러줬다. 받아서 읽어 보니 리궈헝李國恒 선생의 석인본 전단이었다. 그가 오랫동안 앓은 치질을 무슨 선생이라고 불리는 국수에게 치료를 받아서 다 나았다는 내용이었다.

목적지인 약방에 도착하니 바깥에 한 무리의 사람들이 두 사람이 말다툼하는 것을 빙 둘러서서 구경하고 있었고 연한 남색의 구식 양산 하나가 약방문 앞을 가로막고 있었다. 내가 그 양산을 밀었는데 꽤 묵직했다. 좀 있으니까 양산 밑에서 머리 하나가 쓱 돌아보더니 나에게 "뭐야?"라고 묻는 것이었다. 나는 들어가서 약을 사려 한다고 대답했다. 그는 대답도 없이 다시 고개를 돌려 말싸움을 구경하는 것이었다. 양산의 위치도 하나 안 바뀌었다. 그래서 나는 한껏 마음을 먹고, 있는 힘껏 길을 뚫고 나갈 수밖에 없었다. 해보니 생각 외로 쉽게 뚫고 지나갈 수 있었다.

약방의 계산대에는 외국인 하나가 앉아 있을 뿐이고 다른 점원은 모두 젊은 동포였는데 깔끔하고 멋지게 옷을 차려 입고 있었다. 왜인지는 모르겠지만 십 년 후에 그들은 고등화인이 되어 있을 거라는 생각이 들었고 그 생각이 들자마자 나는 갑자기 하등인이 된 느낌이 들었다. 그리하여 처방전과 약병을 가르마를 탄 동포에게 공손하게 갖다 바쳤다.

"8마오 5펀." 그는 이걸 받고 걸어가면서 말했다.

"여보시오!" 나는 참지 못하고 또다시 하등의 성질을 부렸다. 약값이 8마오이고 병값은 예전대로 5펀이라는 것을 나는 알고 있었다. 지금 내가 병을 가져왔는데 어떻게 5펀을 또 내야 한단 말인가? 이 '여보시오!'라는 글자의 용도는 국가대표 욕인 '니미럴'과 같이 아주 많은 뜻을 담고 있는 것이다.

"8마오!" 그도 바로 뜻을 알아차리고 5펀을 양보해 줬다. 정말 '남의 비판을 잘 받아들이는' 것이 정인군자의 풍모를 갖추고 있었다.

내가 8마오를 내고 잠시 기다리니 약이 나왔다. 이런 동포를 대할 때 때로는 너무 겸손한 것도 적절치 않다고 생각했다. 그리하여 그 자리에서 병마개를 열고 약을 한번 마셔 봤다.

"틀림없습니다." 그는 머리가 비상한 것이 내가 그를 믿지 않는다는 것을 알아차렸다.

"음." 나는 고개를 끄덕이며 동의한다는 뜻을 표했다. 그렇지만 사실은 여전히 문제가 있었다. 내 미각이 아주 둔하지는 않아서 이번엔 많이 시다는 것을 알았다. 그는 계량컵을 사용하는 것도 귀찮아서 희석한 염산을 정량보다 좀더 많이 넣은 것이다. 그렇지만 이는 내게 전혀 문제가 아닌 것이 먹을 때마다 조금만 먹거나 아니면 물을 좀 타서 몇 번 더 먹으면 됐다. 그래서 '음'이라고 말한 것이다. '음'이라는 말은 이래도 좋고 저래도 좋으며 진의가 모호한 경우에 하는 대답이다.

"다음에 봅시다, 다음에 봄세!" 나는 병을 들고 걸어가며 말했다.

"다음에 뵙겠습니다. 물은 마시지 않겠습니까?"

"안 마시겠소. 다음에 봅시다."

우리는 어쨌든 예교의 나라의 국민이어서 결국은 양보한다. 유리문을 당겨 열고 나와서 내리쬐는 태양 아래에서 먼지가 이는 길을 서둘러 걸어갔다. 동東장안가 왼쪽 근처에 왔을 때 또 군인과 경찰이 빽빽이 서 있었다. 나는 가로질러 가려 했는데 순경 하나가 손을 내뻗고 "안 돼!"라고 말하며 나를 막았다. 나는 십여 발자국만 걸어서 맞은편으로 가기만 하면 되는데요, 라고 말했다. 그의 대답은 여전히 "안 돼!"였다. 그 결과, 다른 길로 빙 둘러 가야 했다.

에둘러서 L군의 거처까지 가 문을 두드렸다.[22] 하인 하나가 나와서 L군이 지금 집에 없으며 점심때나 되어서야 귀가한다고 알려 줬다. 곧 점심때가 다가오니 여기에서 기다리겠다, 라고 말했더니 그는 "안 됩니다! 당신 성이 어떻게 됩니까?"라고 말하는 것이었다. 정말 낭패였다. 길이 이렇게 멀고 오는 데도 이렇게 힘들었는데 허탕을 치다니 그냥 가기가 정말 아쉬웠다. 나는 10초 동안 생각한 다음 주머니에서 명함 한 장을 꺼내 그에게 건네주면서 들어가서 부인에게 이런 사람 하나가 여기에서 기다려도 될런지 여쭤봐 달라고 했다. 얼마 뒤 그가 나왔는데 결과는 "여전히 안 됩니다!"였다. 선생님은 3시가 되어야 돌아오시니 3시에 다시 오시오, 라고 했다.

다시 10초 동안 생각했다. C군을 방문하는 것으로 결정하는 수밖에 없었다. 여전히 햇볕이 따갑게 내리쬐는 먼지 날리는 거리를 서둘러 걸어갔다. 이번에는 한 번도 제지당하지 않고 도착했다. 문을 두드리고 물어보니 문을 열어 준 이의 대답이 "집에 있는지 한번 살펴보겠습니다"였다. 이번에는 가능성이 있구나, 라고 생각했다. 예상대로 나를 거실로 안내해 줬고 C군도 달려 나왔다. 나는 우선 그에게 점심을 달라고 부탁했다. 그리하여 빵과 포도주 식사를 나에게 대접해 줬고 주인은 국수를 먹었다. 그 결과 빵 한 접시를 깨끗이 먹어 치웠고 버터가 남긴 했지만 네 접시의 요리도 거의 남지 않았다.

배불리 먹고 나서 5시까지 한담을 나눴다.

거실 바깥은 굉장히 너른 빈터였는데 나무가 많이 심어져 있었다. 사과나무 아래에서 아이들이 왔다 갔다 했다. C군은 아이들이 사과가 떨어지기를 기다리는 거예요, 줍는 사람이 임자라는 규칙이 있거든요, 라고 했다. 나는 아이들의 인내심에 웃음이 나왔다. 이렇게 고지식한 아이들이라니. 그렇지만 이상하게도 내가 작별인사를 하고 나왔을 때 세 명의 아이의 손에 사과가 하나씩 들려 있는 게 보였다.

집에 돌아와서 신문을 펼쳐 보니 기사 하나가 있었다. "우[우페이푸]가 창신점長辛店에서 하룻밤을 묵었는데 여기에는 상술한 원인 이외에 또 한 가지 일이 있었다. 우가 바오딩保定에서 길을 떠난 이후에 장치황이 우를 위해 점을 쳤는데 28일에 상경하면 대길이어서 서북 지역을 평정할 수 있으며 27일 상경하면 좋지 않다고 했다. 우는 그럴듯하다고 생각했는데 이것이 우씨가 하루 늦게 상경한 유래인 것이다."[23] 이 때문에 내가 오늘 하루 종일 '일이 안 풀린 것'이 운이 나쁜 탓이라는 데 생각이 미쳤다. 나도 점을 한 번 쳐서 저녁의 길흉을 관측해 보는 게 나을 것 같았다. 그렇지만 나는 점치는 방법을 모르는 데다 댓가지와 거북등딱지도 없어서 어디에서 시작해야 할지도 몰랐다. 나중에 새로운 방법을 고안했는데 아무 책이나 한 권을 가져다가 눈을 감고 펼쳐서 손가락으로 짚은 다음 다시 눈을 떠서 선택된 글귀 두 구절을 점괘로 삼는 것이 그것이다.

사용한 책은 『도연명집』이었는데 그대로 해봤더니 두 구절은 "뜻은 한마디 말 바깥에 깃들어 있으니 이 약속을 누가 구별할 수 있겠는가"로 나왔다.[24] 잠시 곰곰이 생각해 봤으나 어떻게 풀어야 할지 결국 알 수 없었다.

주)

1) 원제는 「馬上日記」, 이 글은 1926년 7월 5, 8, 10, 12일자 『세계일보 부간』에 실렸다.

2) 돤치루이는 『이감편』(二感篇)을 저술하여 『갑인』 제1권 제18호(1925년 11월 14일)에 발표한 바 있다. 「내감」(內感)과 「외감」(外感) 두 편으로 나누어져 있다. '내감'이란 국내 시국에 대한 감상이며 '외감'이란 국제 시국에 대한 감상이다. 여기에서 말한 '외모편'(外冒篇)은 돤치루이에 대한 풍자이다.

3) 이자명(李慈銘, 1830~1894)은 저장 콰이지(會稽) 출신으로 청말 문학가이다. 저서로 『월만당일기』(越縵堂日記)가 있다. 일기에 저술된 독서찰기에 따르면 1853년부터 1889년까지 일기를 기록했는데 내용은 경사백가와 시사적인 일을 담고 있다. 상우인서관에서 1920년에 영인출간했다.

4) 1926년 4월 중순 돤치루이는 톈진으로 도주하기 전에 여덟 가지 '명령'을 내렸는데, 첫번째 '적화 엄금' 중에 인용된 대목이 나온다. 여기에서 루쉰은 돤치루이에 대한 풍자를 곁들이고 있는 것이다.

5) 『세계일보』는 청서워(成舍我)가 주간하여 1925년 2월 1일 베이징에서 창간한 신문이다. 1926년 6월 중순 이 신문은 류반눙을 초청하여 부간을 편집하게 했다. 루쉰의 일기에 따르면 류반눙은 6월 18일 루쉰을 방문하여 원고 청탁을 했다. 루쉰은 6월 25일부터 이 신문을 위해 「즉흥일기」 등의 글을 썼다.

6) 개종명의(開宗明義)는 '첫머리에 요지를 밝히다'는 뜻이다. 원래는 『효경』 제1장의 편명이다.

7) 천시잉과 쉬즈모 등을 가리킨다. 1926년 3월 량치차오가 혈뇨증으로 베이징 셰허병원(協和醫院)에서 치료를 받았을 때 의사는 콩팥을 잘라 냈는데 피가 맑아지지 않았을 뿐만 아니라 병의 근원도 찾아내지 못했다. 당시 천시잉은 이 일로 두 편의 「한담」을 썼으며(5월 15, 22일자 『현대평론』 제3권 제75, 76호) 쉬즈모도 「우리가 병이 들었는데 어떻게 하나?」(我們病了怎麽辦, 5월 29일자 『천바오 부간』)라는 글을 써서 수술한 의사를 비난하고

조롱한 바 있다. 본문에서 다음에 나오는 '한의 만병통치론'은 천시잉의 두번째 글에 나온다.

8) 지푸(季茀)는 쉬서우창(許壽裳, 1883~1948)이다. 저장 사오싱 출신으로 교육자이다. 루쉰이 일본 고분학원(弘文學院)에서 유학할 때의 동학으로 이후 교육부와 베이징여자사범대학, 중산대학 등지에서 여러 해 같이 일하며 루쉰과 우정을 쌓아 갔다. 항일전쟁 승리 후 타이완대학에서 학생들을 가르쳤으며 1948년 2월 18일 타이베이에서 암살당했다. 저서로 『루쉰연보』와 『망우 루쉰인상기』(亡友魯迅印象記), 『내가 아는 루쉰』(我所認識的魯迅) 등이 있다.

9) Dr. H는 쉬스진(許詩堇)을 가리킨다. 쉬서우창의 형 쉬밍보(許銘伯)의 아들이다.

10) 독일어로 순수한 설탕 시럽을 가리킨다.

11) 독일어로 H 여사, 곧 쉬광핑을 가리킨다.

12) 이는 1915년 위안스카이가 제제 복벽을 꾸미고 있을 때 그의 헌법 고문인 미국인이 퍼뜨린 황당무계한 논리이다. 그는 중국은 "국가 사정이 특별"하고 "국민의 지혜가 낮은 나라여서 공화국을 건설하기 가장 어렵"기 때문에 군주정치체제를 부활해야 한다고 주장하며 위안스카이를 황제로 지칭하는 데 유리한 여론을 조성하고자 했다(『아시아일보』亞細亞日報, 1915년 8월 10일). 여기에서는 이를 빌려 약방에서 벌어진 일을 풍자하고 있다.

13) 여단(呂端, 933~998)은 송대 태종 때의 재상이었다. 본문과 관련된 내용은 『송사』(宋史)의 「여단전」(呂端傳)을 참고하시오.

14) 구두점을 바르게 찍은 문장과 번역본은 다음과 같다. 아래 주17)까지의 원문과 각주는 바르게 구두점을 찍은 문장과 번역본임을 밝힌다. "國朝陳錫路『黃嬭餘話』云: 唐傅奕考覈道經衆本, 有項羽妾本; 齊武平五年, 彭城人開項羽妾冢, 得之."(上海進步書局石印本『茶香室叢鈔』卷4 第2葉) "본조 진석로의 『황내여화』에서 말하기를 '당나라 부혁이 도경 여러 책을 조사했는데 항우 첩 본이 있었다. 제나라 무평 5년에 팽성 사람이 항우 첩의 무덤을 열었다가 그것을 얻었다.'"

15) "國朝歐陽泉『點勘記』云: 歐陽修『醉翁亭記』'讓泉也', 本集及滁洲石刻幷同; 諸選本作'釀泉', 誤也."(上海進步書局石印本『茶香室叢鈔』卷8 第7葉) "본조 구양천의 『점감기』는 다음과 같은 내용을 기록하고 있다. 구양수의 「취옹정기」는 '양천'(讓泉)이라고 했는데 본집(本集) 및 저주(滁洲)의 석각에 모두 동일하다. 여러 선본에서 '양천'(釀泉)이라고 한 것은 잘못이다."

16) "袁石公典試秦中後, 頗自悔其少作, 詩文皆粹然一出於正."(上海土林精舍石印本『書影』卷1 第4葉) "원석공(袁石公)이 진중(秦中)에서 과거시험을 주관한 뒤 자기의 저작이 적음을 후회했다. 시문은 모두 순수하여 한결같이 바름에서 나왔다."

17) "考…… 順治中, 秀水又有一陳忱, …… 著誠齋詩集, 不出戶庭錄, 讀史隨筆, 同姓名錄諸

書.”(上海亞東圖書館排印本『水滸續集兩種序』第7葉) “고증해 보면 …… 순치 연간에 수수에 또 진침이라는 이가 있었는데 ……『성재시집』,『불출호정록』,『독사수필』,『동성명록』 등 여러 책을 썼다.”

18) 지예는 리지예(李霽野, 1904~1997)이다. 번역가이자 웨이밍사 성원이었다. 번역서로 극본인 『별을 향해』(往星中)와 도스토예프스키 소설 『모욕당하는 것과 피해를 입는 것』(被侮辱與被損害的) 등이 있으며, 저서로 단편소설집 『그림자』(影)와 『루쉰 선생을 기억하다』(回憶魯迅先生) 등이 있다.

19) 즈팡(織芳)은 징유린(荊有麟, 1903~1951)을 가리킨다. 그는 베이징에서 에스페란토 전문학교에서 루쉰의 강의를 들은 바 있으며 이때 『망위안』의 편집작업에 참가했다. 1927년 이후 국민당 군정부문에서 일하며 특무조직인 '중통'(中統)에 가입했다. 팡탕(方糖)은 허난 카이펑 지역의 명산품이다.

20) 칭쑹(景宋)은 쉬광핑의 필명이다.

21) 우위수아이(吳玉帥)는 베이양의 즈계 군벌 우페이푸(吳佩孚)이다. 1926년 봄 그는 펑계 군벌 장쭤린과 연합하여 국민군을 공격했으며 4월 국민군이 베이징 등지에서 퇴각하자 이때 베이징에 들어왔다.

22) L군은 류반눙을 가리킨다. 다음의 C군은 치서우산(齊壽山, 1881~1965)을 가리킨다. 독일의 베를린대학을 졸업하고 베이양정부 교육부에서 첨사 등의 관직을 지냈다.

23) 이 소식은 1926년 6월 28일 『세계일보』에 실린 '본보 특종'에 나온다. 장치황(張其鍠, 1877~1927)은 당시 우페이푸의 비서장이었다.

24) 도연명의 「계묘년 12월에 사촌형을 삼가 멀리 보내면서 쓰다」(癸卯世十二月中作與從弟敬遠)이다.

# 즉흥일기 속편[1]

며칠 전 샤오펑小峰을 만났을 때 반눙이 엮는 부간에 「즉흥일기」라는 제목으로 원고를 보냈다고 이야기했다. 샤오펑은 낙심천만한 표정으로 "회상은 『옛일을 다시 생각하다』[2]에 들어가고 지금 잡감은 이 일기에 쓰고 있는 것이군요……"라고 말했다. 행간의 의미는 당신은 『위쓰』를 위해 무엇을 하고 있습니까, 라고 말하는 것 같았다. 그러나 이것도 나의 의심병일지도 모르겠다. 그렇지만 그때 나는 복어도 먹는 지방에서 나고 자란 사람이 어떻게 이런 일에 구애받는단 말인가, 정당은 지부를 설치할 수 있고 은행은 지점을 열 수 있는데 나라고 즉흥일기 속편을 쓰지 말라는 법이 있는가? 라는 생각을 속으로 했다. 『위쓰』에 원고를 써야 하므로 혼자 한 이 생각을 바로 실행하여 일기의 속편을 쓰게 되었다.

6월 29일

맑음

아침에 작은 파리 하나가 얼굴을 이리저리 기어 다녀서 잠이 깼다. 쫓아내니 다시 오고 다시 쫓아냈으나 또다시 왔다. 게다가 꼭 얼굴의 특정 부분에 달라붙었다. 한 번 내려쳤으나 죽이지는 못했다. 할 수 없이 방침을 바꾸어서 내가 자리에서 일어났다.

재작년 여름 S저우에 들렀을 때[3] 사람들을 단단히 놀라게 했던 여인숙의 파리떼가 생각났다. 음식을 가져오면 파리떼가 먼저 맛을 보겠다고 달려들었다. 밤중에는 집 안 가득히 멈춘 채 붙어 있었는데 우리가 취침하려면 반드시 머리를 조심스럽게 천천히 내려놓아야만 했다. 만약 털썩 하고 자리에 누우면 그들이 놀라서 큰소리를 내면서 머리가 어지러울 정도로 윙윙거리고 날아다녀서 얼을 쏙 빼놓았다. 새벽, 청년들이 고대하는 새벽에도 마찬가지로 이들은 당연히 얼굴에 붙어서 왔다 갔다 했다. 그런데 길 가다가 한 아이가 잠든 모습을 보게 됐다. 대여섯 마리의 파리가 아이 얼굴에 붙어 있는데도 아이는 낯빛 하나 바뀌지 않고 달게 자고 있었다. 중국에서 살아가려면 이 정도의 훈련과 실력은 필수불가결하다. '파리잡기'를 고취하기보다[4] 이런 기술을 연마하는 것이 훨씬 절실한 것이다.

아무 일도 안 하고 싶은 날이었다. 위장병이 다 낫지 않은 건지 아니면 수면 시간이 부족한 것인지 모르겠다. 계속 게으름을 피우면서 폐지를 뒤적거리다가 『다향실총초』[5] 같은 것을 몇 조목 읽게 되었다. 전에 휴지통에 들어갔던 것인데 '버리기에 탐탁지 않아서' 『수호전』에 관한 것 일부만 좀 주운 것인데 여기에 옮겨 적는다.

송대 홍매의 『이견갑지』 14권에 나오는 이야기이다.[6]

"소흥 25년에 오吳나라 부붕설傅朋說이 안풍군安豊軍의 태수로 임명되어 번양番陽에서 병졸 하나를 파견하여 속리屬吏를 불러왔는데 서주舒州 변경에 당도하니 촌민들이 떠들썩하게 수백 명이 모여 있기에 짐을 풀어놓고 이를 구경했다. 그중 한 사람이 '우리 마을에 있는 부인 하나가 호랑이에게 물려 가자 그 남편이 분을 이기지 못하고 홀로 칼을 들고 호랑이 굴을 찾아갔는데 시간이 지나도 되돌아오지 않아서 지금 그를 구하러 갈 계획을 짜고 있다'고 말했다. 한참이 지난 뒤 남편이 죽은 아내를 지고 돌아와서 이야기를 해줬다. '처음에 발자국을 따라 굴에 도착했는데 암수 호랑이가 모두 없고 새끼 두 마리가 바위굴에서 놀고 있기에 바로 죽여 버리고 그 속에 숨어 기다리고 있었다. 잠시 후 암컷이 사람 하나를 물고 왔는데 뒷걸음으로 굴에 들어와서 사람이 그 안에 숨어 있는지 몰랐다. 나는 재빨리 꼬리를 잡고 다리 하나를 잘랐다. 호랑이는 물고 있던 사람을 버리고 절뚝거리며 달아났다. 천천히 나와 사람을 살펴보니 과연 내 아내였는데 죽어 있었다. 호랑이는 다리를 끌며 몇십 보를 가다가 골짜기에 떨어졌다. 나는 다시 굴로 들어가 기다렸는데 수컷이 갑자기 울부짖으며 뛰어 들어왔고, 마찬가지로 꼬리가 먼저 들어오기에 또다시 앞의 방법대로 호랑이를 죽였다. 아내의 원수를 이미 갚았으니 여한이 없다.' 이에 이웃 사람들을 데리고 가서 보여 주고 호랑이 네 마리를 메고 돌아와서 삶아서 나눠 먹었다." 내 생각에, 『수호전』에 이규李逵가 기령沂嶺에서 호랑이 네 마리를 잡은 일을 서술하고 있는데, 상황이 이와 매우 유사하여 원래 이 같은 전설에 근거하여 지은 것이 아닌가 싶다. 『이견갑지』는 건도乾道 초년(1165)에 만들어진 책으로 이 항목은 「서주의 백성이 호랑이 네 마리를 죽이다」舒民殺四虎에 나온다.

송대 장계유의 『계륵편』에 다음과 같은 이야기가 나온다.[7]

"저장 사람들은 오리를 대단히 꺼려한다. 그렇지만 북쪽 사람들은 오리 죽은 많이 뜨거워도 김이 나오지 않는다고 알고 있을 뿐이다. 나중에 남방에 와서 비로소 오리는 수컷이 한 마리뿐이면 짝을 지어도 알을 낳지 못하며 반드시 두세 마리가 있어야 새끼를 가질 수 있다는 것을 알게 되었다. 사람들이 오리를 꺼리는 이유는 아마 이 때문일 것이며 김이 나지 않아서가 아니다." 내 생각은 다음과 같다. 『수호전』에 운鄆 형이 무대武大에게 밀겨를 구하는 이야기가 있다. "무대가 말했다. '우리 집에 거위와 오리를 기르지 않는데, 어디서 그런 밀겨가 나오겠는가?' 운 형이 말했다. '자네는 밀겨가 없다고 말하는데 어떻게 그렇게 피둥피둥 살이 찔 수 있는가. 그래서 자네를 거꾸로 들어 올려도 거뜬하고 자네를 솥에 삶아도 김이 안 나는가?' 무대가 말했다. '빌어먹을 원숭이 같은 놈! 내 욕을 잘도 하는군. 내 마누리가 서방질도 하지 않는데 내가 어떻게 오리란 말인가?'……" 오리는 수컷이 많아야지 새끼를 낳을 수 있다는 말은 송대의 저장 지역 속설로 지금은 사람들이 모르고 있는 사실이다. 그런데 이 때문에 『수호전』은 확실히 옛 책이며 그 저자는 저장 사람임을 알 수 있다. 장계유조차도 오리 죽이 김이 나지 않는다는 것만 알고 있었을 뿐이다. 『계륵편』에는 소흥 3년(1133)에 쓴 서문이 있으니 지금으로부터 이미 8백 년 전 가까이 된다.

원대 진태[8]의 『소안유집』所安遺集의 「강남곡서」江南曲序에 다음과 같은 말이 나온다. "내가 어릴 때 어른들이 송강의 일을 이야기하는 것을 들었는데 상세한 내용을 알지는 못했다. 지치至治 계해년 가을 9월 6일에 양산박을 지나서 배에서 멀리 봉우리 하나를 봤는데 가파르고 웅대하게 솟아 있었다. 사공에게 물으니 그것은 안산安山이라고 했다. 옛날 송강의 일이 벌어진 곳으로 호수를 잘라서 연못을 만들어 너비가 90리가 되며 모두 연꽃과 마름이 심어져 있는데 전하는 이야기에 따르면 송강의 아내가 심은 것이라고 한다. 송강의 사람됨은 용맹스럽고 거리낌이 없었는데 그를 따르는 무리 중에 송강과 같은 사람이 서른여섯 명이나 되었다고 한다. 지금도 산 아래에 분장대分贓臺가 있어서 석좌 36개가 놓여 있으며 이른바 '서른여섯 명이 갔다가 열여덟 쌍이 되어 돌아온다'는 이야기의 의미는 그들이 스스로 맹세한 말에서 나온 것이라 한다. 처음 내가 이곳을 지날 때 연꽃이 만발했으나 지금은 남아 있지 않고 다만 잔향이 코에 전해져 왔다. 이 때문에 '서른여섯 구비 봄물을 보니 백발이 되어 강남이 보고 싶구나' 라는 왕형공王荊公의 시가 생각났다. 이 시구를 음미하며 「강남곡」을 지어 유람한 내력을 서술하고 또 송강의 아내가 연꽃을 심은 뜻을 위로했다." (원주: 이 「강남곡」은 벌레 먹어서 존재하지 않는다.) 내 생각은 다음과 같다. 송강에게 양산박에 사는 아내가 있으며 또 그가 연꽃을 심었다는 것은 여기에만 나온다. 그리고 송강이 용맹스럽고 거리낌 없다고 한 것은 오늘날 전해지는 그의 성격과는 완전히 다르다. 그러니 『수호전』 이야기는 송원 이래로 이설이 많다는 것을 알 수 있다. 진태의 자는 지동志同이고 호는 소안所安이며 다릉茶陵 출신이다. 연우延祐 갑인년(1314)에 「천마부」天馬賦로 성시省試에 12등으로 급제했고, 회시會試에서는 을묘과에서 장기암張起巖이 장원이 되고 그는 진사에 급제했다. 한림원 서길사庶吉士에서 다시 용남령龍南令으로 제수받았고 관리로 지내다 죽었다. 증손인 진박陳朴에 이르러 그의 남은 글을 모아 한 권의 책을 만들었다. 성화成化 정미년에 내손인 진전陳銓 등이 다시 그것을 보유하고 중간했다.[9] 「강남곡」은 곧 보유 속에 있는데 그 시는 사라졌다. 최근 『함분루비급』 제10집에 김간의 필사본이 수록되어 있으나 서序도 함께 없어졌다.[10] '배에서 멀리 봉우리 하나가 보인다' 및 '옛날 송강 일이 벌어진 곳이다'라는 두 구절은 틀림없이 오탈자가 있겠지만 다른 판본을 보지 못해 바로잡을 수 없다.

7월 1일

맑음

오전에 쿵류가 찾아와서 이야기를 나눴다.[11] 죄다 진위를 논하기 힘든 신문에 난 기사들이었는데, 한참 동안 이야기를 나누고서는 돌아갔다. 그가 말한 게 거의 다 기억나지 않으므로 이야기를 안 한 것이나 다름없다. 다만 하나는 기억이 난다. 우페이푸 대사가 어떤 곳에서 열린 연회석상에서 적화의 시조는 치우蚩尤라는 걸 알아냈다고 발표했다는 것이다. 왜냐하면 '치'蚩는 '붉을 적'赤자와 중국어 발음이 '츠'로 같아서 치우는 곧 '적우'赤尤이고 '적우'란 바로 '우수한 적화'라는 뜻이기 때문이다. 말을 마치자 자리의 사람들이 '좋아했다'고 한다.

태양빛이 뜨거워 화분 몇 개에 심은 화초 잎들이 축축 늘어져서 물을 좀 뿌려 줬다. 톈마田嫣는 "물은 매일 일정한 시간에 뿌려 줘야 해요. 아무 때나 주면 안 돼요. 한 번 아무 때나 주기 시작하면 해로워요"라고 충고했다. 나는 그녀의 말이 그럴듯하다는 생각이 들어 주저했으나 다시 생각해 보니 아무도 일정한 시간에 물을 주지 않고 또 나도 일정한 시간에 물을 주지 않는데 그녀의 학설을 존중하여 따르면 그 꽃들은 햇빛에 말라 죽을 것이다. 아무 때나 물을 주는 것이 안 주는 것보다는 낫다. 해가 된다고 하더라도 말라 죽는 것보다는 나은 법이다. 계속 물을 줬지만 당연히 마음속으로는 그다지 편치 못했는데 오후에 잎이 다 펴져서 별다른 해가 없는 것 같자 그제야 마음이 놓였다.

한밤중 등불 아래는 너무 더워서 캄캄한 곳에서 멍하니 앉아 있었다. 서늘한 바람이 살짝 불어오니 '기분 좋다'는 느낌이 나도 모르게 들었다. 사람이 만약 '상외象外에 초연'[12]하게 신문을 읽을 수 있다면 이것도 복일 것이다. 나는 여태껏 신문에 대해서라면 애독자였던 적이 없는데도 최근 반년 동안 기억에 남을 훌륭한 기사들을 꽤 많이 만났다. 멀게는 돤치루이가 집정하는 『이감편』과 장즈장 독판의 '학풍 정리에 관한 전보' 및 천위안 교수의 「한담」이 있다.[13] 가까이에는 딩원장 독판(?)의 '책벌레'를 자칭하는 연설이 있고[14] 후스즈 박사의 경자년 영국 배상금에 대한 문답이 있으며[15] 뉴룽성 선생의 '시대 역행'론[16]과 쑨촨팡 군사장관이 류하이쑤 선생에게 주는 미술을 논한 서신이 있다.[17] 그러나 이는 적화 원류 고찰론과는 너무 많이 떨어져서 비교할 수 없을 정도다. 올봄, 장즈장 독판은 분명히 적화의 혐의를 받고 있는 학생들의 총살에 찬성하는 전보를 보냈으니 결국 아직까지도 적화의 구렁텅이에서 빠져나오지 못하고 있다. 이는 정말 나를 어리둥절하게 만들었었다. 그런데 지금 치우가 적화의 조상이라는 것을 알게 되어 의혹이 얼음 녹듯이 풀렸다. 치우는 염제炎帝[신농]와 전쟁을 치른 적이 있으니 염제도 '적괴'이다. 염은 화덕이고 화색은 붉다. 제는 수령이 아닌가. 그래서 3·18참사는 적화로 적화를 토벌한 것과 같다. 어떤 쪽이든 적화라는 이름에서 벗어날 수 없는 것이다.

세상에 이렇게 기묘한 고증은 정말 드물다. 다만 예전에 일본 도쿄의 『요미우리 신문』 지상에 대저작 하나가 매일 실리는 걸 본 적이 있는데 그 가운데 황제가 곧 아브라함이라는 고증이 있었던 것이 기억난다.[18] 대강의 뜻은 일본에서 기름을 '아부라'(Abura)라고 하는데 기름 색깔은 보통 노란색이므로 따라서 '아부라'는 '노랗다'라는 것이다. '제'에 대해서는 '한'과 글자 모양이 비슷할 뿐만 아니라 '칸'과 발음이 유사하다는 것이 이유였는데 지금 정확하게 기억나지는 않지만, 요컨대 아브라함은 곧 유제油帝이며 유제는 곧 황제라는 것이 요지였다. 글의 제목과 글쓴이는 지금 다 잊어버렸지만 나중에 책으로 상권만 출간되었다는 건 기억난다. 그렇지만 이 고증은 왜곡이 너무 심하므로 꼼꼼히 검토하지 않아도 괜찮다.

7월 2일

맑음

오후에 첸문前門 밖에서 약을 산 다음 둥단東單 패루에 있는 동아사東亞公司에 들러서 슬렁슬렁 책을 살펴봤다. 간 김에 일본 책이나 좀 살 생각이었는데 생각 외로 일본어로 된 중국에 관한 서적도 적잖았다. 여러 가지 문제로 야스오카 히데오安岡秀夫가 쓴 『소설로 본 지나민족성』 한 권만을 산 뒤 자리를 떴다.[19] 얇은 책으로 진홍색과 진노란색으로 표지가 장식되어 있었는데 가격은 1위안 2자오였다.

해질 무렵 등불 아래 앉아서 이 책을 읽어 봤다. 그가 인용한 소설은 34종이었지만 그중에 실제로는 소설이 아니고 책 한 권을 여러 종으로 나눈 것이 포함되어 있었다. 모기에게 몇 번 물렸는데 한두 마리 정도에 불과했지만 계속 앉아 있기 힘들어서 모기향을 피웠다. 그제야 세상이 태평해졌다.

야스오카 씨는 매우 겸손하게 서언에서 "이런 것은 지나인뿐만 아니라 일본에서도 예외가 아닐 것이다"라고 이야기했지만 "정도와 범위의 크기를 측량해 보면 지나의 민족성이라고 과장해 칭하더라도 하등 문제될 것이 없다"는 것이다. 그리하여 지나인인 나의 관점에서 보니 확실히 등이 땀으로 축축해지는 걸 면치 못했다. 목차만 봐도 무슨 이야기를 하는지 또렷이 드러난다. 1. 총론, 2. 체면과 예의를 지나치게 중시한다, 3. 운명에 따라서 그만둘 수 있다, 4. 잘 참는다, 5. 동정심이 부족하고 잔인하다, 6. 개인주의와 사대주의, 7. 근검절약이 과도하며 부정하게 재물을 탐한다, 8. 허례에 빠져 있고 허식을 숭상한다, 9. 미신을 많이 믿는다, 10. 향락에 탐닉하고 음란한 풍속이 많다.

그는 Smith의 『*Chinese Characteristies*』의 내용을 많이 믿는 듯 자주 증거로 인용했다.[20] 이 책은 일본에서도 『지나인의 기질』이라는 제목으로 20년 전에 번역되었지만 지나인인 우리 가운데 이를 눈여겨본 이는 그다지 많지 않다. 1장에서 Smith는 지나인은 연극적인 기질이 꽤 있는 민족으로 좀 흥분하면 연극배우처럼 변하여 말 한마디, 일거수일투족 모두 허세를 부리며 본심에서 나온 것보다 체면을 유지하기 위한 것이 더 많다고 말했다. 이는 체면을 제일 중시하고 늘 자기 체면을 가장 중요하게 챙기기 때문으로 그리하여 이런 말과 행동을 과감하게 하는 것이다. 요컨대 지나인에게 중요한 국민성을 구성하는 복합적인 핵심은 이 '체면'이라는 것이다.

우리가 두루 살펴보고 성찰해 보면 이 말이 결코 독설은 아니라는 것을 알 수 있다. 대대로 전해 내려오는 무대의 대련이 있는데 바로 "극장은 소천지이고 천지는 큰 극장이다"가 그것이다. 사람들은 모든 일이 한바탕 연극에 불과하다고 생각하므로 진지한 사람이 바보인 것이다. 그렇지만 이것도 적극적인 체면 의식에서 나온 게 아니다. 불공평하다고 생각하면서도 복수하는 것이 겁날 때 만사가 연극이라고 편리하게 생각하는 것이다. 만사가 연극인 이상 불공평한 것도 진실이 아니며 복수하지 않아도 겁쟁이가 아닌 것이다. 그래서 길을 가다가 불공정한 일을 봤을 때 칼을 뽑아 상대를 도와줄 수 없더라도 여전히 정통의 정인군자가 되기에 부족함이 없는 것이다.

내가 만난 외국인 가운데 Smith의 영향을 받았는지 아니면 자기의 실제 체험에서 나온 것인지 모르겠지만 중국인의 이른바 '체면'이나 '면목'에 대해서 유심하게 연구해 본 이가 몇 명 있었다. 그러나 그들은 실제로 일찍이 마음속 깊이 깨달았고 더 나아가 응용까지 하고 있는 것 같으니 만약 더 정밀하고 원숙하게 운용한다면 외교적으로 틀림없이 승리할 뿐만 아니라 상등 '지나인'에게 호감을 사게 될 것이다. 이때 '지나인'이라는 세 글자는 말하지 말고 '화인'華人으로 바꿔야 하는데 왜냐하면 이것도 '화인'의 체면에 관한 것이기 때문이다.

민국 초년 베이징에 갔을 때 벌어진 일을 아직도 기억한다. 우체국 문간판에 씌어 있던 '우정국'郵政局이 나중에 외국인의 중국 내정 불간섭에의 목소리가 높아지자 우연인지 다른 것 때문인지 모르겠지만 며칠 뒤 모두 '우편사무국'郵務局으로 바뀌었다. 외국인이 우편 '사무'를 좀 관리하더라도 실제로는 내'정'과 아무런 관련이 없다. 그런데 이 연극은 지금까지 계속되고 있다.

전부터 나는 국수가와 도덕가 무리의 통곡과 눈물이 진심이라고 믿지 않았다. 눈가에 구슬 같은 눈물을 뚝뚝 흘리더라도 그의 수건에 고춧물이나 생강즙이 적셔져 있는 것은 아닌지 검사해 봐야 한다고 생각한다. 국고를 보존한다느니 도덕을 진흥한다느니 공리를 유지한다느니 학풍을 정돈한다느니 등등 떠드는데 마음속으로 정말 이렇게 생각할까 싶다. 한바탕 연극판이 벌어질 때 무대 위의 기세는 항상 무대 뒤의 면모와 딴판이다. 관객은 이것이 명명백백하게 연극이라는 것을 알고 있지만 그럴싸하게 연기하기만 하면 이것으로 기쁘고 슬플 수 있으며 그리하여 이 연극은 계속되는 것이다. 이 사실을 폭로하는 이가 있으면 관객은 오히려 그가 흥을 깬다고 생각한다.

중국인은 예전에 러시아의 '허무당'이라는 말을 듣고 혼비백산할 정도로 놀랐는데, 이는 지금의 이른바 '적화'에 버금갈 정도였다. 사실 어떻게 이런 '당'이 존재하겠는가. 다만 '허무주의자'나 '허무사상가'라는 명칭은 존재했다. 이는 투르게네프(I. Turgeniev)가 창안한 이름으로 신을 믿지 않고 종교를 믿지 않으며 모든 전통과 권위를 부정하며 자유 의지에서 출발한 삶으로 복귀한 인물을 가리킨다. 그런데 이런 인물이 중국인에게는 벌써부터 증오스러운 존재가 되었다. 그렇지만 중국의 일부 사람들, 최소한 상등인에 한정지어 살펴보면 그들은 신과 종교, 전통적인 권위를 '믿고' '따르는' 것인지 아니면 '무서워하고' '이용'하는 것인지 궁금하다. 그들이 잘 바뀌고 지조가 없는 것만 본다면 믿고 따르는 게 아무것도 없는 것 같지만 결국에는 이러한 내심과 완전히 다른 태도를 보여 준다. 허무당은 중국에 실제로 적지 않다. 그렇지만 러시아와 다른 점은 그들은 생각한 대로 말하고 행동하지만, 우리는 생각한 것과 말하는 것이 다르며 무대 위에서와 무대 뒤에서의 행동이 다르다는 점이다……. 이런 특별한 인물을 '연극하는 허무당' 혹은 '체면 차리는 허무당'이라고 별도로 칭하여 구분지어야 할 것이다. 비록 이 형용사와 뒤의 명사는 절대로 제대로 연결될 수 없지만 말이다.

밤에 핀칭에게 편지를 부쳤다.[21] 그에게 쿵더 학교에 가서 『여구변유』를 대신 빌려 달라는 부탁을 했다.[22]

밤중에 잠들기 전에 일일 달력에서 오늘자 달력을 한 장 찢었는데 뒷장이 붉은색으로 인쇄되어 있었다. 내일은 토요일인데 왜 붉은색이지, 라고 생각했다. 자세히 살펴보니 '마창 출병 공화재건 기념'馬廠誓師再造共和紀念이라는 작은 글씨 두 줄이 씌어 있었다.[23] 내일 국기를 걸어야 하나, 라는 생각이 다시 들었다……. 그러다가 다른 생각 하지 않고 잠들었다.

7월 3일

맑음

무더운 날씨다. 오전에는 놀고 오후에는 잠을 잤다.

저녁식사 후 마당에서 바람 쐬다가 갑자기 완성위안[24]이 생각나서 "거기는 여름이 꽤 볼만했는데 지금 들어갈 수 없어서 많이 아쉽네"라고 말했다. 톈마는 그곳을 지키는 키 큰 두 명의 경비에 대해서 이야기했다. 키가 더 큰 쪽은 그의 이웃이었는데 지금은 미국인에게 고용되어 미국으로 건너갔으며 매달 월급이 1천 위안이라고 했다.

이 말은 나에게 큰 계시를 줬다. 이전에 나는 『현대평론』에서 11종의 추천 저서를 본 적이 있는데 양전성 선생의 소설 『위군』이 그중 하나로 꼽혔다. 그 이유는 글이 '길'기 때문이라는 것이었다.[25] 나는 이 이유가 늘 이상했는데 7월 3일 곧 '마창 출병 공화재건 기념'일의 저녁에야 깨달았다. '길다'는 확실히 가치가 있는 것이다. 『현대평론』은 '학리와 사실'을 공히 중시한다고 자부하고 있는데 확실히 말도 그렇게 하고 있고 행동으로도 보여 주고 있다.

오늘은 내가 잘 때까지 국기를 안 달았던 것 같다. 남은 밤 동안 보충해서 달지 어떨지 나는 잘 모르겠다.

7월 4일

맑음

아침에 여전히 파리 한 마리가 얼굴을 이리저리 기어 다니며 잠을 깨웠다. 또 쫓아내지 못해서 마찬가지로 내가 일어날 수밖에 없었다. 쿵더학교에 『여구변유』가 없다는 핀칭의 회신이 와 있었다.

이것도 그 『소설로 본 지나민족성』 때문이다. 그 책에서 중국의 만찬에 대해서 언급해서 이에 대해 조사해 보고 싶은 생각이 들었다. 나는 한 번도 이에 대해 주목한 적이 없었다. 읽어 본 옛 기록으로는 『예기』의 이른바 '팔진'[26]과 『유양잡조』의 '어석채'와 명사名士인 원매의 『수원식단』밖에 없다.[27] 원대 화사훈의 『음찬정요』는 헌책방에 서서 한번 읽어 봤을 뿐인데 원대 판본이어서 비싸서 살 수 없었다.[28] 당대의 것으로는 양욱의 『선부경수록』[29]이 있는데 『여구변유』에 수록되어 있다. 지금 이 책을 빌릴 수 없으니 그만둘 수밖에 없다.

최근 본국인과 외국인이 중국 요리가 얼마나 맛있고 위생적이며 세계에서 제일이고 우주에서 n번째라고 찬미한다는 이야기를 들은 바 있다. 그러나 나는 어떤 것이 중국 요리인지 정말 모르겠다. 몇몇은 마늘과 파 및 잡곡이 섞인 밀전병을 먹고, 몇몇은 식초와 고추, 염장한 반찬으로 밥을 먹으며, 대다수의 사람들은 검은 소금만을 핥아먹을 수 있을 뿐이고, 또 많은 사람들은 검은 소금마저도 맛볼 수 없다. 국내외 인사가 맛있고 위생적이며 제일이고 제n이라고 생각하는 것은 당연히 이런 것은 아닐 것이다. 부자와 상등인이 먹는 만찬일 것이다. 그러나 나는 그들이 이런 것을 먹기 때문에 중국 요리를 일등으로 손꼽을 수는 없다는 생각이 든다. 이는 지난해 두세 분의 '고등화인'이 나셨으나 다른 사람들은 여전히 '하등'인 것과 마찬가지이다.

야스오카 씨가 중국 요리를 논할 때 인용한 것은 윌리엄스의 『중국』(*Middle Kingdom* by Williams)으로 가장 마지막인 「향닉에 탐닉하고 음란한 풍속이 많다」편에 실려 있다.[30] 그 가운데 다음과 같은 단락이 있다.

> 이 호색한 국민은 음식의 원료를 찾을 때에도 대개 연상되는 성욕의 효능을 목적으로 한다. 국외에서 수입한 특산물의 상당 수량은 이런 효능을 함유한 것으로 여겨진다. …… 대연회의 다수 메뉴판의 많은 부분이 각종 특수한 강장제의 성질을 함유한 것으로 상상되는 기기묘묘한 원료로 만든 것이다.

나는 외국인이 본국의 결함을 지적하는 것에 별로 반감을 가지지 않는 편이라고 스스로 생각했는데 이 대목을 읽을 때 나도 모르게 실소가 터져 나왔다. 연회석상의 중국 요리는 당연히 대단하겠지만 국민이 늘 먹는 음식은 아니다. 그리고 중국의 부자는 당연히 굉장히 향락을 탐하겠지만 양기를 북돋우는 약을 만찬에 넣을 정도는 아니다. "주紂왕은 선하지는 않지만 그렇게 심하지는 않았다."[31] 중국을 연구하는 외국인은 너무 깊게 생각하고 너무 민감하게 느껴서 종종 이런 —'지나인'보다 성적으로 더 민감한— 결과를 얻곤 한다.

야스오카 씨는 또 다음과 같이 말했다.

> 죽순과 지나인의 관계도 새우와 중국인의 관계와 같다. 이 나라 사람의 죽순 애호는 일본인 이상이라 할 수 있다. 우스운 이야기이지만 그 꿋꿋

하고 치켜든 자세는 어떤 상상을 불러일으킨다.

콰이지會稽에는 지금도 대나무가 많다. 대나무는 옛사람들이 매우 아끼는 것이어서 '콰이지 대나무화살'이라는 말도 있다.[32] 그런데 대나무가 귀중한 원인은 화살을 만들어 전투에 사용하기 때문으로 그 '꼿꼿하고 치켜든' 상이 남근 같기 때문은 아니다. 대나무가 많으면 곧 죽순이 많다. 수량이 많아서 가격은 베이징의 배추와 비슷하다. 내가 고향에 있을 때 십여 년 동안 죽순을 먹었는데 지금 회상해 보고 돌이켜 생각해 봐도 죽순을 먹을 때 '꼿꼿하고 치켜든' 모양을 좋아했다는 기억은 그림자만큼도 찾을 수 없다. 자세 때문에 그 효능이 상상되는 게 하나 있긴 한데 바로 육종용肉蓯蓉이다. 그렇지만 그것은 약이지 음식이 아니다. 어쨌든 죽순은 남쪽의 대숲과 식탁에서 자주 볼 수 있고 거리의 전봇대와 집 안의 기둥처럼 '꼿꼿하고 치켜들었'지만 색욕의 많고 적음과는 아무 관계도 없을 것이다.

그렇지만 이 오명을 씻어 내도 중국인이 방정한 국민이라는 것을 증명하는 데는 아직 부족하다. 결론을 얻으려면 좀더 힘들게 증명하는 과정을 거쳐야 한다. 그렇지만 중국인은 자기 자신에 대해 연구하려 들지 않는다. 야스오카 씨는 또 다음과 같이 말했다. "지금으로부터 십여 년 전에 『유동외사』라고 하는 작자 미상의 소설이 있었다.[33] 이는 사실을 적은 듯하며 일본인이 성적으로 부도덕하다는 것을 악의적으로 묘사하는 데 주목적이 있는 것 같았다. 그렇지만 전편을 통독해 보면 일본인을 공격하는 것보다 지나 유학생의 단정치 못한 품행을 부지불식간에 자백하는 데 더 많은 품을 들이고 있다. 이는 정말 우스운 일이다." 이는 정말이다. 점잖다고 자처하면서 남녀공학을 금지하고 그림 모델을 금지하는 것과 같은 사건들에서 오히려 중국인의 단정치 못한 품행을 증명할 수 있다.

나는 '대연회'에 삼가 참가하는 영광을 누리지 못했다. 다만 몇 차례 중급 규모의 연회에서 제비집과 상어 지느러미 등은 먹어 본 적이 있을 따름이다. 지금 회상해 보니 연회 중간이나 연회를 마치고 특별히 색을 밝히는 마음이 일어나지는 않았다. 그렇지만 지금까지도 이상하게 생각되는 것은 삶고 찌고 고아서 푹 익힌 음식들 사이에 술에 취한 산 새우醉蝦 한 접시가 곁들여 나온 일이다. 야스오카 씨의 말에 따르면 새우도 성욕과 관계있다. 그뿐만 아니라 중국에서도 이런 종류의 말을 들어 본 적이 있다. 그렇지만 내가 이상하다고 생각하는 것은 문명이 극도로 숙성한 사회에서 털과 피도 먹는 야만적인 풍습이 불쑥 튀어나온 것 같은 이 양 극단의 착종에 있다. 그리고 이러한 야만적인 풍습은 또한 야만에서 문명으로 진화하는 것이 아니라 문명에서 야만으로 낙후하는 것이다. 가령 전자는 이제부터 글자를 써야 할 백지로 비유된다면 후자는 글자를 가득 칠한 검은 종이라 할 수 있다. 한편으로는 예를 제정하여 즐거움을 삼고 공자를 존경하고 경전을 읽으며 '4천 년 명성과 문물의 나라'가 경지에 이르렀다고 하면서 다른 한편으로는 거리낌 없이 방화하고 살인하고 간음하고 약탈하며 야만인도 동족에게 하지 않는 일을 하고 있다……. 전 중국이 이런 대연회장인 것이다!

나는 중국 음식으로 푹 삶아서 흐느적거리는 것들을 없애 버려야 하고 완전히 날것이거나 살아 있는 것도 없애야 한다고 생각한다. 익었지만 조금은 생생하고 선혈이 남아 있는 고기류를 먹어야 한다…….

정오에는 늘 하던 대로 점심을 먹어야 해서 토론을 중지했다. 반찬은 말린 야채, 이제는 '꼿꼿하고 치켜들'지 않은 말린 죽순, 당면, 절인 야채였다. 사오싱에 대해서 천위안 교수가 증오하는 것은 '막료'와 '소송문서 작성인의 붓끝'이고 내가 증오하는 것은 반찬이다. 『가태회계지』는 석판 인쇄를 했지만 아직 출간되지는 않았는데 조사해 보고 싶은 게 하나 있다.[34] 사오싱에 얼마나 많은 대기근이 있었기에 주민들은 이렇게 겁을 먹고 내일이 세계의 종말인 것처럼 저장식과 말린 음식만을 좋아하게 되었는지에 대해서이다. 야채가 있으면 햇볕에 말린다. 생선이 있어도 햇볕에 말리고 콩이 있어도 햇볕에 말리고 죽순이 있어도 모양이 이상할 정도로 햇볕에 말리고 마름은 수분이 많아서 육질이 부드럽고 바삭한 것이 특색인데도 바람에 말리려 한다……. 북극을 탐험하는 사람은 통조림 음식만 먹고 신선한 음식을 못 먹어서 괴혈병에 걸리곤 한다고 한다. 만약 사오싱 사람이 말린 음식류를 가지고 탐험을 간다면 더 멀리 갈 수 있을 게 틀림없다.

저녁에는 차오펑의 편지와 충우가 번역한 부닌의 단편 「가벼운 흐느낌」 원고를 받았다.[35] 반년 동안이나 상하이의 한 출판사에서 묵히고 있던 원고인데 온갖 수를 써서 이번에 겨우 돌려받을 수 있었다.

중국인은 자기 자신에 대해서 연구하려 하지 않는다. 소설에서 민족성을 살펴보는 것도 괜찮은 주제이다. 이밖에도 연구할 만한 새로운 방면은 정말 많다. 가령, 도사 사상(도교가 아니라 방사이다)과 역사적인 대사건의 관계, 그리고 이것이 현재 사회에서 갖는 세력에 대한 것도 있고 공자교 신도가 어떻게 '성인의 도'를 자기의 무소불위에 맞도록 변화시켰는지, 전국시대 유사游士[유협]가 군주에게 이른바 '이'利와 '해'害를 말로 설득시킨 것은 지금의 정객과 무엇이 다른가, 중국에서는 고대에서 현재까지 얼마나 많은 필화사건이 있었는가, 역대로 '소문'을 만들고 유포하는 방법 및 효험은 무엇인가 등등.

7월 5일

맑음

아침에 칭쑹이 『소설구문초』의 일부를 정리하여 보내왔다. 다시 읽어 봤는데 오후가 되어서야 끝났다. 이를 샤오펑에게 보내서 인쇄에 넘겼다. 날씨가 꽤 더웠다.

피곤한 것 같았다. 저녁에 눈이 부셔 불을 끄고 자리에 누웠더니 복이 따로 없는 것 같았다. 누군가 문 두드리는 소리가 들려 황급히 나가서 열었더니 아무도 없었다. 문 너머 뒤쫓아 갔더니 어린아이 하나가 어둠 속에서 도망가고 있었다.

문을 닫고 되돌아와서 다시 자리에 누우니 또 복이 따로 없는 것 같았다. 행인 하나가 연극의 한 대목을 노래하며 걸어갔는데 '이, 이, 이!' 하는 여음이 가늘고 부드러웠다. 왜인지는 모르겠지만 갑자기 오늘 교정을 본 『소설구문초』 안의 강여순 선생의 논의가 생각났다.[36] 이 선생의 서재는 구유익재求有益齋라고 불리는데 이로써 서재에서 쓴 글의 내용도 짐작할 수 있다. 그 스스로는 사람이 얼마나 무료하면 소설을 쓰고 읽느냐며 이해하지 못하겠다고 말했지만 고소설에 대해서는 오히려 너그럽게 판결했다. 이것이 옛것인 데다 옛사람이 이미 저록해 놓았기 때문이다.

소설을 증오하는 것은 비단 강 선생뿐만이 아니며 이와 같은 고견도 어디서나 보고 들을 수 있다. 그렇지만 우리 국민의 교양이란 실제로 소설에 기대고 있는 경우가 많으며 심지어 소설에서 편집한 희극에 의지하는 경우도 있다. 관우와 악비를 숭상하는 어르신 선생들에게 그들이 생각하는 이 두 명의 '무사 성인'의 풍채에 대해서 물어보면 다음과 같은 대답을 듣기 일쑤이다. 가느다란 눈을 가진 붉은 얼굴의 대장부와 다섯 가닥의 긴

수염을 늘어뜨린 백면서생이 수를 놓은 금색 갑옷을 입고 등에는 뾰족한 각진 깃발 네 개를 꽂고 있는 것이다.

최근에는 확실히 위아래가 일심동체가 되어 충효와 절개, 의리를 제창하고 있다. 설날에 사당에 연화年畫를 구경하러 가면 이 미덕을 그린 새로 만들어진 연화를 많이 볼 수 있다. 그런데 그림 속 옛사람들은 오히려 라오성老生, 샤오성小生, 라오단老旦, 샤오단小旦, 모末, 와이外, 화단花旦이 아닌 것이 없었다.[37)]

7월 6일

맑음

오후에 첸문 밖에 약을 사러 갔다. 약을 다 지은 뒤 돈을 지불하고 계산대 앞에 선 채로 일회분 약을 마셨다. 그 이유는 세 가지였는데, 첫째 전날 약을 못 먹었기 때문에 빨리 먹어야 했고, 둘째 괜찮은지 맛을 보는 것이었으며, 셋째 날씨가 너무 더워서 실제로 목이 좀 말랐다.

그런데 생각지도 못했는데 손님 하나가 이상하게 쳐다보기 시작했다. 나는 이게 뭐가 이상한지 이해하지 못했다. 그렇지만 그는 이상하게 생각하면서 작은 목소리로 점원에서 물어보는 것이었다.

"저거 아편 끊는 약입니까?"

"아닙니다!" 점원이 나를 대신해서 명예를 지켜 주었다.

"이거 아편 끊는 약입니까?" 그는 결국 나에게 직접 물어봤다.

만약 이 약을 '아편 끊는 약'이라고 인정하지 않으면 그는 죽어도 눈을 못 감을 것 같은 느낌이었다. 인생이 얼마나 짧은데 고집 피울 일이 있는가. 나는 고개를 흔드는 듯 마는 듯하면서 '이래도 좋고 저래도 좋은' 답을 내놓았다.

"음, 음……."

이는 점원의 호의를 저버리지도 않으면서도 그의 열렬한 기대도 그럭저럭 만족시킬 수 있었으니 한 첩의 묘약임이 분명하다. 과연 그다음부터 사위가 고요해지고 천하가 태평해졌다. 나는 조용한 가운데 병마개를 꼭 닫고 거리로 나왔다.

중앙공원에 도착하자 약속했던 장소인 조용하고 외진 곳으로 바로 향해 갔다.[38] 서우산은 먼저 와 있었다.[39] 잠시 쉰 다음 『작은 요하네스』 교열을 보기 시작했다.[40] 이 책은 우연히 입수하게 된 괜찮은 책이었다. 대략 20년 전에 나는 일본 도쿄의 헌책방에서 몇십 권의 독일어 중고 문학잡지를 샀는데 그 속에 이 책에 대한 소개와 작가 평전이 수록되어 있었다. 그즈음에 막 독일어로 번역됐기 때문이었다. 나는 흥미를 느껴서 마루젠丸善서점에 부탁하여 구입했는데 번역하고 싶었으나 그럴 여력이 없었다. 나중에도 생각이 자주 났으나 늘 다른 일 때문에 손댈 수가 없었다. 그러다가 지난해 여름방학에 이 책을 번역할 마음을 먹고 광고까지 냈는데 예상과는 달리 그 해 여름방학은 다른 때보다 더 힘겹게 보냈다. 올해 또 기억이 나서 한번 살펴봤는데 어려운 대목이 적지 않았고 여전히 이 일을 할 여력이 남아 있지 않았다. 서우산에게 같이 번역하겠냐고 물어봤더니 그가 승낙하여 드디어 착수한 것이다. 게다가 반드시 이번 여름방학 동안 번역을 마치자고 약속까지 했다.

저녁 때 귀가하여 밥을 먹고 마당에 앉아 바람을 쐬었다. 템마가 오늘 오후에 비스듬하게 맞은편에 위치한 누구 집 시어머니와 며느리가 대판 싸웠다는 이야기를 해줬다. 그녀의 말에 따르면 시어머니가 당연히 좀 잘 못했지만 궁극적으로는 며느리가 말이 안되게 굴었다고 하면서 내 생각이 어떤지 물어 왔다. 나는 처음에 싸운 이가 누구네 집 사람인지도 잘 못 들었고 시어머니와 며느리가 어떤지도 잘 모르고 게다가 그들 사이에 오간 말도 듣지 못했고 그녀들 사이의 묵은 한과 새로운 원한 관계도 잘 모르는데 지금 나에게 판결을 해 달라고 하니 정말이지 자신이 없었다. 게다가 나는 여태껏 비평가였던 적이 없다. 결국 나는 이 일을 단정할 수 없소이다, 라고 말할 수밖에 없었다.

그러나 이 말을 한 결과는 정말 좋지 않았다. 어두워서 얼굴을 볼 수는 없었지만 귀로는 들을 수 있었다. 모든 소리가 멈췄다. 정적, 아주 무거운 정적이 흘렀다. 그러더니 나중에는 사람도 일어나 가 버렸다.

무료해져서 나도 천천히 일어나 내 방으로 들어가서 불을 켜고 침대에 누워 석간신문을 읽었다. 몇 줄을 읽었는데 또 심심해져서 동쪽 벽에 머리를 부딪치며 일기를 썼는데 그것이 이 「즉흥일기 속편」이다.

마당에서 다시 이야기 소리와 웃음소리, 바른말 하는 소리가 조금씩 들려 왔다.

오늘 운은 정말 안 좋은 것 같다. 길에서 만난 사람이 나에게 '아편 끊는 약'을 먹는다는 억울한 소리를 하질 않나 톈마도 나에게……. 그녀가 어떻게 이야기했을지 나는 모르겠다. 다만 내일부터는 이렇지 않기를 바랄 뿐이다.

주)

1) 원제는 「馬上支日記」, 이 글은 1926년 7월 12일자, 26일자와 8월 2일자, 16일자 『위쓰』 제87, 89, 90, 92호에 각각 실렸다.

2) '옛일을 다시 생각하다'는 루쉰이 후에 낸 산문집 『아침 꽃 저녁에 줍다』(朝花夕拾)를 최초에 『망위안』에 발표했을 때의 제목이다.

3) S저우는 허난 산저우(陝州; 지금의 싼먼샤三門峽)를 가리킨다. 1924년 7월과 8월에 루쉰은 산시(陝西)교육청과 시베이(西北)대학의 초청을 받아 시안에서 강연을 했는데 오가는 도중에 모두 이곳을 경유했다.

4) 당시 베이징의 일부 단체와 학교는 파리잡기 활동을 제창하였는데 일부는 파리잡기대회까지 개최했으며 또 일부는 출자하여 가난한 아이들이 파리를 잡아 판매하는 활동을 벌이기도 했다.

5) 『다향실총초』(茶香室總鈔)는 청대 유월(兪樾, 1821~1907)이 쓴 필기로 모두 4집 106권으로 이루어져 있다.

6) 홍매(洪邁, 1123~1202)는 송대 문학가이다. 『이견갑지』(夷堅甲志)는 그가 쓴 필기소설로 모두 4집 420권으로 이루어져 있다. 지금 남아 있는 것 중 가장 많은 것은 장위안지(張元濟)가 교정 편집한 206권이다. 여기에서 인용한 항목은 「정집(正集)·갑지(甲志)」 14권에 나온다.

7) 장계유(庄季裕)는 송대 문학가이다. 『계륵편』(鷄肋編)은 그가 쓴 필기로 전해 내려온 옛이야기가 많이 수록되어 있다. 모두 3권이다. 여기에서 인용한 항목은 이 책 중권에 나온다.

8) 진태(陳泰)는 원대 사람으로 인종 때 용천(龍泉) 주부(主簿) 등의 관직을 지냈다.

9) 내손(來孫)은 현손(玄孫)의 아들로 자기 아래의 제6대손을 말한다.

10) 『함분루비급』(涵芬樓秘笈)은 상우인서관에서 편집 인쇄한 총서로 모두 10집을 출간했다. 함분루는 상우인서관에서 희귀본을 보관한 장서루의 명칭이다. 김간(金侃, 약 1635~1703)은 청대 장서가이다.

11) 쿵류(空六)는 베이징대학을 졸업하고 당시 베이징 에스페란토 전문학교에서 주임을 맡고 있었다.

12) 원문은 '超然象外'이다. 당대 사공도(司空圖)의 『시품』(詩品)에 나오는 말이다.

13) 장즈장(張之江, 1882~1966)은 국민군 장군이다. 1926년 펑위샹이 하야한다는 전보를 보낸 뒤 그는 시베이 변방의 독판과 시베이군 총사령을 맡았다. 그의 '학풍 정돈 전보'에 대해서는 이 문집의 「비참함과 가소로움」과 관련 주석을 참고하시오.

14) 딩원장(丁文江, 1887~1936)은 지질학자이다. 공상부 산하 지질연구소 소장 등의 직위를 역임했다. 1926년 4월 쑨촨팡(孫傳芳)이 그를 상하이 통상항구 총재로 임명했다. 5월 28일 그는 상하이의 각급 단체의 환영회에서 연설을 했는데 이 연설에서 "소인은 책벌레이고 바보여서 관직을 한다고 면모를 바꾸지 않는다" 등의 말을 했다(1926년 5월 29일자 상하이 『신문보』 참고).

15) 1926년 6월 19일 푸단통신사 기자는 영국경자년반환금위원회 중국 측 위원인 후스

를 방문하여 영국이 반환한 경자년 반환금의 용도에 대해서 질문을 했다(1926년 6월 20일자 베이징 『천바오』 참고).

16) 뉴룽성(牛榮聲)은 1926년 6월 5일 『현대평론』 제3권 제78호에 「'시대에 역행하다'」('開倒車')라는 글을 썼다.

17) 1926년 여름 쑨촨팡(孫傳芳, 1885~1935)이 저장 등지에 웅거하고 있을 때 상하이 미술전문학교 서양화과에서 모델을 쓰는 것을 금지하는 명령을 내린 바 있다. 또한 이 학교 교장인 류하이쑤에게 편지를 보내 모델은 중국의 '의관예교'에 위배되므로 엄금해야 한다고 생각한다고 했다(1926년 6월 10일자 『신문보』 참고). 류하이쑤(劉海粟, 1896~1994)는 미술가이다. 1919년 중국 최초의 미술학교인 상하이 도화미술원(圖畵美術院)을 세워서 남녀공학을 실시했고 인체모델 사생(寫生) 교육을 추진했다.

18) 아브라함(Abraham)은 유대인의 시조. 여기에서 말하는 황제가 아브라함의 시조라는 고증은 일본의 사사키 쇼잔(佐々木照山)이 쓴 『목천자전』(穆天子傳)에 관한 글에서 나온 궤변이다.

19) 『소설로 본 지나민족성』(小說から見た支那の民族性)은 1926년 4월 도쿄 슈호가쿠(聚芳閣)에서 출판했다. 중국의 민족성을 폄하하는 책이다.

20) 스미스(Arthur Henderson Smith, 1845~1932)는 미국 선교사로 1872년 중국에 와서 오십여 년 동안 거주했다. 그가 쓴 『중국인의 성격』(*Chinese Characteristics*)은 1894년 미국 뉴욕의 레벨(Revell) 출판사에서 출간됐으며 일본은 다쓰오(澁江保)가 번역한 책(『지나인의 기질』)이 1896년 도쿄 하쿠분칸(博文館)에서 출판됐다.

21) 핀칭은 왕핀칭(王品靑)이다. 그에 대해서는 이 문집의 「참견과 학문, 회색 등을 같이 논함」과 관련 주석을 참조하시오.

22) '여구변유'(呂邱辨囿)는 총서명이다. 청대 고사립(顧嗣立)이 엮은 총서로 모두 10종의 책을 수집했다.

23) 1917년 7월 장쉰의 푸이 복벽 기도는 사전에 돤치루이의 묵인을 얻은 것이었다. 돤치루이는 원래 장쉰을 이용하여 국회를 해산하고 총통을 바꾸려고 했다. 그렇지만 복벽을 기도했을 때 전국 인민이 일제히 반대하자 그는 공화를 보호한다는 명분으로 7월 3일 톈진 서남부의 마창(馬廠)에서 군대를 보내 장쉰을 토벌했다. 장쉰이 실패한 뒤 베이양정부는 이날을 '마창 출병 공화재건 기념일'로 규정했다.

24) 완성위안(萬牲園)은 청대에는 농산물 시험장이었는데 내부에 동물원을 설치했다. 베이징동물원의 전신이다.

25) 『현대평론』 제3권 제71, 72호(1926년 4월 17, 24일)에 실린 천시잉이 쓴 「한담」에서 그는 '중국에서 새로 출간된 가치 있는 책'으로 11종을 나열했는데 그중에 장편소설의 대표로 양전성(楊振聲, 1890~1956)의 『위군』(玉君)을 손꼽았다. 현대사 문예총서 중 하나로 1925년에 출간됐다.

26) 팔진(八珍)은 여덟 종의 요리 방법으로 만든 식품이다. 이에 대해서는 『주례』의 「천관」(天官)의 '선부'(膳夫)를 참고하시오.
27) 『유양잡조』(酉陽雜俎)는 당대(唐代) 문학가인 단성식(段成式)이 지은 책으로 20권과 속집 10권으로 이루어져 있다. 내용은 비밀스런 글과 특이한 일을 많이 기록하고 있으며 당대 필기소설 가운데 가장 유명한 책 중 하나이다. 어석채(御賜菜)장은 1권 「충지」(忠志)편에 나온다. 『수원식단』(隨園食單)은 청대 시인인 원매(袁枚)가 지은 책으로 4권으로 이루어져 있다.
28) 『음찬정요』(飮饌正要)는 원대 화사휘(和斯輝)가 지은 책으로 모두 세 권이다. 이 책은 음식위생과 영아, 임산부 및 육아에 대한 지식을 기록하고 있다.
29) 『선부경수록』(膳夫經手錄)은 당대 양욱(楊煜)이 지은 4권의 책이다.
30) 윌리엄스(Samuel Wells Williams, 1812~1884)는 미국 선교사이다. 1833년 중국에 와서 선교했으며 1856년 주중 미국대사관에서 일했다. 『중국』(*The Middle Kingdom*)은 1848년에 출간됐으며 1883년에 재출간됐다.
31) 이 말은 『논어』의 「자장」(子張)에 나온다.
32) 『이아』(爾雅)의 「석지」(釋地)에 나오는 말이다.
33) 『유동외사』(留東外史)는 평강(平江) 불초생(不肖生)이 쓴 책이다. 청말 일본으로 유학 간 중국 유학생의 생활을 그린 '흑막소설'과 유사한 소설이다.
34) 『가태회계지』(嘉泰會稽志)는 송대 시숙(施宿) 등이 쓴 책으로 모두 20권이다. 송 영종의 가태 원년(1201)에 완성되어 지어진 이름이다. 1926년 여름 사오싱의 저우자오샹(周肇祥) 등이 청 가정 연간의 채국헌(採菊軒) 간행본에 의거하여 영인했다.
35) 차오펑(喬峰)은 곧 저우젠런(周建人, 1888~1984)이다. 루쉰의 셋째동생으로 생물학자이다. 상우인서관에서 편집일을 하기도 했다. 역서로 다윈의 『종의 기원』 등이 있으며 저서로 『생물진화개론』(生物進化淺說)과 『루쉰에 관한 일을 간단하게 이야기하다』(略講關於魯迅的事情) 등이 있다. 충우는 웨이충우(韋叢蕪, 1905~1953)로 웨이밍사 성원이다. 부닌(Иван Алексеевич Бунин, 1870~1953)은 러시아 문학가로 10월혁명 뒤인 1920년에 파리로 망명했고 1933년 노벨문학상을 수상했다. 소설로 「마을」(Деревня), 「수호돌」(Суходол), 『아르세니예프의 생애』(Жизнь Арсеньева) 등이 있다.
36) 강여순(强汝詢, 1824~1894)은 문학가이다. 저서로 『구익재문집』(求益齋文集)이 있다.
37) 라오성에서 화단까지는 모두 중국 연극의 배역 이름이다.
38) 중앙공원은 현재의 베이징 중산(中山)공원이다.
39) 서우산은 치서우산(齊壽山)이다.
40) 『작은 요하네스』(*De Kleine Johannes*)는 네덜란드의 반 에덴(Frederik van Eeden)의 장편동화시로 루쉰의 번역본은 '웨이밍총간'에 수록되어 1928년 1월에 출판됐다.

# 즉흥일기 2편[1]

7월 7일

맑음

매일 날씨가 어떤지 쓰는 것도 좀 성가셔서 다음부터는 쓰지 않을 생각이다. 다행히 베이징의 날씨는 맑은 날이 많다. 우기라면 오전에는 맑음, 정오에는 흐림, 오후에는 큰 비가 한 번 내려서 흙담이 무너지는 소리를 듣긴 하지만. 안 써도 괜찮을 것이다. 게다가 다행히도 이 일기를 장래에 기상학자들이 참고자료로 삼을 일은 절대로 없을 테니까.

오전에 쑤위안을 방문해서 한담을 나눴다.[2] 그는 러시아의 유명 문학가 필리냐크(Boris Piliniak)가 지난달에 베이징에 왔으며 지금은 떠났다고 이야기했다.[3]

나는 그가 일본에 간 것만 알고 있었는데 중국에도 온 줄은 몰랐다.

최근 2년 동안 중국을 방문한 유명 문학가는 내가 들은 것만도 네 명이다. 첫번째는 당연히 가장 유명한 타고르 곧 '축진단'竺震旦이다.[4] 아쉽게도 인도 모자를 쓴 진단震旦 사람에게 엄벙덤벙 대우를 받고 영문도 모르는 채 떠났다. 나중에 이탈리아에서 병으로 쓰러졌을 때 진단의 '시철'에게 와 달라고 초정하는 전보를 보냈지만 '나중의 일이 어떻게 되었는지'는 모르겠다. 지금 또 어떤 이가 간디를 중국으로 모셔 오려고 한다는 이야기를 들었다. 고통을 인내하는 정신이 대단한 이 위인은 인도에서만 날 수 있고 영국 치하의 인도에서만 살아갈 수 있는 위인인데 또 진단에서는 그의 위대한 족적을 남기려 하는 것이다. 그러나 그의 반들반들한 발이 중국 땅을 아직 밟지도 않았을 때 먹구름은 벌써 산 위에 나와 있을 것이다.

다음은 스페인의 이바녜스(Blasco Ibáñez)였는데 중국에서 일찍이 그를 소개한 이가 있었다.[5] 그렇지만 세계대전 중일 때 인류애와 세계주의를 소리 높여 제창했기 때문에 올해 전국교육연합회의 안건으로 보건대 그는 정말로 중국과 안 어울린다. 우리 교육가는 민족주의를 제창하고 있기 때문에 당연히 아무도 그에게 신경 쓰지 않았다.[6]

또 두 명이 더 있는데 모두 러시아인이다. 한 명은 스키탈레츠(Skitalez)이고 또 한 명이 바로 필리냐크이다.[7] 두 사람은 모두 필명이다. 스키탈레츠는 외국에 망명해 있다. 필리냐크는 소련 작가이지만 자전自傳에 따르면 혁명 첫해부터 빵을 사느라 1년여 동안 분망奔忙했다고 한다. 그다음에 소설을 쓰고 어유魚油까지 마셨다고 하는데 하루 종일 가난하다고 외치는 중국의 문학가일지라도 이런 생활까지 바라는 것은 아닐 것이다.

그의 이름은 런궈전 군이 편집 번역한 『소련의 문예논전』에 나오는데 번역된 작품은 하나도 없다.[8] 일본에는 『이반과 마리아』(*Ivan and Maria*) 한 권이 번역되어 있는데 형식이 매우 독특하다. 이 점만 봐도 중국의 눈—중용의 눈—에는 거슬릴 것이다. 문법이 좀 유럽식이어도 일부 사람은 눈에 유리 가루라도 들어간 듯 불편해하는데 유럽화化보다 더 이상하니 말할 것도 없다. 별일 없이 혼자 왔다가 혼자 간 것도 다행으로 생각해야 할 것이다.

그리고 한 명 더. 중국에서 이름이 『소련의 문예논전』에 나오기만 하는 리베딘스키(U. Libedinsky)인데 일본에서는 『일주일』이라는 제목으로 소설이 이미 번역 출간되어 있다.[9] 그들이 소개하는 양과 속도는 정말 놀랍다. 우리 무인이 그들 무인을 조상으로 삼으면서도 우리 문인은 그들 문인을 본받지 않고 있으니 이것으로 중국은 장래에 꼭 일본보다 더 태평할 것이라고 예측할 수 있다.

그러나 『이반과 마리아』의 번역자인 오제 게이시[10] 씨의 말에 따르면 "사과 꽃은 예전 뜰에서도 폈고 대지가 존재하는 곳에서는 언제나 피어 있다"는 것이 작가의 의도라고 말했다. 그렇다면 그는 여전히 옛날을 그리워하는 데서 벗어나지 못하고 있다. 그렇지만 그는 혁명을 직접 보고 경험했다. 여기에 파괴와 유혈과 모순이 있지만 그래도 창조가 없는 건 아니라는 것을 안다. 따라서 그에게 절망감은 없다. 이것이 바로 혁명의 시대를 살아가는 사람의 마음이다. 시인 블록(Alexander Block)도 이와 같았다.[11] 그들은 물론 소련의 시인이었지만 순수 맑스 유파의 시각으로 비평한다면 논의할 거리가 꽤 있을 것이다. 그렇지만 트로츠키(Trotsky)[12]의 문예비평이라면 그렇게 엄격하지는 않을 것이라고 생각한다.

아쉽게도 나는 그들 최신 작가의 작품인 『일주일』을 아직까지 읽지 못했다.

혁명시대에 허다한 문예가가 누렇게 핏기 없이 변하고 허다한 문예가가 산이 무너지고 땅이 꺼질 것 같은 거대하고 새로운 물결을 향해 돌진하다가 물에 빠지거나 부상을 입곤 한다. 물에 빠진 이는 소멸하고 부상당한 자는 살아남아 자신의 생활을 개척하면서 고통과 기쁨의 노래를 부른다. 이들이 세상을 떠나면 드디어 새로운 시대가 모습을 드러내고 더욱 새로운 문예가 나온다.

중국은 민국 원년의 혁명 이후에 이른바 문예가 가운데 누렇게 뜬 이도 없으며 부상당한 이도 없으며 소멸한 자는 당연히 더더욱 없고 고통과 기쁨의 노래도 없었다. 이는 산이 무너지고 땅이 꺼질 것 같은 거대하고 새로운 물결이 존재하지 않았기 때문이요, 또한 혁명이 없었기 때문인 것이다.

7월 8일

오후에 이토伊東 의사 집에 이를 때우러 갔다. 거실에서 기다리자니 조금 무료했다. 사방 벽에는 뜨개질 그림 한 폭과 대련 두 폭만 걸려 있었는데 대련 한 폭은 장자오쭝의 것이고 다른 한 폭은 왕즈샹의 것이었다. 대련의 서명 아래에는 두 개의 인장이 있었는데 하나는 이름이었고 다른 하나는 직함이었다. 장의 것은 '적위장군'迪威將軍이고, 왕의 것은 '불문제자'佛門弟子였다.[13)]

오후에 미스 가오가 방문했는데 때마침 간식거리가 떨어져서 어쩔 수 없이 귀중하게 보관하고 있던, 입가에 났을 때 바르면 효과가 좋은 곶감가루 사탕을 접시에 담아서 냈다. 나는 늘 간식거리를 준비하고 있어서 손님이 오면 간식 대접을 하곤 했다. 처음에는 '미스'와 '미스터'를 똑같이 대우했다. 하지만 미스터가 확실히 기세가 대단한 것이 간혹 하나도 안 남기고 다 먹어치우는 경우가 종종 생기자 오히려 내가 거꾸로 '차별대우를 받고 있다'는 느낌이 들었다. 만약에 더 먹고 싶으면 다시 나가서 사와야 했다. 그리하여 경계심이 생겼고 방침을 바꾸어 정말 부득이하면 땅콩으로 갈음하여 대접할 수밖에 없었다. 이 방법은 꽤 유효했는데 많이 먹지들 않았다. 사람들이 적게 먹자 나는 정중하게 권하기 시작했는데 때로는 땅콩을 먹으라고 권할까 봐 즈팡 같은 이는 쭈뼛쭈뼛 하며 자리를 뜨는 일도 벌어졌다. 지난해 여름 이 땅콩 정책을 개발한 이후에 지금까지 계속 시행하고 있다. 그러나 미스들은 이 제한이 없다. 그녀들의 위는 그들보다 5분의 4가 작거나 10분의 8의 소화력을 가진 듯 매우 적은 간식도 반이나 남기곤 했다. 사탕 한 개라도 한 귀퉁이를 남겼다. 전시품을 내놔도 조금만 먹고 내 손실도 미미하니 "굳이 고칠 필요가 있겠는가?"[14)]

미스 가오는 아주 드물게 오는 손님이며 땅콩 정책을 집행하기에는 좀 부적절했다. 마침 다른 간식거리가 없어서 곶감가루 사탕을 바칠 수밖에 없었다. 이는 멀리서 가져온 유명한 사탕이므로 당연히 정중하게 보일 것이었다.

사탕이 범상치 않으니 먼저 기원과 효능을 설명해야 했다. 그러나 미스 가오는 이미 이에 대해서 잘 알고 있었다. 그녀가 말했다. "이건 허난 쓰수이 현汜水縣에서 생산된답니다. 곶감가루로 만든 건데 진한 황색이 가장 좋아요. 만약 연한 황색이면 순수 곶감가루는 아니에요. 성질이 차서 입가에 뭐가 났을 때 입 안에 이걸 머금어서 입가로 천천히 흘리면 부스럼이 낫는다 해요."

그녀는 내가 어설프게 알고 있는 것보다 훨씬 더 잘 알고 있었다. 나는 잠자코 가만히 있을 수밖에 없었다. 그러다가 그녀가 허난 사람이라는 기억이 났다. 허난 사람에게 곶감가루 사탕 몇 개를 대접한 것은 내게 황주 한 잔을 대접한 것과 같으니 정말 '어리석기 짝이 없다'고 할 만하다.

깜부깃병에 걸린 어린 꼴 속에는 흑점이 있는데 우리 고향에서는 이를 회색 꼴이라고 불렀다. 시골 사람도 이건 안 먹었는데 생각지도 못하게 베이징의 큰 주연 자리에서 이를 쓰고 있었다. 양배추와 배추는 베이징에서 근수와 수레 단위로 팔지만 남쪽으로 가면 뿌리에 끈을 묶어서 과일가게 문 앞에 거꾸로 걸어놓고 양兩으로 계산하거나 반 그루로 팔았다. 용도는 고급 훠궈에 넣거나 상어 지느러미 바닥에 장식으로 깔기 위한 것이다. 그렇지만 베이징에서 나에게 회색 꼴을 대접하거나 베이징 사람이 남쪽에 갔을 때 그에게 삶은 배추를 대접한다면 '바보'라고 불릴 것까지는 없겠지만 뭔가 어울리지 않는 것은 분명하다.

그런데 생각과 달리 미스 가오는 하나를 먹었다. 아마 잠시나마 주인의 체면을 살려 주려 한 것이리라. 저녁까지 나는 아무것도 안 먹고 앉아 있다가 "이는 허난성 말고 다른 성 사람에게 대접해야 하는 것이었어"라고 생각하면서 하나씩 먹었다. 그러다 보니 생각지도 못했는데 다 먹어 버렸다.

모든 물건은 희귀하기 때문에 귀한 것이다. 구미에서 유학하면 졸업논문 감으로 가장 좋은 것이 이태백과 양주,[15] 장삼을 논하는 것이다. 쇼펜하우어나 웰스를 연구하면 별로 적절하지 않고 단테 같은 유는 더 그렇다.[16] 『단테 전기』의 작가 버틀러(A. J. Butler)는 단테에 관한 문헌이 많아서 다 보기 힘들다고 말했다.[17] 중국에 되돌아오고 난 다음에는 쇼펜하우어나 웰스, 심지어 셰익스피어에 대해서 논해도 된다.[18] 자기가 몇 년 몇 월에 맨스필드에 있는 무덤 앞에서 통곡했고[19] 몇 월 며칠 어느 곳에서 프랑스가 고개를 끄덕이고 심지어 내 어깨를 두드리며 "당신도 나중에 나처럼 될 수 있을 것이오!"라고 말했다, 라고 말이다. '사서'나 '오경' 같은 유는 본국에서는 적게 이야기하는 것이 맞는 것 같다. 비록 '소문'이 그 안에 끼어들어도 그것이 꼭 '학리와 사실'에 방해되는 것은 아닐 것이다.

주)

1) 원제는 「馬上日記之二」. 이 글은 1926년 7월 19일과 23일 『세계일보 부간』에 실렸다.
2) 쑤위안은 웨이쑤위안(韋素園, 1902~1932)으로 베이징대학을 졸업했으며 웨이밍사 성원이다. 번역서로 고골의 『외투』와 러시아 단편소설집 『최후의 빛』, 북유럽 시가소품집 『국화집』 등이 있다. 『차개정잡문』의 「웨이쑤위안 군을 추억하며」를 참고하시오.
3) 필리냐크(Бори́с Пильня́к, 1894~1937)는 러시아 10월혁명 후의 '동반자' 작가였다. 1926년 여름 중국에 방문한 바 있으며 이때 베이징, 상하이 등지에서 머물렀다.
4) 인도 시인 타고르(R. Tagore, 1861~1941)는 1924년 4월에 중국을 방문한 바 있다. '축진단'(竺震旦)은 중국에서 64세 생일을 맞이했을 때 량치차오가 그에게 지어 준 중국 이름이다. 중국 고대에 인도를 천축(天竺), 약칭하여 축국(竺國)이라고 불렀다. 진단(震旦)은 고대 인도인이 중국을 지칭할 때 쓴 말이다.
5) 비센테 블라스코 이바녜스(Vicente Blasco Ibáñez, 1867~1928)는 에스파냐의 소설가이자 정치가이다. 공화주의 신문 『엘 푸에블로』(*El Pueblo*)를 창간하였고 공화당의 국회의원을 지냈다. 초기 작품은 『초가집』(*La barraca*, 1898) 등의 자연주의적인 걸작이 많으며, 중기 작품인 『피와 모래』(*Sangre y arena*, 1908)는 풍속소설적 색채가 짙고, 후기에는 통속소설에 가까워졌다.
6) 상하이에서 발간된 『교육잡지』 제17권 제12호(1925년 12월 20일) 및 제18권 제1호(1926년 1월 20일)에 따르면 제11회 전국 성교육회연합회의가 1925년 10월 후난 창사에서 열렸다. 회의에서는 '금후 교육은 민족주의에 주목해야 한다'는 안건을 통과시켰다. 그 방법은 다음과 같다. ①역사교과서는 우리나라 민족 광영의 역사를 기술해야 하며 오늘날 민족의 쇠약한 원인을 설명해야 한다. ②공민교육은 민족자결을 대외 유일한 목적으로 삼아야 한다. ③사회교육은 일반 평민에 대해 민족주의를 제창하여 독립과 자주로운 공민을 양성해야 한다. ④아동교육은 국치에 대한 그림과 이야기를 많이 기술하여 나라와 종족을 사랑하는 생각을 불러일으켜야 한다.
7) 스키탈레츠(Степан Гаврилович Скиталец, 1868~1941)는 러시아 소설가로 10월혁명 때 외국으로 망명했다가 1930년에 귀국했다. 저서로 『체르노프 일가』(Дом Черновых, 1935) 등이 있다.

8) 런궈전(任國禎, 1898~1931)은 베이징대학 러시아문학 전수과(專修科)를 졸업했다. 『소련의 문예논전』은 그가 당시의 소련 잡지 중에서 서로 다른 유파의 문예논문 네 편을 골라 번역하여 출간된 책이다. 루쉰이 주편한 '웨이밍총간' 중 한 권으로 기획되어 1925년 8월 베이징 베이신서국에서 출간됐다.
9) 리베딘스키(Юрий Николаевич Либединский, 1898~1959)는 소련 작가이다. 『일주일』(Неделя, 1922)은 중편소설로 소련이 내전을 극복한 이후 겪는 경제 궁핍과 백러시아계의 소요에 대해 묘사했다.
10) 오제 게이시(尾瀨敬止, 1889~1952)는 일본의 번역가이다. 도쿄의 『아사히신문』과 『러시아뉴스』의 기자를 역임했으며 평생 동안 러시아 문학을 소개하고 번역하는 데 힘을 기울였다.
11) 블록(Александр Блок, 1880~1921)은 소련의 시인이다. 후기 러시아 상징파 시인이었으나 이후에 1905년 혁명의 영향을 받아 현실에 주목하기 시작하여 10월혁명 시기에는 혁명에 경도됐다. 시집으로 『러시아』(Город)와 『열둘』(Двенадцать) 등이 있다.
12) 트로츠키(Лев Давидович Троцкий, 1879~1940)는 러시아 혁명가이다. 초년에 러시아 노동운동에 참가했으며 10월혁명을 지도하여 혁명군사위원회 주석 등의 직위를 맡기도 했다. 레닌 서거 이후 그는 당내 반대파의 지도자가 되어서 1927년 당에서 제명되었으며 1929년 추방되기도 했다. 1940년 모스크바에서 암살됐다.
13) 장자오쭝(江朝宗, 1863~1943)은 청말 후보도원(候補道員 ; 청대 행정을 감찰하는 관리명)으로 한중총병(漢中總兵 ; '총병'은 명청시대 군대를 통솔하는 관직명)을 역임했다. 1917년 베이징과 톈진의 임시 경비부사령을 지낼 때 장쉰 복벽을 지지하였다. 이것이 실패로 돌아간 뒤 같은 해 8월 11일 베이양정부로부터 '적위장군'이라는 칭호를 얻었다. 왕즈샹(王芝祥, 1858~1934)은 청말 광시 안찰사 등의 관직을 역임했다. 1924년 베이양정부 교무총재(僑務總裁)에 재직할 때 불교자선단체의 이름을 사용하여 세계홍십자회를 조직하여 회장을 자임한 바 있다.
14) 원문은 '何必改作'으로 『논어』의 「선진」(先進)편에 나오는 구절이다.
15) 양주(楊朱)는 전국시대 위(魏)나라 사상가이다.
16) 웰스(H. G. Wells, 1866~1946)는 영국의 작가이다. 저서로 『세계사 강요』(*The Outline of History*, 1920~40)와 공상과학소설 『타임머신』(*The Time Machine*, 1895), 『투명인간』(*The Invisible Man*, 1897) 등이 있다.
17) 버틀러(Arthur John Butler, 1844~1910)는 영국 작가이자 단테 연구자이다. 저서로 『단테와 그의 시대』(*Dante: his Times and his Work*, 1895) 등이 있다. 그는 『신곡』을 영어로 번역하여 주석을 단 바 있다.
18) 천시잉은 1925년 4월 11일자 『현대평론』 제1권 제18호에 쓴 「중산선생의 장례식이 내게 남긴 느낌」(中山先生大殯給我的感想)에서 그가 장스자오와 같이 1921년 여름에

영국을 방문해서 웰스와 버나드 쇼를 만났던 일에 대해 언급했다. 장스자오도 1925년 7월 25일 『갑인』 제1권 제2호에 실은 「구퉁잡기」(孤桐雜記)에서 천시잉의 이 단락을 문언문으로 고쳐 써서 실은 바 있다. 이외에 천시잉은 다른 글에서 웰스와 버나드 쇼 및 셰익스피어 등에 대해 자주 언급했다.

19) 맨스필드(Katherine Mansfield, 1888~1923)는 영국의 작가로 『독일의 하숙에서』(*In a German Pension*, 1911)와 『행복』(*Bliss*, 1920), 『비둘기 둥지』(*The Doves' Nest*, 1923) 등의 소설을 발표했다. 쉬즈모(徐志摩)가 그녀의 소설을 번역한 바 있다.

# '월급 지급'에 관한 기록[1)]

오후에 중앙공원에서 C군과 일을 좀 하고 있을 때 호의를 가진 옛 동료로부터 놀라운 소식 하나를 전해 들었다.[2)] 부서에서 오늘 월급을 지급했는데 30%를 계산해서 줬다는 것이었다. 그렇지만 반드시 본인이 수령해야 할 뿐만 아니라 3일 안에 수령해야 한다는 이야기였다.

안 가면?

안 가면 어떻게 되는지에 대해서 그는 말하지 않았다. 그러나 이는 '불 보듯이 뻔한 일'이다. 안 가면 없는 것이다.

은전銀錢이란 반드시 손을 거쳐야 하는 것이다. 시주자의 보시가 아니면서도 사람은 위세를 부리기를 좋아한다. 그렇지 않으면 그들 스스로 보잘것없고 시시하다고 느끼게 되는 것 같다. 분명히 저당 잡힐 물건이 있어서 갔는데도 전당포는 굉장히 높은 수납대와 권위 가득한 얼굴로 맞이한다. 또 분명 은화로 동전을 바꾸러 갔는데도 환전상은 '은화 수매'라는 종이를 붙여서 은연중에 '매입자'임을 자처하고 있다. 전표는 당연히 책임기관에 가서 전표로 바꿀 수 있어야 하는데도 때로는 아주 짧은 시간을 정해

놓고 그 시간 안에 대기표를 수령하고 줄을 서야 하고 기다려야 하며 심지어 화를 참기까지 해야 한다. 군경이 감독을 하고 있는데 손에는 '국수'國粹라는 가죽 채찍까지 들려 있다.

말 안 듣지? 그럼 돈을 가져가는 건 고사하고 맞아야지!

나는 중화민국의 관리는 평민 출신으로 특별한 종족이 아니라고 이야기한 적이 있다. 고상한 문인학사나 신문기자들은 다른 사람들을 다른 종족이라고 생각하고 자기보다 훨씬 더 괴상하고 비열하며 우스운 종족이라고 생각하지만. 그러나 몇 년 동안의 내 경험으로 보건대 실제로는 별로 특별하지 않고 성격도 보통 동포와 다를 바 없어서 은전을 손수 건네줘야 할 때가 되면 마찬가지로 이 기회를 빌려서 위세를 한번 떨어 보는 취향을 갖고 있는 것이다.

'본인 수령'의 역사적인 기원은 상당히 오래되었는데 중화민국 11년에는 이 때문에 팡쉬안춰의 소요가 일어나기도 했다.[3] 나는 이를 「단오절」에서 다룬 바 있다. 역사가 나선형으로 발전한다고 하지만 그래도 판박이는 아니어서 오늘과 옛날은 그래도 약간 다르다. 옛날의 태평성대 시절 '본인 수령' 주장은 '체불임금 청구회'索薪會——오호라, 이런 전문 명사에 대해서 내가 일일이 해석할 틈이 없을뿐더러 그러기에는 종이도 아깝다는 것을 용서해 주시라——의 맹장이 밤낮을 가리지 않고 뛰어다니면서 국무원에 호소하고 재정부에 재촉하며 일단 돈을 받아 낸 뒤, 같이 찾아가 요구하지 않는 사람에게 공 없이 녹봉을 받게 하는 것이 기껍지 않아서 본인 수령의 방법을 써서 작은 골탕을 먹인 것이었다. 그 의미란 다음과 같다. 이 돈은 우리가 요구해 얻어 낸 것으로 우리 것과 마찬가지이다. 당신이 받으려 한다면 여기에 와서 보시를 받아 가야 한다. 죽과 옷을 시주하는데 시주자가 직접 집까지 갖다 주는 경우를 본 적이 있는가.

그렇지만 이것은 태평성대 때의 사정이다. 지금은 온갖 수를 써서 '청구'해도 일 전도 주지 않는다. 어쩌다가 '월급을 지급'했다면 그것은 상부가 의외로 베푸신 은혜로 무슨 '청구'와는 아무런 상관이 없다. 그런데 이 때에도 '본인 수령' 명령을 반포한 시주자는 여전히 존재한다. 다만 임금 청구를 잘하는 맹장은 아니며 매일 '출근 서명을 하면서' 달리 생계를 도모하지 않는 '변함없이 충성스런 신하'일 뿐이다. 그리하여 이전의 '본인 수령'은 월급을 요구하러 같이 가지 않은 사람들에 대한 벌이었으나, 현재의 '본인 수령'은 주린 배를 안고 매일 부서로 찾아갈 수 없는 사람들에 대한 벌인 것이다.

그렇지만 이것은 대의에 불과하며 그 밖의 일은 친히 그 경지에 임하지 않으면 제대로 말하기 어렵다. 가령 쏸라탕酸辣湯에 대해서 아무리 귀로 듣고 말해 봤자 직접 한입 마셔 보는 것만큼 잘 알 수 없는 것과 같다. 최근 들어서 속으로 무슨 생각을 하고 있는지 알 수 없는 유명인 몇 명이 나에게 간접적으로 충고해 왔다. 내가 지난해 쓴 글이 문학, 예술 및 국가와 천하에 대해서 논하지 않고 사람들과의 의견 충돌에 주력하고 있어서 애석하다는 것이었다. 최근에 내가 한 가지 이치를 깨달았다는 것을 어떻게 알겠는가. 직접 겪은 작은 일마저도 잘 이해할 수 없고 제대로 말할 수 없는데 더군다나 고상하고 위대하며 잘 알지 못하는 사업이란 더할 것이라는 사실이다. 지금 나는 나에게 절실한 사사로운 일만 좀 이야기하고 있을 뿐이므로 이른바 '공리'와 같이 그럴싸한 건 공리전문가가 소일하게 놔둬야 한다.

요컨대 지금 '본인 수령'을 주장하는 사람은 이전보다 못하다고 나는 생각한다. 이것이 바로 '구퉁 선생'이 말하는 '상황이 갈수록 나빠지다'이다. 게다가 지금은 팡쉬안춰처럼 공연히 불평하는 이조차도 매우 드물어진 것 같다.

'가자!' 나는 이 놀라운 소식을 듣자마자 바로 공원을 나오고 인력거에 뛰어 올라가 아문衙門으로 바삐 향했다.

문을 들어서자 순경이 나에게 정자세로 거수경례를 했다. 하여 관리를 하려면 좀 높은 관직이어야 한다는 것을 알 수 있다. 비록 얼마 동안 못 봤지만 그래도 얼굴을 알아본 것이다. 안에 들어가니 사람이 얼마 없었는데 근무 시간이 오전으로 변경되었고 벌써 다 직접 수령하여 귀가한 뒤인 것 같았다. 사환 하나를 찾아서 '본인 수령'의 규칙을 자세하게 물어봤는데 우선 회계과에 가서 종이를 받은 다음 이 종이를 들고 응접실에 가서 돈을 수령한다는 것이었다.

회계과에 찾아가니 부서 직원 한 명이 내 얼굴을 한번 보더니 서류 더미에서 종이 하나를 꺼냈다. 그는 오랫동안 근무한 직원이어서 동료를 잘 알고 있어서 '본인 수령 증명'의 중요한 임무를 띠고 있다는 것을 알아차렸다. 종이를 받고 나는 특별히 머리를 여러 번 끄덕거려서 작별과 감사의 지극한 뜻을 표시했다.

그 다음은 응접실이었다. 제일 먼저 쪽문을 지나갔는데 위에 쪽지가 하나 붙어 있는 것만 눈에 띄었다. '병조'丙組라고 씌어 있었고 또 작은 글자로 '1백 위안을 초과하지 않음'이라고 한 줄 쓰여 있었다. 내 종이를 들여다보니 99위안이라고 씌어 있었다. 속으로 정말 "인생은 백세가 차지 않으면서 늘 천세 걱정을 품고 있다"는 격이라는 생각을 했다.[4] 이런 생각을 하면서 바로 뛰어 들어갔다. 나와 나이가 비슷한 관리 한 사람이 있는 게 보였다. 이 '1백 위안을 초과하지 않음'은 전체 봉급을 말하는 것으로 내가 수령할 곳은 여기가 아니라 안쪽 사무실이었다.

안으로 들어가니 두 개의 탁자가 놓여 있고 탁자 곁에 몇 명이 앉아 있었다. 잘 아는 오랜 동료 하나가 나를 불렀다. 종이를 들고 가서 서명을 하고 전표로 바꿨다. 어쨌든 일이 순조롭게 끝난 셈이었다. 이 조 옆에 매우 뚱뚱한 관리 하나도 앉아 있었는데 그는 감독관인 것 같았다. 왜냐하면 대담하게 관사官紗——어쩌면 평직 비단일지도 모르겠다. 나는 이런 것은 잘 모른다——윗도리를 풀어헤치고 땀방울이 태연자약 구불구불하게 아래로 흐르는, 뚱뚱해서 접혀진 배와 가슴을 드러내고 있었기 때문이었다.

이때 나는 까닭 없이 감탄이 나왔다. 모두 지금 '재앙 같은 관직', '재앙 같은 관직'이라고 말하고 있지만 의외로 '마음이 넓고 몸이 뚱뚱한' 이가 아직 적지 않구나, 라는 생각을 속으로 했다. 바로 이삼 년 전에 교원이 봉급 지급을 요구할 때 학교의 교원 준비실에서조차도 너무 배불리 먹어서 크윽 하고 소리를 내며 위 속의 공기를 입 밖으로 내뱉는 이가 있긴 했지만 말이다.

밖으로 나가니 나와 나이가 비슷한 그 관리가 아직도 있어서 그를 잡고 불평을 늘어놨다.

"자네들은 왜 또 이런 놀음을 한단 말인가?" 내가 말했다.

"이게 바로 그의 뜻이지……." 그는 순순히 대답할 뿐 아니라 해죽 웃기까지 했다.

"아픈 사람은 어떻게 하란 말인가? 문짝에 실려 와야 하나?"

"그는 그런 건 다른 방법으로 처리하라고 하던데……."

나는 듣자마자 바로 일목요연하게 이해가 됐다. 그렇지만 '문——아문의 문이다――외한'이 이해하지 못할까 봐 주석을 좀 달아 보겠다. 이른바 '그'란 장관이나 차관을 가리킨다. 이때 가리키는 것이 좀 애매한 것 같지만 더 파고들어 가면 실체를 알 수 있다. 다만 더 파고들어 가다 보면 더 흐리멍덩해질 수도 있다. 요약하자면 월급을 손에 쥐었으면 이 일들은 '적당한 때 멈추고 탐욕하지 마라'이며 그렇지 않으면 위기를 면하지 못할 것이라는 이야기였다. 내가 이런 말을 한 것이 이미 온당치 못한 행동이었던 것이다.

그리하여 나는 응접실에서 물러났는데 예상치도 못하게 또 옛 동료 몇 명을 만나 한바탕 한담을 나눴다. '무조'戊組라는 것도 있다는 것을 알게 됐는데 이는 죽은 사람에게 월급을 지급하는 조였다. 이 조는 '본인 수령' 할 필요가 없을 것이다. 또 이번에 '본인 수령' 규율을 제기한 자가 '그'뿐만 아니라 '그들'도 포함된다는 사실도 알게 됐다. '그들'이란 자에 대해서 언뜻 들어 보면 '체불임금 청구회' 수령들 같았지만 그럴 리가 없었다. 왜냐하면 아문에서 '체불임금 청구회'는 일찌감치 없어졌기 때문이다. 따라서 이번 일은 당연히 다른 일군의 신인들일 것이다.

우리가 이번에 '본인 수령'한 월급은 중화민국 13년 2월분이었다. 이 때문에 사전에 두 가지 학설이 나돌았다. 첫째는 13년 2월 월급을 지급했다는 학설이다. 그렇다면 새로 온 이와 최근에 월급이 오른 이는 기회를 잘못 만난 느낌이 들 것이다. 그래서 두번째 학설이 자연스럽게 등장했다. 이전과 상관없이, 올해 6월분 월급만 지급했다는 것이다. 그러나 이 학설도 타당하지 못했는데 '이전과 상관없이'라는 구절이 문제가 되었다.

이 방법을 이전에도 고심하여 처리한 적이 있다. 지난해 장스자오는 나를 면직하고 지위에 타격을 가했다고 생각했으며 일부 문인과 학자들

가운데는 좋아서 덩실덩실 춤을 춘 사람들까지 있었다. 그렇지만 그들은 어쨌든 똑똑한 이들이었다. '사방 침대와 탁자와 바닥'에 널린 독일어 책을 좀 읽어 본 사람들이어서 내가 관직을 버렸을 뿐이며 일패도지一敗塗地하지 않았다는 것을 즉각 깨달았다. 왜냐하면 나는 체불 월급을 받아 베이징에서 계속 생활할 수 있기 때문이다. 그리하여 그들의 사장인 류바이자오는 부처 업무 회의석상에서 체불 월급을 지급하지 않을 것이며 몇 월에 수령해 가면 그달치 월급으로 간주하겠다는 의견을 제시했던 것이다. 만약 이 방법이 실행되면 내가 받을 타격은 상당했는데 경제적인 압박을 바로 받을 것이기 때문이었다. 그렇지만 이 안은 최종적으로 통과되지 못했다. '이전과 상관없다'는 문구는 치명적이었던 것이다. 게다가 류바이자오들도 혁명당으로 자처하면서 어떻게 됐든 상관없이 완전히 다시 새로 하자고 하고 싶지도 않았을 것이다.

그리하여 지금 매번 정부의 돈을 받을 때 지급하는 것도 여전히 예전 돈인 것이다. 설사 올해 베이징에 있지 않더라도 13년 2월에 거주했으면, 실제로 지금 없으니까 그때도 여기에 있던 걸로 치지 않겠다고 말하기 어렵다. 그런데 또 새로운 학설이 나왔는데 종합적으로 조금씩 의견을 수합했다. 이 조금씩 수합했다는 것은 또한 적당히 섞어 놓았다는 것이기도 했다. 이 때문에 우리의 이번 영수증에 연월은 13년 2월로 기재되어 있고 돈의 총액은 15년 6월 것이었다.

이렇게 하니 '이전과 상관없'지도 않으면서 최근에 승진하거나 봉급이 오른 이도 좀더 많이 받을 수 있어서 비교적 두루 살핀 셈이었다. 나에게 이익도 없지만 손해도 없는데 베이징에 살고 있기만 하면 '본인'임을 증명할 수 있었다.

나의 간단 일기를 한번 뒤적여 보니 올해 네 차례나 월급을 수령했다. 첫번째는 3위안, 두번째는 6위안, 세번째는 82위안 5자오, 곧 25퍼센트로 단오절 밤에 받은 것이다. 네번째는 이번에 받은 것으로 30퍼센트, 99위안이었다. 내가 못 받은 월급을 다시 계산해 보니 대략 아직 9천 2백 40위안이 남아 있었는데 여기에 7월분은 포함하지 않았다.

나는 이미 정신적으로는 부자라는 생각이 들었다. 다만 이 '정신문명'은 믿을 만한 게 못 되며 류바이자오가 뒤흔들어 놓은 적이 있었다는 점이 아쉬울 뿐이었다. 나중에 이재에 밝은 사람을 만나면 밖에는 간판 하나 걸어 놓고 안에 몇 사람이 앉아서 임금을 못 받은 사람들을 상담하는 '체불월급 정리회'를 설립할지도 모르겠다. 며칠 혹은 몇 달 뒤면 사람이 안 보이고 간판도 사라지게 된다. 그리하여 정신적인 부자는 물질적인 빈자로 변하였다.

그러나 지금은 99위안을 받은 게 확실하니 생활하는 것도 안심이 되어 한가한 틈을 타서 다시 의견을 제기하고 있다.

7월 21일

주)

1) 원제는 「記'發薪'」, 이 글은 1926년 8월 10일 반월간 『망위안』 제15호에 실렸다.
2) C군은 치서우산(齊壽山)을 가리킨다. 그들은 『작은 요하네스』를 번역하고 있었는데 이에 대해서는 이 문집의 「즉흥일기 속편」의 '7월 6일' 편을 참고하시오.
3) 팡쉬안춰(方玄綽)는 1922년 루쉰이 쓴 단편소설 「단오절」에 나오는 주요 인물이다. 이 소설은 나중에 『외침』에 수록됐다.
4) 『문선』(文選)의 「고시(古詩) 19수」에 나오는 말이다. 『문선』의 원문은 '生年不滿百, 常懷千歲憂'이다.

# 강연 기록[1)]

루쉰 선생은 곧 샤먼으로 떠납니다. 그는 날씨 때문에 그곳에서 오래 지내지 못할 것이라고 이야기하지만 최소한 반년 혹은 일년 동안 베이징에 계시지 않습니다. 이는 정말 서운한 일이라고 생각합니다. 8월 22일, 여자사범대학 학생회에서 대학 파괴 1주년 기념회를 개최할 때 루쉰 선생이 연설을 한 바 있었는데, 이는 베이징에서는 마지막 공개 강연일 것 같습니다. 이 때문에 이를 기록하여 조그맣게 기념하고자 합니다. 사람들은 루쉰 선생이 지나치게 냉정하고 냉담하다는 인상을 받곤 합니다만 사실 그는 열렬한 희망으로 충만해 있지 않은 때가 없으며 풍부한 감정을 발휘하지 않은 때가 없습니다. 이번 강연에서 특히 그의 주장을 분명하게 알 수 있습니다. 그렇다면 제가 그가 베이징을 떠나는 기념으로 그의 강연을 기록하는 일이 아무런 의미가 없는 것은 아닐 것 같습니다. 진지한 사람들이 신경 쓸까 봐 미리 알려 드리오니 저는 그날 모임에서 사소한 일을 하는 사무원의 자격으로 참가했습니다. (페이량)[2)]

다시 출간할 생각으로 어젯밤 『노동자 셰빌로프』 교정을 보다가 너무 늦게 잠이 들어서 지금도 잠에서 다 깨어나지 못한 상태입니다.[3] 교정볼 때 갑자기 어떤 일이 생각나서 머릿속이 복잡해졌고 지금까지도 여전히 혼란스럽습니다. 그래서 오늘은 많은 이야기를 할 수 없을 것 같습니다.

내가 『노동자 셰빌로프』를 번역하게 된 역사를 언급하면 의외로 흥미로운 데가 있습니다. 12년 전에 유럽 대혼전이 시작되었고 나중에 우리 중국도 전쟁에 참가하게 되는데 이것이 바로 이른바 '대독일 선전포고'입니다. 많은 노동자가 도와주러 유럽으로 파견되었습니다. 그리고 이후에 승리했는데 이것이 이른바 '공리전승'입니다. 중국도 당연히 전리품을 나눠 가져야 했습니다. 그중 하나가 상하이에 소재한 독일 상인 클럽의 독일어 책이었는데 수량이 많았고 그중에서 문학이 가장 많았는데 모두 자금성 정문의 누각으로 옮겨 왔습니다. 교육부는 이 책을 입수하자 분류와 정리 작업을 시작했습니다. 사실 이 책들은 원래 분류가 다 되어 있었지만 일부 인사가 분류가 잘 되어 있지 않다고 판단하여 새로 분류해야 했던 것입니다. 당시 많은 사람이 여기에 파견됐는데 나도 그중 한 사람이었습니다. 나중에 장관이 이 책들이 무슨 책인지 보고 싶어 했습니다. 어떻게 보는 것일까요? 우리에게 중국어로 책 제목을 번역하게 한 것입니다. 뜻으로 번역할 수 있으면 의역을, 뜻으로 번역할 수 없는 것은 음역을 하여 카이사르該撒呀[Caesar], 클레오파트라克來阿派式拉[Cleopatra], 다마스쿠스大馬色[Damascus] 등등으로 옮겼습니다. 매달 십여 위안의 차비가 지급되었는데 나도 백여 위안을 받았습니다. 그 당시까지는 '행정비'라는 게 있었기 때문입니다. 이렇게 그럭저럭 일 년 반이 지나면서 몇천 위안을 썼고 독일과 화해 조약이 성립되었습니다.[4] 나중에 독일이 이를 되찾아갔는데 이전에 일일이 검수했던 우리들이 다시 전부——아마 몇 권이 빠졌을지도 모르겠습니다——를 인도해 줬습니다. '클레오파트라'류에 대해서 장관이 봤는지 어떤지 나는 모르겠습니다.

제가 아는 바에 의하면 '대독일 선전포고'의 결과, 중국에는 중앙공원에 '공리전승'비가 하나 생겼고, 나에게는 『노동자 셰빌로프』의 번역 한 편이 생겼습니다. 이 번역의 원본이 그때 정리했던 독일어 책에서 나온 것이기 때문입니다.

이 책 더미 속에는 문학서가 꽤 많았는데 그때 왜 하필이면 이 책을 골랐을까요? 그 의미를 지금 나는 분명하게 기억하지 못합니다. 아마도 민국 이전과 이후에 우리에게도 많은 개혁자들이 있었는데 처지가 셰빌로프와 흡사해서 남의 술잔을 한번 빌려 보려 했던 것 같습니다. 그렇지만 어젯밤에 한번 읽어 보니 그때뿐만 아니라 가령 그중에 개혁자가 박해당하고 대표가 고생하는 것은 지금도——그리고 장래일지라도, 수십 년 이후일지라도 많은 개혁자의 처지는 그와 비슷할 것이라는 생각이 들었습니다. 그래서 나는 이를 다시 출판할 생각입니다.

『노동자 셰빌로프』의 작가 아르치바셰프는 러시아 사람입니다. 지금은 러시아라는 말만 나와도 두려움에 떠는 것 같습니다. 그렇지만 그럴 필요가 없습니다. 아르치바셰프는 공산당이 아니며 그의 작품도 지금 소련에서 환영받지 못하고 있습니다. 지금 그는 실명하여 매우 고생을 하고 있다고 하니 나에게 루블 한 푼 보내 줄 리는 더더구나 없습니다. 요약하자면 소련과는 아무런 상관이 없습니다. 그렇지만 이상한 것은 많은 일이 중국과 매우 비슷하다는 것입니다. 가령 개혁자와 대표자가 겪는 고통은 말할 것도 없고 사람들에게 본분에 만족하라고 가르치는 노파까지도 우리

네 문인학사와 비슷합니다. 교원 하나가 상사의 모욕을 받아들이지 않아 해직되는데 그녀는 뒤에서 그 교원을 비난하며 그가 '오만' 방자하다고 말합니다. "보세요. 예전에 저는 주인에게 뺨을 두 대 맞은 적이 있었지만 나는 한마디 말도 안 하고 참았어요. 결국에 그들은 내가 억울하다는 것을 알고 내게 직접 백 루블을 상으로 줬답니다." 물론 우리 문인학사의 어휘는 이렇게 거칠고 직접적이지는 않고 글귀도 훨씬 화려하고 다채롭긴 합니다.

그렇지만 셰빌로프 후기의 사상은 상당히 두렵습니다. 그는 사회를 위해 일을 했는데 사회가 그를 핍박하고 심지어 그를 죽이려 하자 돌변하여 사회에 복수를 합니다. 모든 것에 복수하고 모든 것을 파괴합니다. 이렇게 모든 것을 파괴하는 사람을 중국에서는 아직 본 적이 없으며 아마 있을 수 없을 것이며, 나도 그런 사람이 있기를 바라지 않습니다. 그렇지만 중국에 이전부터 다른 종류의 파괴자가 있었습니다. 그래서 우리는 파괴하러 가지 못하고 오히려 종종 파괴당하곤 했습니다. 우리는 한편으로는 파괴당하고 다른 한편으로는 수선해 가면서 힘들게 지내고 있습니다. 그래서 우리는 한편으로는 파괴당하고 한편으로는 수선하고 한편으로는 파괴되고 다른 한편으로는 고쳐 가면서 살아왔습니다. 이 학교도 양인위와 장스자오 등의 파괴 공작을 겪은 뒤 고치고 정리해 가면서 지탱해 가고 있습니다.

러시아의 노파 같은 문인학사도 이런 것이 '오만' 방자하며 벌 받아 마땅하다고 말할지도 모르겠습니다. 이 말은 언뜻 들으면 맞는 말 같습니다만 다 그렇지는 않습니다. 우리 집에 시골 사람 하나가 살고 있는데 전쟁 통에 그녀의 집이 사라져서 어쩔 수 없이 도시로 피난을 왔습니다. 그녀는 결코 '오만'한 적이 없으며 양인위를 반대한 적도 없는데 그의 집은 사라졌고 파괴되었습니다. 전쟁이 끝나자마자 틀림없이 그녀는 돌아갈 것입니다. 집이 부서지고 가재도구가 이리저리 널브러져 있고 논이 황폐해도 그녀는 그래도 살아가야 합니다. 아마 남은 물건을 이리저리 모으고 고치고 정리하면서 살아가겠지요.

중국 문명은 이렇게 파괴되면 다시 수리하고 파괴되면 다시 고쳐 가면서 이루어진, 피곤에 지친 상처투성이의 불쌍한 물건입니다. 그렇지만 많은 이들이 이를 자랑하며 심지어 파괴자까지도 이를 뽐내고 있는 실정입니다. 이 학교를 파괴한 사람도 그를 만국부녀의 어떤 회의에 파견하여 중국 여학교의 상황에 대해 말하라고 한다면 틀림없이 우리 중국에는 국립 베이징여자사범대학이 있다고 말할 것입니다.

이는 백만 배로 아쉬운 일입니다. 우리 중국인은 자기 것이 아닌 물건이나 자기 소유가 안 될 물건은 파괴해야지 직성이 풀립니다. 양인위는 이 학교의 교장이 될 수 없다는 것을 알고 문사文事는 문사의 '소문'을 이용하고 무공武功은 싼허三河의 가정부를 고용하여 '조무래기 계집애'[5] 무리를 모조리 없애 버리지 않으면 안 됐던 것입니다. 예전에 나는 문헌에 기록되어 있는, 장헌충이 쓰촨 백성을 학살한 일을 읽은 적이 있는데 그때는 그가 왜 그랬는지 이해할 수 없었습니다. 나중에 다른 책을 읽고 알게 됐는데 그는 원래 황제가 되고 싶었지만 이자성이 먼저 베이징에 들어가서 황제가 되었고 그는 곧 이자성의 황제 자리를 파괴하려 했던 것이었습니다. 어떻게 파괴하나요? 황제를 하려면 백성이 있어야 하는데 그가 백성을 다 죽이면 황제도 할 수 없는 것입니다. 백성이 없으면 황제도 아무 소용이 없고 결국 이자성 한 명만 남아서 학교가 해산한 뒤의 교장처럼 공연히 망신을 사는 것입니다. 이는 실소가 나오는 극단적인 예지만 이런 생각을 가진 이는 장헌충 하나만이 아니었던 것입니다.

어쨌든 우리는 중국인이며 중국에서 일어나는 일을 겪고 있지만 우리는 중국식의 파괴자는 아닙니다. 그래서 파괴를 당하면 수리를 하고 또 파괴되면 고쳐 가면서 살아가고 있습니다. 우리의 많은 생명이 허비되었습니다. 우리에게 위로가 되는 것은 아무리 생각해 봐도 그래도 이른바 장래에 대한 희망에 있습니다. 희망은 존재에 덧붙여져 있으며 존재가 있으면 희망이 있고 희망이 있으면 빛이 있습니다. 역사가의 말이 기만하는 말이 아니라면 세계의 사물이 암흑으로 오래 존재한 선례는 아직 없습니다. 암흑은 곧 멸망하는 사물에 빌붙을 수밖에 없고 암흑도 더불어 같이 멸망하며 영원할 수 없습니다. 그렇지만 장래는 영원히 존재할 것이며 뿐만 아니라 언젠가는 빛날 것입니다. 암흑에 달라붙지 않고 광명을 위해 멸망한다면 우리에게는 반드시 유구한 장래가 있을 뿐만 아니라 반드시 광명으로 밝은 미래가 있을 것입니다.

나는 이 기념회에 참석하고 나흘 뒤 베이징을 떠났다. 상하이에서 일간지를 읽고서 여사대가 이미 여자학원 사범부로 이름을 바꿨으며, 교육부 장관 런커청이 원장으로 스스로 취임하고,[6] 사범부의 학장은 린쑤위안이 되었다는 것을 알았다.[7] 나중에 9월 5일자 베이징 석간을 읽었는데 다음과 같은 보도가 한 줄 나와 있었다. "오늘 오후 1시 반 런커청, 터퉁린特同林 씨가 경찰청 보안대와 군 경찰처 병사 사십여 명을 통솔하여 여사대로 급거 출동하여 무장으로 접수했다……." 1주년이 지난 지 얼마 되지 않았는데 병사를 동원하는 것을 다시 보게 됐다. 내년의 이날은 어떨지, 여전히 병사를 데리고 개교 기념회를 할지 아니면 병사에 의해 폐교 기념회를 할지 모르겠다. 지금은 잠시 페이량 군의 이 글을 여기에 옮겨 실으면서 우선 올해의 기념으로 삼고자 한다.

1926년 10월 14일 루쉰이 부기함

주)

1) 원제는 「記談話」. 이 글은 1926년 8월 28일 『위쓰』 제94호에 실렸다. 최초로 실렸던 『위쓰』에서의 원제는 「루쉰 선생의 강연을 기록하다」(記魯迅先生的談話)인데 『화개집속편』에 수록할 때 제목을 바꿨다.
2) 페이량(培良)은 샹페이량(向培良, 1905~1959)을 가리킨다. 광풍사(狂飈社)의 주요 성원으로 『망위안』에도 자주 원고를 투고했다. 훗날 난징에서 출간된 『청춘월간』(青春月刊) 주편을 지냈으며 '인류의 예술'과 '민족주의 문학'을 제창했다.
3) 러시아 작가 아르치바셰프(Михаил Петрович Арцыбашев, 1878~1927)가 쓴 중편소설이다. 루쉰은 1922년 5월 상하이 상우인서관에서 이 번역서를 출간했으며 1927년 6월 상하이 베이신서국에서 재출간한 바 있다. 아르치바셰프는 톨스토이, 도스토예프스키 등의 영향을 받고 문단 생활을 시작했으며 1905년의 제1차 러시아혁명을 반영한 단편 「혈흔」(血痕) 등을 썼으나 혁명 실패 후에는 염세적인 데카당 문학의 대표자가 되었다. 그의 대표작 『사닌』(Санин, 1907)은 혁명의 패배에 환멸을 느낀 인텔리겐치아가 암담한 반동기에 처하여 도덕적으로 퇴폐하고 성(性)의 방종으로 흐르던 시대풍조를 반영한 장편소설이다.
4) 1921년 5월 20일 베이징에서 체결한 '중국-독일 조약'을 가리킨다. 이 조약은 독일이 산둥 수탈과 관련된 기존의 특권을 포기하고 쌍방이 각자 관할하에 상대 재산을 보호하고 외교관계를 재건하고 대사를 상호 파견하기로 결정한 조약이다.
5) 원문은 '毛鴉頭'. 우즈후이가 베이징여사대 학생을 경멸하며 부른 호칭이다.
6) 런커청(任可澄, 1877~1946)은 1926년 6월 베이양정부 교육부 장관에 올라 그 해 8월 말 여사대와 여대를 합병하여 베이징여자학원으로 만들고 스스로 원장으로 취임했다.
7) 린쑤위안(林素園)은 1926년 8월 여사대가 베이징여자학원 사범부로 바뀌었을 때 총장직을 맡았으며 같은 해 9월 5일 무장군경을 인솔하여 베이징여사대를 접수했다.

# 상하이에서 보내는 편지[1)]

샤오펑 형에게

헤어진 다음 날, 나는 바로 차를 타서 그날 밤 톈진에 도착했습니다. 가는 도중에 아무 일도 일어나지 않았지만 막 톈진 정거장에서 나오는데 세리稅吏 같은 제복을 입은 이가 갑자기 나의 꾸러미를 잡아당기면서 '뭐냐'고 물었습니다. 내가 '잡다한 물건'이라고 대답하는 사이에 그는 이미 바구니를 두 번 흔들고는 아무렇지도 않은 듯이 가 버렸습니다. 다행히 나의 꾸러미에는 인삼탕이나 자차이탕 혹은 유리그릇이 없어서 상한 게 없었으니 걱정하지 마시기를 바랍니다.

톈진에서 푸커우로 갈 때 나는 급행열차를 탔습니다. 하여 시끄럽지는 않았지만 자리가 좁기는 많이 좁았습니다. 7년 전에 베이징으로 식솔을 데리고 간 뒤에는[2)] 이 기차를 타 본 적이 없었습니다. 지금은 남녀가 따로 앉는 것 같습니다. 옆방은 원래 1남 3녀의 일가인데 이번에 남자를 쫓아내고 따로 여자 하나를 들어오게 했습니다. 푸커우에 가까워졌을 때 또

한 차례 작은 소동이 일어났습니다. 그네 식구가 차 심부름꾼에게 팁을 너무 적게 줘서 건장하고 몸집이 큰 심부름꾼 하나가 우리 있는 곳으로 와서 '일부러 들으라는 듯이'[3] 일장 연설을 한 일이 벌어졌습니다. 대략적인 뜻은, 돈은 당연히 받는 것이다, 사람이 돈 때문이 아니면 왜 일을 하는가, 그런데 자기가 몇 푼 팁을 받으면서 차 심부름꾼 일을 하는 것은 그래도 양심이 가슴에 있기 때문에 이쪽(겨드랑이 아래틈을 가리키며)으로 달아나지 않았기 때문인 것이다! 자기는 논과 땅을 팔아 총을 사서 토비를 모아 두목을 할 수도 있다, 수작을 잘 부리면 관리가 되어 돈을 벌 수도 있다, 그런데 양심이 아직 여기에 있어서 기꺼이 차 심부름꾼을 하면서 적은 돈이나마 벌어서 아이들이 학교 다니고 장래에 잘 살 수 있게 하는 것이다……. 그런데 만약 계속 이렇게 하지 못하면 사람이 할 수 없는 일도 할 수 있다! 우리는 모두 여섯 명이었는데 아무도 그에게 반박하지 않았습니다. 나중에 1위안의 돈을 더 주면서 일이 마무리됐다고 합니다.

나는 베이징에서 출간한 주간지에서 쑨촨팡 대사를 질책한 용감한 문인학자들의 뒤를 밟고 싶지 않습니다. 그러나 일단 하관下關에 도착하자마자 이는 투호[4]의 예를 행하는 지역이라는 사실이 기억나서 좀 우습다는 느낌이 들었습니다. 나의 눈에 하관도 7년 전의 하관과 다름없었습니다. 다만 그때는 비바람이 세게 치고 있었는데 이번에는 날씨가 맑다는 차이가 있을 뿐이었습니다. 급행열차를 놓쳐서 밤차를 탈 수밖에 없어서 여인숙에서 잠시 쉬었습니다. 짐꾼(현지의 이른바 '인부')과 심부름꾼은 예전과 마찬가지로 싹싹했습니다. 납작하게 말린 오리 요리板鴨, 차사오插燒[절인 돼지 살코기 구이], 닭볶음요리油雞 등도 여전히 싸고 맛있었습니다. 고량주 2량을 마셨는데 이것도 베이징보다 더 좋았습니다. 이는 당연히 '내 생각에' 그런 것일 뿐입니다. 그렇지만 이유가 전혀 없는 것은 아니었습니다. 왜냐하면 이것은 수수 내음이 좀 살아 있어서 마신 뒤 눈을 감으면 비 온 뒤의 들판에 서 있는 것 같은 느낌이 들었기 때문입니다.

들판에 서 있는데 심부름꾼이 와서 누가 나와 이야기하고 싶다는 이야기를 전달했습니다. 나가서 보니 몇 사람과 총을 메고 있는 군인 서너 명이 있었습니다. 몇 명인지는 자세히 세지 않았습니다. 어쨌든 대략 꽤 큰 무리의 사람들이었습니다. 그중 한 사람이 내 짐을 보겠다 했습니다. 그에게 먼저 어느 것을 보겠느냐고 물었습니다. 그는 삼베를 덧씌운 가죽 상자를 가리켰습니다. 그에게 줄을 풀고 열쇠를 열어 덮개를 열어 주자 그는 꿇어앉아서 옷 사이를 뒤적였습니다. 얼마 동안 찾더니 낙심한 듯이 일어서서 손을 펼치자 한 무리의 군인들이 모두 '우향우'라고 말하고 바깥으로 나갔습니다. 그 지휘관은 떠날 때 매우 정중하게 나에게 고개를 끄덕이기까지 했습니다. 내가 현직의 '총을 가진 계급'과 교섭한 것은 민국 이래 이것이 처음이었습니다. 그들은 그렇게 나쁜 것 같지 않았습니다. 그들도 자칭 '총이 없는 계급'[5]처럼 '소문'을 잘 만들었다면 나는 길을 갈 수조차 없었을 것입니다.

상하이로 향하는 밤기차는 11시에 출발했는데 손님이 적어서 누워 잘 수도 있었습니다. 다만 의자가 많이 짧아서 몸을 구부려야 한다는 게 아쉬울 따름이었습니다. 기차 안의 차는 정말 좋았습니다. 유리컵 안에 들어 있었는데 색과 향이 좋았습니다. 어쩌면 내가 오랫동안 우물물로 끓인 차를 마셔서 조그만 일에 크게 놀라는 것인지도 모르겠습니다만 그래도 꽤 좋았던 것만은 확실합니다. 이 때문에 차를 두 잔이나 마셨고 창밖으로 강남의 밤 풍경을 보느라고 거의 잠을 자지 못했습니다.

이 기차에서 영어가 입에 붙어 있는 학생을 만났고 그에게서 '라디오'와 '해저海底 전신'과 같은 이야기를 들었습니다. 또 이 기차에서 약해서 옷도 걸치기 힘들어 보이는 도련님을 만났습니다. 그는 비단 저고리에 뾰족한 신을 신고 입으로 호박씨를 까먹으면서 손에는 『소한록』과 같은 타블로이드 신문을 들고 있었는데 영원히 다 읽지 못할 것 같았습니다.[6] 이런 부류의 사람은 강남과 저장에 굉장히 많은 것 같은데 아마 투호놀이를 할 날이 아직 많이 남아 있는 것 같습니다.

지금은 상하이의 여인숙에 묵고 있는데 곧 떠날 생각입니다. 며칠 다니다 보니 기분이 좋아져서 이곳 저곳을 다니고 싶다는 생각이 많이 듭니다. 예전에 유럽에 '집시'라고 불리는 민족이 있다는 이야기를 들었습니다. 그들은 한곳에 계속 머물지 않고 옮겨 사는 것을 좋아한다고 해서 성격이 정말 이상하다고 속으로 생각했는데 지금 그들만의 이유가 있다는 것을 알게 됐습니다. 제가 참 어리석었던 것이지요.

여기에는 비가 내리고 있어서 그렇게 덥지는 않은 편입니다.

8월 30일 상하이에서 루쉰

주)

1) 원제는 「上海通信」, 1926년 10월 2일 『위쓰』 제99호에 실렸다.
2) 1919년 12월 루쉰은 사오싱으로 내려가 모친을 비롯한 가족을 베이징으로 데리고 와서 바다오완(八道灣)에서 같이 생활하기 시작했다.
3) 원문은 '使之聞之'. 『논어』의 「양화」(陽貨)편에 나오는 구절이다.
4) 투호(投壺)는 고대의 오락이다. 연회에서 주인과 손님이 순서에 따라 화살을 항아리에

던지고 여기에서 진 사람이 술을 마셨다. 쑨촨팡은 동남지역의 5개성을 점거하고 있을 때인 1926년 8월 6일에 난징에서 이 고대의 예를 행한 바 있다.

5) '총이 없는 계급'은 한루(涵廬; 가오이한高一涵)가 1926년 8월 21일 『현대평론』 제4권 제89호에 실린 「한담」에서 한 말이다.

6) 『소한록』(消閑錄)은 상하이에서 출간하던 타블로이드 신문이다. 1897년 11월에 창간하였으며 원명은 『소한보』(消閑報)였다가 1903년 『소한록』으로 이름을 바꿨다.

이 반년 동안에 나는 또 많은 피와 눈물을 보았지만
내게는 잡감만 있었을 따름이다.

눈물이 마르고, 피는 없어졌다.
도살자들은 유유자적 또 유유자적하면서
쇠칼을 사용하기도, 무딘 칼을 사용하기도 한다.
그렇지만 내게는 '잡감'만 있었을 따름이다.

'잡감'마저도 '마땅히 가야 할 곳으로 던져넣어 버릴' 때면
그리하여 '따름'而已만이 있을 따름이다.

10월 14일 밤,
교정을 마치고 적다

# 화개집속편의 속편

샤먼섬에서 보낸 사 개월 동안 몇 편의 무료한 글만을 썼을 뿐이다. 제일 무료한 것을 제외하니 최종적으로 여섯 편이 남아서 '화개집속편의 속편'華蓋集續編的續編이라는 제목을 붙였다. 그리하여 1년 동안 쓴 잡감을 모두 싣게 되었다.

1927년 1월 8일
루쉰 쓰다

# 샤먼 통신[1)]

H. M. 형에게[2)]

저는 여기에 도착한 지 곧 한 달이 다 되어 갑니다. 하릴없이 삼층집에 머물면서 편지도 많이 쓰지 않고 있습니다. 이 집은 바닷가에 위치해 밤낮으로 해풍이 윙윙 불어오고 있습니다. 해변에는 조개가 꽤 많은데 몇 번 주워 봤으나 특별한 것은 없었습니다. 주위에 인가가 많지 않고 제가 아는 가장 가까운 점포는 한 집밖에 없는데 통조림 식품과 과자를 좀 팔고 있습니다. 주인은 여자인데 나이는 나보다 한 세대 정도 많은 것 같습니다.

풍경은 그다지 나쁘지 않습니다. 산도 있고 바다도 있습니다. 제가 처음 왔을 때 동료 하나가 산빛과 바다 기운이 봄가을이 다르고 아침저녁이 다르다고 알려 줬습니다. 그리고 돌을 가리키면서 "이건 호랑이와 닮았고 이건 게으른 하마와 생김새가 비슷하고 이건 또 뭐와 비슷하다……"라고 알려 줬습니다. 나는 잊어버렸는데 사실 그다지 닮지도 않았습니다. 스스로 한스럽게 생각하는 것 중 하나가 자연의 아름다움에 민감하지 않은 것입니다. 설사 좋은 날의 아름다운 풍경을 만나더라도 그다지 감동하지 않습니다. 다만 몇 날이 지나도 정성공[3]의 유적을 찾아간 것만은 잊혀지지 않습니다. 내가 사는 곳에서 멀지 않는 곳에 성벽이 하나 있는데 그가 축조한 것이라고 합니다. 타이완을 제외하고는 만주인이 입관했을 때 이 사면이 우리 중국이 최후로 망한 땅이라는 생각이 드니 기쁨과 슬픔이 교차합니다. 타이완은 1683년, 이른바 '성조聖祖 인황제仁皇帝' 22년에야 망했는데 이 해에 그 '인황제'들이 '십삼경'十三經과 '이십일사'二十一史의 목각판을 수정했습니다. 지금은 일부 국민이 경전을 읽지 못해서 안달이 나 있고 전판 '이십일사'도 보물이 되어서 골동품 장서가들이 거금을 아끼지 않고 구매하여 집에 보관하여 자손에게 물려준다고 합니다. 그렇지만 정성공의 성은 오히려 적막합니다. 성곽 아래 모래는 누군가 몰래 훔쳐서 맞은편의 구랑위鼓浪嶼 섬의 아무개에게 팔고 있어서 성의 기반이 곧 무너질 것이라는 이야기가 있습니다.[4] 하루는 아침 일찍 굉장히 많은 작은 배가 물에 많이 잠긴 채 돛을 활짝 펴고 구랑위로 향하는 것을 본 적이 있습니다. 아마 그 모래를 판매하는 동포일 겁니다.

주위는 고즈넉합니다. 가까운 곳에서 베이징이나 상하이에서 출간된 새로운 출판물을 구할 수 없어서 가끔 좀 고적하게 느껴집니다. 그렇지만 독기가 가득한 『현대평론』도 눈에 띄지 않습니다. 어떻게 된 건지는 모르겠지만 많은 정인군자와 문인학사들이 글을 쓰지만 그렇게 유행하는 것은 아닌 것 같습니다.

며칠 동안 나는 올해 쓴 잡감을 엮을 생각을 하고 있습니다. 내가 이것을 쓰고 난 뒤, 특히 천위안에 관한 것을 쓰고 난 다음부터 몇몇 '중립'을 자칭하는 군자가 나에게 계속 그렇게 쓰면 너절해질 것이라고 충고했습니다. 나는 결코 충고 때문이 아니라 환경의 변화로 인하여 근래 무슨 잡감이 떠오르지 않으며 이전에 쓴 글을 묶어 낼 일조차 잊고 있었습니다. 며칠 전 밤에 갑자기 메이란팡[5] '예인'의 노랫소리가 들렸는데 물론 유성기에서 나오는 소리였지만 거칠고 둔중한 바늘이 고막을 찌르는 것같이 매우 불편했습니다. 그러다가 내 잡감 생각을 하게 됐는데 내 잡감도 메이 '예인'에 탄복하는 정인군자들의 심기를 불편하게 하겠지요. 그래서 나에게 글을 계속 못 쓰게 하는 겁니다. 그렇지만 내 잡감은 종이로 인쇄되어서 공기를 진동시키지도 않고 보고 싶지 않으면 책을 펼치지 않으면 되는데 왜 굳이 중립인 체하면서 나를 농락하고 있을까요. 나는 내 글이 가판대에 누워 있다가 보고 싶은 사람에게 구매되기를 바라지 정인군자의 총애를 받기를 원하지 않습니다. 세상에는 모란꽃을 좋아하는 이가 가장 많겠지만 흰 독말풀이나 이름 없는 풀을 좋아하는 이도 있습니다. 펑치는 패왕편을 찻주전자에 심어 놓고 이를 분재로 여기고 있기까지 합니다.[6] 그렇지만 이전 원고를 살펴보니 알아보기 힘든 곳이 꽤 됩니다. 당신이 저를 위해서 좀 옮겨 적어 줄 수 있는지요.

지금 또 바람이 불고 있습니다. 거의 매일 이래서 베이징에 있는 것 같지만 바람 속에 먼지는 별로 없습니다. 가끔 공동묘지에 산보를 가기도 하는데 이곳은 샤먼에 대한 Borel의 책에서 언급된 적이 있는 곳입니다.[7] 중국은 전국이 큰 공동묘지라고 했지요. 묘비명은 다수가 말이 되지 않습니다. 어떤 것은 돌아가신 어머니 모씨라고 써 놓고 아들 이름이 없는 것도 있고 머리에 지명을 가로로 써 놓은 것도 있으며 "삼가 종이를 아끼기를"이라는 글자만을 새겨 놓았지만 누구에게 종이를 아끼라고 하는지에 대해서는 정작 써 놓지 않은 묘비도 있습니다. 이렇게 말이 안 통하는 것은 모두 책을 읽었기 때문입니다. 글자를 모르는 사람에게 무덤에 묻힌 사람이 누구인지 물으면 그는 부친이라고 말할 것입니다. 다시 부친의 이름을 물으면 그는 장얼長二이라고 대답합니다. 재차 당신을 어떻게 부르느냐고 물으면 그는 장싼長三이라고 말합니다. 이렇게 계속 써 내려가다 보면 모든 것이 분명해집니다. 그런데 묘비를 쓴 사람이 꼭 글재주를 발휘하려고 하다 보면 의미는 거꾸로 더 모호해집니다. 그것은 '금석례' 연구가 원대에서 청대까지 이어졌지만 결론이 나지 않았다는 것을 그가 모르고 있기 때문입니다.[8]

나는 전과 똑같습니다. 다만 너무 고즈넉하여 글을 쓰고 싶은 마음이 생기지 않을 뿐입니다.

9월 23일 루쉰 씀

주)

1) 원제는 「廈門通信」. 이 글은 1926년 12월에 출간된 월간 『보팅』(波艇) 제1호에 발표되었다.

2) H. M.은 '하이마'(害馬)의 발음 'Haima'의 이니셜이다. 여사대 분쟁 와중에 양인위는 쉬광핑과 다섯 명의 학생자치회 임원을 '군중에게 해를 끼치는 말'이라고 불렀기 때문에 루쉰은 쉬광핑을 '하이마'라는 별명으로 부르곤 했다.

3) 정성공(鄭成功, 1624~1662)은 푸젠 난안(南安) 출신으로 청조에 반대하여 명나라 부흥운동을 벌인 인물이다. 청 순치 3년(1646)에 군사를 일으켜서 진먼(金門), 샤먼(廈門)에 주둔하여 청조에 저항했으며 훗날 타이완으로 근거지를 옮겨서 타이완을 점령한 네덜란드 식민자를 몰아내고 이곳을 근거지로 청조에 계속 항거했다.

4) 샤먼대학 부근의 전베이관(鎭北關)은 정성공이 청조의 군대를 방어하기 위하여 만든 것으로 성곽 가까이에 있는 바닷가에 유리 원료인 흰 모래가 가득했다. 당시 이를 몰래 구랑위로 운송하여 타이완인이 세운 화물창고에 파는 이가 있었는데 이는 다시 일본 점령하의 타이완 유리공장으로 운송됐다.

5) 메이란팡(梅蘭芳, 1894~1961)은 당시의 유명 경극 배우이다.

6) 황펑치(黃鵬基, 1901~1952)를 가리킨다. 펑치(朋其)는 그의 필명이다. 『망위안』의 필자로서 뒷날 광풍사에 가입했다. 그가 쓴 단편소설집 『형극』(荊棘)의 서문을 대신한 「자조」(自招)에 관련 구절이 나온다.

패왕편(霸王鞭)은 선인장과의 식물. 녹색의 작은 꽃을 피운다. 열대지역에서는 울타리로 자주 쓰인다.

7) 보렐(Henri Borel, 1869~1933)은 네덜란드인으로 청말 중국에 건너와서 베이징, 샤먼, 광저우 등지에 다년간 거주했다. 저서로 『신중국』(新中國; *Het Daghet in den Oosten*, 1910; *The New China : a traveller's impressions*, 1912), 『무위』(無爲; *Wu Wei : a phantasy based on the philosophy of Lao-Tse*, 1903) 등이 있다.

8) '금석례'(金石例)란 묘비명의 글쓰기 형식을 가리킨다. 원대 반앙소(潘昻霄)가 쓴 『금석례』 10권이 있으며 이후 명대의 왕행(王行), 청대의 황종희(黃宗羲) 등이 이 방면의 저작을 남겼다.

# 샤먼 통신(2)[1)]

샤오펑 형에게

『위쓰』 101호와 102호를 오늘 같이 받았습니다. 여러 편지를 한꺼번에 받는 일이 여기에서는 흔한 일인데 대략 매주 두 번 정도 그렇습니다. 나는 이 두 호의 『위쓰』를 특히 좋아하는데 아마도 100호를 넘겨서 그렇지 싶습니다. 중국에서 몇 사람이 조직한 간행물이 100호를 출간하는 것은 정말 쉽지 않은 일입니다.

저는 여기에 있으면서도 『위쓰』에 투고하고 싶은 마음이 가득합니다. 그렇지만 한 구절도 쓰지 못했습니다. '들풀'조차도 한 줄기 반 쪽의 이파리도 피우지 못했습니다. 지금은 그저 강의안을 엮으면서 지내고 있습니다. 왜일까요. 당신은 분명히 이유를 알 겁니다. 밥을 먹기 위해서이지요. 밥은 왜 먹는 것일까요. 만약 이렇게 계속하면 강의안을 엮기 위한 것이겠지요. 밥벌이는 고상하지 못한 일이지만 저는 그렇게 생각하지 않습니다. 그렇지만 강의안을 엮고 밥을 먹거나 밥을 먹고 강의안을 편집하는 것도 무료한 일이라는 느낌을 감출 수 없습니다. 다른 학자, 교수들은 또 다른 논리를 펴겠지만 우리 같은 보통 사람이 보기에는 가르치는 일과 글 쓰는 일은 양립 불가능하여 외곬로 가르치거나 아니면 미친듯이 글 쓰는 것 둘 중에 하나를 선택해야 하는 것으로, 방향이 다른 두 갈래 길을 한 사람이 가지 못하는 것과 같습니다.

갑자기 한 가지 일이 생각납니다. 그것도 여름철 일 같습니다. 『현대평론』에서 정인군자 무리들이 남을 욕하는 타블로이드 신문이 유행하기 때문에 단정한 글을 아무도 보지 않고 또 출간도 할 수 없다고 말한 것 같습니다.[2] 나는 이들 학자들의 뛰어난 재능에 탄복했습니다. 당신이 나를 대신해서 조사해 줄 수 있을지 모르겠습니다. 그들이 단정한 글을 얼마나 많이 '집에 감추고 있는지', 나에게 목록을 만들어 줄 수 있는지요. 그렇지만 만약 강의거나 무슨 민법 8만 7천 6백 5십 4조 같은 것이라면 목록을 만들 필요가 없습니다. 나는 안 볼 것입니다.

오늘도 수위안 형의 편지를 받았습니다.[3] 베이징은 이제 얼음이 얼었다고 합니다. 여기에서는 아직 겹옷 하나만 입고 저녁에는 추울까 봐 면조끼 하나를 껴입을 뿐입니다. 송옥 선생이 쓴 "하느님이 공평하게 사계절을 나누어 놓았으나 나만이 유독 쌀쌀한 가을을 슬퍼한다. 흰 이슬은 이미 온갖 풀에 내리고 여기 오동나무와 가래나무 잎은 무성하게 떨어진다" 등등의 기묘한 글은 여기에 가져오면 완전히 "아프지도 않으면서 신음하는" 격입니다.[4] 흰 이슬이 온갖 풀에 '내렸'는지는 모르겠지만 오동나무와 가래나무 잎은 아직 떨어지지 않았습니다. 그래서 풍경은 아직까지는 늦여름과 비슷합니다. 내가 사는 곳 문 앞에 이름을 모르는 식물이 한 그루 있는데 닥풀 같은 노란꽃을 피우고 있습니다. 내가 도착했을 때에도 꽃이 피어 있었지요. 이 꽃은 언제 피기 시작했는지 모르겠는데 지금도 피어 있고 또 아직 피지 않은 꽃봉오리도 있습니다. 언제야 꽃을 다 피울지 알 수 없습니다. '이전부터 그랬다'이고 '오늘 더 열렬하'니 나는 근래에 이 꽃을 보기가 좀 두렵습니다. 그리고 맨드라미꽃이 있습니다. 매우 자잘한 것이 장쑤와 저장의 그것과는 좀 다른데 붉고 노랗게 늘 이렇게 한 그루 한 그루 서 있습니다.

나는 원래 지옥에 떨어지는 것을 그다지 좋아하지 않았습니다. 왜냐하면 눈 가득 칼산과 검나무밖에 없어서[5] 너무 단조로워 보이고 고통도 감당하기 어려울 것이기 때문입니다. 지금은 또 천당에 가는 것이 좀 두렵습니다. 사시사철이 다 봄이고 1년 내내 복숭아꽃을 보러 오라고 청할 테니 생각해 보면 얼마나 재미가 없을 것인가요. 설사 그 복숭아꽃이 차바퀴만큼 크다 할지라도 처음 가 봤을 때 잠깐 놀랍지 매일 "복사꽃 화사하고"[6] 등의 시 한 수를 쓸 수는 없을 것입니다.

그렇지만 연잎은 이미 이울었습니다. 원지遠志 풀[7]도 좀 누렇게 변했습니다. 이런 현상을 이전에는 '된서리' 때문이라고 생각해서 가끔씩 '쌀쌀한 가을'에 대해서 원망의 말을 쏟아 내고 공격하기도 했었습니다. 그런데 여기에는 서리도 내리지 않고 눈도 내리지 않고 누렇게 마른 것은 모두 '천수를 다하고 잠들어 있'는 것이니 다른 것을 탓할 수 없습니다. 오호라, 불평거리가 줄어들었으니 어떤 이야기를 더 늘어놓을 수 있을까요!

이제 불평할 수도 없는 불평조차 다 늘어놓았습니다. 다음에 다시 연락드리겠습니다. 이제 강의안을 엮는 일을 시작해야겠습니다.

11월 7일, 루쉰

주)

1) 원제는 「厦門通信(二)」. 이 글은 1926년 11월 27일 『위쓰』 제107호에 실렸다.
2) 한루(가오이한)는 『현대평론』 제4권 제19호(1926년 8월 21일)에 발표한 「한담」에서 다음과 같이 말한 바 있다. "신문지상의 언론은 최근 몇 년 동안 가장 인구에 회자되는 것은 문제를 토론하는 것과 학리를 설명하는 유의 글이 아니라 흑막을 걷어 내고 사생활을 공격하는 유의 글이다. 학자의 무표정한 얼굴을 하고 학술문제를 토론하는 글일수록 읽는 사람은 더 적어지고 껄렁껄렁한 깡패 같은 분위기를 띠고 흑막을 파헤치고 사생활을 공격하는 희노애락이 있는 글일수록 읽는 사람은 더 많아진다."
3) 수위안(漱園)은 곧 웨이쑤위안(韋素園)을 가리킨다. 그는 당시 베이징에서 『망위안』 편집 작업을 책임지고 있었다. 루쉰은 1926년 11월 7일 일기에 다음과 같이 기록했다. "오전에 쑤위안으로부터 편지 두 통을 받았다. 29일과 30일날 보낸 것이었다."
4) 송옥(宋玉)은 초나라 시인이다. 여기에서 인용한 두 구절은 그가 쓴 「구변」(九辯)에 나온다.
5) 불교가 선전하는 지옥의 잔인한 형벌이다. 『태평광기』 382권에 이와 관련된 대목이 나온다.
6) 『시경』 '주남'(周男)의 「도요」(桃夭)에 나오는 구절이다.
7) 원지과의 여러해살이풀이다. 줄기는 높이가 30cm 정도이며 잎은 어긋나고 선 모양이다. 7~8월에 자주색 꽃이 총상화서(總狀花序)로 가지 끝에 피고 열매는 삭과(蒴果)이며 뿌리는 약용한다.

# 「아Q정전」을 쓰게 된 연유[1)]

『문학주보』 251호에 시디 선생이 『외침』, 그중에서도 특별히 「아Q정전」을 언급했다.[2)] 이 일은 내게 몇 가지 소소한 일들을 기억나게 했는데 이 자리를 빌려서 이야기해 보려 한다. 첫째는 이것으로 글을 써서 투고할 수 있고, 둘째는 관심 있는 사람에게 사정을 알려 줄 수 있을 것이다.

우선 시디 선생의 원문을 옮겨 적는다.

> 이 작품이 이렇게 주목받을 만한 것인지에 대해서는 원인이 전혀 없는 것은 아니다. 그렇지만 몇 가지 논의할 만한 대목도 있다. 가령 마지막 '대단원'의 막은 내가 『천바오』에서 처음 이 작품을 읽을 때에도 동의하지 않았고 지금까지도 여전히 수긍할 수 없는데 작가는 아Q의 결말을 너무 서둘러 맺은 것 같다. 작가가 그만 쓰고 싶어서 이같이 마음대로 그에게 '대단원'을 선사한 것이다. 아Q와 같은 사람이 결국 혁명당이 되고 이렇게 대단원의 결말을 맞이하는 건 작가 자신도 처음 쓸 때 예기하지 않은 것 같다. 최소한 인격적으로 다른 두 사람인 것 같다.

아Q가 정말 혁명당이 되려고 했는지, 설사 진짜 혁명당이 되었지만 인격적으로 두 사람인 것 같은지에 대해서는 지금 논하지 않겠다. 이 소설을 쓴 원인만 말하더라도 시간이 꽤 많이 걸린다. 나의 글은 저절로 솟아나오는 것이 아니라 짜내는 것이라는 이야기를 자주 했다. 듣는 사람은 겸손하다고 오해하곤 하지만 정말이다. 나는 할 말도 없으며 쓸 글도 없다. 그렇지만 자기를 학대하는 성격이 있어서 가끔은 몇 마디 고함을 질러서 다른 사람에게 볼거리를 덧붙여 주고 싶은 마음은 있다. 비유하자면 한 마리 지친 소와 같은 것이다. 분명 큰 쓰임이 없다는 것을 알지만 폐물이라는 사실이 이용하는 데 방해가 되지는 않는다. 그래서 장씨네 집에서 나에게 빈터를 갈라고 하면 나는 할 수 있다. 이씨네 집에서 나에게 연자매를 맴돌라고 해도 할 수 있다. 조씨네 집에서 나에게 그의 가게 앞에서 잠시 서 있으라고 하면 내 등에 "제 가게에 살찐 소가 있습니다. 소독을 마친 영양가 높은 일등품 우유를 팝니다"라는 광고를 붙이고 있겠다. 나 스스로 살집이 없고 수컷인 데다가 우유도 안 나온다는 것을 잘 알고 있지만 그들이 장사를 하고 있다는 점을 고려하면 양해할 만하다. 다만 판매하는 것이 독약만 아니기만 하면 별말하지 않겠다. 그렇지만 나를 너무 힘들게 해서는 안 된다. 내 스스로 풀을 찾아 뜯어먹어야 하며 숨 쉴 여유가 있어야 한다. 나를 누구 집 소라고 지정해 놓고 그 집 소 우리에 가두어도 안 된다. 나는 가끔 다른 집을 위해서 연자매를 돌릴 때도 있을 것이다. 만약 고기까지 내다 팔아야 한다면 당연히 더더욱 안 된다. 이유는 자명하니 구구절절 설명할 필요가 없다. 만약 상술한 세 가지가 안 되는 경우를 만나면 나는 바로 도망가거나 차라리 황량한 산에 드러눕겠다. 설령 이 일로 갑자기 심각한 사람에서 경박한 사람으로 바뀌어 버리고 전사에서 축생으로 변하여서 나를 캉유웨이라고 으르고 량치차오와 비교해도[3] 나는 아무 상관하지 않고 여전히 내 갈 길을 가고 내 자리에 드러누울 것이다. 나는 절대로 다시 나와 속지 않을 것인데 왜냐하면 나는 '세상물정'을 너무 잘 알기 때문이다.

최근 몇 년 사이에 『외침』을 이렇게 많은 사람이 읽었는데 그럴 것이라고 애초에 예상하지 못했으며, 아니 예상 자체를 할 상황이 아니었다. 다만 알고 지내던 사람의 희망에 따라 내가 뭔가를 좀 쓰기를 바라면 그때마다 뭔가를 썼을 뿐이었다. 또 그다지 바쁘지도 않았다. 루쉰이 나라는 것을 아는 사람도 별로 없었기 때문이다. 내가 쓴 필명도 하나뿐이 아니다. LS, 선페이神飛, 탕쓰唐俟, 모성자謀生者, 쉐즈雪之, 펑성風聲. 더 이전에는 쯔수自樹, 쒀스索士, 링페이令飛, 쉰싱迅行이라는 필명도 있었다. 루쉰은 쉰싱을 이어서 만든 것이다. 그때 『신청년』 편집자는 별명 같은 필명을 쓰는 것을 원치 않았기 때문이었다.

요즘은 내가 무슨 하찮은 무리의 수령을 하고 싶어 한다고 여기는 사람이 있는데, 백여 번 정찰해 놓고 여전히 어떻게 된 영문인지 모르고 있다니 정말 불쌍한 일이다. 나는 루쉰이라는 깃발을 꽂고 사람을 방문한 적이 없었으며 "루쉰이 곧 저우수런이다"라는 것은 다른 사람이 알아낸 것이다.[4] 이런 사람에는 네 부류가 있다. 첫번째 부류는 소설을 연구하기 위한 것으로 이 때문에 작가의 경력을 알고자 한다. 또 한 부류는 호기심이고 다른 한 부류는 나도 단평을 쓰고 있기 때문에 일부러 밝혀서 화를 좀 입히려 하는 것이다. 마지막 부류는 그에게 쓸모가 있다고 생각해서 파고드는 것이다.

그 당시 나는 베이징의 서쪽 거리에 살았는데 루쉰이 나라는 것을 아는 이는 『신청년』과 『신조』사의 사람들밖에 없었을 것이다. 쑨푸위안도 그중 한 사람이었다.[5] 그는 『천바오』의 부주간을 하고 있었다. 누구의 생각인지는 모르겠지만 갑자기 '즐거운 이야기'라는 난을 새로 만들어 일주일에 한 번 글을 싣자고 했다. 그는 찾아와서 나에게 뭔가 좀 써 달라고 했다.

아Q의 이미지가 내 마음속에 있은 지는 이미 몇 년이 되었다. 그러나 그에 대해서 쓸 생각은 한 번도 들지 않았다. 그런데 그의 제안에 갑자기 생각이 떠올라서 저녁에 조금 써 봤는데 그것이 1장인 서문이었다. '즐거운 이야기'라는 제목에 맞춰야 했기 때문에 꼭 필요하지 않은 익살을 억지로 덧붙였는데 사실 소설 전체적으로 봤을 때도 별로 어울리지 않았다. 서명은 '바런'巴人이었는데 '하리파인'下里巴人에서 뜻을 취했으니 고상하지 않다는 의미이다.[6] 이 서명이 또 화를 불러일으킬지 누가 알았겠는가. 그렇지만 나는 그동안 계속 이 사정을 모르고 있다가 올해 『현대평론』에서 한루(곧 가오이한)[7]의 「한담」을 보고서 알게 됐다. 그 대략적인 내용은 다음과 같다.

> 「아Q정전」을 한 단락 한 단락 계속 발표할 때 많은 사람들이 다음번에는 자기 머리에 욕이 떨어질까 봐 겁에 질려 벌벌 떨던 일이 기억난다. 한 친구는 내 앞에서 어젯자 「아Q정전」의 한 단락이 자기를 욕하고 있는 것 같다고 말하기까지 했다. 이 때문에 「아Q정전」이 모모가 쓴 것이 아닌지 의심했는데 왜 그럴까? 왜냐하면 모모만이 이 사적인 일을 알고 있기 때문이었다……. 이후에 의심이 더 짙어져서 「아Q정전」에서 욕하는 모든 것은 그의 사생활이라고 생각됐고 「아Q정전」을 싣는 신문과

관련된 필자는 모두 「아Q정전」의 작가라는 혐의에서 벗어나지 못했다! 그는 「아Q정전」의 작가 이름을 수소문한 후에야 작가와 모르는 사이라는 사실을 알았다. 그제야 그는 문득 깨닫고 만나는 사람마다 자기를 욕한 것이 아니었다고 밝혔다.(제4권 제89기)

이 '모모' 선생에게 정말 미안하다. 나 때문에 몇 날 며칠 혐의를 받았기 때문이다. 그렇지만 누군지 모르니 아쉬울 따름이다. '바런'이라는 두 글자는 쉽게 쓰촨 사람에게 의심의 눈길을 가게 했으니 쓰촨 사람일지도 모르겠다. 이 소설이 『외침』에 수록될 때에도 여전히 "당신은 정말로 누구누구를 욕하고 있는 것이냐?"라고 묻는 사람이 있을 정도였다. 나는 정말 슬펐다. 사람들에게 내가 이 정도로 비열하지 않다는 것을 보여 주지 못한 게 원망스러울 따름이었다.

1장이 실린 이후 이레마다 한 편씩을 써야 했기 때문에 '괴로움'이라는 글자가 강림했다. 그 당시 나는 별로 바쁘지는 않았지만 유랑민 생활을 하고 있었고 밤에는 통로로 쓰는 방에서 잤다. 이 집은 뒤쪽 창문밖에 없고 글을 제대로 쓸 공간조차 없었으니 어떻게 조용히 앉아서 생각할 수 있었겠는가. 그때 푸위안은 지금처럼 뚱뚱하지는 않았지만 그때부터 실실 웃으면서 원고 독촉을 잘했다. 매주 한 번 찾아와서는 기회가 되면 "선생님, 「아Q정전」은…… 내일 조판에 넘겨야 하는데……"라고 말했다. 그러면 나는 속으로 '옛말에 거지는 개가 물까 봐 제일 겁나고 수재는 해마다 보는 시험이 겁난다고 했는데, 나는 수재도 아닌데 일주일마다 시험을 봐야 하니 정말 괴롭구나'라고 생각하면서 글을 쓸 수밖에 없었다. 그렇게 결국 또 한 장이 나왔다. 그렇지만 내용은 점점 더 진지해졌다. 푸위안도 많이 '즐겁지' 않다고 느껴서 2장부터는 '신문예'란으로 옮겨 실었다.

이렇게 한 주 한 주 어렵게 이어 가다가 드디어 아Q가 혁명당이 되는 문제가 발생했다. 내 생각으로는 중국이 혁명하지 않았다면 아Q는 혁명당이 안 됐을 것이지만 혁명했다면 혁명당이 됐을 것이다. 나의 아Q의 운명은 이럴 수밖에 없었고 인격도 두 개가 아닐 것이다. 민국 원년은 이미 지났고 되돌아갈 수도 없다. 그렇지만 이후에 다시 개혁이 있다면 아Q와 같은 혁명당이 또 등장할 것이라고 생각한다. 나도 사람들이 말하는 것처럼 현재 이전의 시기거나 어떤 한 시기만을 쓴 것이길 바랐다. 그렇지만 내가 본 것은 현대의 전신이 아니라 그 이후이거나 심지어 이삼십 년 이후의 일인 것 같다. 사실 이것도 혁명당을 모욕하는 것이라 할 수 없다. 아Q는 이미 대젓가락으로 그의 변발을 올려서 묶었다. 십오 년 뒤에 창훙은 '출판계로 진출'하여[8] 중국의 '셰빌로프'가 되지 않았는가.[9]

「아Q정전」을 대략 2개월 동안 썼을 무렵 나는 마무리를 짓고 싶은 마음이 정말 간절했다. 하지만 지금 기억이 분명하지 않는데 아마 푸위안이 찬성하지 않았거나 아니면 내가 연재를 끝내면 그가 항의하러 올 것이라고 의심하며 '대단원'을 마음속에 감추고 있었던 것 같다. 어쨌든 아Q는 점차 죽음의 길로 접어들고 있었다. 마지막 장은 만약 푸위안이 있었다면 원고를 싣지 않고 아Q를 몇 주 동안 더 살게 해 달라고 요구했을지도 모르겠다. 그렇지만 '때맞춰' 푸위안이 고향으로 되돌아갔고[10] 그의 일을 대신한 이가 허쭤린 군이었는데[11] 그는 아Q에 대해 애증이 없었기 때문에 나는 '대단원'을 써서 보냈고 이것이 실렸던 것이다. 푸위안이 베이징에 돌아왔을 때 아Q는 이미 총살되고 한 달여가 지난 뒤였다. 아무리 푸위안이 원고 독촉을 잘하고 실실 잘 웃는다 하더라도 다시는 "선생님, 「아

Q정전」은……"이라고 말할 수 없었다. 이후로 나는 간신히 한 가지 일을 끝내고 다른 일을 하러 갈 수 있게 됐다. 무슨 다른 일을 했는지는 지금은 기억조차 나지 않는다. 아마도 비슷한 일이었으리라.

사실 '대단원'은 '내 멋대로' 그에게 선사한 것이 아니다. 처음 쓸 때 예상했는가에 대해서는 확실히 의문스럽다. 예상하지 못했다, 로 기억되는 것 같다. 그렇지만 이것도 어쩔 수 없다. 누가 시작할 때 사람들의 '대단원'을 예측할 수 있단 말인가. 아Q에 대해서뿐만 아니라 나 스스로의 장래 '대단원'조차 어떻게 될지 알 수 없는데 말이다. 최종적으로 '학자'일지 '교수'일지, 아니면 '학비'일지 '학군'일지, '관료'일지 아니면 '소송대리인'일지? '사상계의 권위'일지 '사상계의 선구자'일지, 아니면 또 '세상물정에 밝은 노인'일지? '예술가'? '전사'? 아니면 손님맞이를 번거로워하지 않는 특별한 '야라체프'일지? 아니면 뭐일까? 뭐일까? 뭐일까? 뭐일까?

그렇지만 당연히 아Q에게 갖가지 결과가 있을 수 있었다. 그러나 이것은 내가 알고 있는 일이 아니다.

이전에 나는 내가 '도가 지나치게' 쓰는 측면이 있다고 생각했지만 최근에는 이렇게 생각하지 않게 되었다. 현재 중국의 일은 사실대로 묘사하더라도 다른 나라 사람이나 장래의 괜찮은 중국 사람들이 보면 grotesk하다고 느낄 것이다. 나는 어떤 일을 상상할 때 이것이 너무 기괴한 상상이라고 스스로 생각한 적이 많았다. 그렇지만 비슷한 일을 겪다 보니 현실은 더 괴상한 경우가 많았다. 이 일을 겪기 전에 나의 얕은 견해와 지식으로는 절대로 상상도 못할 것이었다.

대략 한 달여 전의 일이다. 이곳에서 강도가 총살당했는데 짧은 옷을 입은 두 명이 권총으로 모두 일곱 발을 쐈다. 맞고도 안 죽었는지 아니면 죽고도 계속 쏴서 이렇게 많이 쐈는지는 모르겠다. 그 당시 나는 나의 젊은 동학들에게 탄식하며 이렇게 말했다. 이것은 민국 초에 처음 권총으로 총살하던 때의 상황이다. 지금은 십여 년이 지났으니 당연히 진보해야 한다. 죽은 자에게 이렇게 많은 고통을 안겨 줄 필요가 없다. 베이징은 이렇지 않다. 범인이 형장에 도달하기 전에 형리가 뒷머리에 총을 한 발 쏴서 자기가 죽었는지 아직 모를 때 생을 끝마치게 한다. 그래서 베이징은 필경 '가장 좋은 지역'으로 사형조차도 다른 성보다 훨씬 낫게 치른다.

그렇지만 며칠 전 11월 23일자 베이징 『세계일보』를 보고는 나의 말이 불확실하다는 것을 알게 됐다. 6면에 실린 뉴스의 제목은 「두샤오수안쯔, 작두로 사형되다」杜小拴子刀鍘而死였는데 모두 다섯 대목이었다. 지금 한 대목을 발췌하여 아래에 싣는다.

▲ 두샤오수안쯔杜小拴子는 작두로 처형, 나머지는 총살되다

웨이수衛戍 사령부가 의용군 각 병사의 요구에 따라서 '참수형'에 처하기로 결정한 바 있다. 그래서 두杜 등이 형장에 도착하기 이전에 이미 작두鍘刀 하나가 준비되어 있었다. 칼은 긴 모양에 아래는 나무였고 가운데는 두껍고 예리했다. 칼 아래에는 구멍이 뚫려 있었는데 나무를 가로 끼워 위아래로 움직일 수 있게 되어 있었다. 두 등 네 명이 형장에 들어온 이후 호위병사가 두 등을 호송차에서 내리게 하고 그들의 얼굴을 북쪽을 향하게 하여 준비가 된 집행대 앞을 향해 서 있게 했다.…… 두는 무릎을 꿇지 않았다. 와이유우 구外右五區의 모 경감이 "다른 사람에게 잡아 달라고 할까"라고 물어봤으나 두는 웃고 대답하지 않았다. 나중에는 스스로 칼 앞으로 달려가서 자기가 칼 위에 고개를 숙이고 얼굴을 들

고 형벌을 받았다. 그전에 형벌을 행하는 병사가 이미 칼을 들고 있었는데 두가 적당한 곳에 누운 뒤에 병사가 눈을 감고 힘껏 베니 몸과 머리가 떨어졌다. 그때 피가 아주 많이 흘렀다. 옆에 꿇어앉아 총살을 기다리던 쑹전산宋振山 등의 3인도 각자 옆을 쳐다봤는데 그중 자오전趙振 한 명이 심하게 몸을 떨었다. 나중에 모 소대장이 권총을 손에 들고 쑹 등의 뒤에 서 있었는데 먼저 쑹전산을 총살하고 그다음에 리를, 세번째로 자오전을 죽였다. 모두 한 발로 생명을 끝마쳤다.…… 그전에 피해자 청부리程步墀의 두 아들 충즈忠智와 충신忠信이 모두 형장에 나와 있었는데 이를 보고는 대성통곡했다. 각자 형이 집행된 다음 큰소리로 "아버지! 어머니! 이제 당신의 원수를 갚았습니다! 우리는 어떡하나요?"라고 말했다. 듣는 사람들이 슬퍼했다. 나중에 가족이 이들을 데리고 집으로 돌아갔다.

만약 어떤 천재가 진정으로 시대의 심장 소리를 느껴서 11월 22일의 이런 상황을 그린 소설을 발표한다면 많은 독자들은 분명히 포청천 할아버지 시대의 일을 말한 것이라고 생각할 것이다.[12] 서력 11세기는 우리와는 9백 년 차이가 나는 시대이다.

정말이지 얼마나 멋진가…….

「아Q정전」의 번역본을 나는 두 종밖에 보지 못했다.[13] 프랑스어는 8월호 『구라파』지에 실렸지만 삭제되어 3분의 1 분량밖에 실리지 않았다. 영어는 꽤 착실하게 번역된 것 같지만 내가 영어를 몰라서 뭐라고 말할 수 없다. 다만 토론의 여지가 있는 두 대목을 우연히 발견했을 뿐이다. 하나는 '300대전 92문'인데 이는 '92문을 100문으로 삼아서 계산한 300대전'

으로 번역해야 한다. 다른 하나는, '스유당'柿油黨인데 이는 음역하는 것이 나왔다. 왜냐하면 원래 '자유당'自由黨인데 시골 사람들이 알아듣지 못할까 봐 그들이 이해할 수 있는 '스유당'으로 바꿨기 때문이다.

12월 3일 샤먼에서 씀

주)

1) 원제는 「『阿Q正傳』的成因」, 이 글은 1926년 12월 18일 주간 『베이신』(北新) 제18호에 실렸다.
2) 『문학주보』(文學週報)는 문학연구회의 기관지이다. 1921년 5월 상하이에서 창간했다. 시디(西諦)는 정전둬(鄭振鐸, 1898~1958)의 필명이다. 작가이자 문학사가이다. 그는 『문학주보』 제251호(1926년 11월 21일)에 「'외침'」이라는 제목의 글을 발표했다.
3) 가오창훙을 겨냥해서 한 말이다. 가오창훙은 『광풍』 주간 제1호에 쓴 '출판계로 가면서'(走到出版界)의 「혁혁혁명 및 기타」(革革革命及其他)에서 다음과 같이 말했다. "루쉰은 깊이 있는 사상가이다. 동시대인은 그를 따라잡을 수 없다." 그러나 곧 1926년 11월 『광풍』 제5호에 발표한 '출판계로 가면서'의 「1925년 베이징출판계 형세지장도」(1925北京出版界形勢指掌圖)에서는 루쉰을 다음과 같이 공격했다. 루쉰이 이미 "고명하지 않으면서 분투하는 전사의 면모를 갖는 것으로 떨어졌으며, 세상사에 밝은 노인(世故老人)의 면모까지 보이는 것으로 격이 떨어져 있다". 같은 글에서 캉유웨이, 량치차오(梁啓超), 장타이옌(章太炎) 등을 예로 들면서 '늙은이'는 '쓰러지게' 마련이라며 다음과 같이 말했다. "당시의 캉유웨이, 량치차오가 있고 지금의 캉유웨이, 량치차오가 있다. 당시의 장타이옌이 있고 지금의 장타이옌이 있다. …… 이른바 저우씨 형제가 지금 어떻게 될 것인지는 자신들이 잘 처신하는 데 달려 있다."
4) 여기에서 말하는 '어떤 사람'은 가오창훙을 가리킨다. 그는 「1925년 베이징출판계 형세지장도」에서 "나와 루쉰은 백번 넘게 만났다"고 말했다. 이와 동시에 루쉰이 "총사령관이라고 허풍을 떨고 있다"고 비난했다. '다른 사람'은 천시잉 등을 가리킨다.
5) 쑨푸위안(孫伏園, 1894~1966)은 저장 사오싱 출신이다. 루쉰이 사오싱사범학교 교장을 지낼 때의 학생이었다. 나중에 베이징대학을 졸업했으며 신조사와 위쓰사에 참여하여 『천바오 부간』과 『징바오 부간』 및 우한(武漢)의 『중앙일보 부간』의 편집을 맡은 바 있

다. 루쉰과 같이 샤먼대학과 중산대학에서 학생을 가르치기도 했다. 저서로 『푸위안 유람기』(伏園遊記), 『루쉰 선생과 관련된 두세 가지 일』(魯迅先生二三事) 등이 있다.

6) '하리파인'(下里巴人)은 고대 초나라의 통속 가곡이다.

7) 가오이한(高一涵, 1885~1968)은 일본에서 유학한 바 있다. 이때 베이징대학 교수를 지내고 있었으며 현대평론파 성원이었다.

8) 가오창훙이 그가 주편하는 『광풍』 주간에 시리즈로 발표했던 비평문의 총제목이다. 1928년 7월 상하이 타이둥도서국(泰東圖書局)에서 단행본으로 출간됐다.

9) 러시아 작가 아르치바셰프가 쓴 소설 『노동자 셰빌로프』에 나오는 인물로 무정부주의자이다. 가오창훙은 「1925년 베이징출판계 형세지장도」에서 셰빌로프를 자신에 비유하면서 자신이 처음 루쉰을 방문했던 때를 회상한 바 있다.

10) 원문은 '會逢其適'으로 『문중자』(文中子) 「중설」(中說)의 '주공'(周公)에 나오는 말이다. 장스자오가 1925년 7월 18일 『갑인』 제1권 제1호에 발표한 「훼법변」(毁法辨)에서 이를 '會逢其會'로 잘못 썼는데 루쉰이 이를 풍자한 것이다.

11) 허쭤린(何作霖)은 베이징대학을 졸업했으며 당시 『천바오』를 편집하고 있었다. 1922년 초 쑨푸위안이 가족을 만나러 사오싱으로 돌아갔을 때 쑨푸위안을 대신하여 『천바오 부간』을 주편하고 있었다.

12) 포청천(包青天, 999~1062)은 포룽도(包龍圖)로 곧 포증(包拯)을 가리킨다. 송대의 인종(仁宗) 때 진사를 지냈으며 감찰어사, 추밀부사 등의 관직을 역임했다. 이전에 민간에는 그에 대한 전설이 굉장히 많았다. 『삼협오의』(三俠五義) 등의 소설에 이와 관련된 이야기가 나온다.

13) 징인위(敬隱漁)가 번역한 프랑스어 번역본과 량서첸(梁社乾)이 번역한 영어 번역본을 말한다. 프랑스어 번역본은 로맹 롤랑이 편집한 월간 『구라파』 41호(1926년 5월 15일)와 42호(같은 해 6월 15일)에 실렸다. 이 프랑스어 번역본은 「서」가 삭제되었으며 나머지 장에서도 모두 생략된 부분이 있다. 영어 번역본은 1926년 상하이 상우인서관에서 출판됐다.

# 『삼장법사 불경 취득기』 등에 대해서[1)]

몇 년 동안 만나지 못한 SF군이 갑자기 일본 도쿄에서 나에게 편지 한 통을 보내왔다.[2)] 이미 여기저기 전전한 뒤였는데 내가 이 편지를 받았을 때는 편지를 보낸 날짜로부터 20일이 지난 뒤였다. 그러나 내게 이 편지는 사람 없는 골짜기에서 뚜벅 뚜벅 걷는 발자국 소리같이 느껴졌다. 편지에는 또 11월 14일자 도쿄 『국민신문』에 실린 기사 한 편이 첨부되어 있었는데 도쿠토미 소호 씨가 내가 쓴 『중국소설사략』의 잘못된 부분을 바로잡고 있는 기사였다.[3)]

일반적으로 저자는 외부 교정에 대해 맞다고 생각하면 존중하여 따르고, 틀리면 언급하지 않는 법이다. 원래 글을 쓸 때 어떤 의도였으며 어떻게 취사선택했다고 일일이 설명할 필요가 없다. 그렇지만 소호 씨는 일본에서 '지나'에 정통한 기숙耆宿이자 『삼장법사 불경 취득기』의 소장자이며 글솜씨도 근사하여 몇 마디 하고 싶어졌다.[4)]

우선 그의 원문부터 번역해 보자.

## 루쉰 씨의 『중국소설사략』

도쿠토미 소호蘇峰生

방금 루쉰 씨의 『중국소설사략』을 읽었는데 이와 같은 내용이 나왔다.

"『대당 삼장법사 불경 취득기』 3권의 옛 판본은 일본에 있으며, 『대당 삼장법사 불경 취득 시화詩話』라는 작은 책도 있는데 내용은 대략 같다. 권말에 '중와자장가인'中瓦子張家印이라는 말이 한 줄 있다. 장가張家는 송대 임안臨安에서 책방을 했는데, 세상에서는 이 때문에 송대에 간행한 것으로 알고 있지만, 원대까지 지속됐다. 장가 또한 변고가 없어서 이 책을 원대에 편찬했을 수도 있는데, 이는 아직 제대로 알려지지 않았다.……"

이에 대해 좀 논증할 필요가 있다.

『대당 삼장법사 불경 취득기』는 사실 나의 성궤당成簣堂 서가에 꽂혀 있다. 그렇지만 『불경 취득 시화』의 포켓본은 고故 미우라 고로三浦梧楼 장군이 소장하고 있다. 이 두 책은 모두 묘에 쇼닌明恵上人과 모미지紅葉가 세상에 널리 알린 것으로 교토 도카노오栂尾의 고잔지高山寺에 흩어져 있던 것이다. 그 책의 고잔지 인쇄 기록을 읽어 보고 또 고잔지 장서목록을 보면 모두 이를 증명하고 있다.

이는 송대 목판의 희귀본일 뿐만 아니라 송대에 쓴 설화본(일본의 이른바 문언일치체)으로서도 가장 귀중한 것이다. 그렇지만 루쉰 씨는 "이 책을 원대에 편찬했을 수도 있는데, 이는 아직 제대로 알려지지 않았다"고 쉽게 단정했다. 그는 속단한 것이다.

루쉰 씨는 이 두 책의 원판을 보지 않아서 어떻게 된 연유인지 모른다. 한번 살펴보면 송대 목판이라는 것에 의혹이 있을 수 없다. 종이 질과 묵색, 글자체 모두 그렇지 않을 수가 없다. 단지 장가가 송대 임안에서 책방을 했기 때문만은 아니다.

게다가 성궤당의 『불경 취득기』는 송판본이라고 말할 수 있는 특유의 궐자闕字가 있다. 뤄전위 씨는 다행히 이를 일찍이 알아차렸다.

"모두(미우라본, 성궤당본) 고잔지에서 소장하고 있다. 그리고 이 판본(성궤당 소장본 『불경 취득기』)은 매우 정밀하게 인쇄되어 있는데 책 속에서 '驚'자는 '驚'로 씌어 있다. '경'자의 마지막 획이 누락됐는데 아마 송대 목판일 것이다."(『쉐탕 교간 군서서록』雪堂校刊群書敍錄)

루쉰 씨는 뤄 씨의 이 글을 읽지 않았기 때문에 원대 사람이 쓴 것이라고 의심한 것이 아닐까 생각한다. 세간에 불가사의한 일이 많다 하더라도 원대 사람이 쓴 작품의 송대 목판이 존재할 이유란 없는 것이다.

뤄전위 씨는 이 책에 대해서 이렇게 말한 바 있다. 송대 평화平話로 오래된 것은 오직 『선화유사』宣和遺事밖에 없다. 근년의 『오대평화』五代平話와 『경본소설』京本小說은 나중에 재판본이 생겼다. 송대 평화 중 세상에 전해진 것은 지금까지 네 종이다. 이 분야의 학계에서 이처럼 중요한 서적이기 때문에 그 진상을 알고자 하는 것이 무용한 일은 아닐 것이다.

요약하자면 소호 씨의 의견은 『삼장법사 불경 취득기』 등이 송대 목판임을 증명하는 것에 다름 아니다. 그 논거는 다음과 같은 세 가지이다.

첫째, 종이와 묵, 그리고 글자체가 송대의 것이다.

둘째, 송대의 궐자와 결획이 있다.[5]

셋째, 뤄전위 씨가 송대 판본이라고 말했다.[6]

말을 꺼내자니 민망한데 『소설사략』을 간략하게 엮었지만 집에 소장하고 있는 책도 없고 옛 판본은 더 드물다. 사용한 자료는 거의 번각본飜刻本과 새로 찍은 판본이고 심지어 석인본도 있으며 서발과 저술 인명도 빠진 것이 많다. 그래서 누락되고 잘못된 곳이 분명히 많을 것이다. 그렇지만 『삼장법사 불경 취득기』와 『시화』 두 종은 뤄씨[뤄전위]의 영인본으로 읽었다. 지묵은 새것이었지만 글자체와 빠진 획은 볼 수 있었다. 그 뒷면에 뤄씨의 발문이 있었는데 재차 이를 『쉐탕 교간 군서서록』에서 구할 필요란 없는 것이다. 내가 말한 "세상에서는 이 때문에 송대에 간행한 것으로 알고 있다"가 곧 뤄씨의 발문을 가리키는 것이다. 지금 소호 씨가 열거한 세 가지 증거 중에서 지묵은 눈으로 확실히 보지 않아서 사실 여부를 알 수 없는데 이를 제외한 나머지 두 개는 그 당시 나에게 믿고 받아들이기에 충분하지 않아서 '의혹'이 일어나지 않을 수 없었던 것이다.

궐자와 결획으로 판본의 시대를 아는 것은 장서가가 판본을 고증하는 기초적인 비결이다. 단지 몇 부의 고서를 보기만 해도 거의 모두 알고 있는 사실이다. 게다가 결획인 경('驚')자는 얼마나 눈에 잘 띄는가? 그렇지만 나는 이것이 송대 판본임을 확정하는 데 불충분하다고 생각한다. 이전 시대의 결획자를 습관적으로 혹은 일부러 다음 시대까지 이어서 쓸 수 있는 것이다. 가령 지금 민국이 된 지 벌써 15년이 지났지만 유로들이 인쇄한 책에서 의儀자는 여전히 '삼가 마지막 획을 빠뜨리고 있다'. 유로들이 인쇄한 책에서도 영寧자와 현玄자는 자주 획이 없거나 전자는 영甯자로 대신하거나 원元자로 대신하기도 한다. 이는 모두 민국시대의 것인데도 청대의 휘자를 피하고 있는 것이다. 이것으로 청대 판본이라는 증거로 삼을 수 없다. 징스도서관에서 소장하고 있는 『역림주』 잔본(현재의 영인본은 '사부총간'에 있다)의 항恒자와 구構자는 모두 결획이며 종이 질과 묵 색깔, 글자체 모두 송대의 것과 비슷하다.[7] 게다가 호접장蝴蝶裝으로 되어 있는데 먀오취안쑨 씨는 이를 송대본이라고 판정했다. 그렇지만 내용을 자세히 살펴보면 음시부의 『음부군옥』을 인용하고 있는데 음시부는 백퍼센트 원나라 사람이다.[8] 그래서 나는 결획자에 근거해서 어떤 시대의 판각이라고 확정할 수 없다고 생각한다. 특히 당시에 중시되지 못했던 소설과 희곡류는 더더욱 그러하다.

뤄씨의 논단이 일본에서는 전거로 인용될 수 있을지 모르겠지만 나는 다 믿지 못하겠다. 서발뿐만 아니라 서화와 금석의 제발題跋도 다 그러하다. 곧 뤄씨가 예를 든 송대 평화 4종 중에 『선화유사』를 나도 원대 작품이라고 판정하고 있는데 이것은 나의 가벼운 단정이 아니라 명대 사람인 호응린 씨가 말한 것에 근거한 것이다.[9] 또 이 책은 발췌하여 묶은 것으로 문언과 백화가 모두 다 섞여 있어서 다 '평화'가 아니다.

내가 책을 읽는 방식은 장서가와는 좀 다르다. 결획이나 존경을 표하기 위해 상대방의 이름을 줄 바꿔 쓰는 대두抬頭의 관습이나 뤄씨의 발문을 그다지 믿지 않는다. 이 때문에 그 당시 의문을 제기했던 것이다. 의문스러웠기 때문에 '어쩌면'이나 '아직 모르겠다'라고 말했다. 내가 송대 판본과 소장가에게 무례를 범할 생각은 없다. 설사 주제넘게 건드렸다 할지라도 가볍게 의문을 제기하는 것에 불과하다. '가볍게 단정지은 것'은 아니다.

그렇지만 더 확실한 증거가 나오기 전에 나의 '의문'은 그대로 존재하는 것이다. 증명된 뒤 일은 이렇게 갈무리된다. "루쉰은 원대 판본이며 원대 사람의 작품이라고 의심했으나 지금 송대 판본임이 확실하므로 송대 작품이다." 어쨌든 소호 씨가 예상한 '원대 사람이 쓴 송대 판본'이라는 익살극이 상연될 필요는 하등 없는 것이다.

그런데 고증하는 글 속에 좀 익살스럽고 경박한 논조가 끼어들면 일반 독자들은 쉽게 현혹되며 이로써 냉정을 잃고 함정에 빠지게 된다. 그래서 내가 이와 같이 번역하고 설명을 덧붙인다.

12월 20일

주)

1) 원제는 「關於『三藏取經記』等」, 이 글은 1927년 1월 15일 『베이신』 제21호에 발표됐다.
2) SF군은 일본인 후쿠오카 세이이치(福岡誠一, 1897~1975)를 가리킨다. 그는 러시아 맹인 작가 예로센코(Василий Яковлевич Ерошенко)의 친구로서 그와 함께 루쉰의 집에 거주한 바 있다.
3) 도쿠토미 소호(德富蘇峰, 1863~1957)는 일본 작가이다. 참의원 의원과 도쿄 국민신보사 사장을 지낸 바 있다. 저서로 『인물관견』(人物管見) 등이 있다.
4) 『삼장법사 불경 취득기』는 『대당삼장취경기』(大唐三藏取經記)를 가리킨다. 이전에 일본 교토 고잔지에 소장되어 있었는데, 나중에 도쿠토미 소호의 성궤당(成簣堂)문고로 귀속되었다. 소장본은 제1권 상권과 제2권이 빠져 있다. 그 뒤의 『대당삼장취경시화』(大唐三藏取經詩話)는 이전에 일본 고잔지에서 소장했다가 나중에 오쿠라 기시치로(大倉喜七郎)에게 귀속되었다. 책은 상권 제1항과 중권 제8항이 빠져 있다. 두 책은 모두 3권으로 이뤄져 있는데 내용은 완전히 다르다.
5) 당대에서 시작된 피휘 방식 중 하나로 그 당시 왕조의 황제 등의 이름을 쓰거나 새길 때 마지막 한 획을 생략하는 방식을 가리킨다.
6) 뤄전위(羅振玉, 1866~1940)는 금석학자로 호는 쉐탕(雪堂)이다. 청말 학부 참사관 등의 관직을 지냈고 신해혁명 후 청 황실을 복벽하는 활동에 오랫동안 종사했다. 9·18사변

이후 '만주국'의 감찰원 원장을 지낸 바 있다. 저서로 1918년 2권의 책으로 출판한 『쉐탕 교간 군서서록』(雪堂校刊郡書敍錄)이 있다.

7) 『역림주』(易林注)는 『역림』에 후대인이 주석을 단 서적이다. 『역림』은 서한대 초감(焦贛)이 편찬한 책으로 모두 16권이다. 본문에서 말한 『역림주』는 원대 사람의 주석본이다. 징스도서관(현재 베이징도서관)에 소장된 잔본은 원대에 간행된 책이다. '사부총간'(四部叢刊)은 상우인서관에서 출간한 총서로 장위안지(張元濟)가 엮었으며 진본과 선인 영인본에 따라 초편, 속편, 삼편으로 나뉘었다. 이 총서는 고서적 504종을 수록했다.

8) 먀오취안쑨(繆荃孫, 1844~1919)의 호는 이펑(藝風)으로 장서가이자 판본학자이다. 청 광서 연간에 진사를 지냈으며 저서로 『이펑탕장서기』(藝風堂藏書記)와 『이펑탕문집』(藝風堂文集) 등이 있다.

음시부(陰時夫)는 송대 말기 진사를 지냈고 원대에는 출사를 하지 않은 인물이다. 『음부군옥』(韻府群玉)은 그가 지은 유서(類書)로 모두 20권이다.

9) 『선화유사』(宣和遺事)는 『대송선화유사』(大宋宣和遺事)를 가리킨다. 송원대에 쓰여진 책으로 4집 혹은 전후 2집으로 나뉘어 있다. 내용은 북송의 쇠망 및 남송이 임안(臨安)으로 남천하던 시기의 역사적인 사실을 서술하고 있다.

호응린(胡應麟, 1551~1602)은 호가 소실산인(少室山人)으로 명대 학자이다. 만력(萬歷) 연간의 거인(擧人)으로 출사하지는 않았다. 저서로 『소실산방필총』(少室山房筆叢)과 『소실산방유고』(少室山房類稿) 등이 있다. 『선화유사』를 원대인이 썼다는 그의 언급은 『소실산방필총』 41권에 나오는데 루쉰은 이를 『소설구문초』(小說舊聞鈔)의 '대송선화유사' 항목에 수록한 바 있다.

# 이른바 '사상계의 선구자' 루쉰이 알리는 글[1]

『신여성』 8월호에 '광풍사[2] 광고'가 실려서 다음과 같이 운운했다고 한다. "광풍운동의 시작은 멀리 2년 전으로 거슬러 올라간다.…… 지난해 봄 본사 동인은 사상계의 선구자 루쉰과 소수의 진보적인 청년문학가와 함께 『망위안』을 공동으로 출간했다.…… 이에 대규모로 우리의 작업을 진행한다는 견지에서 베이징에서 출판하던 '오합'과 '웨이밍', '망위안', '쉬안상' 4종의 출판물 이외에 특별히 상하이에서 '광풍총서' 및 규모가 큰 간행물 하나를 준비하게 됐다."[3] 나는 베이징에서 『망위안』, '오합총서' 및 '웨이밍총간' 3종의 출판물을 편집했지만 여기에 실린 원고는 모두 개인의 명의로 보낸 것이었다. 광풍운동에 대해서는 왜 모였는지, 모여서 무엇을 했는지 등 어떻게 된 것인지 아는 바가 없다. 갑자기 이를 '공동 출간'이라고 엄벙덤벙 지칭할 줄은 생각지도 못했다. 감히 남의 공을 가로챌 수 없어서 이를 특별히 밝히는 바이다. 또 있다. 진상을 잘 모르는 연유로 혹은 헛된 이름으로 가장하여 나에게 종이 모자를 덧씌우는 일이 비단 이번만은 아니었다. 이미 이전에 천위안이 『현대평론』에서, 최근에는 창훙이

『광풍』에서 돌아가며 조소하면서 욕하고 있다. 광풍사는 한편으로 또 세 번째로 '종이로 만든 가짜 모자'[4]를 하사하고 계시니 머리는 작은데 모자는 많아서 남을 속이고 자신도 해가 된다. '세상물정에 밝은 노인'[5]일지라도 신심身心이 아픈 바이다. 그래서 다시 이 사실을 밝히는 수밖에 없다. 나는 영어의 Forerunner의 번역인 '사상계의 선구자'가 아니다. 이러한 이름은 다른 사람이 몰래 덧붙인 것으로 특별한 기능이 있는 것인데, 본인은 사전에 이를 몰랐으며 사후에도 좋아했던 적이 없다. 이 말을 믿고 바보 취급을 당하더라도 본인과 무관하다.

주)______

1) 원제는 「所謂'思想界先驅者'魯迅啓事」. 이 글은 1926년 12월 10일 『망위안』 제23호에 실렸으며 동시에 『위쓰』와 『신여성』 등의 간행물에도 발표했다.
2) 광풍사(狂飆社)는 가오창홍, 샹페이량 등이 조직한 문학단체이다. 1924년 11월 베이징의 『국풍일보』(國風日報)에서 『광풍』 주간을 17호까지 낸 바 있었다. 1926년 10월 다시 상하이의 광화서국(光華書局)에서 이듬해 1월까지 출간한 바 있다. 이와 별도로 '광풍총서'를 편집 출간했다.
3) '오합'(烏合)과 '웨이밍'(未名)은 곧 '오합총서'와 '웨이밍총간'을 가리킨다. 루쉰이 베이징에 있을 때 편집한 편집총서명이다. '오합'은 창작물을 실었고 '웨이밍'은 번역물을 실었다. 『쉬안상』(弦上)은 광풍사가 베이징에서 편집한 주간지로 1926년 2월 창간됐다.
4) 원래는 창호지로 만든 모자로 명(名)과 실(實)이 상부하지 않음을 비유한다. 여기에서는 광풍사 광고에서 루쉰에게 '사상계의 선구자'라는 칭호를 붙여 준 것을 가리킨다. '세번째'란 이전에 루쉰이 '사상계의 권위자', '청년저항자의 지도자'라는 이름으로 두 번 불린 바가 있기에 쓴 말이다.
5) 가오창홍이 1926년 11월에 발간한 『광풍』 제5호에 쓴 「1925년 베이징출판계 형세지장도」에서 루쉰을 '세상물정에 밝은 노인'이라고 폄훼한 말에서 비롯됐다.

# 샤먼 통신(3)[1]

샤오펑 형에게

27일 보낸 원고 두 편은 이미 도착했을 것이라고 생각합니다.[2] 사실 이런 것은 원래 써도 되고 안 써도 되지만, 첫째 여기에서 몇 명의 젊은이가 내가 뭔가를 하기를 바라기 때문에, 둘째 글을 쓸 거리가 없어서 고민이었기에 그렇게 몇 장을 써서 부쳤습니다. 여기서도 사람들이 나에게 샤먼을 비판하는 글을 좀 쓰라고 하는데 지금까지 한 자도 못 썼습니다. 언어가 통하지 않는 데다가 내부 사정을 잘 모르는 통에 어디서부터 이야기해야 할지 모르겠습니다. 가령 이곳의 신문지상에서는 며칠 전 연일 '황중쉰이 빈터를 독단적으로 점유한다'라는 필묵 재판으로 시끄럽습니다만[3] 지금까지도 황중쉰이 어떤 사람이고 어떻게 된 사연인지 모릅니다. 그런 상황인데 비판하면 비평가의 배꼽을 빠지게 할 것이 아니겠습니까. 그러나 다른 사람이 비판하는 것은 괜찮습니다. 내가 다른 사람의 비판을 막는다는 이야기는 거짓입니다.[4] 내가 어떻게 이렇게 큰 권력을 가지고 있겠습니까.

그렇지만 가령 내가 편집을 맡는다면 내 생각에 안 되는 건 싣지 않겠지요. 나는 분명히 유래도 알 수 없는 무슨 운동의 꼭두각시가 되고 싶지는 않습니다.

며칠 전에 쥐즈[5]가 눈을 크게 뜨고 나에게 다음과 같이 말하더군요. "다른 사람이 당신을 멋대로 욕하는데 당신도 되갚아 주세요. 그리고 많은 사람이 당신의 글을 보고 싶어 하므로 당신은 침묵을 지켜서는 안 됩니다. 그러면 그들은 다른 소리에 현혹될 거예요. 지금 당신은 당신만의 것이 아닙니다." 나는 이 이야기를 듣고 또다시 소름이 돋았습니다. 예전에 청년은 고문을 많이 읽은 나를 따라서 배워야 한다는 어떤 사람의 이야기를 들었을 때처럼 말입니다. 오호라, 한번 종이 모자를 쓰니 바로 공공물이 되어서 '도와주는' 의무를 지고 비난을 되갚아 줘야 할 판입니다. 그러느니 하루 속히 망가져서 나의 자유를 돌려받는 것이 낫겠습니다. 그쪽이 현명하다고 생각하는데 어떻습니까?

오늘도 머리카락이 쭈뼛 서는 일을 하나 겪었습니다. 나는 이미 샤먼대학의 직무를 병을 핑계로 그만뒀습니다. 아무것도 할 수 없으므로 빠져나가는 것이 제일 좋습니다. 그런데 몇 명의 학생이 내게 찾아와서 그들은 샤먼대학이 개혁한다는 소식을 듣고 입학했는데[6] 반년이 안 돼 오늘은 이 사람이 가고 내일은 저 사람이 떠나 버리면 우리는 어떻게 해야 합니까, 라고 괴로움을 털어놓았습니다. 이 말에 나는 등에서 식은땀이 났고 꿀 먹은 벙어리처럼 아무 말도 못 했습니다. '사상계의 권위자'나 '사상계의 선구자'와 같은 '종이로 만든 가짜 모자'가 다시 이처럼 젊은이들에게 해악을 끼칠지 생각지도 못했습니다. 몇 차례 광고(이것도 제가 게재한 것이 아닙니다)에 속아서 다른 학교에서 왔는데 나는 정작 도망가 버리니 정말 많이 미안했습니다. 아무도 베이징 식으로 어두운 내막을 폭로하는 기사를 써서 학생들을 가로막지 않았다는 점이 정말 안타까웠습니다. "만나면 이야기 나누고 안 보면 전쟁을 한다"[7]라는 철학이 때로는 젊은이들에게 해를 끼친 것 같습니다.

당신은 아마 사정을 잘 모를 것입니다. 저의 처음 생각은 오히려 여기에서 2년을 지낼 생각이었습니다. 학생들을 가르치는 일 이외에 이전에 엮었던 『한화상고』와 『고소설구침』을 출판했으면 좋겠다고 생각했습니다.[8] 이 두 종의 책은 스스로는 인쇄할 만한 돈이 없고 또 당신에게 출간해 달라고 부탁할 수도 없었습니다. 왜냐하면 독자들이 분명 적을 것이고 밑질 것이 뻔해서 돈이 있는 학교만이 출판에 적당했기 때문입니다. 여기에 도착해서 상황을 살펴본 뒤 『한화상고』를 출간할 기대를 바로 접었고 저 혼자서 기한도 1년으로 단축했습니다. 사실 벌써 떠날 수 있었지만 고향을 위해 열심히 일하는 위탕의 모습과 부지런함을 보면 쉽게 말을 꺼낼 수가 없었습니다.[9] 나중에 예산이 확정되지 않아서 위탕은 이 때문에 애를 많이 먹었습니다. 총장이 원고만 있으면 바로 출간해 주겠다, 라고 했다는 말을 들었습니다. 그래서 나는 원고를 가져가서 약 10분 동안 놔뒀다가 다시 가져왔는데 나중에 아무런 소식도 없었습니다. 그 일의 결과는 내게 확실히 원고가 있으며 사람들을 속이지 않았다는 것을 증명했던 것뿐입니다. 그때 나는 『고소설구침』을 출간할 생각을 바로 단념했으며 또 혼자서 기한을 다시 반년으로 단축했습니다. 위탕은 수업과 교무 이외에 암전暗箭까지 막아야 해서 자기와 상관없는 일에 온갖 힘을 다하면서 지쳐 갔으니 정말 너무 억울하게 보였습니다.

그저께 회의가 열렸고 국학원의 주간週刊조차도 출간하지 못하게 된 것 같습니다. 그런데도 총장은 고문顧問을 더 많이 둬야 한다고 했답니다. 가령 이과주임理科主任들이 다 고문이어야 한다는 것인데 이는 감정을 소통하기 위해서라는 후문이었습니다. 나는 샤먼의 풍속을 잘 모르겠습니다. 국학을 연구하는데 왜 이과주임들의 감정을 상하게 할 수 있는지, 그리고 반드시 고문이라는 끈으로 그들을 묶어 놓아야 하는지 말입니다. 감정을 소통하는 방법에 대해서 나는 생각해 본 적이 없습니다. 젠스[10]도 이미 사직해서 나도 떠나기로 마음먹었습니다. 방학까지 3주밖에 남지 않아서 원래는 휴직해도 무방합니다. 그렇지만 이곳은 교직원 월급에 대해서 때로는 소소한 것까지 따져서 학교를 떠난 지 십여 일만 되어도 공제하려 하기 때문에 방학 중의 월급을 받을 생각이 없습니다. 오늘까지 일하면 딱 한 달이 됩니다. 어제 이미 시험 출제를 하여 일단락을 지었습니다. 채점은 다음 달에 하지만 푼돈을 취할 생각은 없습니다. 채점을 마치면 바로 떠납니다. 출판물 부치는 것도 잠시 보류했다가 머물 곳이 정해지면 바로 편지로 알려 드릴 테니 그때 부쳐 주십시오.

마지막은 관례대로 날씨 이야기를 해야겠습니다. 관례라 함은 나의 관례입니다. 또 내가 세상의 청년들에게 내가 하는 관례를 따르라고 했다고 지적하는 비평가가 있을까 봐 '결코 그렇지 않다'는 점을 특별히 밝힙니다. 날씨는 확실히 추워졌습니다. 풀도 이전보다 많이 누렇게 변했습니다. 그렇지만 우리집 문 앞의 가을 해바라기 같은 국화는 아직까지 지지 않고 산 속에 석류화도 아직 피어 있습니다. 파리는 눈에 띄지 않지만 모기는 가끔 보입니다.

밤이 깊어 갑니다. 다음에 다시 연락드리겠습니다.

12월 31일, 루쉰

추신 : 자다가 깨어나서 딱따기 소리를 들었습니다. 벌써 오경이 지났습니다. 이는 학교에서 새롭게 실시하는 정책으로 지난달부터 시작됐습니다. 딱따기꾼도 여러 명입니다. 소리를 듣고서 딱따기 치는 방법이 다르다는 것을 알게 됐습니다. 제일 분명하게 박자를 구별할 수 있는 것은 두 종류입니다.

탁, 탁, 탁, 타탁!

탁, 탁, 타탁! 탁.

딱따기 소리 박자에도 유파가 있다는 것을 이전에는 몰랐습니다. 더불어 알려 드리오니 한 가지 소식으로 여겨 주십시오.

주)

1) 원문은 「厦門通信(三)」, 1927년 1월 15일 『위쓰』 제114호에 발표됐다.

2) 「'출판계로 가면서'의 '전략'」(走到出版界的'戰略')과 「새로운 세상물정」(新的世故)을 가리킨다. 모두 『집외집습유보편』에 수록됐다.

3) 명말청초 때 정성공이 구랑위(鼓浪嶼)의 일광암(日光岩)에서 독조대(督操臺)를 세우고 수군을 조련한 바 있었다. 1926년 가을 황중쉰(黃仲訓)이 바로 이곳에 별장 공사를 벌여 이에 반대하는 여론이 일었다. 이에 황중쉰은 신문에 다음과 같이 자신의 입장을 밝혔다. "건설하는 별장은 앞으로 일반인이 관람할 수 있도록 제공하여 민족영웅 정성공의 유적을 우러러볼 수 있게 하겠다. 이 때문에 별장은 건축되어야 한다." 황중쉰은 샤먼 출신의 청말 수재로, 베트남 화교이다.

4) 이는 가오창훙에 대한 반박이다. 가오창훙은 「1925년 베이징출판계 형세지장도」에서 다음과 같이 말한 바 있다. "루쉰은 직관력이 굉장히 좋은 사람이다. 그렇지만 지론을 세울 수 있는 사람은 아니다. 만약 그 스스로 비평을 주장하지 않는다면 나는 반대하지 않는다. 그렇지만 만약 스스로 비평할 줄 모르면서 비평 자체를 반대한다면 이는 있어서는 안 될 일이다."

5) 줘즈(卓治)는 곧 웨이자오치(魏兆淇, 1904~1978)이며, 줘즈는 필명이다. 푸젠 푸저우 출신이다. 1926년 9월 상하이 난양(南洋)대학에서 샤먼대학으로 전학 왔다. 여기에서 그

가 한 말은 1927년 1월 5일에 루쉰이 쉬광핑에게 보낸 편지를 참고하시오. "이전에 몇 명의 학생이 『광풍』을 가져와서 내가 창훙에게 욕을 되돌려 줄 것을 권했소. 그러면서 말하기를 '당신은 당신만의 것이 아닙니다. 많은 청년들이 당신의 말을 기다리고 있습니다!'라고 했소."(『먼 곳에서 온 편지』, 105)

6) 1926년 6월과 8월, 상하이의 『선바오』와 『시사신보』는 앞뒤로 샤먼대학의 '혁신 소식'을 게재했다. 이 학교의 창설자인 천자겅(陳嘉庚)이 기금과 경비를 내놓아서 대규모로 학교를 확충하고 루쉰, 선젠스(沈兼士), 구제강(顧頡剛) 등의 베이징대학 교수를 초빙하여 국학연구원을 증설한다는 소식을 소개했다.

7) 이는 가오창훙이 1926년 10월에 발간한 『광풍』 주간 제1호에 실은 「국민대학 x군에게 답하며」(答國民大學x君)에서 한 말이다.

8) 『한화상고』(漢畵象考)는 루쉰이 편집 인쇄를 준비 중이던 미술고고학 관련 전문서이다. 루쉰은 한·위·육조 시기의 석각 화상과 도안을 수집하고 연구하고 있었으며 이미 『육조조상목록』(六朝造象目錄)이라는 책을 엮은 바 있었다(미출간). 그렇지만 환화상 부분은 이때 완성하지 못했다. 『고소설구침』은 루쉰 생전에 출간하지 못했는데 이 책의 상세한 내용에 대해서는 이 문집에 실린 「편지가 아니다」와 관련 각주를 참고하시오.

9) 린위탕(林語堂, 1895~1976)은 작가이자 위쓰사 성원이다. 미국과 독일에서 유학한 바 있으며 베이징대학, 베이징여자사범대학에서 교수를 역임했으며 이 당시 샤먼대학 문과주임을 맡고 있었다. 1930년대 상하이에서 『논어』, 『인간세』(人間世), 『우주풍』(宇宙風) 등의 잡지를 주편하면서 '유머문학'과 '자아를 중심으로 하고 한적을 격조로 삼는' '성령'문학을 제창한 바 있다.

10) 젠스는 선젠스(沈兼士, 1885~1947)이다. 문자학자이다. 일본 도쿄 물리학교를 졸업했으며 베이징대학 교수를 역임한 바 있다. 이때 샤먼대학 문과 국학과 주임 겸 국학연구원 주임을 맡고 있었다.

# 바다에서 보내는 편지[1)]

샤오펑 형에게

며칠 전에 편지를 받았지만 내가 맡은 일을 갈무리하느라 바빠서 바로 답신을 드리지 못했습니다. 이제 드디어 샤먼을 떠나는 배를 탔습니다. 배는 이동하지만 여기가 바다 위인지 잘 모르겠습니다. 어쨌든 한쪽은 망망히 너른 바다인데 다른 한쪽은 섬들이 보이고 있습니다. 그렇지만 풍랑이 하나도 일지 않아서 창장長江 강에서 배를 타는 것 같습니다. 물론 살짝 흔들리기는 합니다만 여기가 바다란 걸 감안하면 흔들린다고 할 수도 없을 정도입니다. 오히려 육지의 풍랑이 이보다 훨씬 더 심한 것 같습니다.

같은 선실을 쓰는 이는 타이완 사람입니다. 그는 샤먼 말을 할 줄 알지만 제가 못 알아듣고 또 내가 말하는 잡종 표준어를 그가 못 알아듣습니다. 그는 일본어 몇 마디를 할 수 있습니다만 나도 그의 말을 잘 못 알아듣습니다. 그래서 어쩔 수 없이 필담을 나눴는데 그제야 그가 비단상인이라는 것을 알았습니다. 나는 비단에 대해서 하나도 모르고 그도 비단 이외에는 특별한 생각이 없는 것 같았습니다. 그리하여 그는 잠을 청할 수밖에 없었고 나는 전등을 혼자 차지하고 편지를 쓰고 있습니다.

지난달부터 자료를 수집하고 있었고 겨울방학을 이용하여 『당송전기집』 후기를 한 편 써서 인쇄에 넘길 생각이었습니다만[2] 지금 또 어쩔 수 없이 손을 놓고 있는 상태입니다. 『들풀』은 이후에 계속 쓸지 어떨지 잘 모르겠습니다. 아마 더 이상 집필할 것 같지 않습니다. 지기知己를 자처하는 사람이 '마음에 든다'는 둥 겉만 보고 함부로 평가하는 일[3]을 겪지 않기 위해서 말입니다. 그렇지만 인쇄에 부치려면 마찬가지로 재차 꼼꼼하게 살펴봐야 합니다. 오탈자 수정에 시간이 꽤 들어서 또 잠시 부치지 못하고 갖고 있습니다.

나는 15일에야 배를 탈 수 있었습니다. 처음엔 지난달 월급을 기다리느라, 나중에는 배를 기다린다고 그랬습니다. 마지막 일주일은 정말 지내기가 불편했습니다. 그렇지만 세상물정을 좀더 깨닫기도 했습니다. 예전에는 밥벌이가 쉽지 않은 것만 알았는데 이번에는 밥벌이를 그만두는 것도 역시 수월치 않다는 것을 알게 됐습니다. 나는 사직할 때 병 때문이라고 말했습니다. 왜냐하면 최악의 주인이라도 아픈 것을 금할 정도는 아닐 거라고 생각했기 때문입니다. 혼절하는 병이 아니라면 다른 사람을 불편케 하지도 않습니다. 그런데 일부 청년들이 이 말을 안 믿고 나를 위해 몇 차례 송별회를 열고 강연회를 하고 사진을 찍었는데 아무래도 좀 도를 넘는 환송인 것 같았습니다. 적절치 않다는 생각이 들어서 청년들에게 계속 설명했습니다. 나는 종이로 만든 모자를 쓰고 있는 것이고 석별을 아쉬워하지 말고 기억하지도 말라고요. 그러나 왠지 모르겠지만 결국 학교 개혁 운동이 일어나고 말았는데, 총장에게 한 최초의 요구는 대학비서 류수치

박사의 파면이었습니다.[4]

3년 전에도 여기에서 비슷한 운동이 있었다 합니다. 그 결과 학생은 완전히 패배해서 상하이로 나가 따로 다샤대학을 설립했다 합니다.[5] 그때 총장이 어떻게 자신을 보호했는지 나는 모릅니다만 이번에는 나의 사직이 류박사와 무관하며 후스즈파와 루쉰파가 서로 배척하다가 루쉰이 떠난 것이라고 설명했다 합니다. 이 말은 구랑위의 일간지 『민종』民鍾에 실렸고 이미 반박도 이루어졌습니다. 그런데도 동료 몇 명은 여전히 긴장을 풀지 않고 회의를 열어서 문제제기를 했습니다. 총장의 대답은 매우 간단했습니다. '이런 말을 한 적이 없다'였습니다. 그리고 일부는 여전히 안심하지 않고 나에 대한 다른 소문을 퍼뜨려서[6] '배척설' 세력의 부담을 덜어주려 했습니다. 정말 "천하가 어지럽다, 언제 평안해질 것인고"입니다.[7] 내가 샤먼대학에서 그냥 마음 편하게 밥을 먹고 지냈다면 이런 일은 일어나지 않았겠지요. 그렇지만 이는 내가 예측하지 못한 일이었습니다.

총장인 린원칭 박사는 영국 국적의 중국인으로 공자가 입에 붙어 있으며 공자교에 대한 책을 쓴 적이 있다고 합니다만 아쉽게도 제목을 잊어버렸습니다.[8] 그리고 영어로 된 자전이 한 권 있다고 하는데 상우인서관에서 곧 출판될 것이라고 합니다. 지금은 『인종문제』를 집필하고 있다고 합니다. 그는 정말 융숭하게 나를 대접했는데 식사 대접을 몇 번이나 하고 송별연만 해도 두 차례 열어 줬습니다. 그렇지만 지금 '배척설'이 힘을 얻지 못하자 그저께는 다른 이야기가 들려왔습니다. 그는 내가 샤먼에 소요를 일으키러 왔고 학생들을 가르칠 생각이 없었으며 그래서 베이징의 일자리도 그만두지 않았다고 떠들고 다닌다는 것이었습니다.

지금 나는 베이징으로 돌아가지 않으므로 '일자리설'은 수그러들겠지요. 새로운 설은 무엇일지 아쉽게도 나는 이미 배에 탔기 때문에 알 수 없습니다. 나의 예상에 따르면 죄상은 나날이 더 무거워질 것입니다. 중국은 예부터 "면전에서는 성의를 다하지만 등 뒤에서는 비웃어 왔으며"[9] '새로운 시대'의 청년만 이렇게 하는 것이 아니기 때문입니다.[10] 앞에서는 '우리 스승'과 '선생'이지만 뒤에서는 독약과 화살을 몰래 쏘는 일을 겪은 것이 이미 한두 번이 아닙니다.

최근에 나의 죄상 하나를 더 듣게 되었는데 이는 지메이학교에 관한 일이었습니다.[11] 샤먼대학과 지메이학교는 비밀스러운 세계여서 외부 사람들은 잘 모릅니다. 지금은 교장을 반대하는 일로 인해 분쟁이 있습니다. 전에 그 학교 교장인 예위안이 국학원 사람들을 초청하여 강연해야 한다고 해서[12] 여섯 조로 나누어 매주 두 명이 한 조가 되어 연설을 했습니다. 첫번째는 나와 위탕이었습니다. 이 초대도 꽤 융숭했는데 전날 밤에 비서가 와서 영접했습니다. 이 분은 나에게 학생은 오로지 공부에 매진해야 한다고 생각하는 교장의 뜻을 전달했습니다. 나는 오히려 학생은 세상일에 관심이 많아야 한다고 생각하기 때문에 이는 교장의 높으신 뜻과는 정반대이므로 그렇다면 안 가는 게 낫겠다고 말했습니다. 그런데 그는 의외로 그렇게 말해도 괜찮다고 말했습니다. 그리하여 이튿날 학교에 갔는데 교장은 정말 진중하고 정성스럽게 나에게 식사를 권했습니다. 오히려 나는 밥을 먹으면서 걱정이 되었습니다. 마음속으로 생각했습니다. '강연부터 했으면 좋았을 텐데. 듣고 나면 싫어서 내게 식사 대접을 안 할 수 있을 텐데. 지금 밥은 벌써 위장 속으로 들어가고 강연이 자기 생각과 어긋나는 데가 있으면 죄가 더 무거워질 텐데 어떻게 하는 게 좋을까?' 오후 강연에서 나는 늘 하던 대로 똑똑한 사람은 일을 이룰 수 없는데, 그 이유는 이리저리 생각하다가 보면 결국 아무것도 못 하고 말기 때문이다, 등등을 이야기했습니다. 그때 교장은 내 등 뒤에 앉아 있어서 나는 그의 얼굴을 보지 못했습니다. 며칠 전에 이 예위안 교장도 어떻게 청년들에게 이리저리 생각해서는 안 된다고 말할 수가 있느냐, 지메이학교의 분쟁도 다 내 잘못이라고 말했다는 이야기를 들었습니다. 이 대목을 이야기할 때 그는 뒤에서 머리를 가로젓기까지 했답니다.

나의 처세는 가능한 한 최대한 뒤로 물러서는 것입니다. 사람들이 간행물을 만들면 절대로 직접 투고하지 않습니다. 회의를 하면 나는 절대로 먼저 이야기를 하지 않습니다. 내가 꼭 이야기를 해야 한다고 하면 합니다만, 내가 하고 싶은 말을 마음대로 할 수 있어야 합니다. 그렇지 않으면 시체라고 생각하고 차라리 한마디도 하지 않는 게 낫습니다. 그런데 이곳에서는 꼭 내가 말을 해야 한다면서 내용은 또 반드시 교장의 뜻과 맞아야 한다고 합니다. 내가 다른 사람이 아닌데 다른 사람의 뜻을 어떻게 알겠습니까? "뜻을 예측하고 따르"는 묘법도 배운 적이 없습니다.[13] 그가 머리를 가로젓는 것도 당연합니다.

그렇지만 지난해 이후 나는 확실히 많이 안 좋아졌습니다. 아니 어쩌면 진보했다고 할 수도 있을 겁니다. 여러 곳에서 비방을 받고 습격을 당했지만 이제는 상처도 없는 것 같고 더 이상 통증도 느끼지 못합니다. 나에게 죄를 뒤집어씌우더라도 하나도 무겁게 느껴지지 않습니다. 이것은 내가 낡고 새로운 숱한 세상사를 겪고 난 뒤 얻은 것입니다. 나는 이제 그렇게 많이 관여할 수 없으며 물러날 데가 없는 곳까지 물러났을 때 그때 나와서 그들과 싸우고 그들을 경멸합니다. 그리고 그들의 경멸을 경멸합니다.

이제 나의 편지를 마무리해야겠습니다. 바다 위 달빛은 이렇게 밝습니다. 물결 위에 커다란 은빛 비늘이 비쳐 반짝거리면서 흔들리고 있습니다. 그 외에는 아주 부드러워 보이는 벽옥 같은 바다밖에 없습니다. 이런 것이 사람을 익사시킬 수 있다는 것을 못 믿겠습니다. 그러나 이건 농담이니 걱정 마십시오. 내가 바다로 뛰어들 것 같다는 의심을 거두십시오. 나는 바다에 뛰어들 마음이 전혀 없으니까요.

1월 16일 밤, 바다에서 루쉰 씀

주)

1) 원제는 「海上通信」, 이 글은 1927년 2월 12일 『위쓰』 제118호에 실렸다.
2) 루쉰이 교정본 당송대 전기소설을 수록한 책으로 1927년 12월 상하이 베이신서국에서 출판됐다. 여기에서 말하는 '후기'란 곧 책 뒤에 수록된 「패변소철」(稗邊小綴)로 『고적서발집』(古籍序跋集)에 실려 있다.
3) 가오창훙이 한 말을 가리킨다. 그는 「1925년 베이징출판계 형세지장도」에서 다음과 같이 말한 바 있다. "『위쓰』 제3호에서 『들풀』의 첫번째 글인 「가을밤」을 읽었을 때 나는 깜짝 놀랐으면서도 환상적이라고 생각했다. 놀란 것은 루쉰이 이런 글을 쓴 적이 없었기 때문이다. 환상적인 것은 사람의 마음에 파고드는 이러한 역사란 아무도 실증할 수 없어서 따로 이야기하지 않았기 때문이다."
4) 류수치(劉樹杞, 1893~?)는 미국 컬럼비아대학 화학박사로 당시 샤먼대학 비서 겸 이과 주임을 맡고 있었다. 이때 샤먼대학 국학연구원이 잠시 생물학원 3층을 빌려서 국학원 도서나 옛 물건을 진열했는데 류수치는 이곳을 되돌려 달라는 뜻을 우회적으로 전한 바 있다. 이후 루쉰이 사직하자 어떤 이는 류수치가 배척하여 루쉰이 떠난 것이라고 생각하여 '류수치 축출', '새로운 샤먼대학으로 재건'을 요구하는 학원 분쟁이 일어났다. 사실 루쉰의 사직은 샤먼대학 당국에 대한 불만이 주요한 원인이었다.
5) 1924년 4월 샤먼대학 학생들은 총장 린원칭(林文慶)에 대한 불만으로 회의를 열어 총장 린원칭 사직을 요구하는 결의를 할 예정이었으나 일부 학생의 반대로 이뤄지지 못

했다. 린원칭은 이 건으로 주도한 학생을 퇴학시키고 교육과 주임 등 9인을 해고하여 학원 소요를 일으켰다. 린원칭은 학생들의 어떠한 요구도 받아들이지 않고 6월 1일자로 건축 노동자들을 동원하여 학생들을 쫓아냈고 여름방학을 당겨 실시했으며 학생들에게 5일 내에 학교를 떠날 것을 명령했다. 학생들은 어쩔 수 없이 집단적으로 학교를 떠나 해고된 교직원의 도움 아래 상하이에 공동으로 다샤대학(大夏大學)을 세워 9월 22일 개교했다.

6) 황젠(黃堅), 천완리(陳萬里) 등의 샤먼대학 교직원들이 만든 소문이다. 그들은 루쉰이 "샤먼에 머물고 싶지 않은 것은 달(곧 쉬광핑을 가리킴)이 없는 까닭이다"는 등의 소문을 퍼뜨렸다.

7) 원문은 '天下紛紛, 何時定乎?'이다. 『사기』의 「진승상세가」(陳丞相世家)에 나오는 구절이다.

8) 린원칭(林文慶, 1869~1957)은 영국 에든버러대학 의학석사로 당시 샤먼대학 총장 겸 국학연구원 원장을 맡았다.

9) 당대 시인인 두보(杜甫)의 시 「막상의행」(莫相疑行)에 나오는 구절이다.

10) '새로운 시대의 청년'은 가오창훙을 가리킨다. 그는 1926년 10월 『광풍』 제2호에 실린 루쉰에게 보내는 공개 편지에서 『광풍』 주간을 언급하며 "이번 발간에 우리는 여러 사람의 지혜를 모아 새로운 시대를 개창할 것을 결의한다"라고 했다.

11) 지메이학교(集美學校)는 천자경이 1913년 고향인 샤먼시 지메이전(集美鎮)에 세운 학교이다. 처음에는 소학교였으나 나중에 중학교와 사범부를 증설했다.

12) 예위안(葉淵, 1888~1952)은 베이징대학 경제과를 졸업했으며 당시 지메이학교 교장이었다.

13) 원문은 '先意承志'. 『예기』의 「제의」(祭義)에 나오는 구절이다.

# 부록

『화개집』에 대하여

『화개집속편』에 대하여

# 『화개집』에 대하여

『화개집』은 1925년에 씌어진 31편의 잡문을 수록하고 있다. 1925년은 중국현대사에서 참으로 흥미로운 해이다. 이는 중국 혁명의 새로운 질서가 태동하고 있음을 1925년이 역동적으로 보여 주고 있기 때문이다. 1925년의 새해 아침은 병든 몸으로 베이징에 도착한 쑨원孫文의 소식으로부터 시작된다. 주지하다시피 쑨원은 군벌전쟁의 와중에 쿠데타를 일으킨 펑위샹馮玉祥의 북상 요청에 응하여 1924년 11월 10일 북상선언을 발표한 후 12월 31일 베이징에 들어왔다. 쑨원은 새로운 중국의 통일과 건설을 꿈꾸었으나, 군벌들의 농간에 끌려다니다가 1925년 3월 12일 허망하게 베이징에서 병사하고 말았다. 쑨원 사후 장제스蔣介石가 뒤이어 정권을 장악하고 쑨원의 유지를 이어받지만, 국민당 우파의 득세로 인해 쑨원이 추진했던 국공합작은 차츰 위기를 맞게 된다.

한편, 중국 혁명의 주체로서 노동자들의 극적인 등장 또한 1925년에 이루어졌다. 5월 15일 상하이의 일본인의 면사공장에서 임금지급 거부 및 일방적 해고에 반발하여 일어난 노동자의 파업은, 5월 30일 영국 조계에서 항의 시위대에 대한 영국 순경의 총질로 인해 수십 명의 사상자가 발생하면서 전국적인 파업과 파시, 동맹휴업으로 발전하였다. 5·30운동은 1919년의 5·4운동과 함께 중국현대사에서 전국적인 반제국주의 대중투쟁의 성격을 띠고 있으며, 특히 노동자계급이 중국 혁명의 주체로서 강력한 정치적 영향력을 지닌 집단으로 성장했음을 분명하게 보여 준 사건이라 할 수 있다.

이처럼 새로운 세력들이 출현하고 대립하는 가운데, 5·4운동을 정점으로 신문화운동은 자신의 역사적 소임을 다하고 역사의 무대에서 사라졌으며, 신문화운동을 주도하였던 지식인들 역시 새로운 질서 수립의 혼돈 속에서 분화되기 시작하였다. 지식인 사회의 분열과 분화 가운데, 우리가 주목해 보아야 할 것은 다양한 자유주의 성향의 지식인 그룹이다. 이들은 공산당의 기관지로 화하여 정치적 색깔이 짙어진 『신청년』을 대신하여 새로운 잡지를 간행함으로써 당시의 문화운동을 이끌었는데, 그 대표적인 잡지가 바로 『위쓰』語絲(1924년 11월 창간)와 『현대평론』現代評論(1924년 12월 창간)이다. 이 두 잡지는 기본적으로 반제·반봉건 및 반군벌의 성격을 띠면서도 사안에 따라 전혀 다른 가치관과 세계관을 보여 줌으로써 문화계 내부의 논쟁을 촉발하기도 하였다.

그렇다면 1925년 루쉰은 어떤 모습을 보여 주는가? 무엇보다도 우선 루쉰이 출판문화운동에 적극적으로 참여하였다는 점을 들 수 있다. 루쉰은 『위쓰』의 창간 및 편집에도 깊이 간여하였을 뿐만 아니라, 『징바오』京報와 『국민신보』國民新報에서 발행하는 잡지에도 적극 간여하였다. 『징바오』(1918년 10월 창간)는 언론자유를 위해 베이양군벌 정권과 맞서는 진보적 성향의 신문인데, 루쉰은 이 신문의 부간인 「민중문예주간」民衆文藝週刊(1924년 12월 창간)과 『망위안』莽原(1925년 4월 창간)의 편집을 맡았다. 또한 『국민신보』(1925년 8월 창간)는 국민당 좌파가 발행한 혁명적 경향의 신문인데, 이 신문의 부간인 『국민신보 부간』(1925년 12월 창간) 역시 루쉰이 주편을 맡았다. 『화개집』에 수록된 글의 발표지를 살펴보면, 31편의 절반에 가까운 편수가 이 두 신문의 부간 혹은 잡지에 발표되었으며, 역시 『징바오』의 부간으로서 쑨푸위안孫伏園이 편집을 맡았던 『징바오 부간』에 발표된 편수를 합친다면 2/3를 훨씬 넘는다. 이런 점에서 본다면 『화개집』에 수록된 글들은 루쉰의 출판문화운동에의 적극적인 참여의 성과물이라 할 수 있다.

다음으로 루쉰의 글쓰기에 현실비판적 성격이 강화되었다는 점을 들 수 있다. 루쉰의 현실비판 의식은 이미 이전에 씌어진 글, 특히 『열풍』熱風에 실린 잡문이나 수감록 형식의 글에서 엿볼 수 있다. 이들 글이 일상생활에서 느끼는 개인적 사색과 성찰이 중심을 이루고 있는 산문 형식의 글이라고 한다면, 1925년의 글은 현재 진행 중인 특정한 사안 혹은 특정한 인물과 대척적인 지점에서 비판적 거리를 일정하게 유지하고 있는 잡문이라 할 수 있다. 따라서 이 시기의 루쉰의 잡문은 시의성時宜性과 함께 전투성을 강하게 띠고 있다는 특징을 보여 준다. 『화개집』에 수록된 글 속에서 루쉰이 다루었던 현실의 사안이 쑨원의 죽음, 5·30운동, 베이징여자사범대학의 소요사태, 국수주의 등이라면, 그가 겨누었던 비판의 대상은 군벌과 제국주의, 현대평론파의 '정인군자', 기회주의적인 지식인 등이라고 할 수 있다.

이처럼 특정 사안과 인물을 비판의 대상으로 삼았을 때, 루쉰은 자주 군벌정권의 위협과 매도, 비판 상대의 반박과 질시 아래 놓일 수밖에 없었다. 루쉰이 이 문집의 제목을 『화개집』이라 한 것은, 그가 「제기」에서 "화개가 위에 있으면 앞을 가리는지라 장애에 부닥치는 수밖에 없다"고 밝히고 있듯이, 자신의 언술 한 마디 한 마디가 당사자와의 시빗거리가 되어 자신에게 고통을 안겨 주었음을 빗댄 것이라 할 수 있다. 어느 해엔들 비판과 반격, 공격이 없었겠는가만, 유독 1925년은 루쉰이 논적들을 많이 만들었을 뿐만 아니라 많은 사람들이 루쉰을 논적으로 삼았던 해였다.

1925년 루쉰은 자신을 둘러싼 현실상황을 "전통이니 선례, 국수 등으로 모든 사람을 깡그리 생매장"(「통신 1」)하려 하고 "혁신을 통박하고 옛 물건의 보존에 열을 올릴"(「문득 생각나는 것 6」) 뿐만 아니라, "새로운 사물에 맞추어 자신을 변화시키는 것이 아니라, 새로운 사물을 자신에 맞추어 변화시킬 따름"(「여백 메우기」)인 보수적인 사회로 파악한다. 루쉰이 보기에 중국 사회는 이미 '운명'과 '중용'이라는 타성에 젖은 채 "뻣뻣하게 굳은 전통 속에 파묻혀 변혁할 엄두조차 내지 못한 채, 기진맥진 쇠약해져 있는데도 서로 잡아먹으려 으르렁거리며"(「문득 생각나는 것 6」), "자기보다 사나운 맹수를 만날 때에는 양의 모습을 드러내고, 자기보다 약한 양을 만날 때에는 맹수의 모습을 드러내는"(「문득 생각나는 것 7」) 비겁함에 젖어 있다. 이로 인해 루쉰은 "늘 주위에 만리장성이 둘러싸고 있다고 느끼며"(「만리장성」), "귀신이 둘러친 담처럼 형체가 없어서 언제라도 부딪힐 수 있다"(「벽에 부딪힌 뒤」)고 절감한다.

이러한 사회현실 속에서 루쉰은 비판적 지식인의 역할을 담당하지 못하는 사이비 지식인들에 대해 "하느님인 양 현상 너머로 초연한 채 대단히 공평한 척"하고 "힘 있는 자에게 빌붙어 모습을 드러낼 때가 되었다고 여기고서 횡설수설 입을 놀리는 회색의 인간들"(「KS군에게 답함」)이라고 질타한다. 그리하여 루쉰은 젊은이들에게 "용감하게 말하고, 웃고, 울고, 화내고, 욕하고, 때리면서, 이 저주스러운 곳에서 저주스러운 시대를 물리치지 않으면 안 된다"(「문득 생각나는 것 5」)고 다독이면서, "상대가 맹수와 같을 때에는 맹수처럼 되고, 양과 같을 때에는 양처럼 되라"(「문득 생각나는 것 7」)고 요구한다. 그리하여 마침내 "신음과 탄식, 흐느낌, 애걸", 그리고 "독하고 매운 침묵"은 "참된 분노가 곧 다가오리라"(「잡감」)는 예고임을 설파한다.

옮긴이 이주노

# 『화개집속편』에 대하여

1.

『화개집속집』에 실린 대부분의 글은 1926년에 씌어졌다. 1926년은 루쉰의 생애 가운데 창작활동이 가장 왕성했던 시기 중 하나이다. 이 해에 루쉰은 『화개집속편』뿐만 아니라 뒷날 『아침 꽃 저녁에 줍다』와 『들풀』, 『새로 쓴 옛날이야기』 등으로 묶인 글들도 같이 창작했다. 잡문과 시와 산문과 소설이라는 각양각색의 장르를 동시다발적으로 발표하면서 다양한 문체를 선보이던 시기였다. 5·4신문화운동의 퇴각이 명백하던 시기, 반동이 눈에 띄게 창궐하던 시기, 새로운 운동의 방향은 보이지 않던 시기, 격심해지는 공격과 내·외부 상황의 변화로 일과 삶의 방향에 대해 심경이 복잡해지던 시기, 여느 때보다 고민이 많던 시기에 루쉰은 다양한 글감과 상이한 장르로 자신의 생각과 느낌을 표현하고 전달한 것으로 보인다. 한편으로 출몰하는 적들에 대적하는 것을 게을리 하지 않으면서 다른 한편으로는 모든 것이 잦아드는 시기의 쓸쓸하고 고적한 마음을 옛이야기로 다시 풀어내거나 응축된 시로 다져 가면서. 『화개집속편』은 이러한 사상이 사회 전반적으로 이완되어 가던 시기에 태어난 끊임없는 모색과 치열한 전투의 기록이다.

『화개집속편』을 쓰던 1926년에 루쉰은 몇 가지 사회적이면서 개인적인 사건과 대면한다. 사회적 사건은 더 이상 외부의 사건이 아니었다. 루쉰은 사회적인 사건이 오롯이 개인적인 사건이 되는 경험을 이 시기의 논쟁을 거치면서 처음으로 겪게 된다. 루쉰은 자신의 삶에 갈마든 사회적 사건들에 맹렬하게 응전하면서 5·4 시기의 사상과 문체와는 다른 세계로 조금씩 이전해 간다. 『화개집속편』은 이러한 이동의 궤적을 드러내고 있는 잡문집이다. 아닌 게 아니라 『화개집속편』에서 루쉰은 베이징에서 샤먼으로 이동하는 중이다. 이 잡문집의 본편은 베이징에서 쓴 글이고 '화개집속편의 속편'이라는 제목을 달고 있는 뒷부분은 베이징에서 상하이를 거쳐 도달한 샤먼에서 쓴 글이다. 그리고 이 잡문집에 수록된 마지막 글은 다시 샤먼을 떠나 광저우로 이동하는 바다 위에서 씌어졌다.

굳이 나누자면 1926년 상반기의 루쉰은 '논전'論戰이라 부를 만큼 치열한 논쟁 속에서 날카로운 비수를 감춘 글을 보수파 논적이 득세하던 베이징의 한가운데에서 쓰고 있다면, 하반기의 루쉰은 사상과 삶의 꽤 오랜 거처였던 베이징을 떠나 낯선 곳에서 그리고 흔들리는 기차와 배 위에서 새로운 일상의 느낌과 또 다른 논적의 출현을 기록하고 있다. 북방과 남방의 기록, 논전과 반半논전의 기록이 고스란히 『화개집속편』에 담겨 있다. 때로는 일기이고 때로는 편지이며 때로는 추도문이다. 그러나 대부분의 글에 논쟁적인 성격이 배어 있다. 사적인 기록이면서 공적인 기록이다. 루쉰은 이를 "그냥 잡감일 뿐"(「소인」)이라며 눙친다. 그러나 루쉰 특유의 문체인 잡문은 이렇게 이 시기의 논쟁을 통과하면서 무르익고 있었다.

2.

1926년 초입, 루쉰은 아직 베이징에 머물고 있다. 그는 베이징여자사범대학교(이하 '베이징여사대'로 약칭) 사건과 관련된 『현대평론』파와의 논쟁의 여진 속에서 힘겹게 전진하고 있었다. 1925년에 시작된 논쟁은 이듬해에도 이어졌으며 점입가경으로 치닫고 있었다. 이 해 루쉰은 현대평론파의 천위안 등이 자신을 겨냥해 쏜 화살을 하나하나 잡아서 되돌려주고 있는 중이었다.

현대평론파와의 논전은 루쉰의 삶의 방식과 글쓰기의 많은 부분을 뒤바꿔 놓았고 결정지었다. 이는 루쉰이 걸을 때마다 걸리적거리는 '화개운'을 만났거나 '벽'에 부딪힌 것 같다고 토로할 만큼 그 자신이 집요하고도 본격적인 공격의 대상이 된 최초의 논쟁이었다. 사회의 문제를 비판하는 입장에 서 있던 루쉰이 이 논쟁에서는 반대로 비판의 표적이 되는 경험을 했다. 이 경험은 루쉰의 글쓰기와 삶의 태도에 많은 변화를 야기했다.

베이징여사대 사건은 루쉰이 앞서 펴낸 『화개집』에 나와 있듯이 베이징여사대 교장 양인위가 '학풍 정돈'을 내세우며 학생들을 압박하고 이에 저항하는 학생회를 해산하고 학생회 임원을 퇴학시키면서 불거진 사건이다. 루쉰과 연루된 논쟁은 베이징대학 영문과 교수인 천위안이 양인위 교장을 옹호하고 학생들을 비난하면서 루쉰을 포함한 일부 지역 출신과 일부 학과 출신이 이들의 배후세력이라고 주장하는 글을 『현대평론』의 「한담」에 실으면서 점화된다. 그리고 논쟁이 진행되는 와중에 루쉰은 학생들을 지지했다는 이유로 교육부 첨사 직에서 해고를 당하고 이어 그는 복직 소송을 낸다.

이 논쟁은 해를 넘기면서 확산된다. 1926년 1월 30일자 『현대평론』

은 '저우씨 공격 특집호'라고 불리는, 루쉰 등을 대대적으로 비판하는 글을 대거 게재하기까지 한다. 3월 18일 '신축조약'의 부당함을 맨손으로 청원하러 간 청년들을 정부가 학살하는 참사가 벌어진 이후, 루쉰과 현대평론파의 논쟁은 더욱 첨예하게 전개됐다. 현대평론파는 이 엄연하고 참혹한 사실 앞에 여전히 공정성의 가면을 쓰고 정부의 입장을 대변하면서 희생자에 대한 유언비어를 활자화하는 데 앞장섰기 때문이다.

루쉰에 대한 천위안의 비판은 점입가경이었다. 비판은 학원사태의 배후 조종설에서 점차 루쉰의 출신과 학과 시비, 표절 시비, 잡문집 비방 및 루쉰의 생김새와 표정 꼬투리 잡기에 이르기까지 무차별적으로 뻗어 갔다. 루쉰에 대한 비판은 사실의 날조와 소문의 위조 및 인신공격 등 다양하고 치졸하게 이뤄졌다. 그런데 루쉰이 인신공격성 비방에 대해 재반격에 나선 것은 사적인 복수나 명예회복을 위한 것이 아니었다. 루쉰은 이들 지식인 집단이 여론을 어떻게 봉쇄하고 독점하여 민의를 좌절시키고 무력화시키는지를 간파했고 이를 공개적으로 드러내기 위해서 논쟁에 나섰던 것이다. 훗날『루쉰 잡문 선집』을 펴낸 취추바이가 루쉰은 천위안을 일개인이 아니라 '보통명사'로 대했다고 지적했듯이 루쉰은 자신에 대한 공격을 개인의 개인에 대한 공격으로 간주하지 않았다. 루쉰은 이 속에서 득세하는 일부 지식인 집단의 성격을 읽어 냈고 그것이 일개인이나 개별 집단의 특성이 아니라 좀더 큰 세력 및 입장과 연결되어 있다는 것을 감지했다.

그리하여 루쉰은 '한담'이라는 명목 아래 '사소한 듯이' 자행되는 인신공격과 권위를 무너뜨리는 흠집 내기를 정식 논의의 무대로 끌어들여 공개적으로 시비와 진위를 가리고자 했다. 자칫 명예와 위신이 떨어지기 쉬운 진흙탕 싸움을 회피하지 않고 정면에서 돌파했다. 사적인 추문과 비방을 공적인 논쟁의 무대로 끌어올려 공론화했던 것이다. 추문과 비방과 비판을 하나하나 맞받아치면서 고스란히 되돌려 주는 것이 루쉰이 비방과 유언비어에 대항하는 방법이었다. 가령 이렇다. "불쌍하신 교수님[천위안]의 눈에 들어온 것은 내 그림자가 아니오니 펄쩍 뛰어봤자 잘못 뛴 것이다. 만났다고 하는 '똥차'도 자기 마음이 만들어 낸 것이요 자기 머릿속에 들어 있는 물건이니" 자기가 "뱉으려는 침"을 "조용히 삼키는 것이 낫겠다". 루쉰은 벗에게 보내는 편지에서 이 방법을 다음과 같이 표현한 바 있다. "나는" "그들의 경멸을 경멸합니다."

3.

루쉰이 천위안을 비판한 가장 큰 이유 중에 하나는 지식인이 어떻게 여론을 주도하고 장악하며 또 봉쇄하는지를 간파했기 때문이다. '공리'와 '정의'와 '학문'의 이름은 여론을 좌우하고 봉쇄하는 데 유력하게 사용됐다. 천위안이 베이징여사대 학생과 루쉰을 비판하면서 동원한 논리 또한 공리와 정의와 학문이었다. 그러나 비판의 실제 내용을 들여다보면 '공리'적이거나 '정의'롭거나 '학문'적인 것과는 거리가 멀었다. 정부의 입장에 서서 이에 맞서는 학생과 교수들을 억압하면서 자신들이 불편부당하다는 것을 알릴 때 이 도구들을 사용한다. '공리'와 '정의'와 '학문'은 입장의 편파성과 공정함의 허위를 은폐하는 수단이 된 것이다. 루쉰이 현대평론파 지식인을 '정인군자'正人君子라고 부른 것은 이러한 반어법의 사용자를 겨냥한 것이었다. '정인군자'는 그것이 은폐한 '부정'不正함을 그대로 드러내는 호칭인 것이다.

이들 현대평론파 '정인군자' 지식인은 여론을 주도할 뿐만 아니라 전방위적으로 장악했다. 이들이 현대적인 매체를 사용하여 소문을 퍼뜨린다는 점에 루쉰은 경악했다. 이들이 제조한 소문과 유언비어, 인신공격은 구전되는 것이 아니라 매체를 통해 확정되고 유포됐다. 이는 무고하고 무력한 희생자를 만드는 힘을 발휘했다. 현대 매체를 점유할 수 있는 권위를 가진 지식인은 매체뿐만 아니라 유언비어까지 장악해서 여론을 좌우한 것이다. 더 문제적이었던 것은, 이들이 유언비어를 유포하여 여론을 장악한 다음 '이제 그만두겠다'며 논쟁의 마당을 스스로 접어 버려 여론을 봉쇄하는 역할까지 수행했다는 점이다. 현대평론파 지식인은 '여론'의 생산·유포·봉쇄까지, 관官이 적극적으로 역할을 할 수 없는 영역에서 전방위적으로 활약했다. 학계의 혼에 관리의 혼이 갈마든다고 본 루쉰의 안목은 이러한 논쟁 과정을 거쳐서 단련된 것이다.

학술에서 사생활에 이르기까지 파상적이고 무차별적이며 전방위적인 공격 속에서 루쉰은 이들이 봉쇄한 논쟁의 장을 깨고(「'그만둘' 수 없다」) 직접적으로 재비판할 수 있는 장을 스스로 연다. 잡문은 '정인군자'가 봉쇄한 여론을 깨고 새로운 논의를 개진하는 데 적합한 형식이었다. 어떤 내용과 형식의 비판에도 다양하고 직접적으로 응수할 수 있는 자유로운 글이 필요했던 것이다. 논설로도 소설로도 산문으로도 그리고 시로도 담아낼 수 없는 글을 담아내는 형식으로 잡문이라는 장르는 탄생했다. 그 어떤 것도 아니어서(가령 「편지가 아니다」不是信라는 글의 제목을 보라) 모든 것을 아우를 수 있는 글의 틀은 이렇게 세상에 모습을 드러내고 있었다.

4.

1926년의 상반기가 전투의 시기였다면 하반기는 모색의 시기라고 할 수 있다. 루쉰은 오랜 기간 자신의 사상과 삶과 문학의 거처였던 베이징을 떠나 낯선 곳으로 향한다. 린위탕林語堂이 문과대 학장으로 가 있던 샤먼대학에서 루쉰에게 국문과 교수 초빙 서신을 보낸 것은 여름이 한창이던 7월 말이었다. 장기전이 된 논전 등으로 인한 활동의 제약과 개인적인 감정이 싹트는 가운데, 베이징에서 루쉰은 운신의 폭이 점점 좁아지는 걸 느낀다. 샤먼대학에서 온 서신을 받은 루쉰은 드디어 새로운 곳에서 새로운 삶과 일과 글을 시작해 보기로 마음먹는다. 이 해 8월 말 루쉰은 논적과 벗과 어머니가 있던 베이징을 쉬광핑과 함께 떠났다. 그리고 쉬광핑은 광저우로 향하고 루쉰은 홀로 샤먼에 도착하여 본격적으로 가르치는 일과 글 쓰는 일을 겸하기로 한다.

샤먼에서 보낸 4개월은 루쉰의 생애 가운데 가장 분주하면서도 무료한 나날들이었다. 강의 외에도 대학의 사무와 잡다한 관계로 인해 분망했으되 사상과 창작의 자극은 전무한 나날이었다. 현대평론파와의 치열한 논전으로 시작했던 1926년은 샤먼에서 고즈넉하고 쓸 말 없는 마음 상태로 갈무리되고 있었다. 샤먼에서도 새로운 논적이 출현했고 학원 분쟁에 연루되지 않은 건 아니었지만 짧은 체류 기간으로 인해 격렬한 논쟁으로 비화하지는 않았다. 다만 이 기간을 거치면서 자기 삶에서 포기하고 버려야 할 것과 취해야 할 것과 다져야 할 것이 명확해지고 있었다. 삶의 방향과 일의 방향도 흐릿한 가운데 조금씩 분명해지고 있었다. 물론 이것이 좀 더 명확해지는 것은 샤먼 생활의 연장이라고 할 수 있는, 이듬해 광저우에서의 고민과 모색을 거치고 난 뒤이다.

옮긴이 박자영

지은이 **루쉰**(魯迅, 1881.9.25~1936.10.19)
본명은 저우수런(周樹人), 자는 위차이(豫才)이며, 루쉰은 탕쓰(唐俟), 링페이(令飛), 펑즈위(豊之餘), 허자간(何家幹) 등 수많은 필명 중 하나이다.
저장성(浙江省) 사오싱(紹興)의 명문가에서 태어나 어린 시절 조부의 하옥(下獄), 아버지의 병사(病死) 등 잇따른 불행을 경험했고 청나라의 몰락과 함께 몰락해 가는 집안의 풍경을 목도했다. 1898년부터 난징의 강남수사학당(江南水師學堂)과 광무철로학당(礦務鐵路學堂)에서 서양의 신학문을 공부했고, 1902년 국비유학생 자격으로 일본으로 건너갔다. 고분학원(弘文學院)에서 일본어를 공부하고 센다이 의학전문학교(仙臺醫學專門學校)에서 의학을 공부했으나, 의학으로는 망해 가는 중국을 구할 수 없음을 깨닫고 문학으로 중국의 국민성을 개조하겠다는 뜻을 세우고 의대를 중퇴, 도쿄로 가 잡지 창간, 외국소설 번역 등의 일을 하다가 1909년 귀국했다. 귀국 이후 고향 등지에서 교원 생활을 하던 그는 신해혁명 직후 교육부 장관 차이위안페이(蔡元培)의 요청으로 난징 중화민국 임시정부의 교육부 관리를 지냈다. 그러나 불철저한 혁명과 여전히 낙후된 중국 정치 · 사회 상황에 절망하여 이후 10년 가까이 침묵의 시간을 보냈다.
1918년 「광인일기」를 발표하면서 본격적인 작품 활동을 시작한 그는 「아Q정전」, 「쿵이지」, 「고향」 등의 소설과 산문시집 『들풀』, 『아침 꽃 저녁에 줍다』 등의 산문집, 그리고 시평을 비롯한 숱한 잡문(雜文)을 발표했다. 또한 러시아의 예로센코, 네덜란드의 반 에덴 등 수많은 외국 작가들의 작품을 번역하고, 웨이밍사(未名社), 위쓰사(語絲社) 등의 문학단체를 조직, 문학운동과 문학청년 지도에도 앞장섰다. 1926년 3 · 18 참사 이후 반정부 지식인에게 내린 국민당의 수배령을 피해 도피생활을 시작한 그는 샤먼(廈門), 광저우(廣州)를 거쳐 1927년 상하이에 정착했다. 이곳에서 잡문을 통한 논쟁과 강연 활동, 중국좌익작가연맹 참여와 판화운동 전개 등 왕성한 활동을 펼쳤으며, 55세를 일기로 세상을 등질 때까지 중국의 현실과 필사적인 싸움을 벌였다.

옮긴이 **이주노**(『화개집』)
서울대학교 중어중문학과에서 『현대중국의 농민소설 연구』로 박사학위를 받았고, 현재는 전남대학교 중어중문학과에 재직 중이다. 지은 책으로는 『중국현대문학의 세계』(공저, 1997), 『중국현대문학과의 만남』(공저, 2006) 등이 있고, 옮긴 책으로는 『역사의 혼, 사마천』(공역, 2002), 『중국 고건축 기행 1, 2』(2002), 『중화유신의 빛, 양계초』(공역, 2008), 『서하객유기』(전7권, 공역, 2011), 『걸어서 하늘 끝까지』(공역, 2013) 등이 있다.

옮긴이 **박자영**(『화개집속편』)
중국 화둥사범대학 중어중문학과에서 『공간의 구성과 이에 대한 상상 : 1920, 30년대 상하이 여성의 일상생활 연구』로 박사학위를 받았고, 현재 협성대학교 중어중문학과에 재직 중이다. 지은 책으로 『냉전 아시아의 문화풍경 2 : 1960~1070년대』(공저, 2009), 『동아시아 문화의 생산과 조절』(공저, 2011) 등이 있다. 옮긴 책으로는 『세상사는 연기와 같다』(2000), 『중국 소설사』(공역, 2004), 『나의 아버지 루쉰』(공역, 2008) 등이 있다.

루쉰전집번역위원회 명단(가나다 순)
공상철, 김영문, 김하림, 박자영, 서광덕, 유세종,
이보경, 이주노, 조관희, 천진, 한병곤, 홍석표